흔들리는
대지의 서사

국가 · 진보 · 산문정신

저자 고명철(高明徹)

1970년 제주에서 태어나, 성균관대 국어국문학과 및 같은 대학원에서 「1970년대 민족문학론의 쟁점연구」로 박사학위를 받았다. 1998년『월간문학』신인상에 「변방에서 타오르는 민족문학의 불꽃-현기영의 소설세계」가 당선되면서 문학평론 활동을 시작했다. 저서로는『리얼리즘이 희망이다』,『문학, 전위적 저항의 정치성』,『잠 못 이루는 리얼리스트』,『뼈꽃이 피다』,『지독한 사랑』,『칼날 위에 서다』,『순간, 시마에 들리다』,『논쟁, 비평의 응전』,『비평의 잉걸불』,『'쓰다'의 정치학』,『1970년대의 유신체제를 넘는 민족문학론』등이 있고, 편저로는『격정시대』,『김남주 선집』,『천승세 선집』,『채광석 선집』등과 다수의 공저와 공동 편저가 있다. 문예지『실천문학』,『비평과전망』,『리얼리스트』,『리토피아』,『바리마』편집위원을 역임하였으며, 젊은평론가상, 고석규비평문학상, 성균문학상을 수상하였다. 인도의 델리대학교 동아시아학부의 방문교수를 지냈고, 현재 구미중심주의 문학을 넘어서기 위해 아프리카, 아시아, 라틴아메리카 문학 및 문화를 공부하는 '트리콘' 대표이자 '지구적 세계문학 연구소'의 연구원으로서 광운대학교 국어국문학과 교수이다.

흔들리는 대지의 서사 - 국가·진보·산문정신

2016년 11월 18일 초판 1쇄 펴냄

지은이 고명철
펴낸이 김흥국
펴낸곳 보고사

책임편집 황효은
표지디자인 손정자

등록 1990년 12월 13일 제6-0429호
주소 경기도 파주시 회동길 337-15 보고사 2층
전화 031-955-9797(대표), 02-922-5120~1(편집), 02-922-2246(영업)
팩스 02-922-6990
메일 kanapub3@naver.com/bogosabooks@naver.com
http://www.bogosabooks.co.kr

ISBN 979-11-5516-611-6   03810
ⓒ고명철, 2016

이 도서의 국립중앙도서관 출판예정도서목록(CIP)은 서지정보유통지원시스템 홈페이지(http://seoji.nl.go.kr)와 국가자료공동목록시스템(http://www.nl.go.kr/kolisnet)에서 이용하실 수 있습니다.(CIP제어번호: CIP2016026881)

흔들리는
대지의 서사

국가·진보·산문정신

고명철 지음

보고사

'흔들리는 대지' 위에서

 돌이켜보면, 경주를 중심으로 일어난 지진이 한국사회를 강타했을 때 그 것은 머지않아 한국사회를 향한 어떤 사회적 충격파가 엄습해올 것에 대한 자연의 경고였다. 가뜩이나 북한의 핵무기 개발과 관련한 핵실험이 한국사회 안팎으로 긴장된 사회적 분위기를 조성하고 있고, 사회지도층의 부정부패와 해운업의 부실경영으로 인한 한국경제의 어려움이 가중되고 그에 따라 노동자의 고통이 더욱 심해지고, 각종 반사회적 범죄의 급증과 함께 비정규직 및 청년실업자는 양산되며, 경제사회적 양극화의 가속화와 사대강 개발의 심각한 폐해 및 세월호 사건에 대한 졸속 처리와 백남기 농민의 죽음에 대한 정부의 무책임하고 모호한 입장 등 한국사회를 에워싸고 있는 크고 작은 문제들이 켜켜이 쌓여가고 있음을 직시할 때, 이러한 문제들을 더 이상 한국이 감당하기에는 어떤 임계점에 도달한 것이다.

 그래서일까. 우리는 최순실 게이트로 불리는 대한민국 헌정사상 초유의 사태를 맞이하였다. 상식은 어디에도 찾아볼 수 없는 몰상식한 일들이 음지에서 주도면밀히 기획되었고, 그 어처구니없는 작태들이 백주대낮에 훤히 드러나기 시작하였다. 최순실을 비롯한 박근혜 대통령의 비선 실세들은 그동안 대통령의 권력 뒤에서 자신들의 정치경제적 이권을 챙기기 위해 온갖 추악한 모의를 해왔을 뿐만 아니라 국정의 중요한 부분에까지 개입함으로써 사실상 무소불위의 권력을 행사해왔다. 속속 드러난 그들의 권력형 비리와 부패의 사슬고리는 선량한 국민을 모욕하고 민주시민공동체를 조롱하였다. 무엇보다 이 모든 사태의 중심에 박근혜 대통령 자신의 우매함과 무능력이 자리하고 있는 것을 소홀히 간주할 수 없다. 박근혜 대통령은 더 이상 대통령의 허울뿐인 권력의 미망에 사로잡혀서 안 된다. 박근혜 대통령과 집권

여당 및 그 비호 세력은 더 이상 국민의 충정어린 분노를 외면하거나 가볍게 여겨서는 안 된다.

비유컨대, 한국사회를 살아 있는 유기체로 치환해보면, 바로 이러한 문제들에 대한 대응과 해결을 온전히 수행하지 못해서 그로 인한 이상 전조(前兆)와 징후가 '지진'의 형태로 현현되고 있는지 모른다는 '상상력'을 발동할 수 있다. 말 그대로 우리는 '흔들리는 대지' 위에 있는 것이다. 혹자는 이러한 비유와 상상력을, 지금이 어떤 시대인데, 비과학적 근거 없는 허무맹랑한 말을 통해 국가의 혼란과 위기를 부추기는 유언비어를 날조하고 있는 것이냐고 치부할 수 있다.

하지만, 그동안 한국사회에 축적된 민주주의적 가치와 그것에 대한 시행착오를 거치면서 성숙하게 된 시민의식은 '지진'에 대한 비유적 상상력, 즉 '흔들리는 대지'를 통해 한국사회에 누적된 문제들에 대한 비판적 성찰의 계기를 가질 수 있다. 그것은 한국사회에 첩첩이 쌓인 문제들이 지닌 서사에 대한 모종의 비판적 성찰에 이어진다. 가령, 세월호 사건을 예로 들어보자. 2014년 봄에 일어난 세월호 침몰 사건은 한국사회의 총체적 문제들을 적나라하게 보여준다. 안전불감증, 경제 지상주의, 안보상업주의, 인명경시, 국가의 관료주의, 극단적 이기주의 등이 그것이다. 따라서 세월호 사건이 지닌 총체적 문제들을 한국사회의 현실과 밀착시켜 그 근본적 원인을 궁리함으로써 세월호 사건이 한국사회에 던진 물음을 래디컬하게 성찰해야 한다. 세월호 사건을 현상적으로 해결하고 신속히 봉합하려는 데 초점을 둘 게 아니라 이 사건과 연루된 우리의 문제들을 넓고 깊게 성찰하는 게 중요하다.

그런데, 대통령과 정부는 세월호 문제에 대한 진상규명에 불철저했고, 이를 바라보는 한국사회의 미성숙함이 누적됨으로써 바로 최순실 게이트를 낳기에 이르지 않았는가. 우리는 분노한다. 박근혜 대통령의 사과가 국민을 향한 진심어린 사과가 아니라 어떻게 해서든지 자신을 옥죄고 들어올 정치위기를 순간 모면하려는 미봉책에 불과한 한갓 정치적 쇼에 불과했다는 것을. 정녕, 박근혜 대통령은 청맹과니인가. 대통령의 주요 연설문과 국무회의의 주요 자료들이 최순실과 공모 관계에 놓인 저 추악한 권력들의 손아귀 안에서 주물러진 채 그들의 권력을 더욱 공고히 하기 위해 입맛에 맞게 깁고 보태지는 과정에서 대통령 자신이 이 모든 과정을 묵과 · 방조하였고, 결국 대통령 자신도 이 부패의 사슬고리를 만든 장본인으로서 국가와 국민 앞에 무한 책임을 져야 하는 것을 모르는 것인가.

그래서 우리는 한국사회의 이 모든 사건의 안팎을 이루는 서사를 비판적으로 성찰하는 인문학이 절실히 요구된다. 그렇다면, 우리의 현실에서 서사적 접근은 매우 소중한 문제의식이고, 이 문제의식은 '산문정신'에 뿌리를 내리고 있다. 여기서 내가 주안점을 두는 '산문정신'은 현실에 대한 비판적 성찰을 단련하여 그것을 서사적으로 실현하는 것인데, 한국문학의 소설과 비평에 절실히 요구되는 것은 이 '산문정신'에 투철한 글쓰기다. 이와 관련하여, 지난 해 신경숙 소설의 표절에 대한 한국문학 안팎의 논의를 거치면서 한국문학에 대한 분노와 허탈감, 그리고 실망이 팽배해진 데에는 여러 이유를 들 수 있지만, 그동안 한국문학이 '산문정신'을 소홀히 여겼다는 것을 반증해준다고 나는 생각한다. 여기에는 리얼리즘이든 모더니즘이든 구분 없이 소설과 비평이 담금질해야 할 '산문정신'의 빈곤을 한국문학 스스로 반성해야 한다.

사실, 이러한 진단과 문제제기를 하면서도, 『흔들리는 대지의 서사』에서 보이는 소설과 비평을 대상으로 한 나의 탐구는 부끄럽기 짝이 없다. 그럼에도 불구하고 나는 이 책의 부제에서 시사하듯이, 우리의 현실을 기반으로 한 한국문학의 소설과 비평의 글쓰기에 대한 서사적 탐구를 '국가 · 진보 · 산문정신'에 초점을 맞춰 수행해본다. 이 문제의식을 얼마나 나의 글쓰기로 육화시켰는지에 대해서는 이 책을 읽는 독자의 몫이다. 한 가지 바람이 있다면, 한국사회의 요동치는 현실을 '흔들리는 대지'의 비유적 상상력의 힘으로, 함께 이 문제를 궁리해보았으면 한다. 서사의 바깥은 존재하지 않기 때문이다. 끝으로, 이 책은 '2015년도 광운대학교 교내학술연구비의 지원'에 힘입은 바크다.

2016년 11월 월계동 연구실에서
고명철 씀

차례

3부 복수의 근대성을 모색하는

1부

닫힌 국가를 넘어서는

누가 '순결한 분노'를 욕되게 하는가?

가슴이 먹먹하다. 눈물바다가 흐른다. 어처구니가 없다. 울화통이 터진다. 분노가 솟구친다.

미처 활짝 펴보지 못한 생목숨들이 온갖 이해관계로 뒤엉킨 어른들의 우왕좌왕 속에서 죽음의 경계를 넘어서고 말았다. 아니다. 아직 이러한 무책임한 단정을 내려서는 안 된다. 지금, 이 시간에도 어쩌면 우리의 아이들은 바닷속에서 구원의 손길을 애타게 기다리고 있는지도 모른다. 결코 우리는 실낱같은 희망을 저버려서는 안 된다. 어른들의 그 알량한 무책임한 판단을 의심 없이 믿은 채 침몰한 배 안에 갇혀 있는 우리의 아이들을 결코 포기해서는 안 된다. 침몰한 이후 구조의 노력을 다 기울였고, 언론의 역할도 어느 정도 다 하였고, 대통령의 사과 발언도 있었으며, 침몰과 직간접 관련한 기관과 사람들에 대한 문책과 비판 및 법적 처벌이 뒤따르고, 국민들의 조문과 사회 각계의 모금 등이 이뤄지는 속에서, 혹시라도, 조금이라도, 도저히 상상할 수 없는 일이지만, 구조 행위를 어물쩍 늦추거나 이러저러한 핑계를 대면서 중단하려 해서는 안 된다.

지금, 우리에게 간절한 것은 바닷속 깊은 곳에 있는 애들을 향한 구조의 치열한 몸부림이다. 비록 늦었지만, 정말 늦었지만, 살아 있는 자들이 할 수 있는 모든 정성과 노력을 쏟아야 한다. 최첨단 장비를 동원하고, 그것의 쓰임에 한계가 있다면, 오랫동안 축적한 바다와 구조 활동에 관한 지혜를 모두 결집시켜 최적의 방법을 총동원하여 침몰선 구석구석을 눈으로 샅샅이 보고, 귀로 찬찬히 듣고, 손으로 세밀히 더듬거리고, 온몸의 촉수를 바짝 세우면서 어디선가 생존해 있을 우리의 아이들을 단 한 명이라도 살려내야 한다. 그래서 '기적'으로 불려도 좋다. 아니, '기적'이 우리들 눈 앞에 펼쳐지기를 간절히 소망한다.

아무리 이성적 판단을 통해 보름 넘게 바닷속 침몰선 안에서 생존할 가능성이 없다고 할지라도 아직은, 정말, 아직은 이런 말을 할 때가 아니지 않는가. 우리가 정녕 두려워하고 경계해야 할 것은 바닷속 아이들을 향한 절망과 체념의 언어이며, 그들을 위해 이제 아무것도 할 수 없다고 성급히 단정을 짓는 무기력한 언어이며, 다시는 이런 일이 일어나지 못하도록 방책을 강구한다는 기만의 수사학으로 포장된 온갖 제도적 언어들이다.

지상에 살아남은 어른들이 이미 싸늘한 주검으로 돌아온 아이들과 생사가 확인되지 않은 채 실종자로 남아 있는 아이들에게 부끄럽지 않고 나약하지 않고 성숙한 어른으로서 남아 있기를 진심으로 원한다면 마지막 순간까지 구조 활동을 멈춰서 안 된다. 뿐만 아니라 이 어처구니없는 생목숨을 앗아간 침몰과 관련한 사건의 진상을 투명하게 규명해야 한다. 우리는 또렷이 기억한다. 유족들은 공식 기자회견을 통해 다음과 같이 힘주어 말하였다.

이 사고로 매일 울고 안타까워하는 국민 여러분. 제 자식을 제대로 지키지 못한 무능한 저희 유가족에게 더 이상 미안해하지 마시길 바랍니다. 오히려 업무 성과와 밥그릇 싸움으로 집단이기주의로 똘똘 뭉친 권력층과 선박 관계자들 그리고 그 아이들을 지켜주지 못했으면서 아이를 찾으려고 허둥대는 학부모들에게 어떠한 지원이나 대안을 제시하지 않은 정부 및 관계기관에 책임을 물어야 합니다.

유족들과 국민들은 분노한다. 유족들이 분명히 적시하고 있듯, 이번 침몰 사건과 관계된 타락할 대로 타락한 음험한 권력들, 그리고 사건 발생 무렵 가장 중요한 초기 구조 활동을 펼치지 못한 정부와 관계기관의 혼돈, 이후 실질적 구조 활동을 체계적으로 민첩하게 전개하지 못할 뿐만 아니라 사회지도층들의 어처구니없는 행태와 수준 이하의 언어 망발이야말로 이 사건과 관련하여 엄중한 책임을 물어야 할 대상이다. 유족들은 마냥 슬픔과 허탈 속에 있지 않다. 대통령이 국무회의에서 대국민 사과를 한 것은 사과도 아니라고 신랄한 비판을 하는가 하면, 대통령이 보낸 조화를 분향소 밖으로 치우지 않았는가. 이에 대해 청와대 대변인은 "유감스럽고 안타깝다"라고 말하는데, 청와대와 정부는 유족들이 왜 이러한 비판과 행위를 보이는지 뼈를 깎는 자기성찰을 해야 한다. 만약 자기성찰을 하기 어렵다면, 이번 사건의 희생자와 유족을 애도하면서 김선우 시인이 쓴 시구 중 "생명을 보듬을 진심도 능력도 없는 자들이/사방에서 자동인형처럼 말한다./가만히 있으라, 시키는 대로 해라, 지시를 기다려라."(「이 봄의 이름을 찾지 못하고 있다」)고, 한 부분을 곰곰 음미해주었으면 한다. 청와대와 정부는 마치 자동인형처럼 "가만히 있으라, 시키는 대로 해라, 지시를 기다려라"고, 앵무새처럼 되뇔 뿐 뭣 하나 진심으로 생명의 가치를 보듬어 안으려는 진정성이 없는 데 대한 유족과 국민들의 분노를 뼈저리게 받아들여야 한다.

이제야 어른들은 고백한다.

> 아까운 생명들이 가라앉는 동안
> 왜 좀 더 신속하게 손을 쓰지 못했을까
> 세계의 순위를 세던 경제 성장, IT 강국
> 성급한 선진국 타령, 초대형 여객선이라는 말들이
> 참담하고 부끄러울 뿐이다.
>
> ─ 문정희, 「울음바다」 부분

아마도 바닷속 아이들은 속울음으로 내뱉을 것이다. 그토록 자랑스러워하던 IT 강국 대한민국이 침몰하는 배 안에 있는 우리들을 왜, 좀 더 일찍 구해주지 못했을까요? 먼 바다도 아니고 가까운 우리 바다에서 가라앉은 배 안에 있는 우리들을 왜, 좀 더 일찍 구해주지 못했을까요? 출항하기 전 처음으로 타보는 초대형 여객선 앞에서 설레이고 으스대는 마음으로 부풀었을 우리들이 왜, 이 모든 것들이 거짓투성이라는 사실에 진저리를 쳐야 할까요? 왜, 좀 더 일찍 어른들은 대한민국의 이런 후진적이고 퇴행적이면서 기만의 수사학으로 위장된 실상을 가르쳐주지 않았을까요? 왜, 좀 더 일찍 대한민국의 이러한 위선에 대한 비판적 시선을 키워주지 않고, 우리들 스스로 귀중한 생명의 가치를 지켜야 한다는 가르침을 주지 않았을까요?

그렇다. 살아남은 우리에게 이 같은 그들의 속울음은 정신없이 앞만 보고 살아온 우리 모두의 삶을 향한 조종(弔鐘)이다. 또한 그들의 속울음은 '순결한 분노'다. "순결한 분노는 사회적 명상이다"(백무산의 「순결한 분노」). 마냥 체념하고 절망적 슬픔에 결코 사로잡혀서 안 된다. 주검으로 돌아온 애들과 바닷속 애들이 우리에게 타전하는 저 침묵의 그 무엇은 그들의 '순결한 분노'를 결코 욕되게 해서 안 된다는 것이다. 그 '순결한 분노'는 또한 살아남은 우리 모두가 감당해야 할 몫이다.

2014년의 봄은 참으로 잔인하다. 그리고 살아남은 우리 모두가 더 이상 이번 사건의 희생자와 유족들의 저 '순결한 분노'를 욕되게 하지 않는 애도의 시간을 함께해야 하리라. 아, 먹먹한 바닷속의 공포와 사투를 벌였을 애들의 손아귀에 꽉 쥐어졌을 핸드폰의 문자들이 눈앞에 어른어른하다.

쏟아져 들어 오는 깜깜한 물을 밀어냈을
가녀린 손가락들
나는 괜찮다고 바깥 세상을 안심시켜 주던

가족들 목소리가 여운으로 남은
핸드폰을 다급히 품고
물 속에서 마지막으로 불러 보았을
공기방울 글씨

엄마,
아빠,
사랑해!

아, 이 공기, 숨 쉬기도 미안한 사월.

– 함민복, 「숨쉬기도 미안한 사월」 부분

재난의 디스토피아에 고투하는
우리 시대의 서사들

세월호 참사 이후 비판적 성찰의 지점들

2014년 4월 16일 세월호 참사 이후 그토록 힘주어 강조한 '안전'은 역시 한갓 구호에 불과할 뿐이었다. 국민의 생명과 안전을 최우선으로 보증해야 할 정부는 세월호 참사와 결부된 핵심적 원인과 그 책임을 뚜렷이 밝혀내기는커녕 하루속히 이 문제를 적당한 수준에서 봉합하고자 하는 사후 약방문을 내놓는 데 급급해 있다. 특히 정치권의 지리한 공방 속에서 마련한 세월호 특별법은 세월호 참사의 진실을 낱낱이 밝혀내기에는 근본적 한계를 지닌 알맹이 없는 정치적 타협의 산물에 불과한 것으로, 무엇보다 정부와 여당은 이 특별법을 통해 세월호의 진실을 찾아가는 과정에서 혹시나 규명될 진실들이 정부와 국가에 치명적 오욕을 안겨주는 데 대한 두려움으로 노심초사하고 있다. 그러니까 위정자들에게 금과옥조는 국민이 아니라 정부와 국가인 셈이다. 국민의 소중한 생명과 안전을 위한다는 말은 그리 쉽게 내뱉지만, 정작 그들에게 국민은 정부와 국가를 구성하고 지탱시켜주는, 그들에게 정치경제적 권력을 부여하는 정치적 구성 인자일 따름이다. 여기에는 한국의 언론도 매한가지다. 세월호 참사 초기에 보여준 언론은 어떠했는가. 사실을 직접 확인해보지도 않은 오보, 희생자와 유가족의 참담함을 선정적으로 접근하는 보도의 상업성, 심지어 관 주도의 정보에 대한 무비판적 반응 등은 그동안 켜켜이 쌓인 한국 언론의 구조적 · 행태적 문제점들을 고스란히 노출시키지 않았던가. 가뜩이나 다양해진 언론의 각축장 속에서 자사의 언론에 대한 국민의 선택과 집중을 끌어내기 위한 무한경쟁은 보도 상업주의의 민낯을 드러내었다. 그들에게도 국민은 언론의 경제적 이익과 그에 수반되는 여론의 영향력이 버무려진 언론권력을 부여하는 한갓 대상일 뿐이었다. 이렇게 한국의 정치와 언론은 국민을 위한다는 미명 아래 그들의 유무형의 권력을 공고히 구축하기 위한 대상으로서 국민을 타자화한다. 그래서 세월호 참사와 같은 인재(人災)는 한국사회의 기득권을 정비하는 데 유효한 하나의 계기로 작용한다고 할까.

물론, 여기에는 세월호 정국이 지속됨에 따라 틈날 때마다 환기되는 각종 경제위기 담론이 보태지면서, 한국경제의 침체와 소강 상태가 세월호 참사의 진실을 찾는 것을 빌미 삼는 반(反)정부, 반(反)국가의 불온 세력 때문이라는 것을 강조하는 수구적(守舊的) 지배 이데올로그로서 언론을 간과할 수 없다. 우리는 똑똑히 지켜보았다. 세월호의 유가족들을 애도하는 시민에게 반(反)국가의 불온적 이념을 덧씌우고, 한국경제의 위기를 조장하고, 국론을 분열시킨다면서 그들이 지닌 애도의 진정성을 짓밟았다. 더욱이 세월호 유가족의 슬픔을 국가로부터 더 많은 경제적 보상을 받기 위한 것이라는 험담이 난무하면서, 그들의 슬픔과 애도 자체를 돈으로 치환하는 데 주저하지 않았다. 정부와 언론은 객관적 자세를 취한다고 하면서 이러한 언어도단으로부터 빚어지는 사회현상에 대한 비판적 성찰 없이 세월호 정국을 하루속히 봉합하는 데 혈안이다. 이렇게 세월호의 진실은 심해의 바닷속에 가라앉고, 세월호는 한국사회의 숱한 재난 중 하나로 기록될 처지다. 또 다시 '안전'을 치장하는 온갖 말들의 향연 — 다시는 이러한 끔찍한 재난이 재발되지 않도록 국민의 생명과 안전에 대한 무한책임을 가진 정부의 기관을 정비할 것이다. — 이 언론을 장식할 것이고, 정치와 언론은 또 다른 재난을 맞이하여 그들의 돈독한 우의를 다질 것이다. 그렇게 우리는 2015년 5월 20일 메르스를 맞이했다. 이번도 국민의 생명과 안전은 국가로부터 보증받지 못한 채 '각자도생(各自圖生)'하더니, 소셜 미디어와 대중지성의 힘에 의해 메르스 발발 병원에 대한 정보가 알려지면서 정부의 때늦은 후속 조치가 이어졌다. 세월호 때와 마찬가지로 관련자들의 책임 떠넘기기, 혼선을 야기한 정부의 늑장 대처, 메르스에 대한 전문성을 결여한 채 현상(감염-죽음-회복, 공포스런 사회 분위기)만을 보도하기 여념이 없는 언론, 그리고 어김없이 뒤따르는 정부의 경제위기 담론 등은 한국형 재난의 정치학을 고스란히 보여준다.

그렇다면, 최근 이러한 재난에 직면하여 문학은 무엇을, 어떻게 성찰해야 할까. 우리 시대의 문학이 부딪치는 난제가 아닐 수 없다.

세월호의 침몰과 연루된 한국현대사의 '거대한 검은 그림자': 임철우의 「연대기, 괴물」

임철우의 단편 「연대기, 괴물」(『실천문학』, 2015년 봄호)에서 재난에 대한 작가의 날카로운 시각을 읽을 수 있다. 우리가 주목하는 인물은 지하철에 투신 자살한 육십 대 노숙자 송달규인데, 그의 삶 전체에 깊숙이 각인된 채 평생 따라다닌 "거대한 검은 그림자"(268쪽)가 침몰한 세월호 주위를 배회하고 있다. "끄끄끄끅……끌끌끌끌끌."(272쪽)하며 죽음의 심연에서 음산하게 소름끼치는 소리를 내며 그 '거대한 검은 그림자'는 송달규를 떠나지 않는다.

그렇다면, '거대한 검은 그림자'의 실체는 무엇인가. 단편소설의 제목에서 단적으로 드러나듯, 이 '거대한 검은 그림자'는 송달규를 집어삼킨 괴물인바, 이 괴물은 어느 특정 시공간에만 출몰하는 게 아니라 송달규의 전 생애에 걸쳐 출몰한다. 좀 더 자세히 말하면, 송달규가 경험하는 한국현대사의 결절점에서 그 괴물은 여지없이 나타났다. 한국전쟁 무렵 좌우 이데올로기의 극렬한 대립 속에서 서북청년단의 맹원으로 활동한 김종확은 이미 제주에서 일어난 4·3사건 당시 잔인하게 제주 사람을 학살한 경험이 있는 터에 또 다시 다도해 도서 지역에서 보도연맹원으로 분류된 무고한 양민을 무참하게 학살하였다. 인간의 탈을 쓴 짐승과 다를 바 없이 김종확은 갈고리로써 마을 사람들을 찍어 죽이는 광란을 즐겼다. 송달규는 하필 그 괴물을 생부로 둔 사실에 극심한 자기혐오와 자기부정에 괴로워한다. 말 그대로 송달규는 "악마 놈의 핏줄"(263쪽)을 타고남으로써 그의 생부의 괴물과 같은 본성이 언제 불쑥 그를 덮칠지 모르기 때문이다.

그런데, 우연의 일치일까. 한국전쟁의 지옥도를 몸에 새긴 송달규는 베트남전쟁에서 무고한 베트남 민간인들을 죽이는 한국 군인의 잔혹성을 목도하고, 그 자신도 그 죽음의 사육제에 동참하였다. 송달규와 그의 동료는 전쟁의 와중에 체포한 민간인들을 베트콩의 동조자로 무조건 간주하여 그들을 죽여야 했다. 전쟁터에서 아군이 아니면 죽여 없애야 할 적일 뿐, 게다가 그 죽음을 합리화시키는 데 만병통치약은 반공주의이므로 송달규는 그렇게 죽음에 둔감해지고 죽음의 일상에 에워싸인다. 그러면서 '거대한 검은 그림자'는 송달규를 집요하게 따라다닌다.

작중인물 송달규에 투사된 작가 임철우의 역사적 시선은 한국현대사의 '거대한 검은 그림자'의 출몰을 상기시킨다. 맹목적 반공주의에 사로잡힌 서북청년단의 잔혹 행위, 그 핏줄을 지닌 송달규의 베트남 참전과 전쟁 도중에 자행한 베트남 양민을 대상으로 한 살육 행위……. 이 모든 것은 우발적 죽음이 아니라 분단으로 잉태된 정치적 이데올로기의 승자독식(勝者獨食)을 위한 야만 그 자체다. 죽음에 사로잡힌 인간 본성의 악마성의 출현이 아니라 철저히 인간의 의식적 적대 관계 속에서 타자와 타자성을 배제하는 동일자의 지배권력을 강화하기 위한 근대적 폭력이다. 그것을 송달규는 1980년 광주에서 일어난 또 다른 근대적 폭력에서도 발견한다. 비록 그가 사할린 근해에서 광주의 그 얘기를 들었으나, 그는 "수많은 시신들이 당장 눈앞을 까맣게 막아"(278쪽)서는 환영을 본다. 이처럼 송달규는 한국현대사의 첨예한 국면을 비껴가지 않는다. 그가 유년시절에 "음습한 구멍 속, 어둠 저편에 어떤 정체 모를 존재가 도사리고 있음을" "본능적으로 퍼뜩 알아차렸"(252쪽)을 때부터 '거대한 검은 그림자'는 한국현대사의 심연으로 부터 스멀스멀 기어나와 자신의 존재를 희부옇게 드러냈다가 감추곤 한다. 그런데 이 그림자가 숨는 곳을 송달규는 본 적이 있다. 그곳은 바로 "일본 인들이 만들었다는 저수지"(272쪽)다. 이제, '거대한 검은 그림자'를 역사적 알레고리로 파악한다면, 이것은 '일제 식민지-해방공간-한국전쟁-베트남 전쟁-5·18광주'의 맥락과 결부되는 질기고 질긴 근대적 폭력이라 해도 과 언이 아니다.

따라서 송달규가 침몰하는 세월호 장면을 보면서 '거대한 검은 그림자' 를 발견한 것은 이러한 한국현대사의 맥락과 결코 무관하지 않다. 세월호 침몰은 민간인이 경영하는 여객화물선의 운전 미숙과 실수에 따른 단순 사 고가 아니라 침몰의 원인을 파헤치는 과정에서 속속 드러난 정부의 부실한 해상교통 관리 및 감시, 무사안일주의에 빠진 해상교통체계, 경영이윤 극 대화에 매몰된 안전불감증 등이 어우러진 총체적 문제이다. 특히 침몰 직 후 정부가 보인 무능은 도대체 정부가 국민의 생명과 안전을 위해 무엇을 할 수 있는지를 근원적으로 되묻게 한다. 배에 타고 있는 그 순진무구한 학 생들은 배가 가라앉는 순간에도 정부가 곧 구조해줄 것이라는 희망을 간 직한 채 선장이 애초 명령한 대로 가만히 움직이지 않았다. 그런데 선장의 명령을 착하게 들은 학생들은 그동안 신성불가침의 국가의 지시대로 따르 는 것에 익숙한 나머지 그대로 있다가 생목숨을 잃었다. 그들의 목숨이 꺼 져들어가는 순간 정부는 혼비백산이었다. 아니, 정부는 사후약방문을 처방 하는 데 급급하였다. 그 누구도 공인으로서 책임을 지려고 나서지 않았으 며, 제대로 가동되지 않은 구조 매뉴얼 탓만 할 따름이었다. 그 사이 죽음의 '거대한 검은 그림자'는 우리 모두를 비웃으며, 한국현대사의 저 숱한 생목 숨을 거둬갔듯이, 미처 빠져나오지 못한 세월호의 승객을 죽음의 블랙홀로 빨아들였다. 그렇다. 국가의 근대적 폭력이 난무하면서 국가가 부재하는 것과 다를 바 없을 때마다 송달규가 목격한 '거대한 검은 그림자'는 여지없이 출몰한다.

특히, 세월호 애도 집회를 못마땅히 여기면서 출범한 서북청년단 재건 준비위원회에 등장한 송달규의 생부는 가시적으로 드러난 '거대한 검은 그림자'와 다를 바 없다. 팔십 대 노인이 된 서북청년단 출신 송달규의 생부는 지금도 반공주의를 전가의 보도로 휘두르면서 세월호 애도 집회가 대한민국의 근간을 흔드는 종북좌파들의 불온한 것으로 여전히 간주한다. 한국사회의 최종 심급에는 이처럼 경화된 반공주의와 결탁한 국가주의가 똬리를 틀고 있는 것이다. 안타깝게도 이 소설에서는 '거대한 검은 그림자' 괴물이 제거되지 않는다. 하지만 송달규의 전 생애를 따라다닌 이 괴물과 마주하는 것을 회피하지 않는 것 자체가 매우 중요한 문제의식이다. 망각하는 게 아니라 기억하는 것, 그러면서 그 괴물을 잊는 게 아니라 그것이 어떻게 다른 사건들과 연루하여 현현되는지 그 역사적 현상학을 탐구하는 것 또한 괴물에 맞서는 일이다. 비록 작품의 말미에서 송달규의 맞섬이 지하철에서 환영으로 보이는 그 괴물을 향해 몸을 던지는 무모함을 보였을지라도, 그것은 평생 자신을 따라다닌 '거대한 검은 그림자'와 결별하고자 하는 실존의 엄숙한 결단으로 해석해야 한다. 이것이야말로 지금, 이곳에서 재난의 연속과 다를 바 없는 위태로운 현실을 살고 있는 자들이 '각자도생'하는 서사적 진실이 아닌가.

묵시록적 미래의 억압적 탈근대의 정치체(政治體):
최인석의 『강철 무지개』

최인석의 장편소설 『강철 무지개』(한겨레출판, 2014)는 도래할 재난을 추체험하는, 즉 가상의 현실을 핍진하게 다루고 있다. 일종의 묵시록적 미래를 보여준다. 하지만 최인석이 보여주는 미래는 지금, 이곳의 삶과 동떨어진 한갓 공상의 산물이 결코 아니다. 대단히 현실적이다. SS 울트라마켓에서 기획되어 생산-유통-판매-소비되는 시스템에 갇혀 있는 사람들은 말 그대로 경제행위 대상인 소비자로서 가치를 지닐 뿐이다. 그런데 『강철 무지개』에서 눈여겨보아야 할 것은 소비자의 획일적 소비 행태가 아니라 이들의 소비 욕망을 충족시켜주는 기업의 경제행위가 정치 권력과 긴밀히 결탁하는 과정 속에서 펼쳐지는 디스토피아의 현실이다. 이것은 에너지돔의 지배와 밀접한 연관이 있다. SS 울트라마켓의 경영주는 자신의 경제행위가 경제 영역에 국한되지 않고 정치 영역에까지 파급되기를 욕망한다. 그것은 경제적 권력과 함께 정치적 권력을 소유하는 것이다. 그리하여 SS 울트라의 에너지돔을 구축하려고 한다. 기실, 이 소설에서 에너지돔의 존재와 그 구축은 "SS 울트라돔, 여러분을 기다립니다. 의식주 무상. 교육 무상. 직장 보장. 의료 보장. 세금이 없습니다. 요람에서 무덤까지, 여러분의 평생을 보장합니다."(178쪽)란 유혹적 제안 속에서 구호로 드러나듯, 에너지돔의 혜택을 받을 시민들이 행복을 보증받는 데 필요충분 조건이다. 물론, 이것의 허구성과 그에 대한 전복적 비판은 소설에서 PeC라는 혁명 조직을 통해 제기된다. 이 터무니없는 행복을 보장하는 "국가와 기업은 점점 더 구별하기 어려운 깡패들"(180쪽)이나 다를 바 없다. 어쩌면 점차 국가의 존재는 기업의 에너지돔 구축과 관련하여 그 기능이 왜소하게 축소될 운명인지 모른다.

결국 세계는 에너지돔과 에너지돔이 연결된 네트워크로 이행될 것이다. 시간은 걸리겠지만, 결국 국가는 조정기구 정도로 축소될 것이다. 국가가 네트워크 속으로 흡수될지도 모른다. 에너지돔 집단을 대표하는 기구, 즉 기업집단의 이익을 대변하는 기구, 그 기구는 대외적으로는 국가로 유지되겠지만, 실질적으로는 기업의 대리인 역할이 가장 중요한 기능이 될 것이다. 과거 한때 부르주아는 국가를 건설했지만, 앞으로 오래지 않아 부르주아는 국가를 매입하여 소유하게 될 것이다. 그것이 기업과 국가의 운명, 부르주아지의 운명이었다.(185~186쪽)

26 1부. 닫힌 국가를 넘어서는

물론, 국가의 소멸을 예측하는 것은 섣부른 면이 없지 않다. 하지만 국가의 역할이 점차 축소되는 것은 대단히 현실성이 높다. 특히 에너지와 관련하여 에너지 효율성을 극대화하기 위한 소리 없는 자원확보 전쟁이 치열히 펼쳐지고 있음을 고려할 때, 전쟁을 불사하는 것과 함께 국가 간의 전쟁 없이 자원확보의 유리한 입장을 관철하기 위해서는 국가가 기업의 활동을 최대한 보장해주어야 하고, 그 과정에서 정치 권력의 주체들은 기업의 경제활동에 자연스레 종속되는 처지에 놓인다. 에너지돔이 보장하는 '의식주 무상. 교육 무상. 직장 보장. 의료 보장'이란 행복의 보증 수표 없이 정치 권력의 주체들은 그들의 기득권을 소유하고 오랫동안 지탱할 수 없기 때문이다. 실로 경제 지상주의가 초래할 엄연한 현실이 아닐 수 없다. 문제는 이러한 에너지돔과 관련한 경제 지상주의로 인한 현실이 인간의 행복을 보증하기는커녕 에너지돔의 체계에 종속되는 피식민의 처지로 전락할 디스토피아가 실현된다는 작가의 암울한 미래 예시다.

정부 당국이 허용했으나 정부 당국은 에너지돔을 더 이상 통제할 수 없었다. 통제하지 않아도 무리 없이 운영되는 듯 보였으나, 그 안에서 무슨 일이 벌어지는지 실상은 아무도 알지 못했다. 에너지돔 집합거주지구 안에서도 신문과 방송은 소비되었으나, 신문과 방송의 출입은 까다롭게 규제되었고, 오래지 않아 에너지돔 행정 당국은 스스로 운영하는 신문과 방송사를 만들어 뉴스와 여론의 생산자가 되는 길을 택했으며, 그리하여 뉴스는 더 밝고 더 깨끗하고 더 재미있고 더 화려해졌다. 그들은 자신의 방송사를 위해 멋진 구호를 만들어냈다. 울트라돔 공동체는 새로운 가족입니다. 울트라 가족을 위한 울트라 방송 UBS. 방송이 시작될 때마다 끝날 때에도, 뉴스가 시작될 때마다 끝날 때에도, 그들은 그 구호를 반복했다. 그들이 만든 행정은 스스로 권력이 되었고, 권력은, 거의 항상 그렇듯, 오래지 않아 돌이킬 수 없는 체계가, 스스로가 아니면 통제가 불가능한 체계가 되었으며, 권력이란 대개 스스로를 통제하는 데에는 관심이 없었다.(234~235쪽)

에너지돔을 통제할 수 없는 정부 당국의 모습은 미래의 그것이 결코 아니다. 에너지돔을 구축하는 과정에서 정부는 정작 국가가 책임을 갖고 운영해야 할 공익적 가치를 지닌 분야마저 행정적 수월성과 경쟁력 확보라는 미명 아래 민간에게 그 운영을 떠넘긴 채 기업의 경제활동을 최대한 보장하는 것에 자족한다. 정부와 국가의 공익성은 휘발된 지 오래다. 공익성이 증발되었으므로 우리의 삶은 사적 이해관계로만 이뤄진 에너지돔이 허락하는 삶, 즉 경제 지상주의가 모든 것의 최종 심급에서 작용하는 사회로 변환된다. 그렇게 에너지돔의 삶의 생태는 그에 걸맞은 권력의 행태와 구조를 만들어내고 우리의 삶 역시 돌이킬 수 없는 암연(黯然)의 허방에서 허우적거릴 뿐이다. 이것이야말로 곧 도래할 전 지구적 삶을 집어삼킬 재난이 아니고 무엇인가.

작가 최인석의 『강철 무지개』를 읽고 있는 내내 어떤 기시감(旣視感)에 붙들려 있는 내 자신을 인지하면서 섬뜩한 공포가 밀려들었다. 소비자본주의 시대에서 소비자로서 충실한 삶을 살고 있는 우리의 자화상이 우리도 모르는 새 감당하기 힘든 재난의 현실을 구축하고 있으며, 머지않아 그 어떠한 것으로도 통제할 수 없는 소설 속 'SS 울트라돔'과 같은 억압적 탈근대의 정치체(政治體)가 불현듯 가시화될 수도 있기 때문이다. 그렇다면 이런 묵시록적 현실의 도래를 방관만 할 수 있을까. 소설적 기시감으로 치부할 수 없는 이 재난에 대한 현실적 대응은 무엇이며, 그리고 어떻게 해야 할까. 역시 문제는 악다구니치며 살고 있는 지금, 이곳의 삶의 현장에서 그 해결의 실마리를 찾는 일이다.

재난의 현실에 대한 성찰의 일상화: 연극 「현장 검증」

여기, 돈 2000원 때문에 이웃 부녀자를 잔인하게 죽인 살인범으로 체포된 용의자가 그 살인 행위를 입증하기 위한 현장 검증이 벌어지고 있다. 그런데 수상쩍은 일이 한둘이 아니다. 용의자는 애써 자신이 극악무도한 살인범이 되고 싶은 것인 양 앞뒤가 맞지 않은 자백을 한다. 마치 누군가를 보호하기 위해 자신을 희생하는 것처럼 보인다. 사실, 용의자는 진범이 아니다. 진범은 죽은 부녀자의 딸이다. 이 얘기는 제3회 한국여성극작가전의 일환으로 2015년 7월 22일부터 26일까지 공연된 연극 「현장 검증」(김수미 작, 서지혜 연출)의 핵심 서사다. 이 연극은 범인의 범죄 과정을 추적하는 데 초점이 맞춰 있지 않다. 그보다 현장 검증을 하는 과정에서 형사와 검사, 검시관, 국선변호사, 용의자와 피해자의 가족, 마을 사람들이 서로의 입장에서 보고 싶은 사건의 진실만을 보려고 애를 쓴다는 사실에서 정작 누락되고 있는 면을 성찰하도록 한다. 여기서, 잔혹한 살인 현장을 검증한다는 다소 낯선 장면에 주목한 나머지 중요한 물음이 간과되곤 한다. 등장인물의 대부분은 누가, 어떻게, 살인을 저질렀는지 객관적으로 보이는 사건을 재현하려고 할 뿐이지, 무엇 때문에, 어떠한 연유로, 잔혹한 살인극이 벌어졌는지에 관한 살인 행위의 내용을 어물쩍 넘어가려고 한다. 눈이 밝은 관객이라면 알아챌 수 있을지 모르지만, 살인이 벌어진 이 마을은 도시빈민가로, 죽은 부녀자는 생계를 유지하기 위해 그녀의 딸을 오랫동안 집안에 가둬놓은 채 하루벌이를 하는데다가 딸에게 무참한 폭력을 행사해왔다. 딸의 등에 남겨진 온갖 상처 자국들은 이들 모녀의 폭력적 관계를 웅변한다. 빈민가의 그들에게 삶은 지옥이며, 딸에게 하루하루는 감당하기 힘든 재난이었을 터이다. 마침내 딸은 그 재난의 사슬을 끊기 위해 그의 엄마에게 받은 고통과 폭력을 돌려준다. 하지만 그들의 재난이 종료된 것은 아니다. 딸이 감내해온 엄마의 폭력과는 단절되었으나, 그가 타인의 목숨을 앗아가는 과정에서 붙들린 폭력의 원환(圓環)으로부터 자유로워진 것은 결코 아니다. 그녀에게 씻을 수 없는 등의 상처 자국보다 더욱 깊게 패인 또 다른 재난으로 이어진 셈이다.

그렇다. 인간의 고통스러운 삶이 지속되는 한 재난으로부터 완전히 해방될 수는 없을 것이다. 하지만 재난에 속수무책일 수는 없다. 연극 「현장 검증」의 말미에서 그 모종의 해결책을 암시받을 수 있지 않을까. 검시관과 국선변호사는 사선으로 길게 나 있는 벽면 거울 옆에서 삶의 각기 다른 한계 상황에 놓인 현실의 진실을 얘기한다. 그 진실은 마치 벽면 거울에 비쳐지고 반사돼 관객에게 향하는 것처럼 보이고 들린다. 연극 속 인물들 사이의 일방통행의 진실이 아닌, 등장 인물과 관객이 서로 비춰보이는 성찰을 매개로 한 상호소통의 진실이야말로 지옥도와 같은 재난의 현실에서 싱그러운 삶의 기운을 복원하는 희망일 터이다. 어쩌면 우리는 이 단순하고 소박한 방법, 즉 '성찰의 일상화'를 통해 재난의 난장(亂場)을 헤쳐나갈 수 있는 삶의 묘법을 강구할 수 있을지 모른다. 왜냐하면 '성찰의 일상화'에는 세월호 침몰과 메르스의 엄습과 관련하여 재난의 현실을 조장하고 그 해법을 난망하게 만드는 정치경제적 권력의 위계를 무화시킬 뿐만 아니라 재난의 정치학을 투시해내는 싱그러운 삶의 진실이 존재하기 때문이다.

국가권력의 폭력적
'국민되기'에 분노하라

국가권력(혹은 국가폭력)의 부끄러운 자화상

왜, '지금, 이곳'에서 우리는 얼굴을 들 수 없을 정도로 부끄러울까. 말을 정확히 하자. 부끄러움의 대상은 무엇인가. 애써 에둘러서 말하지 말고 문제를 정면으로 응시하자. 무엇이 우리로 하여금 부끄러움을 갖도록 할까.

최근 한국사회의 현실을 곰곰 살펴볼 때마다 지난 날 무소불위의 국가권력이 겹쳐진다. 이명박 정권 초기 외국산 소고기 수입으로 촉발되면서 사회 전분야에 걸쳐 폭넓게 일어난 촛불시위, 정치경제학적 전문 식견이 높은 한 네티즌의 온라인 활동에 대한 사법적 감시와 관련한 이른바 미네르바 사건, 현정권의 포기할 수 없는 대선공약인 한강 대운하를 변용한 4대강 개발 사업, 곳곳에서 거주민과 심각한 마찰을 일으키고 있는 도시계획 정비 사업, 팽배한 신자유주의 질서 아래 노동의 유연성을 명분 삼아 양산되고 있는 비정규직과 잇따른 해고, 날이 갈수록 해결의 실마리를 좀처럼 찾기 힘든 청년실업률의 상승, 코리안드림을 품은 채 한국의 노동시장으로 밀려드는 외국인 이주노동자의 노동인권 문제, 냉전시대로 회귀한 남북관계, 경제주권에 심각한 위기를 불러일으키고 있는 한미FTA 등 이 모든 주요 사회적 현안들에 대해 국가권력은 냉혈한의 표정을 보인다. 그 어떠한 것도 국가의 위엄을 훼손시킬 수 없다. 설령 국가가 잘못한 일을 했다고 하더라도 국가는 존재해야 하는 신성성 그 자체이므로 국가의 잘못 때문에 국격(國格)이 치명적 손상을 받아서는 안 된다고 한다. 말 그대로 국가는 신성불가침의 실체라 해도 과언이 아니다. 그래서 우리는 부끄럽다. 국가 스스로가 부끄러움을 감추려하고, 심지어 무엇이 부끄러운지에 대한 판단력이 결여되었기 때문이다.

수개월 동안 남녀노소 할 것 없이 손에 손에 촛불을 들고 민생을 위한 삶정치를 다 해줄 것을 절실하게 요구했건만, 국가권력은 그 순간의 위기를 모면하려는 기만의 수사학을 남발했을 뿐, 촛불시위가 국가의 존립 기반을 위협시킬 수 있다고 하면서 있지도 않은 주동자를 검거하고 터무니없는 죄명과 집시법 개정을 통해 시민들의 정당한 사회참여의 길을 원천봉쇄하였다. 심지어 익명의 네티즌의 정치경제적 기득권에 대한 자유로운 발언을 문제 삼는 것도 모자라, 인터넷 실명제를 도입함으로써 이와 같은 표현의 자유를 통해 다방면으로 사회에 참여하는 길에 대해 자기검열의 억압을 가하고 있다. 국가권력의 문제가 어디 이뿐이겠는가. 가장 심각한 것은 국가권력을 비판적으로 견제해야 할 언론을, 급변하는 미디어 환경에 능동적으로 대처해야 한다는 허울 좋은 미명 아래 국가권력의 직간접 영향권 아래 그 위상을 조정함으로써 국가권력이 건재함(?)을 만방에 확인하고 있다. 그런가 하면, 국가권력은 신자유주의 질서의 시장경제를 존중한다고 하면서 기업의 구조조정 과정에서 급팽창하고 있는 비정규직과 해고의 문제에 대해서는 '나 몰라라' 하고 외면을 한다. 이 역시 국가권력의 교묘한 개입이다. 민간차원의 기업 경영에 대해 국가권력은 간섭을 최소화한다고 하면서, 기실 비정규직과 해고와 같은 심각한 대사회적 문제에 대해 국가권력이 끼어들지 않음으로써 기업 경영의 실패와 책임으로부터 벗어나려고 한다. 이 또한 얼마나 음험한 국가권력의 가증스러운 모습인가. 민간 기업이 그러한 신자유주의 질서를 구조화하는 데 국가권력이 온갖 정책적 노력을 뒷받침하고 있다는 점을 어떻게 설명할 수 있을까.

우리는 또렷이 목도하고 있다. 국가권력이 부당한 자신의 입장을 무리하게 관철시키기 위해 자신의 입맛에 걸맞은 법률의 힘을 동원하고 있다는 것을. 그 과정에서 국가폭력은 아주 자연스레 행해지고 있으며, 민주시민 다수가 국가폭력의 희생양이 되고 있다. 국가권력은 그 국가폭력이 얼마나 부끄러운지 정녕 모르고 있을까. 국가권력은 툭 하면, 국민과 국익을 위한다는 미명 아래 국가폭력을 자행하는데, 무엇이 진정으로 국민과 국익을 위하는 것인지 모를까.

'국민되기'의 거대서사에 붙들린 한반도

돌이켜보면, 한국사회에서 국가권력이 사회를 구성하는 다양한 권력들보다 위계적으로 절대적 위상을 점유하는 데에는 국가에 의해 주도면밀히 실행된 '국민되기(becoming nation)'의 역사를 간과할 수 없다. 근대 국민국가의 새로운 정체(政體)로 환골탈태하는 과정에서 봉건국가와 혁신적으로 다른 사회구성원이 요구된바, 그것은 봉건 왕조의 지배를 받는 '백성'이 아니라 공화국의 권리와 의무를 수행하는 '국민'이다.

봉건 왕조인 조선은 근대전환기 무렵 일본을 비롯한 서구열강에 의해 강제 문호 개방의 복잡한 현실 속에서 마침내 국호를 대한제국(1897)으로 바꿔, 근대의 문물을 수용하는 데 박차를 가하기 시작한다. 고종은 대한제국의 황제로서 근대의 문물에 대한 적극적 수용을 통해 열강의 이해관계 틈새에서 대한제국을 자주적 독립국가로서 갱신하고자 하였으나, 일본의 식민지 지배경영에 속수무책일 수밖에 없었고, 결국 일본의 식민지로 전락하고 만다(1910). 이후 잃어버린 국권을 회복하고, 자주독립국가로서의 주권을 되찾기 위한 항일운동이 일제강점기 기간 내내 한반도 안팎에서 쉼 없이 일어난 것은 새삼 강조할 필요도 없다.

그런데 여기서 쉽게 간과할 수 없는 게 있다. 고종의 대한제국 이후 일제식민지에 이르기까지 관통하고 있는 역사의 거대서사는 바로 '국민되기'의 과제를 해결하는 것이다. 이것을 구체적으로 실천하기 위해 근대의 온갖 제도들이 강구되었으며, '국민'이란 개념의 정치사회적 존재를 새롭게 발명하고 일상으로 착근시키기 위해 근대전환기의 지식인뿐만 아니라 일본제국의 지식인은 그들의 지혜를 총집결했다고 해도 과언이 아니다. 특히 일본에 국권을 빼앗긴 이후 일본제국의 식민지배 경영에 적극 협력한 지식인들이 얼마나 치밀하게 그리고 자발적으로 제국의 '국민되기'를 내면화하였는지 우리는 역사를 통해 알 수 있다. 가령, 식민지 침탈이 정점으로 치닫는 일제 말 부일(附日) 및 친일 협력자들은 일본의 대동아공영권(大東亞共營圈) 기치 아래 내선일체(內鮮一體)를 구호화하면서 조선의 피식민지인을 일본제국의 국민으로 동일화하려는 식민지정책을 강화시킨다. 하여, 제국은 피식민지인으로 하여금 제국의 '국민되기'와 관련한 온갖 국책사업에 자발적 형식을 빈, 실질적 강제와 강요를 통해 제국의 식민지 전쟁을 효과적으로 수행하기 위한 전쟁물자로 그들을 전락시킨다. 제국은 피식민지인에게 당당히 말한다: "제국의 '국민'이여, 신성스러운 영미귀축(英美鬼逐) 전쟁에 기꺼이 동참하라!" 물론 피식민지인뿐만 아니라 제국 본래의 국민들 역시 '국민되기'라는 기만의 수사학에 흠뻑 도취된 채 죽음의 제단에 앞다투어 희생양이 된다. 굳이 아시아태평양 전쟁에 꽃다운 나이에 동원된 자살 특공대의 사례를 들지 않아도, 이처럼 '국민되기'의 내면화는 죽음을 미화할 만큼 모골이 송연한 식민지의 억압적 증후라고 해도 지나치지 않을 터이다. 그런데 이 같은 '국민되기'의 내면화는 그 구체적 실현태가 서로 다를 뿐이지, 항일독립운동 역시 목숨을 아까워하지 않고 기꺼이 독립운동에 헌신할 수 있었던 데에는, 자주독립국가의 당당한 '국민되기'를 간절히 희구하는 염원이 있기 때문이다. 그래서 많은 독립운동가들은 조선의 자주독립국가 건설을 위해서는 그 어떠한 험난한 난경도 주저하지 않았던 것이다. '국민되기'는 이처럼 제국뿐만 아니라 피식민지인에게도 매우 절실한 역사적 과제인바, 결국 국가는 훼손되어서는 안 될 무소불위의 절대적 존재인 셈이다.

　이러한 국가의 신성성은 8·15광복(1945)을 맞이한 이후 온전한 국민국가를 만들기 위한 정치적 이념의 투쟁 과정에서 한반도의 남과 북에 각기 서로 다른 정치체(政治體)를 들어서도록 한다. 남쪽의 대한민국과 북쪽의 조선민주주의인민공화국은 한국전쟁(1950~1953)을 거치면서 지금까지 적대적 관계를 이루면서 대립·갈등하고 있다. 그런데, 매우 흥미로운 것은 이 서로 다른 두 개의 국민국가는 서로의 존재를 적극 활용함으로써 서로의 정치사회적 입장에서 '국민되기'의 거대서사를 주도면밀히 진행해왔다는 사실이다. 대한민국의 경우 초헌법적 위상을 지닌 반공주의는 국가권력으로 하여금 사회의 모든 구성원들을 대한민국의 '국민'으로 동일화하는 데 혼신의 힘을 쏟는다. 특히 '관 주도의 민족주의(official nationalism)'는 근대화의 주류 이데올로기로 작동하면서 대한민국의 사회구성원으로 하여금 근대화에 적극 동참하는 일이야말로 북한과의 체제경쟁에서 일익을 담당하는 대한민국 '국민'의 신성한 권리와 의무로 간주하였다. 만약 국가가 주도하는 근대화에 동참하지 않는다면 이는 곧 대한민국의 '국민되기'를 부정하는 것이고, 이것은 자연스레 북한에 동조하는 반국가적 범법 행위로 간주되곤 하였다. 사정이 이렇고 보니, 대한민국의 국익을 위한 일과 '국민되기'는 톱니바퀴처럼 꽉 맞물린 관계이다. 이것은 북쪽이라고 다르지 않다. 조선민주주의인민공화국 역시 대한민국과의 적대적 관계를 최대한 활용하면서, 반제국주의와 반식민주의의 기치 아래 더욱이 '우리식 사회주의'를 전면화하는 가운데 전대미문의 3대세습체제를 이뤄낸다. 새삼 강조할 필요 없이 북한의 '국민되기'는 이 과정과 분리될 수 없다. 북한의 독특한 수령중심사회의 현실은 북한 주민들로 하여금 그들 스스로 '고난의 행군'[1]으로

1　북한은 1995년 여름부터 엄습한 수해로 막대한 피해를 입으면서 식량기근을 겪게 된다. 이러한 북한의 현실은 1996년 신년도 『로동신문』, 『조선인민군』, 『로동청년』 등의 공동사설 「붉은 기를 높이 들고 새해의 진군을 힘차게 다그쳐 나가자」에서 인민들에게 이른바 '고난의 행군'을 호소한다. 이처

호명하는 온갖 역경에도 불구하고 조선민주주의인민공화국의 '국민되기'
를 통해 '우리식 사회주의'를 고수하도록 한다. 어떻게 보면, 한반도의 남과
북은 '국민되기'의 거대서사를 통해 각자의 체제를 고수하는 것인지도 모
를 일이다. 대한민국과 조선민주주의인민공화국이 건립된(1948) 이후 지금
까지 두 개의 국민국가는 국가의 안보와 국익을 위해 잠시도 각자의 체제
유지를 위한 '국민되기'의 거대서사를 포기한 적이 없다. 하여, 두 국민국가
는 이 거대서사에 조금이라도 장애물이 되는 일체의 모든 것들을 국가폭력
으로 서슴없이 억압한다.

지구지역화의 어젠다, 편협한 '국민되기'를 넘어서는

막무가내식 '국민되기'를 강요하는 곳이 있다. 그래서 항시 국가폭력이
눈독을 들이는 곳이 있다. 한반도의 변방에 위치한 제주의 강정마을 주민
들에게 막가파식 '국민되기'를 강제하고 있다. 강정마을 주민들은 이미 대
한민국 헌법의 보호를 받는 대한민국의 국민임에도 불구하고 국가권력은
국가안보를 위한다는 명분의 국책사업을 실시하기 위한 해군기지 조성사
업에 그들이 반대하기 때문에 대한민국의 국익에 손상을 끼치는 그들을 반
국가적 범법자로 규정짓는다. 따라서 해군기지 조성사업에 반대하는 강정
마을 주민들뿐만 아니라 이에 동조하는 모든 사람들에 대해 국가권력은 대
한민국의 '국민되기'에 큰 걸림돌이므로 그들을 향해 국가폭력을 서슴없이
자행한다. 여기서 국가권력은 강정마을의 뭇 존재의 삶터가 훼손되지 않아
야 한다는 시인의 간절한 기도에 귀를 기울여야 한다.

럼 "식량난은 북조선에 한국전쟁 이래 가혹한 시련을 안겨주었다. 그 수에 대해서 여러 가지 추측이
있지만 상당한 아사자가 나온 것도 부인할 수 없는 사실이다. 중앙으로부터 식량은 물론 생활필수품
이 제대로 공급되지 못하면서 북조선 계획경제의 근간을 이루는 중앙공급체계가 거의 마비되는 사태
가 조성되었다. 체제이완현상이 광범하게 만연하며, 당 및 행정조직, 사회단체들이 상부 지시대로 움
직일 수 없게 되었다."(서동만저작집간행위원회 편, 『북조선 연구』, 창비, 2010, 321쪽)

하늘의 해와 달과 별이 제 궤도를 운행하듯이, 대지와 바다의 뭇 생명들이 제 자리에서 제 삶을 살게 해주십시오. 바닷속 연산호와 붉은말똥게와, 강정천 은어와 원앙과, 바닷가 층층고랭이와 방풍초와, '중덕'이라는 이름을 가진 개와 그 개를 아끼는 모든 사람들이 해군기지 낯선 이물질 때문에 아파하지 않고 옛날처럼 오순도순 살게 해주십시오![2]

국가권력은 시인의 이 간절한 기도에 깃든 생명평화의 깨우침의 진정성을 이해할까. 근시안적인 국가안보의 논리로 평화를 강변할 게 아니라 이 땅에 존재하는 모든 것들 그 자체의 있음의 가치를 존중하는 것이 바로 웅숭깊은 평화의 진실에 이른다는 것을 국가권력은 무엇 때문에 외면할까. 행여나 국가권력은 강정마을의 평화를 수호하려는 사람들을 다음과 같이 규정짓고 있는 것은 아닌지 두렵다.

자. 눈을 감고 상상한 제주도를 말해주기 바란다. 무엇이 보이는가? 우리 삶터를 그냥 놔둬달라고 지난 4년간 간절히 바라고 절규하는 제주도가, 제주사람이, 혹시 대한민국 국토가 아니라 점령된 식민지이며 제주도민은 지배대상인 '식민지 백성'으로 보이는가? 아니면 '종북세력'이 판을 치고 '좌빨'들이 선동하는 불온한 일부 세력이 집결하여 국가안보를 위태롭게 하는 접근금지 구역의 난동으로 보이는가?[3]

제주인들은 지금도 선명히 기억하고 있다. 60여 년 전 국가권력이 국가폭력을 총동원하여 제주를 '빨갱이 섬'이라 낙인 찍고는 얼마나 무참히 제주를 유린했던가. 제주는 늘 신음해왔으며 경계해왔다. 지정학적 조건으로 제주는 단순한 섬 이상의 역할을 맡았던 바, 우리는 제주가 놓인 역사적 현실을 '이중의 식민주의(double colonialism)'로 인식할 수 있다. 하나는 대한민

2   김경훈, 「저를 기억 속에 묻어버리지 마십시오」, 『제주작가』, 2011년 봄호, 62쪽.
3   한림화, 「'평화의 섬'이라더니, 또 사건을 벌이려는가」, 『제주작가』, 2011년 가을호, 77쪽.

국의 부속 도서의 하나로서 중앙정부의 지배를 받는 것이고, 다른 하나는 동아시아의 패권을 장악하기 위한 군사적 요충지로서 제국의 지배를 받는 것이다. 4·3사건에서 알 수 있듯, 4·3은 제주에서 일어난 그 당시 대한민국 건국 과정에서 영구분단을 고착화시키는 국가의 '국민되기'를 부정한 민중항쟁인데, 이 항쟁이 지방의 협소한 지역 차원에서 선거를 거부한 것으로밖에 그 정치적 의미를 축소시켜서는 곤란하다. 4·3은 무엇보다 그 당시 유엔에서 남한만의 단독선거를 통해 국가만들기 기획을 수행하고자 한 데 대한 강한 문제제기의 성격을 동시에 지닌다. 말하자면 4·3은 동아시아의 패권을 유지하고 새로운 질서를 구축하기 위한 미소 냉전시대의 양극체제 아래 펼쳐질 제국의 식민통치에 대한 저항이자, 분단을 획책하는 국가권력의 파행에 대한 저항으로, 이와 같은 '이중의 식민주의'를 부정하고 해체하고자 하는 역사의 혁명이나 다름이 없는 것이다.

여기서 4·3의 현재성은 이른바 지구지역화(glocalization)의 어젠다를 생성한다. 어떤 첨예한 문제가 국민국가의 하부 행정단위를 이루는 지역의 문제로만 협소화되는 게 아니라, 그것이 인류의 중요한 정치사회적 문제와 긴밀히 연동될 때 그것은 결국 지역의 문제를 넘어선 지구의 문제 차원으로 격상된다. 즉 지역의 문제가 지구의 문제와 별개일 수 없는 아주 중요한 현안으로 급부상한다. 제주의 강정마을이야말로 바로 이 지구지역화의 어젠다가 형성되는 곳이다. 이것은 양심적 지식인 언어학자 노암 촘스키와 평화운동가인 매트 호이가 우리들에게 함께 보낸 기고문에서도 확인할 수 있다.

지금 제주도에서 벌어지고 있는 일은 아시아에서 일어날 수도 있는 가장 참혹한 전쟁의 가능성을 막고, 오늘날 전세계 수많은 곳에서 벌어지고 있는 그 어떤 분쟁들보다 세상을 더 참혹한 분쟁으로 몰아가는 뿌리 깊은 제도적 구조에 맞서는 가장 중요한 투쟁이란 함의를 지닌다.

　　강정마을의 기지건설 반대운동은 군사화 등에 대한 반대의 의미를 넘어선 풀뿌리 운동이다. 인권과 환경, 언론의 자유의 위기에 대한 저항이기도 하다. 전세계 사회정의를 신봉하는 이들이 이 작고도 먼 곳의 강정마을을 중요한 전장으로 여겨야 할 이유가 거기에 있다.[4]

　　분명, 강정마을의 현안은 '이중의 식민주의'의 사슬을 끊느냐, 아니면 그 사슬에 고통스럽게 붙들려 있느냐 하는 지구지역화의 새로운 어젠다를 드러낸다. 그럼에도 불구하고 대한민국 정부는 강정마을에 들어설 해군기지가 하와이처럼 제주의 관광산업을 육성시킬 뿐만 아니라 지역경제에 큰 도움을 주며, 국가안보를 위해서는 해군기지가 들어설 최적지임을 앵무새처럼 되뇌곤 한다. 국가권력의 눈과 귀에는 예의 '이중의 식민주의'가 낳을 문제점들이 보이지도 않고 들리지도 않는다. 무엇보다 전대미문의 4·3의 역사적 참상을 겪은 제주가 '평화의 섬'으로 거듭나려고 하는 진정성을 국가권력은 짓밟고 있다. 혹 국가권력은 강정마을의 평화를 염원하는 사람의 진실이 지구지역화의 어젠다로 승화되는 데 대해 못마땅한 게 아닐까. 그리하여 국가권력은 강정마을의 현안을 대한민국의 주권으로만 인식하고 있는 것은 아닐까. 때문에 강정마을의 평화를 염원하는 사람들의 투쟁을, 국가권력은 대한민국의 '국민되기'를 거부하는, 그래서 그들을 대한민국의 주권을 크게 손상시키는 범법자로만 규정짓고 싶은 것은 아닐까.

　　여기서 우리는 매우 중요한 문제를 간과할 수 없다. 대관절, 언제까지 우리는 편협한 '국민되기'로부터 자유로울 수 있는가. 그렇다고 오해하지 말자. 국민국가의 구성원으로서 국민을 스스로 포기하겠다는 것은 결코 아니다. 문제는 국가에 철저히 예속되는 국민으로서 남느냐, 국가와 생산적 긴장 관계를 맺는 국민의 역할을 하느냐, 그리하여 그러한 국민들이 모여

4　노암 촘스키·매트 호이, 「'평화성지' 강정마을서 미·중 '전쟁 씨앗' 걷어내자」, 『한겨레신문』, 2011. 10. 1.

사는 국가들 사이에 평화를 누리느냐, 이것은 참으로 중요한 문제가 아닐 수 없다. 이 원대한 과제를 해결하는 차원에서 강정마을의 지구지역화 어젠다는 섬에 대한 다음과 같은 발본적 물음을 던진다.

> 하나의 섬은 '대륙'이나 '반도'나 '열도'에 영원히 속하도록 운명 지어진 것일까요? 혹은 반대로 하나의 섬이 '본토'에서 분리하려고 하는 욕망은 어떤 것이든 국민적 주권의 언어로 번역되어야만 하는 것일까요? 하나의 섬이 세계적인 군사 강대국의 전략상의 '점' 이외의 것이 되는 것은 어떻게 가능할까요?[5]

사실, 이 물음은 지금까지 섬에 관해 가졌던 방어적 입장들에 대한 전복적 성찰의 길로 우리를 안내한다. 그동안 섬에 관한 낯익은 입장의 기저에는, 섬을 대륙의 부속 도서 중 하나로 생각한다. 즉 국민국가의 영토 개념으로만 섬을 인식한다. 그래서 섬을 국가의 주권의 문제틀로만 사유를 한 채 섬에서 새롭고 창의적인 것이 나오면, 국가는 왠지 그것에 곱지 않은 지배의 시선으로써 섬의 새로운 그 약동의 기운을 짓밟기 십상이다. 오직 섬은 국민국가의 '국민되기'를 충족시켜주는 것 이상도 이하도 아니다. 또한 제국의 지배를 효과적으로 기획하고 수행하기 위한 군사적 요충지일 뿐이다. 그렇다면, 섬의 창조적 저항은 바로 이 두 가지를 전복시키는 데서부터 시작되어야 할 것이다. 오히려 섬이 타락한 대륙을 견제하고 감싸버림으로써 대륙의 탁한 기운을 정화시키는 것, 게다가 섬이 제국의 지배에 균열을 내는 평화의 성소(聖所)로 거듭나는 것. 위기가 기회이듯, 섬에 대한 발본적 사유와 실천을 통해 강정마을의 평화운동은 지구지역화의 새로운 어젠다로서 평화의 불씨를 지피고 있는 것이다.

---

5 우카이 사토시, 「섬, 열도, 반도, 대륙」, 『주권의 너머에서』(신지영 옮김), 그린비, 2011, 213쪽.

'국민되기'에서 '지구인되기'로의 인식적 대전회

이제 다시 이 글의 앞머리로 돌아오자. 누구는 이런 터무니 없는 얘기를 할지도 모르겠다. 부끄러움을 느낄 수 있는 국가라도 있다는 것을 감사하라고. 하지만 이처럼 시대 퇴행적이며 몰염치한 말이 어디 있는가. 그렇다면 도무지 말도 안 되는 국가의 파행에 대해 국민은 청맹과니가 되라는 말인가. 우리는 프랑스 레지스탕스의 일원인 94세의 노옹이 힘주어 말한, "어떤 권력에도, 어떤 신에게도 굴복할 수 없는 인간의 책임. 권력이나 신의 이름이 아니라 인간의 책임이라는 이름을 걸고 참여해야 한다."[6]는 직정(直情)에 경청할 필요가 있다. 하물며 국가권력이 국익을 위한다는 명분으로 국민이기 때문에 국가권력이 하는 일에 대해서는 순응해야 한다는 것에 대해 '인간의 책임'을 걸고 우리는 마땅히 분노를 표출해야 한다. 더욱이 민주시민의 정당한 사회적 분노를, 대한민국의 해묵은 반공주의로써 '국민되기'의 주술을 강제한다면, 이것이야말로 우리가 분노하고 저항해야 할 국가폭력이다.

여기서 우리는 부당한 국가폭력과 맞서싸우기 위해 종래 일국적(一國的) 차원에서 민주시민의 역량을 결집하는 사회적 연대의 노력을 다해오고 있다. 중요하고 소중한 일이다. 막가파식 '국민되기'가 아니라 민주적 시민사회가 축적한 중요로운 성과를 통해 성숙한 국민의 역량을 튼실히 한다는 것은 아무리 강조해도 지나치지 않다. 여기에 덧보태 국민국가의 경계를 자유롭게 넘나드는 국제적 연대의 길을 다양하게 모색해보는 게 필요하다고 나는 생각한다. 국민국가의 구조화된 국가폭력을 사전에 예방하고 무력화시키기 위해서는 성숙한 국민들 사이의 소중한 민주적 시민사회의 경험을 진심으로 나눠가질 필요가 있다. 그럴 때 관념적 차원에서의 국제연대

---

6   스테판 에셀, 『분노하라』(임희근 역), 돌베개, 2011, 19쪽.

가 아닌, 구체적 삶정치의 현실 차원에서 국제연대는 가시화될 수 있다. 그 과정에서 국민국가의 '국민되기'에 구속되는 게 아니라 그것의 부정을 창조적으로 넘어서는, 그리하여 종국에는 '지구인'으로서 평화를 다 함께 누리는 삶정치를 일궈나갈 수 있으리라. '국민되기'(becoming nation)'에서 '지구인되기'(becoming earthian)'로의 인식적 대전회(大轉回)는 결코 허황된 게 아니다.

녹색 감성이
존중되는 서사의 길

생태환경의 위기를 응시해야 할 한국소설

2020년 도쿄에서 개최될 올림픽에 대한 우려의 목소리들이 잇따르고 있다. 프랑스와 독일의 시사만평에서 적나라하게 꼬집듯이 후쿠시마 원전 사태로 인한 방사능 유출의 문제가 심각한 현실 속에서 일본 정부는 자국뿐만 아니라 세계를 향해 후쿠시마 원전의 문제를 일본 정부의 이해관계에 따라 취급하고 있다. 이미 외신 보도를 통해 널리 알려진바, 후쿠시마 원전 오염수의 해양 오염을 감시하기 위해 열린 원자력규제위원회에서는 도쿄전력이 후쿠시마 원전 근처의 바다에서 측정한 방법이 잘못되었으며, 도쿄전력은 2년 동안 실제 수치보다 방사능 오염도를 낮게 발표하였음이 밝혀졌다. 이렇게 후쿠시마 원전은 2011년 3월 11일 이후 국가와 민간거대자본이 서로의 이해관계에 충실히 공모하면서, 자국민과 국제사회를 향한 기만의 수사를 남발하고 있다. 원전 사태로 인해 유출되고 있는 방사능으로 심각한 위기에 처해 있고, 급기야 생태계의 교란으로 뭇 생명의 존재 자체가 파괴되고 소멸되는 묵시록적 현실이 눈앞에 펼쳐지고 있음에도 불구하고 일본 정부와 도쿄전력은 이에 대한 투명하면서도 철저한 대응을 하지 않고 있다. 일본 정부와 도쿄전력이 그들의 이해관계에 따라 공모하고 있는 이러한 모습은 우리에게 낯익은 국가발전주의와 개발주의를 환기시킨다.

여기서, "눈 내리는 밤의 아름다움을 말할 수 없고 비 오는 날의 서정을 말할 수 없게 된 시대에 눈과 나무, 비와 숲의 아름다움을 노래하는 시 작품들을 쓰고 읽고 가르친다는 것은 적절한 일인가? 아니, 그것은 도대체 가능한 일이기나 한가?"[1]

자연이 간직하고 있는 아름다움을 인간의 미적 정서로 환기할 수 없는 이 불운한 시대에 우리는 살고 있는 셈이다. 자연을 타자화함으로써 무엇보다 자본주의의 경제성장을 위한 도구로 인식된 자연은 인간의 주체할 수 없는 무한욕망의 노예로 전락하고 있다. 무엇보다 심각한 문제는 자연 생태계가 파괴됨에 따라 인간의 삶마저 황폐화되고 있다는 사실이다. 자연 생태계의 죽음은 곧 인간의 죽음과 소멸을 불러일으키고 있으며, 이러한 생태환경의 위기에 대한 경종은 동서양을 막론하고 지식사회에서 첨예한 화두로 대두되고 있는 실정이다.

그런데 솔직히 말하자면, (나의 편견과 과문일지 모르지만) 한국소설에서는 생태환경 문제를 본격적으로 다룬 작품이 극히 소수에 불과하다고 해도 지나친 말이 아닐 터이다. 소재적 차원에서는 간헐적으로 이 문제를 다룬 작품이 없는 것은 아니지만, 서사의 방향성이 이 문제에 수렴되지 않는 작품이 대부분이기 때문이다. 그렇다고 나는 이 땅에서 창작된 소설이 생태문제에 대한 몰이해를 보여주고 있다고 보지는 않는다. 1970년대 산업화 시대의 병폐를 생태계의 위기와 환경 문제라는 맥락 아래 예리하게 짚어낸 김원일의 「도요새에 관한 명상」(1976), 조세희의 『난장이가 쏘아올린 작은 공』(1978) 등은 우리 시대의 살아 있는 고전의 반열에 놓여 있다. 이외에도 1980년대 산업폐기물의 불법매립 문제를 다룬 한정희의 「불타는 폐선」(1989) 및 원자력 발전소의 안전성 문제를 다룬 우한용의 「불바람」(1989) 등이 생태환경 문제를 본격적으로 다룬 몇 안 되는 작품 중 대표작이다. 이

---

1 도정일, 『시인은 숲으로 가지 못한다』, 민음사, 1994, 348쪽.

것은 1990년대 이후 펼쳐진 한국소설의 경우도 예외가 아니다. 그러다가 2000년대에 들어서면서 김종성의 생태소설집 『연리지가 있는 풍경』(2005) 및 연작소설 『마을』(2009) 등 생태문제에 관심을 갖고 있는 소수의 작가를 제외한다면, 다른 작가들에게서는 이러한 문제를 형상화한 작품을 만나기 힘들다.

이렇게 볼 때 한국소설사에서 생태환경 문제에 대한 형상화를 보인 소설과 이에 대한 소설 담론은 빈약하다고 해도 과언이 아니다. 사회의 온갖 문제적 현실에 정면으로 대응하며, 인간다운 삶을 지향해온 우리의 서사문학의 전통 속에서 생태계의 위기와 환경파괴에 주목한 서사적 전통이 얕다는 것은 아이러니컬한 현실이다. 무엇보다 최근 급격히 대두된 환경에 대한 관심과 생명운동을 비롯하여 생태계 보호라는 크고 작은 사회의 관심사에서 소설이 적극적으로 대응하지 못했다는 것은 숙고의 여지가 있다. 왜냐하면 소설이라는 '작은 이야기[小說]' 안에 '큰 이야기[大說]'의 계기를 품으려는 서사의 욕망을 포기하고 있기 때문이다. 나는 이 글에서 비록 작가와 작품의 범위가 한정되는 문제를 안고 있지만, 묵묵히 생태환경 문제를 서사의 핵심으로 잡고 있는 작품을 읽어보기로 한다. 그리하여 이 땅의 서사문학 전통에서 상대적으로 빈곤한 생태소설에 대한 현주소를 성찰해보기로 한다.

생태소설에서 병진되는 '계몽의 서사'와 '수행의 서사'

작가 최성각만큼 생태환경 문제에 대한 집요한 관심을 갖고 있는 작가도 드물다. 그는 소설가로 불리기보다 환경운동가로 불릴 정도로 문학 안팎에서 파괴·소멸·절멸의 길로 치닫고 있는 생태계의 위기와 환경 문제에 대한 경각심을 일깨우는 활동을 활발히 하고 있다. 이러한 그의 관심은 지속적으로 발표되고 있는 소설 속에서 여실히 드러나 있다.

그가 생태소설집이라고 하여 펴낸 『사막의 우물 파는 인부』(2000)와 『쫓기는 새』(2013)는 엽편소설 중심으로 우리 사회에 당면해 있는 생태환경 문제의 구체적 현실을 사실적으로 보여주고 있다. 얼핏 보면, 소설이기보다 르포를 대하는 것처럼 허구가 아닌 사실을 날 것 그대로 접하는 것 같다. 그만큼 최성각의 소설적 실천은 사실적 실재감으로 충만된 채 생동감으로 넘친다. 우리 사회의 곳곳에서 자행되고 있는 환경 파괴의 실상을 있는 그대로 부조해내고 있기 때문이다. 특히 동강댐 건설과 관련된 소재를 집중적으로 다루고 있는 여러 편의 소설에서는, 생태환경 문제에 복잡하게 얽혀 있는 우리 사회의 모순과 부조리의 맨얼굴을 드러낸다.

그랬다. 그들(동강 지역 주민들 - 인용자)은 누대에 걸쳐 그곳에서 농사를 짓거나, 명 선생 말대로 영월읍 내에서 '조그마한 구멍가게'를 하던 평범한 무지랭이들었다. 그러나 동강댐 건설이라는 재앙을 맞이하자, 그들의 생활은 돌변하고 말았다. 밤낮없이 그들은 팽팽한 얼굴의 사람들을 만나야 했다. 댐을 악착같이 짓겠다는 나랏님들과, 지으면 어떻게 보상을 얻을까에만 몰두하는 사람들, 짓거나 말거나 여름 동강특수 때 돈이나 벌겠다는 장사치들이 그들이다. 혹은 짓거나 말거나 나랑 상관없다는 수많은 무임승차족들, 혹은 동강댐 건설이라는 전천후의 재앙으로 말이암아 전국 각처에서 몰려온 전문가들, 수천의 관광객들 또한 그들이 4년여 동안 매일같이 만나야 했던 사람들이다.(「국책사업 희생자들」, 『사막의 우물 파는 인부』, 128~129쪽)

동강댐 건설 계획이 추진되자 저마다의 경제적 잇속을 채우기 위한 인간 군상들로 동강은 북새통이다. 이것이 어찌 동강 하나에만 국한되던 일이던가. 특정 지역을 개발하는 일은 그곳에 인간의 욕망을 집결시킴으로써 결국 그곳은 인간의 앙상하고 남루한 물욕만 넘실대는 죽음의 공간으로 전화될 뿐이다.

'살림의 공간'이 아닌 '죽음의 공간'으로 변질되어가는 것. 오직 인간의 경제적 탐닉만이 난무하며, 세계의 모든 '존재가치'가 자본축적을 위한 '교환가치'로만 맹목화 되는 것. 따라서 이러한 공간에서는 생태계의 원리에 귀를 기울이며, 자연의 숨어 있는 위엄에 대한 외경심이 존재하지 않는다.

> 환경문제를 석우는 골치 아프게 생각지 않았다. '환경'이라는 말에 문제가 있어서 다르게 표현한다 해도 그렇다. 석우는 그것이 제어되지 않는 우리 시대의 욕망의 문제, 그래서 거기에서 연유한 인간(사회)의 부패 문제라 생각했다. 분할하고, 경쟁하고, 낭비하고, 비밀스럽고, 돈 만능의 가치관 문제라고 생각했다. 그래서 이른바 낮은 층위의 세계관·자연관의 문제라고 생각했다. 그렇다면 어떤 층위의 세계로 가야 할까. 답은 그러나 확실하게 나와 있고, 일찍부터 그렇게 사는 사람들도 있다. 통합과 공생의 세계, 절약하고 공개하는 시스템, 돈이 아니라 '녹색 감수성'이 존중되는 세상으로 가는 길이 그것이라고 석우는 늘 생각했다.(「갈 데까지 가버린 광고」, 『사막의 우물 파는 인부』, 29쪽)

그렇다면, '죽음의 공간'을 '살림의 공간'으로 변화시킬 수 없을까. 이에 대한 작가 최성각의 해답은 분명하다. "'녹색 감수성'이 존중되는 세상으로 가는 길"을 발견해야 한다. 그런데 정작 문제는 바로 여기에 있다. 너무나 의심할 여지 없는 당위성을 띠는 명제이기에 자칫 생태환경 문제를 단순한 윤리적 차원으로 환원시킬 수 있다. 그래서 "자연을 보호하자"는 정언명령의 신성성에 예속된 채 그 구체적 실천의 방향타를 놓칠 수 있으며, 또 다시 1980년대의 민족문학을 향해 제기되었던, 문제적 현실에 대한 획일적·도식적 저항과 맹목적 계몽성 및 상투화된 미래적 전망 제시란 결함을 되풀이할 수 있다. 어찌보면 1990년대 이후 그 다양한 소설의 흐름 속에서 생태환경 문제를 다룬 소설이 양적으로 빈곤한 것은 이와 같은 문제와도 동떨어진 게 아니리라.

여기서, 작가 최성각의 문제의식은 『쫓기는 새』에서 생태환경 문제에 대한 '계몽의 서사'에 초점을 둘 뿐만 아니라 생태운동을 몸소 수행하는 소설적 실천, 즉 '수행의 서사'를 보인다는 점에서 각별히 주목할 필요가 있다.

가령, 눈에 띄는 것은, 그의 『쫓기는 새』에 실린 엽편소설에서 자주 접하는 '걷기'와 '삼보일배'의 행위에 대한 작가의 서사적 관심이다. 이 두 행위는 국책사업에 의해 파괴당하는 자연생태를 지켜내기 위한 생태운동의 일환인데, 최성각은 이 행위를 "가장 작은 맨몸뚱이로 가장 큰 것과 싸우는 적극적 수동성"이라는 어느 시인의 성찰을 소개한다. 돌이켜보면, 우리는 매스컴에서 '삼보일배'하는 모습을 지켜보면서 그 행위에 담긴 어떤 정치적 수행의 극적 효과에 주목했을 뿐, 그 행위에 직간접 참여한 사람들의 도정 속에서 소중하게 발견한 정서적 울림에 대해서는 소홀하였다. 최성각은 '삼보일배'를 통해 새롭게 발견한 이 정서적 울림을 주목한다.

> 찰거머리 같고 철벽같은 현실 권력에 대한 용서하기 힘든 분노와 그 분노만큼의 무력감, 12년간 새만금 소동으로 인한 낭비한 에너지에 대한 억울함과 사람들의 무관심에 대한 절망감, 그럼에도 불구하고 굴하지 않는 몇 아름다운 정신에 대한 존경심 따위가 그 울음 속에 포함되어 있었다. 특히 문정현 신부님이 이번에 고백한 몇 마디 말은 두고두고 되씹어볼 만한 것이었다. "다신 전투경찰들한테 지팡이를 휘두르지 않을 거야. 진정한 운동은 그들을 패는 게 아니라 울리는 일이야"라는 말이나,(「삼보일보 배후기(背後記)」, 『쫓기는 새』, 316~317쪽)

최성각의 엽편소설을 읽는 내내 떠나지 않은 문제의식이 있다면, 모든 것을 용해하고 있는 '울음'이었다. 적의(敵意)를 무장해제시키는 울음, 자신의 잘못을 진정으로 성찰하도록 하는 울음, 아름다운 삶에 절로 고개를 숙이는 울음, 부정한 것을 정화시키는 울음……. "진정한 운동은 그들을 패는 게 아니라 울리는 일이야"라는 이 간명한 발언 속에 우리 시대의 진보를 향한 운동이 결코 쉽게 간과하지 말아야 할 모럴이 있다. 적대적 타자를 울린다는 것은 곧 타자와 문제의식을 공유하면서 부딪치는 사안에 대해 함께 상생하는 해법을 마련하기 위한 정서로 충일되는 것인 한, 이것이야말로 '감동'이 아니고 무엇인가. 생명을 살리기 위해 모두 생명을 살리는 순정에 휩싸일 때 '울음'은 터지기 마련이다.

이와 같은 우주적 감동은 한승원의 장편 『연꽃바다』(1997)에서도 발견된다. 박새라는 조류의 시선에 비친 인간의 탐욕이야말로 생태환경 파괴의 직접적 원인을 제공하는 실체임을 적나라하게 드러낸다. 죽음을 목전에 둔 주철 할아버지의 매실 농장을 둘러싼 가족들의 분규는 천양지차로 다른 욕망의 산포도를 보여준다. 자연을 한갓 경제적 가치로 환원시키려는 서로 다른 욕망의 명세표들이 어지럽게 날리고 있는 것이다. 여기에는 자연을 우주적 생명의 유기체로 파악하는 인식이 들어설 자리가 없다. 그리하여 매실 농장을 탐하려는 그들에게 '연꽃바다'가 현현될 리 있겠는가.

'연꽃바다'란 자연을 우주적 생명의 유기체로 인식할 때, 달리 말하자면, '생태학적 상상력'으로 충만되어 있을 때 우리들의 눈앞에 그 신비한 자태를 드러내는 법이기 때문이다.

> "(생략) 이 바다는 거대한 인공호수 같지 않은가? 말하자면 저 호수 같은 바다를 빙 둘러싸고 있는 섬들의 우뻿쭈뻿한 산봉우리들하고 이 언덕빼기 뒤로 솟은 봉우리들이 바로 그 연꽃 잎사귀들인 것이고, 콜록콜록 음 으흠, 저 바다 한가운데 있는 저 섬들은 꽃 속에 있는 수술들인 것이여. 콜록 음 으흠. 이 연꽃들을 제대로 바라볼 줄을 알게 되면은 자기가 앓고 있는 모든 병이 낫게 된다는 것이여 콜록콜록……"(『연꽃바다』, 198~199쪽)

이렇듯이 '연꽃바다'는 실제의 현실계에서 존재하는 게 아니라 상상의 세계에서 존재한다. 하지만 그 상상의 세계는 허구와 공상의 산물이 결코 아니다. 바다를 둘러싸고 있는 섬과 바다 한가운데 있는 섬이 조화롭게 어울려 마치 거대하고 아름다운 연꽃으로 피어난 것은, 바다와 섬을 하나의 생명 유기체로 인식해내는 미적 정서 때문이다. 작가 한승원은 이 '연꽃바다'를 미적 결정체로 환기하기 위해서는 인간의 욕심을 걷어내고 사무사(思無邪)의 깨달음에 이르러, 자연을 타자로서 인식하는 게 아니라 자연과 한몸이 되어 우주적 생명의 리듬을 함께할 때 가능하다는 진실을 들려준다.

'살림의 소설'을 위한 영혼의 틈과 자연성의 발견

최성각과 한승원의 소설에서도 공통적으로 추출할 수 있는 것처럼 생태환경 문제를 낳은 본질적 원인은 자연을 인간의 도구적 이성의 대상으로 간주함으로써 자연의 존재가치를 자본주의의 교환가치로 탈바꿈시키는 인간의 물욕에 있다. 따라서 생태계의 위기와 환경 파괴 자체를 알리는 것도 시급히 당면한 소설적 과제임에 틀림없지만, 보다 발본적인 문제 해결을 위해서는 자연에 대한 인간의 인식이 대전환을 가져와야 한다.

김영래의 장편 『숲의 왕』(2000)은 생태환경 문제를 본격적으로 다룬 몇 안 되는 작품으로, 무엇보다 다양하고 풍부하게 소개되고 있는 신화와 인류학적 보고서는, 우리로 하여금 몰각하고 있던 숲의 비의성에 눈을 뜨게 할 뿐만 아니라 바로 그러한 숲의 비의성에 내포된 삶의 진실을 성찰케 한다.

우리가 이 소설에서 주목해야 할 것은 숲으로 대별되는 자연을 지키고 잘 가꾸어내자, 라는 계몽적 진실의 형상화가 아니다. 그보다는 숲이 간직하고 있는 존재가치를 복원하는 것, 숲의 신성성을 발견하는 것, 그리하여 자연에 대한 인간의 오만함을 반성케 하고, 자연과 공존하는 인간의 아름다운 삶을 모색하기 위함이다. 이를 위해 작가는 소설의 곳곳에서 전세계에 흩어져 있는 숲과 나무에 관련된 신화와 설화를 빈번히 삽입시킨다. 특히 작가의 의도된 서사전략이랄 수 있는 신학대 교수의 장황한 강연 내용은 작가의 생태환경 문제의식에 대한 치열성을 읽어낼 수 있는 부분이다. 그의 강연 내용의 요지는 이렇다. 부활과 갱생이 전제되지 않는 죽음이, 곧 오늘날 전세계에서 자행되고 있는 숲의 파괴이며, "생명에 대한 무관심과 엄청난 환경 파괴에 의해 생명 박탈에까지 이른 우리는 오늘날 전 생물종에 걸친 대학살극에 직면해 있"(126쪽)다. 그리하여 "우리는 재생이란 아예 불가능한 죽음의 가공할 독을 만드는 공장에서 함께 작업을 하고 있는 것"이고, "우리는 독과 약을 섞어버렸고, 그 둘은 마찬가지로 하나의 독이 되고 말았"으며, "이제 그 독은 불임의 돌을 잉태한 채 회생력을 잃은 대지의 심장으로 퍼져들어가" "우리는 우리가 저지른 극악한 죄를 망연자실 바라보고만 있을 따름"(126쪽)이다.

재생이 없는 죽음은 말 그대로 불모의 죽음이다. 작가 김영래가 『숲의 왕』을 통해 우리에게 들려주고 싶은 것은 바로 이러한 묵시록적 종언이 우리들 곁으로 성큼성큼 다가서고 있다는 데 대한 경종이다. 때문에 소설 속에서 숲을 수호하려는 '숲의 형제단'은 마치 밀교와 같은 성격을 띨지라도 이러한 묵시록적 세계의 현현에 맞서 저항하는 전위의 역할을 맡는다.

그런데 나는 여기서 숲의 형제단의 일원인 성준하의 미완성 애니메이션 시나리오에서 데몬이 발언한 다음과 같은 부분에서 모골이 송연해짐을 느낀다.

인간은 자연을 뭐, 노다지쯤되는 걸로 아는 모양이야. 재벌 아버지를 둔 탓아 같다고나 할까. (중략) 자신들의 어머니인 지구의 뱃속에서 철이란 철은 모두 꺼내 지상에 까발리고, 등골을 파헤쳐 빌딩과 도로를 만들고, 흡혈귀들처럼 시추공을 뚫어 피와 조직액을 몽땅 빨아내고, 그러곤 그 속에다 온갖 폐기물을 쏟아붓고, 뇌 속의 분비물질인 우라늄을 캐내 핵을 만들고. 두고 볼 일이지. 그러고도 지구가 살아남을까? 그렇다면 기적이지. 내가 지구의 멸망을 바란다고? 그렇지 않아. 난 이 모든 탐욕과 패륜과 악덕의 끝이 궁금할 따름이야. 그만하라는 어머니의 경고를 듣고서도 멈추지 않는 너희 인간들이 원하는 것이 궁극적으로 무엇인지 그게 궁금할 따름이야. 자, 어디 한번 해보자구! 지하 세계에 파묻어둔 암흑시대의 괴물들을 몽땅 땅 위로 불러내보라구! 백 개의 머리를 가진 티폰과 백 개의 팔을 가진 브리아레오스와 지옥의 문지기 케르베로스와 히드라를! 우주의 암룡

티아마트와 파리대왕 바알세붑을!(『숲의 왕』, 254쪽)

데몬의 이 엽기적 발언은 전세계적으로 당면한 생태환경의 파괴와 절멸을 가리키고 있는 현장 보고서나 다름이 없다. 이처럼 작가는 작중인물 성준하의 애니메이션 시나리오 원고를 삽입시킴으로써 위의 인용과 같은 직접적 대사를 통해 생태환경 문제의 심각성을 극적으로 환기시키고 있는 것이다. 이 소설의 형식상 새로움이기도 한 이러한 서사 장치는 자칫하면 진부한 계몽성으로 비칠 수 있는 생태환경 문제의식을, 새로운 서사문법을 통해 우리에게 정서적 충격을 던져줌으로써 우리들의 일상성에서 아무렇지도 않게 지나쳐왔던 생태환경 문제에 대한 통찰과 성찰적 비판의 자세를 갖게 한다. 그렇다면 그 구체적 실체는 무엇인가. 준하의 시나리오에서 '숲의 왕'은 말한다: "그(사막 끝에 살고 있는 현자 - 인용자)는 자네에게 가르쳐줄 거야. 이 땅의 흙과 돌과 금속과 공기는 우리의 형제이자 연인이라는 것을. 우리의 심장이자 수족이라는 것을. 물질을 결합시켜주는 것은 사랑이고, 그들을 창조하는 것은 선이며, 사물의 변화와 변성은 사랑의 동사와 선의 형용사에 의해 이루어진다는 것을……."(255쪽)

요컨대 작가 김영래는 '숲의 왕'의 전언을 통해 자연은 인간의 도구적 이성에 의해 유린된 채 불모성의 죽음으로 생의 종언을 고하는 게 아니라 인간과 대등한 존재가치를 지닌 생명체로서 인간과 지속적인 사랑을 교감해야 하며, 이를 위해서는 자연에 숨어 있는 생명의 가치를 존중하는 세계관, 즉 생태학적 세계관을 지녀야 할 것을 이야기한다. 작중 인물 임노인이 스스로 '숲의 왕'임을 자각하고 '풀의 세상, 물의 세상'을 지키는 게 바로 자신에게 부여된 천명이라고 인식하듯이 말이다. 그렇다. 작가는 임노인과 같은 깨달음을 우리에게 요구하고 있는지도 모른다.

결국 생태환경 문제에 대한 서사의 초점은 '살림의 소설'에 맞춰진다. 나는 이러한 맥락에서 작가 한창훈의 소설에 주목할 필요를 갖는다. 물론 지금까지 한창훈 소설에 대한 대체적인 평가는 민중의 생활 현실에 대한 구체적 실감에 토대를 둔 것으로, 이 글의 논의 주제인 생태소설 문제로 범주화하기에는 간단하지 않다. 하지만 가령, 그의 산문소설인 『바다도 가끔은 섬의 그림자를 들여다본다』(1999)와 같은 작품 곳곳에서 형상화되고 있는 거문도와 바다의 자연 풍광 및 그곳에서 삶의 터전을 삼고 살아가는 민중들의 건강한 삶의 모습은, 우리가 이 글에서 지금까지 읽어본 최성각, 한승원, 김영래의 소설에서 보이는 생태환경 문제의식과 크게 동떨어진 것은 아니다. 한창훈의 예의 소설에서 심각한 생태계의 위기와 환경 파괴와 같은 면이 이야기되고 있지는 않지만, 자연에 대한 경건함과 자연과 벗하며 공존하는 인간의 아름다운 삶이야말로 생태학적 상상력과 생태학적 세계관에 기반한 소설적 형상화가 아니고 무엇인가.[2] 이것은 이남호가 언급한 바와 같이 우리의 삶에서 망실되어 가고 있는 자연성을 되살림으로써 "순수 자연 상태에서 최선의 형태로 구현되어 있는 가치와 질서와 미학"의 "그 구체적 내포를 찾아내고 확산시키는 일이 바로 녹색문학이 의도하는 바"[3]라는 문제의식과 겹쳐진다.

생태소설의 전망을 위해

글을 마무리하면서 향후 생태소설의 전망과 관련하여 몇 가지 문제를

---

2 나는 리얼리즘 소설의 면모를 살펴보면서 한창훈의 『바다도 가끔은 섬의 그림자를 들여다본다』를 '성찰의 서사'라는 문제틀로 살펴본 바 있다. 그 문제틀의 이면에는 본문에서 논의한 문제의식, 즉 생태학적 상상력에 기반한 소설적 형상화를 고려한 것이다. 고명철, 「최근 리얼리즘 소설에서 발견되는 '성찰의 서사'」, 『'쓰다'의 정치학』, 새움, 2001. 그런데 이러한 문제의식은 이남호의 다음과 같은 담론에서 뒷받침된다: "녹색문학은 겨우 존재하는 자연 또는 〈제2의 자연〉까지도 자연에 포함시킨다. 다시 말해 자연성이 잘 보존되어 있거나 구현되어 있는 모든 것을 자연이라고 생각한다. (중략) 우리는 자연을 보다 넓은 의미로 생각함으로써만이 자연 회복의 현실적 가능성을 추구할 수 있고 또 자연 상실의 시대에서 녹색문학의 존재 근거도 마련할 수 있다."(이남호, 『녹색을 위한 문학』, 민음사, 1998, 44쪽)

3 이남호, 앞의 책, 44쪽.

생각해보자.

우선, 생태소설이 자칫 '계몽의 서사'로 편중되는 것을 경계해야 한다. 생태환경에 대한 위기의 실상을 구체적으로 알리는 데 치중하다 보니, 소설이라는 허구의 양식이 갖는 특징보다 르포적 성격을 강하게 띤 생태학 보고서로 읽힐 수 있다. 여기에는 생태환경 문제를 본격적으로 다룬 소설에서 흔히 노정되는 '계몽의 서사'가 갖는 문제점인데, 무엇보다 생태환경 문제를 전문적으로 인식하고 있는 지식인(환경운동가를 비롯한 연구자, 예술가 등)의 입장에 의해 일방통행식으로 전달되고 있는 계몽성의 진술은 이러한 문제를 낳는 대표적인 서사적 결함이다.

다음으로, 생태환경 문제에 대한 서사화의 단순성을 경계해야 한다. 생태환경을 위협하는 쪽과 대립적 전선을 획정함으로써 윤리적인 비도덕성을 부각시키는 것으로만 읽힐 수 있기 때문이다. 정작 생태환경을 정면으로 다루는 데에는 생태문제에 복합적으로 얽혀 있는 이 땅의 다층적 문제 양상에 대한 심층적 탐구가 병행되어야 하지 않을까.[4] 즉 한국사회의 국민국가의 문제와 함께 지구화 시대에 새롭게 부각되고 있는 문제들을 밀접히 연동시키는 문제의식을 지녀야 할 것이다.

한편, 생태환경 문제를 서사화하는 과정에서 은폐된 자연의 비의성과 자연의 숨은 존재가치를 발견하는 가운데 흔히들 신화의 이미지와 맥락을 존중하게 된다. 이때 자칫하면, 신화가 지닌 탈현실과 전근대적 시야에 간힌 채 세계의 모든 존재를 신화의 이미지로 환원시킴으로써 생태환경의 문제는 신화를 이해하는 보조 수단으로 전락할 수 있다. 여기서 상기해야 될 것은 생태환경 문제는 근대성으로 야기된 것으로, 이에 대한 해결의 실마

---

4   백낙청은 이 문제에 대해 그가 지속적으로 제기해온 분단체제라는 문제틀에 의해 "생태학적 상상력의 발동이 세계체제의 구체적 작동방식에 대한 분석과 그에 따른 적절한 대응책의 개발로 이어지지 못한다면 이는 실천력이 약한 운동을 낳는 결과밖에 안된다"(145쪽)고 하여 "분단체제와 세계체제 기성 논리의 허구성을 꿰뚫는 통찰력"(144쪽)이 요구됨을 피력하고 있다. 백낙청, 「분단체제극복과 생태학적 상상력」, 『흔들리는 분단체제』, 창작과 비평사, 1998.

리는 어디까지나 세계에 대한 합리적 분석에 토대를 둔 서사화가 진행될 때 생태학적 상상력과 생태학적 세계관의 형상화가 웅숭깊어진다는 사실이다.

이제 생태환경 문제에 대한 본격적 소설 작업을 더 이상 미루어서는 안 될 것이다. 이미 시문학에서는 자연과 생명에 대한 작업이 진척된 지 오래며, 자본주의의 교묘함은 생태 문제마저 상업성의 문화논리로 포섭하고 있지 않은가. 생태계 위기와 환경 파괴를 빌미 삼아 각종 환경 상품에 대한 마케팅 전략으로써 우리의 감성체계와 세계인식을 마비시키고 있다. 이 또한 경제성장 만능주의가 낳은 생산성 증대의 부작용이다. 환경 상품을 소비하고 남은 쓰레기는 어떻게 처리되는가. 불을 보듯 뻔한 일이다. 또 다른 형태의 쓰레기만 양산할 뿐이지 않은가. 이 자본주의의 악무한적 순환 위협 속에서 생태학적 상상력으로 묵묵하게 대응하는 소설이 일상으로 파고들어와, 자연과 인간이 상호공존하는 생태환경의 일상이 자연스레 착근되기를 기대해본다.

이 글은 필자의 「우리들의 일그러진 생태환경, 그 서사화의 현주소」(『'쓰다'의 정치학』, 새움, 2001)을 중심으로 최근의 문제의식을 보탠 것이다.

문화정책의 난제를 풀어야 할 한국문학

이명박 정부의 문화정책에 대한 비판

문화정책, 국가와 길항하는 혹은 넘어서는

문화예술에 종사하는 사람들이 생득적으로 기피하는 용어가 있다. '정책'이라는 용어다. 이 용어로부터 막연히 떠올리게 되는 '규제, 배제, 선택, 집중, 기획, 집행, 입안, 실행' 등과 관련한 법률적 의미의 맥락들은 우리의 뒤틀린 근대의 역사적 경험과 맞물리면서 문화예술인들에게는 썩 달갑지 않은 용어로 각인돼 있다. 20세기 전반기 일본 제국주의의 식민통치 아래 구현된 제국의 문화정책, 해방 이후 미군정(美軍政)에 의해 주도면밀히 펼쳐진 미국 문화의 지배력을 행사하기 위한 문화정책, 5·16군사쿠데타 이후 유신체제에 이르기까지 전 사회 분야에 광범위한 억압적 이데올로기로 작동한 반공주의 문화정책, 1980년대 내내 민주주의 회복과 분단극복을 위한 민족민주운동을 압살한 온갖 파시즘적 문화정책 아래 문화예술은 그 특유의 미적 자율성을 보장받지 못한 채 제국과 국가의 정치적 시녀로 전락한 치욕의 경험을 안고 있다.[1] 그만큼 우리의 역사 속에서 문화와 정책의 결합

---

1   참고로 "문화정책은 대체로 19세기 이후 문화현상 전반에 대한 관심이 증대되면서 프랑스, 독일, 영국, 미국, 일본 등 소위 문화선진국을 중심으로 문화의 발굴·보호·육성·전승을 위하여, 또 한편으로는 식민지 국가의 효율적 경영을 위한 수단으로 수립집행되어 왔다."(김복수, 「'문화의 세기' 문화와 문화정책」, 『'문화의 세기' 한국의 문화정책』, 보고사, 2003, 12쪽) 문화정책의 이 두 가지 성격은 우리의 역사 현실에서 그것이 어떻게 구체화되었는지 여실히 부각된다. 우리의 역사 속에서 문화정

은 문화 본래의 가치가 존중받는 게 아니라 정치의 차원으로 흡수되는, 그리하여 국가의 통치 행위에 문화적 정당성을 보증받기 위한 정치적 차원 그 이상도 이하도 아닌 것으로 대부분 인식해왔다.

그런데 문화정책이 "한 사회가 이용할 수 있는 모든 물적 자원, 인적 자원의 최적 이용을 통해 문화적 욕구를 충족시키는 것을 목표로 하는 작위나 부작위의 총체를 의미하는 것"[2]임을 주목해보건대, 지금까지 문화정책에 대한 불신과 혐오에 붙들린 채 문화정책 전반에 대한 무관심과 냉대를 갖는 것은 결코 슬기롭고 현명한 대응이라고 볼 수 없다. 근대적 자본주의와 더불어 그 운명을 함께 하고 있는 국민국가란 정치체(政治體)가 존속하는 한 각종 정책들 속에서 문화정책을 애써 외면할 수는 없다. 중요한 것은 어떠한 문화정책을 강구해야 하고, 그것을 어떻게 내실 있게 실천하는가 하는 문제다.

여기서 다 함께 생각해보아야 할 것은 국가와 문화정책이 갖는 관계를 어떻게 설정하는가 하는 문제다. 앞서 잠시 살펴보았듯, 그동안 우리의 문화정책은 국가의 여러 정책 중 한 부분을 담당하는 것으로, 국가 통치의 일환으로 문화정책이 입안되고 실현되었음을 너무나 잘 알고 있다. 그 과정에서 온갖 부정적 요인이 발생하고, 그것이 도리어 우리 문화의 아름다운 가치를 퇴색시키기도 하였다. 때문에 문화정책은 다른 정책들과 다른 점에 각별한 주의를 요구한다. 만약 국정의 효율적 운영을 위한 방법적 수단의 차원으로 문화정책을 인식한다면 대단히 위험하고 잘못된 인식이다.

어떻게 보면, 국가의 입장에서는 문화정책이야말로 가장 다루기 손쉬운 측면이 있는가 하면, 도리어 가장 골치 아픈 눈엣가시와 같은 존재일지 모른다. 국가의 예산을 집행하였으면 그에 걸맞은 성과가 빠른 시간 안에

책의 주요 특징의 흐름에 대해서는 김복수의 같은 글, 37~42쪽 참조.

2   유네스코가 1968년 개최한 문화정책에 관한 원탁회의에서 밝힌 부분이다. 김복수, 같은 글, 30쪽.

가시적으로 드러나면 좋지만, 문화의 속성상 지원한 이후 그 성과가 나오는 것을 명확히 추정한다든지, 그 성과가 어떻다 하는 것을 정량적 혹은 정성적 평가의 척도로 쉽게 판단할 수 없기 때문이다. 게다가 국가가 해결해야 할 시급한 당면 과제 중에서 문화의 문제들은 국정 운영의 우선 순위에서 멀 뿐만 아니라, 그 문제를 해결하는 데 소요되는 비용마저 낮다.

하지만 이제 이와 같은 문화정책에 대한 근시안적이고 비전문가적 편견은 과감히 해소되어야 한다. 이명박 정부가 들어선 이후 유인촌 문화체육관광부 장관은 2008년 9월 3일 문화체육관광부의 정책 기조를 발표하는 자리에서, 새정부의 문화정책의 목표를 '품격 있는 문화국가, 대한민국'이라고 힘주어 강조했듯, 국가의 품격을 높이기 위해 문화정책에 대한 기존의 단견과 편견을 불식시켜야 할 것이다. 아울러 여러 면에서 몇 가지 원칙을 발표했는데, 그중 '문화가 국가정책의 전반에 스며들게' 한다는 것이 제발 구호성 탁상공론에 그칠 게 아니라 실질적 내용과 정책적 실천으로 구현되었으면 하는 마음 간절하다. 이에 대해서는 뒤에서 좀 더 구체적으로 논의해보기로 하는데, 먼저 짚고 넘어갈 게 있다.

'품격 있는 문화국가'와 '문화가 국가정책의 전반에 스며들게 하는 것'을 초점에 둔 문화정책은 과연 어떤 모습일까. 설마, 국가 주도의 일방통행식 문화정책이 펼쳐지는 것을 염두에 둔 것은 아니겠지. 국가의 효율적 운영(가령, 4대강 개발, 미디어 악법 등)을 위해 문화정책을 선전의 수단으로 삼는 것은 아니겠지. 이명박 정부의 모든 정책의 구심에 경제살리기가 있는데, 문화정책마저 경제중심주의 논리로 환원되는 것은 아니겠지. 이명박 정부의 중도실용주의가 문화정책에 철두철미하게 관철되는 것은 아니겠지. 집권 초기 인수위 시절부터 혹독한 비판의 대상이 되고 있는 이른바 '고소영', '강부자' 중심의 문화정책을 펼치는 것은 아니겠지. 잃어버린 10년이라고 하면서 극우수구파들의 이념적 공세에 휘둘리는 문화정책을 펼치는 것은 아니겠지.

제발, 이러한 질문들이 기우(杞憂)에 불과했으면 한다. 건강한 문화정책은 국민의 삶의 질적 가치를 높이려고 노력하되, 여기에는 국가의 정치체를 더욱 굳건히 하는 차원과 전혀 다른, 국가의 개별 구성원들이 자율적 심미적 주체의 하나로서 아름다움의 가치를 창의적으로 발견하는 과정 속에서 근대적 국가의 정치체 바깥 너머를 과감히 상상하는, 그리하여 근대 국민국가적 일상에서 창조적으로 벗어나는 미의 가치와 한데 어우러져 자연스레 탈근대의 세계를 꿈꾸는 것이다. 그럴 때, 이러한 문화정책이 국가정책의 전반에 스며든다면, 우리가 꿈꾸는 예의 세계가 문득 실현될지 아무도 알 수 없는 일이다.

국정운영의 효율성에 예속된 문화정책의 난제

사실, 조금 앞서 제기된 잇따른 문제들은 기우가 아닌 점차 현실로 받아들여지고 있는 실정이다. 무엇보다 이명박 정부의 문화정책에서 가장 걱정되는 것은 국정철학의 빈곤이 말해주듯, '창조적 실용주의'에 바탕을 둔 문화정책을 강구하여 실현하겠다고 하지만, 정작 정부가 보여주는 문화정책의 실현태들은 실망스럽기 그지없다.[3]

---

3   이명박 정부 출범 이후 문화정책에 대한 온갖 문제점은 2009년 3월 19일 국회에서 문화연대가 주관한 '주제: 이명박 정부 출범 1년, 문화정책 진단 토론회-〈위기의 문화정책, 길을 묻다〉'에서 집중적으로 논의됐다. 나는 대체적으로 문화연대의 문제제기에 전폭적으로 동감한다. 뒤늦은 감이 없지 않으나, 문화연대의 토론에 지속적으로 참여하는 차원에서 논의를 보탠다. 이 날 문화정책 진단 토론회에서는 이명박 정부 문화정책 10대 실정을 참고자료의 형식으로 제시했다. 그 핵심을 요약하면 다음과 같다. ①공공기관장 강제해임과 경영 논리를 앞세운 노골적 코드인사 ②한국문화예술위원회 자율성 침해 ③'미디어 관련법' 개악 추진 ④'저작권법' 개정, '사이버모욕죄' 신설 등을 통한 표현의 자유 침해 ⑤'독립영화' 명칭 삭제, 독립영화 관련 일부 사업에 대한 일방적 지원 중단 및 변경 ⑥국립오페라단 합창단 해체 ⑦한국대중음악상 시상식 지원 철회와 상업성 위주의 음악 산업 진흥 정책 추진 ⑧2008베이징 올림픽 연예인 응원단 지원 파문 ⑨'문화가 흐르는 4대강 살리기' 등 개발 논리와 관광 정책 위주의 지역문화정책 ⑩구체적인 전망과 계획이 부재한 '예술뉴딜' 정책.

우선, 국정철학의 빈곤은 문화정책이 어떠한 철학적 바탕 위에 세워져야 하는지 그 골격이 없다 해도 과언이 아니다. 있다고 하면, 경제만능중심주의에 입각한 문화정책의 꼴이며, "경제관료, 홍보관료, 전위관료 등을 앞세운 채 비민주적 정책 수행을 해가는 탓에 이명박 정부 2년차부터의 문화정책을 전위적(前衛的) 전제적 국정홍보책이라 부르는 것 외는 달리 표현할 길이 없다."[4] 여기서, 유인촌 장관 취임 초기 "이전 정권의 정치색을 가진 문화예술계 단체장들은 스스로 자리에서 물러나는 것이 자연스럽다."[5]라는 정치적 발언에 기인하는, 사실상 이전 정부의 문화예술계의 기관장을 향한 퇴임을 압박하는[6] 게 중장기적 문화정책에 대한 포기(혹은 방기)에 따른 심각한 문제점이 야기될 수 있는 것을 간과해서 안 된다. 다른 분야와 달리 문화는 정권이 바뀌었다고 이전 정권에서 숙고하여 착안된 문화정책을 송두리째 부정·폐기하는 게 아니라, 면밀히 검토하여 새로운 정권에서도 그것을 창조적으로 섭취해야 한다. 그러기 위해서는 법률적 임기가 보장된 주요 문화예술기관장들을 정치적 명분 삼아 퇴임을 압박하는 게 아니라 소신껏 보장된 임기 안에 책임을 갖고 해당 분야의 문화정책을 집행토록 아낌없는 지원을 하는 게 순리다. 이것이야말로 국정을 운영하는 다른 정책과 구별되는 문화정책다운 특장(特長)이 아닐 수 없다. 지난 '국민의 정부', '참여정부'에서 힘들게 강구해낸 '창의 한국', '새예술정책'이 이렇다 할 구체적 실현도 하지 못한 채 이명박 정부에 의해 낡고 쇠락한 쓸모없는 문서로 치부되어서는 곤란하다. 새로운 정부가 문화정책에 대해 진지한 숙고를 했다면, 비록 이전 정부에 의해 고안된 문화정책일지언정 막무가내식 부정의 입장을 취할 게 아니라 비판적 수용을 통해 이명박 정부의 문화정책을 수

4   원용진, 「이명박 정부 문화정책의 급선회」, 『문화행정 정상화와 예술 자율성 회복을 위한 문화예술인 공개 토론회』 자료집, 2009. 7. 15, 6쪽.

5   유인촌, 「광화문포럼」, 2008. 3. 12.

6   이명박 정부의 전방위적인 퇴임 압박에 못 이겨 언론재단 박래부 이사장, 국립현대미술관 김윤수 관장, 한국문화예술위원회 김정헌 위원장 등이 자리에서 물러났다.

립·집행하는 데 적극 활용하는 태도를 지녀야 할 것이다. 이것이 바로 이명박 정부가 '창조적 실용주의'에 바탕을 둔 문화정책을 입안·실천하는 게 아니고 무엇인가.

그러한 차원에서 이명박 정부의 문화정책은 이전 정권의 문화정책을 이념적 시각에서 단정지어서는 곤란하다. 가령, 그 단적인 사례를 들자면, 2006년 작가 복거일을 초대 대표로 하여 결성된 문화미래포럼이 펴낸 『새 정부의 문화예술정책』(집문당, 2008)의 머리말에는 "헌법에 우리 정치체제를 자유민주주의로 두고 있는 이상 정부는 국민들을 좌파운동세력으로부터 보호할 의무가 있는 것이다. 좌파 10년 동안 좌파인사들이 우리의 근대 역사를 왜곡·비하했다."고 하여, 지난 '국민의 정부'와 '참여정부' 시절 문화정책에 관여한 모든 문화예술인들을 향한 매카시즘의 폭력을 가하고 있다. 억압적 정치 이념으로부터 해방된 세계를 꿈꾸는 문화예술인들이 낡고 쇠락한 반공주의를 또 다시 전가의 보도처럼 휘두르고 있는 이 어처구니없는 현실을 어떻게 보아야 할까. 아직도 우리는 냉전의 장막에 켜켜이 둘러싸여 있는 셈이다. 이명박 정부를 향한 문화예술정책에 대한 의견을 내놓는 단행본의 머리말이 이렇게 스스로 분단시대의 올무에 잡혀있는 꼴이다.

그런가 하면, 이명박 정부의 문화정책에서 가장 걱정스러운 것은 문화정책의 자율성과 독립성이 보장되지 않은 채 현실 정치권의 시녀로 전락하지 않을까, 하는 점이다. 문화부는 2009년도 중점 추진과제를 제시했는데, 10대 추진과제 중 '국민공감 국정홍보', '문화가 흐르는 4대강 살리기', '녹색성장 및 문화복지 지원' 등 3가지는 이명박 정부의 국정을 원활히 운영하는 데 문화부가 문화정책의 미명으로 적극 일을 도와주는 것으로밖에 이해되지 않는다. 한반도 대운하 국책사업이 전 국민의 거센 저항에 부딪치자 4대강 살리기로 재빠르게 변모한 터에, 그리고 그것과 함께 친환경 경제활동의 일환으로 녹색성장을 부각시키는 터에, 문화부는 문화정책의 10대 추진과제 안에 이것들을 포함시켜 국민을 대상으로 한 적극적 홍보에 치중하 겠다는 것을 노골화하고 있는 것이다. 국정홍보가 과연 국가의 문화정책의 10대 추진 과제에 속해야 하는지 묻지 않을 수 없다. 국책사업을 국민에게 알리는 일은 문화부가 문화정책의 중점 과제로 설정할 일이 아니라 행정부 혹은 해당 사업의 유관 기관 내의 홍보를 담당하는 쪽에서 추진해야 할 업 무에 불과하기 때문이다. 그런데도 이것을 문화부가 2009년도에 중점적으 로 추진해야 할 10대 과제에 포함시키는 것은, 문화부 스스로 문화정책의 자율성과 독립성을 망각한 채 국책사업을 실행하는 핵심 부서의 홍보 업무 를 담당하는 역할로 전락한 것을 시인한 것이나 다름이 없다. 즉, 문화부의 문화정책은 국정 운영의 효율성을 배가시키는 일환의 국정홍보의 수단으 로 전락하고 있다.

그런데 이명박 정부의 문화정책에서 더욱 심각한 것은 문화예술을 시 장주의 논리로 파악하고 있는 것을 대수롭지 않게 여긴다는 점이다. 사실 이것은 이명박 정부만의 문제는 아니다. 신자유주의 경제질서가 팽배해지 면서 시장주의의 위력으로부터 문화예술도 자유로울 수 없다는 것을 '국 민의 정부'와 '참여정부' 시절부터 피부로 체감하고 있다. 그렇다면 국가 의 문화정책은 시장주의의 위력으로부터 문화예술을 지켜내야 하는 것일 까. 아니면, 시장의 시스템 속에 적자생존의 원리에 적극적으로 적응(혹은 순 응)하도록 방치하는 것일까. 이명박 정부는 2009년도 3대 중점과제 중 '콘 텐츠로 경제 활력 제고'를 정해, 시장의 시스템 속에서 문화예술의 활로를 적극적으로 찾는 것을 선택하고 있다. 그래서 스포츠, 관광, 서비스, IT계열 의 융합 콘텐츠, 문화산업 등에 대한 정책적 지원을 고려하고 있다. 급변하 는 현실에서 이러한 것을 외면할 수는 없다. 하지만 경제만능중심주의 논 리에 매몰된 채 경제적 부가가치를 극대화할 수 없는 기초예술에 대한 정 책적 고려는 관심 밖의 경우가 허다하다. 기초예술은 문화생태계의 뿌리인 바, "한 사회의 문화 체계 안에서 가장 원초적인 생명활동인 '예술 창조'의 영역이 고갈되면 문화 생태계는 파괴되고 문화적 자원은 고갈에 이른다."[7] 그렇게 되면, 양질의 콘텐츠 자체가 생산될 수 없으며, 콘텐츠로 경제 활력을 제고한다는 것은 빈 말에 불과할 따름이다.

문화부의 문화정책 기조가 '품격 있는 문화국가, 대한민국'이라고 한 바, 어떠한 문화적 품격을 갖출지, 그래서 어떠한 문화국가를 이룰지, 문화부는 문화정책을 수시로 점검하고 그 구체적 실현책을 내실 있게 추진해야 할 것이다. 이명박 대통령이 2009년 9월 30일 'G20 정상회의 유치보고 특별 기자회견'에서 "내년 G20 정상회의 개최를 법과 윤리, 정치문화, 시민의식 그리고 문화예술에 이르기까지 우리 사회 전반의 국격(國格)을 확실히 높이는 계기로 만들어 나가자"고 했는데, 냉정히 말해, G20 정상회의 개최 자체가 국가의 문화적 품격을 높여주지는 않는다. G20 정상들에게 한국의 문화적 품격을 애써 보이기 위해 국정 운영의 일방통행식 홍보 차원의 문화정책을 수행한다든지, 시장주의에 예속된 문화예술을 방치해서는 곤란하다. 유럽중심주의의 문화를 뛰어넘는 아시아의 문화 저력을 통해 인류의 상생을 위한 문화예술의 가치가 국가의 문화적 품격을 자연스레 높여주는 문화정책을 이제부터라도 강구해야 할 것이다.

한국문학의 새로운 미적 가치를 위한 문학정책

'품격 있는 문화국가, 대한민국'이란 문화정책의 기조를 구체적으로 실현하기 위해 문화부는 한국문학에 대해 어떠한 문화정책을 펼쳐야 할까. 또한 한국문학은 이러한 문화정책에 대해 어떠한 적극적 자세를 취해야 할까.

돌이켜보면, 한국문학이 국가의 문화정책에 대한 어용적 접근이 아닌, 비판적 태도로써 적극적 대응을 한 것은 그리 오래되지 않았다. 갈수록 시

---

7   김형수, 「거장을 기다릴 수 없는 사회」, 『실천문학』 2004년 여름호, 388쪽.

장만능주의의 노예로 전락해가는 기초예술의 위기에 직면하여 60개의 기초예술단체가 연대하여 출범한 '기초예술살리기범문화예술인연대'(2004년 4월 2일 출범)의 활동이 시작되면서, 문화정책에 대한 관심에 소홀했던 한국문학은 기존의 무관심과 냉대에 대한 반성적 성찰을 통해 기초예술의 관점에서 한국문학과 문학정책의 상관성에 대한 관심을 갖게 된다. 이제 한국문학이 더 이상 문학에 종사하는 사람들의 개별적 몫에 전적으로 의지한 채 모든 게 해결될 것이라는 생각은 예술에 대한 순진한 태도가 아닐 수 없다. 이것은 달리 말해 한국문학을 시장만능주의에 내맡기겠다는 것이나 다름이 없다. 독서시장에서 잘 팔리는 것만이 살아남고, 그것이 동시대 독자들의 미적 취향에 호소하는 만큼 그러한 작가와 작품들만이 한국문학의 실체로 인정해야 한다는, 그리하여 매우 자연스레 상품미학의 권위를 확보한 것들이 한국문학의 전부인 것으로 인식되는, 시장과 적극적 타협을 하는 한국문학이 주류를 차지하게 된다.

우리는 한국문학사의 면면한 흐름 속에서 시장과 타협을 한 문학이 어떠한 미적 성취(?)를 거뒀는지를 너무나 잘 알고 있다. 세계자본주의 체제의 하위체제인 분단체제의 삶을 살고 있는 우리의 현실에서 시장과 타협을 한 문학이란, (식민지 및 분단) 자본주의의 악무한에 대한 미적 저항을 포기한 것이며, 한반도를 에워싼 세계 열강들의 시장 쟁탈전 속에서 이념의 희생양으로 전락한 분단문제의 극복을 아예 외면하는 것이며, 우리 스스로 미적 주체의 역량에 대한 자긍심 없이 시장이 요구하는 미학에 주저 없이 투항하는 것이며, 결국 낯익은 세계와 불화하지 않은 채 지금, 이곳에 안주함으로써 우주의 뭇 존재에 대한 근원적 성찰은 소멸하고, 현실의 고통을 창조적으로 극복함으로써 더 나은 세계를 향한 꿈꾸기를 원천봉쇄한다. 대신 시장에서 다양하게 소비될 한층 더 자극적이고 감각적이며 분열적인 내용 형식을 갖춘 문학이나 소수의 마니아를 위한 문학이 융숭히 대접받는 문학 풍토를 만든다.

한국문학이 문화정책에 무관심과 냉대의 태도를 더 이상 취해서 안 된다는 게 바로 이러한 이유들 때문이라면, 너무 과장된 것일까. 아니, 조금만 독서시장에 관심을 기울여본다면, 나의 이와 같은 문제제기가 과장이거나 구태의연한 거대담론에 기댄 게 아니라는 사실을 알게 될 터이다.

그렇다면, 한국문학이 이와 같은 일을 경계하고, 한국문학으로서 제대로운 미적 가치를 사회와 함께 나눠갖고, 한국문학의 존재 위의(威儀)를 스스로 보증하기 위해서는 어떠한 고민과 노력을 해야 할까. 이 물음에 대해서는 그 누구도 확연히 답을 줄 수 없을 것이다. 나 역시 이 물음을 어리석게 던져보지만, 이 물음에 대한 무엇 하나 명쾌한 논리를 제공할 수 없는바, 이에 대한 문학 안팎의 관심을 촉구하는 정책적 차원에서 몇 가지 의견을 내놓으며, 좀 더 건설적이며 생산적인 논의가 보태어졌으면 한다.

우선, 문학지원 정책을 눈여겨보자. 혹자들은 문학에 대한 정부의 지원을 썩 달갑게 여기지 않는다. 가령, 문학평론가 박철화는 이명박 정부 출범 이후 마련된 '예술지원정책 릴레이 토론회'(2008년 6월 30일)의 문학 분야에 대한 지정 토론자로 참여하여, "지난 정부에서 창작자 개인에 대한 지원이 두드러졌다는 것은 우리 사회의 정치적 특수성에서 기인한 것인데, 이전 정권의 주요 지지층인 창작자들에 대한 보상 개념이 앞섰기 때문이다. 따라서 보상 개념을 버리고, 문학과 문학인의 자생적 생산력을 높이는 쪽으로 명확한 목표를 설정하는 일이 필요하다."[8]는 발언을 하였다. 이 발언에서 단적으로 짐작할 수 있듯, 참여정부 시절에 의욕적으로 추진했던 문학지원 정책은 참여정부 출범에 공헌을 한 창작자들에 대한 정치적 보상의 차원에서 이뤄진 것이기에, 이러한 성격의 문학지원이 이명박 정부에서는 더 이상 행해져서는 안 된다는 것이다.

그런데, 이러한 문학 안쪽의 지적이 문학지원에 대한 충정 어린 비판이

---

8   박철화, 「창작자와 향유자 모두를 위한 지원정책」, 『예술지원정책 릴레이 토론회』 자료집, 2008. 6. 30. 23쪽.

라고 보기에는, 번지수를 잘못 짚어도 한참 잘못 짚은 게 아닐 수 없다. 어떤 명확한 근거에서 지난 정권 시절에 행해진 문학지원을 정치적 보상의 차원으로 해석하는지 알 수 없는 일이다. 도대체 한국문학에서 문학지원 정책다운 정책이 있었는지, 있었다고 한다면 체계적인 지원을 한 적이 있었는지, 어떤 근거에 의해, 어떤 문학단체 혹은 어떤 문학인들에게 어떠한 목적을 위해 지원한 적이 있었는지, 이러한 것들에 대한 종합적 검토 없이 막연한 추정으로 지난 정부 시절 추진했던 문학지원을 정치적 보상의 차원으로 비판을 하는 것은, 보다 진전된 문학지원 정책을 모색하는 데 별다른 도움이 전혀 되지 않는, 도리어 그동안 힘들게 축적시킨 문학지원 정책의 방법적 틀을 무화시킬 수 있다.

기초예술을 시장만능주의로부터 보호하고, 기초예술의 가치가 사회적 가치로 심화 · 확산되기 위해서는 주도면밀한 지원 정책이 절실히 요구된다. 문학의 경우 창작자들 위한 직접적 지원과 함께 그 문학적 성과물을 사회와 적극적으로 공유하는 문학인프라(대표적으로 출판, 도서관, 문학기념관, 학교 등 공공기관)에 대한 간접적 지원을 병행해야 할 것이다. 이명박 정부의 주요 예술정책 중에서 한국문화예술위원회의 운영을 개선한다고 하는데, 문학에서 예술지원 정책의 어젠다를 적극적으로 형성하기 위해서는 '직접적 지원+간접적 지원'을 지난 정권보다 더욱 활력 있게 추진해야 할 것이다. 이를 위해서는 1기 예술위의 문제점을 분석하되, 혹시 소외되었던 문학 현장의 목소리를 적극적으로 반영하는 가운데 문학지원 정책의 내실을 다져야 하지, "1기 예술위의 성과를 깡그리 무시한 채 경영, 행정의 전문성과 효율성의 논리를 앞세워"[9] 문학지원 정책을 집행한다는 것은 문학 현장의 실상과 동떨어진 행정 편의주의의 지원 정책을 펼치기 십상이다.

여기서 짚고 넘어갈 게 있다. 문학지원 정책에서 고려해야 할 요건은

9   안태호, 「달려라 문화부」, 문화연대 문화정책 『뉴스레터』 7호, 2008. 8. 20.

다양하다. 그중 가장 먼저 중요하게 고려해야 할 요건은 지원 대상을 선정하기 위한 심사의 공정성이다. 미적 가치를 추구하는 창작에 대해 어떠한 명확한 객관적 심사의 준거를 들이댈 수는 없다. 하지만 한국문학의 문학적 실체를 대상으로 한 심사가 이뤄져야 하는 것은 자명하다. 시쳇말로 누구나 글을 쓸 수는 있으나, 그 글 모두가 한국문학의 미적 실체로서 자격이 주어지는 것은 결코 아니다. 어차피 국가의 문화정책에 의해 지원이 이뤄져야 한다면, 그 지원은 한국문학의 미적 실체를 대상으로 행해져야 할 것이다.[10]

　　문학정책에서 지원 못지않게 역점을 두어야 할 게 있다. 문학교류를 활성화시키는 데 문학정책의 역할을 다 해야 한다. 한국문학은 국제적 교류를 더욱 활성화해야 한다. 여기서 국제교류가 활발해야 할 이유가 명확해야 하는데, 노벨문학상을 수상하기 위해서도 아니고, 한국의 문화적 위상을 바깥으로 내보이기 위해서도 아니다. 한국문학의 국제적 교류는 서로 다른 삶을 다 함께 진정으로 이해하고, 정치경제의 관점에서 위계질서로 구획된 인류의 삶을 문화적 평등의 삶의 차원으로 재구조화하는 새로운 미의 가치를 발견함으로써 행복한 인류의 삶을 향한 꿈을 함께 꾸기 위함이다. 그렇다면, 어떠한 한국문학이 국제교류의 적극적 몫을 담당해야 할지, 이러한 역할에 매진할 수 있는 한국문학이 국제교류의 주체가 될 수 있도록 문학정책을 집행해야 할 것이다.

10　문학평론가 오양호는 「문학예술지원의 방향전환과 지원형태의 개선방안」('예술지원정책 릴레이 토론회', 2008. 6. 30)에서 지금까지의 문학지원이 절대다수의 한국문인들이 소속된 약 1만의 회원으로 구성된 한국문인협회 소속 회원들에게는 거의 지원이 되고 있지 않다는 점을 문제 삼고 있는데, 정작 스스로에게 물어야 할 것은 무슨 이유 때문에 한국문인협회 소속 회원들이 지원을 못 받았는지에 대해 진지하게 되물어야 하지 않을까. 이런 식의 반문학적 문제제기를 통해서는 한국문학을 위한 제대로운 정책 지원이 뒤따를 수 없다. 어떠한 문제제기가 한국문학의 지원을 위한 건설적인 문제제기인지, 게다가 한국문학의 미적 실체가 과연 무엇인지에 대해 곰곰 숙고해보아야 할 것이다. 다시 말하지만, 한국문학에 대한 국가의 정책적 지원은 한국문학의 미적 실체를 대상으로 이뤄져야 하는 만큼 엄격하고 공정한 심사를 통해 실행되어야 한다.

이왕 국제교류를 포함한 문학교류와 관련한 문학정책을 논의하는 자리에서 힘주어 강조하고 싶은 것은 남북문학교류의 활성화에 이명박 정부가 박차를 가해줬으면 하는 점이다. 어찌된 일인지, 이명박 정부 하에서 남북문학교류는 경색국면을 맞이하고 있다. 비록 활발하지는 못했지만 '국민의 정부'와 '참여정부' 시절에는 제한적이나마 남북문학교류가 꾸준히 진행됐었다.[11] 문학교류의 성격이 그렇듯, 서로 다른 언어권 문학인들의 교류에서도 힘겹게 내면의 교류가 이뤄지는데, 한글이란 모어(母語)를 공유하며 서로의 문학을 접하는 데 언어의 소통에서 별다른 어려움이 없는 처지에 남과 북의 내면의 교류가 이뤄지는 것은 너무나 자연스러운 일이다.[12] 따라서 한반도의 복잡한 정세 국면에서 남북이 문학교류를 통해 한반도와 동북아의 평화 분위기를 조성해줌으로써 남과 북의 소통이 원활해질 수 있는 가능성의 물꼬를 트지 못하는 법도 없다.

　이명박 정부는 남북문제를 정치적 문제와 늘 연동시켜 사고하는데, 남북문제의 해결은 사안에 따라서는 정치적 문제와 다른 접근을 슬기롭게 병행하는 유연성이 필요하다. 이명박 대통령은 대선 후보 시절 정치와 예술에 대한 어느 서면 인터뷰에서 "남북문화를 어떻게 소통시킬 것이냐 하는 문제는 정치적인 문제와 결부되어 있다고 봅니다. 상호문화 개방이 가

---

11 '참여정부'와 '국민의 정부' 시절 한 발짝씩 내딛은 남북문학교류의 행보에 대해서는 정도상, 「통이(通異, 統二)를 위한 기나긴 그리움의 길 위에서」, 『내일을 여는 작가』, 2004년 여름호 및 고명철, 「6·15민족문학인협회결성」, 분단체제를 넘어서는 문화적 과정」, 『실천문학』, 2006년 겨울호 참조.

12 '6·15공동선언 실천을 위한 민족작가대회'(2005. 7. 20~25)와 '6·15민족문학인협회 결성'(2006. 10. 30~31)에서 남북의 문학인들은 비록 제한된 시간과 장소에서 만남을 가졌으나, 서로들 내면에 드리워져 있는 분단의 휴전선을 걷어내는 소중한 경험을 하였다. "민족작가대회는 남과 북을 비롯한 해외 작가들이 만났다는 게 중요한 게 아니라 모국어를 통해 민족문학에 정진해온 작가들 사이의 내면의 교류를 나눔으로써 모국어의 공동체를 회복하기 위한 물꼬를 텄다는 점에서 각별한 의의를 찾을 수 있다. 남과 북은 휴전선이라는 경계를 기준으로 정치적·생활적으로 나뉘어 있지만, 그 경계를 단숨에 훌쩍 뛰어넘을 수 있는 것은 바로 모국어를 함께 사용한다는 대전제가 그 밑바탕에 깔려 있기 때문이다. 모국어의 토양 위에서 세계를 인식하며, 민족의 정서를 형상화화내는 문학이야말로 민족의 화해와 통합을 평화적으로 모색할 수 있는 문학운동의 근간이라고 해도 과언이 아니다."(고명철, 「분단체제 혹은 국가보안법을 넘어서는 한국문학」, 『뼈꽃이 피다』, 케포이북스, 2009, 162~163쪽)

장 좋은데, 단숨에 해결되기는 어렵고, 남북문화예술교류 및 한민족문화공동체를 위한 여러 방안과 제도를 수립하여 단계적으로 풀어나갈 계획입니다."[13]라고 언급했듯, 이제라도 늦지 않았다. 남북문화예술교류를 위해 여러 방안과 제도를 수립하겠다고 한 생각을 남북문학교류를 시발점으로 구체화시켰으면 한다. 그동안 남북문학교류에 대한 경험이 축적된 만큼 이 소중한 성과를 '창조적 실용주의'에 입각한 문화정책에 의해 과감히 진전시켰으면 하는 마음 간절하다. 한국문학은 남과 북의 평화를 위해 그 힘든 가시밭길을 걸어왔고, 이후 우직하게 이 길을 걸어갈 각오가 서 있으니 말이다.

정책의 관점에서 새롭게 궁리해야 할 한국문학

나는 이 글의 서두에서 "건강한 문화정책은 국민의 삶의 질적 가치를 높이려고 노력하되, 여기에는 국가의 정치체를 더욱 굳건히 하는 차원과 전혀 다른, 국가의 개별 구성원들이 자율적 심미적 주체의 하나로서 아름다움의 가치를 창의적으로 발견하는 과정 속에서 근대적 국가의 정치체 바깥 너머를 과감히 상상하는, 그리하여 근대 국민국가적 일상에서 창조적으로 벗어나는 미의 가치와 한데 어우러져 자연스레 탈근대의 세계를 꿈꾸는 것이다. 그럴 때, 이러한 문화정책이 국가정책의 전반에 스며든다면, 우리가 꿈꾸는 예의 세계가 문득 실현될지 아무도 알 수 없는 일이다."라는 문제의식을 제기하였다. 문학을 공부하는 서생으로서 '정책'을 논의하는 것 자체가 말도 안 되는 일이지만, 그동안 나와 같은 문학인들이 문학정책에 대한 무관심과 냉대로 인해 한국문학의 퇴행 속도는 점점 빨라진 것은 아닌지 통렬히 반성해본다.

---

13 「서면 인터뷰 2007대통령 후보들의 문화예술 정책」, 『문화예술』, 2007년 겨울호, 26~27쪽.

한국문학의 미적 갱신을 위해 혼신의 힘을 쏟고 있는 창작자들과 그 미적 성과에 대한 사회적 공명을 통해 상투화된 일상에 대한 발본적 성찰의 계기가 지속적으로 주어질 때, 한국문학은 시장만능주의에 포획되지 않고, 시장으로부터 빚어진 행태악(行態惡)과 구조악(構造惡)에 대해 맞설 수 있는 미적 윤리의 항체를 생성시킬 수 있을 것이다.

이제부터라도 문학인들은 한국문학을 에워싸고 있는 다양한 문학정책에 대한 관심을 기울여야 한다. 어떠한 문학정책이 급변하는 사회에서 한국문학이 새롭게 떠맡아야 할 역할인지, 때로는 정책 입안자로서 때로는 정책 수행자로서 때로는 정책 수혜자로서 그 몫을 회피하지 말아야 한다. 왜냐하면, 문학현장을 면밀히 고려하지 않은 문학정책은 자칫 한국문학의 내적 동력을 소멸시킬 수 있기 때문이다. 우리는 그러한 문학정책이 역대 정권에서 정책이란 이름으로 무원칙하게 자행된 뼈아픈 경험을 갖고 있지 않은가 말이다. 그렇다면, 한국문학을 정책적 관점에서 진지하게 숙고하는 것도 새롭게 궁리해야 할 한국문학의 과제가 아닐까.

우수도서 선정 사업:
문학적 진실, 기초예술, 정부의 창조적 고민

지자체의 도서 선정 과정에 비쳐진 정부의 '우수도서' 선정 사업의 문제

정부가 매해 실행하는 '우수도서' 선정 사업은 얼핏 보면 아무런 문제가 없는 것처럼 보인다. 더욱이 (인)문학의 위기 속에서 '우수도서' 사업을 통해 이 위기를 돌파할 수 있는 가능성을 모색할 수 있다는 것은 날이 갈수록 (인)문학의 토양이 척박한 현실에서 단비와 같은 역할을 하는 셈이다. 하지만 이 사업을 둘러싼 현안은 그리 간단한 문제가 결코 아니다.

이와 관련하여, 최근 내가 경험한 사례를 소개해본다. 나는 서울의 성북구에 살고 있는 주민으로서 2015년부터 '책읽는 성북추진위원회'의 위원으로 위촉돼 성북구 주민들의 독서 문화와 관련한 활동에 직간접으로 참여하고 있다. '책읽는 성북추진위원회'의 활동 중 정부의 '우수도서' 선정과 유사한 것으로 '올해의 한 책' 선정 사업이 있다. 이 사업은 성북구가 의욕적으로 추진하고 있는 것 중 하나로 2012년부터 지금까지 진행하고 있다. 사실, 나는 성북구 주민으로서 그것도 문학을 가르치는 선생이자 문학비평가로서 내가 살고 있는 지자체에서 이 같은 사업을 진행하고 있는 것에 대해 문외한이었다. 무엇보다 책읽기 문화에 비중을 두고 진행하였던 크고 작은 사업들에 무관심이었다는 내 자신이 무척 부끄러웠다. 풀뿌리 민주주의가 정착되어 적극적으로 활성화되기를 평소 강조했던 내 자신을 죽비로 내리쳤다. 그래서 2015년 성북구에서 추진하는 '올해의 한 책' 선정 과정을 면밀히 살펴보았는데, 이 과정에서 간과할 수 없는 문제점이 있고, 이것은 정부의 '우수도서' 선정 사업이 지닌 문제점과 결코 무관하지 않는 심각성을 띤다고 나는 생각한다.

성북구 도서관에서 의욕적으로 추진하고 있는 '올해의 한 책' 선정 과정은 '책읽는 성북추진위원회'에서 후보 도서를 선정한 후 성북구 관내 110여 장소와 온라인(성북구청 홈페이지, 성북구립도서관, 블로그·페이스북 등의 SNS)에서 주민 선호도 조사를 거쳐 나온 결과를 바탕으로 최종 '올해의 한 책'으로 선정한다.[1] 말하자면, 지자체에서 꾸린 전문 위원들이 후보 도서들을 먼저 선정하고, 그 도서들을 대상으로 하여 주민 선호도 조사를 거친 후 그 결과를 놓고 전문 위원들의 논의를 통해 최종 '올해의 한 책'으로 선정한다는 것이다. 이러한 절차를 놓고 보면, 풀뿌리 민주주의에 걸맞도록 주민들의 성향을 최대한 반영했고, 합리적이고 민주주의적 의사소통의 과정을 통해 도서를 선정했기 때문에 별다른 문제점이 없는 것으로 생각하기 십상이다. 문학을 향유하는 일반 독자의 시선에서 책을 선정한 만큼 정부의 입장대로 이러한 책이 도서관에 많이 보급될 것이고, 따라서 그러한 책을 독자들이 많이 읽을 것이기 때문에 도서 이용률 또한 높아질 것으로 예상할 수 있다.

하지만 이러한 생각과 일련의 절차들은 책과 문학이 지닌 중요한 문화

---

1 성북구 도서관에서는 '책읽는 성북추진위원회'에서 '올해의 한 책' 최종 후보 도서로 소설 5권을 주민 선호도 조사에 활용하였다. 『투명인간』(성석제), 『소금』(박범신), 『세번째 집』(이경자), 『안녕, 내 모든 것』(정이현), 『국수』(김숨) 등이 그것이다. 나는 우연히 성북구 주민자치센터에 들렀다가, 이들 도서를 대상으로 주민 선호도 조사 광경을 목도하였는데, 우수도서라고 생각되는 작품에 스티커를 붙이는 것이었다. 이 조사 현황판을 보면서, 이후 결과를 쉽게 예측하였다. 다섯 작가들 중 가장 인지도가 높은 박범신이 '올해의 한 책'으로 선정될 가능성이 높게 보인 것은 나 혼자만의 예측이었을까. 이러한 조사 방법이 이들 도서를 대상으로 한 성북구 주민의 객관성과 공신력을 담보로 한 얼마나 공정한 조사방법일 수 있을까. 지극히 회의적이었다. 아닌 게 아니라 실제 '올해의 한 책'으로 박범신의 『소금』이 선정되었다. 나는 이러한 선정 방식에 대해 '책읽는 성북추진위원회' 위원의 한 사람으로서 담당자에게 강하게 문제를 제기하였다. 이하 본문의 내용은 담당자에게 충분히 전달하지 못한 것으로, 이 글을 통해 좁게는 성북구의 '올해의 한 책' 선정 사업과, 넓게는 이와 무관하지 않은 정부의 '우수도서' 선정 사업이 지닌 문제를 성찰했으면 한다.

적 속성을 깊이 고려하지 않은 채 형식적 민주주의에 치우친, 그리하여 본의 아니게 이 사업의 원래 취지와 순기능에 역행하는 심각한 문제점을 안고 있다. 무엇보다 이러한 사업을 기획하고 진행할 때 반드시 숙고해봐야 할 것은 특정한 좋은 책을 선정하는 과정에서 주민 선호도 조사와 같은 숫자로 측정할 수 있는 정량화의 지표에 기대는 것은 썩 권장할 만한 방법이 아니다. 여기에는 여러 반(反)문학적 요인들이 작동할 수 있다. 가령, 후보 도서들 중 이미 대중적 인지도와 명망성을 갖춘 작가의 작품이 있을 경우 해당 작품의 완성도와 감동을 고려하지 않은 것은 물론, 후보군에 포함된 다른 작가들의 작품을 꼼꼼히 읽어보지도 않은 채 시쳇말로 유명한 작가의 작품에 자동반사적으로 투표할 수 있다. 게다가 어느 특정 작가에게 다수 표가 쏠리는 것을 볼 때 대중의 심리는 자신의 문화적 선호도에서 다수표를 보이는 곳에 자신의 표를 던지기 십상이다. 그럼으로써 자신의 문화적 왜소성을 만회하려고 한다. 자, 그렇다면, 이러한 주민 선호도 조사로 이뤄진 정량화의 지표가 성북구의 '올해의 한 책'을 선정하는 데 중요한 근거가 될 수 있을까. 그리고 이렇게 선정된 책이 정부의 눈으로 볼 때 성북구 주민들이 선호하는 책이기 때문에, 이러한 책을 더 많이 성북구 도서관에 보급함으로써 그 책의 도서 보급률을 높이는 게 좁게는 성북구 주민의 독서문화를 부흥시키고, 넓게는 이와 유사한 방식으로 책을 선정하는 지자체 주민의 독서문화를 진작시키는 최선의 방안으로 볼 수 있을까.

나는 성북구의 한 사례를 통해 정부와 지자체가 독서문화를 진흥시키고, 더 나아가 (인)문학의 활성화를 도모하기 위해 펼치는 도서 선정 사업이 이처럼 수요자(향유자) 중심에 기반을 두는 한 독서문화에 대한 심각한 왜곡 현상뿐만 아니라 파행적이고 반(反)문학적이며 몰(沒)문학적 일이 구조화될 것을 우려한다. 때문에 정부와 지자체에게 절실히 요구되는 것은 도서선정, 특히 문학도서 선정과 관련하여 문학의 속성에 대한 깊은 이해에 뿌리를 둔 문학정책을 모색해야 한다. 행정 편의주의 문학정책이 아닌, 전시성

행정에 기댄 어떤 가시적 효과를 조급히 보여줘야 한다는 문학정책이 아닌, 그리하여 문학의 존재 가치에 대한 사회적 합의를 끌어내고 그것을 정부와 지자체가 적극 '지원'하는 문학정책이 필요하다. 정부와 지자체는 자신의 입맛에 맞는 방향으로 끌고가려고 하는 '간섭'을 해서는 안 된다. 문학정책은 그래서 차원 높은 교양을 기반으로 한 행정이 녹아들어 있어야 한다.

반공주의와 착종된 '순수주의' 문학을 넘어선 '문학적 진실'

건강하고 성숙한 문화정책이란, 국민의 삶의 질적 가치를 높이려고 노력하되, 여기에는 국가의 정치체를 더욱 굳건히 하는 차원과 전혀 다른, 국가의 개별 구성원들이 자율적 심미적 주체의 하나로서 아름다움의 가치를 창의적으로 발견하는 과정 속에서 근대적 국가의 정치체 바깥 너머를 과감히 상상하는, 그리하여 근대 국민국가의 반복적 일상에서 창조적으로 벗어나는 미의 가치와 한데 어우러져 자연스레 탈근대의 세계를 꿈꾸도록 도모하는 역할을 맡는다.

이처럼 건강하고 성숙한 문화정책의 일환으로 강구되고 실행되어야 할 문학정책의 일환 중 '2015년 세종도서 우수문학도서' 선정 기준은 쉽게 간과할 수 없는 문제점을 안고 있다. 문화체육관광부(이하 '문체부'로 약칭)는 '2015년도 세종도서 선정사업 추진방향'에서 우수문학도서 선정 기준을 다음과 같이 세 가지로 제시하고 있는데, 이것들은 서로 밀접히 연동돼 있으며, 그렇기 때문에 심각한 문제점을 안고 있다.

⊙ 특정 이념에 치우치지 않는 순수문학 작품
ⓛ 예술성과 수요자 관점을 종합적으로 고려, 우수문학의 저변 확대에 기여할 작품
ⓒ 인문학 등 지식 정보화 시대에 부응하며 국가경쟁력 강화에 기여하는 도서

사실, 위 세 가지 기준을 놓고 말한다면, 우수문학도서를 선정하는 데 ⓛ 하나로 충분하다. 말 그대로 '우수문학' 도서를 선정하면 되는 것이다. 그 선정 절차는 문체부가 기존 시행착오를 거치면서 전문성과 공정성을 갖춘 심사 제도를 통하면 되는 것이다. 그런데 문체부가 이 전문성과 공정성에 신뢰를 갖지 못하고 '간섭'을 하겠다는 게 문제다. 그것이 바로 ㉠㉡과 같은 선정 기준인데, 아무리 문체부가 이와 같은 선정기준을 두고 "선정위원 대상의 오리엔테이션 내용의 일부이며 이전에도 관행적으로 이런 기준이 책 관련 선정 사업에 사용됐다고"(http://news1.kr/articles/?2058599)하고, "'특정 이념에 치우치지 않는 순수 문학작품'이라는 문구는 공익성과 보편성을 담은 도서콘텐츠를 국민에게 보급함이 사업 취지와 목적에 부합한다는 기본 원칙하에 담당과인 출판인쇄산업과 내부에서 실무적으로 검토 중이던 표현"(《정책뉴스》, 2015.1.27)이며, "해당 규정은 진보나 보수와는 관련 없이 역사를 왜곡하거나 사회 갈등을 조장함으로써 국민 세금으로 운영되는 사업 취지와 맞지 않는 작품을 걸러내기 위한 것"(《한겨레》온라인, 2015.1.26)이라고 항변을 하지만, 도리어 이러한 문체부의 발언이 그동안 우수문학도서와 관련한 문학정책의 철학적 빈곤과 문학에 대한 몰이해, 그리고 행정적 문제점을 스스로 고발한 데 불과하다.

　　여기서, 정부의 문학정책 관련자들에게 장황히 동서고금을 통해 문학이란 무엇이며, 어떠한 문학이 '좋은' 문학인지(문체부의 행정적 표현을 빌리자면 '우수문학'인지) 이해를 도와야 할까. 한국문학 정책 관련자들에게 우리는 언제까지 이 같은 소모적인 문답 시간을 되풀이해야 할까. 혹시, '세종도서 우수문학도서' 사업을 집행하는 행정 담당자들은 '우수문학=어용문학' 또는 '우수문학=무(無)사상의 문학' 또는 '우수문학=반(反)/몰(沒)상상의 문학'으로 생각하고 있는 것은 아닐까.

　　이와 관련하여, 하나를 함께 생각해보자. 최소한 문학정책 관련 담당자들은 '좋은/우수'문학에 관한 맥락을 공유해야 한다. '좋은/우수'문학에서 쉽게 간과해서 안 될 것은 '문학적 진실'이다. 작가들이 글을 쓰는 이유는 서로 다르지만, 그토록 다양하고 개성적 글쓰기를 통해 그들은 역사와 일상 속에서 인간 존재의 근원을 탐구하고 그 과정에서 인간의 위의(威儀)뿐만 아니라 우주만유의 현상과 본질을 형상화한다. 그리하여 그들은 역사와 일상에 안주하는 게 아니라 우리가 살고 있는 삶과 현실 너머에 존재하는 어떤 이상적 가치를 향한 꿈을 꾼다. 이 모든 과정들 사이에서 우리가 갈등하며 부대끼며 살고 있는 역사와 현실은 통렬한 '반성'의 대상이 되고, '성찰'의 대상이 되면서 우리는 현실에 안주하지 않는 미래를 향한 꿈을 품게 되는 것이다. 그래서 '좋은/우수'문학은 인간과 자연에 상처를 주고 억압하는 그 모든 것을 '성찰'하고 그것에 대해 '부정의 상상력'을 키워왔다. 그 부정의 대상은 경계가 없고 전방위적으로 열려 있다. 따라서 여기에는 유무형의 존재들은 물론, 개인-집단-국가도 예외가 아니다. 중요한 것은 작가와 독자가 함께 이러한 '좋은/우수'문학을 일상에서 친근히 만나면서 '문학적 진실'을 삶의 토양으로 녹여내는 일이다.

'좋은/우수'문학을 생각하는 사람들은 아마도 이에 대해 큰 이견(異見)이 없을 것이다. 그럴 때, '㉠특정 이념에 치우치지 않는 순수문학 작품'이란 선정 기준이 얼마나 협소한 것인지, 그리고 자칫 이러한 선정 기준이 안타깝게도 '반(反)/몰(沒)문학'임을 스스로 시인하는 것이며, 이미 이러한 해묵은 문학논쟁을 치열히 치러내면서 한층 성숙해진 한국문학사를 몰각하고 있음을 자처할 뿐이다. 한국문학은 1960년대 내내 일었던 이른바 '순수/참여문학 논쟁'을 거치면서 반공주의와 착종된 문학의 순수주의가 얼마나 시대퇴행적인 것인지를 증명하였고, 이 순수주의가 분단을 영구히 고착시키는 분단기득권을 지탱하는 데 주도면밀히 이용되고 있는바, 순수주의를 가장한 도리어 분단을 획책하는 억압적 문학 이데올로기로 작동하고 있음을 성찰하였다. 그래서 이 같은 순수주의에 눈이 먼 관 주도의 한국문학에 대한 통렬한 문제제기를 통해 한국문학은 분단극복과 민주회복이란 과제를 치열히 독자들과 함께 실천해왔다고 해도 과언이 아니다. 그것은 그동안 써진 한국문학사가 증명해보인다.

따라서 이 같은 점을 숙고하면서, 시대에 퇴행하지 않고 반(反)/몰(沒)문학적이 아닌 '세종도서 우수문학도서' 사업을 지속적으로 펼쳤으면 하는 마음 간절하다.

시장제휴에 포섭되지 않는 기초예술로서 문학의 가치

돌이켜보면, 한국문학이 국가의 문화정책에 대한 어용적 접근이 아닌, 비판적 태도로써 적극적 대응을 한 것은 그리 오래되지 않았다. 갈수록 시장만능주의의 노예로 전락해가는 기초예술의 위기에 직면하여 60개의 기초예술단체가 연대하여 출범한 '기초예술살리기범문화예술인연대'(2004년 4월 2일 출범)의 활동이 시작되면서, 문화정책에 대한 관심에 소홀했던 한국문학은 기존의 무관심과 냉대에 대한 반성적 성찰을 통해 기초예술의 관점에서 한국문학과 문학정책의 상관성에 대한 관심을 갖게 됐다. 이제 한국문학이 더 이상 문학에 종사하는 사람들의 개별적 몫에 전적으로 의지한 채 모든 게 해결될 것이라는 생각은 예술에 대한 순진한 태도가 아닐 수 없다. 이것은 달리 말해 한국문학을 시장만능주의에 내맡기겠다는 것이나 다름이 없다. 독서시장에서 잘 팔리는 것만이 살아남고, 그것이 동시대 독자들의 미적 취향에 호소하는 만큼 그러한 작가와 작품들만이 한국문학의 실체로 인정해야 한다는, 그리하여 매우 자연스레 상품미학의 권위를 확보한 것들이 한국문학의 전부인 것으로 인식되는, 시장과 적극적 타협을 하는 한국문학이 주류를 차지하게 된 것이다. 바로 이와 같은 이유 때문에 건강하고 성숙한 문학정책이 필요하다.

이와 관련하여, '2105세종도서 우수문학도서' 선정 기준 중 'ⓒ인문학 등 지식 정보화 시대에 부응하며 국가경쟁력 강화에 기여하는 도서'를 선정한다는 데 우려감이 들지 않을 수 없다. 무엇보다 '국가의 경쟁력 강화에 기여하는 도서'가 어떤 것인가. 설마, 박근혜 정부가 역점을 두고 있는, 그리하여 '창조경제'를 염두에 둔 지극히 실용적인 목적을 겨냥한 것인가. 아니면, 은연중 국정 운영을 원활히 수행하기 위한 문화 이데올로그(ideologue)로서 문학의 역할을 이해하고 있는 것인가. 그렇다면, 다시 한 번 강조하고 싶습니다만, 행여 이와 같은 점들을 염두에 두고 있다면, 이것은 결코 '2015 세종도서 우수문학도서' 선정 기준으로 부적합한 것들로, 그동안 거둔 한국문학의 빼어난 성취에 대한 몰이해가 아닐 수 없으며, 한국문학에 대한 모욕적 문학정책이 아닐 수 없다. 후자에 대해서는 앞서 순수주의가 지닌 시대 퇴행의 문제점을 비판했으므로, 전자에 대해 또 다른 측면을 비판적으로 성찰하고자 한다.

여기서, 나는 문학이 국가경쟁력 강화에 기여하는 것 자체를 전면 부정하지는 않는다. 중요한 것은 국가의 어떠한 경쟁력인지, 그 경쟁력의 실체에 대해 숙고해볼 필요가 있다. 문학정책을 집행하는 데 래디컬하게 성찰해야 할 또 다른 문제의식은 바로 '경쟁력'과 관련한 것이기 때문이다. 흔히들 예술과 관련한 경쟁력을 예술의 부가가치 획득과 결부짓는, 다시 말해 경제적 가치로 환원하는 데 익숙해 있다. 특히 최근 각종 문화융합의 붐 속에서 문학을 콘텐츠의 기술적 차원, 즉 문화산업의 측면에서 파악하는 가운데 문학을 시장주의와 제휴시키는 차원에서 국가경쟁력을 강화한다는 의미로 곧잘 받아들이고 있다. 이러한 경제적 측면 일변도로 이해한 문학에 대한 국가경쟁력 강화를 위한 문학정책은 상품미학 일변도의 문학을 양산하는 심각한 문제점을 야기할 수 있다. 그렇지 않아도 신자유주의 시장주의 풍토에서 대중추수적 문학의 시장 장악력이 강한 것을 염두에 둘 때, 문체부의 '세종도서 우수문학도서' 선정에서 이 같은 경제적 가치 중심의 국가경쟁력 강화가 선정 기준으로 고려되는 것은 문제가 아닐 수 없다.

여기서, 우리는 한국문학사의 면면한 흐름 속에서 시장과 타협을 한 문학이 어떠한 미적 성취를 거뒀는지를 너무나 잘 알고 있다. 세계자본주의 체제의 하위체제인 분단체제의 삶을 살고 있는 우리의 현실에서 시장과 타협을 한 문학이란, (식민지 및 분단) 자본주의의 악무한에 대한 미적 저항을 포기한 것이며, 한반도를 에워싼 세계 열강들의 시장 쟁탈전 속에서 이념의 희생양으로 전락한 분단문제의 극복을 아예 외면하는 것이며, 우리 스스로 미적 주체의 역량에 대한 자긍심 없이 시장이 요구하는 미학에 주저 없이 투항하는 것이며, 결국 낯익은 세계와 불화하지 않은 채 지금, 이곳에 안주함으로써 우주의 뭇 존재에 대한 근원적 성찰은 소멸하고, 현실의 고통을 창조적으로 극복함으로써 더 나은 세계를 향한 꿈꾸기를 원천봉쇄한 것이다. 대신 시장에서 다양하게 소비될 한층 더 자극적이고 감각적이며 분열적인 내용형식을 갖춘 문학이나 소수의 마니아를 위한 문학이 융숭히 대접받는 문학풍토를 만든다.

그렇다. 국가경쟁력을 강화하는 문학은 경제적 측면 일변도의 문화산업 중심으로 국한되는 게 아니다. 문학은 '창조경제'에 적극적으로 복무하는 게 아니다. 문학정책을 강구하고 집행하는 데 근간이 되어야 할 것은 문학을 어떤 쓰임새, 바꿔 말해 경제적 가치의 유무로 환원시켜서는 번지수를 잘못 짚은 것이다. 문학이 국가의 경쟁력을 강화시키는 데 소외시켜서는 안 되지만, 그 경쟁력 강화가 경제적 가치의 유무로 환원되어서는 곤란하다는 것을 거듭 강조해두고 싶다. 문학은 예술생태계의 차원에서 문학정책으로 고려되어야 한다. 즉 '문학=기초예술'을 시장만능주의로부터 보호하고, 기초예술의 가치가 사회적 가치로 심화·확산되기 위해서는 주도면밀한 지원 정책이 절실히 요구되는데, '세종도서 우수문학도서' 사업은 바로 이러한 차원에서 그 중요성을 아무리 강조해도 지나치지 않다. 이 과정을 통해 국가경쟁력은 자연스레 강화되는 것이다. 세계의 고민에 동참하고 그 갈등을 외면하지 않고, 그것에 대한 문학적 진실을 치열히 탐구하면서 현실의 고통 너머를 기획하는 문학을 한 사회의 근간으로 존중하는 문화를 튼실히 길러내는 것이야말로 국가경쟁력이 아니고 무엇일까.

나는 앞에서 "국가의 정치체(政治體)를 더욱 굳건히 하는 차원과 전혀 다른, 국가의 개별 구성원들이 자율적 심미적 주체의 하나로서 아름다움의 가치를 창의적으로 발견하는 과정 속에서 근대적 국가의 정치체 바깥 너머를 과감히 상상하는, 그리하여 근대 국민국가의 반복적 일상에서 창조적으로 벗어나는 미의 가치와 한데 어우러져 자연스레 탈근대의 세계를 꿈꾸도록 도모하는 역할"을 맡는 문화정책이야말로 건강하고 성숙한 문화정책임을 강조하였는데, 이것은 달리 말해 문학이 강화해야 할 국가경쟁력이 어떤 것인지를 시사하는 것이기도 하다. 대단히 모순적이지만, '좋은/우수' 문학은 한 국가의 민족문학(국민문학)이면서 그 배타성에 갇히지 않고, 세계인과 함께 상생공존하는 평화의 삶 혹은 삶의 평화를 추구한다. 요컨대 '좋은/우수'문학은 민족문학(국민문학)이되 그것을 담대히 넘어서는 지구적 세계문학의 원대한 가치를 욕망한다. 1968년부터 추진하다가 2005년에 '문학회생 프로그램'으로 박차를 가하기 시작한 '세종도서 우수문학도서' 사업이 이러한 가치를 추구하는, 그래서 말 그대로 '문화로 행복한 삶'을 실현하였으면 한다.

'좋은/우수' 문학에 대한 정부의 창조적 고민은 요원한가?

지금까지 정부가 올해 실시하려는 '2015세종도서 문학사업'이 지닌 문제점에 대한 논의 과정 속에서 해결책과 대안이 모색된 것이나 다름이 없다. 2015년 2월 24일 국회에서 가진 '문학의 공공성과 표현의 자유'를 주제로 한 토론회에서 정부 측을 대표하여 발표자로 참여한 김일환 문화체육관광부 출판인쇄산업과장은 세종도서 선정 기준 중 '특정 이념에 치우치지 않는 순수문학 작품'이, "창작과 출판의 자유를 제한하려는 의도는 아니었는데 언어의 사회·역사적 맥락을 무시한 채 편의적으로 쓴 표현으로 혼란과 걱정을 끼쳐 송구하게 생각한다"[2]는 점을 분명히 말하였다. 이 공식적 사과에서 우리는 향후 문학정책을 기획하는 과정에서 정부가 말 그대로 행정 편의주의가 아닌 한국문학사의 고투 속에서 부정 또는 새롭게 발견된 용어와 개념에 대한 교양이 필요하다는 것을 강조해두고 싶다. 이것은 달리 말해 문학정책에 대한 전문성이 각별히 요구된다는 것을 말한다. 물론 여기에는 말할 필요 없이 문학의 속성에 대한 충분한 이해와 그것에 기반하여 정책을 결합하는 철학과 운영의 정치(精緻)함이 요구된다.

이와 관련하여, 지난 번 국회의 토론에서도 힘주어 강조하였듯이, 문학정책은 다른 정책과 비교할 때 지속성과 일관성을 지녀야 하기 때문에 정부의 권력이 누가 지배하느냐에 따라 그 정책 기조가 흔들리고 구체적으로 집행되어야 할 행정의 실재가 달라져서는 곤란하다. 가령, 정권이 바뀌었다고 하여 지난 정부에서 애써 마련한 문학정책을 전면 수정함으로써 문학정책의 주요 흐름이 단절된 채 조변석개와 같은 모양새를 지니는 것은 문학계를 퇴보시키는 것이나 다를 바 없다. 힘들게 마련한 문학정책은 정부의 지배권력에 따라 그때그때 색채를 달리할 게 아니라 중장기적 시각을 갖고 갈고 다듬어 나가야 한다. 이와 관련하여 문학계에서 안타깝게 생각하는 것은 국민의 정부와 참여정부에서 힘들게 마련한 문학나눔프로그램 사업이 이명박 정부와 박근혜 정부에 들어와 그 사업의 성과는 온데간데 없고 새로운 형태의 사업으로 펼쳐졌고, '2015세종도서 문학사업'은 그 단적인 사례다. 문학나눔프로그램에서 우수도서 선정 사업은 앞서 언급했듯 문학을 기초예술의 차원에서 이해하는 것을 바탕으로 하여, 예술생태계를 보호하고 육성한다는 철학의 중심이 서 있었다. 따라서 이러한 철학 아래 우수도서 선정 과정에는 이 사업을 책임 있게 진행할 수 있는 전문가(시인, 소설가, 평론가) 풀을 충분히 활용한 공정성을 담보한 심사제도를 거쳐 우

---

2 「세종도서 선정 기준, 반정부 작가들 탄압수단 될 것」, 온라인 『한겨레』, 2015. 2. 24.

수도서로 선정하였고, 그것을 전국 도서관에 배포하였다. 해당 분야 전문가들이 심사과정에서 객관적이고 엄격한 심사를 하는 만큼 선정된 도서의 문학성은 보증받는다. 이렇게 하여 매분기 심사를 거쳐 선정된 우수도서는 전국 도서관에 배포되고, 배포된 도서를 이용하여 각 지자체 도서관은 해당 지차제의 성격에 적합한 다양한 독서문화 프로그램을 개발하여 주민들과 함께 활용하였다. 비록 이 과정에서 지자체 도서관과 주민들은 선정 과정에서 직접 참여를 하지 못하고 선정 도서를 활용하는 수용자의 측면에 있어 이 사업에 못마땅한 면이 있는 것도 사실이다. 따라서 선정 과정에서 일반 독자의 의견이 충분히 반영되고 있지 못한 문제점을 지적한다. 하지만 이에 대해서는 성북구의 주민 선호도 조사가 지닌 문제점에서 뚜렷이 확인할 수 있듯, 자칫 우수도서 선정 사업이 문학 본연의 속성과 배치되는 반문학적 과정과 결과로 이어질 수 있다는 점을 쉽게 간과해서 안 된다. 그래서 우리는 문학정책의 지속성과 일관성이 중요하다는 점을 상기해야 한다. 세종도서 선정사업의 방향이 문학을 향유하는 일반 독자에게 초점이 맞춰있다면, 이 점을 전면 수정할 필요가 있다. 그렇다고 향유자의 입장을 아예 배제시키자는 것은 아니다. 문학 생산자 못지않게 향유자도 중요한 역할을 수행하는 만큼 세종도서 선정사업에서 향유자를 고려해야 한다. 이와 관련하여 나는 평소 이런 대안을 갖고 있는바, 정부의 우수도서 선정 과정에서 예전에 실시한 문학나눔프로그램의 기본 골격은 유지한 채 지자체 도서관의 선정 과정을 결합하는 것이다. 가령, 정부 대 지자체 비율을 7:3의 비율로 할 경우 지차체에게 우수도서 사업으로 선정되는 예산의 30%를 할당하여, 지자체 자율적으로 우수도서를 선정하도록 한다. 이 과정에서 지차체는 성북구 '책읽는 추진위원회'와 유사한 해당 지차제에 적합한 독서문화 커뮤니티를 구성하는데, 이 커뮤니티는 어디까지나 해당 지차제 주민을 중심으로 한 문학 전문가와 일반 주민들이 함께 구성되고, 이 커뮤니티 안에서 우수도서 선정을 위한 과정(주민 선호도 조사처럼 정량화된 지표와 다른)을 모색함으로써 해당 지자체 주민의 적극적 참여를 동반한 우수도서를 선정한다. 이러한 과정이 축적되다 보면, 궁극적으로는 정부가 우수도서 선정 사업에 관여하지 않고, 해당 예산을 지자체에 적절히 분배함으로써 지자체 스스로 개발한 선정 과정을 통해 우수도서 선정 사업을 책임 있게 추진할 수 있다. 이 과정에서 문학의 존재 가치는 자연스레 지자체 주민들의 일상 속에 뿌리를 내리고 바로 이 과정에서 문학의 존재 가치는 사회적 합의를 이끌게 된다. 이것은 일반 대중이 예술생태계의 중요성을 스스로 성찰하고, 정부의 우수도서 선정 사업이 향유자 중심 일변도로 선정된 도서의 보급률을 높이는 소극적 차원을 벗어나 독자의 인문적 교양을 한층 고양시키는 성숙한 문화시민을 길러내는 도서를 선정하는 방향으로 자리매김될 수 있다.

그렇다면, 문학정책으로서 세종도서 선정사업이 장차 어떠한 방향으로 추진되어야 할지 토론의 물꼬를 지금보다 더 많이 터야 할 것이다. 문체부의 '좋은/우수'문학 선정 및 보급을 위한 문학정책에 대한 창조적 고민이 절실히 요구된다.

이 글은 2015년 2월 24일 국회에서 열린 '문학의 공공성과 표현의 자유'에서 필자가 발표한 「'좋은/우수'문학에 대한 정부의 창조적 고민은 요원한가?」를 중심으로 하여, 그날 토론회에서 제기한 문제들과 발표에서 미처 밝히지 못한 의견을 덧보태면서 쓰였다는 것을 밝혀둔다.

문학상,
수치스러운 '그들만의 잔치'

언제까지, 이 얘기를 해야 할까. 그렇지 않아도 날이 갈수록 문학이 왜소해지고 있다는 걱정이 줄을 잇고 있는데, 문학상과 관련한 온갖 추문들이 해결되기는커녕 조금도 개선의 여지 없이 문학 안팎을 에워싸고 있다. 문학상에 대한 논의에 관심 있는 독자라면, 아직도 기억하고 있을 것이다. 지금부터 10여 년 전 문학계 안팎에서는 범진보적 사회운동의 일환으로서 안티조선일보의 움직임이 거세게 일어났다. 그것은 단순히 일개 신문의 잘잘못을 험담하기 위한 데 초점이 맞춰진 게 아니라 한국사회의 진전을 퇴행시키는 수구보수주의의 언론에 대한 양심적 시민의 사회적 분노와 비판의 표출이었다. 문학계에서는 그 일환으로 조선일보사가 주관하는 동인문학상의 온갖 문제점을 신랄히 비판한 바 있다. 여기서 또 다시 그때 문학 안팎을 뜨겁게 달군 쟁점들을 반복할 필요는 없다.

하지만 아직도 그 쟁점들의 불씨가 여전히 살아 있고, 논의의 핵심은 지금, 이곳에서도 파급력이 여전히 클 뿐만 아니라 생산적 대화의 물꼬를 튼다는 점에서도 그 핵심을 언급하지 않을 수 없다. 동인문학상을 에워싼 가장 큰 쟁점은 바로 문학권력에 대한 것이다. 좀 더 부연하면, 문언유착에 따라 형성되는 문학권력의 파행성에 대한 비판적 성찰이 논의의 초점이었다. 이 문제의 해결은 아직도 요원하기만 하다. 심지어, 어떻게 된 일인지, 이 문제에 대해 문학인들은 둔감한 것처럼 보인다. 그만큼 문언유착과 문학권력의 파행성은 문학제도의 오랜 폐습으로 군림하는 가운데, 문학인들은 이 폐습에 대해 무관심하든지, 아예 이 문제점을 인식하지 못하든지, 심지어 이것에 대해 속수무책일 수밖에 없지 않는가, 하는 무기력감에 빠져 있다. 하여, 이것도 저것도 아닌 바에야, 유명 언론사에서 주관하는 문학상의 경우 그 문학상의 제정 취지가 어떻든지, 심사의 공정성을 비롯한 상의 운영에 따른 제반 문제점들에 대한 별다른 관심 없이, 오직 막대한 상금과 그에 따른 문학적 권위가 주어지기만 한다면 너나 할 것 없이 문학상을 향한 욕망을 서슴없이 드러낸다.

물론, 이러한 욕망 자체를 이해하지 못하는 것은 결코 아니다. 하지만 이 욕망에 나포되는 가운데 정작 양보할 수 없는 중요한 것을 문학인들이 잃어버리고 있다는 게 매우 안타까울 따름이다. 그것은 화려한 스포트를 받은 수상작들이 '그들만의 잔치'에 불과할 뿐, 문학제도를 구성하는 독자를 외면하고 있다는 사실이다. 독자의 관심이 결여된 수상작이 도대체 무슨 의미가 있을까. 동시대를 살아가는 사람들의 심미적 취향과 세계인식을 제대로 읽어내지 못하는 작품들에 대해 문학상의 영예를 안겨주는 게 어떤 가치가 있을까. 그렇다고 오해하지는 말자. 한국사회의 모든 문학상들이 문제점을 갖고 있다는 것은 결코 아니다. 비록 화려하지는 않으나 문학상의 제정 취지에 어긋나지 않고, 심사의 공정성을 유지하면서 한국문학의 미적 갱신을 위해 심사숙고하여 수상하는 아름다운 문학상들이 존재한다. 여기에는 독자의 미의식 위에 군림하지 않고, 동시대 사람들의 미의식과 자연스레 공명(共鳴)하는 가운데 해당 문학상의 문학적 권위를 보증해내는 문학의 자정(自淨) 노력을 간과할 수 없다.

그런데 안타깝게도 이 땅에서 주목받는 문학상의 경우 문학상의 아름다운 가치를 스스로 저버리고 있다. 기왕 앞에서 동인문학상의 문제점을 언급했기에 좀 더 얘기를 해본다. 동인문학상에 대한 비판이 지속되는 것은 이 상의 상징자본과 관련한 문제점들이 개별 문학상에 국한되지 않을 뿐만 아니라 최근 심각한 문제점으로 부각되고 있는 문화권력의 폐단에 대한 비판적 성찰을 수행하기 위해서다.

동인문학상의 문제점에 대해 다시 강조해두어야 할 게 있다. 동인문학상은 7명의 심사위원(김주영, 오정희, 이문열, 신경숙 등 소설가 4명, 유종호, 김화영, 정과리 등 평론가 3명으로 구성)이 종신심사위원으로서 심사기간 동안 수상 후보작들에 대한 공개 독회를 하여 그것을 신문지상에 중계하고, 최종심 후보작을 대상으로 하여 영예의 수상작을 선정한다. 우리는 알고 있다. 황석영, 공선옥, 고종석은 이러한 심사운영 방식이 개별 작가의 미적 성취를 위계화시키는 대단히 반문학적 제도일 뿐만 아니라 '조선일보'라는 거대 원론의 문화권력이 개별 작가를 포함한 한국문학 전체를 대상으로 한 문화적 헤게모니를 장악하기 위한 음험한 작태이기 때문에 후보작으로 언급된 것 자체를 수치스럽게 생각한다는 견해를 뚜렷이 드러내었다. 그런데 이 세 작가의 과단성 있는, 동인문학상에 대한 부정의 태도에도 불구하고 여타의 작가들은 아직도 여전히 동인문학상에 대한 동경과 선망의 태도를 거둬들이지 않는다.

우리는 여기서 냉철히 생각해보아야 한다. 동인문학상의 이러한 운영방식을 한국문학이 언제까지 용인해야 하는가. 조선일보는 종신심사위원 제도를 통해 한국문학의 위엄을 크게 훼손시키고 있는 것은 아닌지 준열한 반성적 성찰을 해야 한다. 동인문학상이 한국문학의 존재 가치를 존중하고, 한국문학의 미적 갱신을 위해 동시대의 문학적 분투에 대한 진정성 있는 격려에 비중을 둔다면, 심사의 권위와 심사의 외적 모양새에 신경을 쏠 게 아니라 심사의 내실을 튼실히 다져야 할 것이다. 그러기 위해서는 아주 소박하고 간명한 사실을 소홀히 여겨서는 안 된다. 어떠한 기준에 의해 그 많은 작품들 중 일부가 수상후보작으로 엄선되는 것인지 모르겠지만, 적어도 심사위원들은 그것도 종신심사위원이란 막중한 자격을 부여받았으면,

평소 동시대의 작가에 대한 애정을 기반으로 한 작품 읽기에 게을리해서는 안 된다. 그럴리야 없겠지만, (그렇지 않다고 믿고 싶은 게 솔직한 심정이다.) 평소 동료 작가들의 작품을 읽는 데 게을리하는 심사위원의 경우 급변하는 동시대의 여러 서사적 문제들에 대해 이렇다 할 고민이 없는 터에, 오랫동안 자신에게 익숙한 문학관에 매몰돼 있든지, 아니면, 그 정반대로 시대에 뒤쳐져 있는 자신의 문학관을 모면하기 위해 제대로 이해를 하지 못하는데도 불구하고 심사위원의 다수가 특정 작품을 수상작으로 선정하는 데 들러리 역할을 서는 것은 아닌지, 자신의 심사기준과 심사에 임하는 태도에 대해 근원적 성찰을 할 필요가 있다. 사실, 이 문제는 매우 소박하고 간명하지만, 매우 중요하다. 왜냐하면 동인문학상처럼 주요 언론매체가 집중적 지원을 한다는 것은 곧 동시대의 문학을 준거점으로 하여 그 문학에 삼투된 동시대 사람들의 삶에 대해 해당 언론이 적극적 관심을 갖고 있다는 점을 보여주려는 의도인데, 정작 심사위원들이 동시대 여러 경향의 작품들에 대한 성실한 독서를 하지 않은 채 그 문학상을 주관하는 언론사의 심미적 이데올로기를 적극 반영한 수상후보작들만을 대상으로 심사를 진행할 수 있기 때문이다. 때문에 이렇게 선정된 수상작에 대해 아무리 해당 언론사와 심사위원이 그 문학성을 치켜세우지만, 독자의 반응은 그리 뜨겁지 않다. 이것은 동인문학상에 대한 신뢰도를 떨어뜨린다. 당대의 문제작인데도 불구하고 수상후보작의 대상에서 고의적으로 누락시킨 것은 아닌지, 아니면 그 문제작에 대한 심미적 감식안이 없는 것인지, 이 모두 다 문학상에 대한 신뢰도를 떨어뜨리는 요인임에 틀림 없다.

 이 같은 문제점은 동인문학상이 최근 실행되는 과정에서 불거진 문제점과 무관하지 않다. 가령, 2005년도 수상작 권지예의 소설집『꽃게의 무덤』에 수록된「봉인」에 대해 표절 문제가 심각히 제기되었음에도 불구하고 동인문학상 심사위원들은 최종적으로 표절이 아닌 것으로 면죄부를 주었다. 그리고 몇 년 후 2008년도 수상작가 조경란의 경우 비록 수상작은 아니지만 그의 다른 작품 역시 표절 문제가 제기된 터에 심사위원들은 아무렇지도 않은 듯 그에게 동인문학상의 영예를 안겨주면서 그를 그 해의 문학성이 탁월한 작가라는 상징자본을 수여하였다. (아뿔싸, 그러고 보니, 종신 심사위원인 작가 신경숙 역시 그의 작품 「전설」, 「작별 인사」, 「딸기밭」 등이 표절 시비에 놓인 적이 있지 않은가.) 이제 한국의 독자들은 더 이상 청맹과니가 아니다. 그들의 문학적 감식안과 문학 정보의 이해력은 문학인에 비해 손색이 없다. 최근 이와 같은 동인문학상의 흠결은 독자로 하여금 이 상뿐만 아니라 다른 문학상의 운영방식과 수상작에 대한 의구심을 갖게 함으로써 독자들로부터 냉소를 받는, 하여 문학상 관련 당사자들만의 잔치로 전락되고 있다. 혹시, 거대 언론의 문화권력에 문학인들은 시녀로서 기꺼이 전락하고 있는 것은 아닌지. 우리 시대의 작가들은 수천만 원의 상금과 언론의 문화권력에 눈이 먼 엔터테이너로서 자족하려는 것은 아닌지.

그렇다. 그동안 비평가로서 나는 이 같은 비평적 책무에 대해 둔감해 있었다는 점을 시인해야겠다. 비평이여, 분노하라. 그것이 곧 비평의 창조적 생명이다.

새로운 세계문학 구성을 위한
4·3문학의 과제

지구적 시계(視界)를 겸비한 4·3문학

대한민국 정부 수립(1948) 이후 제주 4·3사건(1948)에 대한 국가권력의 강요된 망각과 편향적이고 왜곡된 기억의 강제는 4·3을 둘러싼 역사적 진실 탐구 자체를 오랫동안 허락하지 않았다. 국내에서는 주지하다시피 작가 현기영의 단편 「순이 삼촌」(『창작과비평』, 1978년 가을호)이 발표되면서 비로소 한국현대사의 암울한 터널 바깥으로 4·3사건의 전모가 드러나는 역사적 계기를 갖게 된다.[1] 그런데 이보다 3년 전 미국에서는 주한미군으로 근무한 적 있는 존 메릴(John Merrill)이 미국의 국립문서기록관리청 등지에서 보관되고 있는 4·3관련 미군 자료를 중심으로 하버드대학교에서 「제주도 반란(The Cheju-do Rebellion)」(1975)이란 제목으로 석사학위를 받음으로써 전 세계적으로 최초로 4·3을 학술적으로 연구했다. 현기영의 「순이 삼촌」은 작중 인물 '순이 삼촌'을 중심으로 한 제주의 무고한 양민이 이른바 '빨갱이 사냥(red hunt)'이란 반문명적·반인간적·반민중적 폭력 아래 억울한 죽임을 당한 제주 민중의 수난사에 초점을 맞춤으로써 대한민국 건국 과정에서

---

[1] 4·3에 대한 최초의 문학적 접근은 재일조선인 작가 김석범(1925~)의 잇따른 문제작 「간수 박서방」(1957), 「까마귀의 죽음」(1957), 「관덕정」(1962) 등이 일본에서 일본어로 써지면서 시작되었다. 이 무렵 한국에서는 엄혹한 냉전시대의 질곡 속에서 4·3에 대해 침묵을 강요당해왔다.

원통히 죽어간 제주 민중에게 가해진 국가폭력을 증언·고발해낸다. 그리고 존 메릴은 그의 논문에서 적시하고 있듯, "제2차 대전 이후 점령군에 대하여 제주도에서와 같은 대중적 저항이 분출된 곳은 지구상 어디에서도 찾아볼 수 없었다."[2]고 한바, 4·3사건의 역사적 희생자인 제주 민중이 당시 미군정(美軍政)과 한국정부에 대해 봉기를 일으킨 측면을 간과하지 않았다.[3]

여기서, 우리가 다시 주목해야 할 것은 현기영과 존 메릴의 접근에서 보여주고 있는 두 시각이다. 그동안 4·3문학에 대해 괄목할 만한 창작 성과와 비평 및 연구가 축적되고 있는 것을 애써 외면해서는 곤란하다.[4] 하지만 동시에 우리가 준열히 경계하고 성찰해야 할 것은 그동안 이들 성과에 우리도 모르는 새 자족하거나 안주해버린 채 4·3을 기념화·화석화(化石化)하는 것 또한 곤란하다. 4·3문학은 늘 깨어있어야 하며, 예각화된 시선을 갖고 4·3을 한층 웅숭깊게 탐구해야 한다. 이를 위해 우리는 초발심의 차원에서 현기영과 존 메릴의 접근으로부터 4·3문학이 혹시 소홀히 간주했거나 미처 탐침하지 못한 것들이 없는지 헤아려본다. 이에 대해서는 이 글의 다음 장에서 좀 더 논의해보는데, 그에 앞서 생각해봐야 할 게 있다. 4·3문학은 현기영과 존 메릴의 시각을 횡단적으로 보는 게 요구된다. 4·3에 대한 제주 민중의 수난사는 제2차 대전의 승자인 점령군 미군의 군정과 밀접한 연

---

2 양조훈, 「겉과 속이 다른 미군 정보보고서」, 『4·3 그 진실을 찾아서』, 선인, 2015, 79쪽 재인용.

3 4·3의 역사적 진실을 취재해 온 양조훈은 존 메릴과의 세 차례 인터뷰를 통해 4·3사건과 미군정의 관계의 핵심을 매우 적확히 파악한다. 이에 대해서는 위의 책, 79~91쪽 참조.

4 문학의 모든 장르에 걸쳐 4·3문학은 괄목할 만한 성과를 축적시키고 있다. 무엇보다 4·3의 직접적 당사자인 제주문학인들에 의한 지속적이고 집중적인 노력은 4·3문학뿐만 아니라 국내외적으로 연대할 수 있는 문학에 현재적으로 시사하는 바 크다. 대표적으로 (사)제주작가회의가 꾸준히 펴낸 시선집 『바람처럼 까마귀처럼』(실천문학사, 1998), 소설선집 『깊은 적막의 꿈』(각, 2001), 희곡선집 『당신의 눈물을 보여주세요』(각, 2002), 평론선집 『역사적 진실과 문학적 진실』(각, 2004), 산문선집 『어두운 하늘 아래 펼쳐진 꽃밭』(각, 2006) 등이 있는가 하면, 최근 4·3문학의 국제적 연대 차원에서 베트남문학과의 교류 일환으로 펴낸 제주·꽝아이 문학교류 기념시집 『낮에도 꿈꾸는 자가 있다』(심지, 2014) 등이 있다. 이 외에도 개별 문인 및 연구자들에 의해 4·3문학에 대한 문학적 성과는 축적되고 있다.

관이 있는바, 일제로부터 해방하여 식민주의를 벗어났지만, 기실 미군정에 의한 친일협력자들의 재등용과 제2차 대전 이후 새롭게 재편되는 동아시아의 국제정세와 맞물려 새로운 정치경제적 헤게모니를 장악하기 시작한 미국의 새로운 식민지배, 즉 신식민주의의 주도면밀한 관철은 제주 민중의 수난사가 제2차 대전 이후 본격적으로 형성될 세계 냉전체제의 암울한 전조(前兆)를 제주에서 극명히 드러낸다. 따라서 4·3문학은 이 같은 국제정세를 포괄적으로 보는 역사적 시계(視界)를 가져야 한다. 그럴 때 현기영에게서 제기된 제주 민중의 수난사와 존 메릴에게 주목되는 미군 점령군(여기에는 미군정의 지원을 받는 한국정부를 포함)에 대한 제주 민중의 저항을 다루는 4·3문학은 해방공간의 특수한 지역 문제에 한정된 '지역문학'으로만 인식되는 것도 아니고, 이 시기를 다룬 한국문학사를 온전히 구축시키는 차원에서 그것의 결락된 부분을 충족시켜주는 데 자족하는 한국문학, 곧 '국민문학'으로만 인식되는 것도 아닌, 세계 냉전체제의 발아되는 현장과 현실에 연동되는 '세계문학'의 문제틀(problematics)로서 새롭게 인식될 수 있다.

사실, 필자는 이와 관련하여, 다음과 같은 논의를 펼친 적 있다.

4·3문학은 새 단계에 걸맞은 방향 전환으로 '기억의 정치학'을 과감히 시도해야 합니다. 이를 위해서는 크게 이중의 과제를 설정하고 수행해야 하는데, 하나는 지구적 국제성을 획득하는 일이고, 다른 하나는 한국문학의 '또 다른 근대(혹은 근대극복)'을 선취(先取)하는 일입니다. 전자의 경우 **4·3문학의 일국적 문제틀로부터 과감히 벗어나 4·3문학과 창조적으로 연대할 수 있는 세계문학과 상호침투적 관계 맺기를 적극적으로 노력해야 합니다.** 여기에는 지금까지 통념화되고 있는 세계문학을 염두에 둔 게 아닌, 유럽중심주의를 발본적으로 성찰하는 가운데 생성되는 세계문학을 재구성할 수 있는 가능성의 원대한 꿈을 결코 과소평가해서는 안 됩니다. 후자의 경우 전자의 기획을 구체적으로 실현시킬 수 있는 것인데, **4·3문학을 아우르고 있는 제주문학 특유의 미적 실천을 주목함으로써 4·3문학이 유럽중심주의 미학을 창조적으로 극복하여 한국문학의 오랜 숙제**

인 서구문학의 근대와 '다른 근대(혹은 근대극복)'을 실천할 수 있습니다.[5] (밑줄 강조-인용)

유럽중심주의가 내밀화된 문학 주체들은 이 같은 생각을 제3세계의 민족주의로 치부한다든지 세계의 엄연한 현실을 몰각한 낭만적 이상주의로 간주하기 십상이다. 하지만 필자가 과문한지 모르겠지만, 저간의 세계문학에 대한 논의들 속에서 여전히 유럽중심주의는 똬리를 틀고 있는 형국이다. 여기서 적시해두고 싶은 것은 국민문학을 중심으로 한 논의 구도가 지속되는 한 유럽중심주의에 젖줄을 대고 있는 국민문학의 문제틀로서는 기존 세계문학을 창조적으로 넘어서는 일이 한갓 도로(徒勞)일 뿐이라는 점이다.[6] 그래서 필자는 4·3문학이 우리에게 자동화되고 관습화된 예의 세계문학이 함의한 것과 '다른' 세계문학을 새롭게 구성할 수 있다고 본다. 그것은 존 메릴이 적시했듯, 제주 민중은 제2차 대전 이후 신제국주의로 등장한 미국에 대한 '대중적 저항'을 분출한 만큼 이 저항이 함의한 것들을 4·3문학은 지구적 시계(視界)의 차원에서 기획·실현할 수 있기 때문이다. 이럴 때 4·3문학은 기존 세계문학을 "우리와 무관한 다른 세계의 문학이 아니라 우리 자신이 우리의 삶으로서 주체적으로 참여할 수 있는, 즉 '개입으로서

---

5   고명철, 「4·3문학의 새 과제: 4·3의 지구적 가치와 지구문학을 위해」, 『제주작가』, 2011년 여름호, 28쪽.

6   가령, 최근 주목되고 있는 하버드 대학 교수인 댐로쉬의 세계문학에 대한 논의의 핵심을 일본의 비평가 호소미 가즈유키는 매우 날카롭게 비판하고 있는바, 호소미에 따르면, 댐로쉬는 세계문학을 모든 국민문학을 타원형으로 굴절시킨 것으로 보며, 번역을 통해 풍부해지는 작품으로 보고 있다고 한다. 그래서 댐로쉬가 공을 들여 감수한 『롱맨 세계문학 앤솔로지』 전 6권에는 고대부터 현재까지 그가 생각하는 세계문학이 망라돼 있는데, 일본문학으로 수록된 『겐지모노가타리』와 무라카미 하루키의 단편 『TV피플』은 댐로쉬의 세계문학이 '세계 비즈니스'에 불과하다고 매섭게 비판한다(호소미 가즈유키, 「세계문학으로서의 김시종」, 『지구적 세계문학』 4호, 2014, 141~142쪽). 이는 달리 말해 서구의 문학 시장에서 시장 가치를 갖는 국민문학을 세계문학으로 이해하는 데 기인한 것이다. 이것은 국민문학의 태생 자체가 갖는 한계로, 결국 국가의 정치경제적 위상이 강한 국민문학 중심으로 세계문학이 구성되는 것을 말한다. 괴테와 마르크스의 세계문학 기획이 이러한 것을 염두에 둔 것과 무관한 것을 상기할 필요가 있다.

의 세계문학(world literature as an intervention)'"[7]으로 전유할 수 있는 것이다.

이 글에서 필자는 4·3문학이 제주문학(=지역문학)/한국문학(=국민문학)의 가치만으로 자족하는 것을 넘어 새롭게 구성되어야 할 세계문학의 문제의식을 염두에 둔, 그래서 4·3문학이 인류의 평화와 상생을 모색하고 실천하는 원대한 문학적 욕망을 수행할 수 있기를 기대한다.

항쟁 패배자와 승리자에 대한 '기억의 정치학'

필자는 "제주 4·3문학은 끊임없이 국가국민문학과 비타협해야 하는 곤혹을 감수해야 한다."[8]는 입장에 동의한다. 그런데 중요한 것은 이것을 구두선(口頭禪)에서 그칠 게 아니라 문학적 실천으로 어떻게 구체화시킬 것인가 하는 문제다. 현기영의 다음과 같은 언급에 귀를 기울여보자.

> 4·3이 국가추념일로 지정되면서 마치 4·3의 모든 것이 해결된 것처럼 생각하는 모양입니다. 4·3이 어둠 밖으로 제 몸을 드러내자 갑자기 그 빛을 잃어가는 느낌입니다. 끊임없이 4·3을 재기억하는 일이 중요합니다. 재기억이란 지워졌던 역사적 기억을 되살려 끊임없이 되새기는 일, 대를 이어 역사적 기억의 일부만 용납되고 있는 현실입니다. 양민 피해자의 기억은 어느 정도 허용되고 있지만, 항쟁 패배자의 기억은 철저히 부정되고 있는 것입니다. 70년 가까운 세월이 흘렀으면, 이제 그들을 감싸 안는 아량이 있어야 하지 않겠습니까? **패배자의 기억 또한 회복시켜야 합니다.**[9] (밑줄 강조-인용)

현기영의 위 발언이 의미심장한 것은 한국이 아닌 일본에서 타전되고

7   김용규, 「개입으로서의 세계문학」, 『세계문학의 가장자리에서』(김경연·김용규 편), 현암사, 2014, 21쪽.

8   제주대학교 탐라문화연구원이 주관한 제주 4·3 제67주년 기념 학술 심포지엄(2015.4.24)에서 발표된 김동현의 「식민의 화석, 은폐된 국가」, 『제국의 폭력과 저항의 연대』 자료집, 87쪽.

9   박경훈, 「김석범·현기영 선생과 동경 웃드르에서의 하루」, 『박경훈의 제주담론2』, 각, 2014, 387쪽.

있다는 사실이다. 일본이 한국보다 분단이데올로기의 억압이 상대적으로 자유로워서였을까. 현기영은 작심한 것인 양 그동안 한국사회에서 좀처럼 발언하지 않은 사안, 즉 4·3사건에서 군경 토벌대에 맞선 무장대에 대한 기억을 회복시켜야 한다는 것을 환기하고 있다. 국가차원에서 4·3특별법이 제정(2000)되고, 4·3진상보고서가 여야합의로 채택(2003)되고, 뿐만 아니라 고(故) 노무현 대통령이 제주도민에게 국가차원의 사과(2003)를 한 후 4·3이 국가추념일로 지정(2014)되면서 국가적 억압으로부터 형식적으로 해방된 것은 분명하지만, 4·3사건을 에워싼 기억 중 무장대에 대한 그것은 현기영을 비롯한 한국문학에서는 아직 이렇다 할 본격적인 작업이 없다고 해도 과언이 아니다. 왜냐하면 무장대를 형상화하기 위해서는 해방공간에서 4·3사건을 구성하는 역사의 시간에 따라 조직·해체·구성되는 무장대의 활동을 촘촘히 추적해야 하는데,[10] 여기에는 불가피하게 한국사회의 무소불위로 작동하고 있는 국가보안법이란 실정법과 정면으로 부딪칠 수밖에 없는 곤혹스러움에 직면해야 하기 때문이다.[11] 따라서 4·3의 역사적 진실을

10 이와 관련하여, 4·3무장대의 활동을 막무가내로 북한의 민주기지론과 관련하여 반공주의로 매도하는 것은 역사에 대한 비과학적 인식일 뿐만 아니라 궁극적으로 4·3의 역사적 진실을 대한민국과 조선민주주의인민공화국이란 국민국가의 폐색적(閉塞的) 내셔널리즘으로 협소화시키는 데 불과하다. 우리는 4·3사건 이전 해방 직후의 현대사를 세밀히 주목할 필요가 있다. 해방 직후 전국적으로 여운형 주도로 꾸려진 건국준비위원회(후에 인민위원회로 변경)는 1945년 9월 6일 국가를 '조선인민공화국'으로 공포하였는데, 이것은 엄밀히 말해 북쪽 김일성이 세운 '조선민주주의인민공화국'과 그 성격이 다르다. 물론 '조선인민공화국'은 미군정이 들어서면서 반공주의로써 철저히 부정되었다. 제주의 4·3은 이러한 역사적 맥락에서 이해되어야 하는 역사적 실체다. 이러한 해방정국의 어수선한 현실 속에서 "제주 민중의 지향점은 주변부에 처해 있는 독자적인 단위로서의 제주도에 미쳐진 세계냉전체제, 한반도 중앙권력의 물리력에서 벗어나고자 하는 데 두어졌다고 보아야 할 것이다. 여기에는 국가주의적 이념이 개입할 여지가 없다. 과거 독립된 단위로서 자율성을 나름대로 추구하던 섬 공동체에 가해진 외부로부터의 압박은 자연스레 섬사람들을 하나로 뭉치게 하였을 것이며, 이때 이들을 조직해낸 것은 지도부의 사회주의 이념이었을 것이다. 이런 의미에서 제주도 남로당의 사회주의 이념은 섬사람들을 조직화시켜낸 사상적 외피에 불과하다. 즉 4·3사건이 기본적으로 국가폭력에 대한 자기 방어적 성격에서 출발하고 있는 것이며, 미군정과 경찰·서북청년회의 탄압에 저항한 평화적 민중항쟁의 성격을 강하게 띠고 있다는 것이다."(박찬식, 『4·3과 제주역사』, 각, 2008, 382쪽)
11 그래서일까. 한국문학에서 4·3무장대를 본격적으로 다룬 작품은 없다고 해도 과언이 아닌데, 북한문학에서는 이를 다룬 문제작이 있다. 양의선의 장편 「한나의 메아리」와 강승한의 서사시 「한나산」

추구하고 그 역사적 복권을 위해서는 아직도 해결해야 할 과제가 녹록치 않다.

그래서 우리는 현기영의 위 발언이야말로 작가생활의 거의 모든 것을 4·3의 진실 추구에 쏟아온 노작가가 자신의 4·3문학의 한계에 대한 자기성찰을 하는 것과 동시에 기존 4·3문학에서 결여된 부분을 냉철히 응시하는 것으로 이해할 필요가 있다. 이것은 결국 답보 상태에 머무르고 있는 작금의 4·3문학의 새 지평을 모색하기 위해 작가의 오랜 문제의식을 드러낸 것이기도 하다.

그런데, 4·3문학에서 재기억해야 할 대상으로 치열히 탐구해야 할 또 다른 대상은 미군정의 개입 양상이다. 이것은 달리 말해 항쟁 승리자의 기억을 철저히 천착해야 한다는 것을 말한다. 그동안 항쟁 패배자의 기억이 승리자의 기억, 즉 대한민국(미군정의 지원과 미국)의 공식기억(official memory) 속에서 억압·왜곡·부정되었다면, 승리자의 기억 또한 승리자의 시선 아래 착종·왜곡·은폐되었다 해도 과언이 아니다. 물론, 그동안 4·3문학이 4·3사건에 개입한 미군정(또는 미국)을 외면했던 것은 결코 아니다. 현기영의 일련의 단편들(「아스팔트」(1984), 「거룩한 생애」(1991), 「쇠와 살」(1991), 「목마른 신들」(1992))과[12] 무크지 『녹두서평』에 전재된 이산하의 장편 서사시 「한라산」(1987), 그리고 김명식의 장편 서사시 『한락산』(신학문사, 1992) 등 몇 안 되는 문제작을 통해 미군정과 미국의 반문명적 폭력의 실태가 적나라하게 증언·고발되고 있는 것은 주목할 만한 4·3문학의 성취다. 사실, 이들 작품이 써진 시기만 하더라도 미국이 4·3에 개입한 실증적 자료들을 창작자들이

이 그것이다. 이 두 작품을 연구한 주요 논의는 다음과 같다. 김재용, 「4·3과 분단극복-북한문학에 재현된 4·3」, 『제주작가』, 2001년 상반기호; 김동윤, 「북한소설의 4·3인식 양상-양의선의 「한나의 메아리」론」, 『4·3의 진실과 문학』, 각, 2003; 김동윤, 「단선반대에서 인민공화국으로 가는 도정-강승한 서사시 「한나산」론」, 『기억의 현장과 재현의 언어』, 각, 2006; 고명철, 「제주, 평양 그리고 오사카-'4·3문학'의 갱신을 위한 세 시각」, 『뼈꽃이 피다』, 케포이북스, 2009.

12 현기영의 위 네 작품에 나타난 미국과 관련된 신식민 상황에 대해서는 김동윤, 「현기영의 4·3소설에 나타난 탈식민의 문제」, 『한민족문화연구』 49집, 2015, 351~359쪽.

접하기가 어려웠을 뿐만 아니라 이에 대한 사회과학 연구도 크게 진척되지 않는 상황에서 4·3문학이 미국 관련 여부를 형상화하는 것은 결코 쉬운 일이 아니었다. 하지만 이후 미국이 4·3에 깊숙이 연루된 자료들이 실증적으로 조사 정리된 바, 가령 『제주 4·3사건 자료집(미국자료편②)』(제주 4·3사건진상규명및희생자명예회복위원회, 2003), 『제주 4·3자료집-미군정보고서』(제주도의회, 2000), 『미군CIC정보보고서』 전 4권(중앙일보현대사연구소, 1996) 등이 발간됨으로써 4·3문학은 이 문제에 대해 한층 진전된 작업을 수행할 수 있을 것으로 기대한다.

특히 필자가 기대하는 것은 4·3을 다룬 서사문학이 제주의 4·3사건을 미국의 신제국주의 지배가 어떻게 정략적으로 이용했는지를 치밀히 탐구함으로써 제2차 대전 이후 미국 주도의 근대성(/식민성)을 제주와 비슷한 정세에 놓인 해당 지역에 어떻게 재생산하고 있는지를 살펴보는 것이다. 이과정에서 주도면밀하게 억압·왜곡·부정되는 미국의 신제국주의의 공식기억의 양상이 드러나는데, 이러한 공식기억은 로컬기억(local memory)을 끊임없이 지배할 뿐만 아니라 역사적 상처를 준 공식기억을 희석화하고 심지어 미화하는 것을 통해 이 같은 공식기억을 문제 삼고 저항하고자 하는 대항기억(counter-memory)으로서 로컬기억을 무력화시킨다.[13] 공식기억의 이 집요한 기획과 실행은 로컬기억이 수반하고 있는 미국 주도의 근대성과 또다른 근대성을 결국 휘발시키게 된다. 따라서 4·3문학이 재기억해야 할 승리자의 기억에 대한 정치학은 바로 이 같은 점을 간과해서 안 된다. 이것은 4·3사건에 대한 미국의 반문명적 폭력을 증언·고발하는 데 자족하는 게

___

13 재일조선인 김시종(1929~)은 그의 장편시집 『니이가타』(1970)를 통해 재일조선인으로서 4·3을 정면으로 응시한다. 『니이가타』가 문제적인 것은 4·3사건의 복판에서 일본으로 밀항한 김시종이 4·3을 제주의 협소한 문제로 인식하지 않고, 대한민국 건립 과정에서 구제국주의 일본에 이어 등장한 신제국주의 미국에 의해 새롭게 재편되는 아시아태평양의 정치경제적 헤게모니에 따른 한반도의 분단의 고통을, 김시종의 로컬기억을 통해 한국정부와 미국으로 강요되는 공식기억에 대한 대항기억을 밀도 있는 시어로 형상화하고 있다는 점이다. 이에 대해서는 고명철, 「재일조선인 김시종의 장편시집 『니이가타』의 문제의식」, 『반교어문연구』 38집, 2014 참조.

아니라 미국 주도의 근대성을 발본적으로 성찰하는 문제의식을 요구하는 것이다.

지구적 국제성의 획득을 통한 '통근대성(通近代性, transmodernity)' 추구

4·3문학이 '기억의 정치학'을 지속적으로 담금질하는 데에는 4·3이 함의하고 있는 문제들이 과거의 시공에 갇혀 있지 않고 현재와 미래에까지 이어지고 있기 때문이다. 그래서 우리는 지속성을 띠면서도 집중력을 갖고 4·3문학의 새 과제를 발견하고 그것에 치열히 대응하는 것을 아무리 강조해도 지나치지 않다. 이와 관련하여, 필자는 4·3문학에 대한 부단한 자기성찰을 게을리하지 않을 것을 주문하곤 한다. 그럴 때마다 4·3문학이 지구적 국제성을 획득하는 문제를 힘주어 강조한다. 이것은 그리 간단한 성질의 문제가 아니다. 지구적 국제성을 획득하기 위해 무턱대고 외국문학과 교류를 하면 된다든지, 혹은 전지구적 관심사를 소재로 끌어오면 된다든지, 아니면 시쳇말로 뜨는 외국문학의 어떤 부분을 모방하면 된다든지, 그래서 서구문학 시장에 내놓을 수 있는 '물건'의 조건을 갖추면 지구적 국제성을 획득하는 것으로 생각해서는 곤란하다. 우리가 숙고해야 할 지구적 국제성이란, 이 글의 서두에서도 언급했듯이 유럽중심주의에 내밀화되지 않고 그것을 창조적으로 넘어, 그 과정에서 유럽중심주의로 심화·확산되는 근대성에 매몰되지 않는 '또 다른 근대성'을 함의하는 것들 사이의 '연대'를 의미한다. 그래서 이러한 지구적 국제성을 획득하는 데 오해해서 안될 것은 유럽중심주의가 축적한 근대성을 맹목적으로 부정하는 게 결코 아니다. 이것은 대단히 반역사적인 태도다. 우리는 라틴아메리카의 사상가 두셀(E.Dussel)이 논의하듯이, "근대성의 유럽적·합리적·해방적 성격을 포섭하되, 근대성이 부정한 타자성의 해방이라는 세계적인 기획으로 '넘어서는'", 즉 "이것이 새로운 정치적·경제적·생태적·관능적·교육적·종교

적 해방 기획으로서 통근대성이다."[14]라는 것을 곰곰 숙고해볼 필요가 있다. 여기에는 유럽식 근대성의 동일자가 타자(=트리컨티넨탈)의 배제와 희생을 통해 해방의 기획을 온전히 성취할 수 없으므로, 바로 그렇게 폐기처분한 타자들이 지닌 가치를 해방의 기획으로 적극적으로 실현해야 한다는 문제의식이 함의돼 있다. 그렇다면, '통근대성(通近代性, transmodernity)'의 개념에는 자연스레 '연대'의 가치가 스며들어 있고, 이것은 필자가 의도하는 지구적 국제성과 연동되는 것이다.

이렇게 4·3문학이 획득해야 할 지구적 국제성을 설명하기 위해 두셀의 '통근대성'의 개념을 빌린 데에는, 4·3의 진실이 동아시아의 변방에 위치한 제주도에만 국한되는 게 아니라 그 지정학적 특수성 속에서 배태된 사건을 겪은 지역들에서 유사하게 발견된다는 점이다. 특히, 제주처럼 국민국가의 변방에 위치하면서 국민국가들 사이의 정치경제적 이해관계가 상충되는 전략적 요충지[15]의 경우 예로부터 제국은 자신의 지배력을 관철시키고자 하였고, 이 과정에서 4·3과 같은 전대미문의 역사적 참상이 재현되는 것이다. 그리하여 4·3문학이 추구할 지구적 국제성은 4·3처럼 제노사이드를 겪고, 그 끔찍한 충격으로부터 살아남은 자들이 겪는 온몸의 고통이 얼마나 반인간적·반생명적인지를 함께 공유하는 것은 물론, 이러한 고통이 유럽 중심주의에 기원한 근대성(=식민성)에 있음을 착목함으로써 과연 인간의 진정한 해방이 무엇이며, 어떻게 이를 실현할 수 있는지에 대한 지혜와 실천

---

14 엔리케 두셀, 『1492년 타자의 은폐』(박병규 역), 그린비, 2011, 239쪽.

15 현재 제주의 강정 마을에는 해군기지가 건설되고 있는데, 정부는 이를 '제주민군복합형관광미항'을 건설한다고 미화하고 있다(http://jejunbase.navy.mil.kr). 강정 해군기지 건설은 태평양을 비롯한 인도양의 정치경제적 및 군사적 헤게모니를 장악하기 위한 미국과 중국, 일본의 틈새에서 한국의 군사적 역할에 초점을 둔 것이다. 최근 한 일간지의 칼럼에서 뚜렷이 지적하고 있듯(김지석, 「남중국해와 한반도」, 『한겨레』, 2015년 6월 9일), 제주는 남중국해의 영유권을 주장하는 중국과 남중국해의 헤게모니를 장악해온 미국, 그리고 센카쿠 열도 문제를 부각하는 일본의 이해관계와 맞물려 있는 전략적 요충지인바, 제주의 주민들은 이 같은 정부의 해군기지 건설이 '관광미항'의 미명 아래 제주가 제2의 오키나와로 전락함으로써 평화의 섬이 무색할 정도로 전쟁의 기운이 감도는 섬이 될 것을 반대한다.

을 '연대'하는 일이다.

이것을 실현하기 위해 필자는 두 가지 연대의 길을 모색해본다. 하나는 4·3문학과 동아시아의 연대이며, 다른 하나는 4·3문학과 트리컨티넨탈의 연대이다. 사실, 이 둘은 별개로 추구해야 할 것은 결코 아니지만, 연대의 방략(方略) 차원에서 상호보족적 관계에 있다고 볼 수 있다. 전자의 경우 4·3문학은 '제주-오키나와-대만'의 삼각구도에 초점을 맞출 필요가 있다. 이들 세 지역은 모두 섬으로서 미국, 중국, 일본과 매우 밀접한 역사적 경험을 안고 있는데, 20세기 전반기 식민주의를 경험한 적이 있으며 제2차 대전 이후 세계 냉전체제의 첨예한 쟁점이 예각적으로 맞물려 있는 곳으로 각기 제노사이드의 끔찍한 비극을 공유하고 있다.[16] 따라서 4·3문학은 오키나와와 대만과의 면밀한 관계 속에서 탐구되는 지구적 국제성을 통해 동아시아를 이해하는 새 지평이 모색될 수 있지 않을까. 후자의 경우 4·3문학은 이러한 동아시아에 대한 심층적 이해 속에서 아시아, 아프리카, 라틴아메리카의 해당 지역들이 노정한 근대성(=식민성)으로부터 잉태된 문제들을 해결할 수 있는 지혜와 실천을 공유할 수 있을 것이다.[17] 가령, 4·3문학에서 곧

---

16 대만의 경우 '2·28사건'(1947)은 4·3사건과 매우 흡사하다. 대만은 일본 식민지로부터 해방된 후 중국 본토에서 장개석이 이끄는 국민당 정권의 통치 아래 누적된 대만 민중의 불만이 섬 주민과 중국 본토 출신 사이의 대립 갈등이 격화되면서 대만 주민들의 국민당 정권에 대한 자치권의 요구가 강화된다. 그러자 국민당 정권은 대만 주민들의 이러한 정치적 요구를 공산당의 배후조정으로 무자비하게 압살한다. 한편 오키나와의 경우 일제 말 미군이 오키나와를 점령하는 과정에서 숱한 무고한 오키나와 주민들이 일본국을 위한다는 미명 아래 집단자결을 강요당하는 등 제주-오키나와-대만은 제노사이드의 비참한 역사를 공유하고 있다.

17 잠시 이 자리를 빌려 고백하자면, 필자는 한국문학 연구자 겸 비평가로서 4·3문학을 지속적으로 논의해왔다. 그러다가 지난 몇 년 동안 필자는 한국문학의 근대성을 유럽중심주의의 또 다른 판본으로서 살펴보는 게 아니라 유럽의 근대성을 천착하되 그것에 매몰되는 게 아니라 창조적으로 넘어서는 근대성을 추구하기 위해 아프리카, 아시아, 라틴아메리카 문학 등에 관심을 갖고 있다. 그리하여 유럽중심주의의 폐단을 극복하는 대안적 근대성을 모색하는 데 초점을 맞추고 있다. 이 글에서는 트리컨티넨탈의 구체적 작품이나 문학 현상을 근거로 하여 필자의 생각을 논증하는 데 초점을 맞추지는 않는다. 대신 다른 자리에서 틈틈이 벼려온 이에 대한 사유의 핵심을 4·3문학과 관련한 문제의식 중심으로 논의를 펼쳤다. 이에 대해서 학술적 논문의 형식으로 발표된 필자의 구체적 논의들은 다음과 같다. 고명철, 「오키나와에 대한 반식민주의로서 경계의 문학」, 『탐라문화』 49집, 2015; 「구미중심의 근대를 넘어서는 아시아문학의 성찰」, 『비평문학』 54호, 2014; 「트리컨티넨탈의 문학, 구술성의 귀

잘 목도되는 이분법적 살육행위, 공식기억/로컬기억, 표준어(또는 평안도 방언)/제주어, 육지/섬, 해안/중산간, 억압/해방, 국민/비(非)국민, 서벌턴의 차별 등 숱한 배제의 논리 속에서 일방통행식 근대성이 관철되는 폭력의 양상과 그것에 맞서는 민중의 저항은 4·3문학이 트리컨티넨탈 문학과 연대하는 지구적 국제성을 획득하는 길과 그 문제의식이 포개진다.

문학텍스트의 한계를 넘는 '참여적 실현'으로서 4·3문학

지금까지 우리는 4·3문학이 새롭게 벼려야 할 문제의식을 '기억의 정치학'을 중심으로 한 문자행위에 국한시켰다. 말하자면 우리에게 낯익은 문학의 재현과 관련한 데 초점을 둔 것이다. 그런데 이러한 문학의 재현만으로는 4·3문학이 유럽중심주의의 근대성에 기원을 둔 세계문학을 새롭게 구성하는 데 한계를 지닐 수밖에 없다. 아무리 문자성(文字性, literacy)의 폐단을 지적하고 그 한계를 넘어서기 위해 구술성(口述性, orality)과의 상호침투를 통한 문학의 재현으로써 유럽중심주의를 극복하려고 하지만,[18] 그 문학적 재현 자체로서는 궁극적으로 문자의 도움을 필수적으로 받을 수밖에 없는 한 이것은 유럽중심주의를 견고히 지탱시키고 있는 문자중심주의를 한층 강화하는 데 기여(또는 공모)하는 것이다. 이 점을 고려할 때 4·3문학은 문학의 재현뿐만 아니라 또 다른 문학적 행위가 요구된다. 이제, 문학을 재현과 관련한 정통적 맥락에서만 이해하는 것을 지양할 필요가 있다. 특히 4·3문학처럼 언어절(言語絶)의 역사적 참극을 대상으로 하는 경우 우리에게 낯익은 문학의 형상적 사유만으로는 4·3을 온전히 다루는 데 한계에 직면할 수

환」, 『국제한인문학연구』 12호, 2013; 「제주문학의 글로컬리티, 그 미적 정치성: 제주어의 구술성과 문자성의 상호작용을 중심으로」, 『영주어문』 24집, 2012.

18 필자는 제주문학을 대상으로 하여 이에 대한 집중적 논의를 펼쳐보았다. 고명철, 「제주문학의 글로컬리티, 그 미적 정치성: 제주어의 구술성과 문자성의 상호작용을 중심으로」, 『영주어문』 24집, 2012.

밖에 없기 때문이다.

여기서, 필자는 4·3문학이 새로운 단계에 접어든 만큼 형상적 사유와 함께 참여적 실현이 절실히 요구된다는 것을 강조하고자 한다. '참여적 실현'이란, 4·3문학을 문학텍스트에만 국한시키는 게 아니라 4·3과 관련한 역사문화체험을 할 수 있도록 함으로써 일반 대중이 4·3의 시공간과 접속할 수 있는 계기를 적극적으로 제공해주는 것이다. 4·3문학을 접하다 보면, 어떤 사건이 일어난 공간을 마주하게 되는데, 기실 이 공간들에 대한 이해가 4·3과 4·3문학을 이해하는 데 매우 중요하다는 것을 새삼 강조하지 않을 수 없다. 두루 알 듯이, 문학의 형상적 사유를 통해 작가와 독자는 심미적 이성을 극대화함으로써 실제의 공간을 보다 리얼하게 그려내면서 그 공간의 실재를 넘어선 진실을 발견하는 미적 체험을 한다. 하물며 독서경험을 통한 미적 체험이 이렇다면, 독자가 작품 속의 그 공간을 직접 대면하는 것은 그 공간이 지닌 물질성에 온축된 과거의 숱한 사연들이 말 그대로 '와락' 덮치는 묘한 미적 전율을 느끼도록 한다. 그때 그 미적 전율이야말로 4·3을 문학텍스트의 형식으로는 도저히 충족시킬 수 없는 또 다른 4·3의 문학적 진실이다.

이와 관련하여, 하나의 구체적 사례를 소개해본다. 필자가 가르치는 학교의 국문과 학부 학생들 40여 명과 함께 2박 3일(2014. 10. 28~30) 동안 이른바 4·3문학기행을 하였다. 평소 수업 시간에 4·3문학을 문학텍스트를 통해 접해온 학생들이었다. 그런데 아무리 문학적 능력이 우수한 학생이라 하더라도 4·3문학을 이해하는 것은 쉬운 일이 아니었다. 무엇보다 국가의 폭력에 대한 문제를 어떻게 해석해야 하는지, 말로만 들었던 제노사이드가 관광지로만 알고 있는 제주도에서 자행된 역사적 충격을 어떻게 받아들여야 하는지, 이러한 한국현대사의 자화상에 대해 몰랐던 사실을 스스로 어떻게 성찰해야 하는지 등에 대한 물음이 꼬리를 물었다. 이러한 그들과 함께 '4·3평화공원 → 성산일출봉 해안가 → 북촌 초등학교와 너븐숭이 → 모슬포 백조일손지묘(百祖一孫之墓) → 대정 알뜨르'를 방문했다. 학생들은 4·3평화공원에 있는 수많은 위패들 앞에서 제주를 찾은 들뜬 마음은 온데간데 없이 사라진 채 입술을 앙다물었다. 누가 시키지도 않았는데 그들은 그렇게 위패 하나하나에 시선을 두고 있었다. 특히, 성(姓)이 같은 사람들이 많게는 수십 명씩 같은 비석 안에 새겨진 것을 보면서 그 이유를 알고는 더욱 침울해 하였다. 그들은 4·3 당시 집성촌 중심으로 모여 살고 있던 무고한 양민들(가족, 친지들)이 이렇게 한꺼번에 몰살을 당했다는 사실을 단번에 알아챈 것이다.

그리고 우리는 성산일출봉 해안가로 갔다. 학생들은 시야가 탁 트인 제주의 코발트 빛 바다와 검은 현무암과 모래가 어우러진 해안가의 아름다운 풍경 속에서 저절로 감탄사를 연발하였다. 필자는 차분히 말하였다. 그런데 바로 이곳에서 언어절(言語絶)의 참상이 일어난 것이다, 이렇게 아름다운 해안가의 풍경 속에서 수많은 양민들이 집단으로 학살을 당하였다, 상식적으로 이해할 수 있는가, 짐승이 아닌 사람일진대 이렇게 아름다운 천혜의 자연 속에서 어떻게 야수와 같은 살육행위를 저지를 수 있는가, 동네 사람들은 증언했다, 가족들의 시체를 찾으려고 해안가에 갔는데, 차마 눈 뜨고 볼 수 없는 광경이 해안가 곳곳에서 살아남은 자들의 눈을 파고들어왔다고…….[19] 물론 이러한 살육행위가 제주에서만 일어난 것은 아니었다. 오키나와와 대만, 그리고 베트남과 캄보디아, 동티모르, 시리아, 이라크, 북아메리카, 멕시코, 칠레, 르완다, 알제리, 유고슬라비아, 보스니아 등 전 세계의 곳곳에서 유사한 광기의 살육행위가 자행되었다.[20] 모두 해당 지역의 빼어

---

19 4·3사건을 겪은 무고한 양민들의 언어절(言語絶)의 참사에 대한 증언은 지금도 지속적으로 채록되고 있으며 4·3의 역사적 진실을 탐구하는 데 매우 중요한 기초 자료다. 제주도 지자체와 국회 및 정부가 공식적으로 작성한 조사보고서에도 이 같은 양민의 참상이 증언·채록돼 있다. 제주도의회4·3특별위원회, 『제주도 4·3피해조사보고서』(2차 수정 보완판), 2001. 1 및 제주4·3사건진상조사보고서 작성기획단, 『제주4·3사건 진상조사보고서』, 2003.

20 흔히들 제노사이드의 전형으로 나치의 홀로코스트를 떠올리면서 유태인의 피해가 부각된다. 나치의 유태인 학살은 반인류적 범죄로서 그 역사적 교훈은 망각해서 안 된다. 하지만 이 또한 유럽중

난 절경을 배경으로 하여 죽음의 광란이 벌어졌다. 이른바 죽음의 축제가 열린 것이다. 전 세계의 해당 지역에서 근대성의 미명 아래 원주민은 제국의 희생제의에 제물로 전락한 것이다. 필자는 이러한 광란의 죽음이 제주의 아름답다고 소문난 곳곳에서 자행되었다는 사실을 강조하였다. 그랬더니, 한 학생이 질문을 하였다. 제주 관광의 명물로 유명한 올레길 곳곳에서 제노사이드가 벌어졌겠다고 말이다. 때문에 아이러니컬하게도 제주의 4·3은 쉽게 잊혀질 구조를 갖고 있다. 관광산업으로 인해 4·3은 어쩌면 서서히 역사의 뒤안길로 사라져 기념화·화석화될 운명으로 전락할지 모른다. 학생의 질문에서 4·3의 현재와 미래를 생각해보지 않을 수 없다. 4·3문학은 4·3의 역사적 진실을 해명하는 데 초점을 맞출 뿐만 아니라 이처럼 제주 곳곳에서 관광산업의 미명 아래 4·3의 역사가 은폐되고, 국민국가(혹은 그에 동조하는 지자체)가 역점을 두고 있는 4·3의 기념화에 초점을 둔 가운데 4·3이 지닌 현재적 과제를 희석화시킴으로써 4·3에 대한 논의를 봉합하는 것에 맞서는 이중의 과제를 해결해야 하기 때문이다.[21]

이 문제를 숙고하면서 우리는 현기영의 「순이 삼촌」의 무대가 된 북촌 초등학교와 너븐숭이를 찾았다. 우리는 작중 인물 순이 삼촌이 기적적으로 살아난 옴팡밭과 끝내 4·3의 트라우마로 생을 마감한 그 현장에서 목도하였다. 그곳에는 「순이 삼촌」의 작품의 부분을 새긴 비석들이 눕혀있어 4·3에 대한 문학적 형상과 그 공간이 지닌 역사적 진실, 그리고 그곳을 찾은 독자들의 심미적 이성이 교차되는 4·3문학이 재구성되었다고 해도 과언이 아니다. 4·3문학으로서 「순이 삼촌」은 학생들에게 새로운 문학적 실감으로

심주의를 경계해야 하는데, 유태인 학살을 제노사이드의 최종 심급으로 인식한 나머지 전 세계의 곳곳에서 자행된 제노사이드를 자칫 소홀히 간주하거나 역사의 비참한 특수 사례로 치부하는 것은 마땅히 비판되어야 한다. 말하자면 제노사이드에 위계는 존재하지 않는다. 허버트 허시, 『제노사이드와 기억의 정치』(강성현 역), 책세상, 2009 및 최호근, 『제노사이드』, 책세상, 2005.

21 이것은 4·3문학에 대한 기존 문제시각과 다르면서도 진전된 '내부 식민주의'의 문제시각이 요구되는 것이다. 최근 학계에 제출된 김동현의 「로컬리티의 발견과 내부 식민주의로서의 '제주'」, 국민대학교 박사학위논문, 2013을 참조할 수 있다.

다가온 것이다.

이렇게 우리는 소략적이지만 4·3문학의 주요 현장을 직접 방문하면서 문학텍스트로는 도저히 느껴볼 수 없는 문학적 실감을 가질 수 있었고, 마지막 코스로 대정에 있는 '알뜨르'를 방문하였다. 사실 4·3을 에워싼 역사적 진실에서 외면해서 안 될 것은 해방공간에서 누적된 일본 식민주의 통치의 문제점들이 제주 민중의 분노를 폭발시켰다는 점이다. 다른 지역과 달리 제주는 일제 말 만주에 주둔한 관동군이 제주로 옮겨와 일본 열도를 사수하기 위해 배수진을 친 곳이었다.[22] 그리하여 제주의 곳곳에는 일본군이 연합군의 공격에 대비하기 위한 군사시설물이 산재해 있다. 이 군사시설물을 구축하기 위해 제주 민중들은 강제로 노무동원에 혹사를 당했고, 제주에 주둔해 있던 약 7만여 명의 일본군의 폭압 속에서 위태로운 생존을 연명해나갔다.[23] 따라서 4·3 발발의 원인(遠因)으로 이 같은 일제의 식민주의 지배를 비껴갈 수 없다. 4·3문학에서도 이에 대해 부분적으로 형상화돼 있지만, 일반인들이 제주가 겪은 일제 식민주의 지배를 이해하는 것은 결코 쉬운 일이 아니다. 이 역시 일제 말 일본군의 활주로로 사용된 '알뜨르'[24]

---

22 일제 말 제주는 미군의 일본 본토 상륙을 저지하기 위한 '결호(決號) 작전' 중 '결7호작전'을 수행하는 대상이었던 바, 일본은 연합군의 제주 상륙을 가정하여 일본군 정예부대를 제주도로 집결시켰다. 1945년 1월까지만 해도 1천 명 가량이었던 제주도 일본군 주둔군은 8월에 무려 70배에 해당하는 7만으로 늘어났으며, 만주의 하얼삔에서 명성을 날리던 관동군 제121사단까지 제주로 집결시켜 제주도 전역을 옥쇄형 요새로 구축하였다. 이영권, 『새로 쓰는 제주사』, 휴머니스트, 2005, 331~338쪽 및 SBS, 「결7호 작전의 비밀: 1945년의 제주」, 『그것이 알고 싶다』(1992. 4. 1) 방영.

23 일제 말 일본군의 강제 노무동원과 그 피해에 대해 당시 제주 민중을 대상으로 구술자료를 조사한 바 있다. 이에 대해서는 조성윤·지영임·허호준, 『빼앗긴 시대 빼앗긴 시절』, 선인, 2007.

24 '알뜨르'는 제주도 서귀포시 대정읍 모슬포에 위치한 곳으로 일제 말 군국주의의 실상을 적나라하게 살펴볼 수 있다. "1926년부터 시작된 알뜨르 일본군 항공기지의 건설은 10년 만에 이루어지는데, 이때 규모는 약 20만 평이었다. 그 후 1937년 8월 일본은 중국의 남경폭격을 감행한다. 이때 난징 폭격기들은 나가사키의 오무라 해군 항공기지를 출발하여 알뜨르에서 연료를 공급받았다. 중일전쟁 후에는 오무라 해군 항공기지를 아예 알뜨르로 옮긴다. (중략) 일본은 미군이 일본 본토에 상륙할 것을 예상하고 1945년 2월 이에 대비한 방어계획을 수립하게 되는데, (중략) 일본은 1944년 10월 알뜨르 비행장을 66만 평으로 확장하는 계획을 세우고 미군의 공습에 대비하여 모든 군사시설을 지하에 숨기는 공사를 시작한다. 이에 따라 비행기를 상공에서 식별할 수 없게 은폐하기 위한 격납고 공사도

를 직접 보고 그 역사의 현장에 서 본다는 것이 효과가 큰 문학 체험이었다. 바로 이렇게 4·3문학은 문학텍스트의 한계를 훌쩍 넘어 4·3의 '참여적 실현'으로서 온몸으로 4·3을 이해하는 또 다른 문학적 체험을 안겨준 것이다.

이와 관련하여, 필자는 현기영에게 4·3문학이 문학텍스트에 갇히지 말고 주요 공간을 직접 방문하고 현장을 답사함으로써 4·3문학에 대한 미적 체험이 극대화할 수 있다는 것을 말하였다. 현기영은 필자의 생각에 전적으로 동감이라고 하면서, 그는 4·3문학과 제주 관광을 연결시킬 필요가 있다는 것을 힘주어 강조하였다. 그러면서 그는 아예 '다크 투어리즘(dark tourism)'으로 자신의 생각을 개념화하였다.[25] 축자적으로 풀이해보면, '어두운 여행'이다. 그것은 현재 4·3이 직면한 역사의 성격을 고스란히 반영하고 있다. 물론 이 개념이 적절한 것인지는 추후 좀 더 고민을 해봐야 하겠지만, 평생 4·3문학과 씨름해온 노작가가 이러한 방식을 통해 4·3을 한 단계 진전시키고자 하는 데 대해 경청할 필요가 있다. 그래서 필자는 4·3문학이 문자중심주의에만 붙들릴 게 아니라 앞서 제안한 '참여적 실현'이 반드시 동반되어야 한다는 것을 다시 한 번 강조해두고 싶다. 필자는 그 한 사례로 4·3역사문화체험을 예시한 데 불과하다. 이 문제를 생각할 때마다 우리는 제주에 번듯한 문학기념관이 부재하다는 것을 상기할 필요가 있다.[26] 다른

추진되었다. 현재 남아 있는 29개소의 격납고들은 이 당시 만들어진 30개의 격납고 중 파손을 면한 것들이다."(박경훈, 『알뜨르에서 아시아를 보다』, 각, 2010, 9쪽)

25 필자는 2015년 4월 9일 노무현재단에서 주최한 '2015년 노무현 시민학교 시민강좌: 해방 70년 소설로 읽는 한국현대사'에서 현기영과 대담을 진행하면서 이 같은 의견을 주고받았는데, 현기영은 대중 앞에서 4·3문학의 새로운 돌파구를 위해서는 텍스트 중심의 창작과 비평도 중요하지만, 그에 못지않게 4·3역사문화체험이 병행되는 '다크 투어리즘'의 중요성을 힘주어 강조하였다.

26 제주문학관 건립은 2000년대 초반부터 지금까지 제주문학 연구자와 제주문화예술인들이 지속적으로 제주도 지자체에 건의되고 있다. 계간 『제주작가』에서는 2014년 겨울호에 '특집: 멋들어진 제주문학관을 위하여'를 통해 이 사안을 정리하고 거듭 제주문학관 건립을 지자체에 요구한다. 특집에 실린 글의 목록은 다음과 같다. 김동윤, 「제주문학관 건립 추진과정과 향후 과제」; 진선희, 「제주문학관 논의 10년, 무엇을 얻었나」; 강용준, 「문화융성시대의 제주문학관」; 한림화, 「'제주문학관' 조성을 위한 준비: 무엇으로 채울 것인가」.

지역에서는 지자체가 앞다투어 해당 지역의 문인 또는 주제를 기념하는 문학기념관을 세워 그 지역의 문화적 인프라를 튼실히 구축하는 데 반해 제주의 지자체는 이 문제에 대해 큰 관심이 없다. 문학기념관이 들어서면, 그 공간 안에 4·3문학 코너를 마련하여 문학텍스트와 다른 차원에서 4·3문학을 심도 있게 탐구하고, 이것에 토대를 둔 대중적 접촉면을 확대할 수 있는 기회를 마련할 수 있음에도 불구하고 지자체는 적극적 관심을 기울이지 않는다.

요컨대, 4·3문학은 다양한 '참여적 실현'을 통해 유럽중심주의의 근대 세계를 보증하는 문자중심주의의 한계를 넘을 수 있는 문화적 자양분을 제주로부터 섭취할 의무와 권리가 있다.

폐색적(閉塞的) 내셔널리즘과 거리를 두는 4·3문학

국가추념일로 지정된 지 일 년 후 제주는 4·3으로 다시 홍역을 앓아야 했다. 4·3평화재단이 실행한 제1회 4·3평화상 수상자로 재일조선인 작가 김석범(1925~)을 선정하여 수상식을 마쳤음에도 불구하고 조선일보는 사설에서 이를 문제 삼았으며, 극우보수단체들은 기자회견을 통해 냉전적 갈등을 불러일으켰고 정부는 이것과 관련하여 감사를 진행하였다. 조선일보와 극우보수단체들은 김석범 작가의 수상소감에서 "해방 후 반공 친미세력으로 변신한 민족반역자 정권이 제주도를 갓난아기까지 빨갱이로 몰았다. 친일파와 민족반역자로 구성한 이승만 정부가 임시정부의 법통을 계승할 수 있겠느냐"[27]는 발언을 문제 삼았는데, 우리는 이 발언이 역사적 진실을 내포하고 있다는 것을 너무나 잘 알고 있다. 역사적 진실을 손바닥으로 가릴 수는 없는 것이다.

---

27 「김석범, 제주4·3평화상 수상 별 문제없다」, 인터넷 『프레시안』(http://www.pressian.com), 2015. 5. 14.

작가 김석범이 4·3평화상의 첫 수상자로 선정된 것은 시사하는 바 많다. 한국사회에서 4·3을 공론화한 게 작가 현기영이라면, 현기영보다 20여 년 앞서 김석범은 단편 「까마귀의 죽음」(1957)을 발표하면서 국제사회에 4·3을 알렸으며, 이후 심층적 접근을 펼친 대하소설 『화산도』(1976년부터 1997년까지 일본의 문예춘추사에서 발행하는 『문학계』에 연재)[28]를 전 7권으로 완간하는 등 4·3문학을 명실공히 지구적 세계문학의 반열로 올려놓았다. 이렇듯 이 4·3의 진실은 4·3문학을 계기로 비로소 전세계에 그 실상이 알려지고 심층적으로 탐구되고 있다. 그래서 4·3문학에 거는 기대가 각별한 것이다.

　　김석범의 수상으로 4·3문학은 지구적 국제성을 획득하는 새로운 이정표를 세웠다고 해도 과언이 아니다. 두루 알 듯이 김석범의 문학은 재일조선인으로서 한국어가 아닌 일본어로 작품활동을 해온 만큼 4·3문학은 어쩌면 태생부터 폐색적(閉塞的) 내셔널리즘과 비판적 거리를 둔 게 아닐까. 기실 김석범은 아직까지 어느 나라 국적도 갖고 있지 않은, 즉 어느 국민국가에도 등재되지 않는 경계인으로서 4·3문학 활동을 해온 작가인 만큼 '김석범'과 '김석범의 4·3문학' 그 자체가 바로 유럽중심주의에 기원을 둔 근대성과 긴장 관계를 갖고 불화하는 표상이라고 볼 수 있다. 4·3문학이 무엇을 그리고 어떻게 추구해야 할 것인가에 대한 반면교사로서 김석범은 우리에게 존재한다.

　　끝으로, 필자는 김석범으로 표상되는 4·3문학이 폐색적 내셔널리즘과 거리를 두면서 4·3문학 특유의 지속성과 집중력을 갖기 위한 일환으로 4·3문학과 내접할 수 있는 트리컨티넨탈 문학과의 교류를 내실 있게 추진했으면 한다. 아시아, 아프리카, 라틴아메리카 문학은 유럽중심주의를 창조적

---

28 김석범의 대하소설 『화산도』는 아직 전모가 한국어로 번역되지 않았던 터에, 매우 반가운 사실은 일본문학 연구자인 동국대 김환기 교수팀의 노력으로 국내의 출판사 보고사에서 2015년 10월에 『화산도』 전권이 한국어로 번역 출간되었다. 『화산도』 전권이 번역 소개된 이후 해방공간뿐만 아니라 4·3에 대해서도 새로운 면모가 한층 넓고 깊게 탐구될 것으로 보인다.

으로 넘어설 수 있는 대안적 근대성으로 충만해 있는 '보고(寶庫)'다. 문자중심주의에 매몰되지 않는 그들 특유의 미의식은 그들의 현실에 뿌리를 두고 있으며, 무엇보다 만유존재(萬有存在)의 가치를 존중하는 해방의 정념이 꿈틀거리고 있다. 갈수록 현저히 탄력을 잃어가고 있는 작금의 한국문학을 소생시키기 위해서라도 4·3문학이 국민문학으로서 지역문학의 위상에 자족할 게 아니라 지구적 국제성을 획득함으로써 제주 4·3이 지닌 평화의 원대한 가치를 실현할 수 있기를 간절히 기대한다.

제주문학과 베트남문학의 교류에 대한 성찰

지구화 시대의 가치를 추구할 문학 교류

지구화 시대를 맞이하여 국경을 넘는 일이 다반사이며, 그 이유는 무척 다양하다. 그런데 그 대부분의 이유는 유무형의 정치경제학적 조건들과 결코 무관하지 않다. 여기서, 우리는 '지구화 시대'를 둘러싼 물음을 지나쳐서는 곤란하다. '지구화 시대'를 역사적 스펙트럼으로 성찰하지 않고서는, 이 개념의 늪에서 좀처럼 헤어나올 수 없다. 사실, 이 짧은 지면에서 이에 대한 본격적 논의를 펼칠 수는 없다. 하지만 꼭 짚어야 할 대목은 '지구화 시대'의 역사적 맥락에서 동서고금을 막론하고, 여기에는 지정학(geopolitics)과 정치경제학적 권력의 관계가 긴밀히 작동되고 있다는 점이다. 그 양상은 매우 복합적이고 중층적이다. 우선, 특정 지배권력의 주체는 자신이 놓여 있는 지정학적 환경을 활용하여 타자를 일방적으로 지배하고, 지배권력의 패권을 확장시키는 '제국(帝國)'의 '지구화 시대'를 욕망한다. 말하자면 식민주의 지배를 통해 '지구화 시대'를 '제국'의 욕망으로 전유한다. 이때 '지구화 시대'는 '제국'의 식민주의가 관철되는 역사적 삶이며, 지배권력이 허락하는 범주 안에서 정치경제적 자유를 보증받는다. 달리 말해 이러한 '지구화 시대'에서 식민주의 바깥은 존재하지 않는다.

이에 반해 상호공생과 화이부동(和而不同), 존이구동(存異求同)의 철학적 사유에 기반한 권력의 주체들이 긴밀한 관계망을 이루면서 서로의 정치경제적 이해관계를 존중하는 '지구화 시대'가 존재한다. 이것은 식민주의 경영과 무관한 권력의 주체들 사이의 평화적 연대에 기반한 '지구화 시대'를 실현하는 일이다. 말하자면, '차이'는 존재하되 '차별'은 존재하지 않는, 그리하여 권력들 사이의 긴밀하고 치열한 상호작동은 존재하되, 그것은 어디까지나 주체들 사이의 평화를 유지하기 위한 보다 높은 차원에서의 '지구화 시대'를 실현하고자 하는 욕망이다.

이와 관련하여, 제주문학과 베트남문학의 교류는 이러한 '지구화 시대'의 문제와 결코 무관하지 않다. 여기서 문제를 분명히 해둬야 할 게 있다. 한국문학과 베트남문학의 교류가 아닌, 제주문학과 베트남문학의 교류는 앞서 간력히 언급한 '지구화 시대'에 첨예히 대응할 수 있는 문학적 어젠다를 풍성히 품고 있다는 점이다. 이에 대해서는 본문에서 몇 가지로 논의하겠지만, 먼저 주목해야 할 것은 우리가 추구해야 할 '지구화 시대'의 가치는 기존 낯익은 양상의 교류, 즉 '국민국가 대 국민국가' 사이의 관계를 지양한 다른 양상의 그것이 절실히 요구된다. 왜냐하면 국민국가의 속성상 근대의 민족주의를 기반으로 태생한 만큼 온갖 형태의 이데올로기와 착종된 억압적이고 폐색적(閉塞的) 민족주의 — 가령, 혈연, 종족, 지역, 종교, 인종, 정치, 젠더, 언어 등과 결합한 민족주의의 부정을 내파(內破)할 뿐만 아니라 그것을 넘어서는 과정이 한계에 봉착하고 있기 때문이다. 바꿔 말해 이러한 교류를 통해서는 '지구화 시대'의 온전한 가치를 추구하는 기존 국민국가와 다른 정치체(政治體)를 창출하는 일이 요원하다. 따라서 우리는 새로우면서 래디컬한 정치적 상상력을 품어야 하며, 이것은 또한 기존 근대의 국민국가에 기반을 두고 있는 문학적 상상력의 창조적 갱신을 요구한다.

이를 위해 우리는 '국민국가 대 국민국가' 사이의 교류와 다른 양상 중 하나인 '지역(혹은 국민국가) 대 국민국가(혹은 지역)' 사이의 교류를 에워싼 정치적 상상력을 주목해야 한다. 여기에 제주문학과 베트남문학의 교류가 갖는 의의가 있다. 분명한 것은 제주문학은 대한민국을 구성하는 여러 지역 중 하나인 제주를 기반으로 하고 있는 문학적 상상력의 산물인바, 한국문학과 동일시될 수 없는 제주문학의 특이성은 바로 그렇기 때문에 한국문학의 시계(視界)로는 온전히 포착할 수 없는 '지구화 시대'의 가치를 새롭게 발견하고 다듬을 수 있다. 이것은 한국문학과 베트남문학의 교류가 지닌 한계를 넘어설 수 있다는 말이다.

그렇다면, 제주문학과 베트남문학은 무엇을 그리고 어떻게 만나야 하며, 그 만남을 어떻게 지속시킬 수 있을까.

탈식민주의 문학적 실천을 위한 4·3문학과 베트남문학의 갱신

제주문학과 베트남문학의 만남에서 우선 성찰해야 할 문학적 어젠다는 탈식민주의다. 그동안 양측의 문학적 실천이 공유해온 대목은 서로 다른 역사적 조건 속에서 치열히 궁리해온 반(反)제국주의라 해도 과언이 아니기 때문이다. 제주문학의 경우만 하더라도 제주가 고투해온 숱한 난관들의 밑자리에는 근대 전환기 무렵 반외세의 기치를 드높이 든 '신축제주항쟁(1901)'이 있었고, 이러한 제주민중의 반제국주의 항쟁은 일제강점기의 '잠녀항일투쟁(1932)'으로 그리고 '4·3항쟁(1948)'으로 그 저항의 전통을 창조적으로 계승한바, 제주문학은 바로 이러한 제주민중의 반제국주의에 대한 저항의 면면을 치열히 형상화하고 있다.

이 같은 제주문학의 성취는 한국문학의 변방에서 자족성을 띠지 않는다. 게다가 한국문학을 온전히 구성하기 위해 결락된 그 어떤 부분을 채워주는 몫으로 국한되지 않는다. 제주문학을 한국문학의 협소한 지역문학으로만 간주하는 한 제주문학의 특이성은 한갓 한국문학의 한 특수성을 이해하는 것으로만 그 가치가 전락할 따름이다. 만일 이러한 속성을 지닌 채 제주문학이 베트남문학과 교류한다면, 제주문학이 힘겹게 거둔 반제국주의의 문학적 성취가 함의하는 래디컬한 탈식민주의의 문학적 실천을 간과하기 십상이다.

이제, 문제의식을 분명히 가다듬을 필요가 있다. 우리가 주목하는 베트남문학의 한 흐름은 우리에게 익히 알려진, 미국이 전면적으로 베트남전쟁에 개입한 시기(1965~1975)를 다룬 문학인데, 이 시기를 다룬 베트남문학의 경우 베트남전쟁의 참상은 물론, 이 전쟁을 에워싼 제국주의의 온갖 부정에 초점을 맞춘다. 대부분 참전 세대의 작품으로, 한국에 널리 소개된 찜짱과 휴틴의 시들, 그리고 바오닌과 반레 및 레민 퀘의 소설들이 여기에 해당한다. 이들 작품에서는 무엇보다 참전 세대의 언어가 베트남의 반제국주의를 향한 탈식민주의의 문학적 실천에 얼마나 전심전력을 치열히 쏟고 있는지를 여실히 읽을 수 있다. 여기에는 전쟁을 관념적으로 사유하는 것을 넘어서서 서구의 열강에 의해 남과 북으로 나뉜 민족을 하나로 잇기 위한 민족해방을 실천하는 전쟁의 실감이 매우 웅숭깊게 형상화돼 있다. 베트남전쟁의 바깥에 있는 타자의 시선 — 전쟁을 혐오하는 자유주의자의 시선, 공산주의 및 사회주의 이념에 대척적인 이데올로기의 시선, 정치적 냉소와 무관심의 시선 등으로는 도저히 성찰할 수 없는 전쟁 당사자의 시선이 이들 작품을 관통하고 있다. 이것은 거듭 되풀이하는 얘기지만, 바로 분단극복과 민족해방의 정치적 과제를 해결하고자 하는 문학적 노력이다.

베트남전쟁 참전 세대를 공유하는 이러한 문학적 성취는 '4·3항쟁'을 다룬 제주문학의 성취와 접점을 이룬다. 이른바 4·3문학을 논의할 때마다 진보적 문학에서 힘주어 강조하는 게 있다. 4·3문학은 대한민국의 부속도서를 이루는 제주 섬에서 일어난 해방공간의 혼돈 속에서 나라만들기와 관련한 민중의 수난사 혹은 저항사의 산물에 자족할 게 아니라 제2차 대전 이후 미국에 의해 새롭게 재편되는 동아시아 패권과 연계된 열강의 정치적 역학 관계 속에서 고착화될 수 있는 한반도의 분단을 극복하기 위한 민족해방의 원대한 염원에 바탕을 둔 민중항쟁의 문학적 산물이다. 말하자면

4·3문학은 베트남전쟁의 참전 세대의 문학에서 역점을 두듯, 분단극복과 민족해방이란 거시서사에 초점을 맞추고 있다. 비록 4·3문학의 작가들이 4·3을 본격적으로 체험한 세대는 아니지만 4·3에 대한 역사적 시각의 핍진성과 진보성은 베트남 참전 세대의 언어의 진실과 포개진다. 이것은 4·3문학과 베트남문학이 서로를 마주보는 거울의 몫을 수행하고 있는 셈이다.

그래서 우리는 이후 분단극복과 민족해방의 거시서사에 대한 보다 높은 차원의 문학적 실천을 위해 지속적으로 제주문학과 베트남문학의 교류에 관심을 기울여야 한다. 이와 관련하여, 제주문학의 큰 고민 거리 중 하나는 4·3문학의 후속세대를 어떻게 길러내는가 하는 점인데, 4·3 미체험 세대에게 이와 같은 거시서사에 대한 문학적 실천을 애써 주문할 수 없는 노릇이다. 4·3은 그들에게 언제든지 새롭게 재해석되어야 하며, 그 과정 속에서 이들 거시서사 또한 그들 세대의 문학적 상상력의 어떤 전위성과 자연스레 결합되어야 하는 것이다. 그럴 때 4·3문학은 창조적으로 갱신되는 것이며, 이를 기반으로 하는 제주문학 역시 새로 거듭나는 셈이다. 이를 위해 4·3문학의 후속세대는 베트남 참전 세대의 언어와 만나는 것을 두려워해서 안 될 뿐만 아니라 그들과 동세대인 베트남전 미체험 세대의 언어와 적극적으로 만나야 한다. 그리하여 베트남전 미체험 세대가 참전 세대의 문학이 씨름했던 분단극복과 민족해방이란 베트남식 탈식민주의의 문학적 실천을 어떻게 그들 세대의 문학지평으로 섭취하고 있는지를, 4·3문학의 후속세대는 진지하게 성찰해야 한다.

흔히들 말한다. 베트남의 경우 베트남의 개혁 개방 정책인 '도이모이 (1986)'가 표방되자 이를 경계로 그 전후의 베트남의 현실을 다루는 베트남문학이 현저히 달라진 징후들을 보이기 시작한다. '도이모이' 전까지 베트남을 지배하는 공산당에 대한 전폭적 신뢰와 사회주의 경제정책에 대한 무비판은 '도이모이' 이후 당관료의 부정부패와 이로 인한 사회주의 경제정책에 대한 비판 속에서 베트남 사회 내부에 똬리를 틀고 있는 억압적 문제들을 비판하는 베트남문학을 낳고 있다. 보기에 따라, 이러한 베트남문학을 선배 세대의 문학과 급격한 단절을 이룬, 그래서 분단극복과 민족해방이란 거시서사와 무관한 문제에 초점을 맞추고 있는 것처럼 논의하기 십상이다. 물론, 이들의 문학이 '도이모이' 이후 점차 베트남전쟁과 관련한 문학적 상상력과 거리를 두고는 있다. 하지만 정작 중요한 것은 베트남의 젊은 문학이 어떤 내밀한 과정을 밟으면서 베트남전쟁의 문학적 상상력을 자신의 문학으로 전유하고 있는지, 그러면서 지금, 이곳 베트남의 현실에 대한 그들의 비판적 상상력이 베트남식 탈식민주의 문학적 과제를 어떻게 창조적으로 섭취하고 있는지를 이해하는 것이다. 이것은 제주의 4·3문학 후속세대들이 베트남문학과 교류해야 하는 중요한 이유들 중 하나다. 한국에 이미 번역이 되어있듯, 응웬옥뜨의 장편『끝없는 벌판』(하재홍 역, 아시아, 2007)과 호 아인 타이의 장편『섬 위의 여자』(최하나 역, 인천문화재단, 2010)에서 다루는 문제의식은 베트남전쟁 참전 세대가 추구한 거시서사들이 '도이모이' 이후 베트남 사회의 내부에서 일상적 억압으로 변주되고 있는 식민주의의 문제들(당관료의 지배권력의 부정부패, 가부장적 남근주의의 오래된 폭압과 연관된 문제들)과 전혀 무관한 것이 아님을 보여주고 있다. 이렇게 베트남의 젊은 문학은 그들의 방식으로 베트남전쟁에 대한 망각과 싸우면서 베트남의 탈식민주의 문학적 실천을 래디컬한 문학적 상상력을 통해 실현하고 있다.

요컨대, 이 같은 베트남의 젊은 문학과 4·3문학의 후속세대는 만나야 한다. 이 교류의 과정 속에서 우리의 4·3문학은 재해석되고 갱신되는 계기를 만날 것이다. 뿐만 아니라 '지구화 시대'의 온전한 가치를 꿈꾸는 탈식민주의의 문학적 상상력을 갈고 다듬어나갈 것이다.

유럽중심주의와 중화주의를 무화시키는 '해양적 시계(視界)'

'지구화 시대'의 창발적 가치를 추구하기 위해 유럽중심주의에 기반을 둔 근대 국민국가의 문제틀(the problematics)로서는 한계에 봉착할 수밖에 없다. 게다가 중화주의에 기반을 둔 동아시아의 독특한 열국체제(列國體制)의 문제로도 한계에 이를 수밖에 없다. 이것은 동아시아에 속한 한국과 베트남 역시 예외가 아니다. 제주문학과 베트남문학의 교류를 숙고하는 데 이 문제는 가볍게 지나칠 수 없는 쟁점을 이룬다.

우선, 우리는 '동아시아'를 대상으로 한 지식담론과 각종 문예물에서 '동아시아'를 어떠한 시계(視界)로 접근해야 하는가에 대한 원론적 문제를 생각해보곤 한다. 이와 관련하여, 한국사회에서는 1990년대 후반 이른바 IMF 사태 이후 동아시아와 관련한 논의들이 심심찮게 제기되고 있을 뿐만 아니라 심도 있는 문제들이 지식사회에 제출되고 있는데, 그 논의들의 대부분은 '동아시아'를 대륙 중심의 근대 국민국가의 문제틀에 초점을 맞추면서 한국, 중국, 일본의 삼자 관계로 일반화하든지, 한반도의 분단체제에 대한 국제사회의 이해관계가 복잡해지면서 한국, 조선민주주의인민공화국, 미국, 중국, 일본, 러시아의 육자 관계를 통해 '동아시아'가 인식되고 있다. 어느 것 하나 대수롭게 간주할 수 없는 '동아시아'에 대한 주요한 문제의식을 지닌 논의 시각이다.

그런데 이러한 논의들은 '동아시아'에 누적된 온갖 문제점들을 분석하고 해결하는 데 유효한 참조점을 제공해주고 있지만, 냉철히 그리고 발본적으로 생각해보면, 이 논의들은 유럽의 역사 속에서 착근하여 그들의 현실 지반에서 갈고 다듬어온 근대의 국민국가 시스템을 골격으로 하고 있는 것들이든지, 수천 년 지탱해온 중화주의에 기반을 둔 동아시아 특유의 위계질서와 연관한 열국체제의 시각을 용인하는 것이다. 이와 관련하여, 우리는 여실히 경험한 적이 있고, 아직도 경험하는 게 있다. 국민국가를 은연중, 아니 노골적으로 지탱하고 있는 국민주의(國民主義)와 국가주의(國家主義)는 자민족중심주의(自民族中心主義)에 기반한 채 국제사회에서 자국의 이해관계를 관철시키기 위해 그것과 상충하는 다른 국민국가와 대립·갈등하며 심지어 전쟁으로 전면적 충돌을 서슴지 않는다. 일찍이 타고르는 그의 『내셔널리즘』(1917)에서 이와 같은 유럽식 근대 국민국가가 초래한 파국과 위험을 제1차 세계대전을 경험하면서 매섭게 비판한 바 있다. 그런데, 우리는 제주와 베트남이 공유하고 있는 대륙발(大陸發) 유럽식 근대 국민국가 — 제주는 대한민국 건립 과정에서 국가폭력의 역사적 희생양이었으며, 베트남의 경우 프랑스의 식민통치를 경험하였고, 프랑스에 이어 미국은 아시아의 패권을 장악하기 위해 베트남전쟁을 통해 베트남을 또 다른 제국의 지배방식으로 식민통치하려고 하였다. — 에 의해 강제당해온 식민주의 과정 속에서 '동아시아'에 난마처럼 뒤엉킨 문제들에 대한 인식을 새롭게 가다듬을 수 있을 뿐만 아니라 식민주의의 온갖 폐단을 극복할 수 있는 묘법(妙法)도 모색할 수 있다. 어떻게 보면, 이것은 제주와 베트남의 해방에만 국한되지 않고, 제주와 베트남의 심연에 똬리를 틀고 있는 전 세계적인 근대 국민국가의 문제점들을 극복하고 새로운 대안을 창출할 수 있는 '해방의 서사'를 향한 원대한 기획이 가능할지 모르는 일이다.

그런데 이 문제와 관련하여, 베트남의 경우 앞서 언급했듯이, 베트남전쟁을 통해 분단을 극복하고 민족해방의 대업을 달성하였고, 베트남식 탈식민주의를 실천하고 있는 것은 아무리 강조해도 지나치지 않다. 문제는 베트남의 젊은 문학에서 비판적으로 성찰되고 있는바, 그 탈식민주의의 노력이 얼마나 래디컬하게 기존 대륙발 근대의 국민국가의 기획을 전복하여 넘어서고 있는가 하는 점이다. 베트남문학에 대한 독서가 과문한 탓인지, 이러한 문제를 해결하는 문학들은 좀처럼 보이지 않는다. 베트남의 젊은 문학이 그토록 치열히 비판하고 있는 베트남 사회의 내부의 문제점들에 대한 접근은 또 다시 유럽중심주의에 기반을 둔 근대의 기획들과 대동소이하다.

여기서, 우리는 제주문학과 베트남문학이 지닌 그 특유의 활달한 '부정의 상상력'을 통해 대륙발 근대의 편향적 기획들을 위반·모반·전복할 수 있는 계기를 모색해야 한다. 그 '부정의 상상력'이 바로 '현실적 가능성'이기 때문이다. 그래서 우리는 제주와 베트남이 중화주의에 뿌리를 둔 '동아시아'를 새롭게 그러면서 발본적으로 인식할 수 있는 매우 긴요한 지정학의 거점이면서, 특히 대륙발 근대 국민국가의 시스템을 극복하여 어떤 새로운 대안을 모색할 수 있는 '창조의 영점(零點)'으로 그 몫을 충분히 수행할 수 있다고 본다.

사실, 간과하기 쉬운 것은 베트남이 인도차이나반도에서 유구한 해양문명을 이루고 있는바, 인도양의 정치경제학적 환경에서 매우 중요한 역할을 수행하고 있다는 점이다. 그동안 베트남을 국민국가의 프레임으로만 생각하다 보니 베트남이 인도양에서 수행한 평화적 연대의 몫을 방기하고 있었다 해도 과언이 아니다. 베트남에 대한 이러한 해양적 시계(視界)는 제주문학과 베트남문학이 만남을 갖는 데 매우 적실한 참조점을 제공해준다.

다소, 엉뚱한 얘기일 수 있지만, 지구라는 행성에서 대륙은 해양에 의해 에워싸여 있다. 해양은 늘 유동적이다. 지구의 숱한 해류들은 함부로 다른 해류의 길들을 침범하지 않는다. 그 해류와 함께 바다의 수많은 생명체들은 상호공생하고 있다. 이것이 바로 '평화적 연대'가 아니면 무엇일까. 따라서 바다의 이 '평화적 연대'가 깨지는 날 아마 지구의 운명도 종언을 구하지 않을까. 그동안 제주문학과 베트남문학이 평화를 향한 저항과 투쟁은, 달리 말해 제주와 베트남을 키워낸 바다로 표상되는 평화를 수호하기 위한 것이라 해도 과언이 아니다. 식민주의를 강제해온 대륙발 유럽식 근대를 넘어설 수 있을 뿐만 아니라 중화주의를 지탱해온 예속적 사대주의를 극복할 수 있는 문학적 상상력이 절실하다. 따라서 모든 생명의 기원인 바다의 '평화', 그 우주적 구원의 창조적 대안을 제주와 베트남에서 모색할 수 있지 않을까. 여기에는 제주와 베트남이 예로부터 인도양을 두루 공유하면서 해양생활을 하였고, 해양문화 특유의 심성구조(흐름과 해방)에 기반한 공동체의 평화를 소중히 간직해온바, 이 해양의 평화가 깨지는 것에 대한 두려움이 저항과 투쟁으로 표출된 것이라 해도 과언이 아닐 터이다.

이러한 맥락에서 우리는 제주를 태평양으로만 국한시킬 게 아니라 제주를 흐르는 해류가 남지나해를 거쳐 인도차이나반도에 두루 미치는 인도양을 함께 사유할 수 있다면(새삼 강조할 필요 없듯이 인도양은 유구한 해양문명을 지니고 있는 가운데 인류의 동서문명의 교류에서 매우 중요한 역할을 수행하면서 서구 열강과 일본에 의해 식민주의로 전락한 역사적 상처를 지니고 있다.), 제주와 베트남을 거점으로 하는 '해방의 서사'는 '지구화 시대'의 온전한 가치를 래디컬하게 실현할 수 있을 것이다. 그렇다면, '동아시아'의 논의가 자연스레 심화 확장되면서, 다른 지역의 문제적 사안과 연동되고, 이러한 것들을 다루는 지식담론과 문예물 속에서 기존 세계를 넘어설 수 있는 창조적 대안의 세계가 눈앞에 펼쳐질지 아무도 알 수 없는 일이다.

때문에 제주문학과 베트남문학의 교류는 이처럼 해양에 젖줄을 댄 '동아시아'를 창조적으로 전유함으로써 대륙발 유럽식 근대 국민국가의 문제틀과 중화주의 세계를 넘어선, 그리하여 새로운 대안을 적극적으로 모색할 수 있는 '창조의 영점'으로 서로 지닌 특유의 '부정의 상상력'을 슬기롭게 연대할 수 있을 것이다.

지속되어야 할 제주문학과 베트남문학의 교류

너무 거시적이고 추상적 얘기만을 두서없이 늘어놓은 것은 아닌지 걱정이다. 돌이켜보면, 1994년 한국사회에서 '베트남을 이해하려는 젊은 작가들의 모임'이 결성된 것을 계기로 한국문학과 베트남문학의 교류는 물꼬를 트기 시작하였다. 이후 베트남에 애정어린 관심을 가진 충북작가회의와 제주작가회의는 해당 지역의 문제의식을 기반으로 하여 베트남문학과 교류를 이어가고 있다.

이러한 양측 문학의 만남 과정 속에서 '동아시아주의'에 매몰될 것을 경계하였고, 특히 구미의 (탈)근대를 또 다시 재생산하지 않기 위한 노력에 신열(身熱)을 앓았다. 제주문학과 베트남문학의 교류는 지금까지 논의한 것처럼 국민국가들 사이의 교류가 아닌 만큼 양측 문학이 지닌 과제를 '지구화 시대'의 창조적 가치를 생성하는 문제의식으로서 만남을 지속적으로 이뤄나가야 할 것이다. 유무형의 첨단의 교통을 통해 제주문학과 베트남문학이 더욱 생산적이면서 보다 높은 차원의 문학 교류가 지속되었으면 하는 마음 간절하다.

2부

문학과 삶의 진보

진보적 문학운동의 역경과 갱신

'민족문학작가회의'의 문학운동을 중심으로

진보적 문인 조직의 문학운동의 특성

문학적 개성이 뚜렷한 문인들이 함께 모여 조직을 결성하고 일정한 방향성을 염두에 둔 문학 활동을 한다는 것은 어떤 의미를 지니는 것일까? 물론, 한국문학사에서 문인들은 각종 동인, 소그룹 및 단체를 이뤄 나름대로 문학 활동을 활발히 벌였고,[1] 지금도 이러한 활동이 다양한 형태로 지속되고 있는 것으로 볼 때, 문인 개별 활동만으로 만족할 수 없는 또 다른 가치가 있기 때문이다.

그런데 문인들의 모임이 정치적 성격을 뚜렷이 표방할 경우 그 모임과 연관된 논의들은 매우 복잡한 의미를 지닌다. 무엇보다 제기할 수 있는 핵심적 사안은 그 모임의 방향성을 자연스레 드러내는 정치성에 대한 해명이다. 개별 문인을 두고 하나의 독자적 공화국이라는 수사적(修辭的) 호명에서

---

1 한국문학사에서 1920년대에 활발히 결성된 각종 동인지 및 항일문학운동의 전위에 선 카프의 결성, 그리고 해방공간에서 앞다투어 결성된 '조선문화건설 중앙협의회', '조선중앙문화협의회', '전조선문필가협회', '전조선문화예술연맹', '전국문화단체총연합회', '전조선문필가협회', '조선청년문학가협회', '한국문학가협회' 등이 있는가 하면, 1950년대에는 '한국자유문학자협회'가 결성된 적 있고, 1960년대에는 '전후문학인협회', '청년문학가협회'가 조직되었고, 이른바 양대 계간지 시대가 전개되면서 이른바 '창비파', '문지파'로 에콜을 형성하기도 하였다. 1980년대에는 다양한 무크지운동이 전개되면서 소집단운동이 전국 곳곳에서 일어나 진보적 문학운동의 불길을 지핀다.

단적으로 알 수 있듯, 문인 개개인은 다른 문인과 차이를 갖는 정치성을 지니고 있는 터에, 서로 다른 정치성들이 하나의 조직 안에서 불협화음을 이뤄내면서 보다 포괄적인 정치성으로 수렴된다는 것은 생각만큼 쉬운 일이 아니다. 뿐만 아니라 개별 창작을 하는 예술가의 속성상 아무리 포괄적 정치성으로 수렴된다고 하더라도 어떤 조직을 결성한다는 것 자체가 예술가의 생득적 기질에 위배되는 만큼 문인 조직 결성에 따른 이 같은 본원적 문제점 또한 쉽게 간과할 수 없다. 다음으로 고려해야 할 사안은 이와 같은 문제점을 어느 정도 극복한 이후 결성된 문인 조직이 벌이는 구체적 문학 활동의 양상이다. 뚜렷한 정치성을 표방한 문인 조직의 경우 다른 이익단체들과 달리 해당 문인 조직의 대사회적 이해관계 속에서 유무형의 이익을 극대화하는 것을 목적으로 취하지 않는다. 문제는 이 글의 주요 논의 대상인 (사)민족문학작가회의(이후 '작가회의'로 약칭함)처럼 진보적 문인 조직의 활동이 한국사회의 진보적 운동의 일환으로 전개되면서 국가와 시민과 맺는 정치적 관계 속에서 문인 조직의 활동이 갖는 특수성을 어떻게 이해하느냐 하는 점이다.

이러한 사안들을 포괄한 문인 조직의 활동을 '문학운동'의 차원에서 적극적으로 이해할 필요가 있다. 문학과 운동[2]의 조합인 "문학운동은 개념적 인식과 형상적 인식을 올바로 통일하여 현실의 현상과 그 방향을 드러내 보여주는 문학 특유의 기능에 입각하여 현실의 여러 모순을 드러내고 그 지양의 올바른 방향을 예시하는 이데올로기운동"[3]인바, 문학이 갖는 '미적

---

[2] "운동이란 그 주체에 의한 이념의 실현과정이다. 운동 이념의 실현을 위해서는 조직의 통일과 유지, 지도력의 수립과 발휘, 대중적 기반의 확보와 확산, 다른 운동과의 연대와 합작, 전략·전술의 수립과 운용, 자금의 조달과 운영, 운동 방법의 개발과 축적 등이 필요하다. 이것은 소비자운동이나 선거운동은 물론이고 민주화운동이나 민족해방운동 등 모든 형태의 운동에 적용된다. 말할 것도 없이 자연발생적인 경우에는 반드시 그러한 것은 아니지만, 그것을 상승시키고 완결짓는 목적의식적 형태의 운동을 포함한 더 큰 흐름 속에서는 당연히 그러하다."(이재현, 「민중문학운동의 과제」, 김병걸·채광석 편, 『민족, 민중 그리고 문학』, 지양사, 1985, 267쪽)

[3] 김명인, 「90년대 문학운동의 과제와 방법에 대하여」, 『자명한 것들과의 결별』, 창비, 2004, 397쪽.

근대성'의 측면과 현실이 함의하는 '사회적 근대성'이 길항 · 충돌 · 침투 · 교섭하는 제관계의 양상 속에서 다른 사회운동과 구별되는 특징을 주목해야 한다. 여기서 쉽게 간과할 수 없는 두 가지 측면이 있다. 하나는 문학운동을 실천하는 진보적 문인 조직을 구성하는 구성원들이 사회운동에 기투하는 '운동가-활동가'가 아니라, 문학 창작을 본연의 임무로 하는 '문인-예술가'라는 사실이다. 이 단순한 사실은 진보적 문인 조직의 문학운동이 갖는 특성을 이해하는 데 매우 중요하다. '운동가-활동가'가 운동의 목적을 달성하기 위해 투쟁할 대상을 명확히 선정하고, 투쟁의 선명한 방법을 통해 흐트러짐 없는 투쟁의 대오를 이루어 소기의 목적을 이뤄내는 데 반해, '문인-예술가'의 경우 여러 면에서 '운동가-활동가'에 비해 운동의 조직력과 그 실천력이 뒤처질 수밖에 없다. 그리고 '문인-예술가'의 운동의 성과는 당장 눈앞에 가시화되는 것 또한 아니다. 하지만 바로 이러한 특성이 '문인-예술가'의 운동이 '운동가-활동가'의 그것에 단순 비교할 수 없는 진보적 문학운동의 성과를 축적시켜왔다. 그것은 진보적 문학운동이 지닌 또 다른 특성과 밀접한 맥락을 이룬다. 문학운동은 미적 근대성과 사회적 근대성의 길항 · 충돌 · 침투 · 교섭의 과정과 다를 바 없다. 이것에 대한 심층적 이해야말로 진보적 문인 조직의 문학운동에 대한 단선적 시각의 함정을 벗날 수 있다. '작가회의'의 문학운동을 지지하든 반대하든 '작가회의'의 문학운동에 대한 심각한 오해가 잔존해 있다. '작가회의'의 문학운동을 문학과 관련 없는 국가권력에 대한 투쟁 일변도의 정치사회운동의 측면으로만 이해하는 시각이다. 이 같은 시각은 문학운동을 사회적 근대성의 관점으로만 편중되게 해석하는 것으로, 다시 강조하건대 미적 근대성과 사회적 근대성의 길항 · 충돌 · 침투 · 교섭의 과정에 대한 충분한 이해가 결여된 시각이 아닐 수 없다. 바꿔 말해 이것은 앞서 언급했듯이 문학운동의 주체가 '운동가-활동가'가 아닌 '문인-예술가'라는 점을 상기시킨다. 따라서 우리의 관심은 진보적 문인 조직인 '작가회의'의 특수성을 함의한 문학운동을 그동안 구체적으로 어떻게 펼쳤는가 하는 점이다. 진보적 문학 진영에 속한 개별 작가, 개별 작품에 대한 미적 실체를 밝히는 것도 중요하지만, 이들이 진보적 문인 조직을 거점으로 어떠한 사회적 실천으로서의 문학'운동'을 기획하였고, 그것을 어떻게 구체화였는가를 살펴보는 것 또한 긴요한 일이다.

지금까지 '작가회의'의 문학운동에 대한 논의가 전혀 없던 것은 아니다. 하지만 그 논의의 대부분은 '작가회의'에 대한 통시적 고찰(그것도 1980년대에 국한됨)에 머물거나,[4] '작가회의'에 대한 충분한 이해를 돕기 위한 '작가회의'의 전사(前史)를 집필한 정도뿐이다.[5] 말하자면, '작가회의'가 활동한 전 시기에 걸친 문학운동에 대해서는 아직 이렇다 할 논의가 없다 해도 과언이 아니다. '작가회의'와 직간접 관련된 산발적이고 지엽적 논의들이 존재할 뿐,[6] 이러한 제반 자료들을 기반으로 한 '작가회의'의 주요 활동에 대한 학술적 논의가 부재한 현실이다.

따라서 30여 년 넘는 진보적 문인 조직에 대한 고고학적 접근을 통해 한국사회의 특수성에 기반한 문학운동의 흐름과 특질을 규명해낼 뿐만 아니라 진보적 문인 조직을 지탱시켜준 제도적 차원에 대한 심도 있는 이해를 도모해야 한다. 이를 통해 개별 문인으로서 자족성을 갖는 것을 넘어 진보적 문인들끼리 소통하고 연대하는 아비투스(habitus)를 밝혀냄으로써 진보적 문인 조직이 갖는 특질을 객관적으로 검토할 필요가 있다.

여기에는 21세기의 한국문학이 가깝게는 1990년대의 민족문학과 생산

4   김남일, 「80년대 문학의 갈피를 들추며」, 『문화일보』, 2003. 8. 6~2004. 4. 7.

5   박태순, 『문예운동 30년사』 1~3권, 민족문학작가회의 출판부, 2004.

6   '작가회의'와 관련한 의미 있는 논의들로는 다음과 같은 것을 들 수 있다. 고명철 외, 『격정시대의 문화운동-문예운동 30년사』, (사)한국민족예술인총연합, 2006; 김남일, 「그로부터 20년, '작가회의'」, 『실천문학』, 2007년 여름호; 최원식, 「민족문학작가회의가 보는 통일운동의 방향」, 『생산적 대화를 위하여』, 창작과비평사, 1997; 백낙청 · 하정일, 「대담: 민족문학운동의 역사와 미래」, 『작가연구』, 2003년 상반기호. 그 외 '작가회의' 내부에서 보관하고 있는 각종 주요 회의록.

적 차이를 지니면서, 변화된 현실 속에서 새롭게 제기되는 과제들에 능동적으로 대응하기 위한 문학운동이 요구되고 있기 때문이다. 21세기의 한국문학과 민족문학의 갱신은 '지금, 이곳'의 진보적 문학의 맥락 안에서 새로운 지평을 모색해야 한다.

이제 추상적 담론의 층위에 대한 논의에서 그 시선을 이동시켜 진보적 문인 조직의 지난 문학운동의 구체성으로부터 한국문학과 민족문학의 갱신에 대한 지점들을 발본적으로 점검해볼 때다.

진보적 문학운동 조직의 태동과 진보적 문학운동의 제도권화

'작가회의'는 유신체제의 반민족적 · 반민중적 · 반민주적 폭압에 맞서 표현의 자유와 사회의 민주화를 쟁취하기 위해 결성된 '자유실천문인협의회'(1974년 11월 18일 결성. 이하 '자실'로 약칭)의 정신을 계승한 진보적 문학운동의 구심체 역할을 담당해온 한국의 대표적인 진보적 문인 조직이다. 두루 알 듯이, '자실'의 결성은 그동안 문인 개개인이 실행한 문학적 저항을 집단적 저항의 힘으로 응집시킴으로써 문학운동의 새로운 전기를 마련하였다. 이것은 민족문학운동사에서는 물론, 민족예술운동사에서 획기적인 분수령으로 평가된다. 비록 '자실'은 결성 초기 협의회 단계에 머물렀지만, 문학을 제외한 다른 예술 장르에서 이렇다 할 만한 조직적 성격을 갖춘 문예운동이 부재한 사실을 감안해볼 때, '자실'의 결성으로 말미암아 진보적 문예 일꾼들의 개별적 역량을 응집하는 노력이 가시화되기 시작한 것은 문예운동의 '사건'이라 할 만하다.[7]

7　강만길은 1970년대의 민족문학운동을 세 가지로 파악하는바, 그중 하나는 "민족문학론의 이론화 · 작품화와 함께 문학인들에 의해 그것이 행동화 · 실천화한 것"(강만길, 『고쳐 쓴 한국현대사』, 창작과비평사, 1994, 400쪽)이란 점을 주목하듯, '자실'의 결성 이후 전개된 1970년대의 민족문학운동은 유신 군부독재 정권의 반민족적 · 반민중적 · 반민주적 현실을 좌시할 수 없는 진보적 문인들의 양심적 문학 행위의 집단적 표출이란 점에서 한국 민주화운동사에서 그 역사적 가치를 아무리 강조해도

여기서 '자실'의 결성과 함께 충격적으로 표명된 「자유실천문인협의회 문학인 101인 선언」은 유신체제에 맞선 문학운동의 방향성과 문학적 저항의 좌표를 명확히 설정하였다는 점에서 기념비적 문건이다. 가령, 다음과 같은 다섯 가지 결의 사항은 이를 여실히 보여준다.

1. 시인 김지하 씨를 비롯하여 긴급조치로 구속된 지식인 · 종교인 및 학생들은 즉각 석방되어야 한다.
2. 언론 · 출판 · 집회 · 결사 및 신앙 · 사상의 자유는 여하한 이유로도 제한될 수 없으며, 교수 · 언론인 · 종교인 · 예술가를 비롯한 모든 지식인이 자유의 수호에 적극 앞장서야 한다.
3. 서민 대중의 기본권 · 생존권을 보장하기 위한 획기적인 조치가 있어야 하며 현행 노동 제법은 민주적인 방향에서 개정되어야 한다.
4. 이상과 같은 사항들이 원칙적으로 해결되기 위해서는 자유민주주의의 정신과 절차에 따른 새로운 헌법이 마련되어야 한다.
5. 이러한 우리의 주장은 어떠한 형태의 당리당략에도 이용되어서는 안 될 문학자적 순수성의 발로이며, 또한 어떠한 탄압 속에서도 계속될 인간 본연의 진실한 외침이다.

이들 5가지 세부 항목은 유신체제의 타락한 시대적 현실을 가장 압축해서 적시해낸 것으로, 반유신체제를 향한 민주화운동의 역량을 최대한 결집시킨 역사적 산물이다. 비록 이 선언문은 문학인 101인이 주축이 된 것이지만, 유신시대의 초헌법적인 긴급조치에 의해 민주주의적 열망이 압살당한 양심적 인사들의 민주주의에 대한 열망이 용해돼 있다. 그리하여 이들 구속된 양심적 지식인의 조속한 석방은 물론, 민중의 생존권에 대한 보호와 민주주의 사회에서 무엇보다 보장되어야 할 자유의 소중한 가치를 재확인하고, 이러한 모든 것을 강제하는 유신헌법을 개헌함으로써 "계속될 인간

지나치지 않을 것이다.

본연의 진실한 외침"을 수호하는 "문학자적 순수성의 발로"야말로 이 선언을 뒷받침하고 있는 시대정신이라 해도 과언이 아니다.

이처럼 반유신체제 문학운동에서 '자실'이 역점을 둔 것은 자유민주주의 사회의 근간인 표현의 자유를 획득하는 것이다. 초헌법적 긴급조치를 통한 군부독재는 국가권력 행사에 저촉이 되는 사상과 표현의 일체를 탄압한바, '자실'은 시대적 양심을 표현할 수 없는 이 같은 국가폭력에 대한 문학적 저항에 초점을 맞춘다. 그중 눈여겨봐야 할 문학운동이 있다. 자유언론운동을 벌이고 있는 동아일보가 1974년 12월 25일부터 광고탄압을 받기 시작하였는데, '자실'은 1975년 1월 4일 동아일보 1면 5단 광고란에 「자유실천문인협의회의 편지」라는 제목으로 문인 136인의 연명을 밝힌 격려광고를 낸다. 이러한 격려광고는 1회에 그치지 않았다. '자실'은 동아일보와 광고 요금을 협의하고 「문인 · 자유수호 격려」라는 동판 컷을 만들어(32회부터는 「문인의 자유수호」로 바꿈), 1975년 1월 27일부터 하루도 거르지 않은 채 38회 동안 동아일보의 언론자유를 수호하기 위한 운동에 동참하는 격려광고를 연재한다. 이것은 이른바 '문인 소자보 운동' 혹은 '문인 벽서운동'의 형태를 띤 것으로, "거기에 등장된 문안은 일반독자들의 격려광고에 계속 나오는 상용구이자 당대적 민주담론이 되었으며, '자실'은 '문인 소자보 운동'을 통해 침묵 중이던 양심적 문인들을 이 같은 문학광장으로 이끌어내어 실질적인 문단의 중추기능을 떠맡게 되었다."[8]

그런데 '자실'의 반유신체제 문학운동은 광주민주화항쟁 이후 전두환 신군부 독재정권의 탄압 속에서 그 조직적 역량을 급격히 상실한다. 여기에는 '자실' 자체가 본래 지닌 조직 역량의 한계를 가볍게 볼 수 없다. "1970년대의 현실은 예술가들로 하여금 작품을 창작하는 일의 사회적 의미에 대해 고민하도록 강요하였고 민족민주운동과의 연관 위에서 새롭게

---

8   박태순, 「시련의 출발과 민족문학 개념의 정립」, 『내일을 여는 작가』, 1997. 7 · 8, 244쪽.

자기점검을 하도록 내몰았던"⁹ 시기인 만큼 '자실'의 구성원은 '문인-예술가'로서 '운동'에 대한 인식과 실천이 '운동가-활동가'에 비해 그 조직력과 활력이 다소 뒤처지는 것과 무관하지 않다.¹⁰

이처럼 조직 역량이 현저히 떨어진 '자실'은 1984년 12월 10일 서울 홍사단에서 문인, 언론인, 민주인사, 청년, 학생 등 5백여 명이 참석한 가운데 6년 만에 재개된 '민족문학의 밤' 행사를 가졌는데, 그 자리에서 '자실'은 새로운 정관을 채택하고 임원과 조직을 대폭 수정·개선함은 물론, 「84문학인 선언」¹¹을 천명함으로써 진보적 문학운동의 새로운 전기를 마련한다. 즉 "〈자유실천문인협의회〉의 실체를 통하여 잔존하던 개인운동 색채를 일소하며 공개운동기구로 다시 재편되었다."¹²

이후 1987년 6월 항쟁을 거치면서 '민족문학작가회의'(1987. 9. 17)로 갱신

---

9 염무웅, 「진보적 예술인의 대중적 조직문제에 대하여」, 『모래 위의 시간』, 작가, 2002, 375쪽.

10 이에 대한 이재현의 다음과 같은 비판은 '자실'의 문학운동뿐만 아니라 이후 '작가회의'의 문학운동을 비롯한 여러 형태의 진보적 문학운동에 대해서도 소중한 생각거리를 제공한다. "운동에 있어서 주체의 자기 인식의 결여는 매우 치명적이다. 문학운동의 잠정적 주체가 적어도 현재는 문학인이라고 한다면, 지식인으로서는 지니는 전문성과 선도성을 최고로 발휘하는 것이 현실적인 자기역할일 것이다. 그리고 이것은 결코 민중의 이념과 배치되는 것이 아니다. 즉 적지 않은 문학인이 다른 예술운동에서보다도 월등하게 축적된 전문적 기량을 효과적으로 발휘함과 동시에 운동가로서의 자기의식을 지녀야 함에도 불구하고, 민중문학을 생각은 하면서도 실제 활동에서는 구태의연한 문인의식을 못 벗어나고 있는 실정이다. 이미 1974년 11월에 '자유실천문인협의회'라는 분단 이후 최초의 문학운동 단체를 만들었음에도 불구하고 현재에는 민중운동이나 다른 지식인운동, 더욱이 다른 예술운동에 비교해서 뒤떨어져 있다."(이재현, 「민중문학운동의 과제」, 위의 책, 270~271쪽)

11 "유신체제의 극렬한 억압 아래보다 인간다운 삶의 세계를 추구하는 문학인의 기본적인 양심에 따라 자유실천문인협의회를 결성하고 이 땅의 민중 그리고 모든 양심 세력과 더불어 민족의 통일/민주주의/민중의 자유와 생존권을 실현하고자 싸워온 지 10년이 지났지만 오늘 우리가 보는 현실은 참담하기 그지없다. (중략) //이에 우리 문학인은 **지난 수년간의 고립 분산과 태만을 깊이 반성**하면서 그간의 축적된 역량과 새롭게 성장한 역량들을 한데 엮어 이 위기를 극복하는 데 우리의 모든 문학적 사회적 실천을 쏟아나갈 것임을 안팎에 엄숙히 다짐하는 바이다.(「84문학인 선언」 중에서; 밑줄 강조-인용)" 이상의 「84문학인 선언」을 통해 읽을 수 있듯이, '자실'은 광주민주화항쟁 이후 주춤거렸던 민족문학운동을 반성하면서 조직적 역량을 튼실히 다지고, 이후 민족문학운동의 힘찬 행보를 내딛는다. 그리하여 '자실'의 재발족은 "민중문화운동에 있어서 새로운 출발과 연대를 의미하는 것이며 동시에 문화운동의 각 부분에 있어서 역량 확산을 뜻하는 것으로 평가"되었다(『민중문화』 5호, 1984. 12. 28).

12 채광석, 「문화운동 시론」, 『공동체 4집: 문화운동론』, 1985, 22쪽.

하였는데, 특히 1990년대로 접어들면서 문민정부의 출범(1993)으로 인해 형식적 민주주의가 정착되기 시작하고, 후기자본주의 문화논리가 일상 깊숙이 침투해들어오는 현실에서 진보적 문학운동은 1980년대와 다른 실천 방식이 요구된다. 그동안 재야문인조직으로서 표현의 자유와 민주화를 위한 투쟁이라는 창립정신을 간직해왔으나, 일련의 시국변화에 따라 자기쇄신을 하지 않을 수 없었다. 그리하여 '작가회의'는 사단법인화를 통해 제도권 안에서 진보적 문학운동의 장을 마련하고자 하였다. 그런데 지금까지 제도권 바깥에서 민족민중운동의 거시적 맥락과 함께 진보적 문학운동을 벌여나갔던 것을 상기해볼 때 사단법인화의 움직임은 그리 간단한 문제가 아니었다.

1993년 5월 15일 '민족문학작가회의 위상에 대한 공청회'에서 구중서, 백진기, 김영현 등 세 명의 주제발표가 있었다. 구중서와 김영현은 '작가회의'의 사단법인화의 필요성에 대한 입장을 개진하였고, 백진기는 사단법인화 추진에 따른 문제점을 비판하였다.

(······)지난 날 재야 민주화운동권에 위치에 독재정권으로부터 박해만 받던 문화단체들은 앞으로 이 나라 문화계의 중심이 되고 주류가 되어야 할 것이다.

이렇게 우리가 새로이 지녀야 할 의지는 새 정부의 문화행정을 상대로 해 비로소 발상되는 것이 아니다. 자율적으로도 민족문학작가회의는 조직과 사업능력을 재정비 강화해서 역사적 소명에 충실해야 할 것이다. 아울러 새 문민정부가 우리의 정대한 진로에 대해 절실한 의식을 갖는다면 우리는 그 인식을 수용할 수도 있을 것이다. 우리 작가회의는 다만 민족문화의 중심과 주류가 되는 데에 목표를 둘 뿐이다.(구중서,「오늘의 현실과 문학단체」)

작금의 정세는 소위 문민정부 주도의 개혁바람이 주류를 이루고 있고, 문학을 포함한 문화예술계 역시 뿌리깊은 반민중 반민족 문화의 청산과 척결이라는 '문화대개혁'의 소명을 요구받고 있다. 이에 그간 '임의' 혹은 '불법' 단체로 분류되어 왔던 작가회의나 민예총이 개혁의 중심세력으로서 떠오를 수 있는 여건이 충분히 성숙되어 있다고 보이며 이를 활용해야 할 필요성이 대두되고 있다.

다시 말하면, '대항세력'에서부터 문화정책, 문화정책 전반에 대한 책임있는 '중심세력'으로 위상을 재정립해야 할 필요성이 있으며, 이를 위하여 먼저 법적 공인체로서 사단법인화되는 것이 유리하다고 본다.(김영현, 「작가회의 사단법인 필요성에 대하여」)

주·객관적인 정세를 총체적으로 봤을 때 작가회의 사단법인화가 아직은 시기상조라는 것에 강조점이 찍혀 있다. (중략)
① 정세를 지나치게 주관적으로 낙관하고 있다.
② 김영삼 정부의 '재야 길들이기'에 편승하는 것이다.(지배세력의 지배전략에 말려들 수 있다.)
③ 전술의 문제를 전략의 문제로 과대 포장하고 있다.
④ '합법성'의 문제를 의도적으로 좁혀보고 있다.
⑤ 합법적으로 문화부의 간섭과 제약의 틀에 들어갈 수 있다.(백진기, 「작가회의 사단법인화의 신중한 제고」)

공청회에서 제기된 이 같은 세 가지 의견은 '작가회의'의 사단법인화에 따른 내부 진통을 단적으로 보여준다. 이후 '작가회의'는 1995년 7월 30일 창립총회를 갖고, 1996년 6월 22일 서울 서부지원에 등기를 마침으로써 사단법인으로 전환되었다. 사단법인 '작가회의'의 초대 이사장을 역임한 백낙청은 회원 각자의 창작 활동에 도움을 주는 것에서 출발해 한국문학의 발전과 한반도의 평화, 나아가 동북아와 세계평화에도 기여하는 단체가 되도록 노력하겠다고 작가회의의 위상과 장래를 언급하였다.[13] '작가회의'의 사단법인화는 예술장르별로 공익법인을 하나만 인정한다는 5·16 이후의 불문율이 깨지고, 한국문인협회와 더불어 2개의 문인단체 공익법인이 존

13　백낙청, 「회원 확대·결속강화 노력」, 『한겨레』, 1996. 6. 28.

재하는 시대로 접어들면서, 이후 '작가회의'는 각 지역에 결성된 지회와 지부의 진보적 문학운동에 활력을 불어넣는다.

1980년대 이후 진보적 문학운동의 양상

"87년 6월까지는 역시 반독재 민주화투쟁이 시급한 과제"[14]였듯, 광주 민주화항쟁 이후 재결성된 '자실'과 이후 '작가회의'로 거듭난 진보적 문인 조직이 역점을 둔 문학운동은 훼손된 민주주의를 회복하는 것이며, 이것과 긴밀히 연동돼 있는 분단극복을 실천하는 것이다. 이 문학운동을 구체적으로 실천하는 과정에서 진보적 문인 조직은 "일국사회주의와 자본주의를 동시에 넘어서는 대안추구적 운동이라는 원칙을 풍부히 천착"[15]해야 할 과제를 부여받는다. 그렇다면, 1980년대 이후 진보적 문인 조직은 구체적으로 어떠한 문학운동을 펼쳤는지 그 실상을 살펴보기로 한다.

1) 무크지운동과 민중문학운동의 전위성

1980년 3월 25일 발행된 『실천문학』은 1980년대 무크지운동[16]의 시초이자 다른 무크지의 연쇄적 출간에 도화선 역할을 했다는 점에서 한국 문

---

14 백낙청 · 하정일, 「대담: 민족문학운동의 역사와 미래」, 『작가연구』, 2003년 상반기호, 399쪽.

15 최원식, 「80년대 문학운동의 비판적 점검」, 『생산적 대화를 위하여』, 창작과비평사, 1997, 56쪽.

16 전두환을 중심으로 한 신군부세력은 이른바 사회정화작업을 이유로 기존의 정기간행물 172종의 등록을 취소시켜(1980. 7. 31), 진보적 언로(言路)를 차단하고자 하였다. 하지만 정기간행물에 의한 각종 행정적 규제와 정치적 탄압이 진보적 언로를 원천봉쇄하지는 못했다. 비록 정기간행물의 형태는 아니지만 잡지와 단행본의 성격을 갖춘 이른바 무크(mook, 잡지형 단행본 혹은 단행본형 잡지)지의 형태를 통해 신군부의 폭압에 맞서 저항하는 진보적 언로를 확보하게 된다. 기존의 정기간행물을 통해서는 더 이상 진보적 문학운동을 실천할 수 없는 현실적 문제에 직면한 터에, 단행본의 집중화된 기획과 잡지의 현장성을 접맥시킴으로써 새로운 형태의 저항적 실천을 할 수 있는 활로를 개척하게 된 것이다. 물론 여기에는 유신체제 아래 해직된 기자와 운동권 출신의 제적 학생들이 출판계에 몸담으면서, 진보적 성격의 출판운동에 토대가 되었다는 사실을 지나칠 수 없다(「토론: 우리 시대의 민족운동과 출판운동」, 『우리시대 출판운동과 오늘의 사상 신서』, 한길사, 1986).

예운동사에서 중요한 역사적 의의를 지닌다. "민중의 최전선에서 새 시대의 문학 운동을 실천하는 부정기 간행물"이란 뚜렷한 방향성을 표방한 『실천문학』은 '자실'의 기관지로서 진보적 문학운동의 구심체 역할을 하면서, 1980년대의 문학운동을 주도해나갔다. 무엇보다 민족문학의 이념을 이론과 실천의 양면에서 구체화시켜, 1980년대의 엄혹한 시대적 현실을 변혁시키는 사회변혁운동의 역할을 맡았다는 점은 『실천문학』의 무크지로서의 전위성을 말해준다. '자실'의 이 같은 면모는 창간호에서 세 가지 형태로 꾸며진 특집에서 여실히 드러난다. ①팔레스티나 민족시집, ②70년대의 문학과 80년대의 문학, ③문학인들의 토론: 문학의 실체, 문학의 실천 등이 그것이다. 이 세 가지 특집을 의욕적으로 기획한 '자실'은 1970년대의 문학운동이 거둔 성과에 만족하지 않고, 진보적 문학의 새 지평을 야심차게 객토하기 시작한다. 그리하여 '자실'은 "민족문학의 실천적 운동과 함께 제3세계의 비동맹문화의 의지에서 전세계 민족생활의 진실과 형제적으로 연대되면서 우리 자신의 예술적 충동을 도모하"[17]기 위한 문학운동을 무크지의 형식을 통해 구체화시킨다.

여기서 주목해야 할 발언이 있다.

문학의 자기 관련성을 새롭게 신선하게 확인하고 그것을 민중, 사회 현실, 민족, 통일 문제의 중심으로부터 일깨워야 한다. 우리의 사회를 새롭게 설명하는 일을 문학이 하지 말아야 한단 말인가. 그렇지 않을 것이다. 그렇게 모든 것을 새롭게 설명해 나가야 한다. **그것을 도리어 정치에 반영시키고 경제가 깨우치도록 해야 한다.** 논리로서 우리 사회를 설명하기는 도리어 쉽다. 기능이나 실무적 절차로 한 사회를 이해하는 것은 물리적인 힘을 가지고 가능하다. **창조력으로 한 사회를 설명하고 이해하고 인도해야 하는 일은 문학이 실천해야 할 바의 것이다.** 그것은 대단히 어렵고 때로는 위험을 각오해야 하고 때로는 모든 것을 희생시키

---

17 「책 끝에: 보천보 뗏목꾼들의 살림」, 『실천문학』, 1980. 창간호, 374쪽.

는 결단을 요구하게 하는 일이기도 하다. 우리는 우리 자신 문학을 평가절하하고 얕잡아보는 습관이 있는지 모른다는 것을 반성해야 한다. 문학은 그렇지 않다. 우리는 문학을 믿는다.(박태순; 밑줄 강조-인용-)[18]

위 밑줄 친 발언에는 '자실'이 1980년대 이후 전개할 문학운동의 이념과 실천의 구체적 방향이 선명히 드러나 있다. 1970년대부터 진보적 문학운동의 원천인 민족문학은 이제 문학담론의 경계를 과감히 벗어나 그 이념적 진보성을 현실에서 구현시켜야 한다는 자기인식을 갈무리한다. 그것은 문학이 지닌 창조력, 즉 문학적 상상력을 통해 지금, 이곳을 심층적으로 인식하고, 폭압사회를 해체시켜 인간해방의 세상을 향한 전망을 꿈꾸도록 하는 데 있다.

'자실'의 이 같은 문학운동에 대한 천명은『문학의 자유와 실천을 위하여』란 '자실'의 또 다른 기관지를 통해 그 전위성이 드러난다. 이 역시 무크지 형식을 취한바, 문고판 규모로 총 6집이 간행되었다.[19] '자실'은 이 무크지를 통해 1980년대의 당면한 사회의 제반 문제들에 대한 진보적 문인들의 급진적 문제의식을 담론화한다. 특히 1970년대에 발견된 역사주체로서 민중을 '민중문학'이란 문제틀로 포착하면서 진보적 문학운동의 실질적 내용을 예각화한다.

먼저 문학의 민주화는 문학을 특정한 소수 집단의 향유물로부터 전체 민중의 향유물로 만든다는 것입니다. 문학의 형식, 내용, 전파 수단을 민중적인 것으로 만드는 작업 등이 여기에 속한다고 볼 수 있습니다.

---

18 「문학인들의 토론: 문학의 실체, 문학의 실천」, 같은 책, 370쪽.
19 모두 6권이 간행됐는데, 각 권마다 부제가 달려 있다. 그 간행 사항을 제시하면 다음과 같다.『민족의 문학 민중의 문학』1집, 이삭, 1985. 2. 5;『자유의 문학 실천의 문학』2집, 이삭, 1985. 3. 5;『노동의 문학 문학의 새벽』3집, 이삭, 1985. 5. 1;『5월의 노래 5월의 문학』4집, 이삭, 1985. 6. 15;『민족문학』5집, 이삭, 1985. 8. 15;『민족문학』6집, 겨레, 1986. 5. 17.

다음으로 **문학을 통한 민주화**는 문학 창작물이 민중들의 삶과 거기 내재된 해방에의 의지와 열망을 푸짐하고 옹골차게 형상화함으로써 민주, 민생, 통일의 의식적·정서적 선취를 이룩해야겠다는 것입니다. 이것은 민중적 진실을 드러내고 고양하는 민중적 전형의 형상화에 다름 아닙니다.

마지막으로 **문학을 위한 민주화**는 (중략) 반민주적이고 반민중적인 온갖 조건들을 청산하는 운동에 참여함으로써 궁극적으로 문학의 민중적 향유의 사회적 토대를 구축하는 데 매진할 때 위의 두 가지 과제 또한 온전히 달성될 수 있는 것입니다.[20]

'문학의 민주화', '문학을 통한 민주화', '문학을 위한 민주화'를 관통하고 있는 주요한 문제의식은 "민중적 진실을 드러내고 고양하는 민중적 전형의 형상화"를 이룬 민중문학을 향한 진보적 문학운동의 정진이다. 저항적 민족주의에 기반한 민족문학의 이념을 지속적으로 개진한 백낙청 역시 동일한 지면에서 민족문학과 민중문학의 밀접한 연관 관계를 바탕으로 한 '자실'의 문학운동과 민중운동의 공고한 연대의 문제를 힘주어 강조하고 있다.[21]

민중과 민중문학에 대한 '자실'의 관심은 6집에 고루 기획돼 있되,[22] '노동의 문학 문학의 새벽'이란 부제가 붙은 3집에서 집중적으로 그 문제의식이 실현되고 있다. '특집: 현단계 노동현장의 삶과 문학'에서 알 수 있듯, 특기할 만한 사실은 민중을 관념적 차원에서 인식하는 게 아니라 민중의 구

---

20 「봄의 생명력 같이」, 『문학의 자유와 실천을 위하여: 자유의 문학 실천의 문학』 2집, 2~3쪽.

21 이와 관련한 백낙청의 주요 논의를 정리해보면 다음과 같다. 우선, 1970년대 문학운동의 이론적 기반인 민족문학론의 주된 한계를 민중에 대한 과학적 구체적 인식의 부족, 운동의 이론이나 조직과 작품 생산에서 민중의 주도성이 제대로 반영되지 못한 점을 성찰한다. 그리하여 '자실'은 민중지향적 지식인 집단이라는 겸허한 자각 아래 민중(지향적)운동에 연대하는 조직적 노력과 개인적 노력이 절실하게 요청된다. 백낙청, 「민족문학과 민중문학」, 같은 책, 6~21쪽.

22 6권 모두에서 공통적으로 발견되는 것은 민중(문학)과 관련하여 주목할 출판 동향을 간략한 핵심을 짚어 소개하고 있다는 사실이다. 문학매체의 특성상 지면 관계로 기관지에서 집중적으로 다뤄지지 못한 꼭지들은 당대의 진보적 언어의 집합체인 출판 동향의 핵심을 소개하는 것만으로도 현장감 있는 기획으로 손색이 없다.

체적 삶의 현실 속으로 육박하는 기획을 하고 있다는 점이다. 종래 '자실'의 문학운동의 문제점으로 가장 크게 부각된 점이 지식인 혹은 소시민의 관점으로 민중의 삶과 현실을 다루는 데 자족했다는 것을 상기해볼 때, 3집의 기획은 '자실' 스스로 투철한 자기비판의 도정 속에서 민중에 대한 진보적 문학운동의 구체성을 현실화하고 있다는 점에서 그 의의를 가볍게 지나칠 수 없다. 이 특집은 전문가로서 문인의 글로만 이뤄져 있지 않고, 노동현장 노동자들의 목소리를 경청하는가 하면(현장이야기), 노동운동의 불씨를 지핀 전태일의 어머니 이소선 여사와 말씀을 나누고(인터뷰), 박노해의 시 「노동의 새벽」을 통해 노동현실의 극렬한 모순을 대중적 형식으로 시각화하고(만화), 르포 작가 석정남의 작품을 발표하고(소설), 청계피복노조를 직접 탐방하여 노동운동의 현실과 만나는(민주화운동단체를 찾아서) 등 노동현실에 대해 그동안 지식인 투의 관성화된 고루한 기획을 벗어나, 노동자의 생생한 삶의 현실과 접촉하는 것을 통해 민중문학에 대한 '자실'의 관념성을 극복하고자 한다.

　이러한 '자실'의 적극적 노력에서 눈여겨보아야 할 것은 민중문학의 창작 주체를 종래의 전문가 문인에게만 국한시키는 게 아니라 문맹이 아닌 민중에게도 확산시켜야 한다는 입장이 대두된 것이다. 이 또한 지난 연대의 '자실'이 추구한 문학운동의 성격과 확연히 다른 면을 보인다. 엄혹한 시대의 현실에서 민중 스스로의 목소리로 자신의 계급적 모순을 응시하고, 그것과 마주하는 관계 속에서 현실을 자연스레 총체적으로 인식하는 민중의 언어가 종래 시, 소설과 같은 정통적 문학양식이 아닌, 수기와 르포의 형식을 빈 이른바 교술적(教述的) 서사양식을 통해 진보적 문학운동을 실천한다는 점이다. '운동개념으로서의 문학'에 대한 급진적 시각[23]과 수기, 르포,

---

23 "현실의 파헤침이란 차원에서 민중운동에 대한 현장고발적인 수기와 르포가 보다 첨예하고도 과학적인 운동인식으로부터 그 질적인 차원이 축적되어갈 때, 〈운동개념으로서의 문학〉이라는 범주 안에 르포와 수기는 주체적 민중장르로서 확연한 자리를 차지할 수 있게 될 것이며, 그로부터 민중문

성명서, 호소문, 진정서, 선언문 등 당대의 폭압적 현실에 대한 즉발적이고 저항적 언어들을 민중문학운동을 위한 장르의 확산으로 신중히 검토해볼 가치로 인식하는 것은,[24] 그 문예과학적 엄밀한 논리를 잠시 제쳐둔다면, 진보적 문학운동이 민중문학의 주체와 민중적 문제의식을 전위적으로 담고 있는 다채로운 글쓰기 형식에 관한 논의들로 충분한 가치를 보증한다.

2) 분단극복을 위한 문학운동

한국전쟁 이후 분단의 문제를 해결해야 할 진보적 문학운동은 그 해결의 방향성을 명확히 인식하고 있다. "통일은, 그리고 통일논의는 남북을 막론하고, 민족적 민중적 삶의 가장 자연스러운 연장선 위에서 와야 하고, 또한 논의될 때 비로서 제대로 온전한 것이 되지, 정치권력을 장악하고 있는 사람들의 그때 그때의 정책에 의해서 좌지우지될 성질은 애초에 아닌 것이다. 즉 민중적 삶에 기초한 요구가 정치권력을 장악하고 있는 사람들에게 완전히 수렴되어서, 그들이 진정으로 민중의 요구에 따를 수 있게 될 때 비로소 그 가능성이 열리게 될 터이다."[25]라는 이호철의 언급은 남과 북의 정치권력자들의 이해관계에 따른 어떠한 형태의 통일논의든지, 그것은 민족 문제의 올바르고 정상적 논의 과정을 거치는 게 아니라, 통일논의를 남과 북의 정치사회적 기득권자들의 배타적 독점물로 소유함으로써 통일논의를 가장한 반통일적 반민족적 분단의 영구화를 고착화할 뿐이라는 점을 신랄히 비판한다. 남과 북의 민중적 염원이 통일논의의 바탕이 되어야 한다는 견해는 '자실'과 '작가회의'의 분단극복운동에서 핵심적 테제이다.[26]

학운동은 보다 치열한 전투역량을 자기 몫으로 껴안을 수 있게 될 것이다."(백진기, 「수기와 르포의 운동역량을 위한 문제제기」, 『문학의 자유와 실천을 위하여』 창간호, 120쪽)

24 김도연, 「장르의 확산을 위하여」, 백낙청 · 염무웅 편, 『한국문학의 현단계』 3권, 창작과비평사, 1984 참조.

25 이호철, 「통일논의는 개방되어야 한다」, 『문학의 자유와 실천을 위하여: 민족문학』 5집, 6쪽.

26 최원식의 "남과 북의 수구세력에 대한 남과 북의, 민중 중심의 개혁세력이 주도하는 통일운동이

그리하여 '자실'과 '작가회의'는 1980년대에 분단극복운동의 차원에서 남북작가회의의 개최를 제안한다. 첫 번째 제안은 '자실'이 1985년 6월 25일 홍사단 대강당에서 제5회 민족문학의 밤 행사를 여는 가운데 고은이 강연을 마무리지으면서 대중을 향해 남북작가회의의 개최를 주장한다. 고은의 제안은 분단을 극복하기 위한 문학운동의 거시적 좌표를 제시했다는 점에서 이후 '작가회의'의 분단극복운동을 위한 기획과 실천에서 중요한 토대를 이룬다. 그것은 "국어의 동일성문제, 통일지향의 문학에 대한 논의, 작가의 문학적 현장 상호탐방 및 교류문제, 민족문학회의의 정기개최문제, 분단극복과 통일을 위한 작가적 협약문제, 남북작가 혼성의 문학행사문제, 공동선언문 작성발표, 통일문학굿 등을 통의하고자 합니다. 참가자격을 반드시 남북 쌍방의 통일지향적 문학인이어야 합니다."[27]에 매우 간명히 압축돼 있다.

이후 '작가회의'는 7·4공동성명 16주년을 맞이하여 1988년 7월 2일 문인 조직으로서는 처음으로 남북작가회담 개최를 북측 조선작가동맹에게 공식적으로 제안한다. 제안서에는 세 가지 통일의 대원칙을 적시하고 있다.

첫째, 자주적인 통일을 위해서는 외세보다 민중의 지지에 의존하는 민주적 정부가 수립되고 외국군의 장기주둔을 포함한 외세의 간섭이 청산되어야 하며, 둘째, 평화적인 통일을 위해 사회 각 분야에서 군사문화가 극복되고 핵무기를 비롯한 한반도의 과잉 무장상태가 해소되어야 하며, 셋째, 민족적 대단결을 위

야말로 분단체제의 진정한 극복에 이바지할 터입니다."(「민족문학작가회의가 보는 통일운동의 방향」, 『생산적 대화를 위하여』, 창작과비평사, 1997, 453쪽)에서도 다시 한 번 확인할 수 있듯, 이러한 문제의식은 진보적 문인 조직의 분단극복운동의 밑자리를 이루고 있다.

27 고은, 「민족현실과 문학」, 『문학의 자유와 실천을 위하여: 민족문학』 5집, 27쪽. 고은의 이 같은 거시적 좌표는 2005년과 2006년의 연이은 남북문학교류에서 구체적으로 실천된다(민족작가대회 공동선언문 채택, 민족문학인협회 설립 및 규약 제정, 매체 발간, 문학상 제정, 상호 교류 등). 뿐만 아니라 2005년 2월부터 시작한 겨레말사전 편찬작업을 통해 남과 북 언어의 문제들을 해결하는 학술적 교류가 지속되고 있다.

해 사상과 표현의 자유가 보장됨은 물론 남북민중간의 다각적인 교섭이 실현되어야 한다.[28]

이러한 통일의 대원칙 아래 '작가회의'가 제안한 남북작가회담은 조선작가동맹의 적극적 응답에 의해 1989년 3월 27일 오전 10시 판문점 중립국감독위원회 회의실에서 남과 북 각 5명의 대표들이 예비회담을 갖기로 한다. 하지만 이 예비회담은 성사되지 않는다. 고은을 준비위원장으로 하여 백낙청, 신경림, 현기영, 김진경 등 4명의 준비위원과 26명의 '작가회의' 회원들은 판문점에도 이르지 못한 채 모두 강제 연행된다. 초헌법적 위상을 지닌 국가보안법이 존재하는 한 '작가회의'가 분단극복운동을 위해 북측의 작가를 만나는 일은 지난한 일이 아닐 수 없다. 통일논의를 오랫동안 독점하고 있던 파쇼적 국가권력에 의해 예비회담이 강제 결렬될 것을 예상 못 한바 아니었지만, 진보적 문학운동의 핵심적 사안인 분단모순을 해결하기 위한 문학인의 열정과 실천이 지속성을 띠고 있다는 것 자체는, 문학 바깥의 분단극복운동과 공고한 연대의 움직임을 보일 뿐만 아니라 이 과정을 통해 이후 진보적 문인 조직의 역량을 구체적으로 어떻게 발휘해야 하는가에 대한 공부를 했다는 점에서도 매우 값진 역사적 경험이 아닐 수 없다.[29]

여기서 1980년대에 고은과 '작가회의'에 의해 제안된 남북작가회담 개최의 노력은 2000년대의 '작가회의'에 의해 가시적 성과로 나타난다. '국민

---

28 「남북작가회담의 개최를 제창한다」, 『노동해방문학』, 1989. 5, 535쪽.

29 예비회담의 결렬에 대한 반성적 성찰에서 얻은 다음과 같은 인식은 이후 진보적 문인 조직의 분단극복운동을 위해 어떠한 점을 구체적으로 염두에 두어야 하는지에 대한 반면교사의 역할을 다 하고 있다. "통일을 지향하는 민족문학운동은, 이 땅의 민중이 통일의 주체로 서는 것을 방해하는 모든 억압과 착취구조에 대한 투쟁을 제일의 목적으로 삼아야 한다는 것은 명백하다. 남북작가회의 역시 이러한 목적의식을 전제로 진행되어야 하고 적의 탄압에 대해서는 여타 민중단체들과의 굳건한 연대 하에 적극적으로 투쟁하여야 하는 것이다. 이런 점에서 작가회의는 금번 남북작가회의 예비회담에 대한 당국의 탄압에 대항하여 국가보안법 철폐를 통한 사상의 자유보장, 남북간의 자유로운 교류의 보장, 민중생존권을 짓밟는 독재정권의 퇴진 등의 민족민주운동의 과제로 투쟁의 초점을 맞추어 가야 할 것이다."(이재무, 「남북작가회담 제안과 경과보고」, 『노동해방문학』, 1989. 5, 533쪽)

의 정부'와 '참여정부'의 지속적 남북화해협력의 정세 속에서 '작가회의'는 북측의 조선작가동맹과 함께 '6·15공동선언 실천을 위한 민족작가대회'를 2005년 7월 20~25일 평양을 비롯한 묘향산, 백두산 지역에서 가졌으며, 그 이듬해인 2006년 10월 30~31일에는 민족작가대회의 합의에 따라 금강산에서 '6·15민족문학인협회' 결성식을 가졌다.[30] 이렇게 남북 작가들은 분단 60년 만에 처음으로 대한민국과 조선민주주의인민공화국의 국경선을 넘어 직접 극적인 해후의 기회를 가졌다. 기실 오랜 분단의 고통을 겪은, 분단 극복운동의 값진 산물이다. 물론, 이 한 차례의 남북작가들의 만남으로 분단극복의 문학적 과제가 해결되었거나 분단의 정치사회적 난제들이 해소된 것은 결코 아니다. 하지만 아무리 강조해도 지나치지 않을 것은 남북작가들의 만남을 개인과 개인의, 대상과 대상의 단순한 접촉의 차원의 문제로 인식해서는 곤란하다. 작가들의 만남은 상상력의 충돌·교섭·침투·융합과 같은 매우 복잡한 인식과 감성의 과정을 겪기 마련이다. 비록 짧은 시간의 만남이었지만, 서로 다른 정치사회체제에서 서로를 이해하는 데 자유롭지 못한 남북 작가들은 남과 북의 문학적 지성들의 불꽃 같은 만남 속에서 성급한 동일자의 인식(맹목적 통일 혹은 급진적 통일)보다는 서로 다른 타자의 타자성을 상호존중하는 가운데 우선 그들 사이에 가로막고 있는 내면의 휴전선을 걷어내는 인식의 고통을 겪을 것이다. 그 고통의 과정 속에서 남북의 문학적 지성들은 분단을 극복하는 문학운동의 결실을 맺지 못할 법이 없다.[31]

---

30 2000년대에 지속된 남북문학교류는 국민의 정부와 참여정부의 햇볕정책의 기조 아래 피상적으로 볼 때는 순조롭게 진행된 것 같지만, 한반도를 에워싼 급변한 현실 속에서 '분단체제'의 지난한 역경 아래 지혜와 결단을 필요로 하였다. 6·15민족작가대회의 경과 과정에 대해서는 정도상, 「통이(通異, 統二)를 위한 기나긴 그리움의 길 위에서」, 『내일을 여는 작가』, 2004. 여름호를, 6·15민족문학인협회협회 결성식 과정에 대한 고명철, 「'6·15민족문학인협회' 결성, 분단체제를 넘어서는 문화적 과정」, 『실천문학』, 2006. 겨울호를 참조.

31 안타깝게도 그동안 문화예술교류의 차원에서 가장 활발히 그리고 가장 큰 가시적 성과를 일궈내고 있는 남북문학교류는 이명박 정부 이후 횡행하는 해묵은 레드콤플렉스와 매카시즘 광풍으로 이렇

3) 유럽중심주의 세계문학에 대한 극복

유럽중심의 세계문학을 극복하기 위한 논의들은 1970년대에 들어와 제
3세계문학에 대한 비평적 관심이 촉발되면서 진보적 문학의 지평을 일국
주의적 관점 일변도에서 국제적 시각으로 심화 · 확장시키게 된다. 1970년
대의 진보적 문학운동에서 보인 제3세계적 시각과 제3세계문학에 대한 관
심은 1970년대의 인문사회과학 그 어느 분야보다 선진적인 문제의식을 보
이는 것으로 평가되고 있는바,[32] 이 시기의 진보적 문학이 "제3세계문학과
의 올바른 연대를 인식한 것은 앞 시기의 민족문학론이 가지지 못한 최대
의 행운"[33]이 아닐 수 없다.

이러한 제3세계문학에 대한 관심은 1980년대 이후 진보적 문인 조직의
차원에서 집중적 조명을 받기 시작한다. 1970년대의 비서구 문학에 대한
관심은 이 분야에 특별한 관심을 가진 몇 소수문인에 의해 진보적 문학 내
부의 쟁점으로 자족할 뿐, 진보적 문학운동의 역량을 결집해야 할 또 다른
핵심적 사안으로 초점이 맞춰져 있지 않았다.[34] 하지만 진보적 문학운동의
이론적 기반인 민족문학론은 자민족중심주의나 서구 제국주의의 편협한
민족주의 문학론과 엄연히 변별되는 한, 제국의 식민적 지배를 경험한 제3

다 할 일체의 교류를 진행하고 있지 못하다. 2008년 2월 25일 이명박 정부 출범 이후 '6·15민족문학인
협회' 기관지인 『통일문학』은 창간호가 2008년 2월 5일에 발행한 이래 모두 2호를 발행하였으나, 남
북문학교류를 위한 실무진 접촉의 현실적 어려움 등이 심화되면서 더 이상 발행이 안 되고 있는 상황
이다. 비록 『통일문학』 발행만으로 남북의 이질적 문화가 쉽게 해소되지는 않으나, 제한된 범위 안에
서나마 남북 문학 지성들의 창작물을 통해 분단극복운동의 지속성을 띠면서 서로의 신뢰를 회복하는
것은 정치사회적 차원의 분단극복의 성과보다 더욱 내실 있는 성과를 축적시킬 수 있다는 점을 남북
위정자들은 쉽게 간과해서 곤란하다.

32 김진균은 1980년대 초반 제3세계와 관련한 연구 성과를 정리하면서, "70년대에 나온 제3세계 일
반에 관한 서적들은, 문학과 문학평론 부문에서는 상당히 체계적이고 깊이 있는 것들이 있기는 하
였으나, 여타 부문에서는 제3세계 국가들을 이해하기 위한 입문서 혹은 역사개괄적인 것"(김진균
편, 『역사와 사회 1: 제3세계와 사회이론』, 한울, 1983, 9쪽)에 자족한다고 언급한다.

33 최원식, 「민족문학론의 반성과 전망」, 『민족문학의 논리』, 창작과비평사, 1982, 368쪽.

34 1970년대의 제3세계문학에 대한 구체적 논의와 진보적 문학 내부의 쟁점에 대해서는 고명철, 『논
쟁, 비평의 응전』, 보고사, 2006, 265~318쪽 참조.

세계 민중과 연대감을 형성함으로써 우리 민족이 당면한 민족모순의 해결 과제야말로 제3세계 민중의 그것과 동일성을 확보하는 것이며, 따라서 이는 자본주의 중심부가 조장하는 온갖 구조악(構造惡)과 행태악(行態惡)에 저항하는, '인간해방의 서사'를 실천하는 길이라는 문제의식을 지니게 된다.

그리하여 비서구권 문학에 대한 관심은 1980년대 이후 진보적 문학운동의 중요한 실천적 사안으로 부상된다. '자실'의 기관지인『실천문학』창간호에는 특집으로 팔레스티나 민족시집이 구성돼 있고, '자실'의 또 다른 기관지『문학의 자유와 실천을 위하여』의 1집에서는 남아프리카공화국 흑인 작가인 알렉스 라구마의 문학을 소개하면서 반인종주의 투쟁의 문학을 소개하고, 2집에서는 케냐의 작가 응구기 와 시옹고의 소설을 싣고, 4집에서는 자메이카 출신의 대중가수인 밥 말리의 노래와 그 노랫말에 실린 서구 제국주의 문화에 대한 저항을 소개하고, 5집에서는 중국의 소설가 파금의 「개」를 싣고, 6집에서는 남아프리카공화국 작가 블로크 모디세인이 인종차별의 고통 속에서 조국을 떠날 수밖에 없는 사연을 담은 에세이를 소개하는 등 1980년대의 '자실'은 기관지의 지속적 기획을 통해 아시아 · 아프리카 · 라틴아메리카의 삶과 현실을 핍진하게 다루고 있는 문학을 문학운동으로 구체화한다. 여기서 "제3세계론의 수용과 재구성 과정에서 '전지구적 전망'의 중요성이 부각되면서 일국중심의 민족주의적 관점에 대한 자기반성이 제기되기 시작"[35]한 것은 1980년대 이후 진보적 문학운동이 거둔 소중한 문제의식이다.

1990년대 이후 '작가회의'는 비서구권 문학을 지면으로 소개하는 데 만족하지 않고, 비서구권 문인들을 직접 국내로 초청하여 한국문학의 국제적 교류의 내실을 튼실히 다져나가고 있다.[36] 그중 특기할 만한 것은 2007

---

35 하정일, 「도전과 기회사이에서: 최근 민족문학론의 쟁점과 과제」,『창작과비평』, 2001. 겨울호, 41쪽.

36 '작가회의'는 1997년 일본의 비평가 가라타니 고진과의 대화를 기점으로 한 '세계작가와의 대화'

년 11월 7일~14일까지 전주에서 개최된 '아시아·아프리카 문학페스티벌 (AALF)'이다. 이 AALF에서 많은 것을 한꺼번에 이룩할 수는 없으나, 유럽중심주의가 갖는 문명사적 감각을 전복시키고 성찰해야 할 계기를 실감으로 환기시킨 것은 매우 소중한 일이 아닐 수 없다. 아시아와 아프리카 양 대륙의 문학인들은 서구의 식민지화를 겪은 고통과 슬픔을 나눠가졌고, 서구의 파행적 근대가 가져온 인류의 위기를 극복할 지혜와 실천의 장을 마련하기 위한 문학적 노력에 매진할 것을 약속하였고, 그리하여 아시아와 아프리카가 지닌 문학적 가치를 더 이상 유럽중심주의 세계문학에 갇혀 있지 않은 새로운 지평을 모색할 것을 궁리하였다. 더 이상 '서구=문명'이고 '아시아·아프리카=야만'이라는 서구 중심주의적 문명사적 감각에 지배되는 게 아니라, 아시아·아프리카와 서구가 서로의 문화적 차이를 존중하는 가운데 인류의 평화와 행복을 모색하는 상생의 문명사적 감각을 다듬어 나갔다.

물론 이러한 비서구권 문학과의 활발한 교류가 있기까지는 '작가회의'에서 분화된 다양한 동아리 활동이 뒷받침되고 있다는 점을 간과해서 안 된다. '베트남을 이해하려는 젊은 작가들의 모임', '팔레스타인을 잇는 다리', '인도를 생각하는 예술인 모임', '아시아문화네트워크', 그밖에 몽골과 버마의 문학에 관심을 갖고 교류를 하는 각종 동아리 활동이 모두 나름대로의 개성과 방향성을 갖고 비서구권 문학과 교류를 하고 있다. 다양한 분야와 다양한 활동과 다양한 주제, 그리고 다양한 형식을 통해 국제 교류를 진행하고 있는 실정이다. 이 활발한 동아리 활동의 자양분이 '작가회의'의 진보적 문학운동과 별개가 아니라는 것은 매우 중요하다. 여기서 '자실'의 기관지 『실천문학』 창간호의 마지막 페이지에서 언급되듯, "우리는 하나로

프로그램을 2011년까지 총 16회 동안 꾸준히 실행한바, 아르엘도르프만(칠레), 바오닌(베트남), 위화(중국), 칠라자브(몽골), 그 외 팔레스타인, 터키 등의 역량 있는 작가들과 교류의 시간을 가졌다. 국제 교류의 자세한 것에 대해서는 (사)한국작가회의 메인 홈피의 '연혁' 참조. http://www.hanjak.or.kr/

뭉친다는 중요성 이상으로 그 하나 속의 세계가 얼마나 전위적인 다양성의 하나하나로 충만한가라는 중요성에 대하여 풍부하다고 자부한다."[37]라는 전언의 참뜻이 진보적 문학운동의 중심축을 이루고 있음을 알 수 있다.

이처럼 1980년대 이후 지속성을 갖고 비서구권 문학과의 교류에 힘을 쏟음으로써 한국문학은 당장 그 가시적 성과를 목도할 수는 없으나, 이 꾸준한 노력을 통해 유럽중심주의 서구미학의 전횡을 극복하여 지구적 차원의 새로운 미학의 지평을 모색할 새로운 가능성을 탐구하고 있다는 것 자체가 소모적인 것은 결코 아니다. 비록 비서구권 문학과의 교류행사가 "문학적 역량을 내재화시키는 데 기여해야 하는데, 이벤트화 선언화 구호화되었던 부분"[38]의 문제점을 도출했으나, 그동안 관행화된 유럽중심주의 세계문학에 대한 전위적 성찰과 전복을 새롭게 시도한다는 점에서, 이것은 일국주의적 관점의 진보적 문학운동이 아닌 인류사적 관점의 선진적 관점을 새롭게 발견하고 실천하려는 진보적 문학운동이라는 점에서 자긍심을 가질 만하다. 왜냐하면 인류의 행복을 위해서는 이제 더 이상 경제중심주의 언어, 성장주의 언어, 속도중심주의 언어, 환상주의 언어, 중앙중심주의 언어, 패권주의 언어, 탈근대주의 언어 등이 지향하는 자본주의적 삶이 아닌, 이것을 창조적으로 극복하는 창의적 언어들이 갈구되기 때문이다. 정글의 법칙을 승인하는 우승열패(優勝劣敗)의 언어가 아니라 약소자(弱小者)의 입장을 이해하고, 서로를 따뜻하게 감싸안으며 교감하는 소통의 언어'들'이 절실히 요구된다. 그리하여 비서구권 문학과의 다양한 교류는 인류의 미래적 가치를 보증해내는 문명사적 감각을 새롭게 발견할 것이다.

---

37 「책 끝에: 보천보 뗏목꾼들의 살림」, 『실천문학』, 1980. 창간호, 374쪽.
38 김형수, 「특집 좌담: 변화하는 한국사회와 한국작가회의의 전망」, 『내일을 여는 작가』, 2008. 봄호, 39쪽.

진보적 문인 조직의 문학운동, 새로운 전망을 위하여

지금까지 1980년대 이후 '자실'과 '작가회의' 중심으로 전개된 진보적 문학운동의 두드러진 양상을 살펴보았다. 이 글의 서두에서도 언급했듯, '문인-예술가'로 구성된 진보적 문인 조직이 문인 개개의 미적 취향과 정치성의 특질에도 불구하고 반민족 · 반민중 · 반민주에 대한 문학적 저항을 30여 년 넘게 지속적으로 펼치고 있다는 것은 전 세계적으로도 주목할 만한 예술사적 일대 '사건'이 아닐 수 없다. 하지만 여기에 만족할 수는 없다. 진보적 문학운동의 진정성이 현실에 조금이라도 안주하지 않고, 인간의 행복을 위협하는 일체의 부정한 것에 대한 부정의 정신을 관념이 아닌 실천의 차원으로 실현하는 데 진력을 다 하는 것이라면, 급변한 현실 속에서 첨예한 문제인식으로 그 현실의 추이를 깊이 있게 분석하고, 부정을 딛고 일어서는 미래의 전망을 예지하고 실천하려는 자기비판에 인색해서는 안 된다.

글을 마무리지으면서, 크게 두 가지 차원에서 진보적 문학운동에 대한 비판적 성찰을 해본다. 하나는 구조적 차원이다. 1970년대 이후 결성된 진보적 문인 조직이 한국사회에서 안정된 구조를 갖고 정착했는가, 하는 물음에 자신 있게 답변할 수 있는 사람은 몇일까. 여기에는 조직의 쇄신과 재정적 구조의 문제를 해결해야 한다. 조직의 쇄신인 경우 다행스레 '작가회의'는 출범 30주년을 맞이한 2004년에 사무총장제로 조직을 개편하게 된다. 사무총장제의 안착이 자칫 그동안 축적한 조직의 질서를 크게 훼손시킬 수 있기에 무척 조심스러운 것은 사실이다. 하지만 급변한 정치사회 현실과 문화환경에 기민하게 대응하고, 창조적인 문학정책의 강구를 통해 문학운동의 쇄신을 도모하고, 무엇보다 1990년대 이후 현저히 위축된 진보적 문인 조직의 문학운동의 활력을 새롭게 회복한다는 차원에서도 사무총장제의 안착은 조직의 쇄신을 위한 차원에서 가볍게 넘겨볼 수 없다. 여기서 1기 사무총장을 역임한 김형수의 "민족문학의 자기확장의 방향에 대한 관심과 실천이랄까 하는 것에는 적극성을 보인 반면, 안정된 구조를 확보하고 정착시키는 것에는 기여하지 못했다는 점이 뼈아픈 실책으로 느껴집니다."[39]라는 반성적 성찰에 귀를 기울여야 한다. 물론, 여기에는 여러 이유가 존재한다. '작가회의'처럼 한 세대 넘게 '문인-예술가'로 구성된 조직의 경우, 미학적 위엄의 질서로 축적된 역사의 가치를 폄훼할 수 없다. 사무총장이 조직의 실질적 리더로서 조직의 쇄신에 값하는 과감한 문학운동을 펼치고 싶지만, '작가회의'에서 오랜 세월 구축한 미학적 위엄의 질서 속에서 그러한 문학운동을 기획하고 발빠르게 실천하는 것은 그리 쉬운 일이 아니다.[40] 더군다나 지역의 지회와 지부의 조직 결성에 따라 과거와 달리 늘어나는 조직의 회원들 속에서 진보적 문인 조직도 점차 다른 사회단체의 조직들과의 유사성을 강조함에 따라 불거지는 문제들은 '문인-예술가'로 구성된, 특히 진보적 문인 조직의 가치를 제대로 인식하지 못하는 사무총장제의 조직을 안착할 수 있다는 점에서 여간 큰 걱정거리가 아닐 수 없다. 사무총장제로의 조직 개편은 진보적 문인 조직의 역사적 가치를 창조적으로 계승하여, 급변한 현실 속에서 조직의 활력을 회복하고, 새로운 미적 질서 속에서 진보의 가치를 새롭게 궁리하여 삶 속에서 실천하는 데 있지, 조직의 특수성을 몰각한 채 대사회적 이해관계를 위해 실용적 효용적 차원에서 이룩된 타조직과 착종된 채 조직의 안착만을 위한 데 있지 않다는 점을 직시

---

39 김형수, 「특집 좌담: 변화하는 한국사회와 한국작가회의의 전망」, 같은 책, 7쪽.

40 일찍이 1970년대 '자실'의 문학운동에 대한 날카로운 지적들을 환기해보건대, 이 같은 비판은 생각하기에 따라서는 지금, 이곳의 진보적 문인 조직 내부에서 생산적으로 극복해야 할 조직이 안고 있는 문제일 것이다. 1970년대 '자실'의 문학운동에 대한 예각적 비판은 김도연의 "70년대 운동개념의 태동은 기본적으로 전문문인에 의한 문단차원의 명망가운동에 머물렀음이 한계로 지적되어야 할 것 같다."(김도연, 「장르 확산을 위하여」, 위의 책, 268쪽)와 김명인의 "1970년대 '자실'을 중심으로 운위되었던 운동은 '문학으로서' 하는 운동이라기보다는 '문학인들이' 하는 운동이었다. 소시민계급 주도의 반독재민주화운동에 양심적 지식인 세력의 한 부분으로서 개인자격 혹은 개인연합 차원에서 방어적·반사적으로 참여했던 지식인운동의 일환에 불과했다. (중략) 전적으로 지식인작가들의 무정부적·개인적 창작에 의존함으로써 '운동'은 그저 하나의 상투적 명분에 불과했을 뿐, 그 내적으로 집단성, 조직성, 지속성 등 운동으로서의 최소 요건 중 어느 것도 갖추지 못하고 있었다."(김명인, 「지식인문학의 위기와 새로운 민족문학의 구상」, 『희망의 문학』, 풀빛, 1990, 52~53쪽)가 대표적이다.

해야 한다.

이러한 사무총장제의 제대로운 안착을 위해 재정적 안정을 이룩하는 것은 중요한 일이다. 한 조직이 정상적으로 운영되고, 새로운 진보적 가치의 사업을 활력 있게 도모하기 위해서는 최소한의 재정적 뒷받침이 이뤄져야 한다. 그동안 진보적 문인 조직의 재정은 안정된 구조를 기반으로 하지 않은 채 회원들의 회비, 각종 특별 회비, 정부의 사업 지원금 등으로 구성된 게 대부분이다. 여기서 가장 중요한 재정적 안정의 재원은 회원들의 회비이다. 자발적 '문인-예술가' 조직으로서 회원으로서 조직을 지탱시켜주는 회비를 통해 그 조직의 재정적 안정을 이룩하지 못하는 한 조직의 재정 기반은 튼실할 수 없다.[41]

구조적 차원 다음으로 제기되는 문제는 내용적 차원의 문제들이다. '작가회의'는 2008년 12월 8일 제21차 정기총회에서 '민족문학작가회의'에서 '한국작가회의'로 조직의 공식 명칭을 변경한다. 약 1년 동안 조직 명칭의 변경에 따른 내홍을 겪은 '작가회의'는 조직 구성원의 75%의 지지 속에서 '한국작가회의'로 환골탈태한다.[42] 조직 명칭의 변경은 단순히 명칭 변경 차원에 있지 않고, 문학운동의 법고창신(法古創新) 그 자체를 뜻한다고 볼 수 있다.

지난 시대 '작가회의'의 문학운동에서 역점을 둔 민주화운동이 민주적 국가권력의 쟁취라는 측면에 초점을 맞추면서, '작가회의' 내부의 급진

---

41 김형수 사무총장에 이어 신임 사무총장이 된 도종환은 조직의 안착화를 위해 재정적 안정에 혼신의 힘을 쏟아 일반 회원들을 대상으로한 CMS 회비 납부제도를 빠른 시간 안에 정착시킨다. 최근 '한국작가회의'의 2010년 7월 10일에 발행한 회보에 따르면, 현재 전체 회원 1724명 중 CMS 신청자가 700명으로 약 40.6%가 매달 정기적으로 회비를 납부하고 있음을 알 수 있다. 조직의 재정 자립도를 높이기 위해서는 절반 이상의 신청자가 필요하다고 한다.

42 "결국은 우편투표까지 가서 명칭변경을 반대하는 의견이 대략 25% 정도 되었고 찬성하는 쪽이 75% 정도 나온 것은 다 알고 있잖아요? 그 이야기는 조직이 창조적으로 쇄신하지 않으면 안 된다는 생각을 가진 사람이 75% 정도 되고, 우리의 정체성을 어떻게 지켜나갈 것인가를 고민하면서 민족문학의 가치가 흔들려서는 안 된다고 생각하는 사람들이 25%가 된다는 걸 보여준 거라고 생각해요." (도종환, 「특집 좌담: 변화하는 한국사회와 한국작가회의의 전망」, 위의 책, 8쪽)

적 사회변혁이론과 격렬히 충돌하는 과정에서 진보적 문학운동은 급격한 자기해체의 경지에 내몰리게 되었다. 민중의 객관현실과 동떨어진 변혁이론투쟁의 형해(形骸)는 민중 스스로 진보의 가치를 신뢰하지 않게 되면서, 1990년대 이후 파죽지세로 그러면서 교묘히 일상을 파고든 후기자본주의는 진보적 문학운동의 제 양상을 무력하게 한 것이 엄연한 사실이다. 여기서 짚고 넘어갈 것은 '작가회의'와 비서구권 문학과의 교류에서 발견한 문제의식이 진보적 비평가의 이론투쟁에서는 아예 찾아볼 수 없다는 점이다. 그토록 뜨거운 민족문학주체논쟁은 그 이론적 기반이 옛 소련을 중심으로 한 동구권 중심, 즉 현실사회주의권에 기반한 것인데, 그것은 다름 아니라 서구 유럽중심주의의 또 다른 판본이나 마찬가지다. 다시 말해 1980년대 후반 진보적 문학운동 내부에서 벌인 가열찬 이론투쟁들은 예외 없이 유럽 좌파의 변혁이론에 기댄 것으로, 비서구권 문학과의 지속적 교류를 통해 유럽중심주의의 세계문학을 넘는, 그래서 전횡화된 서구의 세계인식을 전복하고자 하는 것과는 동떨어진 셈이다.

사정이 그렇다 보니, 현실사회주의권의 붕괴와 문민정부의 출범으로 인해 진보적 문학운동은 동력이 현저히 떨어진 채 문학상업주의의 전면화에 속수무책일 따름이다. 그토록 숙원이던 민주적 국가권력이 문민정부의 불완전한 형식으로나마 들어섰고, 형식적 민주주의가 진행됨에 따라 '작가회의'는 투쟁해야 할 전선을 순식간에 잃어버린 것이다. 진보적 문학운동은 국가권력이 민주적 권력으로 교체했다고 그 임무를 완수하는 게 아닌데도 불구하고, 너무나 현실을 안일하게 인식한 것이 화근이었다 해도 과언이 아니다. 여기서 '문인-예술가'는 '비(非)체제적 상상력'을 담금질해야 한다는 것을 아무리 강조해도 지나치지 않을 것이다. '문인-예술가'는 어떠한 체제에도 종속되지 않은 채 체제의 바깥을 넘어 상상해야 한다. 체제 바깥을 넘어 인간해방의 영원에 이르는, 평화와 행복을 포기하지 않는, 또 다른 세계를 향한 꿈을 기획하고 그것을 문학적 상상력의 언어로 포착하는 데 조금도 주저해서는 안 된다. 이러한 노력을 막고, 이 꿈을 꾸지 못하도록 억압하는 모든 체제에 대해 투쟁해야 한다. 이것이야말로 '문인-예술가'로 이뤄진 진보적 조직의 독특한 윤리감이다. 1990년대 이후 움츠러든 진보적 문학운동에는 이러한 '비체제적 상상력'에 대한 윤리감을 망실한 것은 아닌지 냉철한 점검이 요망된다.

끝으로 이제 진보적 문학운동의 구심체 역할을 맡은 '한국작가회의'는 문학정책에 대한 자기논리를 계발하고 실천적 방면을 면밀히 강구해야 한다. 그동안 '자실'과 '작가회의'의 조직 아래 전개한 문학운동의 경우 당대의 시대정신을 꿰뚫는 선진적 문제의식을 지니고 있다. 민주화운동, 분단극복운동, 유럽중심주의 극복운동은 당대의 진보적 운동들과 문학적 창조력이 결합한 문학운동들이다. 아쉬운 것은 이 모든 문학운동들이 진보적 문인 조직의 장기적 전망 속에서 갈고 다듬어져야 함에도 불구하고 그러한 후속 노력들이 좀 더 진취적으로 보이지 않는다는 사실이다. 정세가 좋으면, 재정적 지원이 만족스러우면, 세간의 화제를 주목하기 위해 벌이는 문학운동이 되어서는 곤란하다.

이와 관련하여, 진보적 문학운동의 미래를 위해 절실히 요구되는 게 바로 문학정책의 계발과 그 지속적 실천이다. 물론, 이것은 말처럼 쉬운 일은 아니다. 정책을 계발하기 위해서는 재정적 지원도 필요하고, 정책 계발을 위한 훈련된 전문가들의 도움도 필요하다. 무엇보다 '문인-예술가' 조직은 창작을 주로 하다 보니, 각종 제도와 인프라를 정비하는 데 소홀하여 정책 계발이 수월하지 못하다. 그렇다고 이것을 뒷짐 지고 방관할 수만은 없다. '한국작가회의'가 명칭 변경을 통해 환골탈태한 만큼 지난 시기의 진보적 문인 조직의 경우 이렇다 할 문학정책을 수립하지 못했다는 것을 반면교사 삼아 진보적 문학운동의 장단기에 부합하는 문학정책의 수립에 역점을 두어야 할 것이다. 가령, 간난신고 끝에 치른 민족작가대회와 민족문학인협회 결성, 그리고 『통일문학』의 발행 이후 급변한 한반도 내외의 현실에 어떻게 적극적으로 대응하면서 지구적 전망을 잃지 않는 분단극복운동의 내실을 다질 수 있는지, 뿐만 아니라 비서구권 문학과의 교류에서 어떻게 하면 문학의 내재적 역량으로 교류의 성과를 채워놓을 수 있을지, 다양하게 불거지는 새로운 형태의 진보적 사안들(생태, 여성, 소수자, 외국인 이주노동자, 비정규직 노동자 등)에 대한 문학운동에 대한 적절한 문학정책을 수립해놓아야 한다.[43] 어디 이뿐인가. 진보적 문인 조직에 대한 수구보수 측 문화이데올로그의 억압에 현명히 대응할 수 있어야 하며, 진보적 운동세력과의 공고하면서도 탄력적인 연대의 지점을 형성하고, 특히 진보적 문인 조직의 후속 세대와의 소통을 위해서도 문학정책의 수립은 매우 주요하면서도 시급한 사안이다. 예전의 진보적 문인 조직이 당면한 사회현안 문제를 해결하는 데 조직적 역량을 다 쏟아, 이 같은 문제들에 대한 문학정책의 수립에 다소 소홀했다면, '한국작가회의'는 더 늦기 전에 이 점을 각별히 고려해야 한다.

이 밖에 중요한 것을 더 논의해야 하지만, 필자의 역량 부족으로 이 글에서 미처 논의하지 못했거나 논의를 좀 더 진척시키지 못한 것은 추후 새로운 글을 통해 보완하기로 한다.

---

43 '작가회의' 출범 20주년을 맞이하여 김남일의 "가령 민주화와 민중 문제에 관해서는 산하 '자유실천위원회'에게 모든 것을 위임한 채 너무 쉽게 뒷짐을 진 것은 아닌지, 통일문제에 관해서도 1990년대 후반 이후에는 '통일위원회'를 형식적으로 유지하는 것 이상으로 구체적인 노력을 보여주지 못한 게 아닌지 의문의 일이기도 한다."(김남일, 「그로부터 20년, '작가회의'」, 『실천문학』, 2007. 여름호, 342쪽)와 같은 비판의 행간에는 장단기적 문학정책의 수립 없이 주먹구구식 피상적 문학운동에 관성화된 것은 아닌가 하는 문제의식이 놓여 있다.

문학논쟁, 매체,
그리고 사회학적 상상력

나는 지난 겨울 한 무리의 철거민들이
용산에 언 뿌리를 내리려다가
불에 타 죽는 걸 보았다
바위도 나무에게 틈을 내주는데
사람은 사람에게 틈을 내주지 않는다
— 이상국의 「틈」 중에서

일상을 틈입해들어오는 사회학적 상상력

한국문학의 주류적 상상력이 사회학적 상상력과 밀접한 연관을 맺고 있다는 것 자체를 전면 부정할 수는 없을 것이다. 물론 이를 두고 세밀한 예각적 논쟁의 지점은 늘 따라다닌다. 리얼리즘/모더니즘의 오랜 미적 논쟁은 새삼스러운 게 아니다. 각 미적 입장에 따라 사회학적 상상력에 대한 해석학적 위상은 각각의 미적 헤게모니와 연동되면서 어느 일방의 미적 지배력에 흡수된 것으로 사회학적 상상력을 해명하려 한다는 것은 익히 알려진 일이다. 그리하여 '광의의 리얼리즘' 또는 '광의의 모더니즘'이라고 하여, '광의(廣意)'라는 그럴듯한 포괄적 범주의 수사(修辭)를 동원하여, 리얼리즘이든 모더니즘이든 어느 한 쪽을 흡수통합하는 방식에 의해 사회학적 상상력을 논의한다.

그만큼 사회학적 상상력은 한국문학에서 매력적인 논의 대상이 아닐 수 없다. 그런데, 반드시 짚고 넘어갈 것은 한국문학의 사회학적 상상력을 미적 유희의 차원으로만 파악해서는 곤란하다. 게다가 이 상상력을 사회과학이란 분과 학문의 보조 수단으로 인식해서도 곤란하다. 이것이 사회학적 상상력을 단순 명료하게 말할 수 없는 복잡성이며, 때문에 매력을 한껏 발산한다.

한국문학의 사회학적 상상력에 대한 이해를 돕기 위해 몇 가지 사례를 들어보자.

1970년 11월 13일 청계천 평화시장에서 한 젊은이가 분신을 하였다. 전태일의 분신은 한 젊은 노동자의 비참한 죽음이었지만, 이 사건은 산업화 시대의 본격적 도래에 앞서 이후 야기될 노동 현장의 모순, 그리고 온갖 노동의 억압에 맞서 노동해방의 불길이 들불처럼 번져나갈 것을 예지적으로 보여준 한국사의 획기적 전환점이었다. 전태일의 분신을 목도한 한국문학은 노동자의 객관현실에 대한 명확한 인식을 하는바, 이후 한국사회가 노동의 문제를 결코 소홀히 간주할 수 없고, 노동해방이 곧 인간해방의 맥락에 잇닿아 있음을 사회학적 상상력을 통해 매섭게 드러낸다. 그러면서 민중이란 막연한 집단성에서 벗어나 역사 변혁의 주체로서 노동자의 정치사회적 위상에 초점을 맞추고 한국사회의 민주화를 꿈꾸는 문학이 봇물터지듯 쓰여진다. 말하자면, 전태일의 분신은 한국문학이 한국사회의 '반민중 · 반민족 · 반인간'에 맞서는 민주화를 실현하고자 하는 사회학적 상상력을 촉발시켰다.

또 다른 대표적 사례로는 성수대교 붕괴(1994)와 삼풍백화점 붕괴(1995)를 들 수 있다. 이 두 붕괴 사건은 1990년대 중반 무렵 곪을 대로 곪은 한국사회의 문제를 여지 없이 드러냈다. 성수대교 붕괴로 인해 한강의 기적을 표상했던 다리가 무너짐으로써 토목공화국으로 발전했던 한국사회의 치부가 사회학적 상상력을 자극했다. 또한 삼풍백화점 붕괴는 끝간 데 없이 폭주하던 소비자본주의의 추한 몰골을 보이면서 소비자본주의의 위험한 매혹에 대한 사회학적 상상력을 부추겼다. 1987년 6월 항쟁을 계기로 형식적 민주주의에 대한 열망으로 가득 찬 1990년대 문민정부의 출범은 한국사회의 장밋빛 미래를 꿈꾸도록 하였으나, 두 붕괴 사건이 상징적으로 보여주듯, 예의 꿈을 꾸는 것은 그렇게 쉬운 일이 아니었다.

요컨대 사회학적 상상력은 늘 우리 곁을 틈입해들어온다. 중요한 것은 한국문학이 사회학적 상상력을 어떻게 섭취하고 있으며, 한국문학의 대지를 얼마나 풍요롭게 해주고 있는가 하는 문제이다.

문학논쟁과 사회학적 상상력, 그 미적 정치성

한국문학 지형도에서 사회학적 상상력을 가늠하기 위한 일환으로 유효한 것 중 하나는 주요 문학논쟁을 참조하는 것이다. 한국문학사에서 사회학적 상상력이 첨예한 사회적 관심사로 대두되었던 문학논쟁이 1960년대의 순수참여문학 논쟁이었다는 점은 두루 아는 사실(史實)이다. 1960년대 내내 일어난 이 논쟁은 문학계에만 국한된 논쟁이 아니라, 그 당시 한국사회의 정치사회적 쟁점과 긴밀한 관련을 맺고 있다. 4·19혁명으로 촉발된 '민주회복'과 '분단극복'의 이중과제는 한국문학이 객관현실과 괴리된 채 미의 성채에 갇혀있는 데 자족해서 안 된다는 문학적 어젠다를 제출한다. 비로소 한국문학은 한국전쟁 이후 암울한 전후현실을 극복하고 4·19로 촉발된 민족의 주체적 역량으로 온전한 민주주의가 뿌리내린 국가를 바로 세우기 위한 현실참여를 주창한다. 한국문학은 미완의 혁명인 4·19가 제기한 이중의 과제를 사회학적 상상력의 미적 정치성으로 실천한다. 그 당시 순수문학이 정치이념과 무관한 것을 역설한다고 하지만, 도리어 이러한 순수문학의 입장이 5·16군사쿠데타로 야기된 군사정권의 파쇼적 만행을 방치하는, 심지어 그것을 외면함으로써 더욱 파쇼적 억압을 가해오도록 하는, 즉 비정치성을 가장한 어용적 정치성을 드러냈음을 한국문학사는 웅변한다.

1960년대의 순수참여문학 논쟁에서 거둔 문학의 현실참여에 대한 성과는 1970년대 일련의 리얼리즘 논쟁으로 전화된다. 다각도로 전개된 리얼리즘 논쟁은 참여문학을 창조적으로 섭취하여 유신체제의 반민주적 현실에 대한 문학적 저항을 지속적으로 펼친다. 박정희 정권의 '관 주도 민족주의 (official nationalism)'는 산업화 일변도의 근대화를 강도 높게 추진하는 가운데 이른바 '기술적 근대성(modernity of technology)'을 '해방적 근대성(modernity of liberation)'보다 강조하면서 민주주의의 제가치를 헌신짝처럼 내팽개쳐버린다. 하여, 리얼리즘 논쟁은 그 외관상 한국문학과 리얼리즘의 관계에 대한 미학적 논쟁처럼 비쳐졌지만, 기실 한국사회의 이 같은 기형적 근대성을 추구하는 미명 아래 민주주의가 퇴색되는 객관현실을 증언하고 고발하면서 민주주의의 소중한 가치를 옹호하는 사회학적 상상력을 북돋는다.

이처럼 1960·70년대 한국문학의 사회학적 상상력은 맹목적 산업화 일변도의 기형적 근대성을 추구하는 객관현실에 대한 응시를 통해 민주주의 가치가 일상에 실현되는 국가의 정립을 꿈꾸었다 해도 과언이 아니다.

이 문제의식은 1980년대 후반 진보문학 진영을 중심으로 거세게 타올랐던 민족문학주체논쟁으로 심화·확산된다. 한국사회는 1980년 5·18광주민주화항쟁을 군홧발로 짓밟은 군사정권에 의해 엄혹한 시절을 보내는데, 이에 맞서는 민주화운동의 일환으로 한국문학은 민중민족문학의 기치를 높이 든다. 이 시기 맹렬히 전개된 민족문학주체논쟁은 민중적 민족문학, 노동해방 문학, 민주주의 민족문학 등으로 분화된 가운데 당시의 한국사회 구성체 논쟁과 맞물리면서 진보적 이념 투쟁을 벌여나간다. 이 논쟁의 도정에서 한국문학은 민중에 대한 정치한 사회과학적 인식에 이르고, 무엇보다 지식인에 의해 관념적으로 전유된 민중의 허위성을 묘파하는 성과를 얻는다. 그리하여 이 시기의 민중민족문학이 보여준 사회학적 상상력은 한편으로는 급진적 사회변혁 이론을 형상화하는 도그마적 리얼리즘을 보이는가 하면, 또 다른 한편으로는 객관현실의 구체성에 밀착한 생산주체로서의 노동자, 농민, 도시빈민을 아우르는 프롤레타리아 계급의 삶과 현실을 총체적으로 인식하여, 부서진 총체성을 복원하고자 하는 혁명적 낭만성으로 충일된 작품을 보이기도 하였다.

그런데, 문제는 1980년대의 이러한 민족문학주체논쟁이 현실사회주의 권의 붕괴와 1990년대 이후 형식적 민주주의의 도래로 인해 진보 진영이 와해되면서 좀 더 전위적이되 성숙한 사회학적 상상력으로 진화하지 못한 채 탈근대적 문화논리의 팽배로 인해 현실적 유효성을 탈각하기 시작한다. 후기자본주의의 전면적 도래, 사회변혁에 대한 진보적 전망의 상실, 단자화된 인간의 개별적 진실의 가치가 중요하게 급부상하고, 그러한 인간들의 분열증적 자아를 꿈틀대게 하는 온갖 욕망들의 범람은, 더 이상 역사와 해방과 관련한 거대담론이 들어설 자리가 없다. 미시담론의 개별적 다양성의 가치는 그동안 거대담론에 억압됐다고 거대담론 자체를 소멸시키려 한다. 1990년대 리얼리즘/모더니즘 논쟁은 바로 이러한 한국사회의 급변한 추이와 무관할 수 없는 사회학적 상상력의 주도권을 차지하려는 미적 헤게모니 논쟁의 성격을 갖는다.

사실, 1990년대 이 같은 논쟁을 에워싸고 있는 문제는 매우 복잡한 것으로, 후기자본주의의 전면적 도래는 상품미학의 전횡을 어떻게 볼 것인가 하는 문제와 관련된다. 문학도 하나의 문화상품이듯, 문화시장에서 문학의 상품적 가치를 어떻게 높일 것인가, 그 과정에서 언론과 비평가, 문예매체, 출판자본가들은 어떤 관계를 이루고 있는가. 말하자면, 이제 문학을 제도적 관점에서 본격적으로 논의해야 한다는 것이다. 그래서 이 점을 쟁점화한 게 바로 문학권력 논쟁이다. 문학권력 논쟁은 1990년대 이후 노골화하기 시작한 문학의 상품미학에 기꺼이 찬조 출현하기 시작한 비평과 언론의 유착, 즉 문언유착의 사회적 파행을 문제 삼은 것이다. 그래서 한국문학이 더 이상 상품미학의 시녀로 전락해버리는, 즉 대중의 문화논리에 영합하는 출판자본가의 기획에 맹목적으로 부합하는 사회학적 상상력의 부당성을, 문학권력 논쟁은 전면화한 것이다.

이상, 거칠게 나마 한국문학의 사회학적 상상력을 주요한 문학논쟁의 전개와 결부시켜 살펴보았다. 문학논쟁은 당대의 현실과 유리된 채 논객들 사이의 소모적 논쟁을 벌인 게 아니라 당대의 첨예한 사회적 문제들 사이에서 생기는 사안들을 중심으로 문학적 어젠다를 생성하고, 그것이 곧 사회적 어젠다와 다를 바 없는 성격을 띠면서, 한국문학의 사회학적 상상력은 그 특유의 미적 정치성을 심화·확산시킨 것이다.

매체의 사회학적 상상력, 한국문학의 전위성

"미디어는 곧 메시지"라는 전언에 압축돼 있듯, 작품이 발표되는 마당인 매체-잡지는 작품을 소개하는 지면을 제공해주되, 그 매체의 정치사회적 속성에 따라 해당 작품이 지닌 미적 정치성은 해석된다. 제 아무리 작품 고유의 미적 특질을 갖고 있다고 하지만, 특정 매체에 실리는 한 그 매체의 장(場)으로부터 완전히 자유로울 수는 없다. 매체가 미적 이데올로그의 기획 과정이 유무형으로 삼투되고 있다는 사실은 새삼스러울 바 아니다. 그러한 기획을 통해 특정의 매체는 다른 매체들과 미적 헤게모니의 쟁투를 벌이게 되고, 담론들 사이의 치열한 인정투쟁이 자연스레 벌어진다. 때로는 격론을 벌이기도 하지만, 매체들 사이에 침묵이 흐르는 것보다 쟁점이 형성되는 게 한국문학의 성숙을 위해서도 훨씬 고무적인 일로 생각해야 한다. 이것은 작품과 또 다른 심급인 매체에서 한국문학의 사회학적 상상력을 이해하는 흥미로운 점을 시사해준다.

한국문학에서 『사상계』의 존재를 주목하지 않을 수 없다. 비록 『사상계』가 문예매체는 아니지만, 한국전쟁 이후 전후의 현실에 진보적 시각을 갖고 사회의 다방면에서 한국사회를 조망한 종합지로서 한국문학의 주요 성과를 담아내기도 하였다. 그 시기의 시대적 한계를 외면해서 안 되듯, 『사상계』는 지식사회를 대상으로 하는 지식인 중심의 매체로서 전후의 현실을 예각적으로 분석하면서 사회비판적 성격을 추구한다. 『사상계』의 이러한 정치사회적 속성은 한국전쟁 이후 혼돈의 시대를 살아간 사람들에게 진보적 사유를 자연스레 습득 · 연마할 수 있는 사회학적 상상력을 심어준다. 가령, 『사상계』는 1960년대 순수참여문학 논쟁에 참여한 문인들에게 지면을 적극적으로 제공해주었을 뿐만 아니라 김지하의 담시 「오적」을 1970년 5월호에 게재했다가 결국 이것으로 인해 『사상계』는 정치적 탄압을 받아 강제 폐간되는 등 한국문학의 사회학적 상상력은 『사상계』에 많은 것을 빚지고 있는 셈이다.

　『사상계』가 1950년대의 주요 매체적 지위를 확보하면서 한국문학의 사회학적 상상력을 살펴볼 수 있는 리트머스지 역할을 다하였다면, 1960년대의 『청맥』(1964년 1월 발행)은 이른바 '통혁당 사건'에 연루돼 1967년 6월호로 폐간될 때까지 한국문학의 사회학적 상상력을 펼치는 주요 매체 중 하나다. 소설 분야에 남정현, 김승옥, 유현종, 평론 분야에 염무웅, 조동일, 김현, 임중빈, 백낙청 등이 작품과 비평을 발표한 데서 여실히 알 수 있듯, 『청맥』은 4·19세대 젊은이들의 진보적 문학 색채를 표방한 한국문학의 전위성을 갖춘 사회학적 상상력을 유감없이 드러낸 매체다.

　여기서, 1960년대의 매체와 관련한 한국문학의 사회학적 상상력을 논의하면서 매우 흥미로운 매체는 『한양』이다. 1962년 3월 1일 일본의 동경에서 발행된 『한양』은 1968년 8·9월호부터 격월간 체제로 전환된 이후 1984년 3·4월호(통권 177호)로 종간되기까지 한국어로 발행된바, 창간호의 '창간사'와 '편집후기'에서 뚜렷이 밝히고 있듯, 『한양』은 한국과 일본에서 대학 이상의 고등교육을 받은 비판적 지식인들에게 실천적 담론의 장을 제공해줄 뿐만 아니라 재일조선인들과 한국의 문화적 유대를 공고히 해내는 역할을 하도록 민족주의 계몽적 요소를 편집의 일관성으로 기획하였다. 특히 한국의 상당수 지식인들이 5·16 직후 군정(軍政)에 대한 지지와 참여를 보이고 있을 때, 『한양』은 그것들과 거리를 두면서 군정에서 민정으로 정권이 평화적으로 이양되어야 한다는 점을 일관되게 주장하였다. 그 편집의 일환으로 눈에 띄는 것은, 1960년대 농촌이 겪는 온갖 문제들을 인식하고 해결할 수 있는 방안을 지속성을 갖고 집중적으로 논의하는, 이른바『한양』식 '중농주의(重農主義)'를 통해 박정희 정권 일변도의 관 주도 민족주의 근대화론(로스토우 근대화론 및 내포적 공업화론)을 견제하였다. 그런가 하면, 재일조선인들의 민족애를 앙양하고, 한국의 역사를 몰각하지 않기 위해 '한국의 명승고적', '한국의 인물열전', '한국의 명산(名産)', '한국의 자연 부원(富源)' 등을 비롯하여 한국의 고전, 민속, 구비문학 등을 매호 지속적으로 소개하고 있다.

이처럼『한양』은 1960년대에서 간행되는 다른 매체들에 비해 뚜렷한 이념과 방향성을 갖고 편집의 일관성을 보인바, 1960년대 한국의 지식인 독자층에게 큰 관심을 받았다. 하여,『한양』은 이중의 과제를 해결하는 데 혼신의 힘을 쏟는바, 하나는 '미완의 혁명'으로 스러진 4·19의 민족적·민주주의적 근대를 실현하는 데 박차를 가하는 것이고, 다른 하나는 '재일(在日)의 삶'을 사는 '재일 조선인'이 당면한 문제적 현실을 슬기롭게 해결하는 데 온 힘을 모으는 것이다. 이것은 달리 말해 한국이란 국민국가가 짊어진, '분단극복'의 민족문제와 '민주회복'의 민주주의 문제에『한양』이 적극적으로 개입함으로써 4·19의 미완의 과제를 해결하고자 하는 실천 의지이며, 일본 제국의 피식민지의 역사적 상처가 고스란히 남아 있는 채 남과 북으로 나뉜 분단의 고통을 앓고 있는 '재일의 삶'을 극복하고자 하는 역사적 실천 의지를 동시에 내포한다. 이후『한양』은 박정희의 유신체제 아래 조작된 '문인 간첩단사건'으로 인해 한국에서는『한양』을 공식적으로 접할 수 없게 된다.

여기서 알 수 있듯,『청맥』과『한양』은 우리에게 낯익은 1960년대 한국문학의 풍경 속에서 망각돼 있다. 흔히들『창작과비평』(1966년 창간)과『문학과지성』(1970년 창간)의 양대 계간지의 존재를 높게 평가하여, 한국문학은 마치 이 두 계간지의 문학적 이념과 전통의 계보를 잇는 것으로 이해하는 데 종래 이 같은 인식이 얼마나 큰 문학사적 오류인지, 특히 한국문학의 사회학적 상상력의 기원을 잘못 이해하게 하는지를 간과해서 안 된다.

매체의 사회학적 상상력을 언급하면서 덧보태고 싶은 게 있다면, 1980년대의 그 숱한 반독재 민주화운동의 하나로서 『실천문학』(1980년 창간)으로 촉발된 무크지운동을 들 수 있다. 전두환 파쇼 정권이 언론출판계에 가한 정치적 탄압으로 인해 간행물이 정간 혹은 폐간되면서, 일찍이 없었던 새로운 내용형식을 갖춘, 말 그대로 전위성을 지닌 잡지(magazine)와 단행본(book)을 절충시킨 '무크(mook)지'가 봇물터지듯 발행되었다. 이 무크지를 통해 한국문학은 파쇼 정권에 효과적으로 저항하는 미적 정치성을 띤 사회학적 상상력을 펼친 것이다. 1980년대의 한국문학은 무크지를 기반으로 전례 없는 사회학적 상상력의 꽃을 활짝 피워낸다.

한국문학의 사회학적 상상력을 갱신시키는 '촛불과 사람의 말'

나는 이 글의 맨 앞머리에 "한국문학의 주류적 상상력이 사회학적 상상력과 밀접한 연관을 맺고 있다는 것 자체를 전면 부정할 수는 없을 것이다."라고 힘주어 말한바, 21세기 한국문학 역시 예외가 아님을 말하고 싶다. 멀리서 찾을 필요도 없다. 2008년 벽두 새벽 용산에서는 생존의 터전을 지키기 위해 망루에 올랐던 선량한 시민들 중 여섯 명이 용역과 경찰 특공대의 군사작전을 방불케 하는 진압작전으로 싸늘한 시신이 되었다. 그리고 무려 한 해가 다 저물어가는 시간 속에 그 여섯 시신은 시체 보관실의 차디찬 냉동고에 갇혀 있었다. 한국문학의 젊은이들은 이 말할 수 없는, 언어절(言語絶)의 비통과 분노, 그리고 시대적 자괴감에 스러지지 않은 채 온갖 괴변들 사이에서 '사람의 말'을 쏟아내야 했다. 하여, 그들은 2009년 6월 9일 오후 5시 서울 정동에 있는 프란치스코 교육회관에서 "이것은 사람의 말"이란 이른바 '6·9작가선언'을 한다. 선언의 핵심 문장은 다음과 같다.

• 모든 눈물은 똑같이 진하고 모든 피는 똑같이 붉고 모든 목숨은 똑같이 존엄

한 것이다.

- 우리는 특정한 이념에 기대어 발언하지 않는다. 이명박 정부가 아무런 이념도 갖고 있지 않기 때문이다.
- 이 모든 일에 적극 가담한 정치검찰과 수구언론을 우리는 민주주의의 조종(弔鐘)을 울린 종지기들로 고발한다.
- 이곳은 아우슈비츠다. 민주주의의 아우슈비츠, 인권의 아우슈비츠, 상상력의 아우슈비츠.

송경동 시인은 그의 시에서 시신이 있는 "이 냉동고에 우리 모두의 것인 민주주의가 볼모로 갇혀 있다"(「냉동고를 열어라」)고 절규한다. '6·9작가선언'을 통해 읽을 수 있듯, 한국문학의 사회학적 상상력은 새로운 미적 정치성을 획득하고 있다. 다시는 민주주의가 '냉동고'에 갇혀서는 안 된다. 다시는 사람을 압살시키는, 반인간적 언어가 괴변으로써 사람의 상식을 짓눌러서 안 된다. 다시는 민간인을 상대로 군사작전을 방불케 하는 모든 유형의 끔찍한 진압행위가 용납되어서는 안 된다. 다시는 "마감을 늦춰달라고 해야겠다. 거리로 나가느라 글 쓸 시간이 없다."(김미월)는 한 소설가의 소박한 글쓰기 욕망을 꺾어놓아서는 안 된다. 다시는 "나는 분노한다./국가가 없을 때 당할 고통을/국가 때문에 당한다는 것에./나는 비참하다./그 국가를 내가 만들었다는 것에."(박상수)와 같은 한 시인의 국가에 대한 처절한 배신감으로 분노와 비참의 심정에 괴로워해서 안 된다.

아직도, 한국사회의 민주주의를 향한 사회학적 상상력의 불길은 쉼없이 타올라야 할까 보다. 때로는 들불처럼 번졌고, 때로는 노도와 같은 성난 기세로 화염을 뿜어대던 사회학적 상상력의 불길이, 작고 가녀리게, 조용히, 그리고 묵묵히, 자신을 태우는 촛불의 미적 정치성으로 거듭나고 있다. 나는 기대한다. 21세기의 우리들이 새롭게 창출한 '촛불과 사람의 말'이 한국문학의 사회학적 상상력을 갱신시켜 세계문학의 사회학적 상상력의 새 지평을 열어젖힐 것을.

구중서의 제3세계문학론을
형성하는 문제의식

제3세계문학에 대한 한국문학의 관심

최근 한국사회에서 주목할 만한 독서계의 현상 중 하나는 비서구 문학에 대한 대중적 관심이 일어나고 있어 이것을 충족시키고자 하는 출판의 움직임이 활발해지고 있다. 세계문학전집의 출간 붐이 일고 있는 것이다. 기존 영미문학과 유럽문학 중심으로 이뤄진 세계문학 목록에다가 비서구 문학의 목록을 추가하여 보완함으로써 다소 양적으로 풍요해지고 다양해진 세계문학전집의 외양을 갖추고 있다. 하지만 쉽게 간과해서 안 되는 것은 여전히 세계문학전집의 골격과 주류는 예전과 다를 바 없이 영미문학과 유럽문학 중심의 견고한 성채로 이뤄지고 있다는 엄연한 현실이다. 이것은 그만큼 '세계문학'의 개념과 이와 관련한 인식을 견고히 뒷받침하고 있는 유럽중심주의가 여전히 그 위력을 유지하고 있다는 것을 방증해준다. 그래서 달리 말해, 최근 출판계에서 붐을 일으키고 있는 세계문학전집의 출간은 비서구 문학의 존재를 무시하지 않되 유럽중심주의에 균열을 내지 않을 정도에서만, 그리고 유럽중심주의가 변주 및 내면화된 비서구 문학의 가치를 높이 평가함으로써 사실상 유럽중심주의의 식민성을 지닌 비서구 문학을 인정하는 한계에서만 의의를 지닌다. 물론, 이러한 출판계의 움직임 자체를 부정적인 것으로 치부할 필요는 없다. 비록 근원적으로 기존 세계문학의 프레임을 크게 바꿀 수 없지만 비서구 문학의 존재와 가치가 유럽중심주의로 포괄할 수 없는 독특한 특질을 지닐 뿐만 아니라 그 특질이 기존 세계문학이 추구하는 서구적 보편성과 다른 특수성으로 수렴시킬 수 없는, 서구적 보편성과 '또 다른' 차원의 보편성을 함의하고 있다는 진실이 속속 발견되고 있다는 것은 주목할 필요가 있다. 그래서 비서구 문학을 통해 우리는 그동안 자연스레 팽배해진 구미중심의 가치를 래디컬하게 성찰하는 계기를 만날 수 있고, 그 성찰의 도정에서 비서구 문학에 대한 착종·왜곡·굴절된 가치를 온전히 회복시킬 수 있는 힘을 기르게 되었고, 나아가 전 세계인들의 평화의 가치를 토대로 한 공존과 상생의 원대한 과제를 해결할 수 있는 지혜를 모색하게 되었다.[1]

그런데 이러한 비서구 문학에 대한 관심이 최근 갑자기 일어난 것은 결코 아니다. 한국현대비평사에서 1970년대 중후반 무렵 제3세계문학에 대한 논의가 촉발되면서 한국문학은 비서구 문학의 존재와 가치를 본격적으로 주목하였다.[2] 그것은 국가가 주도한 '관 주도의 민족주의(official

---

1 최근 한국사회의 안팎에서 한국문학의 진보적 운동이 갖는 일국주의를 넘어 이른바 트리콘티넨탈로 불리는 아프리카-아시아-라틴아메리카 문학과의 지속적 교류를 통해 유럽중심주의를 극복하고자 하는 움직임을 간과해서는 곤란하다. 가령, 반년간 『지구적 세계문학』(김재용 편집인, 2013년 봄호 창간)과 '지구적 세계문학 연구소'의 트리콘티넨탈 문학에 대한 선진적이면서 깊은 문제의식에 대한 탐구, 그리고 트리콘티넨탈 문학의 현장에 대해 관심을 갖는 무크지 성격의 『바리마』(2013년 2월 창간)와 트리콘티넨탈 문학을 횡단적으로 공부하는 '트리콘'(아프리카 담당: 이석호, 고인환, 아시아 담당: 신양섭, 이행대, 고명철, 곽형덕, 라틴아메리카 담당: 조혜진 등의 연구자들 주축으로 2015년 3월에 결성) 모임에 의해 실천되고 있는 한국사회의 대중적 심화와 확산의 움직임이 그것이다.

2 여기서 간과해서 안 되는 것은, 제3세계에 대한 한국문학의 관심은 1950년대 비평사에서 주요한 문제의식을 제출한 최일수(1924~1995)로부터 제기되었다는 사실이다. 한수영은 최일수 비평이 지닌 비평사적 의의를 민족문학론의 '제3세계적 시각'의 원형이 제기되고 있는 것으로 평가한다. 그런데 우리가 분명히 해두어야 할 것은 최일수의 제3세계적 시각과 1970년대 민족문학론의 그것과는 본질적 차이를 보인다는 사실이다. 최일수의 제3세계적 시각은 제1세계와 제2세계와 다른 즉 신생독립국을 주축으로 한 제3세계적 전망을 보이는데, 여기에는 무엇보다 이처럼 세계를 3분할하면서 지금까지 제1세계와 제2세계로부터 배제되었던 제3세계의 역사적 가치에 주목함으로써 자칫 제3세계주의에 매몰될 여지를 배태하고 있다. 즉 제3세계의 특수성을 특권화하는 비평 논리가 개입될 수 있다. 이것은 1970년대 민족문학론의 제3세계적 시각이 전세계를 분할하지 않으면서 민중적 관점에 의해 전세계의 문제를 극복하여 바람직한 세계문학을 추구하는 것과 본질적으로 성격을 달리한다. 다시 말

nationalism)'에 기반한 어용 민족문학과 구분되는 "민족의 주체적 생존과 그 대다수 구성원의 복지가 심각한 위협에 직면해 있다는 위기의식의 소산이 며 이러한 민족적 위기에 임하는 올바른 자세"[3]로써 요구되는 민족문학의 문제의식을 심화·확산하는 차원에서 궁리되었다. 어용 민족문학이 편협한 애국심과 맹목적 민족주의에 기반한 것이라면, 진보적 민족문학은 바로 이러한 점을 경계하면서 1970년대 유신체제가 강제한 3반(反), 곧 반(反)민주주의·반(反)민중·반(反)민족의 억압에 대한 저항의 몫을 담당하였다. 그리하여 1970년대 초반 민족문학 논의의 상당수가 이른바 '어용론'으로 분류되던 것과 달리, 1970년대 중반 이후 민족문학 논의는 그와 정반대로 반체제론의 성격과 연관되는 것을 의미한다.[4] 그럴 수밖에 없는 게 유신체제에 맞서 저항하는 민족문학인 경우 민족구성원의 생존과 존엄을 위협하는 문제적 현실을 타개하고자 하는, '변혁적 전망'을 내포하고 있기 때문이다. 이것은 민족문학론의 "문학적 노력이 단지 사회현실을 이해하는 데 그치지 않고 그것을 변화시키는 데 이바지해야 한다"[5]는 점을 강조한다.

그러면서 이러한 문제의식은 한국사회 내부로만 국한되는 게 아니라 한국사회와 비슷한 처지에 놓인 제3세계의 현실에 주목한바, 진보적 민족문학론자들은 예의 민족문학을 한층 진전된 차원의 논의, 즉 제3세계문학론의 다양한 쟁점[6]으로 개진한다. 이 글에서는 이들 쟁점을 구성하는 데 주

해 최일수의 비평은 민중적 관점이 결여된 제3세계적 시각이다. 최일수의 제3세계적 시각에 대해서는 한수영의 「1950년대 한국 문예비평론 연구」, 연세대박사학위논문, 1995, 68~70쪽.

3   백낙청, 「민족문학 개념의 정립을 위해」, 『민족문학과 세계문학 I』, 창작과비평사, 1979, 125쪽. 이 글은 『월간중앙』(1974년 7월)에 발표된 「민족문학 이념의 신전개」를 제목만 수정하여 그의 첫 평론집에 수록한 것이다.

4   김영민, 『한국현대문학비평사』, 소명출판, 2000, 391쪽.

5   김종철, 「민족문학의 이념과 민족현실」, 『문예중앙』, 1979년 겨울호, 263쪽.

6   1970년대의 한국현대비평사에서 제3세계문학론의 전개 양상과 쟁점에 대해서는 필자의 『1970년대의 유신체제를 넘는 민족문학론』, 보고사, 2002, 171~219쪽. 한편, 영문학자 김영무는 국내에서 논의된 1970년대의 제3세계문학론의 핵심을 살펴보면서 제3세계문학의 기본적 특질을, ①인간의 연대성과 역사성에 대한 투철한 자각, ②언어의 역사성과 사회성에 대한 인식, ③일체의 이중구조 배격,

요한 논의 대상인 구중서의 제3세계문학론을 살펴보기로 한다.

민족문학론으로서 제3세계문학에 대한 문제의식[7]

제3세계문학에 대한 본격적 논의의 장을 펼치는 데 구중서의 다음과 같은 문제의식은 주목할 필요가 있다.

> 백낙청의 일련의 민족문학론은 한국 근대문학사의 정통적 흐름 안에 자리를 잡았으며, 세계적 시야와 리얼리즘의 방법을 갖추었다. 여기에서 더 보완되어야 할 것이 있다면 **민족문학의 전통적 유산에 대한 보다 체계적인 가치평가의 작업과 제 3세계 문학론에 있어서의 보다 균형 있는 검토**라고 말할 수 있을 것이다.[8] (밑줄 강조-인용)

> 그것은 처음에 한국의 특수한 역사적 현실이 참여적 문학정신을 촉발한 데서 비롯해, 현실 인식의 기본 태도로서의 리얼리즘, 리얼리즘이 디디고 설 객관적 전체 상황과 역사 담당 계층으로서의 민중적 토대, 민중적 생존의 저력 위에 형성되어온 민족문학, 여기에서 더 나아가 **제 3세계문학에의 전망, 제 3세계문학을 통한 세계문학의 건강 회복을 희구하는 이상**에까지 이르는 원대한 문학정신의 이정표가 우선 세워졌다고 볼 수 있다.[9] (밑줄 강조-인용)

구중서는 백낙청의 「민족문학이념의 신전개」(『월간중앙』, 1974년 7월) 이후 민족문학론을 정립시키기 위한 그의 비평적 탐구를 긍정적으로 평가하면

---

④궁극적 낙관주의 등 네 가지로 정리한다. 이에 대해서는 김영무의 「문학의 '제 3세계성'에 대하여」(『외국문학』, 1984년 가을호), 『시의 언어와 삶의 언어』, 창작과비평사, 1990, 262~273쪽.

7   이 부분은 필자의 『1970년대의 유신체제를 넘는 민족문학론』의 제5장의 1절에서 해당 부분을 발췌하고 보완하여 재구성한 것이다.

8   구중서, 「70년대 비평문학의 현황」(『창작과비평』, 1976년 가을호), 『분단시대의 문학』, 전예원, 1981, 145쪽.

9   구중서, 「비평과 창작의 새 방향」, 『민족문학의 길』, 새밭, 1979, 61쪽.

서, 백낙청의 민족문학론에서 간과하기 쉬운 점을 언급하고 있다. 그것은 위 인용문에서도 읽을 수 있듯이 두 가지다. 하나는 민족문학의 전통적 유산에 대한 체계적인 가치평가의 작업이 요구된다는 것이며, 다른 하나는 제3세계문학에 비평적 관심을 기울여야 한다는 점이다. 그런데 이렇게 두 가지로 구분할 수 있으나, 이들 문제의식의 공통분모는 백낙청의 민족문학론이 제3세계문학적 시각을 갖고 있어야 한다는 것으로 파악할 수 있다. 여기에는 백낙청의 「새로운 창작과 비평의 자세」(『창작과비평』, 1966년 창간호) 및 「시민문학론」(『창작과비평』, 1969년 여름호)에서 보이는 백낙청 비평의 내재적 한계에 대한 비판적 성찰이 자리하고 있다. 이 두 비평이 백낙청 개인은 물론, 한국현대비평사에서도 문제적인 것은 새삼스러운 게 아니다. 무엇보다 1960년대 내내 문단의 뜨거운 쟁점이었던 순수참여 논쟁에 일대 전기를 마련해주었다는 점에서 이들 비평이 갖는 비평사적 의의는 중요하다. 문제는 참여론의 지평을 성숙시키는 과정에서 백낙청의 초기비평은 서구의 시민의식에 기반한 참여론을 주장하는데, 그의 이러한 비평적 입장이 자칫 외국문학도가 무의식적으로 지닐 수 있는 서구추수주의, 즉 유럽중심주의 세계관으로써 그가 비판하고 있는 모국의 순수문학뿐만 아니라 모국의 문학 전반을 향한 평가절하로 해석될 여지를 남긴다는 사실이다. 물론 이러한 문제점은 「시민문학론」에서 보이는 자기반성을 통해 1970년대의 민족문학론을 정립시키는 과정에서 극복되고 있다.

하지만 백낙청은 외국문학도로서 태생적 한계를 본질적으로 벗어나지 못한다. 비록 시민문학론에서 민족문학론으로 급선회한 그의 비평적 입장이 나날이 악화되는 민족의 현실 속에서 민족문학운동의 이념적 기반을 제공해주는 이론을 체계적으로 정립시키는 데 큰 공헌을 했을지라도 그의 이론을 뒷받침해주는 민족문학적 '전통'에 대한 비평 작업은 뒤따르지 못하고 있기 때문이다. 1970년대에 활동하고 있는 작가와 시인에 대한 실제 비평은 존재하되, 그의 이념과 이론을 검증해낼 수 있는 과거의 민족문학적

'전통'에 대한 비평은 상대적으로 소홀한 것이다.[10] 구중서는 백낙청이 담론화하는 민족문학론의 이러한 태생적 문제점을 지적하고 있다. 이것은 근대전환기와 일제 식민지를 경험한 민족사에 축적된 반제국주의 · 반봉건주의를 내면화한 민족문학을 주체적 시각으로 우리의 구체적 역사현실에 밀착하여 체계화시킬 것을 요구하는 셈이다.

그리하여 이러한 구중서의 민족문학론은 1970년대 후반에 들어서면서 제3세계문학에 지속적 관심을 기울임으로써 제3세계문학에 대한 민족문학의 각성에 초점을 맞춘다. 그가 제3세계문학에 관심을 기울이게 된 데에는 다음과 같은 문제의식이 동반되기 때문이다.

이제 제3세계 나라들은 식민지 운명으로부터 거의 해방이 되었지만, 지난날의 식민주의 세계체제는 이른바 경제원조와 자유통상원칙이라는 미명을 내세워 변신한 〈신식민주의〉의 농간 때문에 진정한 의미의 해방을 얻지 못하고 있다. 이 때문에 제3세계에 남아 있는 어려운 문제들은 경제적 · 정치적 부조리 속에 길고 지루한 시련의 길을 아직도 걷고 있다.[11]

이리하여 현대세계 안에서 제3세계는 경제 · 정치면으로 국제적 사회정의를 요구하게 되었으며 국가수와 인구면에서 지배적 다수의 존재가 되었다. 이에 이르러 제3세계 나라들은 지난날 자신들을 괴롭혔던 식민주의와 오늘에도 작용하

---

10 백낙청의 민족문학론에서 발견되는 이러한 문제점은 구중서, 임헌영 등에게서 해소되고 있다. 특히 구중서와 임헌영은 1970년대의 진보적 문학의 기치를 내세운 잡지 『상황』(1969년 동인지로 출발하였고, 1974년 유신체제의 긴급조치 1호가 발령되면서 강제 폐간당함) 동인으로서, 4·19세대의 비평가들 대부분이 외국문학도인데 그들은 국문학도(國文學徒)로서 고전문학적 전통에서 민족문학의 생산적 계기를 발견한든지, 식민지 시대의 문학사를 검토하면서 광복 이후 뿌리 깊게 내면화된 식민지 시대의 문학관을 벗어나는 데 역점을 둔다. 이와 관련하여 흥미로운 사실은 구중서의 경우 일본에서 한글로 간행되었던 월간지 『한양』(1962년 3월 창간)에 고전소설 「금오신화」를 소개하는 것(1964년 9월호)을 계기로 「홍길동전」, 「허생전」, 「춘향전」, 「심청전」, 「귀의성」, 「자유종」 등 총 7회 해설하는 글을 연재한 것은 물론, 고전문학의 전통(속요 및 판소리)에 대한 비평적 관심을 통해 민족문학적 시각에서 고전문학에 대한 창조적 비평의 중요성을 성찰하도록 한다.

11 구중서, 「제3세계의 문학론」, 『씨올의 소리』, 1979년 9월, 31쪽.

는 신식민주의로부터 정의롭게 권리를 되찾아야 하지만, 한편 권리회복의 방법 자체를 포함하여 문제의식의 차원을 달리하는 데서 긍지를 구하게 되었다. 즉 복수심에 따른 폭력의 끝없는 악순환에서 벗어나, 정신적·문화적 차원을 함께 지니려 한 것이다. 이 차원을 이루는 요소들을 예로 들자면 국제적 사회정의·인권·비폭력·공동선 등이 제시될 수 있을 것이다.[12]

이제 민족문제는 더 이상 한 국가의 내부 문제로만 해결될 수 없는 객관현실에 직면해 있음을 인식하게 된다.[13] 사실, 제3세계문학에 대한 인식이 형성되기 전까지 1970년대의 민족문학론은 '일국적 시야(a national perspective)'를 벗어나지 못했다. 1970년대의 암울한 역사적 질곡을 야기시킨 유신체제에 대한 온갖 저항의 맥락은 어디까지나 한국사회 자체의 모순된 민족현실을 해결하는 데 궁극적 목적을 두었던 것이다. 그리하여 개발독재 산업화시대의 문제적 현실로 점철된 민중의 고통스런 삶을 해방시키는 일환으로 민족문학론의 실천적 과제를 모색하였다.

그런데 여기에는 민족문학론이 그토록 경계하고 부정하는 자민족중심주의 또는 맹목적 세계보편주의란 문제점을 소홀히 할 수 없는데, 특히 서구의 근대적 민족의식에 근거한 서구의 민족문학이 추구했던 바를 추수하게 될 수 있다. 말하자면, 자국의 민족모순을 해결하려는 노력이 서구의 앞선 민족문학 전통에 종속될 수 있다. 따라서 구중서의 제3세계에 대한 문제

---

12 구중서, 「라틴아메리카의 지적 풍토」, 『창작과비평』, 1979년 가을호, 81~82쪽.

13 1970년대가 저물어갈 무렵 간행된 제3세계 관련 저서의 머리말에는 제3세계의 출현과 그 영향력이 확대되어가는 현실에 주목하고 있다: "제3세계諸國들은 역사적으로 선진자본주의국들의 식민지라는 쓰라린 과정을 예외없이 겪는다. 이 식민지의 질곡 속에서 그들은 「민족적 자각」, 「위대한 각성」을 통해 저항적 민족주의 즉 민족해방운동을 전개하여 제각기 독립과 해방을 쟁취하고 20세기 인류사에 새롭고 또한 가장 중요한 주체로서 대두되었다. 이들은 60년대의 비동맹회의와 최근의 남북문제에서 볼 수 있듯이 종래의 피동적, 종속적, 식민지적 관계를 벗어나 적극적으로 새로운 세계질서의 개편을 위해 노력하고 있다. (중략) 최근 우리나라에서도 좀 늦은 감이 없지 않으나 제3세계에 대한 관심이 날로 높아가고 있다. 이것은 단지 제3세계의 중요성 때문만이 아니라 우리나라도 명백히 제3세계에 속하고 있다는 역사적 인식 때문일 것이다." 변형윤 외 공저, 「책 머리에」, 『제3세계의 이해』, 형성사, 1979.

의식은 민족문학론의 이러한 일국적 논의의 한계를 극복함으로써 참다운 민족문학의 전통을 수립하기 위한 것이다. 민족 내부의 문제는 더 이상 일국적 시야만으로는 해결할 수 없기 때문이다.

아프리카 및 라틴아메리카 문학에 대한 비평적 관심

민족문학론의 심화 · 확대로서 제기된 구중서의 제3세계문학에 대한 비평적 관심은 한국사회에 그것의 핵심적 실체를 소개하는 데 집중한다. 비록 구중서가 국문학도(國文學徒)로서 제3세계문학에 대한 체계적이면서 심도 있는 공부에는 분명한 한계가 있지만, "서구문학의 수준만을 가지고서는 아시아 · 라틴아메리카 · 아프리카 등 제3세계 사람들이 자기대로의 절실한 목소리, 절실한 말, 절실한 이야기를 하기 어렵다는 각성"[14]에 기반하여, 제3세계문학의 중요한 문제의식을 한국사회에 집중적으로 소개하고 있는 것은 한국현대비평사의 소중한 자산이 아닐 수 없다.

이 작품(케냐의 소설가 조모 케냐타의 소설 「마술사 기비로의 예언」-인용자)에서 보이는 아프리카 문화의 전통은 평화와 도덕심 위에 자리잡고 있다. 그런데 그 문화가 서구인들에게 침략당했고 정치와 경제, 생존권마저 강탈당했다. 그리고 그 침략자들에 의해 〈아프리카는 미개지이고, 민족도 문화도 가릴 것 없이 야만적인 깜둥이들의 밀림(密林)〉이라고 선전된다.

이로부터 오랜 세월이 흐른 뒤, 대체로는 제2차 세계대전이 끝나면서부터 검은 대륙에서는 해방과 독립의 불길이 오른다. 이때 아프리카 사람들이 우선 되찾

---

14 구중서, 「제3세계 민족문학에의 전망」, 『실천문학』 창간호, 1980, 275쪽. 여기서, 구중서의 이 글이 1970년대 진보적 문학운동의 구심체인 '자유실천문인협의회의'의 기관지로서 창간된 무크지 『실천문학』 창간호에 실렸다는 것은 의미심장하다. 『실천문학』의 창간은 1970년대의 민족문학운동을 사회변혁운동으로 진전시키는 역사적 역할을 담당하기 위해서인바, 창간호의 특집에 '팔레스티나 민족시집'이 구성돼 있는 점은 이후 제3세계문학의 문제의식을 심화시킨 민족문학운동의 전개를 예지한다. 이에 대해서는 이 책에 수록된 「진보적 문학운동의 역경과 갱신」, 142~145쪽 참조.

아야 할 것은 민족과 민족문화였다. 색깔·형체·뿌리·조국이 없는 민족 상실자로서는 아무 힘도 쓸 수 없었다. 그들은 무분별한 〈깜둥이 새끼〉에 지나지 않는 것이 아니고, 비록 원시적 분위기라 하더라도 그들의 〈삶의 개성적 뿌리〉에서부터 다시 성장하지 않을 수 없었다. 이것이 제3세계가 〈민족주의〉를 새삼스레 제기하게 되는 사정이다.

그러나 제3세계의 민족주의 내지 민족문화는 지난 날의 회상(回想)에 머무를 수 있는 것이 아니었다. 산 민중이 이미 떠나버린 과거에서 〈추상적 민중의지·민속(民俗)·민속이 가라앉은 찌꺼기를 주무르는 일〉이 아니고, 〈민중이 막 벌여 놓은 해방 운동의 소용돌이에 뛰어드는 일〉이었다.

이리하여 **아프리카에서의 민족운동은 과거를 지니면서 현실로, 현실에서 현장으로 민중의 옹호자이기보다 민중의 일원으로 되는 삶을 요구하게 되었으며, 이 결과에서 빚어진 문학을 〈민족문학〉이라 부르게 되었다.**[15] (밑줄 강조-인용)

구중서가 아프리카 문학에서 주목하고 있는 것은 서구의 식민지 지배를 받았던 아프리카가 온갖 인종적·문명적 차별 속에서 상실당한 민족과 민족문화를 회복하는 과정에서 아프리카의 민중의 삶과 현실에 뿌리를 둔 문학, 즉 아프리카의 민족문학을 추구하고 있는 점이다. 구중서에게 아프리카는 한국처럼 식민주의의 역사적 고통과 시련을 겪었고, 그 과정에서 민족문화가 심하게 훼손당하면서 민족구성원의 삶이 파탄이 나고 불행의 나락으로 떨어진 삶의 경험을 갖고 있는 만큼 민족문화의 건강성을 회복함으로써 이러한 일체의 억압에서 해방되는 민족문학에 매진하고 있는, 그리하여 제3세계의 민족주의를 견인해내고 있는 모습으로 비친다. 그렇기 때문에 이러한 모습을 지닌 아프리카의 문학은 아프리카의 민족문학[16]이며,

---

15 구중서, 「제3세계 민족문학에의 전망」, 278~279쪽.

16 아프리카 문학 연구자인 이석호는 서구의 민족주의에 기반한 서구식 민족문학과 다른 함의를 지닌 비서구의 민족문학을 파농의 민족문학론의 시각을 중심으로 논의한바, 그의 논의를 통해 제3세계의 민족문학 또는 아프리카의 민족문학에 대한 성찰의 계기를 가질 수 있다. 이석호, 「파농의 민족문학론과 근대성: 비서구의 시각을 중심으로」, 『바리마』 3호, 2014, 80~100쪽.

이것은 한국의 진보적 민족문학과 국제적 연대를 추구할 수 있는 민족문학으로서 제3세계문학인 셈이다.

물론, 이러한 구중서의 아프리카 문학 소개가 얼마나 깊이 있게 아프리카의 문학을 다루고 있는 것인가에 대한 비판적 문제를 제기해볼 수는 있다. 가령, 구중서도 분명히 인식하고 있듯이 아프리카 문학이 서구의 오랜 식민지 지배 아래 아프리카의 모어(母語)가 영어와 불어에 의해 잠식당하면서 대부분의 작품이 식민주의 제국의 언어로 창작되고 있다는 것은 부인할 수 없는 아프리카 문학의 현실이다. 문제는 아프리카가 서구의 식민주의로부터 해방을 맞이한 이후 여전히 또 다른 서구의 지배 형식에 의해 신식민지로 이행되면서 제국의 언어에 포섭된 이상 제3세계문학으로서 민족문학이 추구하는 민족구성원의 참다운 해방은 요원하다는 점이다. 이와 관련하여, 케냐의 작가 응구기와 씨옹오는 제국의 언어로 창작해온 자신에 대한 뼈저린 자기반성과 함께 아프리카의 작가들을 향해 아프리카의 모어(母語), 즉 아프리카의 민중의 구술전통에 기반한 아프리카 문학의 건강성을 회복할 것을 힘주어 강조한다. 왜냐하면 "민중의 삶을 고백하는 아프리카 언어가 신식민국의 공적이 되어가고 있는 것"[17]으로 그는 명확히 인식하기 때문이다. 사실, 아프리카 문학의 창작 언어를 둘러싼 이 문제에 대한 검토는 그리 간단한 사안이 아니다. 구중서가 아프리카 문학을 소개한 이후 이 사안에 대해 별다른 논의를 펼친 적이 없듯,[18] 그에게 시급하면서도 당면한 과제는 한국사회에 잘못 알려졌거나 전혀 알려지지 않는 아프리카 문학의 민족문학의 면모와 이것을 제3세계문학의 시계(視界)에서 연대의 고리를 발견하는 데 있다. 그래서 구중서는 서구 제국의 언어로 창작되더라도 아프리

---

17 응구기와 씨옹오, 『정신의 탈식민화』(이석호 역), 도서출판 아프리카, 2013, 63쪽.

18 이후 아프리카 문학에 대한 구중서의 심도 있는 논의는 전개되고 있지 않다. 다만, 아프리카 작가로서 최초로 노벨문학상을 수상한 월레 소잉카에 대해 간략히 살펴보면서 노벨문학상 수상이 아프리카 문학과 제3세계문학을 위해 의미가 있음을 강조한다. 구중서, 「제3세계문학이 지향하는 것」, 『역사와 인간』, 작가, 2001, 327~329쪽.

카의 정체성을 탐구하고 미래의 전망을 모색하고 있는 아프리카의 빼어난 작품에서 "아프리카적 삶의 전통과 저력은 앞으로 세계 문화권에 값진 정신 자산을 보태어 주리라고 기대할 수 있다."[19]고, 민족문학으로서 아프리카 문학의 존재와 가치를 높이 평가하는 것이다.

그런데 구중서의 제3세계문학에 대한 관심에서 흥미로운 대목은 아프리카 문학보다 상대적으로 라틴아메리카 문학에 대해 집중하고 있다는 사실이다. 라틴아메리카 문학만 소개하는 비평이 있는가 하면,[20] 제3세계문학을 소개할 때마다 어김없이 라틴아메리카 문학에 관한 비평이 써지고 있다.[21]

라틴아메리카에서는 그리스도교 신앙이 어떤 기존 이데올로기에 대해 공포심을 갖지 않으면서, 비판할 요소는 비판하고 부정할 요소는 부정하며, 다시 포용할 면은 포용하여 **크리스챤 주체의 사상을 추진**해 나아가는 점이 주목할 만하다고 하겠다.[22] (밑줄 강조-인용)

라틴아메리카에는 죄의식이 있다. 라틴아메리카는 스페인 및 포르투갈의 식민지로 원주민을 소멸시켜가는 역사를 출발시켰고, 아프리카에서 흑인들을 사들여 노예로 고용하였다. 이 대륙의 대개의 나라가 독립을 성취한 지는 백여 년이 되지만 부패한 군사독재 밑에 민주주의는 꽃피어 보지 못하였다.[23] (밑줄 강조-인용)

이 대륙에서 지배적인 이념은 〈자유와 사회정의〉의 추구이다. 이 이념은 라틴아메리카 대륙 내외로 작용하여 북미로 대표되는 제1세계권의 경제적 속박으로

---

19 구중서, 「제3세계 문화운동의 길」, 『문학을 위하여』, 평민사, 1986 중판, 153쪽.

20 구중서, 「라틴아메리카의 지적 풍토」, 『창작과비평』, 1979년 가을호; 「제3세계와 라틴아메리카 문학」, 『제3세계문학론』(백낙청 외), 한벗, 1982.

21 구중서, 「제3세계의 문학론」, 『씨올의 소리』, 1979년 9월; 「제3세계 민족문학에의 전망」, 앞의 책; 「제3세계 문화운동의 길」, 앞의 책; 「제3세계문학이 지향하는 것」, 『신동아』, 1986년 12월.

22 구중서, 「제3세계와 라틴아메리카 문학」, 위의 책, 114쪽.

23 구중서, 위의 글, 123쪽.

부터의 자유 추구를 촉진한다. 대내적으로 고질적인 독재정치로부터의 해방을 촉진한다.[24] (밑줄 강조-인용)

위 인용문의 밑줄 친 부분을 통해 우리는 구중서가 제3세계문학을 소개하는 데 라틴아메리카 문학을 상대적으로 비중있게 다루는 이유를 헤아려볼 수 있다. 라틴아메리카에서 '크리스찬 주체의 사상을 추진'한다는 것은 그의 같은 글에서도 주목하듯이 '해방신학'의 면모에 초점을 맞추는바, 서구 제국의 부르주아계급의 물적 토대에 기반을 둔 채 그들의 정치경제적 이해관계에 투철한 종교원리를 제공해주는, 그래서 제3세계로부터 경제자원을 침탈하고 제3세계를 식민주의화함으로써 서구 제국의 문명에 종속되는 그들을 위한 '자유와 사회정의'의 이념을 갖고 제3세계를 영구적으로 지배하는 것이 아니다. 말하자면 유럽중심주의를 견고히 뒷받침하고 있는 기독교적 세계관과 근본적으로 거리를 둔다. 여기서 유의해야 할 것은 라틴아메리카 주민의 대부분은 크리스찬인데, 구중서가 각별히 주목하는 것은 라틴아메리카의 크리스찬은 라틴아메리카 민중의 인간다운 삶을 향한 해방을 추구한다. 이 과정에서 그들은 라틴아메리카의 역사 속에서 서구 제국의 식민지를 경험하고 제1세계의 정치경제학적 억압 속에서 세계체제의 주변부로 밀려난 채 종속당하고 있는 라틴아메리카의 현실에 대해 각성하고 투쟁하는 실천적 삶을 보인다. 그래서 구중서는 라틴아메리카의 이러한 반(反)식민주의와 해방신학의 정열과 실천을 담아내고 있는 라틴아메리카 문학이야말로 "오늘의 제3세계 문학 안에서도 또한 선진성을 띠게 하는 것으로 보인다."[25]

이처럼 구중서는 아프리카와 라틴아메리카가 지닌 제3세계성을 주목

---

24 구중서, 같은 글, 126쪽.
25 구중서, 같은 글, 134쪽.

하고, 그곳에서 겪은 식민주의 억압적 현실에 천착할 뿐만 아니라 인간의 삶을 구속하는 것으로부터 해방을 꿈꾸는 제3세계문학의 선진성을 적극적으로 발견한다.

한국문학과 제3세계문학의 상호침투

그렇다면, 구중서는 한국문학 비평가로서 제3세계문학에 대한 문제의식을 한국문학과 어떻게 상호침투시키고 있는가. 구중서가 제3세계문학에 비평적 관심을 쏟는 데에는 어디까지나 폐쇄적 민족주의와 자민족중심주의를 벗어날 뿐만 아니라 서구의 민족주의가 우승열패(優勝劣敗)의 제국주의와 결합하면서 민족구성원의 인간다운 삶을 억압하고 유린하는 것에 대한 저항과 해방의 차원에서 비슷한 처지에 놓인 제3세계의 민족문학과 국제적 연대를 통해 이 원대한 과제를 해결하기 위한 데 있다. 따라서 그에게 한국문학과 제3세계문학과의 상호침투는 매우 긴요한 비평적 과제가 아닐 수 없다.

제3세계 문학으로서의 오늘의 한국문학을 단순히 〈오늘의 한국적 상황에서 인간다운 삶을 추구하는 문학〉이라고만 한다면, 우리와 같거나 비슷한 상황이 다른 지역에도 있을 수 있어 한국 민족문학으로서의 개성과 독창성이 분별되기 어려울 것이다. 그러므로 **제3세계 민족문학은 오늘의 민중속에 발딛고 서있으면서 생각과 감수성은 전통문화의 뿌리로부터 〈자기다움〉의 진액을 빨아마셔야 한다.**[26] (밑줄 강조-인용)

'한국문학으로서 제3세계문학'에 대한 구중서의 문제의식은 매우 명료하다. 그가 아프리카와 라틴아메리카의 민족문학을 소개하면서 거듭 강조

---

26 구중서, 「제3세계문학으로서의 한국문학」, 『제3세계문학론』, 270쪽.

한바, 한국문학에서도 그는 한국문학의 유구한 역사 속에서 축적된 '전통문화의 뿌리로부터 〈자기다움〉의 진액'을 섭취할 것을 중요한 문제의식으로 설정한다. 그리하여 그는 동시대의 민족문학론자들보다 한국 고전문학의 민족문학 전통의 자산에 비평적 열정을 쏟는다. 그의 「제3세계문학으로서의 한국문학」에서는 고조선의 단군신화로부터 신라의 향가, 고려의 속요, 경기체가를 비롯하여 이규보의 시비평, 조선시대 김시습의 「금오신화」와 연암의 「허생전」, 허균의 「홍길동전」, 김만중의 「구운몽」과 「사씨남정기」, 판소리계 소설, 시조, 정약용의 애민시(愛民詩) 등 고전문학에서 민족문학의 주요한 성취를 검토한다. 이러한 구중서의 노력은 동시대의 민족문학론자들 대부분이 애국계몽기 이후 근대문학에 대한 비평에 집중한 것을 고려해보면, 그의 이러한 비평이 한국문학의 고질적 병폐인 고전문학과 현대문학의 단절을 극복할 뿐만 아니라 민족문학론의 거시적 시계(視界) 안에서 한국문학의 제3세계성을 주체적으로 육화하기 위한 것으로 해석할 수 있다. 이것은 같은 글에서 민족문학론의 시선으로써 일제 식민지의 근대문학과 해방 이후부터 그의 동시대에 이르는 시기의 문학을 두루 통시적으로 살펴보는 데서 확연히 입증된다. 다시 말해 구중서가 역점을 두는 '한국문학으로서 제3세계문학'은 한국문학에 대한 단절적 시각을 극복함으로써 고전과 현대를 민족문학의 시계(視界)로 회통(會通)하는 것이나 다를 바 없다.

이와 관련하여, 여기서 우리가 분명히 해두어야 할 것은 고전문학과 현대문학을 구성하는 문학의 인식소와 그것의 안팎을 에워싸고 있는 역사의 비균질을 무시함으로써 문학과 인간의 진보를 부정하거나 회의하는 게 결코 아니다. 그리고 고전문학 전통에 대한 맹목이 자칫 자민족중심주의와 국수주의에 함몰될 수 있는데, 구중서의 이러한 비평적 노력은 이것과 착종되지 않는다. 구중서가 '한국문학으로서 제3세계문학'에 대한 이러한 논의를 펼치기 전 앞에서 살펴보았듯이, 그는 편협한 국수주의와 자민족중심주의를 경계하면서 한국과 비슷한 처지에 놓인 제3세계와 연대하는 일환으로 아프리카 및 라틴아메리카의 문학을 제3세계문학의 맥락으로 한국사회에 소개했던 것이다. 따라서 구중서의 한국문학과 제3세계문학과의 상호침투를 "제3세계 문학의 반식민주의적 태도 측면에서는 긍정적일 수 있지만, 자기민족중심주의 함정에서 자유롭지 못하다는 측면에서 부정적일 수도 있다"[27]는 비판은 좀처럼 수긍하기 힘들다. 왜냐하면 구중서가 '한국문학으로서 제3세계문학'에 각별히 초점을 맞추는 것은 고전문학의 자산을 통시적으로 살펴보는 데서 단적으로 알 수 있듯이 제3세계 민족문화의 전통의 중요성을 쉽게 몰각해서 안 되기 때문이다. 여기에는 유럽중심주의를 떠받치고 있는 근대성이 반(反)봉건성과 반(反)미개, 그리고 계몽의 미명 아래 제3세계의 전통을 봉건적 유산과 야만(혹은 미개)의 허울로 뒤집어씌운 채 그것을 모두 폐기처분하고, 심지어 소중한 인간의 생명을 압살하였음을 상기해볼 때 유럽중심주의로 도저히 포괄할 수 없고 이해할 수 없는 제3세계 민족문화의 전통을 민족문학의 시계(視界)로써 적극적 의미를 부여해야 한다는 구중서의 비평 욕망을 주시할 필요가 있다.

그래서 구중서가 각별히 주목하고 있는 '한국문학으로서 제3세계문학'의 빼어난 성취는 김지하의 담시(譚詩)다. 김지하에 대해 구중서는

(前略) 그가 〈제3세계 문학을 현대 세계문학의 필연적 주류〉로 인식하고 있으며 제3세계 문학권에서도 이미 그를 깊이 받아들였기 때문이다. 둘째로는 그의 시 방법이 민족예술의 전통에 근거하려 하는 것으로서 이 점도 제3세계 다른 민족문학들도 채택코자 하는 방법이라는 점에 유의하게 된다. 세째로는 그는 민중의 보편적 자기각성을 바란다. 네째로 그는 진리의 불기둥을 경외하며 인간의 내적·영신적 쇄신과 영원에 대한 희망을 지닌다는 점이다. 위에 든 요소들은 제3세계 문학권에 두루 통할 수 있고 필요조건이 될 수 있는 것들이다. 이러한 요소들이 한국 현대시에서, 그리고 시인의 인간적 실천을 동반하면서 제기되었다는

27 오창은, 「'제3세계 문학론'과 '식민주의 비평'의 극복」, 『우리문학연구』 24집, 2008, 268쪽.

것 자체가 한국 민족문학과 제3세계 문학 사이의 상당한 유대를 이미 인정케 하는 것이다.[28]

고 하여, 김지하의 담시는 한국사회 내부에서 유신체제에 대한 한국 민족문학의 저항뿐만 아니라 제3세계에 두루 공명(共鳴)되는, 그리하여 한국의 민족문학이면서 제3세계문학의 가치를 지닌 것으로 손색이 없음을 강조한다. 따라서 구중서가 보이는 고전문학과 현대문학의 단절을 극복한 회통적 시각은 자민족중심주의와 무관한, 제3세계 민족문화의 전통을 창조적으로 섭취함으로써 유럽중심주의에 기반한 세계문학으로서는 포괄할 수 없는 제3세계 민족문학의 창조력을 보여준다.

여기서, 그의 이러한 비평에 결락된 게 있다면, 최원식이 예각적으로 제기한 동아시아의 민족문학으로서 한국문학을 발본적으로 인식하는 문제의식이다. 최원식은 「민족문학론의 반성과 전망」에서 1970년대의 민족문학론이 제3세계문학과의 올바른 연대를 인식한 것은 매우 소중한 문제의식이지만 아프리카, 라틴아메리카, 아랍 등에 치우친 제3세계에 대한 관심이 자칫 한국문학이 놓여 있는 동아시아의 맥락과 실감을 등한시할 수 있다는 점을 경계한다. 그러면서 그는 단순히 국제적 연대의 문제만 염두에 둘 게 아니라 한·중·일을 포괄하는 동아시아를 제3세계의 민중의 관점에서 비판적으로 재해석함으로써 동아시아적 양식을 창조할 때 한국의 민족문학론이 지닌 제3세계문학의 현실성과 선진성을 획득할 수 있음을 강조한다.[29] 분명, 구중서의 '한국문학으로서 제3세계문학'에 대한 문제의식에는 최원식이 언급하고 있는 동아시아의 맥락이 결여돼 있다. 이 결락은 이후 한국 현대비평이 제3세계문학론에 대한 새로운 공부의 과제를 부여받은 셈이

---

28 구중서, 「제3세계문학으로서의 한국문학」, 298쪽.

29 최원식, 「민족문학론에의 반성과 전망」, 『민족문학의 논리』, 창작과비평사, 1982, 359쪽.

다. 하지만 비록 구중서가 동아시아적 양식의 차원에서 자신의 제3세계문학에 대한 문제의식을 심화시키지는 못했으나, 김지하의 담시를 통해 민중성과 민중의 미학에 기반을 둔 판소리의 민족문학 전통이 현대문학과 상호침투한 것의 가치를 적극화한 것은 그 자체로 구중서의 '한국문학으로서제3세계문학'을 한국현대비평사에서 기억해두어야 할 대목이다.

새로운 세계문학을 구성하는 제3세계문학

이 글에서는 구중서의 제3세계문학에 대한 논의를 중심으로 민족문학론이 어떻게 심화·확산되고 있는지를 자연스레 살펴보았다. 그동안 한국현대비평사의 연구 흐름 속에서 1970년대 이후 전개된 민족문학론에 초점을 맞추면서, 계간 『창작과 비평』(1966년 창간) 중심으로 연구가 진행되고 있다. 그러다 보니 『창작과 비평』의 담론을 표상한다고 해도 과언이 아닌 백낙청의 비평을 중심으로 이에 대한 연구가 진행된 것은 엄연한 사실이다. 제3세계문학론에 대한 연구의 동향 역시 대동소이하다. 이것은 그만큼 한국사회에서 4·19 이후 『창작과 비평』이 진보적 지식사회의 풍향계로서 그 몫을 충실히 다하고 있다는 것을 방증해준다. 한국사회의 주요 국면과 단계마다 『창작과 비평』을 중심으로 한 백낙청의 비평이 던지는 사회적 및 문단적 파장은 적지 않았다. 그가 보인 제3세계문학에 대한 선진적 문제의식 역시 부정할 수 없다.

하지만, 지금까지 살펴보았듯이, 구중서의 제3세계문학론 역시 국문학도로서 한국의 고전문학 전통에 대한 집중적 관심을 기반으로 한 민족문학전통에 대한 발견과 현대문학 사이의 상호침투적 노력을 통해 한국문학의제3세계성에 주목한 것을 결코 과소평가할 수 없다. 또한 1970년대 중후반한국문학의 민족문학으로서 일국적 시야를 극복하기 위해 아프리카, 라틴아메리카의 문학을 소개하는 데 각별한 관심을 쏟은 것은 민족문학이 자칫 자민족중심주의와 함몰될 것을 경계함으로써 반식민주의의 국제적 연대의 길을 모색하는 비평의 노력으로 한국현대비평사에서 의미 있는 역할이다. 다만, 구중서의 제3세계문학론이 1980년대 이후 제3세계에서 제출되고 있는 풍요로우면서 선진적인 문학적 성취들과의 지속적 대화를 통해 애초 그가 주목했듯이 제3세계를 전방위적으로 억압하고 구속하는 모든 것에서 해방의 환희를 쟁취하는 것에 대한 보다 깊이 있는 해석이 뒤따르지 않고 있는 것은 한국현대비평사에서 안타까운 일이다. 아마도 여기에는 구중서가 주목한 김지하의 담시와 같은 민족문학적 전통을 창조적으로 섭취하여 현대문학과의 상호침투에 성공한 한국문학의 성취가 좀처럼 생산되지 않은 것도 전혀 무관하지 않을 것이다. 뿐만 아니라 제3세계문학론은 1980년대에 들어서자 일련의 사회구성체논쟁을 거치면서 제3세계론적 시각을 뒷받침해주는 주변부자본주의론 혹은 종속이론이 신식민지국가독점자본주의론의 공세에 밀려 더 이상 이론으로서 현실적 유효성을 상실하게 된 것과도 무관하지 않다.[30] 말하자면, 한국사회는 1980년대 이후 전 지구적 자본주의 세계체제의 반(半)주변부에 놓이고, 급기야 1990년대 이후 2000년대에 이르면서 한국사회는 더 이상 제3세계성을 한국사회의 구체적 실감으로 논의할 수 없을 정도로 물적 토대가 급변한 것이다.

하지만, 그렇다고 구중서가 제기한 제3세계문학론에 내장된 문제의식이 휘발된 것은 결코 아니다. 비록 한국사회가 제3세계라는 정치경제학적 범주로 인식될 수는 없지만, 제3세계문학론이 품고 있는 유럽중심주의의 전횡화된 서구식 근대의 폭력을 반성적으로 성찰하고, 트리콘티넨탈로 불리는 아프리카, 아시아, 라틴아메리카의 풍요로운 문화적 자산과 유럽중심주의의 근대로 포괄할 수 없는 '또 다른 근대'의 가치를 적극 발견하고 재해석함으로써 기존 근대세계를 창조적으로 넘어서는 인류의 평화를 향한

---

30 이에 대해서는 하정일, 「도전과 기회 사이에서: 최근 민족문학론의 쟁점과 과제」, 『창작과비평』, 2001년 겨울호, 41~43쪽.

문학의 응전은 쉼 없이 지속되어야 하는 것이다. 구중서의 민족문학론으로서 제3세계문학이 오늘의 한국문학과 새로운 세계문학을 구성하는 데 유효한 참조점으로 작용하는 것은 바로 이러한 이유 때문이다.

장준하의 비평정신:
타락한 권력에 맞선 민주대도(民主大道)

　　진보적 매체『사상계』의 발행인이자 편집인으로 널리 알려진 장준하(張俊河, 1918~1975)는 무장항일투쟁을 준비해온 광복군으로서, 분단극복과 민주주의 쟁취를 위한 재야인사로서, 그리고 현실정치에 직접 참여한 정치인으로서 치열한 삶을 살아왔다. 특히 장준하는 해방 이후 한국사회의 훼손된 민주주의를 회복하고 이를 뿌리내리기 위해 혼신의 힘을 쏟는다. 그리하여 그는 이승만 정부의 부정부패뿐만 아니라 박정희의 군사독재로 이어진 반민주적 장기집권에 대한 민주화운동을 절대지상의 과제로 삼았다 해도 과언이 아니다. 무엇보다 4·19혁명(1960)이 이승만을 비롯한 타락한 위정자를 일소하고 학생과 시민의 힘으로 민주주의를 회복하고자 하였으나 그 과도기의 어수선한 분위기를 틈타 정치군인들이 쿠데타를 일으켜 정권을 찬탈하고 애초 약속대로 민정으로 이양하지 않은 채 자신들이 직접 정치권력을 장악하는 것에 대해 장준하는 매서운 비판을 가한다.

　　더우기 비교적 공명선거가 실시되었다고 하는 4·19혁명 후의 선거에서조차 부정행위나 선거사범이 없지 않았을 뿐만 아니라, 그 결과가 이 나라 민주주의의 뿌리를 단단히 박기는 고사하고 국운을 누란의 위기로 몰아넣은 무능 부패의 정권을 탄생시켰다고 해서 군사쿠데타의 비상·위헌·범법의 수단을 써서라도 이

정권을 타도하여 이 나라 민주주의의 토대를 바로잡아야 한다고 정부수립 수개월 후부터 음모 획책하여 민주주의의 뿌리를 3년간이나 뽑아 버려 소위 헌정 중단의 오점을 이 나라 민주 역사에 찍어 놓은 세력이 바로 현 정권의 주체세력임을 생각할 때, 준법선거=공명선거=민주주의 확립의 단순한 공식은 그대로 우리 국민이 받아들이기에는 우리도 이제 너무나 많이 민주진통(民主陣痛)과 고초를 쌓았다 하지 않을 수 없다.(「한·일 관계의 기형화와 전망」, 『사상계』, 1967년 1월호)

1967년 대통령의 연두교서에서 박정희는 대통령 선거와 국회의원 선거가 동시에 치러지는 것을 고려하여, 자신의 정치권력에 위협이 되는 것 일체를 견제하는 차원에서 준법선거와 공명선거를 강조했는데, 장준하는 박정희의 이 같은 연두교서가 말 그대로 한국사회의 민주주의 선거 풍토를 착근시키는 데 그 목적이 있는 게 아니라 쿠데타로 집권한 민주적 정통성이 허약한 현 집권세력을 선거의 형식을 통해 유지하고자 하는 음험한 정치적 기만으로 간파한 것이다. 그래서 장준하는 이러한 박정희의 연두교서가 드러낸 정치 기만을, "우리 국민이 받아들이기에는 우리도 이제 너무나 많이 민주진통과 고초를 쌓았다 하지 않을 수 없다"고 하여 냉소적 비판으로 대응한다. 여기에는 5·16에 대한 장준하의 준열한 비판적 문제의식이 놓여 있다.

5·16 군사혁명이 왜 참자유와 민권의 그것이 못 되었나? 그들이 표방한 혁명공약은 엄연히 역사 앞에 부끄러운 것이 아니었다고 하는데 왜 그 담당자들이 권좌에서 물러서는 날로 5·16은 겨레의 뇌리에서 사라질 수밖에 없는 운명에 놓이게 되었나? 5·16은 피로 바꾼 혁명이 아니기 때문이다. 5·16은 공의(公義)를 위한 희생이 없었기 때문이다. 5·16의 공약은 피로 바꾸어 얻은 결론이 아니기 때문이다. 역시 피흘림이 없는 혁명은 생명이 없다는 산 증거이겠다.(「죽음에서 본 4·19」, 『기독교 사상』, 1972년 4월호)

말하자면, 5·16은 "공의를 위한 희생이 없"기 때문에 "참자유와 민권"

이 없다. 장준하에게 중요한 것은 "참자유와 민권"이 부재한 혁명은 혁명의 역사적 대의명분이 충족되지 않은 정치권력을 지배하기 위한 권력 욕망에 충실한 것 이상도 이하도 아닌 것으로 인식된다. 따라서 5·16이 피로 바꾼 혁명이 아니라는 사실은 주의 깊은 이해가 필요하다. 이것은 역사적 숭고성이 동반되는 희생의 피, 달리 말해 반민족적·반민주적·반민중적인 일체의 모든 것을 부정하고 일소하는 도정에서 필연적으로 흘리는 희생의 피를 의미하는 것이지, 물리적 폭력이 따르는 혁명의 과정에서 대가로 지불해야 할 희생의 피와 전혀 다르다. 바로 이 대목에서 4·19와 5·16의 역사적 가치와 그 희생의 양상은 뚜렷이 구분되어야 한다.

그런데, 여기서 주목해야 할 게 있다. 장준하는 4·19에 대해 무조건적 가치를 부여한 것은 결코 아니다. 4·19가 성공을 거두지 못한 면을 냉철히 파악한다. 이 같은 냉철한 그의 비판이 4·19가 일어난 지 얼마 안 된 시기에 제기되었다는 점은 매우 의미심장하다. 4·19의 흥분과 설렘이 한국사회 곳곳에 팽배해진 시기에 4·19의 혁명정신을 어떻게 하면 내실있게 사회 전 부문에 걸쳐 실현할 수 있는지에 대해 장준하는 고민한다.

우리의 혁명은 아직 성공을 보지 못하였다. 혁명은 파괴다. 철저한 파괴다. 일부분은 파괴하고 일부분은 수선을 하여 다시 쓰는 것을 혁명이라고는 하지 않는다. 그러나 혁명은 급속한 건설의 뒷받침이 있어야 그 구실을 하는 법이다. 그러므로 건설의 뒷받침을 할 수 있는 완전한 기틀이 짜여져 있지 않은 혁명은 걷잡을 수 없는 위험을 내포하게 된다. 혁명 후의 건설을 위한 준비 그 준비를 갖춘 주체 이것이 무엇보다도 중심요소인 것이라는 말이다. 이것을 모두 결한 것이 우리의 4월혁명이었다.(「혁명상 미성공」, 『사상계』, 1960년 8월호)

4·19에 대한 촌철살인의 평가다. 장준하는 4·19를 '혁명'이란 시각으로 분명히 인식한다. 따라서 그가 '혁명'이 함의한 신생을 위한 '파괴'에 주목한 것은 너무나 자연스럽다. 그것은 4·19를 경계로 그 이전과 이후가 확

연히 달라야 한다는 장준하의 역사인식을 뚜렷이 보여준다. 이승만 정부의 부정부패를 시민의 민주적 역량으로 축출시킴으로써 민주적 정권이 들어서는 정치사회 토양을 만들어낸 것은 '혁명'이다. 이 '혁명'에 의해 한국 사회는 한국전쟁의 암울한 사회적 분위기를 말끔히 걷어내고 민권과 인권이 짓밟히며 폭력이 난무하는 억압과 감금의 사회가 아니라 인간의 자유가 보장되고 정치사회적 억압으로부터 해방된 세상을 누리는 열린 사회를 추구해야 하는 것이 바로 "혁명 후의 건설"의 실체다. '혁명'의 환희에 도취된 채 혁명 후 새롭게 추구해야 할 과제를 방기하는 것에 대한 장준하의 매서운 질책은 도래할 현실을 준비하고 기획한다는 점에서 귀를 기울여야 할 대목이다. 돌이켜보면, 장준하의 질책을 소홀히 여겼던지 4·19 이듬해 정치 군인에 의해 5·16혁명이란 미명 아래 4·19의 정신은 급격히 와해되고 억압될 운명을 맞이한다.

이처럼 장준하는 자신의 정치적 견해를 예리한 비판적 인식을 통해 소신껏 피력한다. 특히 5·16으로 집권한 박정희가 혁명공약을 이행하지 않고 장기집권의 정치 야욕을 드러낸 것에 대해 조금도 물러섬이 없이 그 음험한 실체를 대중에게 가감없이 들춰낸다. 1967년 대통령 선거에서 재야후보를 위한 유세를 하면서 장준하는 '대한민국 대통령 자격'을 언급하면서 박정희를 준열히 다음과 같이 비판한다.

"대한민국에서는 누구나 일정한 자격과 조건만 갖추고 있으면 대통령이 될 수 있습니다. 그러나 단 한 사람, 박정희 씨만은 안 됩니다. 박정희 씨는 일본 천황에게 충성을 맹세하고 일본군 장교가 되어 우리의 독립 광복군에 총부리를 겨누었으니 이런 인물이 우리나라 대통령으로 있는 것은 국가와 민족의 수치입니다."

장준하의 위 발언은 그 당시 중앙정보부가 장준하의 일거수일투족 동향 보고를 하기 위해 채록한 것으로, 중앙정보부는 장준하를 구속하기 위해 민간인을 이용하여 장준하의 유세 발언을 녹음테이프로 녹취하여 '허위 사실 공표죄'와 '후보자 비방죄'로 고발조치하도록 하는 정치공작을 실행한다. 끝내 장준하는 재선에 성공한 박정희 정부에 의해 구속을 당하는 정치보복을 감내할 처지에 놓인다.

5·16 이후 철권통치 아래 놓인 정치현실을 상기해볼 때 대통령 선거의 유세 현장에서 장준하의 거칠 것 없는 박정희의 치부에 대한 직설적 비판은 민주주의를 향한 장준하의 도저한 의지를 보여준다.

이와 함께, 민족의 분단을 극복하기 위한 장준하의 현실에 대한 통찰과 통일을 향한 기획을 눈여겨보아야 한다. 1973년 이른바 6·23선언 이후 『씨올의 소리』 주최로 민족통일에 대한 토론회에서 발제의 강연 초안으로 작성된 「민족통일 전략의 현 단계」에서 장준하는 해방 후 진보진영을 중심으로 전개된 통일의 움직임에 대해 객관적 시선을 보인다.

> 몽양은 일찍이 건준의 실패를 거울로 삼아 반이승만 운동을 위한 통일전선을 모색해야 했고 백범은 몽양의 비명(1947)을 계기로 이승만의 계속적 범죄에 대비했어야만 했다. 그러나 이 점에 있어 몽양과 백범은 모두 조직적 투쟁을 전개하지 못했고 분단은 고착되어졌다.(「민족통일 전략의 현 단계」(초안))

해방공간에서 일어난 사회주의 계열과 민족주의 계열의 통일 운동의 공과에 대해 장준하는 매우 객관적 태도로 성찰하고, 몽양과 백범으로 대표되는 두 통일운동 세력이 범민족적 조직적 투쟁을 전개하지 못한 것에 대한 날카로운 비판을 보인다. 무엇보다 해방공간에서 미국과 소련의 한반도 분할통치 점령에 대한 문제의식과 대응을 펼치지 못한 점을 직시하는 대목은 냉전체제 아래 민족의 분단을 어떻게 현명하게 극복할 것인지에 대한 과제를 제시하고 있다는 점에서 그의 폭넓은 현실인식을 주목하지 않을 수 없다. 그러면서 장준하는 민족 통일운동을 위한 구체적 실천 과제를 다섯 가지로 제시한다.

1) 정치제도의 민주화
2) 민족적 동질성 확보
3) 군사적 긴장완화
4) 민족 공동이상의 개발
5) 민족세력의 형성

위 다섯 가지 중 "민족세력은 민족 화해의 주체이며 한반도의 평화를 위한 국내외의 여건을 긍정적으로 받아들여 이를 민족통일의 조건으로 발전시키며 민족의 통일만이 온전한 의미의 평화로 확신하는 세력이다.(대결을 위한 세력이 아니다. 통합을 위한 세력이다.)"

또한 이와 관련하여, 통일을 위해서는 자유를 확보해야 한다는 것을 강조하면서, 다음과 같이 자유를 위한 기본 목표를 항목화한다.

1) 유신을 폐기하고 냉전논리에 입각한 모든 제도, 법률, 가치관, 문화질서를 청산한다.
2) 정권을 교체하여 일제 잔재와 친일, 반민족, 외세 의타적 세력집단을 해체하고 구조적 불균등 사회를 장악한 과두적 지배계층과 그들의 부패, 도덕적 타락을 일소한다.
3) 인간적 삶, 항구적인 평화 그리고 민족 통일운동의 뒷받침이 될 민주, 민족, 민족화해 정권을 확립한다.

비록 「민족통일 전략의 현 단계」가 강연의 발제 초안으로 세상에 발표된 적은 없으나, 장준하가 평소 혼신의 힘을 쏟아 주장했던 민족과 민주주의에 대한 입장이 매우 구체적 실천 방안으로 제시되고 있다. 특히, "지금은 통일보다도 통일운동의 자유를 쟁취해야 할 때다."와 같은 명징한 발언에서 알 수 있듯, 장준하의 통일운동에 대한 견해는 통일지상주의도 아니고 통일을 막연히 동경하는 낭만주의에 매몰된 것도 아닌 분단의 현실을 직시하고 있는, 그러면서 통일운동의 '자유'를 쟁취해야 한다는, 바꿔 말해 통일운동과 민주회복을 동시에 병행해야 한다는 문제의식을 갖고 있다.

안타깝게도 장준하의 이러한 문제의식은 박정희 정권을 치명적으로 위협하는 불온한 것으로 간주된 채 제거되어야 할 정적(政敵)의 운명으로 세상과 이별한다. 하지만 장준하의 민주주의를 향한 염원은 소멸되지 않고 한국 민주주의를 향한 신생의 기운을 북돋우고 있다.

채광석,
'불의 시대'를 온몸으로 태우다

민중적 민족문학을 표상하는 채광석

한국사회에서 1980년대는 이른바 '불의 시대'라고 부른다. 1970년대의 유신체제가 박정희의 죽음으로 종언을 고하자 전두환을 비롯한 신군부는 광주를 역사의 희생양으로 삼으면서 박정희와 또 다른 군부독재의 전횡을 자행하였다. 이 같은 반민주적 폭압에 대한 저항운동의 일환으로 한국문학은 1970년대보다 조직화된 문학운동을 치열하게 펼친다. 그 문학운동의 최전선에서 시인이자 문학평론가이며 문학운동가인 채광석(1948~1987)은 '민중적 민족문학의 독전관(督戰官)'(황지우)의 몫을 수행한바, 말 그대로 채광석은 '불의 시대'의 복판에서 반민중적·반민족적·반민주적 질곡의 역사와 맞서 싸운 야전 사령관이었다 해도 과언이 아니다. 1980년대의 한국문학사에서 채광석의 존재는 그 자체가 민중적 민족문학을 표상하는 뜨거운 상징이다.

그런데 채광석의 삶과 문학에서 자칫 소홀하기 쉬운 것은 그를 문학평론가로서만 인식하는 가운데 그의 삶과 문학에 대한 총체적 이해를 등한시할 수 있다는 점이다. 분명한 사실은 그는 생전에 시집 『밧줄을 타며』(풀빛, 1985)를 발표하는가 하면, 옥중서간문집 『그 어딘가의 구비에서 우리가 만났듯이』(형성사, 1981)를 발표한 데서 알 수 있듯, 시와 산문을 두루 포괄한 글쓰기에 매진하였다. 특히 그가 박정희 유신체제에 맞선 학생운동 때문에 옥고를 치르는 동안에도 그의 연인 강정숙과 주고받은 옥중서간문에 담은 견결하면서도 유려한 사유와 민중과 민족에 대한 사랑, 그리고 한 여인을 향한 순정의 글쓰기는 채광석이 얼마나 매력적인 인간인지에 대해 성찰하도록 한다.

목숨을 타는 시적 행동

채광석은 시를 어떻게 인식하고 있을까. 여기서, 그의 시편들을 섬세히 음미하지 않은 채 그의 시세계를 투박한 참여시 계열의 한 부류라고 생각한다면 큰 오산이 아닐 수 없다.

시도 시 나름인지라/반드시 가슴 떨리게 쓸 필요 없음/깃발 걸고 순수 · 참여를 가려 쓸 필요도 없음/한번 만나고 말 인연이 아니라면/재회의 날에 낯 붉어지는 일 없도록/처음 만남에/거짓이 없어야 할 사(事)

내가 익숙하게 알고 있는 인물을/내가 익숙하게 알고 있는 장소와 시간에/나보다 익숙하게 함께 낯선 이를 만나서/익숙한 얘기들을 서로 바꾸며/때로 그 인물과 장소와 시간의 새로운 모습들을/되새김질 하노라면/내가 익숙하게 살아가는 오늘의 벗들과/오늘과 여기가/그리 호락호락해 보이질 않는다

　　　　　　　　　　　　　　　　　－「私談민중사 9-재회」 부분

채광석에게 좋은 시는 특정한 목적을 염두에 둔 게 아니라 "처음 만남에/거짓이 없어야 할 사(事)"라 해도 과언이 아니다. 그것은 지금까지 '나'에게 익숙한 모든 세계를 성찰함으로써 어떤 새로운 것의 경이로운 가치를 만나기 위해서다. 그래서 "오늘과 여기가/그리 호락호락해 보이질 않는다"는 일상의 숨은 비의(秘儀)를 깨닫는 일이다. 일상에서 마주하는 세계가 지

닌 그토록 낯익은 것들이 지닌 새로움의 가치에 주목하는 것이야말로 '재회'의 기쁨이고, 이것은 채광석에게 시쓰기의 바탕을 이룬다고 볼 수 있다. 이 같은 그의 시쓰기의 바탕은 일상에서 마주하는 민중의 존재에 대한 사랑을 통해 민중의 행복을 앗아가고 억압하는 일체의 권력에 대한 강한 부정과 전복으로 나타난다. 가령,

목숨을 탄다//민주 민족 민중의 산맥 우리의 선열과 형제들의/목숨을 머금은 봉우리에 오르기 위하여/공장 농촌의 얼음벽 학교의 바위벽/벽을 탄다 기어오른다/하나의 밧줄에 차례로 몸을 엮고 하나의 운명 되어/목숨을 걸고 한 발 두 발 비지땀을 흘리며/식은땀을 훔치며 목숨을 걸고 한 발 두 발/아우성치는 압제의 손길 내리꽂히는 수탈의 손길을 뚫고/저 꿈에도 못 잊을 원한과 열망의 봉우리/꼭대기에 두 발을 딛고 새 하늘 새 땅을 보기 위하여/외치며 노래하며//민족의 아들딸/밧줄을 탄다 목숨을 탄다//민주주의여/통일이여/질기디질긴 목숨의 밧줄이여
                                                          — 「밧줄을 타며」 부분

에서 알 수 있듯, 그에게 밧줄을 타는 행위는 목숨을 타는 시적 행동이다. 그런데 그 밧줄을 타는 대상과 밧줄을 타는 주체는 분리되지 않고 한데 어울려 있다. 말하자면 밧줄을 타는 주체와 그 객체가 하나인데, 그것은 바로 '민주 민족 민중'이다. 험준한 산맥과 가파른 바위벽을 타고 기어오르는 것은 위험천만 일이 아닐 수 없는바, 말 그대로 "목숨을 걸고 한 발 두 발 비지땀을 흘리며" 올라야 한다. 벽을 타다가 떨어지지 않기 위해서는 벽에 온몸을 밀착시키고 무리하지 않게 벽을 자연스레 타야 한다. 이것은 밧줄을 타는 사람과 그 벽이 서로를 밀쳐내서는 이뤄질 수 없다. 밧줄을 타는 사람과 벽은 묵언의 교감을 이루고 벽은 밧줄 타는 사람에게 그의 전모를 드러내면서 그로 하여금 안전하게 벽을 타도록 한다. 바로 이 대목에서 채광석의 '밧줄을 타는' 시적 행동이 지닌 시적 진실이 번뜩인다. 그것은 '민주 민족 민중'을 표상하는 벽과 그 벽을 타는 주체 사이에 무한한 신뢰와 사랑이 바

탕을 이루고 있는 것을 말한다. 그렇기 때문에 '나'는 힘겹게 목숨을 걸고 밧줄을 타면서, "민주주의여/통일이여"를 목놓아 부른다. 이러한 그의 민주, 민족, 민중에 대한 염원과 사랑은 동시대의 문학작품에 대한 채광석 특유의 '민중적 민족문학'의 비평적 입장으로 구체화된다.

여기서, 우리는 채광석의 시편 중 이와 같은 '민중적 민족문학'이 한국 사회에만 국한되지 않고 식민지의 질곡을 경험한 적이 있는 한국 바깥의 타자와 문제의식을 함께 하고 있는 면을 주목할 필요가 있다.

> 들을 수 있었다//살육과 착취의 피내음을 머금은 백인놈들/오만의 한덩이 배설물이요 장난질인 것을 하는지 모르는지/이 땅의 눈먼 언론들은 노벨 경제학상이니 문학상이니/온통 미쳐서 날뛰느라 단 한마디도 알려 주지 않았지만/우리는 들을 수 있었다/1985년 10월 17일/남아프리카의 프리토리아 중앙교도소에서//내일 나는 나의 피를 남아 있는 자들에게 뿌리리라/나는 승리하리라/흑인은 기어코 승리하리라//교수형을 하루 앞둔 검둥이 시인 벤저민 몰로이즈/노래하는 소리 우리는 들을 수 있었다/땅을 멀고 전해 주는 이 아무도 없었지만/1985년 10월 18일/갓 서른의 벤저민 몰로이즈 그대/흑인 해방을 외치다 백인놈들 더러운 조작에/살인죄의 누명을 쓰고 형장으로 끌려가며//더이상의 숲은 없다/더이상의 어둠은 없다/두려움 없이 투쟁의 길을 걸으리라
>
> - 「몰로이즈 연가」 부분

1970년대 중 후반 이후 한국의 진보적 문학진영에서 제3세계에 대한 관심이 일어나고 제3세계문학론이 집중적으로 전개된 것과 무관하지 않은 맥락에서 채광석의 「몰로이즈 연가」는 한국의 진보적 민족문학이 인류의 그것과 국제적 연대의 지평을 모색하고 있다는 점에서 눈여겨보아야 한다. 채광석에게 흑인의 인종차별 철폐와 그에 따른 흑인 해방은 지구 반대편 남아프리카의 아파르트헤이트에 대한 저항과 전복으로만 인식되지 않는다. 그에게 흑인이 겪고 있는 인종차별과 온갖 정치경제적 억압은 1970년대의 유신체제와 1980년대의 신군부에 이어지는 한국사회의 반민중, 반민

족, 반민주와 동일한 문제의식을 갖는 것이다. 따라서 흑인 해방을 염원하는 것은 자연스레 한국사회의 민중해방, 민족해방과 겹쳐지는 것이면서 궁극적으로 민주주의의 실현을 욕망하는 채광석의 염원이기도 한 셈이다. 이러한 맥락에서 동학(東學)의 반제국주의·반봉건주의에 주목한 그의 「우금치의 목소리」 또한 주목해야 한다. 동학과 남아프리카의 흑인 해방은 민중을 구속하는 모든 것으로부터 놓여나는 인간 해방의 숭고성의 측면에서 결코 무관하지 않다.

이렇듯이 채광석은 그의 시편에서 그 스스로의 해방, 민중의 해방, 민족의 해방에 '목숨을 타는' 시인이다.

> 나는 노래를 되찾은 한 마리 해방된 새
> 벗들과 떡이 되어 해방을 구가하는 해방의 노래꾼
>
> ─「어느 새의 노래」 부분

역사 인식에 대한 투철한 삶의 언어

채광석의 삶과 문학에 대한 총체적 이해를 위해 그의 옥중서간문을 간과해서 곤란하다. 그는 만 2년 6개월 동안의 옥고를 치르면서 자신의 몸과 마음을 벼리는 수행을 한다. 무엇보다 민중과 민족에 대한 설익은 강변을 반성적으로 성찰하면서 '사랑과 믿음'을 통한 삶의 언어를 육화시키고자 부단히 정진한 것이다.

> 엘리아르의 시, 그의 삶은 참으로 훌륭한 하나의 모범이었습니다. 언어가 거짓에서 출발하지 않고 자기의 삶 속에 뿌리를 내렸을 때, 그리고 그 삶이 일방적인 강변이 아니라, 시 자체의 서정성을 함께 유지시킬 때 그의 시는 비로소 하나의 살아 있는 역사를 이루기 때문입니다. 역사와 인생의 본질에 집착하고 끊임없

이 괴로워하는 인간들은 대개 '사랑'과 '믿음'을 자기 삶의 밑바탕으로 가지고 있는 것 같은데 그 삶이 언어와 유리되지 않고 그 생활이 '사랑과 믿음'과 일체감을 이룩하는 것은 살아 있는 '역사'의 영역에 속하는 것입니다. 그렇기 때문에 나는 이른바 현실 참여파 시인들이 내어뱉는 설익은 강변이나, 삶에서 유리된 과격한 언어들이, 허공에서 하늘거리는 풍선만큼이나 허약한 것임을 압니다.[1]

채광석이 진정으로 욕망하는 언어는 삶과 밀착된 언어이며, '사랑과 믿음'을 삶의 밑바탕으로 하고 있는 '역사'의 언어다. 그는 민족의 역사 인식을 깨닫게 해 준 신동엽 시인을 각별히 존경했는데 신동엽의 「껍데기는 가라」를 애송한 데에는 이러한 이유가 있다. 뿐만 아니라 그는 1970년 김지하의 담시 「오적」 필화사건과 전태일 노동자의 분신을 목도하면서 역사와 인생의 본질에 천착하는 삶의 언어가 어떠한 것인지에 대한 각성의 과정 속에서 박정희 정권에 대한 반체제 민주주의를 향한 운동에 혼신의 힘을 쏟는다. 특히 그는 전태일이 죽은 후 쓴 일기에서 "영하의 추위를 뚫고/나를 향하는 목소리./나를 부르는 목소리가/귓전을 때릴 것만 같다. 아니, 때리고 있다.//아직은 미궁이다. 여우 우는 소리.//밤은 깊이 시계를 돌린다"고, 당시 엄혹한 시대 현실을 응시한다.

여기서, 채광석의 이러한 투철한 역사인식이 그가 살아 있을 때에만 국한되는 게 아니라 최근 국민 대부분의 비판을 받고 있는 역사 교과서 국정화에 대한 움직임에 타산지석의 성찰의 계기를 던져준다. 조금 길지만 그의 발언에 귀 기울여 보자.

3·1운동은 '우리 민족의 참다운 생존은 일제의 식민지지배로부터 벗어나야만 비로소 가능해진다'는 인식에서 비롯된 민족적 투쟁이었다. 따라서 8·15해방이 왔을 때 우리 민족의 지상과제는 일제의 찌꺼기들을 말끔히 씻어내고 민족의 이

---

1   채광석 전집 Ⅲ (편지) 『그대에게 못다한 사랑』(풀빛, 1989), 25쪽.

익에 입각한 진정으로 민주적인 국가를 건설하는 것이었다. 그러나 불행하게도 8·15해방은 우리 민족 자신의 힘으로 쟁취한 것이 아니라 2차대전의 승전국들이 가져다 준 것이었던 까닭에 우리나라는 해방과 동시에 미국과 소련 간의 패권쟁탈전의 무대가 되고 말았다. 민족의 이익은 뒷전으로 밀려나고 미국과 소련의 이익이 주인노릇을 하게 되었던 것이다.

그 결과 우리 민족은 두 동강 났고 이 틈을 이용하여 친일세력이 이승만을 업고 권력을 잡게 되었다. 철저히 씻겨져야 할 일제의 찌꺼기들이 오히려 주인으로 들어선 것이었다. 6·25동란으로 말미암아 민족의 분단은 더욱 굳어졌고 일제의 찌꺼기들은 더욱 기승을 부리게 되었다. 4·19혁명은 바로 자기들 자신의 이익을 키워가기 위해 날뛰어 온 일제의 찌꺼기들을 쓸어내고 민족의 이익에 바탕을 둔 참다운 민주국가의 건설을 부르짖은 민족적 투쟁이었다. 그러므로 3·1운동의 정신과 4월혁명의 정신은 우리 민족의 정통성이 아닐 수 없다.

그러나 4·19혁명 이후의 역사 또한 비정통성에 의해 지배되었다. 비정통성은 체질상 정통성을 대단히 싫어할 수밖에 없었다. 그리하여 중고등학교 국어교과서에 일제시대 친일했던 시인의 시는 실으면서도 4월혁명에 관한 시는 단 한 편도 싣지 않았고 마침내는 우리의 유관순 누나 이야기마저 슬그머니 빼버렸다. 그 대신 유신만이 살 길이며 유신이야말로 우리 몸에 꼭 맞춘 민주주의라는 추악한 선전을 교과서마다 그득그득 실어놓았다.[2]

채광석의 위의 글을 읽고 있으면, 이 글이 발표된 지 30여 년이란 시간이 흘렀음에도 불구하고 어쩌면 이렇게 현 정황에 딱 들어맞는지 놀라울 따름이다. 아니, 솔직히 말하자면 부끄럽지 않을 수 없다. 그만큼 한국의 역사인식은 한 세대 전이나 지금이나 진전된 바가 없다는 것을 단적으로 웅변해준다. 채광석이 이 글을 발표할 1983년 당시에도 전두환 신군부 세력은 5·16군사쿠데타를 역사의 정통성으로 강제하면서 4월 혁명의 진보사관의 의미를 퇴색시켰다. 물론 여기에는 채광석이 날카롭게 지적하고 있듯이,

2 「역사 이야기」(1983), 채광석 전집 Ⅱ (산문) 『유형일기』(풀빛, 1988), 236쪽.

해방 이후 친일세력을 척결하지 못한 채 그 '일제의 찌꺼기들'을 등에 업고 대한민국을 건립하는 데 적극 이용한 이승만의 반역사성을 망각해서 안 된다. 뿐만 아니라 민족 반역자인 친일문인의 시를 국어교과서에 버젓이 실어 학생들에게 모국어의 아름다움과 가치를 배우는 데 활용한 것은 지극히 반민족적이면 비상식적인 역사의 조롱거리가 아닐 수 없다. 그러면서 항일 민족의 숭고한 희생을 치른 유관순 관련 역사를 '슬그머니 빼버렸다'는 것이야말로 지금, 이곳에서 역사 교과서의 국정화가 자칫 이와 같은 친일 독재를 미화할 수 있다는 우려를 좀처럼 쉽게 불식시키지 않는다. 채광석의 「역사 이야기」가 또 다시 한국사회에 팽배해 있는 친일 독재에 대한 투철한 역사 인식을 환기해주는 것은 그만큼 그의 역사에 대한 명석한 통찰의 언어가 한국사회에서 여전히 유효적실한 몫을 다 하고 있기 때문이다.

현장과 운동으로서의 전위(前衛) 비평

이처럼 시와 산문에서 담금질된 채광석의 문제의식은 1980년대의 엄혹한 현실에 대한 예각적 비평의 문제의식으로 한국문학의 진보적 가치를 진전시킨다. 채광석은 『한국문학의 현단계 2』(창작과비평사, 1983)에 「부끄러움과 힘의 부재」란 평론을 발표하면서 본격적으로 문학평론 활동을 시작한다. 그의 비평적 문제의식은 뚜렷하다. 그에게 문학은 미학적 성채에 갇힌 채 역사현실과 절연된 그러한 문학과 거리가 멀다. 대학 시절부터 유신정권의 폭압적 반민주주의에 대한 학생운동에 참여한 그에게 문학은 뒤틀린 역사현실을 전복함으로써 이 땅에 사는 민중에게 인간해방의 아름다운 가치를 실현시켜줄 수 있는 어떤 희망을 북돋우는 것이다. 따라서 그에게 문학과 정치, 문학과 현실, 문학과 역사, 문학과 민중, 문학과 민족 등은 결코 분리될 수 없는 매우 중요한 문제다.

이러한 그의 비평적 입장은 「민족문학과 민중문학」을 통해 명확히 드러난다. 그의 문학적 입장은 분명하다. 그는 8·15해방 이래 제기되는 '민주적 통일민족국가의 건설'을 추구하는 민족문학의 이념을 실천하는데, 여기서 간과할 수 없는 것은 "이러한 민족문학은 민중에 기초한 민중문학에 의해 구체화"된다는 점이다. 따라서 채광석에 의해 정립되어야 할 민족문학으로서 민중문학은 "구체적 현장성과 실천적 운동성의 통합"이란 과제를 해결해야 한다. 이것은 그로 하여금 "70년대 후반에 접어들면서 전문작가들의 그러한 통합성 실현의 정도가 질적으로 별다른 진전을 보여주지 못한 반면 현장 근로자들의 체험수기, 일기 등이 점차 대두하여 보다 성공적으로 민중문학의 성과를 이뤄낸 점에 주목할 필요가 있다."는 문제의식을 확고히 하도록 한다. 달리 말해 이는 1980년대의 진보적 민족문학의 당면 과제가 1970년대의 소시민적 지식인으로서 민족문학의 한계를 어떻게 극복할 것인가 하는 비평적 문제의식에 맞닿아 있다. 그리하여 채광석은 다음과 같이 민중문학을 이해한다.

> 민중문학이란 결코 문학을 이념과 조직의 규율성에 함몰시키는 것은 아니다. 되풀이 말해서 민중문학은 역사발전의 주체인 민중의 쪽에서 민중현실의 전체상을 민중들의 구체적 삶을 토대로 민중해방의 바람직한 미래전망 아래 형상화한다는 확고한 기본방향 위에서 민중적 필요와 요구에 따라 다양한 자기전개를 이룩하는 문학이다. 반외세, 반매판의 민중적 민족자주, 민중적 민주주의를 굳건한 자기이념으로 하면서 이를 주어진 국면국면마다 민중해방의 구체적 필요와 요구에 맞춰 다양하고 창발적으로 구체화하는 문학 말이다.[3]

여기서, 채광석의 민중문학에 대한 입장은 그의 「소시민적 민족문학에서 민중적 민족문학으로」란 문제적 평론에 집약돼 있다. 이 글에서 그는 1980년대의 진보적 성향의 민족문학이 "전문문인들의 소시민적 민족문학

3   「민족문학과 민중문학」, 채광석전집 IV(평론 1) 『민중적 민족문학론』(풀빛, 1989), 172쪽.

과 기층민중의 민중적 민족문학으로 분화되고 있"는 것을 주목하면서, "소시민적 민족문학의 극복과 민중적 민족문학의 확고한 정립문제"가 절실한 과제임을 힘주어 강조한다. 그의 이 문제의식은 매우 핵심적인 것으로, 기실 1980년대도 1970년대 못지않은 진보적 문학이 치열히 궁리되고 실천되어야 하는데, 그 방향은 노동자, 도시빈민, 농민과 같은 기층민중의 구체적 현실에 기반한 문학적 실천이어야 한다는 것이다. 여기에는 1970년대의 민족문학에 대한 채광석의 매서운 비판이 자리하고 있되, 1970년대와 객관현실이 달라진 1980년대에 응전하는 민족문학의 새로움에 대한 진보적 평론가의 욕망이 내재돼 있다. 이 같은 채광석의 문제의식을 관통하고 있는 것은 강조하건대 "분단극복의 주체는 분단으로 인해 가장 고통받고 있는 민중일 수밖에 없고 분단극복은 민중주체의 민족자주화와 민주화를 통한 민중의 소외극복, 즉 해방에 의해 가능해지는 것이다."

채광석의 이러한 진보적 문학은 "70년대 민족문학의 소시민성"을 '80년대 민족문학의 민중성'으로 극복하기 위한 문학운동의 연장선에 있는 것이다. 이와 관련하여, 채광석은 문학소집단 운동이 활발할 무렵 무크지『시와 경제』에 참여하게 되는데,『시와 경제』2집(1982)에 노동자 박노해의 시를 발굴하여 소개하였을 뿐만 아니라 1984년에 박노해의 첫 시집『노동의 새벽』을 풀빛출판사의 풀빛 판화시선 시리즈로 기획하여 출간했다는 사실을 가볍게 넘겨서는 곤란하다. 채광석의 예지적 안목에 의한 박노해의 출현은 이후 한국문학사에서 소시민적 지식인이 문학을 전유하는 게 아니라 박노해와 같은 민중이 직접 자신의 언어를 통해 자신이 살고 있는 현실에 대한 글쓰기의 지평을 개척할 수 있고, 이러한 글쓰기로서 민중의 삶을 억압하는 질곡의 역사에 대한 저항을 펼칠 수 있는 가능성을 시사한다. 이것은 그로 하여금 역사의 주체로서 민중을 발견하는 르포와 같은 생활글의 문학운동에 주목하도록 한다. 그래서 그는『르뽀시대』창간호(1983)에 실린「진정한 새로움을 위하여」에서 생활글이 담아야 할 진보적 성격을 '밝의 의식화'

로 명료하게 정리한다. 그는 이 글에서 진보적 문학운동의 성격을 띤 생활
글이 자칫 상업주의 목적에 편승함으로써 도리어 민중의 핍진한 생활 현장
이 각종 대중 저널의 가십거리로 전락하여, 1980년대의 시대적 질곡을 변
혁·타파하고자 하는 문학운동의 본래적 목적이 희석화될 수 있음을 경계
한다. 말하자면 진정한 민중의식에 토대를 둔 생활글의 문학운동은 "민중
지향적 실천 행위를 통해 그 실체를 확보해나"갈 때 진보성을 보증할 수 있
다. 채광석이 주장하는 '현장에 대한 재인식'과 '발의 의식화'는 바로 이러
한 점을 두고 말하는 것이다.

　이처럼 채광석의 민중적 민족문학은 1970년대의 민족문학이 거둔 성과
를 좀 더 진전시키기 위한 문학적 고투의 산물인바, 민중성의 참다운 획득
이야말로 그가 치열히 펼친 문학운동이 도달해야 할 지점이기도 하다. 이
러한 맥락 아래 채광석은 1970년대 후반부터 논의된 제3세계에 대한 비평
적 견해를 "민중지향성 내지 민중과의 일치, 민중의 진정한 해방을 그 역
사적 과제의 내용으로 받아들이고 추구한다는 점에서 제3세계 리얼리즘의
선진성과 전위성이 있는 것"임을 주목한다. 그러면서 그는 "서구 모더니즘
문화의 개인주의적, 내면적, 소외적 퇴폐가 근원적으로 서구의 시민사회가
부르주아지 지배권의 확립과 더불어 그 이념의 민중성을 허구화시키고 반
민중적 사회, 제국주의적 침략의 길로 달리게 된 데 기인한다"고 하여, 제3
세계의 민중성과 괴리된 서구 모더니즘의 실체를 예각적으로 비판한다. 그
렇다고 그가 이른바 '제3세계주의'에 매몰된 것도 아니며, '제3세계 리얼리
즘'에 맹목적 입장을 갖는 것도 아니다. 그에게 '제3세계'와 '제3세계 리얼
리즘'은 "민중과의 일치, 민중적 성격, 민중해방의 도구로서의 성격으로 될
때 비로소 근원적 의미를 획득"하는 것 이상도 이하도 아니다. 즉 '제3세계'
와 '제3세계 리얼리즘'은 민중을 억압하는 모든 현실로부터 "해방운동의
규율에 복무하는 것으로서 다양하고 이질적인 포괄성을 부여받는다."(이상
의 직접 인용은 「제3세계 속의 리얼리즘」에서) 물론, 이러한 그의 '제3세계'에 대한

이론적 이해는 이후 그 자신에 의해 지속적 논의가 전개되지 않았기 때문에 좀 더 구체적 실상을 이해하는 데 어려움이 있다. 하지만 채광석의 이 같은 비평적 입장을 통해 1980년대의 진보적 민족문학이 비록 성긴 문제의식을 갖고 있었지만, 일국주의적(一國主義的) 진보문학으로만 자족한 것을 넘어 국제주의적 시계(視界)를 동시에 갖고 있다는 것은 1980년대의 민족문학을 이해하는 데 요긴하다.

사실, 채광석의 제3세계에 대한 이해는 그의 민중적 민족문학에서 여실히 알 수 있듯이 민중의 구체적 현실에 기반을 둔 민중의 억압으로부터 해방에 이르는 것과 무관하지 않다. 이를 위해 그는 문학현장에 있었고, 그 문학현장으로부터 솟구치는 문제의식을 자신의 언어로 육화시켰던 것이다. 그는 문학평론가이자 문학운동가로서 삶을 살았다. 그의 「민중 · 민족문학의 확대심화로서의 지방문학운동」은 온몸으로 지역 현장의 곳곳을 다니면서, 지역 문인과 호흡하면서 해당 지역의 문제들과 씨름하는 치열성을 보여준다.

> 덧붙이건대 우리 민중 · 민족문학운동의 실체는 무슨 지방 문학 무슨 지방 문화라는 상투적이고 지방주의적인 말놀음에 의해서가 아니라 서울지방문학이든 광주지방문학이든 그 가운데서의 '민중 · 민족문학의 전진적인 움직임'을 공유하고 더욱 진전시키려는 치열한 실천적 민중의식에 의해서만 보다 풍요해진다는 점을 우리는 깊이 인식해야 한다.[4]

채광석의 이 같은 날카로운 문제의식은 이 글이 발표된 지 30여 년이 지난 오늘날에도 여전히 유효하다. 서울중심주의로 수렴되는 지역의 문학 및 문화는 채광석이 경고한바 '지방주의적 말놀음'에 자족할 뿐 이 땅의 민중의 현실에 기반을 둔 문학운동의 활력을 현저히 잃어버리고 있다. 향토성

과 토착성에 자족한 지역 문학은 지역에 응축된 현실의 문제점을 묘파하는 문제작을 써내는 게 아니라 지역주의를 방패막이 삼아 무사안일한 문학 활동을 하고 있다. 물론 지금, 이곳의 모든 지역문학(운동)이 그렇다는 것은 아니다. 채광석이 주목하고 있듯이 지역의 문제적 현실을 국내외 안팎의 문제와 밀접히 연동시키는 이른바 비판적 지역주의의 안목에서 지역문학(운동)의 활력을 불어넣고 있는 것 또한 간과해서는 곤란하다.

이와 관련하여, 채광석이 힘주어 주장하는 민중민족문화에 대해 올바르게 이해할 필요가 있다. 민중적 민족문학으로서 지방문학(운동)의 활성화는 기실 민중민족문화의 인식을 구체적으로 실천하는 것이기 때문이다.

> 다시 말해서 민중이 참 인간으로 서며, 경제가 참 민족경제로 서며, 정치가 참 민주주의로 서며, 사회가 참 정의사회로 서며, 문화가 참 민족문화로 서는 일어섬, 그리하여 찢긴 민족이 하나가 되는 하나됨에의 노력과 그 전 과정과 그 총체적 결실인 것이다.
>
> 이 주체적 일어섬과 하나됨을 향한 민족적 열망과 이 열망의 실현을 위한 민족적 움직임을 우리는 민족운동이라고 부르며, 이 운동의 역사적 주체가 민중이고 마땅히 민중이어야 한다는 관점에서 민중운동으로 부르기도 한다. 따라서 참된 의미의 민중민족문화는 민중민족운동의 문화일 수밖에 없다.[5]

그렇다. 그에게 민중민족문화는 어디까지나 민중민족운동의 차원에서 실질적 의미를 띠는 것, 즉 운동과 문화의 역동적 결합의 차원에서 중요한 것이지, 운동과 괴리된 문화의 개별적 영역 차원에서 고려되는 각 문화예술의 고유 기능에 주목하는 것이 아니다. 다시 말해 역사의 진전을 위한 민중에 기반을 둔 운동과 이를 문화예술적 차원에서 적극 실천하기 위한 노력들이 역동적으로 결합되는 관계성에 의한 민중민족문화(운동)의 중요성

---

5 「찢김의 문화에서 만남의 문화로」, 채광석전집 V (평론 2) 『민중적 민족문학론』(풀빛, 1989), 16쪽.

을 채광석은 강조한다. "그런 까닭에 운동과 문화 간의 이 같은 역동적 관계성을 놓칠 때 우리는 문화를 개별적 기능 또는 기예(技藝)의 수준이나 그 합계로 파악하기 쉽다."(「찢김의 문화에서 만남의 문화로」) 이것은 그가 주장하는 민중민족문화의 참된 의미가 아니다.

채광석의 존재를 기억해야 하는 이유

시인으로서 문학평론가로서 운동투사로서 채광석의 활동은 매우 짧았다. 1987년 6월항쟁의 격정이 미처 사그라들지 않을 무렵 그는 세상을 떠났다. 그의 삶과 문학은 1980년대의 진보적 민족문학을 1970년대의 그것보다 한층 진전된 문제의식을 갖도록 전위 역할을 충실히 맡았는데, 무엇보다 그는 책상물림으로서 소시민적 문인-지식인이 아니었다. 그는 시인으로서, 진보적 문학단체의 실무자로서, 민주화운동의 투사로서, 진보적 출판사의 주간으로서 치열한 삶을 살아왔다. 그리하여 소시민적 지식인으로서 민족문학의 한계를 준열히 비판한 그의 삶과 문학은 1980년대의 객관현실에 기반한 민중적 민족문학의 구현을 통해 한국사회의 분단극복과 민주회복의 염원을 몸소 실천하였다. 1980년대의 한국문학이 채광석의 존재를 기억해야 하는 이유는 바로 여기에 있다.

이 글은 필자가 묶은 『채광석 평론선집』(지식을만드는지식, 2015)의 해설로 쓴 「1980년대의 전위 비평: 민중, 현장 그리고 운동」에다가 채광석의 시와 산문에 대한 생각을 덧보태어 제목을 수정했음을 밝혀둔다.

제주의 문화예술:
제주의 활력을 지닌 참다운 세계성

김병택의『제주 예술의 사회사』(상/하)를
통해 본 지역 예술사 기술

지역의 활력에 기반한 제주의 문화예술사

제주의 문화예술사를 포괄적으로 조망할 수 있는 저술이 간행되었다. 제주대학교 탐라문화연구소가 두 권으로 간행한 김병택의『제주 예술의 사회사(상)』(2010),『제주 예술의 사회사(하)』(2011)가 그것이다. 상권에서는 일제강점기부터 1960년대까지를 대상으로 하고 있고, 하권에서는 1970년 대부터 1990년대까지 대상으로 하고 있는 만큼 제주의 문화예술에 대한 통시적 접근을 보인다.

그동안 제주의 문화예술은 각 장르별 역사를 갖고 있었다. 문제는 개별 장르의 활동에 대한 기술에 국한된 채 서로 다른 장르의 활동들을 통합적으로 이해하지 못함으로써 제주의 문화예술이 지닌 예술사적 위상을 제대로 평가하고 있지 못하다. 여기에는 여러 이유가 있다. 무엇보다 다양한 예술 장르에 대한 통합적 이해를 하는 것이 좀처럼 쉬운 일이 아니기 때문이다. 개별 장르가 지닌 독특한 미의식에 대한 이해뿐만 아니라 장르들 사이의 예술사적 연관성을 세밀히 탐구하고, 그러한 것들이 지역의 현실과 삶에 어떠한 관련을 맺고 있는지 등에 대한 거시적 탐구를 동시에 병행하는 일이 말처럼 쉬운 일이 아니다. 어디 이뿐인가. 지역의 예술사가 특정 지역에 갇히지 않도록 그 지역 밖의 예술과 상호침투적 관계 속에서 해당 지역의 문화예술사를 이해하는 것도 그리 쉬운 일이 아니다.

이러한 어려움에도 불구하고 김병택의 두 권의 『제주 예술의 사회사』는 지금, 이곳의 제주의 문화예술이 직면해 있는 문제를 성찰하고 새로운 예술적 어젠다를 설정하기 위해 제주 문화예술에 대한 통시적 이해를 위한 시계(視界)를 확보하고 있다는 점에서 그 중요성을 아무리 강조해도 지나치지 않다. 무엇보다 김병택의 이 작업을 통해 제주의 근대예술사가 지닌 특질이 드러나는바, 이것은 제주가 지닌 근대, 즉 서울중심주의에 의해 제도화되고 있는 근대가 아니라 지역의 활력에 기반한 '또 다른 근대(the other modernity)'를 탐구함으로써 서울중심주의에 의해 왜곡된 근대를 과감히 해체하고 극복하는 것과 무관하지 않다. 말하자면 김병택의 이 저술은 제주의 문화예술사에 대한 기록이되, 서울중심주의로 포착되는 근대를 넘어선 제주의 '또 다른 근대'를 모색하는 제주의 문화예술운동적 성격을 동시에 갖는다는 점에서 각별한 의미를 갖는다.

제주의 문화예술, 제주와 세계의 상호침투성

김병택의 『제주 예술의 사회사』에서 우선 주목되는 것은 저자가 제주 예술사를 어떠한 관점으로 정리하고 있는가 하는 점이다. 저자는 "제주예술은 약 10년을 주기로 변모해 왔다."(상권, 23쪽)고 하면서 '일제강점기-한국전쟁 시기 - 4·19 이후 1960년대 - 1970년대 - 1980년대의 민주화운동 시기 - 1990년대'까지를 대상으로, 즉 "근현대 제주에서 벌어진 사회적·역사적·정치적 사건을 사회사 기점과 시기 구분의 기준으로 삼"(상권, 22쪽)고 있다. 더불어 문학, 미술, 서예, 연극, 사진, 음악, 건축 등 각 부문별 예술을 대상으로 하고 있다. 말하자면 해당 시기의 정치사회적 성격을 충분히 고려하면서 부문별 예술의 활동과 주요 성과가 정리되고 있다.

저자는 그동안 각 부문별로 축적된 장르별 예술사를 바탕으로 주요한 특질과 흐름을 꼼꼼히 기술한다. 문학평론가이자 문학연구자로서 문학에 대해서는 저자의 뚜렷한 비평적 시각을 드러내지만, 다른 장르의 사적 흐름을 주도면밀히 파악하는 일이 쉽지 않듯 저자는 문학을 제외한 다른 장르의 예술사에 대해서는 최대한 저자의 비평적 판단을 유보한 채 해당 장르의 기존 평가를 겸허히 수용하고 있다. 상권에서 각별히 눈에 띄는 것은 일제 강점기의 문학사를 기술하면서 이광수와 논쟁을 벌인 김명식에 관한 서술이다. 필자의 과문인지 모르나 지금까지 학계에 제출된 한국근대문학사 관련 저술에서 이광수와 김명식 사이에 벌어진 이른바 지도자 논쟁에 대해서는 이렇다 할 기록이 없다. 부끄러운 일이지만, 비평사 중 논쟁사를 전공한 필자는 숱한 비평의 논쟁들 중 이광수와 김명식의 논쟁을 접해본 적이 없다. 그래서 저자의 이 논쟁에 대한 소개는 필자에게 신선한 충격이었다. 필자에게 김명식은 제주 출신의 사회주의 항일운동가로서 알고 있을 뿐이지, 이광수와 비평적 논쟁을 벌인 논객으로서는 전혀 알지 못했던 것이다. 김명식이 1930년대 초반 이광수와 벌인 지도자 논쟁은 김병택이 적확히 지적하고 있듯, "일제강점기 지식인들이 지녔던 시대인식의 실상과 뿌리를 명료하게 파악할 수 있"(상권, 43쪽)는 비평사에서 간과할 수 없는 논쟁이다. 특히 김명식의 「전쟁과 문학」(『삼천리문학』, 1938. 4)은 각별히 주목해야 할 비평이다. 그 글의 발표 시기가 단적으로 말해주듯, 일제는 1937년 중일전쟁을 계기로 전시총동원체제로 접어들면서 파쇼적 군국주의를 노골화하기 시작한다. 이 엄혹한 시기에 김명식은 "진정한 의미에서의 전쟁문학은 전쟁의 어느 일면적 사실에 그치지 않고 그 전면적 사상을 구체적으로 표현한 것"(상권, 63쪽), 다시 말해 "전쟁 문제는 전쟁의 원인을 비롯해 의식·목적·방법 등의 전후 문제가 있을 뿐만 아니라, 전쟁 수행 중에 관련되는 것들 중에도 또한 여러 문제가 있으므로, 만가의식으로 전쟁문제를 취급하는 것은 절대로 금물이다."(상권, 64~65쪽)라는 뚜렷한 문제의식을 표방한다. 이것은 일제의 전시총동원체제에 적극 협력하거나 순응하는 게 아니라 일제가 일으킨 전쟁에 대한 비판적 문제제기를 명확히 보여준 반전(反戰) 및 반(反)파시즘 비평이라 해도 손색이 없다.

바로 이와 같은 기록이야말로 지역 예술사의 존재 가치를 입증한다. 제주의 지식인 김명식은 사회주의 항일운동가로서만 의미를 갖는 게 아니라 이제 비평가로서 연구되어야 할 새로운 문학사적 위상을 확보한 셈이다.

이처럼 상권에는 문학 부문에서 김명식처럼 한국근대예술사에서 누락된 제주의 예술가와 그 활동에 대한 기술이 있다. 다른 지역보다 상대적으로 문화예술 환경이 열악한 제주에서는 음악, 사진, 연극, 건축 등과 같은 부문에서 왕성한 활동을 하지 못한 것은 사실이다. 하지만 저자가 공들여 기술하고 있듯, 이 부문에서도 제주의 문화예술은 강한 생명을 유지하고 있다. 특히, 상권에서 주목하고 있는 화가 변시지와 서예가 현중화를 통해 한 예술가가 대가에 이르는 삶의 전모를 보여준다. 서로 다른 예술 분야에서 최고의 경지에 이른 두 예술가의 삶 속에서 발견되는 공통점을 저자는 주목한다. 그들 모두 예술에 입문한 초창기에는 그들에게 큰 영향을 미친 다른 나라의 예술(가)로부터 자유롭지 못하였으나, 점차 한국적 예술을 추구하다가, 종국에는 그 어떠한 것으로부터 속박되지 않는 자신을 낳은 고향 제주의 풍정(風情)을 지반으로 한 미적 체험을 미술의 붓과 서예의 붓 끝에 담아낸다는 점이다. 물론, 제주의 많은 예술가들 중 변시지(미술)와 현중화(서예)만이 탁월한 예술적 성취를 거둔 것은 아니다. 하권에서 주목되고 있는 강요배(미술), 김석윤(건축), 김국배(민요) 등은 각자의 영역에서 독보적인 예술적 성취를 거두었다. 제주의 삶을 고스란히 반영하고 있는 전통 민요 「오돌또기」를 채록할 뿐만 아니라 더 나아가 그것의 "복잡한 리듬을 단순하게 바꾸어 아주 쉽게 부를 수 있는 제주민요를 세상에 내 놓은"(하권, 156쪽) 김국배의 노력은 옛 것을 현대적 감각에 맞게 창조적으로 갱신한 말 그대로 '법고창신(法鼓創新)'의 모범이라 할 만하다. 그런가 하면 제주의 풍토성과 절묘히 조화를 이루는 김석윤의 건축은 제주의 "전통건축의 공간 조직에서 시대적 가치를 가진 조직요소들을 전면에 부각시"(하권, 222쪽)키는 제주건축사의 좌표를 이룬다. 게다가 저자가 힘주어 강조하고 있는 강요배의 일련의 미술 작업을 통해 우리는 1980년대의 제주 예술의 민중지향성의 모습을 파악할 수 있다. 무엇보다 강요배의 「동백꽃 지다」에서 시도한 4·3서사 연작집 소재 그림들에 대한 이해를 통해 4·3과 미술의 대화적 상상력이 제주의 진보적 문화예술사에서 결코 소홀히 간주할 수 없다는 것이 부각된다.

이러한 김병택의 일련의 관심에서 눈여겨보아야 할 것은 그들의 예술에는 제주와 세계의 상호침투적 관계 속에서 예술(가)의 존재 가치가 지닌 위의(威儀)를 드러내고 있다는 점이다. 제주의 토속적 풍속에 붙박히는 것도 아니고 세계의 선진성에 대한 어설픈 맹목에 사로잡히는 게 아니라 제주와 세계의 예술적 긴장을 통해 그들은 제주의 문화적 가치를 지반으로 한 참다운 세계성의 예술의 경지에 이른 것이다.

제주의 문화예술사 기술에서 고려해야 할 점

김병택의 두 권의 『제주 예술의 사회사』가 제주의 문화 예술사를 정리할 뿐만 아니라 한국근대예술사의 미진한 부분을 보완한다는 점에서는 이견(異見)이 없을 것이다. 자신의 전공이 아닌 예술 부문의 영역을, 그것도 예술사적 측면을 고려한 통시적 기술은 필자와 같은 학문 후속세대에게 많은 공부거리를 주고 있다. 여기서 쉽게 간과할 수 없는 점이 있다. 이 같은 작업을 할 수 있게 된 데에는 저자가 문학을 연구하는 학자로서 그 역할을 국한시킨 게 아니라 문학비평가로서 비평에 대한 투철한 자기인식과 비평 특유의 어떤 경계에 구속되지 않고 경계를 자유롭게 넘나드는 비평을 수행하는 일과 무관하지 않다고 필자는 생각한다.

그런데 바로 그렇기 때문에 필자는 이 책을 통독하며 몇 가지 아쉬운 점을 생각해본다. 이것은 이후 필자를 포함한 저자의 후속세대들이 제주의 예술사를 통시적으로 접근하는 데 고려해야 할 점이다.

첫째, 문학비평가로서 문학비평 특유의 비평 감각을 통해 다른 장르의 예술사를 좀 더 새롭게 재구성하는 인식이 미흡하다. 저자는 책의 머리말에서 장르별 서술이 가능한 이유를 기존 저술을 기본 자료로 활용했다고 하는데, 물론 저자의 전공이 아닌 다른 부문의 예술사를 잘못 정리할 수 있는 위험을 충분히 이해한다. 하지만 이미 정리된 기존 예술사의 상당 부분을 있는 그대로 수용하는 것은 보기에 따라서는 장르별 예술에 대한 통합적 안목이 결여된 채 백과사전식으로 각 장르별 예술사를 나열한 듯한 인상이 짙다. 기왕 제주의 근대 예술사를 정치사회적 관점으로 기술하고자 한 의도를 분명히 했으므로, 문학비평가의 비평 감각을 최대한 끌어내어 다른 장르의 예술사를 새롭게 재구성했으면 하는 아쉬움이 남는다. 말하자면, 문학비평가가 인식하는 제주의 근대 예술사에 대한 새로운 해석이 두드러졌으면 한다. 여기에는 문학과 인접 예술 장르가 격렬히 부딪치는 과정이 반드시 수반되기 마련이다. 이 과정에서 문학비평은 특유의 비평적 활동을 적극적으로 수행해야 하며, 문학의 인접 장르들과 비판적 대화를 하는 데 인색해서는 곤란하다.

둘째, 저자는 이 저술의 서술 태도 중 중요한 하나로서 정치사회적 요인을 꼽고 있다. 그래서 '일제강점기 - 한국전쟁 - 4·19와 5·16 - 민주화운동 - IMF'와 같은 한국 근대사의 굵직한 역사적 사건에 대한 기술이 해당 시기의 예술사를 기술하는 앞머리에 반드시 서술돼 있다. 그러면서 저자는 그것과 관련한 제주의 지역사를 동시에 언급하고 있다. 이 같은 서술 태도는 매우 바람직하다. 한국 근대사와 제주의 지역사를 포개놓음으로써 제주의 예술사에 대한 이해를 정치사회적 측면과 연동시키고자 한 것이다. 그런데 문제는 바로 여기에 있다. 필자의 정밀한 책읽기가 이뤄지지 않아서

인지 모르나, 저자의 이러한 집필 의도가 잘 읽히지 않는다. 아니, 문학을 제외한 분야에서는 이러한 의도가 제대로 관철되고 있지 못하다. 문학의 경우 해당 시기별 정치사회적 요소가 제주의 문학사에 어떠한 관련성을 맺고 있는지 저자의 예리한 문학비평 감각을 통해 충분히 해명되고 있으나, 다른 장르의 예술사를 정리하는 대목에서는 그러한 연관성이 잘 드러나 있지 않다. 대신 해당 시기의 제주의 장르별 활동에 대한 서술로 채워져 있다.

셋째, 제주의 근대 예술사가 한국의 근대 예술사에서 차지하는 위상에 대한 적극적 평가가 미흡하다. 물론 저자의 작업이 우선 그동안 방치 상태에 놓여 있던 제주의 근대 예술사에 대한 일차적 정리를 하는 데 비중을 둔 만큼 한국의 근대 예술사와의 비교는 또 다른 작업을 요구한다. 하지만 이 역시 문학에서는 제주의 문학사를 기술하는 과정에서 자연스레 한국근대 문학사를 고려한 서술이 이뤄지고 있는 것을 볼 때, 문학을 제외한 인접 예술 장르에 대해서는 다소 불균등한 예술사 기술이 이뤄지고 있음을 알 수 있다. 저자의 이번 작업이 제주의 문학사만을 대상으로 한 게 아니라 제주의 근대 예술 전반을 대상으로 한 것이므로, 이와 같은 불균등한 예술사 기술은 보완될 필요가 있다.

넷째, 제주의 문학사에 대한 심층적 서술이 요구된다. 제주의 근대문학사에 대해서는 다른 장르보다 실증적이고 분석적인 서술이 돋보이는 것은 틀림없다. 하지만 여전히 아쉬움이 남는다. 가령, 1950년대의 제주 문학사에서 제주에서 펴낸 각종 매체를 단편적으로 나열하는 데 그치고 있는바, 각 매체에 대한 자세한 분석까지는 아니라도, 매체와 관련한 제도적 특징에 대해서는 언급이 필요하다. 무엇 때문에, 어떠한 주기로, 주요 편집인은 누구이며, 대체적 편집 방향은 어떠했고, 독자의 반응은 어떠했는지 등에 대한 서술이 필요하다. 이 같은 문제는 1960년대의 제주 문학사에서도 고스란히 적용된다. 1960년대에 간행한 『아열대』, 『人』과 같은 동인지와 기관지 『제주도』에 대한 제도적 특징이 서술돼 있지 않다. 필자가 이 부분에 대해 문제를 제기하는 것은 제주에서 발행한 매체에 관한 연구가 아직 본격화되고 있지 않은 터에 저자가 기왕 제주의 근대 예술사를 일차적으로 정리하고 있으므로, 학문 후속세대 연구자들을 위해 매체에 대한 주요한 제도적 특징을 미리 정리해줬으면 하는 바람이 간절하기 때문이다.

인류 예술의 새 지평을 전위적으로 모색할 제주의 문화예술

거듭 강조하건대, 김병택의 두 권의 『제주 예술의 사회사』는 제주의 문화예술사 전모를 일차적으로 정리하는 데 획기적 역할을 맡고 있다. 예술 분야에 있는 사람이라면 누구든지 이 원대한 작업이 얼마나 소중한지, 그리고 이 작업에 쏟은 저자의 열정과 노력에 감탄하지 않을 수 없다. 저자의 이 작업은 자신의 전문 분야가 아니기 때문에 더욱 소중하다. 어렵고 힘들더라도 누군가는 제주의 문화예술사에 대한 통시적 작업을 시도해야 한다. 비록 이번 저술이 제주의 문화예술사에 대한 첫 삽을 뜬 것인 만큼 아쉬운 점이 없지 않으나, 누군가 첫 삽을 뜨는 게 어렵지, 첫 삽을 뜬 이상 이 원대한 작업을 지속적으로 하는 데 아낌없는 격려와 지지를 보내는 게 마땅하다.

우리는 저자의 이러한 작업을 보면서 종래 우리에게 낯익은 통시적 접근과 다른 시도를 하고 있는 데 주목할 필요가 있다. 하권을 예의주시해보면, 구술 대담의 형식을 통해 기술하고 있는 점이 눈에 띈다. 작가 현기영의 소설 세계를 이루는 전모를 저자는 대담을 통해 접근한다. 그동안 현기영에 대한 작가론과 작품론이 상당히 축적된 만큼 기존 문헌 자료를 기반으로 현기영의 소설세계를 정리할 수 있음에도 불구하고 저자는 구술성의 효과를 극대화함으로써 "개인적인 것과 사회적인 것을 자기 속에 올바르게 통합"(하권, 140쪽)해온 현기영의 안팎을 세밀히 부조해낸다. 이러한 저자의 시도는 김국배의 삶에 대한 강문칠과의 구술, 극작가 장일홍과의 대담, 그리고 건축가 김석윤과의 대담 등에서 이뤄진다. 종래 예술사의 기술 방식이 예술사의 집필자의 목소리에 전적으로 기대고 있다면, 김병택의 시도는 제주 문화예술사와 직간접 관련한 당사자들의 목소리가 적극적으로 개입하게 함으로써 문화예술사의 기술 대상으로만 국한되는 것을 지양하고 있다. 이것이 바로 구술성을 적극 도입함으로써 얻어지는 예술사 기술의 또 다른 측면이다. 이것은 서울중심주의를 창조적으로 극복하는 지역의 문화예술사에 걸맞은 예술사 기술이란 점에서 그 의의를 힘주어 강조하고 싶다.

김병택의 이 작업은 현재 1990년대까지 이뤄졌다. 이 작업이 제주학을 구성하는 제주의 문화예술사에 대한 몫을 다할 뿐만 아니라 한국의 근대 예술사에서 결락되었거나 미진한 부분을 채워넣고, 더 나아가 제주의 근대예술사가 추구하는 '또 다른 근대'를 발견할 수 있을 것으로 필자는 생각한다. 개별 부문의 성과들을 미시적으로 살펴보고 거시적으로 조망하는 비평적 시각을 갖는 한 제주의 문화예술사에 대한 작업은 한층 심화될 것이다. 김병택의 이 작업을 통해 제주의 근대예술사를 발본적으로 점검하고, 제주의 근대예술이 현재 직면하고 있는 문제를 창조적으로 돌파하는 예술적 지혜와 실천의 방향을 적극적으로 모색해야 할 것이다. 이 과정에서 서로 고립돼 있는 예술의 경계를 고착화시킬 게 아니라, 작게는 제주의 근대예술의 장에서, 넓게는 한국 근대예술의 장, 더 넓게는 지구적 예술의 장에서 생산적 대화를 통해 인류 예술의 새 지평을 전위적으로 추구할 수도 있으리라. 이를 위해 많은 노력이 뒤따라야 하는데, 무엇보다 "제주특별자치도와 제주예술 관련 기관의 책임자들은, 연구에 필요한 자료들을 영인본 또는 CD로 간행하거나 동영상으로 제작하는 등의 예술자료 보존사업을 추진하는 것도 마땅히 수행해야 할 중요한 책무 중의 하나임을 하루 빨리 인식하기 바란다."(하권, 484쪽)는 저자의 직언(直言)이 이명(耳鳴)으로 남는다.

'비판적 지역주의'를 실천하는
비평의 전범

황국명, 『지역소설과 상상력』

황국명의 평론집 『지역소설과 상상력』(신생, 2014)은 동시대의 한국소설이 결핍하고 있거나 소홀히 간주해온, 심지어 외면해온 매우 절실한 과제를 드러내고 있다. 황국명은 그의 저서 책머리에서 "지역소설에서 상상력은 지성의 박탈이나 의식의 오류, 지적 체계의 결여가 아니라 기억과 비전을 함축하는 통찰력이며, 이런 통찰력은 지역현실, 나아가 전지구적 현실의 본질에 최대로 접근하는 힘이 된다."는 것을 묘파한다. 그리하여 그는 "지역의 소설가들이 보여준 것은 지역의 특수성에 대한 형식적 접근이 아니라 새로운 세계에 대한 지역기반의 상상이라"는 점을 힘주어 강조한다.

사실, 한국소설사를 조금 눈여겨본 이들이라면, 최량(最良)의 지역소설의 경우 해당 지역의 협소한 문제에 갇힘으로써 토착성 및 향토성에 매몰되든지 서울중심주의에 대한 열패의식에 사로잡힌 지역주의의 폐단성에 사로잡히는 것을 넘어선다. 황국명의 이번 평론집에서 관통하고 있는 문제의식은 이것과 무관하지 않다. 특히 그는 아리프 딜릭(A. Dirlik)의 '비판적 지역주의(critical regionalism)'의 개념을 적극 활용하여 부산 지역을 중심으로 활동하고 있는 지역 작가의 소설에 비평적 애정을 쏟는다.

지역이라는 프레임에 근거하여 한국근대화 과정 전체를 해명하는 일이 비판적 지역주의의 과제라는 의미에서, 지역 내부의 갈등을 간과하거나 지역적 삶의 근거 없는 순진성을 강조하거나 터무니없는 향토애에 매몰되어서도 안 될 것이다. 지역은 관계의 장소이며 타자를 포함하는 개념인 까닭이다. 중요한 것은 지리적 기원을 과시하는 자기규정 행위가 아니라 지역 차원의 경험에 새롭게 참여하고 이로써 우리의 인식을 생산적으로 변화시키는 일이다.(「부산소설의 지리적 상상력」, 21쪽)

황국명의 이 같은 비평 인식은 부산소설뿐만 아니라 다른 지역소설은 물론 동시대의 비평에도 매우 요긴한 성찰의 지점을 제공한다. 지역은 결코 근대의 삶의 중심에서 멀어진 관심 밖의 소외된 곳이 아니라 근대를 이루는 삶의 관계들이 난마처럼 뒤엉킨 치열한 삶의 현장이다. 이곳에서는 국민국가의 온갖 모순과 억압이 중층적 양상을 보이는 근대의 적폐(積弊)가 지역의 삶을 짓누르고 있는가 하면, 지구화 시대를 맞이하면서 전지구적 자본주의 세계체제 아래 팽배해진 신자유주의가 지역을 세계시장의 전초기지로 삼는 글로벌 식민주의 위협과 대면하고 있다. 말하자면, 이제 지역 문제는 한 국가의 안쪽에서만 고려되어야 할 사안이 아니라 국가의 안팎을 동시에 사유해야 하는 매우 긴박한 사안이다. 지역 문제는 국내 문제와 내접해 있고, 지구화 시대에 국제 문제에 외접해 있는 최전선이라 해도 과언이 아니다.

황국명은 바로 이러한 지역의 긴박성에 비평의 초점을 맞추고 있다. 그리하여 그가 주목하고 있는 지역소설들은 "생의 진실에 육박하는 소설의 위엄을 발견"(「변두리의 해학적 상상」, 53쪽)하는 서사의 고투를 보인다. 가령, 요산의 소설에 대해 그는 부조리한 시대에 맞서는 요산 김정한의 아이러니에 주목하는데, "세계의 폭력 앞에 무참하게 쓰러진 주체지만, 그를 통해 식민체제의 바깥을 상상할 수 있"(「요산의 시대와 아이러니」, 133쪽)는 것은 식민주의 안쪽에서 자행되는 음험한 폭력의 현실을 요산 특유의 아이러니의 서사를 통해 식민주의 내부에 균열을 내고 그것의 바깥을 추구하는 해방의 서사와 연결되기 때문이다. 그리하여 황국명은 요산 소설에서 '비판적 지역주의'의 서사가 구체적으로 어떻게 형상화되고 있는지를 밝힌다.

이러한 비평을 수행하는 황국명의 글쓰기는 비평의 전범이라 해도 과언이 아니다. 고백하건대, 그의 이번 평론집에 수록된 비평을 읽으면서 그동안 망실하고 있던 비평의 초발심을 되새겨보았다. 무엇보다 비평은 작가와 독자 사이에 충실한 매개 역할을 해주면서 해당 작품의 존재가치(사회적·미학적 가치)를 비평의 언어로 올곧게 드러내야 한다. 이 과정에서 작품에 대한 성실한 읽기는 아무리 강조해도 지나치지 않다. 황국명의 지역소설에 대한 비평을 접하면서 그의 '비판적 지역주의'에 입각한 비평세계가 설득력을 갖는 데에는 그의 글쓰기가 비평의 전범을 실천하고 있기 때문이다. 그는 자신의 비평세계를 전경화(前景化)하기 위해 지역소설을 후경화(後景化)하지 않는다. 지역소설의 존재가치를 올곧게 드러내기 위해 해당 작품을 꼼꼼히 읽는다. 이러한 꼼꼼한 글읽기로써 그는 지역소설이 지닌 존재가치를 '비판적 지역주의'의 맥락에서 그 특장(特長)을 포착한다.

돌이켜보면, 우리 시대의 비평이 언제부터인지 현저한 활력을 잃고 있다. 비평의 언어는 작가와 독자로부터 멀어지고, 비평가들만의 현학을 과시하는 차원으로 전락하고, 무엇보다 비평가의 미감이 동시대의 미감을 심하게 왜곡하면서 비평의 언어는 우리 시대 삶의 현장과 괴리된 외계(外界)의 기호로 인식되고 있다. 분명, 작가와 작품은 있되, 그것을 독자와 매개해주는 비평 특유의 활력이 소진되고 있다. 이와 관련하여, 황국명의 이번 평론집을 읽으면서 가장 큰 소득은 부산 지역을 중심으로 활동하고 있는 '비판적 지역주의'를 소신껏 실천하고 있는 작가들(조갑상, 이상섭, 윤정규, 이규정, 구영도, 유익서, 김현, 정인, 고금란, 주연, 김서련 등)의 존재를 실감할 수 있는 소중한 기회를 가졌다는 점이다. 황국명의 성실한 글읽기와 정곡을 찌른 비평의 혜안을 통해 이 작가들의 존재가치가 제대로 밝혀지고 있다. 여기에 '좋은 비평가'의 존재 이유가 있는 것이다. 황국명은 그의 '비판적 지역주의'

의 비평세계를 관철시키기 위해 지역소설을 시쳇말로 동원하지 않는다. 또한 '비판적 지역주의'와 관련한 생경한 이론들을 마구잡이로 호명하지 않는다. 그가 초점을 맞추고 있는 것은 이들 작가의 소설이 자신이 존재하고 있는 구체적 삶의 지반에 투철할 뿐만 아니라 이 같은 서사가 주체적 세계성을 쟁취한 '비판적 지역주의'의 소산이라는 점을 보증하는 것이다.

　이렇게 황국명의 비평은 지역문학에 대한 또 다른 성찰의 경계로 우리를 안내한다.

리얼리즘의
급진적 재구성을 꿈꾸는

장성규, 『사막에서 리얼리즘』

여기, 리얼리즘의 급진적 재구성을 꿈꾸는 젊은 비평가가 있다. 장성규의 첫 비평집 『사막에서 리얼리즘』(실천문학사, 2011)이란 제명(題名)에서 단적으로 드러나듯, 그에게 지금, 이곳의 리얼리즘의 문학대지는 불모의 사막으로 인식된다. 하여, 우리로 하여금 그의 비평의 밑자리에 자리하고 있는, "나는 종종 기존 리얼리즘의 미학적 보수성과 반복되는 정언테제 형식의 언어에 좌절했다."(5쪽)는 문제의식의 심각성에 주목하도록 한다. 그래서인지, 그의 『사막에서 리얼리즘』 곳곳에는 기존 리얼리즘의 미학적 보수성을 전복시키기 위한 비평의 방략(方略)으로 이뤄져 있다.

이번 비평집에서 리얼리즘의 갱신을 위한 장성규의 비평적 방략은 크게 세 가지로 이해할 수 있다. 첫째, 장성규는 리얼리티에 대한 발본적 점검을 통해 기존 리얼리즘에서 부차적인 것 혹은 "단일한 리얼리티로 환원시킨"(34쪽) 것으로부터 과감히 벗어나, "중층적으로 존재하는 복수(複數)의 리얼리티'들'"(34쪽)이 지닌 문제를 새로운 리얼리즘의 미학으로 재구성하고 있다. 그리하여 그는 김영하, 박민규, 김사과, 주원규, 김이은, 김경욱, 조두진, 권리 등의 소설에서 보이는 이른바 탈근대적 미의 세계를 리얼리즘의 스펙트럼으로 분광(分光)시킨다. 동시대 작가들의 주류 글쓰기인 현실의 미메시스를 위반하고 전복하는 급진적 환상을, 장성규는 전통적 리얼리즘의 규율로서는 적극적인 비평적 대응을 다 할 수 없다는 반성적 성찰의 태도를 뚜렷이 보인다. 때문에 그는 "진보적 비평의 자기 갱신은 외삽적인 지도비평의 방식이 아니라, 구체적인 텍스트로부터 출발하는 '유물론적인 방식'을 통해서만 가능하"며, "이를 위해서는 무엇보다 기존의 비평적 관습이 지닌 사물화된 리얼리즘론의 강박을 벗어나야 한다."(16쪽)고 강조한다. 말하자면, 그에게 진보적 비평의 갱신은 동시대의 작품을 충실히 읽되, 중요한 것은 그 읽기가 '유물론적 방식'에 철저해야 한다는 점이다. 이것은 텍스트의 미의식에 매몰된 이른바 문학주의자의 독해와 구별된다. 가령, 장성규는 최근 탈국경의 상상력을 보이는 작품들의 리얼리티를 주목하면서, "구체적인 트랜스내셔널의 운동 메커니즘에 대한 분석"(94쪽)의 중요성을 통해 이들 작품의 문제성에 대한 비평을 수행한다. 근대 국민국가의 경계를 넘는 타자의 현상학에 주목함으로써 새롭게 불거지는 윤리를 발견하고 재구성하는 것도 중요하지만, 이러한 것들을 추동시키는 정치사회적 조건과 그 구체적 수행의 기제들에 대한 면밀한 검토가 수반되지 않는 텍스트 독해를 장성규는 경계한다.

둘째, 장성규는 진보적 비평의 주요한 과제인 분단체제를 극복하는 실천적 비평에 정진하고 있다. 이 문제 역시 그에게는 기존 리얼리즘 비평에 대한 발본적 갱신과 결코 무관하지 않다. 하여, 그는 '통일문학을 넘어 탈분단 문학으로'라는 그 나름대로의 비평적 어젠다를 기획·실천하고 있다. 물론, 여기에는 앞서 언급했듯, 현실을 이루는 복잡다양한 리얼리티'들'의 문제와 분단체제의 문제가 연동돼 있기에 그렇다. 그래서 장성규가 "소수자 문학으로서의 탈분단 문학을 고민"(161쪽)하는 것은 매우 자연스러운 비평적 실천이다. 이러한 그의 비평적 실천은 급기야 "통일문학이라는 역사적 용어 자체를 폐기할 필요가 있다"(161쪽)는 비평의 과단성을 보인다. 이에 대해서는 추후 좀 더 세밀한 논의가 뒤따라야 할 것이다. 분단체제를 극복하는 일은 장성규도 잘 알고 있듯, 대한민국과 조선민주주의인민공화국

사이의 관계만으로 어렴없다는 것은 삼척동자도 다 아는 사실이다. 한반도를 에워싼 열강은 물론, 이제 지구 반대편의 정치경제적 역학 관계로부터도 자유롭지 않다. 분단체제의 극복은 전지구적 자본주의 세계체제를 괄호 안에 넣고서는 슬기롭게 풀어나갈 해법이 없다 해도 과언이 아니다. 남과 북을 에워싼 타자들의 관계를 고려해야 하고, 무엇보다 이 문제의 직접적 당사자인 남과 북의 관계를 더욱 섬세히 고려해야 한다. 그럴 때 '통일문학'이란 용어를 섣불리 폐기처분하느냐, 아니면, 이 역사적 용어에 켜켜이 묻어 있는 그동안 한반도의 평화를 정착시키기 위한 숱한 노력들을 창조적으로 지금, 이곳에 '섭취'하느냐 하는 문제는 그리 간단한 사안이 결코 아니다. 문학 차원에서 분단체제를 극복하는 일은 최근 주목되는 소수자의 리얼리티도 중요하되, 종래 한국문학에서 이 문제를 해결하기 위해 축적된 중요로운 문학적 자산을 창조적으로 전유하는 것 역시 간과해서 안 될 터이다.

셋째, 1990년대 이후 진보적 비평의 중요한 과제인 진보적 문학의 저항주체를 새롭게 재구성하는 데 장성규의 비평은 정진하고 있다. 그는 채광석의 '민중적 민족문학론'을 새롭게 해석하는 과정에서, "첫째, 저항주체에 대한 '존재론'적 사유로부터 '방법론'적 사유로의 전환, 둘째, 저항주체에 대한 '단일성'의 신화로부터 '중층성'의 '역사'로의 전환, 셋째, 저항주체를 생성하는 현실에 대한 '인식론'적 전환"(198쪽)을 기획해야 한다고 역설한다. 1980년대 채광석의 비평에서 진보적 문학의 저항주체로서 발견된 '민중'의 위엄을 폐기처분하는 게 아니라 자칫 민중을 경직되게 인식함으로써 민중주의에 함몰되는, 그리하여 변하는 현실에 능동적으로 대응하지 못하는 저항주체를 마치 유령처럼 호명하는 데 대해 장성규는 비판한다. 저항주체를 어떻게 기획하고 그것의 구체성을 어떻게 비평의 글쓰기로 육화시킬 것인가 하는 문제는 장성규만의 고민이 아니라, 진보적 비평이 진력하고 있는 과제라는 점에서, 그의 비평적 방략의 중요성을 아무리 강조해도 지나치지 않다.

　사실, 이상의 세 가지 비평적 방략으로 정리되지 못한 장성규 비평의 또 다른 특장(特長)이 있다. 그는 자신의 비평의 논리를 전개하면서 그 또래의 비평가들에게 곧잘 목도되는 서구 이론의 무분별한 인용과 거리를 둔 그의 비평 언어를 구사한다. 곰삭지 않은 서구 이론은 그의 이번 비평집에서 찾아볼 수 없다. 대신, 그는 선배 세대의 비평적 자산으로부터 그의 비평의 논리를 전개해간다. 여기서 그의 비평 언어에서 아쉬운 점이 없는 것은 아니다. 그는 자신의 비평적 입지점을 뚜렷이 부각시키기 위해서인지 모르나, 기존의 비평을 단순화시키면서 예전 비평의 문제점을 드러낸다. 그가 '우애로운 마주침'이란 비평의 윤리를 소중히 삼으면서, 정작 그의 글쓰기에서는 비평적 타자들의 세밀한 논리의 결들을 단순화시키는 우를 범하고 있는 것은 아닌지 곱씹을 필요가 있다. 이것은 특히 기존 리얼리즘의 미학을 발본적으로 검토하는 부분에서 두드러진다. 또한 작품을 해석하는 과정에서 비평 논리의 균열도 없지 않아 있다. 가령, 방현석, 정도상의 작품에 대해 그 의의를 인정하면서도 문제점을 지적하고, 또 그 문제점을 어느 정도 무화시키면서 의의를 강조하는 방식의 비평의 서술 태도는, 대상에 대한 변증적 해석이라고 하기에는 대상에 대한 평가의 지점에서 비평의 자기모순으로 읽히기 십상이다.

　하지만 이 모든 것들은 장성규가 문제 삼는 사막과 같은 리얼리즘의 문학대지를 가로지르는 고뇌어린 비평으로부터 기인하기에, 이후 그가 마주할 또 다른 문학대지를 우직하게 걸어가는 비평을 절실히 기대한다.

한국문학의 추문 속에서
새로운 삶의 세계를 꿈꾸는

신경숙 표절 사태,
표절의 윤리학으로 봉합할 수 없는 문제들

신경숙 표절 사태와 메르스 사태의 포개짐

이른바 신경숙 표절 사태가 일어나자 창비와 신경숙의 반응을 접한 네티즌과 독자들은 몹시 분노하고 허탈해하면서 실망하였다. 그동안 창비와 신경숙의 문학을 아끼고 사랑한 독자들에게 그들이 보여준 태도는 대면하기 싫은 한국사회의 누적된 문제점과 다를 바 없는 것으로 비쳐졌기 때문이다. 그것은 어떤 문제가 일어났을 때 그 문제가 일어난 원인을 자세히 들여다보고 그것을 해결해가는 과정에서 책임을 져야 할 사안이 있다면 회피하지 말고 그에 따른 정당한 책임을 지고 다시는 유사한 일이 일어나지 않도록 해결책을 진정으로 모색하는 노력을 보여야 하는데 그렇지 못한 것과 밀접한 연관이 있다. 그래서 이번 사태는 표면상 '표절의 윤리학'이 부각된 것처럼 보이지만, 정작 이 사태의 안팎을 에워싸고 있는 문제들은 그리 간단하지 않다. 무엇보다 이 사태가 메르스의 국면 속에서 일어났다는 것은 이 사태를 한국문학의 내부 문제만으로 국한시킬 수 없는 또 다른 비판적 성찰의 문제를 제기한다.

흥미롭게도, 우리는 신경숙 표절 사태에 대한 창비의 초기 대응과 신경숙의 반응에서 메르스에 대한 정부의 초기 대응을 겹쳐볼 수 있다. 메르스 첫 확진자가 나왔을 때 정부의 반응을 떠올려보자. 정부는 대수롭지 않다는 듯 정부의 방역대책이 잘 마련돼 있으니 국민들은 안심해도 된다고 하였다. 하지만 감염자와 확진자가 갑자기 늘어나고 메르스의 공포가 확산되는 가운데 정부는 메르스에 대한 정보를 투명하게 공개하지 않았을 뿐만 아니라 한국의 현실에 적합하지 않는 메르스 대처 매뉴얼로 오히려 메르스 감염을 확산시키지 않았던가. 심지어 한국의 의료기관을 대표하는 삼성서울병원에서 가장 많은 확진자가 발생하였다. 그 와중에 메르스에 대처하는 정부 유관 기관의 혼선과 메르스로 인해 국내경제의 침체를 우려하는 정치권의 이상야릇한 메르스 대처 입장 등을 지켜보는 국민은 스스로 메르스의 감염 경로를 추적하는 지도를 그려내고, 메르스 정보와 그에 대처하는 예방법을 서로 공유하였다.

얼핏 보면, 신경숙 표절 사태와 메르스가 천양지차인 것처럼 보이지만, 그동안 신경숙의 소설에 대한 표절 문제제기가 잇따랐음에도 불구하고 이에 대한 치밀한 검증을 하지 않은 과거의 통례에 따라 보도자료를 제공한 창비는, 몇 년 전부터 중동발 메르스에 대한 준비를 철저히 해야 한다는 것을 소홀히 간주한 채 메르스 확진 환자가 초기에 생겼을 때 정부가 국민에게 보인 무책임한 태도와 과연 무엇이 다른가. 여기에는 그동안 신경숙에 대한 표절 문제를 묵살해온 전문 비평가들이 떠받치고 있는 창비의 매우 안이한 판단이 관성적 토대를 구축하고 있는바, 이것은 메르스 사태 초기 지금, 이곳의 현실에 유효적실하게 대응하지 못한 정부와 전문가들의 안이한 사태 판단과 그에 따른 대처와 크게 다르지 않다. 때문에 독자의 분노와 실망감은 더욱 클 수밖에 없다. 그동안 한국사회의 진보적 보루 역할을 성실히 수행해온 창비가 정작 자신의 잘못과 실수에 대한 비판에 직면했을 때 보인 태도는, 세월호 참사 이후 정부가 보인 무책임하고 오만한 모습과 겹쳐지는, 즉 창비식 출판권력의 민낯을 보인데다가 성찰의 진정성을 보이지 않는 자기아집의 모습으로 비쳤다. 더욱이 창비에게 곤혹스러운 문제는 이 사태가 단순히 '표절의 윤리학'에 국한되지 않는, 표절의 문제제기를 애초 쉽게 처리할 수밖에 없도록 작동하는 출판자본의 대형작가(혹은 스타급 작가)를 떠받치는 출판 내부의 시스템 문제와도 무관하지 않다는 점이다. 여기에는 이 문제가 15년 전부터 제기[1]되었음에도 불구하고 창비 역시 이 문제를 대수롭지 않게 지나쳐온바, 특히 신경숙의 장편『엄마를 부탁해』가 작품성과 대중성이 겸비한 '물건'의 위상을 갖도록 창비의 진보적 프리미엄을 부여한, 그리하여 '신경숙=한국문학의 에이스'란 왜곡된 문화 상징자본을 갖도록 한 창비의 책임을 회피하기 어렵다.

메르스가 정부의 무사안일한 판단과 관성적 방역대책, 그리고 책임 회피 등으로 정부의 무능함을 보여줬듯, 신경숙 표절 사태는 일찌감치 그의 문학을 둘러싼 표절 문제제기에 대한 전문 비평가들의 침묵의 카르텔, 이에 동조한 유수 문학출판사의 신경숙 문학에 대한 미학적 상찬과 그것을 제도 권력화하는 데 알리바이를 조성한 온갖 문화 상징자본들이 공모한 산물이다. 아무쪼록 신경숙 표절 사태로 불거진 한국문학 안팎의 문제를 번갯불에 콩 볶아먹듯이 신속히 봉합하는 데 초점을 맞추거나 구렁이 담 넘어가듯 유야무야 어물쩍 넘어갈 게 아니라 이 문제와 연루된 사안들을 찬찬히 성찰하면서 한국문학의 내실을 더욱 튼실히 다지는 계기로 삼아야 할 것이다.

미학적 쟁투가 사그라든 한국문학의 실태

이응준이 신경숙의 소설에 대한 표절 문제를 제기하자마자 아주 발빠르게 창비는 말 그대로 '내부의 조율없이' 신경숙을 무조건 옹호하는 보도자료를 냈다. 그것도 이응준이 문제를 제기한 단 하루만에 말이다. 이것은

---

1   정문순, 「통념의 내면화, 자기위안의 글쓰기」, 『문예중앙』, 2000년 가을호.

무심결에 흘려보낼 수 없는 사안이다. 무엇이 이토록 조급히 '내부의 조율 없이' 혹시나 진짜일지 모르는, 그렇다면 창비로서는 불명예스러운 오욕을 어떻게 감당하려고, 신경숙에 대한 표절 문제제기를 이렇게 간단히 처리하려고 하였을까. 삼척동자도 다 알 듯이, 그 해당 작가가 1990년대 이후 한국소설을 대표한다고 해도 과언이 아닌, 한국문학이 세계문학의 시장에서 인정을 받았다는 쾌거를 이룩하고 있는 신경숙이 아닌가. 그렇다면 어떻게든지 이 문제에 대응하는 창비는 이렇게 졸속으로 이 일을 처리하지 말았어야 했다. 표절 문제가 제기된 만큼 그 진위 여부를 진중히 그리고 치밀하게 검토했어야 마땅했다. 창비가 그럴 능력이 없으면 모를까, 창비(1966~)는 2016년이면 창립 50주년을 맞이한 중견 출판사로서 한국현대사에서 진보적 가치를 향한 책무를 건실히 수행하고 있지 않은가. 하물며 한국 지식사회에서 이른바 창비 에콜을 형성하면서 한국사회가 퇴행적일 때마다 진보적 풍향계의 역할을 담당하고 있지 않은가. 그렇다면 창비는 그동안 형성해온 문학 비평 에콜의 도움을 받아 이 문제를 슬기롭게 해결하려는 노력을 보였어야 했다. 하지만 안타깝게도 그렇지 않았다. 대신 창비는 표절 해당작 「전설」이 수록한 작품집을 출판시장에서 수거하는, 창비답지 못한 비즈니스적 조치로써 이 사태를 조기에 종식하려고 했을 뿐이다.

이러한 창비의 일련의 대응을 지켜보면서 좀처럼 떠나지 않는 비평적 생각거리들이 있다. 이를 몇 가지로 정리해보면 다음과 같다.

① 무엇이 그토록 신경숙(혹은 신경숙의 문학)을 창비로 하여금 애써 옹호하도록 하는가.
② 그 과정에서 창비는 신경숙의 발언만을 믿고 창비의 '내부조율 없이' 그의 입장을 두둔하는 보도자료를 성급히 낸 이유는 무엇인가.
③ 결국 신경숙도 마지못해 자신의 표절 사실을 인정하고 창비도 시인을 하면서, 이 문제에 대한 공적 논의의 장을 마련하고 공론에 귀를 기울이겠다는 창비의 해명 이후 구체적인 후속 조치가 뒤따르지 않는 것을 어떻게 이해해야

하는가.

④ 위와 관련하여, 긴급 토론회가 두 차례 마련되었는데도 불구하고, 게다가 두 번째 토론회에는 창비가 참석을 제안받았음에도 불구하고 참석하지 않은 것을 어떻게 이해해야 하는가. (물론, 창비 외에 문학과지성사(이후, 문지), 문학동네(이후, 문동) 역시 참석 제안을 받았음에도 불참하였다.)

⑤ 신경숙의 표절 사태는 표면상 창비로 발단되었으나 다른 유수 문학출판사, 가령 신경숙의 문학을 주목한 문학과지성사와 신경숙의 문학을 대중화하는 데 혁혁한 공로를 세운 문학동네는 이 사태로부터 무관한가.

⑥ 문제는 보다 심각하다. 신경숙의 문학을 1990년대 이후 한국문학사의 새 중좌로 자리매김하는 데 크고 작은 역할을 맡았던 각종 문화제도의 관성화된 시스템을 어떻게 볼 것인가.

위 여섯 가지 사안들은 서로 별개로 떨어져 있지 않다. 특히 신경숙의 문학이 1990년대 이후 새로운 주목을 받고 그 문학적 가치에 대한 비평의 인정투쟁이 설득력을 가진 데에는 그 이전 세대의 문학, 즉 1980년대의 문학을 타자화하는 것과 밀접한 연관을 맺는다. 베를린 장벽의 붕괴와 함께 현실 사회주의의 몰락, 그리고 문민정부의 출범은 1980년대의 문학에 대한 성급한 종언을 불러일으켰고, 개인의 내면성과 개별 주체에 대한 욕망의 다기한 풍경에 대한 글쓰기는 신경숙의 문학이 급성장할 수 있는 토양을 마련해주었다. 여기에다 광풍처럼 몰아닥친 IMF는 급격한 가족의 해체와 개별자의 실존, 흔들리고 부서지는 주체의 문제들이 불거지면서 신경숙의 문학은 기존 리얼리즘과 모더니즘의 비평 가늠자로서는 제대로 읽어낼 수 없는, 그래서 리얼리즘과 모더니즘을 가로지르며 회통(會通)하는 비평을 요구해왔다. 이와 관련하여, 우리가 상기해두어야 할 게 있다. 그의 첫 소설집 『겨울우화』(고려원, 1990) 발간 무렵 한국문학은 신경숙에 주목하지 않다가, 두 번째 소설집 『풍경이 있던 자리』(문학과지성사, 1993) 출간 이후 그는 문지의 비평 에콜의 상찬과 주목을 받으면서 소설계에 혜성처럼 등장하였다. 그리고 장편소설 『깊은 슬픔』(문학동네, 1994)이 문학동네에서 출간되면서 신경숙의 문학은 대중성과 상업성을 동시에 확보하는 스타급 작가의 반열에 올라선다. 이후 소설집 『오래전 집을 떠날 때』(창비, 1996)가 창비에서 출간되고 창비가 주관하는 만해문학상을 수상(1996)하면서 신경숙은 명실공히 한국문학의 3대 메이저 출판사와 그들의 비평 에콜에서 두루 인정받는 영예를 얻는다. 일찍이 이렇게 창비, 문지, 문동에서 모두 그 문학적 가치를 인정받는 작가도 드물 것이다. 게다가 그의 장편소설 『엄마를 부탁해』(창비, 2008)는 2011년 미국 유수의 출판사 크노프에서 번역되었고 〈뉴욕 타임즈〉 베스트셀러 목록에 오르는 기염을 토하기도 하였다. 어디 이뿐인가. 이렇게 3대 메이저에서 두루 인정받는 흔치 않는 작가이므로 한국문학의 각종 제도들(한국문학번역원, 대산문화재단, 각종 문학상 심사, 정부 및 민간 기관의 홍보 대사 위촉, 언론의 조명 등)의 적극 지원에 힘입어 신경숙은 1990년대 이후 한국문학을 표상한다 해도 과언이 아니다. 그렇다. 1990년대 이후의 한국문학은 그 이전 세대의 문학과 뚜렷한 구별짓기를 위한 비평의 인정투쟁 속에서 신경숙 문학을 굳건히 자리매김하였다.

그런데, 신경숙 문학을 에워싼 저간의 흐름과 동향을 뒤집어 생각하면, 1990년대 이후 한국문학이 그 이전 세대까지 치열하게 축적한 미학적 쟁투의 과정이 서서히 사그라지고 있음을 웅변해준다. 문동이 출현하기 전 창비와 문지는 그 나름대로의 미학적 준거점을 내세우면서 서로의 비평 에콜이 주목하는 작가를 발굴하고, 시쳇말로 그렇게 발굴한 작가의 문학세계에 미학적 배팅을 서슴지 않음으로써 이 묘한 긴장 관계는 한국문학의 종요로운 토양을 튼실히 객토해왔다. 물론, 그 과정에서 한국문학이 창비와 문지의 양대 산맥으로만 형성되는 데 대한 비판이 없던 것은 아니었다. 하지만 이러한 비판에도 불구하고 한국문학은 창비와 문지의 긴장과 그 역할에 많은 것을 빚진 것 또한 엄연한 사실이다. 창비의 눈과 문지의 눈은 서로 달랐고, 그 형형한 다른 눈빛이 부딪치는 미학적 쟁투의 치열성은 매혹적이었다. 이 틈새에서 뒤늦게 출현한 문동은 문학적 이념과는 무관한 문학적 자율성의 미명 아래 창비와 문지의 에콜에 눈치보지 않고, 그 자신이 좋다고 생각하는 문학의 가치를 대중화(혹은 상업화)시키는 노력을 통해 그들과 전혀 다른 에콜로 둥지를 틀었다.[2]

문제는 이들 세 에콜이 한국문학의 진전을 위해 서로 치열히 경합하고 한국문학의 부단한 갱신을 위한 노력을 다하기보다 문학상업주의의 수렁에서 좀처럼 헤어나오지 못하고 있다는 사실이다. 신경숙은 그 단적인 사례다. 문학평론가 김명인이 신경숙의 문학이 어떻게 신화화되었는가를 아주 구체적으로 속속 밝혔듯이,[3] 신경숙의 작품이 창비, 문지, 문동에서 출간할 때마다 각기 다른 비평 에콜에 속한 비평가들이 쓴 해설은 엇비슷한 비평 문제의식으로 좋은 '물건'이라는 데 뜻을 함께 하고 있다. 가히 신경숙의 문학은 이들 삼대 출판사와 삼대 문예지의 비평 에콜로부터 좀처럼 래디컬한 비판이 허락되지 않는 순정형(純正型)으로 보호받고 있다.

여기서, 강조해두고 싶은 것은 창비, 문지, 문동이 신경숙의 문학을 공유하면서 신경숙 문학이 결여하고 있는 것들에 대한 비판적 성찰이 미흡하거나 부재할 뿐만 아니라, 특히 그의 문학이 지닌 대중성과 보편성을 과포장한 가운데 한국문학의 경계를 넘어 세계문학에도 두루 통용될 수 있다는 가능성의 리트머스지로 삼는 것은 자칫 한국문학에 대한 평가절하로 인식될 수 있다. 문학평론가 정과리는 『엄마를 부탁해』의 미국사회에서의 성공이 단발성에 그친 나머지 한국문학의 다른 작품에는 이렇다 할 반

---

2 돌이켜보건대, 필자는 문학평론가 이명원, 하상일, 홍기돈과 함께 '비평과 전망' 동인 활동을 하면서 반년간지 『비평과 전망』을 1999년 12월에 창간한 이후 문학권력 논쟁에 직간접으로 참여해왔다. 『비평과 전망』 3호(2000년 12월 20일 발행)의 '기획특집: 문학, 권력과 반권력'에서 필자는 「한 문예지의 초고속 성장, 그 빛과 그림자」란 글에서 계간 『문학동네』의 문학주의가 지닌 문제점에 초점을 맞춰 비판적 성찰을 개진하였다. 필자 외에 홍기돈은 백낙청의 1990년대의 비평에 대한 비판적 점검을 통해 계간 『창작과비평』을 비판하였고, 선병문은 문학엘리티즘이 초래하는 문제점을 통해 문지를 강도 높게 비판하였다.

3 김명인, 「신화는 어떻게 만들어지는가」, 『주례사 비평을 넘어서』(김명인 외), 한국출판마케팅연구소, 2002.

향이 없다고 지적한바,[4] 여기에는 여러 분석이 뒤따라야 하겠으나, 『엄마를 부탁해』의 국내외의 높은 판매고를 한국문학을 향한 서구인들의 직접적 애정과 관심으로 연결짓는 것은 단순한 생각이다. 게다가 행여나 서구인들이 『엄마를 부탁해』를 거울삼아 한국문학을 이해한다면, 한국문학의 입장에서도 썩 유쾌한 일이 아니다. 왜냐하면 "많은 독자들이 이 작품을 '본격소설'이라기보다는 일종의 '장르소설'로 바라보고 있는 셈"[5]인데, 그동안 힘들게 벼린 한국문학이 서구의 문학시장에서 잘 팔리는 '장르소설'로 수렴되어서는 곤란하기 때문이다. 따라서 우리는 이 점을 분명히 적시해두어야 하고, 창비도 이러한 사실을 애써 눈감지 말아야 한다. 그런데 매우 안타깝게도 창비는 『엄마를 부탁해』가 거둔 판매고와 이를 서구시장에 먹히도록 한 자신의 해외전략에 눈이 멀어서였을까. 그래서 이렇게 쌓인 가시적 성과에 포만감을 만끽한 채 주변의 비판적 성찰을 귀찮아하였을까. 아니면 창비의 50주년을 도래하여 그 전통에 조금이라도 티가 되는 것을 말끔히 일소하고자 하는 창비 내부자의 창비의 위엄을 수호하기 위한 과잉된 충성의 발로였을까. 하여튼 이번 신경숙 표절 사태를 창비는 안일하게 넘기거나 그로부터 제기되는 문제를 묵살할 게 아니라 50주년 창립의 문턱에서 지천명의 웅숭깊은 세계를 보였으면 하는 마음 간절하다.

한국문학의 타산지석으로 다가온 오키나와의 메도루마 문학

나는 이번 신경숙 표절 사태의 추이를 지켜보면서, 과연 한국문학은 살아 있는 것일까, 하는 어리석은 질문을 던지지 않을 수 없었다. 1990년대 이후 신경숙 문학에 창비, 문지, 문동이 공을 들이고 있을 때 한국문학의 저

---

4   정과리, 「한국문학은 세계문학의 은하에 여하히 안착할 수 있을 것인가?」, 『문학사상』, 2015년 7월호, 25쪽.

5   전승희, 「한국문학을 "부탁해?"」, 『플랫폼』 34호, 2012, 66쪽.

도저한 정치적 상상력은 어디로 간 것일까. 세련된 포스트모더니즘류의 문학을 두고 새로운 서구의 담론을 빌려와 한국문학의 새로운 상상력에 알리바이를 제공한 숱한 해석들은 정녕 한국문학을 풍요롭게 한 것일까. 한국문학의 내셔널리즘을 비판하되 그것을 창조적으로 극복하려는 노력을 통해 내셔널리즘에 균열을 내고 그것과 다른 정치적 상상력을 함의한 세계, 즉 구미중심주의를 극복하기 위한 한국문학의 새 지평을 모색하기 위한 비평의 기획을 치열히 시도하고 있는가.

이와 같은 일련의 곤혹스러운 질문 속에서 타산지석으로 삼을 오키나와의 문학이 운명처럼 다가왔다. 물론 오키나와의 문학에 대한 내 공부는 일천하기 짝이 없다. 하지만 한국문학의 답보상태를 진단하고 그 문제를 객관화하기 위한 공부의 일환으로 오키나와의 작가 메도루마(1960~)의 문학의 한 대목을 주목해본다.[6]

메도루마에게 오키나와 전투를 소설로 쓰는 것은 그의 고향 오키나와를 엄습한 아시아에서, '전후' 미·일 안보체제 아래 전개되고 있는 신군국주의와 신제국주의에 맞서는 '투쟁의 정치학'과 다를 바 없다. 이것은 비단 소설쓰기에만 국한되지 않는다. 그의 전방위적 글쓰기와 활동가로서의 실천적 행위는 오키나와를 압살한 오키나와 전투뿐만 아니라 그 전투가 종결된 후 오키나와에 짙게 드리운 '전후'의 현실을 대상으로 한 '기억과 투쟁의 정치학'을 보증한다.[7]

---

6 아래의 메도루마 문학에 대한 논의는 필자의 「오키나와에 대한 반식민주의로서 경계의 문학」, 『탐라문화』 49집, 2015에서 부분적으로 발췌한 것이다.

7 메도루마는 1960년 오키나와 나키진에서 태어난 이후 줄곧 오키나와에서 살고 있다. 그의 단편 「어군기」가 '류쿠신보 단편소설상(1983)'을 수상하면서 소설을 쓰기 시작한 이후 「평화의 길이라고 이름 붙여진 거리를 걸으며」(1986)가 '신오키나와문학상'을 수상하고, 「물방울」(1997)이 규슈예술제 문학상과 아쿠타가와문학상, 그리고 「혼 불어넣기」(1998)가 가와바타 야스나리문학상과 기야마 쇼헤이문학상을 수상하면서 오키나와문학을 대표하는 작가로 평가받고 있다. 그는 소설가로서 오키나와의 역사와 현실을 다룬 문제작을 발표할 뿐만 아니라 오키나와 현실 문제에도 적극 참여하면서 왕성한 글쓰기 활동을 전개하고 있다. 그의 날카로운 비평적 문제의식은 시론(時論) 성격의 평론집 『오키나와의 눈물』(2007)로 출간되었다. 최근 메도루마는 김재용 문학평론가와의 대담에서 오키나와의

메도루마 자신이 직접 체험은 하지 못했으나 조부모 세대의 증언으로부터 재현된 그의 오키나와전의 서사는 각별히 주목해야 한다. 미군이 1945년 3월 26일 오키나와에 상륙하여 6월 22일 일본군이 항복할 때까지 치러진 지상전은 오키나와 주민들에게 씻을 수 없는 전쟁의 참화와 상처를 안겨주었다. 아무리 사람의 생목숨을 앗아갈 수 있는 전쟁이라 하더라도 도저히 용납할 수 없는, 일어나서는 안 될, 그리고 차마 생각조차 할 수 없는 끔찍한 일들이 오키나와전 곳곳에서 펼쳐졌다. 오키나와전 당시 오키나와는 비현실이 현실을 압도하고 초과하는 현실로 가득 채워졌다.

메도루마는 바로 이러한 오키나와전에 휩싸인 오키나와의 현실을 그 특유의 서사로 재현한다. 그것은 오키나와전에 죽은 영령과 오키나와전으로부터 살아난 자의 교응에 초점을 맞추는데, 우리가 각별히 눈여겨보아야 할 것은 만남의 '공간성'이다. 달리 말해 이것은 메도루마가 오키나와전과 전후의 현실을 구체적으로 만나는 공간의 그 어떤 속성을 밝혀보는 것으로, 메도루마 문학의 '기억과 투쟁의 정치학'을 탐구하는 중요한 한 측면이다. 여기서, 우리는 메도루마의 소설에서 곧잘 등장하는 오키나와 천혜의 자연(해안가, 동굴, 숲)이 오키나와전의 지옥도(地獄圖)와 포개진다는 것을 간과할 수 없다. 「혼 불어넣기」에서는 달빛이 비치는 해안가 안쪽에서 육중한 몸을 힘겹게 이끌고 온 바다거북이 천신만고 끝에 알을 낳은 후 기진맥진한 몸을 끌다시피 다시 바다로 돌아가는데, 우타는 그 모습 속에서 오키나와전의 충격으로 들락날락하는 고타로의 혼이 아예 바닷속으로 사라질 것을 두려워하는가 하면, 바다 저편에서 고개를 치켜든 바다거북에서 전쟁 당시 해안가에서 목숨을 잃은 우타의 친구 오미토의 환생을 목도한다. 그리고 「브라질 할아버지의 술」에서는 오키나와전 당시 홀로 생존한 후 젊은 시절 브라질 이주 생활을 정리하여 오키나와로 돌아온 '브라질 할아버지'

___
혜노코 앞 바다로 옮겨올 미군 기지에 저항하는 해상 저지 운동에 전력하고 있어 작품을 쓸 시간이 없다고 말하였다(「대담: 메도루마 슌」, 『지구적 세계문학』, 2015년 봄호, 355~366쪽).

에게 어렴풋한 기억으로 남아 있는, 오키나와전 때 가족과 함께 피신한 동굴 속에서 아버지가 힘주어 강조한 오키나와 술을 담아놓은 술단지의 존재를 애오라지 기억한다. 그 동굴은 오키나와전 당시 일본군과 일본군에 동원된 오키나와 주민뿐만 아니라 전쟁에 피신한 무고한 양민들이 거쳐갔던 곳으로, 미군의 화염방사기 공격과 일본군의 강제적 집단자결이 결행된 처참한 비극의 공간이다. 또한 「이승의 상처를 이끌고」에서는 오키나와의 새, 벌레, 풀잎, 낙엽, 흙 등이 총체적으로 어우러진 정령이 깃든 신목(神木)의 위상을 지닌 가주마루 숲에서 신기(神氣)에 지핀 작중인물 '나'가 오키나와전고 전후의 현실 속에서 죽어간 영령의 세계와 만난다.

이렇듯이, 오키나와의 해안가, 동굴, 숲은 메도루마의 소설 속에서 오키나와전과 전후의 현실과 포개진 역사적 풍경으로서 전도된 공간성을 띤다. 좀 더 부연하면, 맹그로브, 상사수(相思樹), 담팔수(膽八樹), 백사장 등이 어우러진 해안가와, 넓게 분포된 석회암 지대에서 빗물이나 지하수가 석회암을 침식하여 자연스레 형성된 종유동굴, 그리고 타이완, 필리핀, 열대 아메리카 등지에서 이식돼 토착화된 가주마루, 긴네무, 야자수나무, 부용 꽃의 숲을, 오키나와에서 전래하는 '풍속의 세계'(초혼, 정령의 세계)가 에워싸고 있다. 그런데 이곳은 오키나와전의 참상이 벌어짐으로써 오키나와를 압살한 근대 폭력이 자행된 '죽음의 세계'다. 다시 말해 이곳은 오키나와의 삶공동체를 지탱시켜주는 삶으로서 '풍속의 세계'와 삶공동체를 절멸시키는 오키나와전의 '죽음의 세계'가 서로 맞닿아 있는 공간이다. 그러면서 이곳은 두 대립의 세계의 틈새로 새로운 삶의 가능성을 모색하는 '삶투쟁의 세계'가 생성되는 공간이기도 하다. 이 '삶투쟁의 세계'는 두 대립의 세계가 맞닿아 있는 임계점에서 '경계'를 만들어내고, 이 '경계'에서 메도루마는 오키나와의 '경이로운 현실'[8]을 문학적 상상력으로 실천하고 있다. 따라서 메

---

8 쿠바 출신 작가 알레호 카르펜티에르(1904~1980)는 라틴아메리카의 대자연과 신화적 세계, 그리고 오랜 서구 식민주의의 억압의 역사 속에서 서구의 미학으로는 온전히 포착할 수 없는 라틴아메리

도루마의 문학에서 보이는 환상적·몽환적·비의적 표상을 오키나와의 역사적 풍경의 속성을 띤 해안가, 동굴, 숲의 공간성과 유리된 채 이해하기보다 이들 공간성이 함의한, 그리하여 오키나와의 '경이로운 현실'을 드러내는 오키나와 리얼리즘의 일환인 '메도루마 리얼리즘'⁹으로 이해하는 게 온당하다. 굳이 '메도루마 리얼리즘'으로 호명하는 데에는, 메도루마의 문학에 대한 기존 평가에서처럼 '그로테스크 리얼리즘' 혹은 '마술적 리얼리즘'이 어디까지나 유럽중심주의에 기반을 둔 리얼리즘에 대한 이해로부터 자유로울 수 없는 만큼 메도루마처럼 반식민주의 해방의 정치학을 실천하는 문학의 경우 궁극적으로는 유럽중심주의를 창조적으로 넘어서는 리얼리즘에 초점을 두고 있다. 그리하여 메도루마는 종래와 또 다른 리얼리즘 문학을 실천하고 있는바, 아직 이에 적실한 개념을 정립하는 데 한계가 있으나, '로컬 또는 작가 고유명사'를 차용하여 '메도루마 리얼리즘'의 측면에서 그의 문학의 특이성을 적극적으로 탐구할 필요가 있다.

이와 관련하여, 「물방울」에서 도쿠쇼의 엄지 발가락으로부터 물을 빨아 마시며 갈증을 해소하기 위해 매일 밤 찾아오는 일본군(야마토 및 우치난추 군인)이 도쿠쇼의 방 '벽' 속을 들락날락한다는 것은 매우 흥미로운 대목이다. 지금까지 논의했듯, 도쿠쇼의 '벽'은 오키나와전에 죽은 영령이 도쿠쇼를 만나기 위해 반드시 통과해야 하는 '경계'다. 이 '벽'을 경계로 하여 오

카 특유의 리얼리티를 '경이로운 현실(lo real maravelloso)'의 문제틀로 이해한다. 그는 유럽뿐만 아니라 중국과 아랍을 여행하면서 서구인의 시각으로는 도저히 이해할 수 없는, 유럽과 다른 문화 감각과 생의 감각이 도처에 존재하고, 그것들이 지닌 현실의 경이로움으로부터 라틴아메리카의 문학을 '경이로운 현실'로 바라본다. 이에 대해서는 『지구적 세계문학』(2014년 가을호)의 '고전의 해석과 재해석2'에서 알레호 카르펜티에르를 집중 조명한 것을 참조. 나는 메도루마의 문학에서 보이는 오키나와의 현실에 대한 메도루마 특유의 문학적 상상력을 카르펜티에르의 '경이로운 현실'에 비춰본다.

9   메도루마의 문학처럼 오키나와의 '경이로운 현실'에 입각한 리얼리즘은 구미의 세계가 아닌 트리컨티넨탈 세계에서 두루 일반화할 수 있다. 두루 알 듯이 아프리카, 아시아, 라틴아메리카의 경우 제국주의 폭력은 이들 트리컨티넨탈 천혜의 자연환경 및 풍속의 세계를 유린하는데 바로 이곳에서 제국주의의 억압을 견디고 저항하는 구미의 인식과 감각으로 도저히 포착할 수 없는 '경이로운 현실'이 전개된다. 이것을 이른바 '트리컨티넨탈 리얼리즘(tricontinental realism)'으로 개념화할 수도 있지 않을까. 이에 대해서는 추후 좀 더 보완된 논의를 펼치고자 한다.

키나와전과 연루된 '죽음의 세계'와 오키나와전의 실상을 은폐하고 그 진실을 왜곡 및 망각하려는 것과 맞서기 위한 '삶공동체의 세계'는 맞닿아 있다. 그리하여 이 '벽'은 두 대립의 세계에 틈새를 내는, 즉 '삶투쟁의 세계'를 만들어내는 '경계'를 표상한다. 이제 죽은 영령이 찾아온 '벽' 안쪽의 세계는 도쿠쇼의 침대가 놓인 방이 아니라 오키나와전 당시 동굴로 상기(remembering)되고 그 동굴이 함의한 오키나와의 '경이로운 현실'을, 메도루마는 특유의 '메도루마 리얼리즘'으로 재현한다.

한국문학이여, '작은 문학'으로서 펄펄 살아 있는 생기로 꿈틀거리기를

나는 한국문학의 타산지석의 사례로 오키나와의 작가 메도루마 문학의 한 세계를 주목한다. 그의 삶과 문학에는 한국문학이 현재 결여하고 있는 문학의 생기가 꿈틀거리고 있다. 그것은 오키나와가 직면한 난제에 체념하여 현실에 굴복하는 게 아닌 치열한 미적 투쟁 그 자체다. 새삼 강조할 필요 없이 오키나와는 현재 일본의 부속 영토로서 미국의 아시아태평양 군사기지의 주요 핵심으로 자리하고 있다. 여기서, 메도루마의 정치적 활동과 그의 문학세계가 보여주듯, 미·일 안보동맹의 미명 아래 일본 열도를 수호하기 위한 희생의 시스템으로 오키나와를 전락시키는 일본으로부터 오키나와의 독립을 쟁취하려는 메도루마의 정치적 열망은 그의 문학이 무엇을 위해 존재하는지를 뚜렷이 보여준다. 그것은 오키나와의 문학처럼 일찍이 카프카(1883~1924)가 적시한 '작은 문학'[10]이 어떠한 정치적 상상력을 벼려야

---

10 흔히들 '작은 문학'을 들뢰즈와 가타리가 번역한 '소수 문학'으로 이해하고 있는데, 카프카는 현재 체코의 수도 프라하에서 태어나 줄곧 프라하에서 독일어로 글쓰기를 한 유대계 작가로서 1차대전 전후 유럽의 제국주의 부침과 국민국가체제의 재편을 지켜보면서, 그가 처한 현실의 문학을 '작은 문학'의 가치로서 새롭게 발견한다. 카프카의 일기 중 이와 관련한 부분을 소개해본다. "문학사는 신뢰할만한 불변의 통일체를 제공하는데, 이 통일체는 일시적인 취향에 의해 거의 타격을 받지 않는다. 작은 민족의 기억은 거대한 민족의 기억보다 적지 않으며, 따라서 실재 소재를 더 철저히 다룬다.(1991년 12월 25일)", "거대한 문학에서는 아래에서 일어나며 건물에 꼭 필수적이지 않은 지하실 같은 것

하는지를 말한다. 제국의 이해관계가 첨예히 맞서는 곳의 문학일수록, 그리고 강성한 국민국가들 사이의 갈등 속에서 점차 물화된 현실에 속수무책일 수밖에 없는 현실에 내몰린 문학일수록, 오키나와가 직면한 현실이 그렇듯이 메도루마의 문학은 기존 이러한 현실의 틈새에서 생존을 연명해가는 문학이 아니라 메도루마식으로 문제의식을 가다듬고 오키나와의 '경이로운 현실'에 대한 기억의 정치학을 쉼없이 담금질한다. 그것이 바로 메도루마가 실현하는 오키나와에서의 '작은 문학'이 지닌 무서운 파괴력이다. 그렇다고 오해하지 말자. 메도루마는 오키나와의 내셔널리스트가 아니다. 그보다 그는 오키나와가 지닌 특유의 경계의 상상력 속에서 종래 일본과 미국으로 수렴되는 그러한 세계가 아닌, 달리 말해 오키나와의 생명들이 근대의 세계악(世界惡)에 억압받으면서 소멸하지 않고 오키나와의 전존재들과 평화롭게 공존하는 구미중심주의의 세계와 다른 세상을 꿈꾼다. 꿈을 향한 메도루마의 욕망과 활동은 싱그러울 뿐만 아니라 숭고하다. 따라서 이 모든 게 집약된 메도루마의 문학은 펄펄 살아 있다. 오키나와의 절실한 문제를 정면으로 문제 삼고 있으니, 그의 문학의 보고(寶庫)는 오키나와이며, 글쓰기의 자양분 역시 오키나와이므로 타인의 문제의식 또는 문장을 표절하는 것은 아예 관심 바깥일 수밖에 없다. 메도루마에게 중요한 것은 미문을 쓰는 게 아니라 그가 꿈꾸는 오키나와의 정치적 독립, 이것은 곧 오키나와에 켜켜이 누적된 구미중심주의의 세계와 결별하는 다른 세계를 기획하는 글쓰기를 실천하는 것이다.

여기서, 한국문학의 작금을 돌아볼 때 한국문학에 절실한 것은 지극히 초보적이며 상식적이지만, 강조하지 않을 수 없는 게 바로 지금, 이곳의 문제를 붙잡고 씨름하는 일이다. 그 싸움은 현실에 안주하려는 게 아니다. 이

을 형성하는 것이, 여기(작은 문학)에서는 환환 조명을 받으며 일어난다. 거기(거대한 문학)에서는 순간적인 관심을 모으게 할 뿐인 것이, 여기에서는 모두의 생사가 걸린 결정을 초래하게 된다."(1991년 12월 26일)" 이상의 카프카의 일기에 대한 번역은 『지구적 세계문학』 5호(2015년 봄호)를 참조.

악무한의 현실에 맥없이 쓰러지는 초라한 자화상을 재현하려는 것도 아니다. 희망이 부재하고 전망을 도저히 기획할 수 없는 현실에서 처절히 부서지는 그 열패감을 낭만적으로 확인하려는 게 아니다. 언제부터인지 한국문학이 망실하고 있는 것은 지금, 이곳을 넘어서기 위한 예의 '작은 문학'으로서 서사적 기획력이 현저히 떨어지고 있다는 사실이다. 관성적으로 이야기를 쓰기만 해서는 안 된다. 산문정신을 곰곰 되새길 필요가 있다. 세계와 전면적으로 부딪치고 그 강고한 현실의 장벽을 부수고 장벽 너머의 또 다른 세계를 과감히 기획하는 정치적 상상력이 한국문학에 절실히 요구된다. 대중에게 잘 읽히는 소설을 쓰는 것보다 그리고 이러저러한 것으로 분식하고 미화된 채 그럴듯한 감동을 주는 것보다 대중에게 팽배해진 낯익은 세계를 뿌리채 뒤흔들어 우리가 살고 있는 이 세계를 반성적으로 성찰하는 소설을 만나는 일은 어려운 일일까. 그리하여 기존 낯익은 구미중심주의의 세계관을 내면화한 세계문학에 균열을 내고 새로운 삶의 세계를 꿈꾸는 '작은 문학'으로서 세계문학을 새롭게 구성하는 욕망을 실현하는 것은 요원한 일일까. 나는 아직도 욕망한다. 한국문학이 이러한 원대한 기획과 꿈을 포기하지 않고 펄펄 살아 있는 생기로 꿈틀거리기를. 물론, 이 일을 창작에게만 떠넘겨서는 곤란하다. 비평도 함께 이 일을 열심히 도모함으로써 더 이상 신경숙 표절 사태와 같은 한국문학의 추문에 우리의 에너지가 소모되지 않아야 한다.

3부

복수의 근대성을 모색하는

2000년대의 한국소설에 나타난
분단체제의 문제의식

분단체제의 동요를 기대하며

대한민국과 조선민주주의인민공화국의 최고 정치권력은 21세기 들어 두 차례의 회합을 통해 한반도를 포함한 동북아의 평화를 향한 역사적 행보를 시작하였다.[1] 국민의 정부와 참여정부는 햇볕정책의 기조 아래 남과 북의 긴장을 완화하고 화해와 협력을 위해 사회 여러 부문에서 교류를 활발히 펼쳤다는 사실은 새삼스러운 게 아니다. 그리하여 남과 북의 주민들은 이른바 '6·15시대'로 호명하면서 한반도의 역사는 자연스레 '6·15시대' 이전과 이후로 나뉘어 이해될 정도로 남과 북의 정치사회적 관계는 실로 획기적 진전을 이뤄나갔다.[2]

---

[1] 대한민국과 조선민주주의인민공화국은 2000년대에 들어 남과 북의 최고 정치권력이 두 차례 회합을 가졌다. 김대중 대통령과 김정일 국방위원장의 첫 만남 이후 '6·15공동선언문(2000)'이 채택된 이후 이른바 6·15시대의 서막이 열리면서 노무현 대통령과 김정일 국방위원장의 만남이 이뤄져 '10·4공동선언(2007)'을 채택하였다. 대한민국의 북한에 대한 햇볕정책 기조 아래 두 차례의 남과 북 정상회담을 통해 그동안 적대적 대립 관계로부터 평화체제로 이행해가는 과정을 밟았던 것은 주지의 사실이다.

[2] 6·15시대를 맞이한 이후 남과 북은 좀 더 구체적이면서 현실적인 측면에서 분단체제 극복의 도정에 동참하게 된다. 이에 대해 백낙청의 다음과 같은 논의는 시사하는 바 크다고 필자는 생각한다. "분단체제극복으로서의 통일은 원래, 남북 각각의 사회가 분단된 상태에서도 가능한 일상적인 삶의 개선을 최대한으로 추구하는 '단기 목표'와, 세계체제 전체를 좀 더 나은 체제로 바꾸는 '장기 목표' 사이에 놓인 '중간 목표'의 성격을 띤다. 따라서 남한사회 내에서 통일운동과 직접적인 연관 없이 진행되어온 갖가지 개혁작업—군사독재정권의 타도에서부터 지역주의 타파, 인권신장, 부패추방, 언론

돌이켜보건대, 문화예술 분야에서 문학이야말로 '6·15시대'와 가장 적실히 교응했다 해도 과언이 아니다. 출판계의 활발한 교류로 인해 북쪽의 홍석중 소설가의 장편소설 「황진이」(2002)가 남쪽에 출판되면서 많은 독자들이 북의 문학에 대한 새로운 진실을 접하는 소중한 기회를 가졌다. 그런가 하면 남과 북의 작가들은 분단 60년에 드리워진 내면의 휴전선을 걷어내는 일환으로 '6·15공동선언 실천을 위한 민족작가대회'(2005년 7월 20일~25일) 이후 그 가시적 성과로 '6·15민족문학인협회'(2006년 10월 30일)를 설립하여 기관지 『통일문학』을 2호 발행하기도 하였다.[3]

이렇듯, 남과 북의 문학 교류는 흡족하지는 않지만, 그동안 분단체제의 삶을 살고 있는 작가들의 직접적 만남과 출판 교류를 통해 서로의 내면을 성찰할 수 있는 값진 기회를 얻었다. 그 험난한 도정을 통해 분단체제를 흔들리게 할 수 있는, 그리하여 한반도의 대립과 긴장 국면을 서서히 완해시킴으로써 이러한 교류의 시간이 축적되다 보면, 그 시간의 힘에 의해 자연스레 분단체제가 허물어져 평화체제로 이행될 수 있다는 구체적 청사진을 그려볼 수 있다. 물론, 아직까지 이러한 성과가 문학작품으로 충분히 육화되고 있지는 않다. 하지만, 분단체제를 교류와 비평담론의 차원이 아닌 창

개혁, 환경보호, 성차별 철폐, 빈부격차 축소 등등을 위한 수많은 싸움들—이 모두 '제대로 된 통일'의 필수적 요건이다. 동시에 이런 문제들이 분단체제가 남한사회에서 작동하는 구체적인 양상이면서 더 크게는 세계체제의 모순이 분단체제를 매개로 남한사회에서 구현되는 양상이기도 함을 인식하지 않고서는 이들 개혁작업이 거둘 수 있는 성과는 극히 한정되기 마련이다. 새로운 인류 문명 건설이라는 원대한 기획과 한반도에서 분단체제보다 나은 체제를 건설한다는 조금 더 근접한 과제를 남한땅에 사는 개개인의 그날그날의 싸움과 동시에 수행하는 일이야말로 세계사적 위업을 수행하는 국민이자 민족으로서 우리가 잠깨어 있는 길일 것이다."(백낙청, 「6·15선언 이후의 분단체제 극복작업」, 『한반도식 통일, 현재진행형』, 창비, 2006, 97쪽) 이와 함께 최근 흥미로운 것은 이명박 정부 이후 냉각된 남북관계를 해체하고, 지연된 6·15시대의 과제 해결을 위해 백낙청은 「2013년체제를 준비하자」(『실천문학』, 2011년 여름호)를 설득력 있게 제안한다.

3 필자는 남북문학 교류를 위한 실무에 참여하면서 남과 북의 신뢰를 쌓고 이를 토대로 교류의 실질적이면서 가시적 성과를 내기 위해서는 어떠한 것이 절실한지 숙고하였다. 이 문제의식의 일환으로 필자는 '6·15민족문학인협회'의 결성에 이르는 거의 모든 세부 과정을 일지 형식으로 기록하였다. 고명철, 「'6·15민족문학인협회' 결성, 분단체제를 넘어서는 문화적 과정」, 『잠 못 이루는 리얼리스트』, 삶이보이는 창, 2010 참조.

작의 성과물로 다루고 있는 작품들이 지속적으로 발표되고 있는 것은 매우 고무적인 일이 아닐 수 없다.[4]

광복 70주년을 맞이하여 그 어느 때보다 분단체제를 피부로 실감하고 있는 현실에서 2000년대의 한국소설은 분단체제에 대해 서사적 대응을 어떻게 보이고 있는지, 그 윤곽을 살펴보는 게 이 글의 목적이다.

분단체제의 '2등국민'이 살아야 할 묵시록적 현실

분단체제를 다룬 2000년대의 한국소설에서 눈여겨보아야 할 대목은 그 동안 금기의 영역으로 구획된 채 감히 인식의 지평으로 구체화할 수 없던 북한 사람들을 직접적으로 다루게 되었다는 점이다. 우리에게 낯익은 20세기의 이른바 분단문학[5]의 차원에서는 냉엄한 분단이데올로기가 작동되는 현실에서 휴전선 이북에 살고 있는 사람들을 서사의 직접적 대상으로 삼을 수 없었다. 정작 작가들이 다루고 싶어도 북한 사람들의 일상을 접할 수 있는 기회가 정치사회적 이데올로기의 장벽으로 막혀있을 뿐만 아니라 그나마 접할 수 있는 정보마저 대한민국의 실정법이 허락하는 범위 안에서 가능하다 보니,[6] 남과 북을 총체적으로 인식할 수 있는 작품을 쓰는 일은 대단

---

4 가령, 영상 쪽에서 남북 관계에 대한 새로운 인식을 보여주는 작품이 2000년대에 잇달아 발표된바, 「공동경비구역 JSA」(2000), 「태극기 휘날리며」(2004), 「웰컴투 동막골」(2005), 「아이리쉬」(2009), 「의형제」(2010), 「포화 속으로」(2010), 「꿈은 이루어진다」(2010), 「적과의 동침」(2011), 「풍산개」(2011) 등이 대중의 폭넓은 사랑을 받았듯, 남북 관계에 대한 상투적 접근과 경직된 상상력을 넘어선 지금, 이곳의 현실과 밀착한 새로운 사회적 상상력이 절실히 요구되고 있다.

5 분단의 현실에 대한 문학적 탐구는 1980년대까지 한국문학의 주요한 몫이었다(김승환·신범순 편, 『분단문학의 비평』, 청하, 1987). 그러다가 "1990년대 이후 작가들에게 분단 현실은 주목받지 못했다. 다원성·개성을 전면에 내세운 개별화된 담론의 급성장은 우리 현실의 사회·역사적 문제보다는 개인의 억눌린 무의식적 욕망을 표출하는 데 주력하게 했기 때문이다. 우리의 현실을 규정하는 근원적 모순이라 할 수 있는 분단 상황에 대한 천착은 지나간 시대의 유물인 양 소홀히 취급되기도 했다." (고인환, 「'함께 있어도 외로움에 떠는' 그들」, 『공감과 곤혹 사이』, 실천문학사, 2007, 76쪽)

6 분단의 현실은 한국문학에 창조적 응전을 요구했다. 하지만 한국문학은 국가보안법의 정치적 폭압 속에서 분단의 고통을 감내하지 않을 수 없었다. 어떻게 보면 한국문학사에서 분단의 극복은 국

히 어려운 일이었다.

이러한 문제는 '6·15시대'를 맞이하면서 광범위하고 활발한 남북 교류를 통해 어느 정도 해소의 계기를 갖게 된다. 무엇보다 서로 다른 정치사회 체제를 살아온 한반도의 주민들이 그 엄혹한 체제의 경계를 넘어 직접 부딪치며 이뤄지는 삶의 구체성에 대한 상상력을 작가들이 마음껏 펼치고 있다는 것은 주목할 만하다. 이응준의 장편소설 『국가의 사생활』(민음사, 2009)과 권리의 장편소설 『왼손잡이 미스터리』(문학수첩, 2007)에서는 남과 북의 주민들이 한데 뒤엉키는 삶을 통해 분단의 문제를 새로운 사회적 상상력으로 접근하고 있다.

그런데, 이들 작품에서 각별히 유의해서 살펴보아야 할 것은 그들이 북한 주민들을 어떻게 인식하고 있는가 하는 점이다. 이응준의 『국가의 사생활』은 "대한민국의 조선민주주의인민공화국 흡수통일"[7] 이후의 현실을 다루고 있는 일종의 가상 역사소설이며, 권리의 『왼손잡이 미스터리』는 탈북하여 대한민국으로 이주한 탈북민이 컴퓨터 게임에 푹 빠져 실재와 가상현실의 착종을 보여주고 있다. 여기서 공통적으로 주목해야 할 것은 흡수통일 이후의 현실, 즉 '통일 대한민국'과 분단체제에 있는 대한민국에서 일상을 살고 있는 북한 주민들에 대한 작가의 인식이다. 두 작품 모두 북한 주민들은 그들에게 익숙한 삶의 터전이 아닌 대한민국에서 삶의 터전을 일궈내고자 애를 쓴다. 이응준과 권리는 한국전쟁을 미체험한 젊은 세대이고, '6·15시대' 이후 진전된 남북 교류의 문화적 혜택을 듬뿍 받은 세대이고, 무엇보다 냉전시대의 정치사회적 이념으로부터 벗어남으로써 이에 자유롭지 못한 냉전의 아비튀스와 단호히 결별한 세대이기 때문에 북한 주민들에 대한 자못 흥미로운 인식을 보여준다.

가보안법에 대한 한국문학의 치열한 저항과 응전이었다 해도 과언이 아니다. 이에 대해서는 고명철, 「분단체제 혹은 국가보안법을 넘는 한국문학」, 『뼈꽃이 피다』, 케포이북스, 2009 참조.

7   이응준, 『국가의 사생활』, 민음사, 2009, 11쪽.

이응준과 권리는 대한민국 일방의 정치사회적 헤게모니 지배로 귀결되는 분단체제의 동요가 낳은 혹은 배태될 수 있는 현실을 예각적으로 보여준다. 그것은 북한의 주민들이 '2등국민'으로 전락하고 있으며, 실제 그렇게 될 수 있는 가능성이 농후하다는 것을 정면으로 문제 삼고 있다.

> 통일 대한민국은 이북 사람들에게 뼈아픈 상실 그 자체였다. 따뜻한 남쪽 나라의 동포가 미리 건설해 놓은 자본주의에 편입만 하면 언젠가는 그들과 마찬가지로 부를 누릴 수 있을 거라는 희망은 여지없이 무너졌다. 이남 사람들은 이북 사람들을 게으르고 경쟁력이 없는 인간이라고 모욕했다. 이북 사람들은 자신들이 통일 대한민국의 국민이 아니라 지금은 유령이 되어 버린 조선민주주의인민공화국의 인민일 뿐이라고 생각하게 되었다. 미루어 대강 짐작은 하고 있었지만, 이북 사람들과 이남 사람들은 서로가 달라도 이토록 처절하고 이 갈리게 다를 줄은 미처 몰랐던 것이다.[8]

이응준은 북한의 최정예군들이 '통일 대한민국' 이후 조폭으로 전락한 채 이북 출신의 여성만을 접대부로 고용하여 남쪽 출신의 정재계 지배권력자들의 욕망을 충족시켜주는 데 만족하는 모습을 보여준다. 그리하여, "이북 사람들은 자신들이 통일 대한민국의 국민이 아니라 지금은 유령이 되어 버린 조선민주주의인민공화국의 인민일 뿐이라고 생각하"는 신세로 전락하고, '통일 대한민국'에서 어떻게 해서든지 살아남기 위해 혈안이 된 채 "얼마 전까지 공산주의자들이었던 이북 사람들이 버젓이 극우파가 되어 외국인 노동자들을 무시하고 해치는 웃지 못할 사건들"[9]을 벌인다. 이북 사람들은 실감한다. "통일 대한민국은 내면적으로 여전히 분단 상태였고 전라도와 경상도 사이보다 더 지독한 지역감정 하나가 추가되"[10]고 있는 가운

---

8 이응준, 위의 책, 100쪽.

9 이응준, 같은 책, 99쪽.

10 이응준, 같은 책, 77쪽.

데 이북 사람들은 '통일 대한민국'에서 '2등국민'으로 취급되고 있는 것이다. 비록 이응준의 『국가의 사생활』이 대한민국에 의한 흡수통일 이후의 현실을 형상화하고 있다는 점에서는 관점에 따라 '반북주의적 태도'를 이데올로기화한 것으로 볼 수 있지만, "이 소설을 통해 '결과가 아닌 과정으로서의 남북통합'에 대해 진지하게 고민할 필요성을 느끼게 된다"[11]는 점에서 그 의의를 결코 과소평가할 수는 없다.

무서운 것은 이러한 가상 역사소설에서 미리 보는 현실이 지금, 이곳에서 쉽게 목도할 수 있다는 사실이다. 권리가 주목하고 있는, 대한민국으로 이주한 탈북자들은 "여기서 내는 탈북자고 이등인이지, 한국인이 아니야. 처음에는 외국인 대하듯 호기심 갖다가 나중에는 밥그릇 빼앗긴다고 욕하니까."[12]와 같은 말에서 단적으로 알 수 있듯, 대한민국으로부터 철저히 소외된 이방인이면서 대한민국의 국민과 구별되는 '2등국민'임을 뼈아프게 인식하고 있다.

> "앞에서는 인권, 인권 해도 정작 실질적인 도움은 안 주는 정부가 문제야. 보수파와 미국은 탈북자는 난민으로 둔갑시켜 탈북자 인권을 정치적으로 팔아먹고, 진보파는 북한 체제 붕괴될까 봐 인권 문제는 아예 외면해 버리고 있잖니? 당리당략만 하다가 김정일이 미사일 발사 실험에 뒤통수나 맞질 않나. 내는 김정일이 독재 정권, 수령 절대주의 싫어서 내 발로 나온 사람이지만, 사회 돌아가는 모양 보면 내 생각이 옳았나 싶갈려. 저럴 시간 있으면 차라리 우리한테 정직한 직업이나 얻게 해 줬으면 좋겠어.""요샌 기획 탈북 막자고 정착금도 분할 지급한다는데, 기케 하면 가게 하나 차릴 수 있겠어? 다 탈북자 수를 줄이려는 속셈이지."
> "헬싱키 그룹이 또 한 건 하는 건가? 인권 문제로 압박해서 소련과 동구권을 무너뜨리려구."

11 오창은, 「분단 디아스포라와 민족문학」, 『모욕당한 자들을 위한 사유』, 실천문학사, 2011, 234~235쪽.

12 권리, 『왼손잡이 미스터리』, 문학수첩, 2007, 111쪽.

"옳지. 이게 다 미제 놈들 때문이야. 탈북자 다 받아 주면 중국이 국경 단속 세게 할 거구, 결국 탈북자들 더는 못 나오게 될 거야. 경제봉쇄 조치해서 고난의 행군하게 만들더니, 인차 북한에 인권 공세로 밀어붙인 다음, 조선 반도를 이라크로 만들 셈인 게지. 미국 가면 집도 주고 직업도 주고 시민권도 주고 해서, 출세까지 한다지만 난 절대 미국 안 가, 흥!"[13]

여기서 단적으로 읽을 수 있듯, 무엇보다 무서운 현실은, 대한민국의 보수파와 미국뿐만 아니라 대한민국의 진보파 모두 탈북자를 각자의 이해 관계 속에서 정치적으로 이용만 할 뿐, 탈북자가 대한민국에서 '2등국민'으로 전락하고 있다는 데 대해 누구도 이 문제의 심각성을 제대로 인식하고 있지 못하다는 작가의 지적은 온당하다. 때문에 권리는 탈북자의 시선을 빌려 "안개 속에 살면 안개에 익숙해져 아무것도 보려 하지 않는 나라"[14]가 곧 대한민국이며, 탈북자가 이러한 안개의 나라에서 '2등국민'으로 살아야 한다는 묵시록적 현실을 매우 차분하면서도 냉정히 드러낸다.

이응준과 권리의 작품을 통해 성찰할 수 있는 것은 설마 그러한 일이 일어날까, 하는 기우(杞憂)가 기우가 아닐 수 있다는 것을 서사를 통해 헤아려 볼 수 있다는 점이다. 예방주사를 맞았다는 표현이 적합할지 모르겠으나, 분단체제를 동요시키는 과정에서 가시적으로 맞닥뜨려야 할 북한 주민들과의 새로운 관계를 정립하기 위한 슬기와 지혜가 요구된다.

세계자본주의 체제의 난민(難民), 분단체제의 약소자

매우 초보적 논의일지 모르지만, '분단시대'가 아닌 '분단체제'라고 언급할 때는 분단에 대한 문제가 한반도에 존재하는 대한민국과 조선민주주

---

13 권리, 위의 책, 111~112쪽.
14 권리, 같은 책, 148쪽.

의인민공화국이란 두 개의 국민국가로 나뉜 영토 분할의 관점에 초점을 둔 게 아니라 이들 국가를 아우른 세계자본주의 체제를 염두에 둔, 그 하위 체제의 성격을 지닌 것으로 논의하는 게 적실하다.[15] 따라서 2000년대의 주요 문제작인 황석영의 장편소설 『바리데기』(창비, 2007)와 정도상의 연작소설 『찔레꽃』(창비, 2008)에 쏟아진 문학 안팎의 관심은, 이제 드디어 이들 작품을 통해 분단체제가 비평담론의 논의틀에서 벗어나 창작의 영역을 포괄하여 그 담론의 적실성을 보증받게 되었다는 것을 간과할 수 없다.[16]

『바리데기』와 『찔레꽃』은 모두 탈북자를 다루고 있되, 그들이 서사적으로 총력을 기울이고 있는 것은 분단의 문제를 한반도의 남과 북의 이념적 대립과 갈등의 차원으로 인식하는 게 아니라, 좀 더 거시적 지평에서 분단의 문제를 바라보고 있다는 점이다. 기존의 이른바 분단서사에 낯익은 독자들에게 그들의 소설은 새롭다. 무엇보다 새로운 것은 그들의 소설에서 탈북자가 (대한민국과 조선민주주의인민공화국의) 국민국가의 상상력에 갇혀 있는 소수자의 문제로서가 아니라, 전 지구적 자본주의 세계체제와 긴밀히 연동되어 있는 현실 속에서 약소자 문제로 인식되고 있다는 점이다. 이것은 우리가 주목해야 할 탈북자에 대한, 그리고 분단체제를 넘어 평화체제를 추구하려는 문학적 인식과 실천의 소중한 자산이다.

지금까지 우리에게 익히 알려진 탈북자에 대한 이모저모는 북한의 정치경제적 억압을 못 견뎌 대한민국의 자유민주주의를 자발적으로 선택한

---

15 백낙청은 민족문학론을 개진하면서 한국전쟁 이후 민족사의 문제적 현실을 총체적으로 인식하는 문제틀을 정립한다. 『분단체제 변혁의 공부길』(창작과비평사, 1994)에서 본격으로 논의된 것을 시발점으로 하여 『흔들리는 분단체제』(창작과비평사, 1998)에 이르기까지 지속적인 문제의식을 보이는 '분단체제'는, 종래 '냉전체제'뿐만 아니라 남북한 각각의 이질적 정치체제와 본질적으로 그 성격을 달리한다. '분단체제'는 어디까지나 세계자본주의체제의 하위체제로서 남북한 민중을 억압하는 남북한의 반민중적 기득권층과 한반도를 둘러싼 세계정치의 역학구도 아래 분단시대의 질곡을 살고 있는 민족사의 모순을 총체적으로 인식하고자 하는 데서 비롯된 문제틀이다.

16 이하 『바리데기』와 『찔레꽃』에 대한 논의의 핵심은 고명철의 「2000년대의 한국문학과 리얼리즘, 저항과 변혁의 상상력으로」, 『뼈꽃이 피다』, 케포이북스, 2009, 199~201쪽.

것이라는, 다분히 반공주의적 관점 일변도의 이념형 탈북으로 규정 내려왔다. 하지만, 황석영과 정도상의 소설에서는 이 같은 이념형 탈북이 아닌, 북한에 대한 국제사회의 경제적 고립 속에서 북한의 경제적 빈곤이 가속화되었고, 이러한 국제 정세 속에서 북한의 기득권 세력은 인민의 삶을 온전히 돌보지 못하고 있다는 비판적 성찰이 놓여 있다. 북한에 대한 황석영과 정도상의 이러한 서사는 반공주의적 관점에서 북한 사회를 배제적 시선으로 보는 것을 넘어 서서, 북한을 둘러싼 국제사회의 정세 속에서 약소자[17]로 있는 북한의 인민을 향한 인류애적 시선을 보여준다.

> 신랑은 공작처럼 멋지고 신부를 꽃보다 더 예뻐라
> 신이여 두 사람을 받으소서 축복하소서
> (중략)
> 우리가 무슬림들이 모여사는 동네에 도착하자 집앞에 벌써 많은 사람들이 나와서 기다리고 있었다. 알리의 형제자매가 다 모였고 부모님과 친척들 친구들에다 동네 사람들이며 이슬람 모스크의 신도들까지 백여 명에 가까운 사람들이었다. 알리네 부모님은 옆집에까지 양해를 구하여 집 아랫마당에는 몰려온 동네 사람들을 위한 차일 천막을 쳐놓았고 옥상에 친척 친지들의 자리를 마련했다.
> (중략)
> 할머니의 이야기 중에 장승이와 바리공주의 약속이 생각났다. 길값, 나무값, 물값으로 석삼년 아홉 해를 아들 낳아주고 살림 살아주어야 하는 세월.

---

17 흔히들 탈북자, 외국인 이주노동자, 장애인, 비정규직 노동자, 노약자, 불량청소년, 성적 소수자, 동성애자 등을 소수자(minority)라고 지칭한다. 그런데 좀 더 이 용어를 엄밀히 이해할 경우 "소수자는 수적 소수자만을 의미하지 않으며 강자와 주류 기득권세력에 의해서 차별받는 사회적 약자를 필요조건을 갖추어야 함을 의미한다. 이에 따라 소수자라는 용어를 약소자(弱小者)라고 부르는 것이 더 정확하다는 지적도 나오고 있다."(전영평 외, 『한국의 소수자 정책 담론과 사례』, 서울대출판문화원, 2010, 15쪽) 그런 의미에서 "약소자는 1)유력자의 권력을 드러내면서도, 2)유력자의 '관용'에 의존하지 않고 체계의 밖에서 체계의 부정성을 증언한다. 이를 통해 3)윤리적 반성 과정에서 주체성을 획득하며, 그 윤리성과 주체성에 입각해 4)새로운 연대의 틀을 구성함으로써 현대 정치의 중요한 특징인 '상징조작'에 저항한다."(오창은, 「지구적 자본주의와 약소자들」, 『실천문학』, 2006. 가을호, 326쪽) 이후 이 글에서는 탈북자를 이 같은 의미를 내포한 '약소자'로 지칭한다.

나는 사람이 살아간다는 건 시간을 기다리고 견디는 일이라는 것을 깨닫게 되었다. 늘 기대보다는 못 미치지만 어쨌든 살아 있는 한 시간은 흐르고 모든 것은 지나간다.[18]

황석영에 의해 그려지고 있는 문제적 인물 '바리데기'는 중국을 거쳐 영국으로 이주하는 동안 아랍인을 만나 결혼을 하여 행복을 꿈꾸게 되는데, 이러한 구도는 황석영에 의해 일국적 차원의 민족 문제(즉, 민족국가 하나 되기-통일국가)로만 분단체제를 허무는 것도 아니고, 남한 혹은 미국 중심의 서구에 의해서만 허물어지는 게 아닌, 현재 지구상에서 정치경제적으로 가장 차별적 대우를 감내하고 있는 북한과 아랍 민족의 소통·연대를 모색함으로써 분단체제가 허물어질 수 있는 어떤 가능성을 전망하고 있다는 점에서 주목할 만하다.[19]

또한 정도상에 의해 그려지고 있는 주요 인물 '충심'은 탈북자에 대한 편협한 반공주의적 인식을 바로 잡게 하고, 탈북자들이 겪는 온갖 고충에 대한 연민의 시선을 통해 분단체제를 허물기 위해서는 정녕 무엇을 어떻게 숙고해야 하는지에 대한 발본적 문제의식을 던져준다.

"자, 내가 불러주는 대로 연습 한번 합시다."
충심이모가 와서 영수의 손에 크레용을 쥐여주었다. 박선교사는 비디오카메

---

18 황석영, 『바리데기』, 창비, 2007, 220~223쪽.

19 물론 이에 대해 부정적 평가 또한 간과할 수 없다. 바리와 알리가 결혼을 하여 살고, 바리의 주변 약소자들과 만나면서 "비극적 현실의 장면들을 불러내는 바리의 서사가 종종 위태로워지는 까닭은 절박한 구체성이나 인과 없이 이어 붙여진 장면들의 과잉 때문이기도 하지만, 그것보다 더 중요한 것은 바리가 지상에서 초월하여 화해와 구원의 여신으로 격상해버린다는"(서영인, 「천국보다 낯선, 이 고요한 지옥」, 『타인을 읽는 슬픔』, 실천문학사, 2008, 318쪽) 것은 예각적 비판이다. 하지만, 이 문제는 바리의 초월적 화해와 구원이 갖는 성격을 어떻게 보는 것인가에 따라 평가가 달라질 수 있다. 바리가 탈북하여 온갖 시련 끝에 도달한 영국에서 비슷한 경험을 한 약소자들과 논리적으로 연대하는 게 아닌, 아픈 상처를 공유한 사람들 사이에 소통할 수 있는 논리를 넘어선 초월적 연대가 가능하다는 것 또한 간과할 수 없다.

라로 영수의 얼굴과 옷차림을 촬영하기 시작했다.

"조선으로 가고 싶지 않아요. 김정일은 나쁜 사람이에요. 예수님의 도움을 받아 한국으로 가고 싶어요. 자유를 정말 원해요. 조선은 지옥이고 많이 굶었어요. 밥도 많이 먹고 싶고, 자유를 원해요. 도와주세요."

박선교사가 부르는 대로 충심이모의 손짓에 따라 영수는 편지를 썼다. 충심이모는 얼굴을 찡그렸다.

"꼭 이렇게까지 해야만 하나요?"

충심이모가 물었다. 아무도 충심이모의 말에 대답하지 않았다. 영수도 얼른 글씨를 쓰고 싶었다.

"좋았어. 그런데 옷이 너무 깨끗해. 좀 더러운 거 없어요?"

박선교사 말하자 만복삼촌의 눈초리가 사납게 변하더니 혀를 끌끌 찼다. 순덕이모가 얼른 크레용으로 옷을 더럽게 만들더니 조금 찢었다.

"좋았어. 이제 갑시다!"

영수는 충심이모의 도움 없이 삐뚤삐뚤한 글씨로 편지를 써내려갔다. 이마에 땀이 뻘뻘 났다. 박선교사는 환한 얼굴로 촬영에 열중했다.[20]

여기서 정도상이 심각히 제기하는 문제는 북한의 인권을 보호한다는 미명 아래 탈북을 기획하여 그것을 상업화하는, 즉 탈북브로커들의 반인권적 행태를 적나라하게 꼬집는다.[21] 탈북브로커들에게 인권의 문제의식은

---

20 정도상, 『찔레꽃』, 창비, 2008, 183쪽.

21 북한 이탈을 조직적으로 도모하는 탈북브로커들의 존재는 공공연한 사실을 넘어 엄연한 현실이다. 인천남부경찰서는 법원 현관에서 폭행을 벌인 탈북자들을 조사 중이라고 하는데, 북한을 탈출한 모자(母子)와 탈출을 도운 50대 탈북브로커 대금으로 추정되는 대여금 반환청구소송을 벌이던 이들은 재판이 끝난 후 감정이 격한 상태에서 시비가 일어나 폭행이 일어난 것으로 밝혀지는가 하면(「탈북 브로커대금 소송 관련 북한이탈주민 간 폭행 일어」, 『인천신문』, 2011. 5. 27), 『시사저널』(1113호, 2011년 2월 22일 발행)에서는 「탈북브로커, 200여명 활동」이란 내용으로 탈북브로커의 활동을 소개하고 있다. 그런데 이와 관련하여 가장 큰 문제는 탈북브로커에 의해 기획된 탈북이 '북의 인권탄압'이라는 미국의 이해관계에 따라 정략적으로 이용되면서 한반도에서 남과 북의 정치사회적 긴장을 오히려 강화시키고 있다는 점이다. 여기서 탈북브로커들이 탈북자들을 대상으로 한 상업적 이득을 취하고 있는 것은 새로운 사회 문제가 아닐 수 없다. 이에 대해서는 권리의 『왼손잡이 미스터리』에서 다음과 같이 나타난다. "방콕에서 그는 20대 후반의 남자 전도사를 만났다. (중략) 전도사는 우리에게 비싼 의수를 선물하며 미국 언론과의 인터뷰에 응해줄 것을 은근히 요구했다. (중략) // "정치범 수용

애초 없다. 오직 그들의 관심은 탈북을 기획하여 벌어들이는 돈뿐이다. 그 래서 정도상은 우리들에게 묻는다. 혹 우리는 북의 인권 문제를 북한에 대 한 남한의 체제경쟁에서 승리했다는 속류적 차원에서 인식하고 있는 것은 아닌지, 이에 대한 근본적 문제를 정도상은 제기하고 있다.

어떻게 보면, 황석영과 정도상에 의해 2000년대의 한국소설은 분단의 문제를 보다 넓고 깊게 성찰할 수 있는 새로운 지평을 열었다 해도 과언이 아니다. 황석영에 의해 분단체제의 고통을 극복하는 길은 지구적 차원과 연동되어 있으며, 정도상에 의해 그것은 남과 북의 섣부른 통일(統一)을 지 양한 서로 다른 존재들이 공생공존하는 화이부동(和而不同)과 통이(統二/通二) 의 상상력을 제공받는 것이다.[22]

여기서 또 다른 문제작 강영숙의 장편소설 『리나』(랜덤하우스코리아, 2006) 를 주시할 필요가 있다. '바리데기'와 '충심'이란 인물은 모두 자신의 고향 을 떠나 세계자본주의 체제에 알몸으로 던져진 약소자 그 이상도 이하도 아닌바, 『리나』의 주인공 '리나' 역시 동병상련을 앓고 있는 인물이다. 말하 자면 이들 모두는 자신들이 태어난 나라를 떠나 다른 나라의 국경을 옮겨 다니는 비국민(非國民)으로서 '난민(難民)'이다.

오늘의 이야기. 열여덟 살에 국경을 넘어 당신들의 나라에 들어와 스물네 살

소에서 고문당했다가 잘린 것처럼 해요. 이렇게 홍보가 되어야지 빨리 한국으로 갈 수가 있어요." // (중략) 하지만 막상 인터뷰에 들어가자, 그는 자신도 모르게 의수를 벗어 뭉툭한 오른손을 보여주는 능청을 부렸다. // "나는 북조선 인민으로 태어나, 남조선 국민으로 살다가, 세계 시민으로 죽을 것이 다." // 외신들은 "와우! 지저스! 올랄라! 아라라!" 등의 감탄사를 내며 플래시를 터뜨렸다. (중략) // 우리는 그제서야 그 전도사가 탈북자를 인질 삼아, 미국 정부의 지원을 타 먹으려고 용을 쓰는 사이 비 전도업자란 사실을 깨달았다."(권리, 『왼손잡이 미스터리』, 151~153쪽)

22 "남북통일은 반드시 통이(通異, 統二—인용자)가 전제되어야만 한다. 통일보다 더 중요한 것은 '통이'다. 통이는 타자성을 인식하는 과정을 통해야만 겨우 가늠할 수 있는 문화적 과정이다. 본디 하 나였으니 무조건 합치자는 구호의 범람은 통일에 심각한 장애만 형성할 뿐이다. 통이의 과정이 없는 통일은 또 다른 비극을 불러올 가능성이 농후하다. 통일은 통이의 과정, 그것이 문화적 과정일 때 비 로소 이 땅에 살고 있는 모든 사람들에게 '미래의 문화적 고향'이 될 것이다."(정도상, 「통이(通異, 統 二)를 위한 기나긴 그리움의 길 위에서」, 『내일을 여는 작가』, 2004년 여름호, 331쪽)

이 된 여자 이야기.

커다란 지구의 아래쪽엔 가난한 여자들 천지. 가난한 여자들은 어디에나 있다구요? 말하고 싶어도 조금만 참으세요. (중략)

국경을 넘자마자 브로커가 날 팔았어. 다 찌그러진 자동차 껍데기조차 살 수 없는 돈에 팔았지. 날 산 남자는 도망가면 곤란하다며 매일매일 데리고 잤어. 난 한밤중엔 팬티만 입고 도망쳤지. 그리고 수더분하게 생긴 여자를 만났어. 이 여자가 날 또 팔았지. 얼마나 받았을까. 난 자동차로 열 시간을 달려 도시로 팔려갔어. 도시에서 뭘 했는지는 기억도 안 나. 너희 같은 것들 열 명을 모아서 팔아봤자 제대로 된 여자 하나 사기도 어려워. 우리를 늘 감시하던 남자가 말하곤 했지. 비리비리해진 나는 또 팔려갔어.

온통 논과 밭뿐인 깡시골에 내렸어. 얼굴이 작고 마른 남자가 보라색 도라지꽃을 주며 날 맞았지. 농사일을 도울 여자가 필요했대. 남자는 때리지도 않았고 밥을 굶기지도 않았어. 낮에는 농사를 짓느라, 밤에는 남자에게 시달리느라 길을 걸으면서도 졸았어. 그리고 애를 낳았지. 애는 세 살 때부터 지껄이고 다녔어.[23]

'리나'가 우리에게 충격적인 것은, 난민으로서 이곳저곳 떠도는 것 자체가 낭만과는 아예 동떨어진 끔찍한 지옥의 연속이라는 점이다. 인신매매, 살인, 강간, 시체유기, 성매매 등 '리나'가 몸소 겪은 일들을 듣는 사람들은 "도저히 믿을 수 없는 거짓말"[24]로 치부할 정도로 반인간적 폭력에 '리나'는 노출돼 있다. 새삼 강조할 필요도 없이 '리나'가 겪은 언어절(言語絶)의 온갖 폭력은 제3세계의 비국민으로서 난민을 대상으로 한 세계자본주의 체제의 무한 탐욕에 기인한다. 제3세계의 난민, 그것도 '리나'와 같은 여성은 무한히 팽창하는 성적 욕망을 만족시키려는 온갖 성산업 구조의 상품에 지나지 않는다. '리나'가 지나친 곳은 예외가 아니다. 비참한 현실이지만, '리나'가 난민으로서 떠돌 수 있는 것은 그나마 그가 매춘의 상품 가치

23 강영숙, 『리나』, 랜덤하우스코리아, 2006, 93~94쪽.

24 강영숙, 위의 책, 117쪽.

를 갖고 있기 때문이다. '리나'는 어디로인지 떠나지만, 그의 떠남이 희망을 상실한, 그래서 잇따른 세계의 절망과 환멸을 몸으로 다시 확인하는 것이기에 그 떠남을 지켜보는 독자는 분단체제가 빚어낸 이 끔찍한 세계의 고통에 진저리를 칠 터이다.[25] 왜냐하면 '리나'의 이러한 난민으로서의 여정에 지금보다 더욱 섬뜩한 폭력이 기다릴지 모르는데, 더욱 두려운 일은 '리나'에게 이제 웬만한 폭력과 고통은 아무것도 아닌, 점차 세계의 숱한 폭력에 내성화될 수도 있기 때문이다.

이렇게 '바리데기', '충심', '리나'와 같은 탈북자들이 겪는 분단체제의 고통은 세계자본주의 체제의 악무한의 현실을 뚜렷이 환기시켜준다.

존이구동(存異求同)과 화이부동(和而不同)의 서사

분단체제를 허무는 일은 어디에서부터 시작되어야 할까. 서로 다른 정치사회 체제를 살고 있는 한반도의 주민들이 갑자기 자신들에게 익숙한 삶의 방식을 부정할 리도 없으며, 특정 정치사회적 헤게모니에 의해 강요된 삶을 살 수도 없는 일이다. 분단체제의 작동 원리를 알고 있는 사람들은 알고 있지 않은가. 어느 일방의 입장에 의해 흡수통일하는 것처럼 어리석은 일이 없는바, 어떻게 하면 가장 자연스레 무리수를 두지 않고 남과 북의 주민들이 치명적 상처와 고통을 동반하지 않은 채 평화체제를 구축할 수 있을까.

이 문제와 관련해서 수사적(修辭的)으로 들릴 수 있지만, 존이구동(存異求

---

25 오창은은 "강영숙은 탈북 소녀 리나를 알기 위해서 이 장편소설을 쓴 것이 아니라, 리나 안에 있는 여성으로서의 자아를 발견하기 위해 『리나』를 창작했다. 이는 분단문제를 전유해, 자신의 삶을 찾고자 하는 시도로 의미화할 수 있다."(오창은, 「분단 디아스포라와 민족문학」, 『모욕당한 자들을 위한 사유』, 239쪽)라고 하는데, 무엇을 염두에 둔 논의인지 이해할 수 있다. 하지만 『리나』에서 가볍게 넘겨볼 수 없는 것은 '리나'의 주체적 삶을 찾는 여정의 발단은 분단체제가 빚어낸 자신의 조국을 떠나 비국민으로서 난민의 신세로 전락할 수밖에 없는 엄연한 현실이다.

同)과 화이부동(和而不同)의 지혜와 실천이 한반도의 주민들에게 절실히 요구된다. '서로 다른 것들이 함께 존재하는 삶', '조화를 이루되 동일하지 않는 삶', 이것이야말로 한반도의 주민들이 분단체제를 일상에서 허물 수 있는 작지만 결코 작지 않은 삶의 지혜와 실천이 아닌가, 하고 곰곰 숙고해보곤 한다.

전성태의 단편 「목란식당」(『늑대』, 창비, 2009)과 손홍규의 단편 「도플갱어」(『봉섭이 가라사대』, 창비, 2008), 그리고 최용탁의 단편 「바하무트라는 이름의 물고기」(『미궁의 눈』, 삶이보이는 창, 2007)는 존이구동과 화이부동의 소설적 전언을 들려준다. 이들 세 단편은 지금, 이곳의 일상에서 분단체제를 어떻게 내파(內破)해야 하는 것인가를 성찰한다.

"흥, 내가 모를 줄 알아. 냉면요리사는 안 왔어!"

교인들은 기도하다 말고 고개를 들었는지 모두 두 손을 모으고 있었다. 박사장과 삼촌은 어리둥절해서 서로 얼굴을 바라보았다. 여사장이 놀라서 뛰어나왔다. 우리는 여사장이 무슨 변명을 해주리라 싶어 그녀를 뚫어지게 바라보았다. 그녀는 한숨을 내쉬었다.

(중략)

"오, 주여! 이게 저들의 방식입니다."

(중략)

그러자 목사가 외쳤다.

"사실을 호도하는 자나 거짓을 두둔하는 자나 다 민족 앞에 죄인입니다. 오늘날 이런 사태가 벌어진 것은 바로 저런 사악한 사탄의 마음 때문입니다."

"허허, 여긴 그저 밥 먹는 식당입니다."

삼촌이 두 손을 들어 다독이는 몸짓을 했다.

"식당이니까 내 하는 말이오. 성도 여러분, 우리는 오늘 불경한 음식을 먹고 말았습니다. 모두 나갑시다."

교인들이 목사를 따라 우르르 몰려나갔다.

박사장이 몰려나가는 교인들을 향해 한발짝 나서며 소리쳤다.

"여보시오! 그것도 말이라고 나불댑니까? 냉면 하나 가지고 우리가 왜 사탄이 돼야 한단 말이오?"[26]

몽골의 소문난 북한음식점 '목란식당'은 북한의 공훈 냉면요리사를 직접 초빙했다는 것을 대대적으로 광고하여 손님들을 끈다. 한국의 기독교 관광객들은 공훈 냉면요리사의 냉면 맛을 보기 위해 '목란식당'을 찾았는데, 그들이 먹은 냉면이 공훈 요리사의 것이 아니라는 사실을 알게 되자 그들은 마치 사탄의 음식을 먹은 것인 양 식당 주인을 비난한다. 그 사실을 알기 전까지는 세상에서 가장 맛있는 냉면을 먹은 듯 만족했다가 별안간 태도를 돌변한다. 그 순간 기독교인들은 해묵은 냉전과 분단의 논리를 종교의 교리와 착종시키는 가운데 '북한=사탄/남한=하느님'이란 어처구니없는 대립적 이분법의 논리에 휩싸인다. 이렇게 우리들의 일상 깊숙이 분단의 차별적 논리가 똬리를 틀고 있음을 전성태는 직시한다. 냉면 한 그릇을 먹는 일에까지 분단체제의 논리가 작동되고 있는 것이다. 이에 대해 작가는 촌철살인과 같은 해법을 제시한다. 이 장면을 목도한 인물의 입을 통해 "목란은 그냥 식당인데……."[27]와 같은 의미심장한 말을 내뱉는다. 남과 북의 정치사회적 이념 대립을 무화시키고 그 차이를 존중하면서 함께 모여 각자의 식성대로 맛있게 식사를 할 수 있는 곳이 곧 '목란식당'의 본연의 역할이듯, 분단체제를 허무는 일은 이처럼 대립과 분단의 논리를 앞세우는 게 아닌, 차이와 조화의 논리를 일상에 착근시키는 일이다.

그러기 위해서는 남과 북 서로 다른 곳에 엄연히 존재하는 타자의 타자성을 관념이 아닌 삶의 실재로서 인정해야 한다. 손홍규의 「도플갱어」가 홍

---

26 전성태, 「목란식당」, 『늑대』, 창비, 2009, 30~31쪽.
27 전성태, 위의 책, 32쪽.

미롭게 읽히는 것은 '북위 37° 동경 126°'에 존재하는 남쪽의 준영과 '북위 39° 동경 125°'에 존재하는 북한의 준영이 각기 서로 다른 정치사회 체제의 일상 속에서 그들 나름대로 각자가 부딪치는 관계 속에서 현존을 휩싸는 파토스에 괴로워한다는 사실이다.[28]

작가의 의도적 작위성을 논외로 한다면, 남과 북 준영이 사이에는 "통과할 수 없는 투명한 벽이 생기고 그 벽을 중심으로 이쪽과 저쪽은 전혀 다른 세계"[29]라는 점을 배타적으로 인정하는 게 아니라, 상호주관적으로 존중하는 것이라면, 이 또한 남과 북의 타자성을 적대적 대립 관계가 아닌 서로 다른 위상학(位相學)의 가치를 인정하는 전향적 관계로 정립해볼 수 있을 것이다.

이렇게 재정립된 관계는 당장 분단체제에 심한 파열을 가해오지는 않되, 더디지만 서서히 분단체제의 안쪽에서 균열이 시작돼 어느 순간 가뭇없이 스러질 것이라고 필자는 기대한다.

우리는 이후 영국과 아일랜드를 거쳐 미국으로 갔다. 백악관 앞에서 사흘간 단식농성을 한 다음 유엔총회가 열리는 뉴욕으로 향했다. 유엔 본부 앞 광장에는 현지 한인회 등이 주최하는 남북 동시가입 축하 공연과 남북 분리가입을 반대하는 일부 동포들의 시위가 함께 벌어지고 있었다. 마침내 인공기와 태극기가 동시에 올라가는 순간, 우리는 절규하듯 '조국은 하나다!'라고 울부짖으며 서로를 부둥켜안았다. 지난 한 달간의 문화선전대 활동을 마감하는 마지막 눈물이었다. 게

---

28 가령, 다음과 같은 내적 고민이 그 대표적 예에 해당할 것이다. "그는 흙탕물을 바라보며 생각했다. 내가 만약 저 강물에 휩쓸려 남포갑문을 지나 망망한 서해로 흘러간다면, 누군가 나를 닮은 이가 평양에 있어, 내가 살지 못한 삶을 대신해줄 수 있을까. 희숙을 닮은 누군가가 이곳에 살고 있어, 희숙의 삶을 대신해줄 수 있을까. 그는 고개를 끄덕일 수도 저을 수도 없다. 사회정치적 생명도 육체적 생명이 있어야 가능하다. 이 세상에 자신과 희숙을 닮은 아니 똑같은 사람이 있을 수는 있지만, 자신과 희숙의 삶을 대신 살아줄 수는 없을 것이다."(손홍규, 「도플갱어」, 『봉섭이 가라사대』, 창비, 2008, 191쪽)

29 손홍규, 위의 책, 180쪽.

양되는 두 개의 국기는 내 젊음과 열정을 마감하는 조기(弔旗)였다. 독일이 통일되고 소련이 무너지면서 조금씩 닳아져가던 생애의 어떤 끈이 툭, 끊어져 내리는 순간이었다. 그날 밤 나는 동료들에게 간단한 메모 한 장을 남긴 채 뉴욕에 살고 있는 이모의 집을 찾아갔다.[30]

최용탁의 「바하무트라는 이름의 물고기」에서 한국의 좌파적 문화선전대 활동을 하던 인물이 UN본부 앞에서 UN에 동시 가입한 남과 북의 국기가 동시에 게양되는 장면을 지켜보며 흘리는 눈물에는 분단체제를 새롭게 환기하는 진실이 배어있다.[31] 분단의 문제는 국제사회에서 남과 북의 배타적 관계를 넘어선 교호적 관계로 진전해야 할 과제를 끊임없이 제기하고 있는 것이다.

한반도의 평화체제를 모색하며

이 글의 목적은 분단체제에 대한 유의미한 서사적 대응을 중심으로 한 윤곽을 그려보는 데 있다. 20세기의 분단과 관련한 서사들이 분단문학의 범주 안에서 한국전쟁의 원인과 그 과정에서 생긴 비극과 상처에 관심을 쏟음으로써 분단의 문제를 해결하기 위한 문학적 성취를 일궈내었다. 무엇보다 분단이데올로기와 레드콤플렉스를 극복하여 분단으로 인한 뒤틀린 역사를 바로 세우고자 한 서사적 노력을 소홀히 할 수 없다. 하지만 20세기의 이러한 서사들이 일국적 경계의 안에서 집중되다 보니, 남과 북의 문제를 좀 더 큰 틀에서 총체적으로 사유하지 못한 한계를 보인 것 또한 간과할 수 없다.

그런데 2000년대의 분단 관련 서사들은 분단체제의 문제틀에 의해 종

---

30 최용탁, 「바하무트라는 이름의 물고기」, 『미궁의 눈』, 삶이보이는 창, 2007, 128쪽.
31 대한민국과 조선민주주의인민공화국은 1991년 9월 17일 국제연합에 동시에 가입하면서 국제사회에서 평화를 추구하고 유지하는 책임 있는 주권 국가의 구성원이 되었다.

래의 분단 문제보다 더욱 예각적이면서 심층적이고 웅숭깊은 서사를 탐구해야 할 새로운 과제를 떠안고 있다. 이 문제를 낡고 구태의연한 시각으로 접근해서는 곤란하다. 분단체제를 허물기 위한 서사적 응전은 지속되어야 하되, 급변한 현실 속에서 예전처럼 북한에 대한 정보가 차단돼 있지 않은 것을 적극 활용하여 남과 북의 정치사회적 추이를 예의주시함은 물론, 세계자본주의 체제와 밀접히 연동되어 있는 분단체제의 작동을 면밀히 파악하고, 무엇보다 분단을 정략적으로 이용하여 배타적 차별의 논리와 적대적 대립 관계 속에서 영구 분단을 고착화시키는 남과 북의 분단기득권을 부정하고 넘어서는 새로운 사회적 상상력의 구체성을 서사화해야 할 것이다. 그리하여 분단체제를 허무는 사회적 상상력을 통해 한반도의 평화체제를 자연스레 모색하고 꿈꾸는 다양한 서사들이 한국소설의 대지를 종요롭게 해주었으면 하는 마음 간절하다.

한국문학의 '복수의 근대성', 아시아적 타자의 새 발견

외국인 이주노동자와

한국문학의 새로운 윤리감에 대한 모색

21세기 한국문학이 추구할 '복수의 근대성'

20세기 이후 한국 근대문학은 일본 제국주의의 식민지 근대화에 대한 저항과 각성, 그리고 해방 이후 분단체제를 극복하기 위한 온갖 노력들로 이뤄져왔다. 역사의 주요 국면과 단계마다 한국문학이 힘겹게 벌여온 문학적 쟁투는 그 세부적 양상이 다르지만, 그것을 관통하는 문제의식의 주류는 서구 중심의 자본주의적 근대가 한국사회에 관철되는 데 대한 반성적 성찰이며, 더 나아가 서구 중심의 자본주의적 근대를 극복하기 위한 것이었다 해도 과언이 아니다. 문명과 문화란 이름 아래 서구의 자본주의적 질서는 비서구 지역 곳곳에 존재하는 지역 문화의 특수성을 야만과 미개로 구별짓고, 그것을 계몽의 명분으로 비서구 지역을 식민화하였다는 것은 새삼스러운 일이 아니다. 그리하여 서구는 식민지 경영을 통해 서구 자본주의적 질서의 자본주의적 근대의 삶이 비서구가 추구해야 할 세계 그 자체라는 인식, 즉 피식민자들의 유럽중심주의에 대한 적극적 협력과 묵인 아래 비서구인들의 제반 삶을 지배하게 된다. 이것은 세계를 구성하는 다원적 삶의 양상을 서구 중심의 자본주의적 근대로 수렴시키고자 하는 것과 다를 바 없다. 우리는 이 과정에서 비서구가 서구의 자본주의를 지탱시키기 위한 자원 착취의 현장이면서, 유무형의 물건이 거래되는 시장이라는 점, 그리고 이 모든 것들이 진행되는 과정 속에서 서구의 근대만이 세계의 합법칙적 발전에 유의미하다는, 이른바 '단수(單數)의 근대'[1]의 문화논리가 내면화된 것을 알고 있다.

이 '단수의 근대'에 대해 한국문학은 한국사회가 지닌 서구의 자본주의적 근대에 길항하는 삶의 양상들을 통해 한국문학사의 지난한 쟁투의 풍경을 보였다.[2] 그 길항하는 힘의 원천은 온전한 민주적 자주독립국가를 건설하기 위한 사회적 실천의 욕망과 의지라 해도 틀린 말이 아니다. 일제의 식민지를 벗어난 독립국가를 향한 한국문학의 실천, 분단시대를 극복하고 민주사회가 정착된 한반도의 온전한 국민국가를 향한 한국문학의 실천, 그리고 세계자본주의 체제의 하위체제인 분단체제가 슬기롭게 극복됨으로써 한반도의 평화체제가 구현되고, 심지어 서구 중심의 자본주의적 근대가 극복되기를 애타게 희구하는 한국문학의 염원과 실천은 유럽중심주의의 '단수의 근대'를 부정하고 극복하는, '복수(複數)의 근대'를 추구하는 것이다. 말하자면, 한국 근대문학은 험난한 한국사의 현장 속에서 서구의 근대와는 다른 새로운 근대의 가능성을 모색하였는데, 비자본주의적 근대 기획들의

---

1   월러스틴에 의하면 서구 중심의 자본주의 세계 체제를 유지 강화하기 위한 서구의 문명을 '단수의 문명'으로 파악한다. 그렇다면, 서구 중심의 자본주의적 근대야말로 '단수의 근대'로 이해할 수 있으며, 서구는 비서구를 대상으로 하여 서구의 자본주의적 질서에 토대를 둔 문명과 문화, 즉 '단수의 근대'를 전파함으로써 비서구 지역의 특수한 가치를 서구의 보편주의적 가치보다 열등한 것으로 치부한다. 이에 대해서는 월러스틴, 『탈아메리카와 문화이동』(김시완 역, 백의, 1995) 참조.

2   "20세기 한국문학의 '최선의 전통'은 '복수의 근대'에 대한 끈질긴 탐색들로 가득차 있다. 식민지성의 규명을 통해 조선적 근대화의 길을 고민한 염상섭의 「만세전」, 농촌공동체에 바탕한 대안적 근대의 가능성을 실천적으로 탐구한 이기영의 『고향』, 한국전쟁의 시공간성을 복원함으로써 한국적 근대의 특수성을 그리려 한 하근찬의 여러 단편들, 민족문제와의 대결을 통해 비자본주의적 근대의 민족적 경로를 끈질기게 모색한 신동엽과 김남주의 시편들, 계급 모순의 극복을 통해 자본주의적 근대를 넘어선 새로운 근대의 가능성을 진지하게 묻고 있는 황석영·조세희·방현석의 소설들, 민중적 민족주의의 관점에서 한국현대사를 재구성함으로써 유럽중심주의적인 근대화 이데올로기를 전복시킨 조정래의 『태백산맥』, 이 모든 20세기 한국문학의 '최선의 전통'은 직간접적으로 서구 중심의 '단수의 근대'를 넘어 '복수의 근대'의 지평까지 나아가고자 한 고투의 산물이다."(하정일, 「탈식민주의 시대의 민족문제와 20세기 한국문학」, 『20세기 한국문학과 근대성의 변증법』, 소명출판, 2000, 63쪽)

총칭으로서 '단수의 근대'에 맞서 근대의 특수성과 다양성을 강조하는 '복수의 근대'를 기획하고 추구했다.[3]

그런데 한국문학이 그동안 거둔 이 같은 '복수의 근대'에 대한 추구에서 간과해서 안 될 것은, 온전한 민주적 자주독립국가의 구현과 직간접 관련을 맺고 있는 데서 알 수 있듯, '복수의 근대성' 추구는 '대한민국'이란 국민국가, 곧 일국적(一國的) 문제틀 안에서 탐구되었다는 점이다. 우리는 IMF를 통해 이러한 일국적 문제틀의 허구성을 적나라하게 경험한 적이 있다. 신자유주의 질서의 전횡은 일국적 경계를 벗어나 전 지구적 문제의 중요한 현안으로 부상한바, 이제 한국문학이 추구해야 할 '복수의 근대'는 일국적 시각만으로는 해결할 수 없는 복잡한 문제에 직면하게 되었다. 그중 한국사회의 민감한 현안 중 하나는 외국인 이주노동자의 현실이다. 종래 일국적 시각 안에서 한국문학은 서구 중심의 '단수의 근대'를 극복하기 위한 것으로, 한국사회 노동자의 문제적 현실에 착목함으로써 한국 자본주의의 모순과 병폐를 드러내고 그것을 해결함으로써 노동자 계급 해방을 성취하는 세계의 변혁을 욕망한다. 하지만 이러한 일국적 경계 안에서 벌이는 '복수의 근대성'을 추구하는 기획은 신자유주의 질서의 지구적 문제틀 안에서 그 문제의 심각성이 점점 대두되는 외국인 이주노동자의 문제를 다루는 데까지 이른다.

이제, 21세기 한국문학은 새로운 과제에 직면하게 된다. 외국인 이주노동자의 급속한 한국사회로의 유입을 외면할 수 없게 되었는데, 한국사회 내부에서 그들이 겪는 삶의 고통을 한국문학은 결코 소홀히 할 수 없다.[4] 그

---

3 하정일, 위의 책, 62~63쪽.
4 "한국의 민족주의 하에 이주민들이 국내에서 당하는 수난사 고발, 그리고 그들이 가진 인권의 중요성 강조, 타자였던 그들과의 교감이나 더불어 살기 위한 노력, 나아가 그런 이주의 근본원인에 해당하는 신자유주의 세계화와의 긴장관계 하에 연대를 모색하는 등 다양한 노력들을 기울이고 있다." (허정, 「국경을 어떻게 넘어설 것인가」, 『공동체의 감각』, 산지니, 2010, 92~93쪽) 이러한 노력들을 보이는 한국소설의 주요 문제작들을 대상으로 이 글은 작성되었다. 박범신, 『나마스테』, 한겨레신문사, 2005; 이명랑, 『나의 이복형제들』, 실천문학사, 2005; 김재영, 「코끼리」, 『코끼리』, 실천문학사, 2005; 손

들의 삶의 현실은 21세기 자본주의 세계체제의 일상의 실감으로 다가오고 있다. 유럽중심주의의 '단수의 근대'를 극복하는 한국문학의 '복수의 근대' 추구는 일국적 경계를 벗어난 외국인 이주노동자의 현실과 맞닥뜨리면서 더욱 중요로워질 수 있다. 그 과정에서 한국문학은 그동안 제대로 인식하지 못한 '아시아적 타자-외국인 이주노동자'를 새롭게 발견함으로써 그 문제의식과 연동되는 새로운 문학의 윤리감각을 다듬을 수 있기 때문이다.

외국인 이주노동자-약소자의 출현, 이중의 차별

21세기의 한국문학에서 외국인 이주노동자는 더 이상 낯선 존재가 아니다.[5] 1980년대 후반 이후 한국사회로 유입되기 시작한 아시아의 외국인 이주노동자는 '산업연수생제(1991~1993)'와 '고용허가제(2004~2006)'를 거치면서 한국사회를 구성하는 어엿한 주체로서 이른바 다문화사회를 적극 고려해야 하는 사회적 과제를 부여하고 있다.[6] 그런데 문제는 이들 외국인 이주노동자가 한국사회에서 새로운 약소자(弱小者)로 전락하고 있다는 사실이다. 무엇보다 이들은 한국사회에서 아직까지 고투하고 있는 근대의 문제-노동자 계급이 직면한 현실을 포함하여 새로운 사회 현안들을 제기하고 있다. 그것은 개별 국민국가의 일국적 경계를 넘어 그 파급력을 미치는 지구적 자본주의 질서 속에서 배태되는 '이주(및 추방)'과 관련된 민족, 인종, 성, 종교의 차별에 따라 부각되는 사회적 문제들이다. 이 새로운 문제들은

홍규, 『이슬람 정육점』, 문학과지성사, 2010 등. 본문에서 이들 작품의 부분을 인용할 때는 각주 없이 본문에서 (쪽수)로 표기한다.

5 출입국외국인정책본부 자료실에 따르면, 국내에 거주하는 외국인은 2009년 12월 31일 기준 116만 8천 477명이라고 한다. 한국사회의 외국인 이주노동자 유입에 따른 다문화사회의 각종 현상에 대한 한국인의 실제 반응의 구체적 양상에 대해서는 윤인진 외 공저, 『한국인의 이주노동자와 다문화사회에 대한 인식』, 이담books, 2010 참조.

6 이에 대해서는 박경태, 『소수자와 한국사회』, 후마니타스, 2008, 72~75쪽.

한국문학이 그동안 힘들여 추구해온 '복수의 근대'를 추구하는 기획에 또 다른 과제를 부여한다. 글의 서두에서도 언급했듯, 외국인 이주노동자에 대한 한국문학의 탐색은 대한민국이란 일국적 경계를 넘어 마주한 아시아 적 타자를 통해 한국사회 내부에 깊이 침윤된 서구 중심의 자본주의적 근 대 질서를 내파(內破)하는, '복수의 근대'를 추구하게 된다. 여기에는 아시아 민중들의 '이주(및 추방)'과 연관된 "경계 이탈의 진정한 의미는 근대 국민국 가의 논리와 작동방식, 범주 등등을 비판적으로 질문함으로써 근대의 대안 을 재구성하"[7]는, 즉 서구 중심의 일방통행식 '단수의 근대'를 넘어 '복수의 근대'를 새롭게 발견하는 것과 무관하지 않다.

그렇다면, '복수의 근대'를 추구하는 한국문학에서 아시아적 타자-외국 인 이주노동자는 한국사회의 약소자로서 어떻게 드러나고 있는가. 이명랑 의 장편 『나의 이복형제들』, 박범신의 장편 『나마스테』, 김재영의 단편 「코 끼리」 등은 외국인 이주노동자가 약소자로서 한국사회에서 어떠한 삶을 살 고 있는지를 여실히 보여준다.

먼저, 이들 작품이 공통적으로 초점을 맞추고 있는 것은 외국인 이주노 동자가 한국사회의 타자로서 어떠한 사회적 지위를 확보하고 있는가 하는 문제이다. 여기에는 두 가지 중요한 사안이 있는데, 하나는 계급적 차별이 고 또 다른 하나는 민족적 차별이다.

전자의 경우 한국문학의 근대성 추구의 오랜 숙원이기도 한 불평등한 계급 차별의 해결 과제는 외국인 이주노동자를 다룬 문학에서도 예외가 아 니다. 그런데 문제는 더욱 심각하다. 한국의 노동시장으로 유입한 이 아시 아적 타자들은 한국의 노동자와 동일한 계급적 지위를 갖는 게 아니라 '계 급 이하의 계급', 즉 '저층계급(underclass)'으로 취급되고[8] 있는 실정이다. 외

---

7   양진오, 「경계를 넘고 이주하는 한국소설」, 『내일을 여는 작가』, 2006. 겨울호, 12쪽.

8   그레이 케빈, 「'계급 이하'의 계급으로서 한국의 이주노동자들」(조계원 역), 『아세아연구』, 49권 2 호, 2004.

국인 이주노동자들이 한국의 노동시장에 노동력을 공급하고 있음에도 불구하고 그들은 한국의 노동자 계급보다 열등한 사회적 지위로 홀대받고 있다. 그들 대부분은 한국의 법률적 측면에서 미등록 노동자의 신세인데, 이들의 이러한 처지를 잘 알고 있는 한국의 노사 당사자들은 그들을 한국의 어엿한 노동자로 인정하지 않는다.

그것이 그들의 명분이었다. 추우면 너희 나라로 가라는 말도 나왔고, 너희들은 원래 난로 같은 것 없이 살아왔지 않느냐는 말도 나왔고, 급기야 까불면 모조리 신고해서 붙잡혀 가도록 하겠다는 말까지 나왔다. 회사가 잘 되던 때까지만 해도 같은 직원으로서 오순도순 지내던 동료들이었다. 네팔말로 '나마스테'라고 인사하던 유순한 사람도 있었다. 그런데 그동안 쌓아왔던 우정은 모두 소용없었다.
우리는 직원, 너희는 노동자.
우리는 주인, 너희는 노비였다.
우리가 쓰는 것이 화장지라고 한다면 너희가 코 푸는 것은 휴지라는 것이었고, 우리가 사용하는 것이 화장실이라면 너희가 똥 싸는 것은 변소라는 식이었으며, 우리가 먹는 밥이 식사라면 너희가 먹는 밥은 여물이라는 것이었다. 우리와 너희는 철저히 달라서, 그들은 외국인 노동자들이, 자기들과 똑같이, 안 먹으면 배고프고 기온이 내려가면 춥다는 사실조차 이해하려 들지 않았다. 춥고 배고프고 천대받도록 애당초 설계된 종족들에게 난로가 뭐 필요하냐고, 그들은 갑자기 표변하여 소리 질렀다.(『나마스테』, 193쪽)

머리카락이 빠져 정수리가 훤한 필용이 아저씨는 손사래 치며 취한 목소리로 말한다. "염병, 그만들 해라. 니들 쏼라대는 소리 땜에 내가 꼭 넘의 나라에 와 있는 거 같잖여. 니들, 이 나라가 어떻게 오늘날 여기꺼정 왔는 줄 아냐? 옛날에 내가 공장에서 일할 땐 손가락은 유도 아녔어. 팔뚝이 날아가고 모가지가 뎅경뎅경 했으니까." 아저씨는 곧게 편 손을 목에 갖다 대고는 세게 내려치는 시늉을 한다. "첨엔 시골에서 올라온 촌뜨기들이라 멋모르고 일했지. 하긴, 먹고살기 힘들 때였으니까. 인제 한국 놈들은 이런 데서 일 안 혀. 막말로 씨발, 험한 일이니

까 니들 시키지 존 일 시킬려고 데려왔간?" 옛날이 떠올라서인지 아니면 술기
운이 돌아서인지 아저씨 얼굴이 벌겋게 달아올랐다. "아무리 그래도 안전장치
는 해줘야죠." 세르게니가 오징어를 물어뜯으며 말한다. "늬들도 자르면 피 나오
고 누르면 똥 나오는 사람이다, 이거냐? 웃기는 소리들 마. 한국 놈들한테도 안
해준 걸 늬들한테라도 해주겠어? 아니꼬우면 돌아가. 젠장, 어차피 늬들도 고국
으로 돌아가서 공장 차리고 사장되려고 여기 왔잖나. 노동자들을 어떻게 다뤄야
되는지 눈 똑바로 뜨고 배워 가. 다 산 교육이여." 비아냥대는 필용이 아저씨 말
에 쿤이 시무룩한 표정을 짓자 이번에는 세르게니가 볼멘소리로 대꾸한다. "아
무튼 돈도 좋지만 우린, 사람 대우, 그거 받고 싶어요. 돈 벌어 고향 간다고 해도
삼 년 겪은 일 삼십 년 동안 악몽으로 남아 우릴 괴롭힐 거예요." "맞아. 난 지금
도 가끔 어릴 때 앞니 갈던 때 꿈을 꿔." 손가락으로 앞니를 가리키며 샨은 멋쩍
게 웃는다.(「코끼리」, 25~26쪽)

『나마스테』의 위 인용에서 단적으로 알 수 있듯, 코리안 드림을 품고 한
국으로 온 외국인 이주노동자들은 한국의 법률적 측면 여부와 관계 없이
노동의 정당한 대가를 받기는커녕 노동자들 사이에서도 반인권적 모멸과
치욕을 고스란히 감내하고 있다. 노사 간의 갈등 국면 속에서 한국인 노동
자와 외국인 이주노동자 사이에는 적대의 관계가 형성돼 있다. '우리/너희'
의 적대 관계는 언제 그들이 동일한 노동자 계급이었냐는 듯, 민족적 심지
어 인종적 구별짓기를 통한 차별적이고 배타적 위계 관계를 명확히 보이고
있다. 한국사회에 팽배해 있는 경제 지상주의는 한국보다 경제적으로 열등
한 국가에서 온 아시아의 노동자들의 권익을 보호해야 한다는 인식을 좀처
럼 찾을 수 없다. 한국의 노동시장에서 아시아 이주노동자들은 말 그대로
'저층계급'인 셈이다.
　　여기에서 「코끼리」가 제기하는 문제의식은 자못 의미심장하다.[9] 한국인

9　이하 김재영의 「코끼리」에 대한 논의는 필자의 「부정의 대상을 감싸안으며 넘는 미적 분투」, 『뼈
꽃이 피다』, 케포이북스, 2009, 405~406쪽에 근거한 것임을 밝혀둔다.

노동자 필용과 외국인 이주노동자들 사이에 나누는 대화에서 단적으로 읽을 수 있듯이, 외국인 이주노동자가 한국사회에서 겪는 차별적 대우는, 그들이 단지 '외국인' 노동자라는 이유만이 아니라 1960년대의 개발독재 이후 성장제일주의란 맹목적 신화에 갇힌 채 '노동자'의 인권을 유린한 한국사회의 고질적 문제점이 겹쳐 있다는 게 적시되고 있다. 노동자의 이 같은 문제는 1970~1980년대의 민중민족문학 계열의 작품에서 흔히 목도되었으나, 1990년대 이후 우리 소설 지평에서는 그 명맥이 거의 사그라들고 있다. 하지만 여전히 노동 현실의 구조악(構造惡)과 행태악(行態惡)은 새로운 양상으로 존재하며, 그러한 모순과 부정은 한국인 노동자들이 그러했던 것처럼 외국인 이주노동자에게 고스란히 가해지고 있음을 작가는 드러낸다. 그러면서 여전히 중요한 문제는 한국의 노동시장에서 외국인 이주노동자에 대한 차별적 관계, 즉 상하의 위계 관계가 조성되고 있다는 점이다. 필용의 말처럼 외국인 이주노동자는 한국인 노동자가 하지 않으려는 이른바 3D 업종의 노동시장에서 일하고 있을 뿐이다. '한국인 노동자/외국인 이주노동자'는 동일한 노동자 계급으로 한국사회에서 인식되고 있지 않다.

이러한 민족적, 인종적 차별 속에서 외국인 이주노동자들은 한국사회의 구성원들과 함께 살지 못한 채 한국사회를 배회하는 약소자의 운명을 선택한다.[10] 한국사회에서 아시아적 타자-외국인 이주노동자의 약소자로서의 고통스러운 삶을 통해 한국사회는 종래 노동자 계급의 문제를 포함하여, 서구 중심의 근대질서가 낳은 민족적(혹은 인종적) 차별의 병폐에 대한 한국문학의 '복수의 근대'를 추구해야 할 것이다.

---

10 이명랑의 『나의 이복형제들』에서 주목해야 할 것은 작품의 결미에서 외국인 이주노동자들을 포함한 사회적 약소자들이 그들의 인권을 유린한 근대의 폭력을 역이용하는 위악적(僞惡的) 행위가 나오는데, 그들은 "시장의 중심부에 있는 (한국)상인들에게 그 폭력성을 되갚아준다. 상품이 교환되는 시장의 본래적 속성에 충실히(?) 사회적 소수자들은 자신들이 받은 근대의 폭력을 폭력의 주체에게 되돌려준 것이다. 그렇다고 이러한 사회적 문제가 해결되는 것은 결코 아니다. 비록 그 시장을 떠났으되, 그들은 우리 사회의 어느 곳에서도 정착하지 못한 채 또 다른 시장의 근대적 폭력에 방치될 것이다."(고명철, 「생의 지독한 혹은 아름다운 상처들」, 『칼날 위에 서다』, 실천문학사, 2005, 448쪽)

외국인 이주노동자—약소자의 현실에 대한 주체적 각성

"이주노동자 문제는 제국주의적 차별에 대한 다문화주의적 반성을 넘어 국민국가의 작동 방식과 자본주의적 세계질서에 대한 더 깊은 통찰과 만날 수 있는"[11], 한국문학의 '복수의 근대'를 추구하는 데 매우 유의미한 문제의식을 시사해준다. 여기서 외국인 이주노동자 스스로 당면 문제를 인식하고, 그 사회적 모순을 해결하기 위한 노력을 직접 다 하는 데 초점을 맞추고 있는 한국문학을 주목해야 한다. 왜냐하면 한국문학은 자칫 외국인 이주노동자를 한국사회의 타자의 경계 안에 가둬놓은 상태에서 한국사회의 보살핌을 받아야 할 사회적 약자라는 데 초점을 맞춤으로써, 이러한 서사적 실천의 밑자리에는 그들에 대한 최소한의 윤리적 감각을 안전판 삼은 동일자의 정치적 욕망을 언제든지 드러낼 수 있기 때문이다. 여기에는 외국인 이주노동자가 한국사회의 소수자로서, 그리고 타자로서 한국사회의 안녕을 헤치지 않는 범위 내에서 '조용히' 존재해야 할 사회적 약자 그 이상도 이하도 아니라는 정치적 인식이 자리하고 있다. 만약 그들이 한국사회를 유지·지탱하고 있는 근대적 자본주의 질서에 조금이라도 위협이 된다면, 그들은 한국사회의 바깥으로 '추방'될 운명이다. 합법적이든지 비합법적이든지 특정 국민국가의 경계를 넘은 '이주'노동자들은 늘 '추방'의 위기 아래 그들의 실존이 노출돼 있다. 말하자면 외국인 이주노동자들은 자본주의 세계체제 아래 떠도는 '디스토피아적 여행 서사'[12]를 쓰고 있는바, 이 문제에 관심을 기울이고 있는 한국문학이 바로 여기에 해당한다고 볼 수 있다.

박범신의 『나마스테』는 외국인 이주노동자의 주체적 목소리와 행동이

---

11 박진, 「박범신 장편소설 『나마스테』에 나타난 이주노동자의 재현 이미지와 국민국가의 문제」, 『현대문학이론 연구』 40호, 2010, 234쪽.

12 주디스 버틀러·가야트리 스피박, 『누가 민족국가를 노래하는가』(주해연 역), 산책자, 2008, 16쪽.

동반된 자기결단의 의지로써 외국인 이주노동자의 현실을 정면으로 문제 삼는다. 『나마스테』의 문제적 인물인 네팔 청년 카밀은 다른 아시아의 이주 노동자들처럼 코리안 드림을 품고 한국으로 왔다. 카밀은 한국사회에서 그 와 같은 처지의 이주노동자들이 계급적·민족적 차별을 받고 있는 데 대해 점차 사회적 각성의 과정을 밟는다. 카밀은 동료 아시아의 이주노동자들이 한국사회에서 범법자로 취급되고, 인간 이하의 대우를 받는 데 대해 뚜렷 한 문제의식을 갖게 된다. 비록 카밀이 한국 여성과의 사랑 속에서 한국 국 적을 확보하여 다른 이주노동자들과 달리 한국사회에 정착하여 그들의 사 회적 위상과 비교할 수 없을 정도의 삶이 보장될 기회가 있지만, 그는 한국 사회의 이 일상의 행복을 포기한 채 이주노동자의 온전한 삶을 보장받기 위한 약소자 운동에 헌신한다.

> 카밀의 목소리가 카랑카랑 솟구쳤다.
> "이 모든 죽음에 대한 책임의 대부분은 한국 정부에 있습니다. 한국 정부는 장시간 노동과 저임금에 시달리는 우리 미등록 이주노동자들을 묵인하면서도 한국 경제의 밑바닥을 지탱해왔습니다……. 한국 정부에 묻습니다……. 아직도 부족합니까……. 얼마나 더 많은 우리가 죽어서 이 땅을 떠나야 합니까……. 더 죽어야 한다면…… 이제 나도 죽겠습니다……. 내 친구들도 차례로 다 죽을 겁 니다……."
>
> (중략)
>
> "죽음의 행렬을 멈추게 하십시오."
> 카밀이 쉿소리로 소리 지르고 있었다.
>
> (중략)
>
> 외국인 이주노동자들을 죽음으로 내모는 강제추방조치 철회하라!
> 한국의 숨은 일꾼들이다. 미등록 이주노동자를 전면 합법화하라!
> 재외동포법을 개정하고 자유왕래를 보장하라!(『나마스테』, 280~281쪽)

카밀의 한국 정부를 향한 이러한 목소리는 외국인 이주노동자의 인권을 수호하고 노동자 계급으로서 한국인 노동자와 차별적 대우를 받을 수 없다는 약소자 운동[13]의 적극적 실천으로 해석된다. 그런데 카밀의 이러한 약소자 운동을 오독해서 안 될 것은, 연구자에 따라서는 카밀의 약소자 운동을, 외국인 이주노동자들이 이주해온 근대 국민국가의 법적 테두리 안에서 벌이는 운동에 불과한 것으로 판단하여, 결국 이러한 약소자 운동은 국민국가를 지탱하는 제도를 더욱 굳건히 하게 하고, 국가의 기반을 이루는 이데올로기적 국가장치를 정교히 가다듬게 하는 것으로 귀착되는바, 약소자 운동이 목적으로 하는 국민국가의 자본주의적 근대의 질서를 전복하는 게 아니라 그것에 투항할 뿐이라는 비판을 내놓는다.[14]

　물론 이러한 비판은 경청할 만하다. 하지만 여기서 자칫 간과할 수 있는 것은 약소자 운동에 주목하는 한국문학은 약소자 운동을 통해 서구 중심의 근대적 자본주의 질서가 관철된 근대 국민국가 내부에 있는 문제들을 새롭게 발견하고, 그 과정의 진실을 통해 그동안 내면화된 '단수의 근대'를 발본적으로 문제 삼고, 그것에 대한 반성적 성찰의 치열성을 통해 또 다른 근대인 '복수의 근대'를 기획·추구하는 데 있지, 약소자 운동을 뒷받침하는 선험적 이론에 이끌려 탈국가적 상상력을 기정사실화하는, 그래서 근대 국민국가를 해체하고 전복해야만 한다는 선험적 당위성의 논리를 문학을 통해 검증받고자 하는 것은 문학적 사유를 가장한 반(反)문학적 사유이다. 무엇보다 최근 탈근대적 사유의 매혹 속에서 외국인 이주노동자를 다루는

13　약소자 운동은 크게 세 가지 양상으로 정리해볼 수 있다. 1)급진주의 운동: 권력자에 대항하여 새로운 주체성을 정립하는 운동, 2)개량주의 운동: 국가사회의 범주 안에서 약소자에 대한 온갖 차별을 적극적으로 시정하는 운동, 3)후견주의 운동: 약소자에 대한 동정, 후견, 사회봉사 수준, 즉 인도적 차원에서 약소자를 도와주는 운동. 이것에 대해서는 전영평 외 공저, 『한국의 소수자 정책 담론과 사례』(서울대출판문화원, 2010)의 '제1장 다문화시대의 소수자 운동과 정책'을 참조. 『나마스테』의 카밀이 참여하는 약소자 운동은 급진주의 운동과 개량주의 운동이 뒤섞인 것으로 보인다.

14　이 같은 견해는 대표적으로 박진의 「박범신 장편소설 『나마스테』에 나타난 이주노동자의 재현 이미지와 국민국가의 문제」의 기저에 깔려 있다. 박진은 『나마스테』의 카밀과 같은 외국인 이주노동자들이 한국사회를 겨냥해서 벌이는 약소자 운동을, 근대 국민국가의 주권 권력을 더욱 튼실히 해주는 것으로 보아, 그 한계를 지적한다.

문학이 국가와 민족을 적극적으로 부정하는 탈국가론으로 해석되는 주제를 미리 상정해놓는 연구 동향이 빠져들 수 있는 문제점을 지나쳐서 곤란하다.[15]

사실, 외국인 이주노동자를 다룬 문학에 대한 이 같은 탈국가적 상상력에 기반한 탈근대적 사유의 논리는 작품에 대한 정치한 해석을 간과하고 있다. 『나마스테』의 카밀의 약소자 운동에서 눈여겨보아야 할 것은, 이 약소자 운동은 한국사회의 국민국가를 견고히 하는 데 목적을 둔 게 아니라, 국민국가를 지탱하고 있는 근대의 자본주의적 질서의 병폐에 대한 문제점을 예각적으로 인식하게 됨으로써 한국뿐만 아니라 네팔의 근대에 대한 발본적 성찰의 태도를 갖게 되었다는 점이 중요하다. 카밀은 네팔에서 부유층에 해당하는 카펫 공장의 아들로서 한국의 이주노동자로 오기 전까지는 근대의 자본주의적 질서 자체에 대한 명민한 인식을 하지 못했다. 그러다가 이주노동자의 험난한 현실을 경험하고 약소자로서 국민국가의 보호를 받지 못하는 '추방'될 운명에 있는 동료의 간난(艱難)한 삶을 목도하는 가운데 국가와 정치적 거리감각을 지님으로써 비판적 인식을 획득하게 된 것이다. 그렇기에 카밀의 다음과 같은 정치적 각성과 실존적 자각은 소중하다.

카밀은 한참 침묵하다 말을 이었다.

"농성장에서…… 전에 한번도 그처럼 생각 많이 한 적 없어요. 카트만두 아버지, 지금 많이 아파. 나를 눈 빠지게 기다려요. 카펫 공장도 잘 안 되나 봐. 그리고 나, 카밀, 이 나라 와서 다리 불구자 됐어요. 돈도 못 벌었고…… 사비나하고

---

15 외국인 이주노동자의 문제를 형상화한 한국문학에 대한 비평 시각은 작품에 대한 치밀한 검토 없이, 외국인 이주노동자와 결부된 탈국가론 및 탈국가적 사유가 앞선 나머지 이미 민족과 국가를 초월한 어떤 정치적 이상태를 소여(所與)한 것으로 귀결시킨 채 논의를 진행하고 있는 문제점을 보인다. 이 같은 문제를 보이는 대표적인 것으로는 이찬, 「외국인 노동자」, '동일자'로서의 '노동자', 그 '진리의 윤리학'을 위하여」, 『너머』, 2007. 겨울호를 들 수 있다. 이찬은 외국인 노동자 문제를 민족주의 국가 담론의 위기로 이미 연역적 주제를 도출한 채 작품을 이 같은 방향으로 적극 해석하는 잘못을 범하고 있다.

도 뜻대로 안됐고, 모든 거…… 뒤죽박죽이야. 그러면서, 그러나, 얻은 거, 당신, 애린 있어요. 당신, 애린만큼, 아니 그보다 오히려 더 소중한, 얻은 거, 또 있어. 바로 생각하는 힘……이야. 한국 오기 전에 나, 생각하는 힘…… 없었어요. 의미 없이 반항하거나 그냥 굴복하는 식이었으니까. 그렇지만 이제 카밀, 생각해요. 한국이 그거 가르쳐주었어. 생각하는 힘 얻고 나니까 시바신도 안 무서워. 옳은 길, 모두 함께 사는 길, 갈망, 모귀, 생각하고 생각해. 무조건 굴복하는 건 생각하는 힘, 없는 사람이나 하는 짓이야. 나, 카밀, 진짜 강해지고 싶어. 생각하는 힘으로. 애린이가 힘을 줘요. 이 나라, 우리 한국 사람들, 앞으로도 계속 가난한 아시아 나라 사람들에게, 외국인이라고, 가난뱅이라고, 피부색 틀리다고 편, 편견, 가져봐. 우리 애린이 컸을 때 나처럼 고통받을 거야. 생각하는 힘은…… 앞날…… 을 생각하는 힘이라고, 난 생각해요. 미래요. 애린이 어른 된 세상…….”(『나마스테』, 338~339쪽)

이주노동자로서 카밀은 많은 것을 잃었다. 신체 불구자가 되었고, 사랑하는 네팔 여인과 끝내 사랑을 이루지 못했고, 돈도 벌지 못했다. 하지만 한국 여성의 사랑을 얻었으며, 그 사랑의 결정체인 애를 얻었고, 이것들보다 더 소중한 것을 얻었는데, 바로 근대의 모순을 인식하는 힘을 발견한다. 이 근대의 모순이란, 한국과 네팔 모두 서구 중심의 자본주의적 근대의 질서가 강제했고, 그것에 내면화된 서구식 근대, 즉 '단수의 근대'를 비판적으로 인식하고 그것을 넘어서는 사회적 실천의 힘을 솟구치도록 하는 '복수의 근대'를 추구하게 된 것이다. 이것을 카밀은 한국사회에서 이주노동자의 약소자 운동의 생생한 경험을 통해 획득한다.

요컨대 『나마스테』의 문제적 인물인 카밀의 이러한 정치사회적 각성은 외국인 이주노동자 스스로의 목소리와 행동에 기반한 자기결단의 과정을 통한 것이기에, 작품의 결미에서 보이는 카밀의 분신은 이후 이주노동자의 현실이 국민국가의 구성원에게 하나의 충격적 '사건'으로 다가와, 이중의 차별(계급적 차별과 민족적 차별)이 더 이상 존재하지 않는, 다 함께 상생하며 공존하는 종래 국민국가를 넘어서는 또 다른 정치체(政治體)를 꿈꾸는 문학적 욕망을 독자로 하여금 갖도록 한다. 그것이 바로 문학의 생성적 힘이다.

서구 중심의 '단수의 근대'를 넘는 아시아적 타자들의 만남

서구 중심의 '단수의 근대'에 대한 저항과 극복을 통한 '복수의 근대'를 추구하는 한국문학의 과제는 근대 국민국가의 밑자리에 자리하고 있는 '국민'이란 동일자의 폐쇄성을 발본적으로 문제 삼으면서, 외국인 이주노동자의 현실을 해결하는 서사 과정의 진실 속에서 해명되고 있다. 무엇보다 "문학 속에 서사화된 외국인 노동자들을 살펴보는 것은 또한 새로운 타자로 등장한 그들과 우리들의 주체성에 대한 시선을 고민하는 일"[16]을 하도록 하는데, 여기에는 "우리 안의 타자들로 표상되는 이주노동자를 어떻게 만날 것인지에 대한 관계론적 사유"[17]의 진실을 탐색할 과제가 부여된다. 바꿔 말해 외국인 이주노동자에 대한 한국문학의 탐색은 근대 국민국가의 폐쇄성을 내파(內破)하는 과정 속에서 계급적·민족적 차별을 넘어 아시아의 타자들과 적대 관계가 아닌 환대와 연대의 관계를 모색하는 일이다. 그리하여 그동안 '단수의 근대'에 익숙한 자본주의적 질서에 생존하기 위한 우승열패(優勝劣敗) 및 적자생존의 윤리감각이 아닌, 서로 다른 존재들의 공존과 상생을 도모하는 존이구동(存異求同) 및 화이부동(和而不同)의 윤리감각을 내면화하는 '복수의 근대'를 추구하는 데 외국인 이주노동자의 문제를 탐색하는 한국문학의 존재는 그 중요성을 아무리 강조해도 지나치지 않다.

먼저, 주목해야 할 것은 외국인 이주노동자들이 한국 자본주의의 폭력에 속수무책으로 노출돼 온갖 상처를 입을 때마다 그 상처를 치유해주는

---

16 서영인, 「우리 안의 타자들, 타자 안의 우리들」, 『타인을 읽는 슬픔』, 실천문학사, 2008, 251쪽.

17 고영직, 「어떻게 연대하고 적대할까?」, 『실천문학』, 2006. 가을호, 349쪽.

역할을 하는 것이 그들을 키워낸 자연이며, 자연과 결부된 신화적 상상력인데, 한국문학은 이것을 적극적으로 재현하고 있다는 점이다. 여기서 소수집단의 문학에서는 모든 것이 정치성을 띠듯,[18] 외국인 이주노동자가 약소자로서 겪는 숱한 상처를 치유하는 방편으로 그들의 문화적 표상의 기저에 자리한 자연과 신화적 상상력을 반복적으로 재현하는 것 자체를 문학적 한계로 지적하는 것은 쉽게 간과할 문제가 결코 아니다.[19] 지금까지 검토해본 것처럼 외국인 이주노동자의 현실을 다룬 한국문학에서 주목해야 할 것은, 서구 중심의 근대적 자본주의 질서에 의해 내면화된 '국민'이란 동일자에 의해 외국인을 타자로서 구별지을 뿐만 아니라 정치경제적 약소자인 아시아의 이주노동자에 대한 계급 및 민족 차별의 과정에서 보인 '단수의 근대'에 대한 저항과 부정을 통한 대안을 모색하는 한국문학의 서사 과정의 진실이다. 따라서 우리가 외국인 이주노동자를 다룬 한국문학에서 정작 관심을 기울여야 할 것은 그들을 둘러싼 '단수의 근대'를 추구하는 과정에서 생긴 문제를, 서구 중심의 근대적 자본주의 질서 안에서 해법을 찾는다든가, 아니면 성급히 소여(所與)된 탈근대적 사유에 의해 해법을 찾는가의 여부가 아니라, 그들이 스스로 매우 익숙한 방식(자연의 비의성과 신화적 상상력)으로써 그들이 직면한 이주노동자의 현실을 어떻게 극복하고 있는가 하는 문제이다. 그래서 그 익숙한 방식을 서사적으로 재현하는 일이 '복수의 근대'를 추구하는 한국문학의 새로운 정치적·윤리적 감각으로 온

---

18 들뢰즈·가따리, 『소수집단의 문학을 위하여』(조한경 역), 문학과지성사, 1992, 34쪽.

19 이 같은 문제점은 『나마스테』의 한계를, "작품 표면에 펼쳐지던 그들의 실존적인 고통과 당대적 투쟁은 현실의 구체적인 세목과 질적 차이를 모두 버리고 형이상학적 이데아로 낭만적으로 회귀하고 마는 것이다."(정혜경, 「2000년대 가족서사에 타나난 다문화주의의 딜레마」, 『현대소설연구』 40호, 2009, 47쪽)와 같은 언급에서 드러나는가 하면, 국제적인 소수자 연대의 진정성을 이국적 신비를 동경하고 이방의 문화를 물신화하는 하위제국의 시선으로 봄으로써 국제적 소수자의 연대 그 자체의 가치를 폄훼하는 것은(복도훈, 「연대의 환상, 적대의 현실」, 『문학동네』, 2006, 겨울호), 약소자로서 외국인 이주노동자의 험난한 현실을 극복하는 자연의 비의성과 신화적 상상력이 갖는, 근대를 넘어서는 서사적 재현의 가치를 몰각한 논의다.

당한지의 문제를 물어야 한다. 물론, 한국문학이 경계해야 할 것은 자연의 비의성과 신화적 상상력을 통한 외국인 이주노동자의 현실을 탐색하는 일이 자칫하면 서구의 오리엔탈리즘을 전도시켜 아시아에 대한 한국의 또 다른 오리엔탈리즘 시선을 지닌 채 아시아를 타자화함으로써 오히려 서구 중심의 '단수의 근대'를 더욱 강화시킬 수 있다. 문제는 이러한 제국주의적 시선을 비판적으로 인식하되, 자연의 비의성과 신화적 상상력이 갖는 '단수의 근대'를 넘어서는 '복수의 근대'를 추구하는 면을 소홀히 해서 안 된다는 점이다.

여기서 『나마스테』에 반복적으로 재현되는 네팔의 신비스런 자연의 풍경, 힌두 문화를 표상하는 다양한 신들과 그에 연루된 신화적 상상력의 풍요는 한국 자본주의의 복판에 던진 이주노동자가 험난한 현실을 손쉽게 도피하기 위한 서사적 재현으로 해석해서는 곤란하다. 이것들은 근대의 법체계 안에서 인간의 권리를 보장받기 위한 노력, 즉 '국민'이란 근대 규범의 안쪽에서만 허락될 뿐 그 밖에서는 허용되지 않는 매우 협소한 차원의 인간의 위상을 부정하고 이에 대한 반성적 성찰의 계기를 제공한다. 근대 규범 바깥으로 밀려난 인간과 자연의 교감, 그리고 삶의 근원에 대한 사유의 새로운 발견은 곧 한국문학이 외국인 이주노동자를 조우함으로써 획득한 귀중한 문학적 자산이 아닐 수 없다.

한국문학과 외국인 이주노동자의 조우는 타자에 대한 탐색의 새로운 지평을 열었다 해도 과언이 아니다. 손홍규의 장편 『이슬람 정육점』은 한국인과 외국인 이주노동자 사이의 관계뿐만 아니라 이주노동자들 사이의 관계까지 포괄한, 말 그대로 한국의 다원주의 사회의 양상을 두루 다루고 있다. 『이슬람 정육점』에 이르러 비로소 한국문학은 아시아의 타자들이 어떻게 관계를 맺어야 하는지, 그 관계를 통해 우리는 어떻게 살아가야 하는지, 그 서사적 진실의 의미를 성찰하게 된다.

『이슬람 정육점』에는 몸에 흉터를 간직하고 있는 한국인 고아, 한국전쟁 참전에 따른 정신적 상처를 안고 있는 터키인 하산 아저씨, 그리스 내전에서 일가족 친지를 죽이고 한국전쟁에 참전한 이후 역시 상처를 안고 있는 그리스인 야모스 아저씨, 그리고 한국전쟁 참전 도중 얻은 외상후스트레스장애로 아직도 전쟁 중인 한국인 대머리 아저씨 등이 뒤엉켜 존재한다. 하산, 야모스는 일찌감치 한국으로 이주해와 한국에서 일상을 살고 있는 노동자들이다.『이슬람 정육점』이 다른 외국인 이주노동자를 다룬 작품과 다른 점이 있다면, 소설 속 외국인들은 한국사회에 오래전부터 이주해왔기에 비교적 최근 이주한 외국인 노동자들보다 한국사회에서 안정된 삶을 살고 있다는 점이다. 하지만 이들의 삶은 그리 순탄하지 않다. 이들은 한국에서 각자의 상처를 지니고 있는 타자들이다. 이 작품에서 눈여겨보아야 할 것은 한국인을 제외한 아시아적 타자들의 상처는 모두 전쟁에 연유하고 있다는 점이다. 그리스 내전과 한국전쟁은 각 구체적 전개 양상은 서로 다르지만, 이들 전쟁 모두 근대 국민국가 건립 과정에서 일어난 근대의 합법적 폭력 그 자체이다. 전쟁터에서는 아군과 적군 사이의 명백한 적대 관계의 질서가 지배적이고, 아군이 아닌 모든 존재는 죽여 없애야 할 절대적 타자일 뿐이다. 이러한 타자 소멸의 적대 관계 속에서 주체가 좀처럼 치유하기 힘든 상처를 입는 것은 너무나 당연한 일이다. 더욱이 근대의 정치적 이념의 대립과 갈등, 그것의 전면적 충돌, 그 과정에서 더욱 견고해진 서구 근대의 자본주의적 질서와 생활양식은 국가의 건립을 통해 막강한 위력을 드러내고 전쟁의 소용돌이 속에서 사람들은 씻을 수 없는 상처를 지닌다. 말하자면『이슬람 정육점』에 등장하는 외국인 이주노동자들은 근대의 폭력적 질서 아래 타자와 적대 관계 속에서 심한 상처를 지니고 있다. 때문에 이들은 근대의 폭력적 실체를 너무나 잘 알고 있다.

이제 상처를 지닌 그들은 그 상처들을 치유할 길을 모색한다. 전쟁터의 적대 관계 아래 타자를 없애야 했던 그들은 한국에서 이주노동자의 삶을 살면서 타자에 대한 새로운 윤리감각을 획득한다. 다음은 하산이 소설 속

화자인 한국 고아인 '나'에게 한 말이다.

> "우리가 타인을 거울로 삼아야 하는 이유는, 우리 내부의 모순을 모순으로 여길 능력이 없기 때문이란다. 타인의 모순된 행동을 통해서 나를 유추해볼 수밖에 없기 때문이지. 타인을 거울로 삼지 않는다면 우리는 스스로를 미지의 영역에 내버려둔 채 한평생을 살아야 할 거다."(『이슬람 정육점』, 170쪽)

터키인 하산과 그리스인 야모스가 한국에서 만나지 않았다면 그들의 관계는 어땠을까. 유럽에서 국경을 접하고 있는 터키와 그리스 사이에는 크고 작은 분쟁으로 인해 서로 적대 관계를 이루고 있어 서로를 배척하는 정치적 입장에 있다. 하지만 하산과 야모스는 한국에서 모두 동일한 이주 노동자로서, 그것도 한국전쟁에 함께 아군으로 참전한 적 있는 역사의 경험을 공유한 군인으로서 타자를 이해하게 된다.

여기서 하산에 의해 입양된 한국인 고아인 '나'와 하산이 나누는 대화는 외국인 이주노동자를 다루는 한국문학이 거둔 소중한 성과로 평가해도 손색이 없다. 무엇보다 상처를 지닌 인물들 사이에 진솔하게 나눈 대화 사이에 생성되는, 근대적 자본주의 질서를 넘어 타자들 사이에 형성되는 새로운 윤리감이 실현될 수 있다는 징후를 발견하는 것은 한국문학의 큰 성과이다.

> 나는 하산 아저씨의 머리맡에 완성된 지도를 놓고 그가 기도 시간에 맞춰 깨어나길 기다렸던 것이다. 기도하기 위해 일어난 하산 아저씨는 내가 만든 지도를 물끄러미 바라보았다.
> "너는 사람과 사람을 연결해주는 보이지 않는 끈을 발견한 것 같구나."
> "그걸 가르쳐 준 사람은 바로 아저씨에요. 보세요, 아저씨. 아저씨 얼굴을요. 아저씨는 어떤 한국인보다 더 한국인답고 어떤 터키인보다 더 터키인다워요."
> "한국인인지 터키인인지 분간이 되지 않는다는 말이겠지."
> "맞아요. 분간할 수 없게 된다는 것. 아무나 그렇게 될 수는 없는 거잖아요."

"네 그림 속에서는 누구나 그렇게 될 수 있는 것 같구나."

"그래서 그림이예요. 현실에서는 불가능한 꿈같은 거죠."

"네가 아는 현실을 옮긴 거라고 생각했다."

"안다고 해서 실제로 존재하는 건 아니잖아요. 사랑, 우정, 평화, 자유…… 그런 말은 알지만 그걸 실제로 본 적은 없는 것처럼요."

"난 너한테 그걸 가르쳐준 적이 없다. 하지만 네가 이런 걸 알게 될 거라고 짐작은 했다."(『이슬람 정육점』, 220쪽)

하산이 본 '나'의 완성된 지도는 세계의 여러 나라 사람들의 얼굴로 이뤄진 세계지도인데, 하산은 그 완성된 지도를 보고, 사람들이 근대의 정치적 경계인 국경으로 명확히 나뉘어 있는 게 아니라 하나의 세계로 자연스레 어울려 있는 근대 너머의 세상을 본 것이다. '나'의 말처럼 그러한 현실은 실제로 존재하지 않으나, 하산과 '나'는 그러한 세상을 향한 꿈꾸기를 포기하고 있지 않다. 위 대화를 통해 외국인 이주노동자를 다룬 한국문학은 문학이 할 수 있는 정치적 상상력의 극단을 보여준다 해도 손색이 없다. 한국문학은 외국인 이주노동자와의 만남 속에서 타자와의 새로운 관계적 사유의 지평을 넓히는 서사 과정의 진실을 통해 마침내 '단수의 근대'를 넘어설 수 있는 어떤 가능성을 발견한 셈이다. 그래서인지, "나는 이 세계를 입양하기로 마음 먹었다."(236쪽)와 같은 소설 속 화자 '나'의 득의에 찬 전언의 의미는, 그동안 익숙한 근대적 자본주의 질서를 '나'의 이와 같은 꿈꾸기 — 세계의 근대적 질서의 각종 제도와 관습으로 경계 지워진 타자들이 그 배타적 관계를 무화시키고 서로의 차이를 존중하는 세상 — 로써 전복하려고 하는 서사적 의지로 읽을 수 있다.

21세기 한국문학의 과제

21세기의 한국사회가 다원주의 사회로 급속히 옮아가고 있다는 것은 엄연한 현실이다. 자본주의 세계체제 아래 노동의 분업은 한국으로 아시아의 노동자들이 이주해올 수밖에 없는 조건을 낳고 있다. 따라서 외국인 이주노동자들이 한국사회에서 노동력을 제공하고, 그에 대한 노동의 정당한 대가를 요구하고, 그들이 노동자로서 자긍심을 갖도록 한국사회가 여러 제도적 장치를 강구하는 일은 매우 중요하다. 만약 그들을 한국사회의 정상적 구성원으로서 받아들이는 조건으로 그러한 제도를 정비하는 것은 국민국가의 국가주의의 폭력으로 그들을 대할 수 있다. 이것은 서구 중심의 근대적 자본주의 질서로 강하게 작동하고 있는 근대 국민국가의 폭력을 부추기고 심지어 묵인함으로써 제국주의의 폭력으로 얼마든지 변질될 수 있다.

따라서 한국문학이 외국인 이주노동자를 다루면서 늘 경계해야 할 것은, 제국주의 시선으로써 그들의 현실을 인식해서는 곤란하다. 한국문학은 외국인 이주노동자의 현실을 회피하지 말고 정면으로 대하면서, 그들을 에워싸고 있는 근대 국민국가의 억압적 작동방식과 그것을 포괄하고 있는 서구 중심의 자본주의적 질서가 추구하는 '단수의 근대'를 넘어서는 '복수의 근대'를 왕성히 추구해야 할 것이다.

그리하여 우리는 이 글에서 우선, 외국인 이주노동자들이 한국사회에서 사회적 약소자로서 당면한 현실을 응시하는 것을 통해 근대의 이중의 차별(계급 및 민족 차별)의 고통에 놓여 있는 것을 뚜렷이 목도한다. 이러한 그들의 고통은 그들 스스로의 목소리와 행동을 통한 자기결단으로써 약소자 운동을 직접 하게 하고, 이 모든 고통의 근원에는 근대의 자본주의의 병폐가 자리하고 있다는 데 대한 명확한 인식을 하게 된다. 그것은 근대 국민국가의 폭력과 다를 바 없는 것으로, 외국인 이주노동자의 이러한 사회적 각성이 갖는 의미를 왜곡하거나 소홀히 할 수 없다. 한국문학은 이러한 서사 과정의 진실을 탐색하면서 마침내 타자들 사이의 연대와 근대 너머 또 다른 세계를 향한 꿈을 꾸기 시작한다. 근대의 온갖 배타적인 제도적 경계를 넘어서는 것, 그리하여 한국문학은 세계인들의 차이를 존중히 여기는 세상을 향한 꿈꾸기를 그려낸다. 이 모든 한국문학의 노력은 유럽 중심의 '단수의 근대'를 발본적으로 문제 삼아 유럽중심주의에 포획되지 않으면서 나름대로의 근대적 기획과 실천을 추구하는 '복수의 근대'를 추구하는 것과 밀접한 연동을 맺고 있다. 21세기 한국문학은 비로소 아시아적 타자를 새롭게 발견하고 그들과 함께 공존 · 상생하는 삶의 지평을 모색하고 있다.

청소년의 자살:
죽은 영(靈)과 살아 남는 자의 고통

정도상의 장편 『마음오를 꽃』

한국사회에서 청소년은 어떠한 가치를 지닌 존재로서 인식될까? 온갖 정치경제적 이해관계와 뒤엉킨 기성세대와 거리를 둔, 그리하여 사회의 탁류에 훼손되지 않은 정갈한 영혼과 건강한 육체를 지닌 존재로서 인식될까? 게다가 타락한 사회를 향하여 거침없이 그 특유의 정제되지 않은 날 것 그대로의 날 선 비판을 퍼붓는 사회적 반항아로서 인식될까? 아니면, 질풍노도의 시기를 보내는 그들의 치기 어린 행동을 기성세대의 온갖 제도들로 길들여져야 하는 존재로서 인식될까?

정도상의 장편소설 『마음오를 꽃』(자음과모음, 2014)은 이와 같은 일련의 물음을 우리에게 던져준다. 최근 청소년을 대상으로 하는 문학이 양적으로 급팽창을 하였으나, 정작 청소년의 삶과 현실을 다루는 문학 중 그들의 문제적 쟁점을 비껴감으로써 청소년을 문학시장의 소비자로서 자족하고 있는 현실을 고려해볼 때 정도상의 『마음오를 꽃』이 얼마나 소중한지 새삼 강조할 필요가 없다.

무엇보다 『마음오를 꽃』은 청소년의 자살과 관련하여 그들이 마주하고 있는 문제를 정면으로 보여준다. 한국사회에서 청소년의 자살만큼 심각한 사회적 현안이 없는바, 정도상은 이 문제를 작중 인물 규(남학생)와 나래(여학생)를 중심으로 심도 있게 탐구한다. 그들의 자살 원인은 서로 다르다.

규는 또래의 친구들보다 훨씬 조숙하다 보니 "모든 고통과 고뇌에서 벗어나 구원받"(28쪽)기 위해 "생을 리셋하는 상상"(12쪽)을 하게 되고, 마침내 전철에 뛰어들어 생을 마감한다. 그런가 하면, 나래는 학교의 일진애뿐만 아니라 평범한 학생들마저 그를 집단으로 소외시키는 고통과 일진애의 참을 수 없는 학교 폭력을 견디다 못해 학교의 지붕 위에서 뛰어내려 생을 마감한다. 사실, 규와 나래를 죽음으로 이끈 원인은 그들 또래의 청소년에게 매우 절실한 삶의 쟁점이라 해도 과언이 아니다. 규에게 십대의 삶과 현실은 미정형의 잠재적 미래의 가치를 지닌 것이되, 규의 시선에서 그 미래의 가치를 꿈꿔야 할 한국사회는 위선과 위악으로 점철된 타락하고 암울한 사회 자체로 비춰졌는지 모를 일이다. 기성세대에 의해 악무한으로 치닫는 무한경쟁의 사회에서 규가 꿈꾸는 세계의 도래는 요원한 것으로 인식되었는지 모를 일이다. 때문에 규는 지금, 이곳의 삶과 현실을 초월하고 싶은 욕망, 즉 규의 도발적 생각을 빌리자면 "생의 초기화를 꿈꾸었다."(15쪽)

이렇듯이 규의 죽음이 규 나름대로의 실존적 절박함의 문제를 초월하기 위한 자기결단이었다면, 나래의 죽음은 십대 청소년에게 노골적으로 일어나고 있는 학교 폭력(및 왕따)로 인해 인간 이하의 치욕스런 모멸감으로 생을 저버린 타살이나 다를 바 없는 사회적 범죄에 기인한다.

정도상의 『마음오를 꽃』은 십대 청소년의 이러한 자살과 관련한 문제를 제주도의 설화 '원천강', '서천꽃밭', '바리데기'의 얼개를 창조적으로 활용한 서사와, 죽음에 대해 심오한 통찰을 보이는 『티벳 사자의 서』를 소화한 서사를 통해 매우 흥미롭게 탐구한다. 그래서 이 소설에서 우리가 각별히 주목해야 할 것은 규와 나래의 죽음 이후의 세계가 어떻게 그려지고 있는가 하는 점이다. 규와 나래의 자살 원인은 서로 다르지만 "이승과 저승 사이의 중음이라는 곳"(41쪽)에서 각자 심판의 과정을 밟는데, "자살은 생명 모독죄와 생명 포기죄"로서 "최악의 죄이기 때문에 냉정하고 가혹하게 심판을 받"(41쪽)는다. 규와 나래는 자살로써 그들을 에워싼 문제로부터 벗어나 어떤 해결책을 찾든지, 아예 삶의 현실을 외면하려고 하였으나, "자살의 카르마는 카르마 중에서도 가장 악독"(34쪽)한 것이라는 준엄한 진실을 심판의 과정에서 거듭 마주한다. 비록 이승으로부터 생명은 소멸하였지만, 중음의 심판의 세계에서 그들이 감내해야 하는 남신들의 징벌은 이승의 고통보다 더욱 심한 고통과 끔찍한 광기 어린 징벌을 피해갈 수 없다. 말 그대로 그들은 이미 죽은 자 곧 영(靈)이기 때문에 참을 수 없는 고통에 못 이겨 또 다시 죽을 수도 없으므로 지금껏 상상할 수 없는 극한의 고통에 속수무책일 뿐이다. 자살한 자에게 죽음은 생의 고통과 절연된 것이 아니라 더 극심한 또 다른 악무한의 고통의 세계로 그들을 감금한다. 이 사후 세계의 끔찍하고 섬뜩한 지옥도의 실감을 정도상은 마치 그 세계를 경험한 것인 양 능수능란하게 재현한다.

그런데 이 심판의 세계에서 겪는 자살자의 고통을 더 고통스럽게 하는 것은 그들로 하여금 살아 남은 자들이 떠맡아야 할 상처를 직시하도록 하는 것이다. 규와 나래는 바리의 도움을 받아 각자의 가족이 그들이 죽은 이후 어떠한 삶을 살고 있는지를 본다. 그들이 목격한 가족의 모습은 불행 그 자체였다. 규의 동생 수는 심각한 공황장애를 앓고 있으며, 나래의 부모는 이혼을 하였고, 그 밖의 가족들도 몰락하고 붕괴되는 가족의 삶의 터전 앞에 우왕좌왕 갈피를 잡지 못하고 있다. "식구들 모두 각자의 상처 앞에서 허둥지둥했을 뿐 서로를 돌볼 겨를이 거의 없었다. 각자의 상처 앞에 웅크리고 앉아 집이 폐허로 변하는 것을 속수무책으로 지켜봐야만 했었다."(209쪽)

이처럼 살아 남은 가족의 모습을 보면서 죽은 영은 "어쩌다가, 어쩌다가……"(94쪽)라는 신음 아래 그들의 자살을 후회해본들 이미 이 모든 폐허와 슬픔과 고통을 복원하거나 치유할 수 없는 일이다. "가족들을 살아 있는 지옥으로 밀어 넣은 죄"(224쪽)는 그 어떠한 것으로도 대속(代贖)받을 수 없는 것이다.

정도상의 『마음오를 꽃』은 한국사회의 십대 청소년이 무엇 때문에 소중한 목숨을 스스로 저버리는지를 얘기하고 있을 뿐만 아니라 그들이 그렇게 떠난 이승에서 살아 남은 가족들이 짊어지는 상처와 고통을 동시에 주목한다. 정도상의 소설은 청소년의 자살 자체를 막무가내로 사회적 일탈로 간주하는 것을 넘어서서 무엇 때문에 그들의 귀중한 생명이 소멸의 길을 밟게 되는지, 그로 인해 그들이 직면한 쟁점들이 해결되는 게 아니라 또 다른 사회적·실존적 고통을 가족들에게 안겨주고, 심지어 죽은 영에게도 이승과 또 다른 더욱 큰 상처와 고통이 뒤따른다는 것을 소설적 진실로 타전한다. 그러고 보니, 한국사회와 십대 청소년 사이에 "상대방의 말을 듣고, 그 말에 마음이 움직일 때 비로소 소통이 되는 것이다."(157쪽)라는 소설적 전언을 아무리 자주 되새김질해도 식상하지 않으리라. 그렇다. "대화의 왜곡과 소통의 부재"(158쪽)가 우리의 청소년을 죽음의 심판의 세계로 더 이상 데려가도록 해서는 안 된다.

'솟구치는 소멸'의 길

정지아, 『봄빛』

지아 씨,

저는 간혹 제가 문학평론가로서 읽고 쓰는 관성적 비평 행위에 이끌리는 것보다 다른 평범한 독자들처럼 작품을 편하게 읽으면서 자신도 모르는 새 저절로 솟구치는 그 어떤 감동의 순간에 푹 빠져들었으면 하는 바람을 갖고 있습니다. 인지의 끝에서 오는, 과학적 사유의 지평을 힘겹게 횡단하는 과정에서 순간 드러나는 작품의 비의성(秘儀性)을 발견하고 싶습니다. 있지도 않은, 게다가 좀처럼 발견할 수 없는 비의성을 이러저러한 이론으로써 억지로 포장하고 만들어내는 게 아니라 작품이 품고 있는 것을 자연스레 드러내고, 그 과정에서 작품 스스로 비의성을 발견하게 하는 것이야말로 관성적 비평을 극복하는 일이라고 생각합니다. 그런데 예의 비평을 경계하고 그것을 극복하는 게 말처럼 쉬운 일이 아니라는 사실을 점점 실감하고 있습니다. 어쩌면, 이와 같은 말이 비평가에게는 너무나 당연하고 불필요한 말일지 모르겠습니다만, 당신의 소설집 『봄빛』(창비, 2008)을 대하면서 제 스스로에게 다시 한 번 관성적 비평에 붙들려서는 안 된다는 주문을 되뇌어봅니다.

저는 당신의 두 번째 소설집 『봄빛』에 수록된 작품들을 읽으면서 쉽게 사그라들지 않는 화두에 붙잡혔습니다. 아주 진부한 얘기일지 모르지만,

그것은 죽음과 소멸이란 문제입니다. 사실, 이 문제는 당신뿐만 아니라 거의 모든 작가들이 곤혹스럽게 마주쳐야 할 예술의 과제일 겁니다. 딱히 죽음과 소멸 자체를 정면으로 다루지 않더라도 살아 있는 모든 것들은 반드시 죽음과 소멸의 과정을 외면할 수 없기에, 모든 예술가들은 나름대로의 문제의식 속에서 죽음과 소멸을 대면할 수밖에 없습니다. 중요한 것은 죽음과 소멸에 깃든 비의성을 어떻게 발견하느냐 하는 문제입니다. 그리고 그 비의성이 뿜어내는 진실이 삶을 살아가는 뭇 존재들과 어떠한 창조적 만남을 생성시키는가 하는 문제입니다. 결국 죽음과 소멸에 대한 예술적 탐구는 삶의 문제와 동떨어진 게 아닌, 삶의 또 다른 내용형식을 이루는 것인 셈이죠.

우선, 『봄빛』의 표제작인 「봄빛」을 관심 있게 읽어보았습니다. 치매의 증세를 보이는 늙은 아버지는 시간의 흐름을 거역할 수 없습니다. 젊은 시절 자식들과 세상 앞에 당당하기만 하던 아버지는 세월에 장사 없듯, 죽음의 문턱으로 점점 가까이 다가서고 있습니다. 결국 설마했던 아버지의 치매 증세는 병리학적 사실로 입증되었고, 병원에서 치매 선고를 받은 아버지는 그러한 삶의 이치를 받아들입니다. 아버지의 이 모습을 지켜보며 작가인 당신은 작품의 말미를 다음과 같이 갈무리하고 있습니다.

죽음보다 더한 치매선고를 받고도 잠들 수밖에 없을 만큼 부모님의 몸이 늙었음을 깨달은 순간, 정체를 알 수 없는 물기가 촉촉이 눈에 고였다. 참으로 오랜만의 눈물이었다. 당황조차 할 겨를도 없이 한줄기 눈물이 뺨을 타고 흘러내렸다. 입술에 닿은 물기는 짜디짰다. 치매에 걸린 아버지가 안타까워서가 아니었다. 고리대금업자 같은 비정한 세월이 자신으로부터도 수금을 시작하고 있음을 깨달은 것이었다. 아버지와 어떤 세월을 보냈듯 그는 아버지와 자식으로 태어나 아버지의 품안에서 하나의 인간으로 성장했다. (중략) 그들(부모님-인용자)이 그의 생명을 키워냈듯 이제는 그가 그들을 품어 그들이 세월에 빚진 생명을 온전히 놓고 죽음으로 떠나는 것을 지켜보아야 하는 것이다. 받은 것은 반드시 돌려줘야

하는 것, 그것이야말로 냉정한 생명의 법칙이었다.(「봄빛」, 47~48쪽)

저는 이 대목을 접하면서 작중인물과 겹쳐지는 작가의 모습을 떠올려 보았습니다. 당신은 첫 소설집 『행복』(창비, 2004)에서 당신의 가족사, 특히 부모님에 대한 얘기를 한 적이 있습니다. 그 작품 역시 표제작인 「행복」이었는데요. 젊은 시절 지리산에서 빨치산 유격대원이었던 부모님은 이제 늙은이가 되었습니다.

영웅까지는 아니어도 시대의 고통을 외면하지 않았던 아름다운 인간으로 내 부모를 바라보았던 적도 있었다. 이상을 위해 목숨도 내걸었던 부모님은 내 삶의 지표였고, 고난에 찬 두 분의 인생은 감히 나로서는 상상조차 할 수 없는 위대한 것이었다. 그러나 지금 내 앞에서 피곤을 이기지 못해 깊은 잠에 취해 있는 부모님은 억압과 착취가 없는 아름다운 세상을 만들겠다는 일념으로 목숨을 걸고 전장을 누비던 혁명가가 아니라 다만 가난하고 볼품없는 늙은네일 뿐이었다.(「행복」, 『행복』, 20~21쪽)

그렇습니다. 이제 당신이 주목하고 있는 것은 역사에 대한 장엄한 전망과 그것을 이루어내고자 혼신의 힘을 쏟은 혁명가로서의 삶에 투철한 부모가 아니라, 흐르는 시간 속에서 늙어가는 인간의 자연스러운 소멸의 양태입니다. "냉정한 생명의 법칙"이 지닌, 소멸해가는 존재가 지닌 삶의 순정을 지켜보는 일입니다. 그런데 여기서 경계해야 할 게 있습니다. 세상의 뭇 존재들은 소멸하는 것이고, 결국 소멸을 통해 현실의 무상감과 덧없음이 권능화됨으로써 자칫 세상에 존재하는 모든 것들에 대한 가치가 없다는, 가치 허무주의의 늪에 허우적댈 수 있다는 점입니다. 가뜩이나 무차별적 상대주의적 관점이 넘쳐나는 세상 속에서 무엇 하나 가치다운 가치를 제대로 발견하지 못하고, 설령 힘겹게 발견되었다 하더라도 그것은 숱한 가치들 중 하나의 상대적 가치에 불과하다는 인식 속에서 가치 허무주의의 유혹에 빠져드는 것은 어렵지 않은 일이기도 합니다.

바로 여기서 당신의 작품을 찬찬히 읽어야 할 이유가 있습니다. 당신이 주목하는 것은 소멸 그 자체가 아니라 소멸의 과정에 동참하고 있는 존재의 아픔입니다. 소멸하는 당사자는 물론, 소멸을 지켜보아야 하는 자들 모두의 아픔에 주목합니다. 가령, 이 문제를 집중적으로 파헤치고 있는 「소멸」의 경우를 살펴보죠.

작중인물 여자에게 외로움은 어떤 특별한 감정의 상태가 아닙니다. "혼자라는 것은 여자에게 밥을 먹고 물을 마시는 것처럼 당연한 행위"로, "기억이 존재하는 순간부터 늘 그래왔던 것"(74쪽)입니다. 사회적 관계를 정상적으로 맺는 사람들에게는 외로움이 상처이고 치유해야 할 정신적 질환이지만, "혼자 있는 순간에야 여자는 비로소 자신을 정면으로 응시할 수 있었고, 그런 순간에야 비로소 여자는 생명의 호흡을 하는 것 같"(75쪽)은, 즉 그에게 외로움은 생의 자연스러운 상태를 유지해주는 것입니다. 그렇다면 무엇이 그에게 외로움을 생의 자연스러움으로 받아들이도록 하였을까요.

그는 아버지의 외로움과 그 외로움에 동반된 상처를 이해하게 됩니다. 아버지는 자신의 아내와의 관계를 형식적 부부 그 이상도 이하도 아닌 관계로 유지해왔습니다. 아버지는 어머니의 손에 이끌려 집으로 돌아왔으나 집에 안착을 하지 못합니다. 아버지는 "다른 사람들이 보지 못하는 어둠의 정령이라도 보고 있는 듯" "결국 아버지는 그 어둠에 의해 잡아먹혔"(80쪽)습니다. 이러한 아버지의 죽음에 대해 "어머니는 눈을 감는 순간까지 아버지를 용서하지 않았"고 "아버지가 죽음으로써 자신에 대한 배신을 완성했다고 생각하는 듯 했"(81쪽)습니다. 이렇듯 아버지와 어머니는 그들만의 외로움과 상처를 죽음의 형식을 통해 세상에 드러냅니다. 하여, 그들의 자식인 여자는 그들의 죽음에 깃든 비의성을 이해하게 됩니다. 그것은 "사라지기 위해 살아야 한다는 생의 모순", 즉 "소멸을 준비하는 삶"(81쪽)으로 정리해볼 수 있을 듯합니다. 아버지는 자신이 원하는 삶을 도저히 살 수 없으므로, 소멸해가기 위한 삶을 살았으며, 어머니는 그러한 아버지의 삶으로부터 상처를 감내하면서 소멸을 준비하는 삶을 살아왔습니다. 때문에 여자는 마침내 "소멸과 소멸 사이에 생선토막처럼 끼어 있는 생명이란 그 자체가 우주의 본질을 체현하는 것"이고, "소멸에 저항하여 불멸을 꿈꾸지 않는다면, 생명은 스스로의 소멸을 감당할 만한 힘을 갖게 된다"(84쪽)는 비의성을 인식하게 됩니다.

"생명은 스스로의 소멸을 감당할 만한 힘을 갖게 된다"는 것. 저는 앞서 잠시 말했듯이, 이번 소설집 『봄빛』을 읽으면서 죽음과 소멸에 대한 화두를 갖게 되었다고 했는데, 「소멸」을 읽는 내내 이 화두에 대한 생각이 꼬리를 물면서, 바로 예의 문장에 이르는 순간 어떤 것을 발견한 기쁨을 감출 수 없었습니다. 곰곰 생각해보면, 당신이 애착을 갖는 인물은 소멸을 감당할 만한 힘을 갖는 생명들로서, 소멸은 분명 두려운 것이되, 다가오는 소멸에 비굴해지는 게 아니라, 그 소멸을 외면하지 않고 담대히 감당하는 생의 위의(威儀)를 지닌 존재의 가치에 주목하는 게 아닌가 하는 생각이 듭니다. 그래서인가요. 「봄빛」에서 치매 선고를 받은 노인의 죽음을 향한 삶이 욕되게 보이는 게 아니라, 시간의 흐름에 거스르지 않는 죽음을 향해 살아가는 삶이 또 다른 삶의 아름다운 풍경으로 보입니다. "소진을 응시함으로써 자신의 진정한 힘을 모두어 소멸을 향해 달려가는 것"(89쪽)은 소멸에 굴복당하는 게 아닌, 삶의 종언이 아닌, 도리어 소멸을 창조적으로 내파(內破)하는, 하여 소멸을 생의 격동으로 감당하는, '스러져가는 소멸'의 형식을 '솟구치는 소멸'의 형식으로 전복하는 것이라고 생각합니다.

이 '솟구치는 소멸'의 형식을 지닌 존재의 위의를 이해했을 때, 「순정」의 인물들은 살아 있는 실체로 다가왔습니다. 작중인물 강우는 "조국과 민중의 해방" "노동자와 농민이 주인 되는 세상, 너나 없이 평등한 세상"(98쪽)을 향한 이념에 충실한 빨치산이 아닙니다. 우연히 지리산 빨치산 유격대원이 된 강우는 "노동자, 농민이 이 세상의 주인이라는 믿음" "역사에 대한 믿음"(101쪽)을 확고히 지닌 빨치산들과 함께 힘겨운 산생활을 하던 중, 보급투쟁을 나서기 전 남부군의 최고 지도자 이현상이 한 줌의 쌀을 강우의 손에 쥐어주면서, "강우야, 살 길을 뿌리치지는 마라"(101쪽)라는 마지막 말을 듣습니다. 강우는 하산하여 순경이 되면서 목숨을 보전하게 되는데, 살아 남은 자의 극심한 정신적 고통을 겪습니다. 그러면서 강우는 깨닫습니다.

> "선상님, 나럴 잡지 그랬소. 나가 못 올 줄 알았으면 나가 이리 살 줄도 알았을 것 아니요. 산 것보담 못헌 인생이라도, 그래도 살라고 나럴 보냈소? 참말로 독허요이. 선상님이나 그래 살아보지 그랬소."
> 혼잣말을 중얼거리며 그는 탁자에 얼굴을 묻었다. 아버지처럼 따스하던 이현상의 마지막 눈빛이 사라지고, 옥희 누님의 목화솜 같은 환한 웃음도 아득히 멀어졌다. 그 너머로 옥희 누님의 웃음을 닮은 목화 송이 같은 함박눈이 퍼붓고 있었다. 눈 사이로 스물둘의 젊은 그가 걷고 있었다. 왕시루봉을 넘을 때 그는 왜 그랬는지 퍼붓는 눈 사이로 힐끔 뒤를 돌아보았다. 그가 돌아본 것은 다시는 돌아갈 수 없는 천국이었다. 천국은 미래에 있지 않고 청춘을 바친 그 산속에 있다는 것을 젊은 그는 알지 못했다. 신념 때문이었든 함께 있는 사람에 대한 사랑 때문이었든 목숨을 건 청춘 자체가 천국이었다는 것을. 취한 그의 의식 속에서 젊은 그가 천국을 걸어내려오고 있었다. 창밖의 눈처럼 하염없이 눈물이 흘러내렸다. 의식이 사라진 뒤에도 한동안 눈물은 그치지 않았다.(110~111쪽)

강우는 이제야 명확히 알게 되었습니다. 이현상을 비롯하여 빨치산 활동을 하였던 옥희 누님과 산속 동지들이 죽음을 무릅쓰고 그곳에서 생을 버렸던 그 숭고한 뜻을 말이죠. 그들은 질 수밖에 없는 싸움을 뻔히 알면서도 수행하고 있었습니다. 모두 죽을 수밖에 없는 상황에 내몰렸으면서도 구차히 삶을 살아가는 길을 선택하지 않았습니다. 그들이 믿었던 역사에 대한 전망은, 단순한 정치적 구호와 생경한 이념이 아닌, 그들의 생목숨을 걸어도 아깝지 않은 또 다른 아름다운 생 그 자체였습니다. 그렇기에 그들은 죽음과 소멸에 당당할 수 있었던 겁니다. "목숨을 건 청춘 자체가 천국이었다"는 자기확신이 있었기에, 그들의 소멸은 '스러지는 소멸'이 아닌 또 다른 생의 장엄한 진경(眞境)에 도달한 '솟구치는 소멸'이었습니다. 강우는 비로소 이현상이 들려준 말, "살 길을 뿌리치지는 마라"에 깃든 전언을 곱씹게 됩니다. 비록, 강우는 이현상을 비롯한 빨치산 동지들과 함께 장엄한 최후를 공유하지는 못했지만, 언젠가 빨치산 동지들이 앙가슴에 품었던 새로운 역사에 대한 전망을 향해 소멸을 감당하는 생의 힘을 보였다는 것을 증언해야 하며, 강우 역시 새롭게 주어진 삶의 과정 속에서 '솟구치는 소멸'의 형식을 지닐 삶의 책무가 있습니다.

저는 이와 관련하여 다음과 같은 대목에서 잠시 허방에 시선을 두었습니다.

영감, 그 좋아하던 소주도 인자 싫소? 제우 한잔 묵고 마다요? 차라리 잘됐소. 맛난 것도 잊아불고, 좋던 것도 잊아불고, 그립던 것도 다 잊아불고, 올 때맹키 홀가분히 가써요. 징헌 기억일랑 쩌 아지랑이 맹키 날레불고 말이어라. 영감, 보이요? 민들레 꽃씨가 날리그만이라. 모르제라. 우리맨치 징헌 세월을 산 워떤 영감의 징헌 기억이 꽃가루로 날린가도 말이어라. 자요, 영감? 그리 자고 또 자요? 거그는 워떻소? 꿈도 없이 다디단 이녘의 잠 속은 워떤게라? 나도 잠 델꼬 가써요. 나도 이녘이랑 한날 한시에 갈라요. 혼자된 딸년이 걸리기는 하제만 인자 다 컸응게 원도 한도 없소. 항꾼에 갑시다. 가설랑은 다시 안 올라요. 암만 존 시상을 준다개도 나는 싫어라. 이녘 각시로도 싫어라. 무정한 이녘이 싫어서는 아니고라. 이만허먼 됐소. 말로는 못해도라, 나는 알 것만 같그만이라. 생명이란 것의 애달븐 운멩을 말이어라. 헥멩도 뭣도 아니고라. 생명은 말이고라, 살아봉게 애달프요. 짠허고 애달프요. 긍게 우리, 허공중에 산산이 흩어져, 생명 가진 잡초로도 말고라, 사램으로도 말고라, 뵈도 않는 먼지 같은 것으로나 날라면 나서 말이어라, 슬픔도 없이 기쁨도 없이, 여그저그 떠돔시로나, 암것에도 맘 주지 말고 말이어라, 시시허게 고로코롬이나 살아볼라먼 살아보등가요. 이 좋소. 짜울

짜울, 나도 잠이 와라. 안 깼으면 좋겠소. 이냥 이대로 봄 속에 잠을 잠시로 다시 는……(「세월」, 235~236쪽)

치매에 걸린 늙은 남편에게 말을 건넵니다. 대화의 형식을 띨 뿐, 사실상 독백이나 다를 바 없습니다. 이 노부부는 젊어서 빨치산 활동을 한 이력을 갖고 있습니다. 그때의 그 기백과 신념은 세월 속에서 가뭇없이 스러지고 있습니다. 저는 이 대목을 읽으면서, 당신의 소설 미학의 한 정점을 슬쩍 엿보았다는 것을 고백하고 싶네요.

이번 소설집 『봄빛』은 첫 소설집 『행복』과 다른 관점에서 삶의 깊이를 천착하고 있는 게 유달리 보입니다. 『행복』이 인물과 사건의 관계에서 동태적인 면에 초점을 두고 있다면, 『봄빛』인 경우 수록된 대부분의 작품들이 굴곡이 심한 서사를 보이고 있는 게 아니라, 정태적 서사를 통해 삶의 깊이를 탐구하고 있습니다. 다소 밋밋하고 정통적 서사가 주를 이루다 보니, 파격적 실험의 서사에 익숙한 최근 독자들에게는 소설로서의 매혹이 크지 않은 것으로 읽히기 십상입니다. 하지만, 바로 이 점이 『봄빛』이 일궈낸 소설의 성과라고 생각합니다. 당신의 소설을 읽고 있노라면, 말 그대로 소설을 '읽고 있다'는 실감이 확보된다고 할까요. 소설은 '보는 것'이 아니라, '읽는 것'이죠. 적극적으로 읽는 행위를 통해 자연스레 어떤 장면과 소리를 떠올리게 되고, 그것들의 독특한 편집을 통해 소설의 미적 체험을 경험하게 되는 것이죠. 그래서 하는 말인데요. 『봄빛』에 수록된 작품들은 소설 언어의 물질성을 최대한 살려내고 있습니다. 위 인용 부분만 해도 그렇습니다. 젊은 시절 정열적으로 자신이 믿었던 정치 활동에 모든 것을 쏟았던 부부는 삶을 반추합니다. 따스하게 내리 쬐는 봄볕을 맞으면서 밀려드는 춘몽(春夢)을 간신히 버텨내면서, 띄엄띄엄, 그들 연배의 언어로 나지막이 말합니다. 뭇 살아 있는 것들의 애달픈 운명을. 그토록 그들이 뜨겁게 추구했던 역사의 전망은 언제 실현될지 알 수 없으며, 생의 기운은 소멸하기 마련이

고, "갇힌 시간 속에서 살아온 날의 기억을 되씹는 한 마리 소가 된 것"(234
쪽)처럼 과거의 흔적들을 반추하며 살아갈 뿐입니다. 역사의 공식적 언어가
아닌, 역사의 변두리 언어를 통해 그들의 소멸해가는 삶을 살아갑니다. 노
부부는 생을 원망하지 않습니다. 그들의 꿈이 실현되지 않은 데 대해 실망
하지 않습니다. 그들의 꿈은 생의 애달픈 운명 속에서 아름다운 삶의 흔적
으로 그들을 행복하게 할 뿐입니다.

저는 조금 전 '솟구치는 소멸'의 형식을 얘기한 적이 있습니다. 봄볕을
한가로이 쐬고 있는 노부부의 풍경을 머릿속에 그려보면서, 상상의 나래를
펼쳐봅니다. 쇠약해질 대로 쇠약해져 치매에 걸린 남편, 언제 죽음을 맞이
할지 알 수 없는 한가로운 산책, 그러한 남편이 곁에 있다는 것만으로 일상
의 행복을 만끽하는 부인, 젊을 때는 남편의 정치 활동을 뒷바라지하다가
늙어서는 남편의 병든 육신을 간호해야 하는 애달픈 운명, 삶의 순간들을
격정적으로 살아왔던 게 엊그제 같은데, 그들은 죽음을 기다리고 있습니
다. 아니, 그들은 죽음을 수동적으로 기다리는 게 아니라 죽음의 길을 능동
적으로 걸어가고 있습니다. 말하자면 그들은 소멸해가는 삶을 살고 있습니
다. 얼마나 봄볕이 포근할까요. 얼마나 봄빛이 감미로울까요. 당신은 이 봄
볕과 봄빛의 아우라를 통해 '솟구치는 소멸'의 미적 감동을 자아내고 있습
니다. 소멸해가는 육신, 만물의 소생을 북돋우는 봄볕과 봄빛, 이 대립의 극
성이 갖는 것들이 서로 스며들면서 절묘한 화학반응을 일으킵니다.

아차, 저는 이제야 몽골 초원의 노인이 들려준, "참 멀리도 왔소이. 나는
말이어라. 일평생 요 풍경만 봤어라."(「길1」, 192쪽)에 담긴 전언의 뜻을 어렴
풋이나마 이해할 수 있네요. 한평생 몽골 초원의 골짜기에서 늙어간 노인
은 치열히 삶을 살아왔습니다. 그의 생의 영토 안에서, 그의 생의 범주 안에
서 충실히 삶을 살았습니다. 하여, 그에게 풍경은 삶의 모든 것인 셈입니다.
그 풍경 속에서 그는 소멸해가는 삶을 당당히 살고 있습니다. 몽골의 노인
은 '솟구치는 소멸'의 미를 자신의 삶으로 살아내고 있습니다.

저는 『봄빛』이 당신의 소설 세계에서 어떤 결절점을 이루고 있다는 생각이 듭니다. 대단히 성급한 얘기일지 모르지만, 이후 당신은 '빨치산 부모'와 관련된 서사로부터 자유로울 듯합니다. 왠지, 『봄빛』에 수록된 작품들은 이른바 '빨치산 서사'에 대한 한 매듭을 짓는 것으로 읽힙니다. 이것은 빨치산으로서 역사에 당당히 살았던 당신의 부모에 대한 삶을 미적으로 소멸하는 형식을 취하는, 그리하여 '솟구치는 소멸'의 미의 정점을 드러내었다고 생각합니다. 당신의 소설을 사랑하는 독자의 한 사람으로서 『봄빛』이후 어떠한 소설의 길을 걸어갈지 기대가 큽니다. 당신이 지리산에서 내려오는 일이 쉽지 않은 만큼 어딘지 알 수 없는 또 다른 서사의 길을 내딛는 당신과 함께 가렵니다.

그는 한때는 길이었으나 사람들이 찾지 않아 희미해진 길을 더듬어 아래로 내려갔다. 오래 쉰 탓인지 내리막길인 탓인지 무릎이 시큰거렸다. 죽을 때까지 앞으로도 더 걸어야 할 터였다. 두 사람의 발소리가 자박자박 깊어가는 가을 속으로 울려퍼졌다. 그에게는 평생 걸어온 길이지만 뒤따라오는 사내에게는 낯선 길, 그러나 길은 길일 뿐이다. 길은 땅거미 속에 아련히 이어져 있었다. 산밑 막다른 그의 마을로도, 어딘지 알 수 없는 사내의 마을로도, 그리고 또 가보지 않은 세상의 어딘가로도 그 길은 이어져 있을 터였다.(「길 2」, 214~215쪽)

민중서사, 이토록 맛깔난

이시백, 『갈보 콩』

선생님,

저는 요몇년 동안 비평가로서 응당 제 몫을 다 하였는가, 하고 자문을 해보면, 당당히 그랬노라고 말할 수 없는 모종의 자괴감에 빠지곤 합니다. 새삼스레 두말할 필요 없이 비평가 본연의 책무란, 쏟아져 나오는 가능한 많은 작품들을 편벽되지 않는 심미적 이성으로 성실히 읽어, 그 좋고 나쁨을 준열히 평가함으로써 문학적 상상력이 곧 사회의 소중한 자산으로서 아름다운 가치를 보증한다는 것을 독자에게 설명하는 일입니다. 그런데, 언제부터인지 저 자신이 그토록 혐오하고 경계하던 관성화된 비평에 혹시 길들여지고 있는 것은 아닌지, 즉 비평도 문학제도를 이루는바 문학제도의 질서에 안정적 자리를 확보한 채 '모험과 위반'의 정신이 따르지 않는 '좋은 게 좋은 것 아니냐'라는 무사안일의 비평에 자족하고 있는 것은 아닌지 스스로를 냉철히 뒤돌아봅니다.

저는 최근 이럴 때마다 몇 해 전 우연히 문우로부터 소개받은 연작소설집 『누가 말을 죽였을까』(삶이보이는창, 2008)를 접하면서, 갑작스레 뜨거운 불에 덴 듯 홧홧한 느낌을 지울 수 없습니다. 자고 일어나면 새로운 소설들이 마치 신상품처럼 독서시장에 쏟아져나오되, 주변의 온갖 최첨단의 서사물과 확연히 다른, 우리들 인식의 끝에서 순간 '와락' 하고 심미적 전율을 안겨주는 소설을 발견하기 힘든 터에, 이시백의『누가 말을 죽였을까』에 흠뻑 빠져든 희열은 쉽게 잊을 수 없습니다. 고백하건대, 오랜만에 '좋은 소설'을 읽었구나, 하고 내심 혼자 기뻐하였습니다. 이미 눈과 귀가 밝은 판소리꾼 임진택 선생이 '이야기꾼으로서의 소설가'라는 발문을 통해 적확히 언급하였듯이, 선생님의 소설은 우리의 서사양식인 판소리와 서사무가를 창조적으로 갱신한 바탕 위에 1990년대 이후 이렇다 할 서사적 신뢰를 얻지 못하는 민중서사를 맛깔나게 되살려내었습니다. 선생님의 소설이 지닌 진가(眞價)가 속속 음미되면서, 저뿐만 아니라 한국소설의 미적 갱신에 관심을 갖는 비평가들 사이에는, 작고하신 이문구 선생의 계보를 잇는 작가의 출현을 매우 소중히 생각하고 있습니다. 물론, 선생님께서는 이문구 소설에 안착하는 게 아닌, 이문구 소설을 넘어서고 싶은 욕망을 품을 테죠. 당연히 그래야만, 후배 소설가의 선배 소설가에 대한 예의가 아닐까요. 저는 선생님이 이문구의 빼어난 소설의 세계를 넘는, 즉 승어사(勝於師)의 욕망을 품어야 한다고 생각합니다. 외람된 말씀이지만, 혹시 이문구 소설가의 후광에 만족한다면, (제가 아는 선생님이라면 그럴 리는 없을 테지만) 모르긴 모르되 선생님의 소설은 이문구 소설을 패러디한 문화상품에 불과하다는 평가로부터 자유로울 수 없다고 봅니다. 그만큼 누군가의 빼어난 미적 전통을 창조적으로 계승 · 위반 · 섭취하여 한층 고양된 자신만의 서사적 미의 세계를 갖는 일은 행복한 고통을 동반한다고 생각합니다.

그래서 저는 이번 소설집『갈보 콩』(실천문학사, 2010)을 흥미롭게 읽었습니다. 선생님의 소설을 읽고 있노라면, 번잡한 도시의 일상에서 멀어져간, 아니, 일부러 우리들이 외면한 농촌이 직면하고 있는 지금, 이곳의 문제적 현실을 뚜렷이 목도할 수 있습니다. 이미『누가 말을 죽였을까』에서도 여실히 드러나 있듯, 위정자들에 의한 농정(農政)의 실패는 어제 오늘의 일이 아닌데도 불구하고 여전히 이 문제를 해결할 일은 요원하기만 합니다. 낙농인 만철은 젖소를 기르는 데 드는 사료값과 품값이 올라 더 이상 젖소를 키울 수 없어 우시장에 내놓았으나 터무니없이 낮은 가격 때문에 팔지도 못한 채 돌아오고(「워낭소리」), 유기농 농사꾼 범석은 느닷없는 대운하 사업의 광풍에 휘둘린 채 농사짓는 땅 값이 폭등하여 벼락 부자가 될 꿈에 부풀어 농사가 손에 잡히지 않다가 결국 대운하 사업이 4대강 사업으로 바뀌면서 꿈이 무산되자 크게 허탈해하고(「두물머리」), 진구는 농사를 작파하고 자신의 농터를 골프장 터로 팔아, 온 가족이 골프장에 기생하여 생계유지를 하는데, 캐디를 하는 그의 딸이 외국인 골프 손님과 골프장에서 정사(情事)에 몰두하는 장면을 속수무책으로 볼 수밖에 없고(「몰입」), 농사빚이 불어나 더 이상 자신 소유의 논밭을 갖고 농사를 짓지 못하는 기봉은 도시인들 소유의 땅을 경작하면서까지 생계를 유지하려고 하지만 직불금 제도와 관련하여 그것마저 쉽지 않게 되는 농촌의 현실을 풍자하고(「송충이는 무얼 먹고 사는가」), 어떻게 해서든지 악착같이 농촌에서 살고 싶은 중순은 이웃 사이의 연대보증으로 인해 파산하자 더 이상 농촌에서 살 수 없어 어린 아들을 남겨두고 야반도주를 합니다(「울고 넘는 박달재」). 이 모든 일들은 지금, 이곳 우리의 농촌에서 흔히들 목도할 수 있는 일입니다. 농사꾼들이 마음껏 자신의 땅에서 신명나게 일을 할 수 없는 것이야말로 비참하기 이를 데 없는 농촌의 위기입니다.

선생님은 그 이유를 소설 속 등장 인물의 입을 빌려 속 시원히 까발리고 있습니다. 여기서 눈여겨보아야 할 것은, 농정(農政)의 파탄을 농사를 직접 짓는 민중의 목소리로 드러낸다는 점입니다. 그래서 더욱 실감이 날 수밖에 없습니다. 비록 그들의 목소리가 어떤 사태를 총체적으로 사유하고 객관적으로 분석하여 합리적 해결책을 강구하는 이른바 과학적 인식을 요구하는 지식인의 입장은 아니지만, 무엇보다 절실하고 시급한 문제는 탁상공론식 행정이 아닌 농촌의 현실 복판에서 첨예히 부딪치는 문제적 현실을 구체적으로 보고 들으면서 그 해결점을 실질적으로 모색하는 그들의 진실된 목소리에 귀를 기울이는 일입니다. 이것이 바로 어떻게 보면 민중적 실사구시(實事求是)를 실현하는 일이 아닐까요. 가령, 저는 다음과 민중의 목소리가 예사롭지 않게 들립니다.

"그게 다 빈대 타 죽는 것만 션히 여기믄서 제 초가 삼간 태워 먹는 건 모르는 꼴 아니것슈. 땅 주인들두 알고보믄, 그 일 년에 쌀 한 가마니 금이나 제우 될까 말까헌 직불금이 욕심난 게 아니잖유. 그걸 타 먹어야 즤 손으루다 농사지었다는 증명이 되구, 그래야 낭중에 땅을 팔어먹을 때 노무현이가 만든 세금폭탄이란 걸 안 맞는다지 않어유. (중략) 정 분한 마음에 화풀이 삼아 헌 일이래믄 얼굴 뻔히 아는 면사무소 농정계장헌티나 즘잖게 한 마디 이르믄 될 일이지, 감사원이구 뭐구 청와대가 다 머시래유? 그려 군내 여덟면이 발칵 뒤집어지구, 그 사람 좋은 면장꺼정 거품 물구 쓰러지게 만들어 저 좋은 게 뭐냔 말여유. 워쨌든 테레비전꺼정 오르내리믄서 거시기헌 이들을 옥살이럴 시킨다, 직장서 쫓아낸단 소문이 흉흉하니 대번에 땅주인들이 즤 땅을 돌려 달라 허는 게 아니것슈? 구러니 저두 죽구 남두 죽구, 곁에서 음전허니 귀경허던 이웃들꺼정 떼죽음을 시켜 놓았으니 누가 그 이럴 좋아허겠냔 말여유. 동네서 돌려뱅이럴 치구 헛똑똑이래구 손가락질 허는 거 거시기허다 헐 수두 없슈."(「송충이는 무얼 먹고 사는가」, 113~114쪽)

직불금과 관련한 농정이 농촌의 현실과 얼마나 많이 동떨어져 있는지를 여실히 알 수 있는 농민의 비판적 푸념입니다. 자신이 소유한 땅에 농사 짓기를 마다하는 농민이 어디 있겠습니까마는, 그렇게 농사를 지어봐야 농가 부채만 늘어나고 생계 유지도 곤란한 현실에 놓이므로, 농민은 아예 농토를 도시인에게 팔고, 도시인으로부터 허락받아 그 농토에다 농사를 지어 살 수밖에 없는 현실이 차라리 낫다고 여긴 터에, 직불금 파동이 나면서 실제 땅 주인에게 농사짓는 땅을 다시 돌려줘야 하니, 농민들은 이러지도 저러지도 못한 채 사면초가의 형국에 놓여 있는 셈입니다. 농민들의 이 비판적 푸념의 행간에는 이 같은 농촌의 구체적 현실이 자리하고 있습니다. 농민들은 결코 무지렁이가 아닙니다. 도시인들이 무엇 때문에 농사를 짓지도 않으면서 그들의 농토를 사들이는지 그 이유를 잘 알고 있습니다. 농민들은 자신의 농토가 도시인들의 부동산 투기의 대상이 되고 그들의 소작인 처지로 전락해간 것 자체가 서글프고 안타깝지만, 직접 농지를 소유한 채 농사짓는 일이 현실적으로 너무나 힘들기 때문에 농지를 팔 수밖에 없고 이제 주인이 아닌 상태로, 직불금 파동이 나면 그나마 짓던 농사도 지을 수 없는 것을 뻔히 감수해야 하는 자신의 처지에 대해 자기풍자적 태도를 보입니다.

이 같은 구체적 현실을 간과한 채 위정자들의 농정은 농촌경제와 농민의 삶을 위한다는 명분 아래 점점 농민의 신뢰를 상실해가고 있음을, 선생님 소설 특유의 해학과 풍자로 독자를 사로잡고 있습니다. 특히, 이렇게 더욱 극심해가는 농정의 파탄 속에서 중순과 같은 농민이 "아부지, 가지 마요."(「울고 넘는 박달재」, 166쪽)라고 우는 어린 자식을 늙은 부친에게 남견 둔 채 야반도주하는 모습에서는, 농촌이 이런 파국으로까지 치닫는 동안 우리들은 무엇을 하고 있었는지, 하는 우리 자신과 위정자에 대한 분노가 울컥 치밀어올랐습니다.

고향을 떠난 자들이 타향에서 잘 안착할 수 있을까요. 이번 소설집에 수록된 작품 중 「충청도 아줌마」는 고향을 떠난 자들, 아니 고향이 부재한 자들이 겪는 설움과 그리움, 그리고 그것을 동병상련(同病相憐)으로 서로 위무하고 감싸안는 훈훈한 인간미를 느끼도록 합니다. 저는 솔직히 고백하건대, 「충청도 아줌마」의 주요 세 인물이 작품의 말미에서 언제 그랬냐는 듯 한바탕 신명난 난장을 벌이는 대목에서 최근 좀처럼 한국소설에서 만날 수 없는 '민중의 낙천성'을 목도하였습니다. 강퍅한 현실에 결코 굴복하지 않는, 아무리 험난한 일에 직면하더라도 그것에 쉽게 생을 포기하지 않는, 도리어 그 어려움을 단박에 훌훌 털어버릴 수 있는 어떤 초월적 힘을 민중의 신명으로부터 얻습니다. 이것이 바로 '민중의 낙천성'입니다. 조금 길지만 해당 부분을 인용해봅니다.

한 차례 술을 더 사들인 사내들은 지난 생각을 지우기라도 하려는 듯 악을 쓰며 노래를 부르기 시작했다. 쟁반을 뒤집어 놓고 젓가락으로 두들겨 가며 부르는 노래는 하나같이 '고향'자 들어가는 것들 일색이었다. 어깨동무를 한 두 사내는 주고받고, 때로는 입을 한데 모아가며 '울고 넘는 박달재'로부터 '고향 아줌마' '무정천리'를 불러대더니 송 양에게도 숟가락을 거꾸로 꽂은 소주병을 들이민다. 송 양은 "이리 가면 고향이요, 저리 가면 타향인데."로 시작되는 김상진의 '이정표 없는 거리'를 불렀다.

신바람이 난 기병은 머리에 화장지를 질끈 묶고 상모 돌리는 시늉을 내고, 장갑 공장을 했다는 경수는 불뚝 일어서더니 잔등에다 엽차 잔을 집어넣고는 곱사춤을 추기 시작했다. 그 모습이 어지나 우습던지 송 양도 손뼉을 소리 내어 쳐가며 잇몸을 벌겋게 드러내고 큰 소리로 웃었다.

(중략)

불도 넣지 않은 방에 무슨 열이 났는지 웃옷을 벗어 붙인 채 란닝구에 내복 바람을 한 두 남자와 벌겋게 취기가 오른 송 양이 방바닥에 질펀하니 늘어놓은 술잔이며 재떨이를 젓가락으로 두들겨가며 악머구리처럼 목젖을 활짝 내놓은 채 악을 쓰는 건지 노래를 하는 건지 모를 난장판을 벌이고 있었다.

"마담은 고향이 어디셔? 충청도셔?"

뜬금없는 물음에 주인 노파는 들은 척도 않고 한 마디 쏘아주려는데, 방안은 이내 거방진 노래 소리에 묻혀 아무 것도 들리지 않았다.

"와도 그만 가도 그만 방랑의 길은 먼데, 충청도 아줌마가 한사코 길을 막네."

창 밖에서 부슬부슬 눈 내리는 소리마저도 악을 쓰듯 불러 젖히는 노래 소리에 이내 묻혀갔다. 녹이 슨 창살이 가로막힌 여인숙 창문 밖으로 푸슬푸슬 내리는 눈발 속에서 가지 못하는 고향이 허리에 깊은 톱자국을 남긴 채 댕그라니 서 있었다.(「충청도 아줌마」, 144~146쪽)

기병, 경수, 송 양은 모두 나름대로의 곡진한 사연을 안은 채 고향을 떠났고 타향 살이를 하는 '뿌리 뽑힌 자'들입니다. 이들의 이 난장판은 구정을 앞둔 어느 역 근처 여인숙에서 벌어지는데, 창녀인 송 양을 서로 독차지하려고 실갱이 중인 기병과 경수는 충청도가 동향(同鄕)이라는 사실에 서로의 경계를 허물고, 송 양마저 남편의 고향이 충청도이기에 이들 모두는 마치 동향 사람들이라도 된 것인 양 모처럼 뜨거운 정을 나눠갔습니다. 댐 수몰 지역으로 아예 고향이 없어진 기병, 말 못할 사연으로 고향을 떠난 경수, 북한 인민들을 대상으로 인권을 가장한 채 기획월북을 시도한 자들에게 속은 송 양은 모두 '뿌리 뽑힌 자'로 어느 곳에서도 정착하지 못한 채 부평초와 같은 삶을 살 수밖에 없습니다. 그들은 고향으로부터 상처를 받았고, 타지 생활을 하면서 온갖 수모와 고초를 겪습니다. 그들은 좀처럼 타자들과 뒤섞일 수 없습니다. 그들만의 독자적 영역에서 생을 유지할 뿐입니다. 그러던 그들이 눈 오는 날 여인숙에서 우연히 만나 각자의 맺힌 한을 풀어내는 한바탕 해원굿을 펼치고 있습니다. '고향' 자가 들어간 숱한 대중가요를 부르면서 '고향'과 관련하여 그들을 옥죄고 있는 그 무엇으로부터 놓여나고 있습니다. 그런데, 오해해서 안 될 것은, 그들의 이 해원굿은 고향을 영원히 망각하기 위한 게 결코 아니라, 그들의 과거 속에 자리한 '고향의 억압'에서 해방되기 위해섭니다. 비록 낯선 곳, 허름하고 비좁은 여인숙에서 벌이는 해원굿이지만, 비루하고 보잘것없는 그들의 생을 그들 스스로 치유한다는 점에서 그들의 신명난 난장은 성스럽기까지 합니다. 즉, 민중이 민중 스스로 민중의 상처를 치유하는 일은 이번 소설집에서 주목해야 할 서사적 가치라는 생각이 듭니다.

선생님,

저는 이번 소설집을 통독하는 내내 '민중서사'의 창조적 부활을 목도하였습니다. 언젠가, 소설가 현기영 선생님께서 제 비평에 대해 촌철살인과 같은 덕담을 하신 적이 있습니다. 제 비평이 "역사가 숨 쉬는 거시서사의 권토중래를 꿈꾼다"고 하였는데, 저는 한국문학사에서 '민중서사'가 폐기처분될 수 없으며, 경계해야 할 것은 낡고 상투적인 '민중서사'에 대한 관성화된 태도이지, 늘 새로운 미적 갱신의 태도를 갖는 '민중서사' 자체를 박물지화(博物誌化)해서는 곤란하다고 생각합니다. 그래서 저는 '민중서사'

의 미적 갱신을 위해서는, 민중을 논쟁적·운동적 차원에서 갈고 다듬어야할 것을 제안하고 싶습니다. 그것은 민중에 대한 일국적 차원의 논리 구도를 전복시키는 것, 민중의 구체적 현실 속에서 직면하고 있는 문제들을 치열히 탐구하고 그 해법을 모색하는 것, 급변하는 세계와 시대정신을 첨예히 벼리는 것 등의 새로운 과제가 뒤따릅니다. 가령, 이번 소설집의 표제작인 「갈보 콩」의 결미에서 보이는 재복의 분노를 드러내는 부분은 지금, 이곳의 민중이 어떠한 세계인식을 하고 있는지를 잘 보여줍니다.

약빠른 김가가 한 해인가 대 먹더니, 이내 을석네 콩을 마다할 때부터 알아 봤어야 했다. 오로지 제 콩 씨만 믿고 무농약 유기농으로 지어온 콩 농사가 김가네 것보다 더 근본 모를 잡콩이 된 것만으로도 재복은 억장이 무너졌다. 이제 와 생각해보니, 제 밭의 콩들은 죄다 을석네 미제 콩과 붙어먹어 어디 씨도 모를 화냥질 콩이 된 셈이 아닌가.
"인간이구 콩이구, 밖에서 굴러온 것들이 문제여."
그동안 멋도 모르고 두엄 퍼다 붓고, 탄내 나는 목초액 뿌려가며 애썼던 일이 죄다 헛짓이 되었다고 생각하니 분통이 터지고, 울화가 치밀어 가만히 앉아 있을 수가 없었다. 마누라가 식전부터 골라낸 콩을 담아놓은 바구니만 냅다 걷어차올리고는 재복은 담벼락에 걸려 있던 낫을 꺼내들고 뿌르르 밖으로 달려나갔다. 단숨에 을석네 콩밭으로 달려간 재복은 거기 줄도 반듯하니 심겨진 콩들을 향해 마구 낫질을 해대기 시작했다. 이리저리 휘젓는 낫에 콩 순이며, 이제 막 꼬투리를 달기 시작한 졸가리들이 맥없이 잘려나갔다. 이 눔의 씨두 모를 갈보 콩 같으니라구. 재복은 목에 차오르는 숨도 잊은 채 이렇게 구시렁거리며 낫질을 멈추지 않았다.(「갈보 콩」, 239~240쪽)

이제야 재복은 자신의 두부맛이 김가네 것보다 처지는 이유를 알았는데, 그것은 재복의 밭 옆에 있는 을석네 콩밭이 "미국서 들여온 콩 씨" "그게 바로 지엠오인가 뭔가 하는 콩"(239쪽)인데, 재복의 콩이 을석네 콩과 자연스레 섞이면서 우리 토종 콩맛이 나지 않았던 겁니다. 하여, 재복은 '갈보 콩'으로 둔갑시킨 을석네 콩에 낫질을 해댑니다. 여기서 자칫 오해해서 안될 것은, 재복의 이 같은 행동을 순혈주의 및 국수주의, 더 나아가 편협한 민족주의로 해석하는 것은 번지수를 잘못 짚은 해석의 오류입니다. 문제의식을 명료히 해두어야 할 것은, 을석네 콩은 인위적으로 콩의 유전자 조작을 해서 만들어낸 미국산 지엠오 콩인데, 여기에는 자본축적을 극대화하려는 제국의 다국적 기업이 농산물을 통해 세계를 지배하는 식민화의 논리가 작동되고 있다는 점을 간과할 수 없습니다. 제국에서 인위적으로 유전자 조작된 농산물은 세계 각 지역의 토종 농산물과의 상호경쟁 속에서 월등한 우월적 지위를 확보하여 지역 고유의 농산물과 먹거리가 들어설 자리가 없게 되는 겁니다. 글쎄, 이것을 두고, 농산물의 세계화 혹은 먹거리의 세계화라고 반가워해야 할 사회현상인가요. 저는 재복의 이 같은 행위에서, 이제 21세기 한국의 민중은 일국적 문제틀을 벗어나 전 지구적 시야의 문제틀을 확보해야 한다는 새로운 과제를 밀도 있게 탐구할 것을 제안해봅니다. 그런 맥락에서 「갈보 콩」은 선진적 문제의식을 보여주고 있습니다. 다만, 앞서 제가 말씀드렸듯이, 민중의 구체적 현실을 에워싸고 있는 제국의 다국적 기업의 지배방식에 대해 좀 더 천착을 했다면 하는 아쉬움이 있습니다. 이유야 어떻든, 재복이 이러한 사실을 알게 된 것은, 재복의 직접적 노력에 의한 게 아니라 재복네 두부집이 번창했으면 하는 물욕(物慾)에 의해 공무원으로부터 전해들은 정보에 의한 것인 만큼 재복이 이 같은 문제를 명료히 인식하고 슬기롭게 해결하고자 하는 지혜를 모색하고 있지는 않기 때문입니다. 아마도 이 같은 어리석음을 보이고 있는 재복과 같은 민중을 향한 통렬한 자기비판적 색채가 짙은 '자기풍자'에 서사의 초점이 맞춰져 있기 때문일지도 모르겠습니다.

저는 이후 보다 큰 틀로 문제의식을 예리하게 짚어내는 민중이 써지길 기대해봅니다. 그런 기대가 가능한 게 민중은 한국의 정치경제사의 핵을 꿰뚫고 있는, 민주화 이후의 민주주의를 실천적으로 모색하는 역사의 주인

이기 때문입니다.

　경상도 사투리 쓰는 이들이 번갈아 가며 대통령을 해 먹고, 서로 총질을 하고 지랄을 하다가 여전히 저들끼리 형님 먼저, 아우 먼저 짓까불며 주거니 받거니 해먹을 때도 원래 그 자리는 그쪽 사람들 차지거니 여겼고, 군복 입은 이들을 발 구르며 꾸짖던 이가 그 당에 들어가 문 없는 큰길을 걷겠다더니 여전히 그 나물에 그 밥이었을 적에도 메추리처럼 논바닥에 대가리만 박고 지냈었다. 참새 심정은 박새가 안다고 변두리로 돌던 이들끼리 손을 잡고 잠깐 호남 사람이 들어서 당장 남북통일이라도 할 듯 설쳐대더니, 이내 억센 경상도 사투리가 다시 돌아와 시종을 시끌법석을 벌이더니 급기야 제 한 몸도 건사하게 못하게 되었을 적에도 그저 혀를 차며 무논에 외다리로 버티고 선 황새처럼 먼산바라기만 하였을 뿐이다.
　뒤를 이어 개울에 꽃나무 심고 땅 파고 밀어붙이는 일에 도가 튼 이가 들어섰지만 그도 여전히 저와는 거리가 먼 아랫녘 사람이었다. 하다못해 노가다 십장도 그쪽 사람이 아니면 못한다는 말도 있었지만 산이 높으면 골도 깊어 거기 모여 노는 인물들도 많거니 여길 뿐이었다.(「웹2.0」, 256~257쪽)

한국의 역대 정치권력이 민중의 해학과 풍자의 언어의 미로써 여지없이 해체되고 있습니다. 선생님 소설을 두고 빼놓아서 안 될 게 바로 이와 같은 구술성(口述性)의 묘미입니다. 역대 정치권력의 흐름을 끊어질 듯 말 듯 그 특질과 폐단을, 민중의 구체적 삶 속에서 활력을 지닌 민중의 구술적 언어에 의해 희화화되고, 비판의 과녁이 되고 있습니다. 중앙집중적 권력이 민중의 활기를 띤 생의 가락을 지닌 언어에 의해 야유·냉소·조롱의 대상이 되고 있습니다. 민중은 이 같은 언어를 친밀화함으로써 민중의 방식대로 역사를 냉철히 인식합니다. 지배계급에 의해 파악되도록 길들여진 민중이 아닌, 민중의 주체적 눈으로 역사를 당당히 인식하는 역사의 주인으로서 다시는 지난 정치권력과 동일한 그것이 민중 위에 군림할 수 없도록 할 겁니다. 그것이 진보라는 이름 아래 행해지는 진보 권력임에도 불구하고 말입니다.

이후 선생님의 소설세계가 '민중서사'의 새로운 지평을 과감히 열어제쳤으면 하는 마음 간절합니다. 이 길은 선생님 혼자만이 아니라 역사 속에서 민중의 위의(威儀)를 늘 새롭게 발견하고, 숱한 민중들 사이에서 솟구치는 생의 존엄과 아름다운 가치를 실천하는 자 모두와 함께 가는 것이기에 행복합니다.

2010년 여름의 문턱에서
'민중서사'의 갱신을 꿈꾸는 고명철 올림

민중의 윤리 부재와 마주하는 자기 풍자

이시백, 『나는 꽃 도둑이다』

민중 서사의 창조적 쇄신을 위해

잠시, 하찮고 지리멸렬하되 그렇다고 그냥 지나칠 수 없는 일상에서, 소탈하면서 질박하고 그러면서 맛깔나고 푸짐한 이야기를 안주 삼아, 뭔가 뾰족한 대책은 쥐뿔도 없는 채 이러쿵저러쿵하는 제 흥에 못 이겨, 그 잘나고 질펀한 개똥철학을 실컷 주억거리고 싶다면, 조금도 망설이지 말고 작가 이시백의 소설에 귀를 기울여보자. 이시백은 난장(亂場)과 같은 현실에 부대끼며 살고 있는, 말 그대로 '리얼한' 민중의 삶을 특유의 구술성(口述性, orality)의 서사를 최대한 살림으로써 자신만의 개성 있는 소설 세계를 이뤄나간다. 이 같은 이시백의 소설은 지금, 이곳의 한국문학의 지형도에서 창발적으로 탐구해야 할 민중 서사의 리트머스지 역할을 수행하고 있다는 점에서 그 중요성을 힘주어 강조하고 싶다.

무엇보다 그의 민중 서사에서 각별히 주목해야 할 것은 자칫 자신도 모르는 새 갇힐 수 있는 이른바 민중주의의 함정으로부터 비판적 거리를 확보하고 있다는 점이다. 이것은, 좁게는 그의 소설을 이해하기 위한 핵심적인 감상 포인트고, 넓게는 한국문학의 민중 서사적 전통을 창조적으로 쇄신하는 데 중요하게 고려해야 할 요인이다.

그의 이번 장편소설 『나는 꽃 도둑이다』(한겨레출판, 2013)는 민중 서사의 이러한 면모를 성찰하도록 하는 데 매우 요긴한 참조점을 제공한다. "청계천 주변에서 가까이 지내온 이웃끼리 만든 친목계"(10쪽)인 '청심회'와 관련한 자질구레한 일상의 이야기로 이뤄진『나는 꽃 도둑이다』에서, 민중은 더이상 세계의 구조악(構造惡)과 행태악(行態惡)을 부정하고 일소하는 생산을 담당하는 역사 변혁의 주체가 아니다. 또 반민주주의의 온갖 지배 권력의 억압 속에서 민중 특유의 낙천성을 지닌, 삶의 고통을 극복해나가는 윤리적 주체도 아니다. 그는『나는 꽃 도둑이다』에서 기존 우리의 낯익은 진보적 민중 서사에서 힘겹게 쌓아온 민중의 이러한 자기 긍정을 뒤집는다. 그리하여 우리가『나는 꽃 도둑이다』에서 마주하는 민중은 그토록 혐오스럽고 가증스러운 반민중의 모습을 취한 그들이다. 말하자면, 우리는 그들로부터 민중의 자기 긍정의 윤리를 좀처럼 찾아볼 수 없는, 그래서 그들이 부정해온 반민중적 존재의 '추한 모습'과 동일시된 '괴물'을 마주한다. 이 같은 이시백의 소설 쓰기는 21세기 진보적 민중 서사의 자기 혁신을 이룩하기 위한 자기 성찰의 윤리를 정립하는 것이라 해도 과언이 아니다. 이를 위해 이시백이 주도면밀하게 취하고 있는 서사 전략은 민중의 이 '괴물'과 같은 모습에 대한 비판적 자기 풍자를 적극화하는 것이다. 이 자기 풍자의 비판이야말로 민중에 덧입혀진 반민중성을 민중 스스로 성찰하는 계기를 갖도록 함으로써 민중 서사의 쇄신을 위해 갱신해야 할 민중의 윤리적 미의식을 새롭게 갈무리한다.

경제 지상주의의 노예로 전락한 민중의 비판적 자기 풍자

그렇다면『나는 꽃 도둑이다』에서 민중의 비판적 자기 풍자는 어떻게 드러나고 있을까. 작가는 '청심회' 소속 인물들이 제각각 처한 이해관계로부터 민중 스스로 이율배반적 모순에 사로잡혀 있는 맨얼굴을 신랄히 드러낸다.

명식과 명식의 아내가 보이는 자기 모순은 단적인 사례다. 명식은 김치 공장에서 "배추 절이는 염도를 맞추는 재주"(27쪽)로 공장장 일을 맡고 있는 노동자인데, 사측에 노동의 정상적 대가로서 점심 식대를 요구했으나 사측에서는 경영의 어려움으로 이 요구를 거절한다. 이에 대해 명식뿐 아니라 명식의 아내는 "목에 핏대를 올려가며" "김치 공장 주인을 쥐에다 비유해가며 불평을 쏟아"(33쪽)낸다. 그러던 명식의 아내는 자신이 사장을 하고 있는 분식집 앞에서 "비정규직 철폐, 최저임금 보장!"(30쪽)을 외치는 시위대를 향해 경영자의 입장에서 불만을 늘어놓는다.

> "쫄쫄 배지를 굶겨야 혀. 시방 나라 경제가 워찌 돌아간다는 소리두 듣질 못했나. 애덜 돌반지꺼정 빼다가 나라 살린 지가 얼마나 되었다구 파업이여? 가뜩이나 불경기에 영업허는 사람들은 밤잠을 제대루 못 자가며 고심허는디, 다달이 따박따박 봉급에 밥값에 차 몰구 다니는 지름값꺼정 챙겨받구, 때마다 보너스루 떡값꺼정 타 먹으면서 뭘 어쩌라구 심심허믄 빨갱이덜츠럼 대가리에 뻘건 띠를 두르구 거리루 나서냔 말여. 저것들은 너나 이 죄 풍선에 매달아 김정일헌티루 날려 보내구, 밥만 멕여주어두 감지덕지허는 동남아 것들 불러다가 품 사 쓰야 정신을 차릴겨."(31~32쪽)

시위대에 대한 명식의 아내의 불만은 한국사회의 노동(파업)과 연관된 사측의 잘못된 인식에 바탕을 둔 구조화된 언어폭력이다. 이것은 인간다운 삶의 가치를 추구하는 노동자의 노력을 국가의 국민경제를 위협하는 골칫거리로 인식하며, 무엇보다 초헌법적 반공주의로써 그러한 노동(파업)을 이념적으로 억압하고, 약소국가의 노동력을 착취하는 데 아무런 반성도 하지 않는 경제적 제국주의를 노골화한다는 점에서, 결코 가볍게 인식할 수 없는 민중의 윤리적 모순이 아닐 수 없다. 다시 말해 노동자의 아내가 노동(파업)의 의의와 가치를 부정하는 자기 부정의 혼란을 보여준다. 이 같은 불만을 내뱉는 순간 명식의 아내는 노동자의 아내임을 망각하고, 그가 그토록 혐오하는 김치 공장의 사측과 동일시된 두 얼굴을 지니게 된 것이다.

다시 강조하지만, 작가 이시백이 겨냥하고 있는 것은 바로 이율배반적 속성을 띤 두 얼굴을 지니게 된 민중의 윤리적 혼돈이다. 분명, 그들은 한국 사회의 기득권에 비해 정치·경제적 약소자다. 작가는 그 약소자 사이에서 상대적으로 우월한 사회적 위계(位階)를 점유하기 위해 온갖 경쟁을 마다하지 않는 그들의 삶을 매우 예리한 통찰력으로 응시한다. 민중 사이에 팽배해진 윤리의 부재와 윤리적 혼돈을 회피하지 않고 적극적으로 자기 풍자하는 것은 이시백에게 새로운 민중 서사의 윤리적 미의식을 정립하는 데 반드시 거쳐야 할 과정이다.

그래서인지 『나는 꽃 도둑이다』에서 마주하는 민중은 서로 메마르고 강퍅한 이해관계 속에서 삶을 지탱할 뿐 상대방의 허물을 감싸주고 삶의 상처를 위무해주는 윤리적 미의식은 휘발돼 있다. "어차피 대한민국은 복불복 개인 플레이야"(207쪽)라는 극단적 개별주의를 통한 무한 경쟁의 성공주의 신화(경제 지상주의)가 그들의 삶 전부를 지배한다. 경제 지상주의에서 모든 것은 오직 하나로 귀결된다. '돈'은 모든 것의 가치를 평가하는 절대 지존이다. '돈'의 위력 앞에 민주주의, 정의, 역사, 나눔, 연민, 우애, 화합, 평화 등과 연관된 인류의 보편적 공동선(共同善)이 들어설 자리는 초라하기만 하다.

부자감세. 지난번 선거에도 진근은 대뜸 그 정당을 위해 표를 꾹 눌러 주었다. 그게 어디 저 혼자만의 생각일까. 지난번에 부자당 후보가 서울 시장에 나섰을 때, 그를 찍어준 이들을 직업별로 나눈 신문기사를 읽은 적이 있었다. 우선 농사 짓고 고기 잡는 농림어업자들이 62.2%로 가장 많고, 집에서 알뜰히 살림하는 주부들이 57%나 되었다. 그 뒤를 이은 것이 저와 같은 자영업자들로 54.2%나 되었다. 손발 움직여 먹고 사는 생산직이나 하루 품 팔아 하루 사는 일용직들도 절반에 가까운 49.2%가 그이를 찍었던 것만 봐도 없는 이들일수록 부자들 편이었다. 공연히 자발 머리없는 인간들이 입만 꺼져 가지고 민중이니 연대니 입바른 소리를 늘어놓지만 세상은 그렇게 움직여지는 게 아니었다. 세상을 움직이는 건 촛불이 아니라 돈이라는 걸 진근은 굳게 믿는 사람이었다.(151쪽)

촛불 장사를 하는 진근은 "뭐니 뭐니 해도 세상에는 머니가 제일"(145쪽)이라는 '돈'을 향한 욕망에 사로잡혀 있다. 그런데 이 욕망은 진근에게 국한된 게 아니라 이 땅의 절반이 넘는 민중의 의식을 지배하고 있다. 이러한 욕망은 급기야 "박 대통령 시절이 앗싸리 나은 셈이여"(148쪽), "솔직히 지금두 전두환을 다시 불러오라는 이들두 많어"(148쪽)라는 퇴행적 역사 인식을 스스럼없이 드러낸다. 민주주의의 성스러운 가치를 향해 그토록 고귀한 민중의 생목숨이 희생되었건만, 민중의 피와 땀으로 성취한 민주주의를 또다시 훼손시켜도 무방하다는 식의 이 어처구니없는 경제 지상주의는 지금, 이곳의 민중이 윤리적 감각의 부재와 혼돈을 집약적으로 보여준다. 작가 이시백이 비판적으로 경계하고 두려워하고 있는 것은 민중 사이에 횡행하고 있는 이러한 윤리의 자기 파탄이다. 즉 민중이 맹목적으로 집착하고 있는 경제 지상주의가 민중의 엄청난 희생을 요구하고 있다는 이 모순에 민중이 눈 감고 있음을 작가는 직시한다.

그래서 민중의 윤리의 자기 파탄은 작중 인물 재록이 키쓰방에서 '청심회'의 김 총무 딸을 우연히 만나 윤락 서비스를 받는가 하면, 야바위꾼 노천이 야바위 대신 청계천 노상에서 성인용 포르노 시디를 버젓이 팔면서 자신의 딸이 맡긴 결혼 자금 5천만 원을 주식에 투자해 경제적 손실을 입고, 종백이 정부의 사대강 개발 사업에서 최대한 경제적 이득을 챙기는 데 혈안이 된 채 언어 도단의 억지부리기식 생태 인식을 보이고, 박금남이 청계천 상인연합회 기동대장으로서 마치 청계천 일대가 자신의 보호·관리·감독을 받아야 한다는 허명 의식에 사로잡혀 있는 모습 등에서 여실히 나타난다.

그런데 우리는 『나는 꽃 도둑이다』에서 가차 없이 비판의 과녁이 되고 있는 민중의 윤리의 파탄에서 가볍게 넘길 수 없는 또 다른 부정에 주목할 필요가 있다. 생존을 위해 모여든 청계천의 민중 사이에 퍼져 있는 탈북 이주민과 외국인 이주노동자에 대한 차별적 인식이 그것이다. 탈북 이주민과 외국인 이주노동자는 청계천을 생활 기반으로 살고 있는 어엿한 민중인데도 이들은 한국의 민중에게 민족적·인종적·이념적·위생학적 요소가 복잡하게 뒤엉킨 차별을 받고 있음을 작가는 예의 주시한다. 이 같은 차별적 인식은 명식과 박금남의 언행에서 뚜렷이 드러난다.

명식은 자신의 딸이 인도로 유학을 가고 싶다는 말에 대뜸 김치 공장에서 일하는 스리랑카의 노동자 피부색을 떠올리면서 그들을 노골적으로 "시컴둥이"(36쪽)라고 표현하고, 명식의 아내 또한 외국인 종업원을 구하면서 흑인보다 황인종을 우선적으로 고려하는 인종차별적 인식을 지닌다. 게다가 박금남은 동남아 여성을 "정조두 없구" "그냥 짬뽕으루 막 뒤섞여 오염된 거"(113~114쪽)로서 병원균 그 이상도 이하도 아닌 깨끗이 제거해야 할 위생학의 대상으로 취급한다. 그뿐 아니라 탈북 이주민 역시 세탁해야 할 빨랫감 혹은 "뿌리째 뽑아야"(116쪽) 할 '화근', 즉 배타적인 민족적·이념적 차별과 반감의 대상일 뿐이다. 탈북 이주민과 외국인 이주노동자 모두 한국의 민중처럼 "다 먹구살자구 허는 일"(39쪽)에 그들의 전 존재를 전력투구하고 있는데, 한국의 민중은 과거 비서구를 지배한 제국(=백인)의 식민주의를 구성하는 온갖 차별의 행태를 한국의 그것으로 전도(顚倒)시키고 있는 셈이다. 이 또한 작가 이시백이 『나는 꽃 도둑이다』를 통해 날카롭게 투시하고 있는 민중의 윤리의 자기 파탄을 적시하고 있는 부분이다.

이제 우리의 진보적 민중 서사는 이처럼 한국의 민중 사이에서 난마처럼 뒤엉킨 식민주의의 차별적 구조와 행태에 대해 다층적인 비판의 시선을 지녀야 할 것이다. 세계 민중의 국제적 연대를 추상적으로 기획하는 서사이기보다 지금, 이곳의 우리의 민중 사이에서 (재)생산되고 있는 지구적 차원의 구체적 현실의 문제를 소홀히 할 게 아니라 이것에 적극적으로 대응하는 민중 서사의 활력을 절실히 모색해야 한다는 점에서 『나는 꽃 도둑이다』의 선도적 문제의식은 눈여겨볼 만하다.

국가 권력의 태평성세에 대한 풍자의 구술성

『나는 꽃 도둑이다』가 민중 서사의 창조적 전통을 쇄신하는 데 구술성의 미의식은 매우 중요하다. 이 구술성은 『나는 꽃 도둑이다』의 주제 의식을 효과적으로 담아낸다. 사실, 이 소설은 시종일관 구술성의 마술적 힘에 의존하고 있다 해도 과언이 아니다. 이 구술성은 민중의 생생한 생활 감각뿐 아니라 이것에 바탕을 둔 세계 인식을 표현해낼 수 있는 가장 적합한 요소다. 특히 작가가 초점을 맞추고 있는 민중의 새로운 윤리를 정립하기 위해 기존 붕괴된 민중의 윤리를 자기 풍자하는 서사에서 구술성은 비판의 진정성을 획득한다.

이것과 관련해 『나는 꽃 도둑이다』가 보여주는 서사 전개의 면모가 흥미롭다. 청계천 복원 사업을 기념하는 전(前) 시장의 명판이 사라진 사건을 수사하기 위해 표면적으로 국가의 공유수면에 있는 재산물인 잉어를 함부로 처분한 죄를 묻는다는 명분으로 '청심회' 회원들이 그들의 청계천 일상을 시시콜콜히 수사 진술서에 기록하는데, 그 기록 과정에서 자연스레 구술성이 상당 부분을 차지한다. 여기서 수사 진술서와 구술성은 길항(拮抗)·충돌·간섭하는 화학작용을 보인다. 수사 진술서는 국가의 공권력을 표상하는 공식 문서로서 수사관들은 명판의 행방을 수색하기 위해 '청심회' 회원들의 일상을 강제적으로 진술하도록 한다. 이 과정에서 청계천의 세태가 속속 드러난바, 우리는 민중의 윤리 의식 부재와 혼돈을 이미 목도했다.

여기서 작가의 구술성은 국가의 제도적 권력의 틈새에 균열을 냄으로써 국가권력의 부당한 행위에 대한 신랄한 냉소와 조소가 동반된 비판적 풍자의 길을 낸다. 수사 진술서 안에서 말이다. 국가권력의 강제성을 통해 민중의 일상을 감시하고자 한 진술서가 오히려 민중의 일상의 감각을 떠받치는 구술성에 의해 통렬히 비판을 받는 이야기로 전도된다. 그리하여 우리는 부당한 국가권력이 민중의 구술성의 신명으로 전복되는 통쾌함에 짜릿함을 맛본다. 조금 길지만 그중 한 대목을 소개해본다.

"회장님이 그러는데 저 녹색 성장이란 걸 하면 돈두 많이 풀리구 강두 깨끔해진다던데, 나라님이 장한 일했네."

(중략)

"네길, 개천 바닥을 디다보고나 말해. 미끈거리는 청태가 시퍼런데 무슨… 하기야 그것도 시퍼러니 녹색 성장이라면 할 말이 없지만."

"내야 뭘 알우. 그냥 시퍼러면 녹색이구 성장이라면 그런가 부다 허는 것이지."

"그리 말하면 시화호에 공단 폐수 시커멓게 흘려보내는 건 흑색 성장이여?"

(중략)

"아무리 주둥이 하나루 행세하며 사는 것들이라지만, 말 아니면 하질 말라는 말이 오죽해서 국어사전에 적혀 있을까. 멀쩡한 강에 세멘으루 공구리를 쳐서 보를 막구 로봇 물고기를 풀어놓는 것이 녹색 성장이믄 육삼빌딩 꼭대기에 상어 집어 넣구 귀경시키는 수족관은 태평양 수궁인 셈이여. 뭐, 녹색 성장? 수족관 금붕어들이 웃겄다."

(중략)

"이이는 무슨 웬수가 졌길래 나라에서 허는 일마다 마뜩찮아 시끈벌떡이래. 백성들이야 그저 등 따숩구 배부르면 되는 것이구, 굿이나 보구 떡이나 어먹으면 될 일이지……."

"떡? 떡 좋어허다 관격 들려 골루 가는 수가 있어. 제 닭 잡아다가 서리해 먹는 줄 모르구 닭 국물 한 모금 어먹었다구 어깨춤 추는 게 이 나라 백성들이여."

"업세. 그리 잘났으믄 자기가 나서서 국회엘 나가 보우. 까짓 거 이왕이믄 대통령두 한번 해보지그려. 맨날 안방에서 애꿎은 방바닥만 두들기지만 말구."

"누가 앉아서 소피 보는 종자 아니랄까 봐. 소갈머리허구는. 이러니 백성이란 걸 알기를 발구락의 때쯤으루 여기는 거여."

"어디 그럼 발가락에 발가락지쯤 되는 양반 이야기나 들어봅시다."

(중략)

"어느 시대, 어느 나라건 말이여. 백성들 위하지 않겠다는 왕이나 지도자는 없었다 이 말이여. 그런 말을 앞세우는 건 그만큼 잘 안 되는 말이기도 하다는 말씀이여. 여태껏 나라에 위기가 오면 누가 나서서 몸으루 막았어. 왕이나 대통령? 백성 팽개치구 의주루 튄 것이 임금이구, 라디오루 수도를 사수한다는 방송 틀 때 벌써 저 혼자 살겠다구 한강 다리 끊구 대전으루 토낀 게 대통령이여. 얼매 전에 아임에푸 났을 적에두 애들 돌반지꺼정 금붙이 내다가 바친 것이 뉘여? 있는 것들? 흥, 미안허지만 그때 톡톡히 재미 본 게 있는 것들이여. 오죽허믄 아임에푸 다시 안 오나 그리워한다는 말까지 있을까."(82~85쪽)

위 대목은 수사 진술서에 기록된 청계천 비정규직 환경미화원 심 씨의 이야기다. 비판의 핵심은 누가 봐도 뚜렷하다. 이명박 정부의 국정 슬로건 중 하나인 녹색 성장의 실상이 시화호 공단의 폐수에 비유되면서 '흑색 성장'이란 민중적 언어유희로 풍자되고 있다. 풍자의 주체는 민중이며 풍자의 대상은 국정 최고 책임자다. 민중의 구체적 삶의 실상과 유리된 전시 행정과 업적주의 그리고 시대착오적이면서 철학이 부재한 토목공사에 기반을 둔 녹색 성장의 허구성에 대한 민중의 신랄한 풍자는 어떻게 하는 것이 민중의 행복과 아름다운 삶의 가치를 추구하는 것인지에 대한 위정자의 근본적 성찰을 촉구한다. 아울러 역사의 위기 속에서 민중의 생명과 안녕을 등진 채 위정자의 안일을 위하는 현실을 매섭게 풍자한다. 민중의 삶과 이반된 위정자의 정치 행위는 이렇게 민중적 언어유희의 구술성에 의해 통렬히 비판되고 있다.

사실 이와 같은 구술적 풍자는 『나는 꽃 도둑이다』의 곳곳에서 볼 수 있다. 작중 인물들은 저마다 처한 삶의 현실에 용해된 민중의 생활 감각을 통해 악무한의 현실을 풍자하고 있다. 물론 이 현실의 풍자에는 경제 지상주의에 붙잡혀 있는 민중의 자기 풍자를 외면해서 안 된다.

'청심회' 회원들은 대선 정국을 맞이해 또 다른 청계천 개발 사업에 대한 성명서를 준비하는데, 이 과정에서 그들은 언제 갈등이 있었느냐는 듯 대통령 후보자가 채택할 청계천 개발 사업을 위한 성명서 준비에 뜻을 함께한다. 그 청계천 개발 사업이란, 다시 청계천을 덮어버리는 복개 사업이다. 복개 사업의 청사진을 놓고 '청심회' 회원들은 각자의 경제적 이해관계에 부산스럽다. 작가는 이 웃지 못할 그들의 성명서 준비 과정을 "덮었다 열었다 허는 기 정치인기라"(247쪽)라는, 묘적선사의 말을 통해 자기 풍자의 실상을 보여준다. 위정자나 민중 모두 서로의 정치·경제적 이해관계에 따라 맞물리는, 그래서 한국사회의 타락한 세태가 악순환되는 냉엄한 현실을 작가는 우리에게 들려준다. 이러한 악순환 속에서 '청심회' 회원들의 무고로 억울하게 명판 도둑으로 내몰린 안 목사 내외의 불행은 어쩌면 너무나 당연한 일인지도 모른다. 이미 사회적 악순환은 한국사회 안팎에 존재하는 부정한 것들의 카르텔 속에서 사람이 아닌 '괴물'의 존재들로 채워지고 있다. 이들에게 이러한 한국사회는 부정한 것들이 아무렇지도 않게 버젓이 활개를 치고 다니는 정상성으로 둔갑한 태평성세와 다를 바 없다.

바야흐로 물가에 심은 꽃들이 벌을 부르고, 천변에 심은 사과나무마다 주먹만 한 사과들이 익어갔다. 개천에서는 잉어들이 텀벙거리고 꽃나무 그늘 아래서 사람들은 태평성세를 노래했다. 물맞이 축제를 하던 개천가에서는 시장이 바뀌면서 연등 축제가 열렸다. 밤이 되면 각 나라에서 만든 등불이 색색으로 환히 빛났다. 축제가 열리던 날, 개천 가장자리에 세워져 있는 스피커에서 북한까지 들릴 정도로 큰 소리로 귀에 익은 노래가 흘러나왔다. 아무도 물가에 쓰러진 노인이 이야기나, 해 저물 무렵이면 그 자리에 혼자 앉아 망연히 흐르는 물을 바라보는 미망인에 대해서는 이야기하지 않았다.

(중략)

"귀 따가워, 앰프 좀 줄여!"

절대 안정을 취하라던 의사의 말에 요즘 들어 빗자루질도 가만, 가만히 하던

심 씨의 귀에 그것은 비명 소리나 다름없이 들렸다.(274~275쪽)

『나는 꽃 도둑이다』의 대미는 이렇다. 시장이 바뀌면서 청계천의 물맞이 축제는 연등 축제로 바뀌고, 새로운 시장의 청계천 축제는 대한민국의 번영과 조국애를 북돋우는 노래로 채워진다. 아무도 청계천의 정치·경제적 이해관계의 희생양이 된 안 목사 내외의 죽음을 애도하지 않는다. 이제 청계천은 위정자의 치세(治世)를 판단하는 준거로 전락했고, 청계천에는 부박한 경제 지상주의의 온갖 이해관계와 그 실현 욕망으로 그득할 뿐이다. 그러니 청계천의 현실과 삶의 궤적을 함께해온 심 씨에게 연등 축제의 노래는 청계천(민중)의 번영과 행복을 위한 것과 동떨어진 '비명 소리'로 들린다.

무엇이, 그리고 어떻게 사는 삶이 과연 태평성세를 누리는 것일까.『나는 꽃 도둑이다』는 우리에게 음울하지만 결코 포기해서는 안 될 삶의 상식적인 물음을 던진다. 작가 이시백의 민중 서사를 지탱하는 구술성이 민중의 아름다운 가치로 충만한 태평성세의 미래를 담아낼 날을 기대해본다.

삶의 무력감에 맞장 뜨는

손병현,『해 뜨는 풍경』

삶의 활력을 빼앗긴 존재

언제부터인지, 삶을 사는 것 자체가 경이적인 일로 다가온다. 삶을 '어떻게' 사는가가 중요한 게 아니라, 그저 삶을 살아가는 것 자체가 소중한 것으로 간주되곤 한다. 삶 자체를 위협하는 것 투성인 악무한의 현실에서 삶의 온전한 가치를 누리려고 하는 노력 따위는 사치스러운 것으로 치부되기 십상이다. 이 얼마나 끔찍한 현실인가. 인간이 목숨을 부지하는 것 이외의 생의 가치를 향한 삶의 순정한 투쟁은 좀처럼 보이지 않는다. 온갖 위선과 위악의 껍질로 무장한 언어들이 삶의 활력을 빼앗고 있다. 생기와 활력을 잃은 삶은 죽음을 살고 있는 셈이다. 마치 좀비처럼 말이다. 살아 있는 것인지, 죽어 있는 것인지 분별되지 않는, 텅 빈 영혼의 육신을 이리저리 끌고 다니는 좀비는 죽음을 살고 있다.

지금, 이곳의 세계가 좀비의 존재들로 점차 채워지고 있다? 물론, 이것은 실재가 아니라 현실을 설명하는 비유적 차원에서 그렇다는 말이다. 손병현의 첫 소설집『해 뜨는 풍경』(평민사, 2011)에 묶인 소설들을 읽고 있노라면, 이와 같이 삶의 생기와 활력을 빼앗긴 좀비의 존재가 떠오른다. 그렇다고 오해하지는 말자. 손병현의 소설을 좀비가 활약하는 하위문화의 텍스트로 이해해서는 곤란하다. 다시 한 번 강조하건대, 그의 소설의 밑자리에 흐르고 있는 중요한 문제의식이 좀비로부터 연상되는, 즉 죽음을 살고 있는 것과 연관한 현실의 문제가 웅숭깊게 성찰되고 있다는 점을 쉽게 간과해서 안 된다.

그렇다면, 손병현의 소설에서는 어떠한 문제의식이 서사적으로 탐구되고 있는가.

「구토」에 등장하고 있는 작중인물 '나'는 이번 소설집에 실린 소설 속 인물들을 이해하는 데 가늠자로 작용한다. 지방 일간지의 기자로서 능력을 인정받고 있는 '나'는 속물적 삶을 살아가는 것에 대해 염증을 느끼기 시작한다. '나'는 점차 삶에 대한 활력을 잃어간다. 하여, "나는 이렇게 낮과 밤도 없이 사막 위를 걷고 있다. 가끔 검게 그을린 힘찬 팔로 큰 물고기를 건져내는 내가 멀리 신기루로 보이곤 한다. 내 몸의 살점들이 모래바람에 씻겨나가는 줄도 모르고 나는 신기루를 좇아서 허우적댄다. 모래언덕의 끝에 서면 나는 하나의 작은 모래 알갱이일 뿐이다." 이렇게 극도의 삶의 무기력증에 빠진 '나'는 사회과학서적 동향을 취재하던 중 사회과학도서들 사이에 꽂혀 있는 '인어 여인숙'이란 시집을 우연히 보게 되면서 그 시집의 주요 배경을 찾아간다. 개장수의 이력을 가진 시인이 살았던 "구도(狗島)"를 찾아나선다. '나'에게 그 시집은 '나'의 출구 없는 삶에 구원의 역할을 해줄 수 있는 것으로 인식된다. 하여, '나'는 더 이상 속물로서 지방 일간지 기자의 삶을 살 수 없음에도 불구하고 선뜻 그 자리를 박차고 정리할 수 없는 무기력한 삶에 대한 위안을 받을 수 있다는 욕망을 품는다. 하지만 그 욕망은 신기루에 불과할 뿐 시인 "개장수가 묵었다는 107호는 어디에도 없었"고, '나'는 '인어 여인숙 107호'의 마지막 시행 — "그 많던 개들은 없고 나는 덩그러니 혼자서 개장 속에 있다." — 을 중얼거린다. 결국, '나'는 출구를 찾지 못한다. 오히려 '나'의 실존을 더욱 또렷이 확인할 뿐이다. 개들이 갇힌 개장 속, 즉 삶의 사위에 옴짝달싹할 수 없게, 그것도 아주 자연스레 갇혀 있음을 확인한다. 삶의 새로운 활력을 얻고 싶었으나, 빼앗긴 활력을 좀처럼 복원하기 어렵다.

「구토」에서 보이는 '나'의 모습은 작가 손병현이 지금, 이곳을 살고 있는 우리의 삶의 병리적 증후에 대한 일종의 임상보고서와 다를 바 없다고 나는 생각한다. 삶의 활력을 빼앗긴 채 무력감에 빠져 있는 존재를 마주하는 것이야말로 우리 시대의 작가가 견뎌야 할 서사적 윤리이다.

강퍅한 현실에 팽배해진 삶의 무력감

이러한 측면에서 「하루」, 「서울의 달」, 「해 뜨는 풍경」의 젊은이들이 곤혹스럽게 직면하고 있는 현실은 한국사회를 구성하고 있는 젊은이들에게만 가혹스러운 게 아니라 이 시대를 힘겹게 살고 있는 우리들 모두에게 엄습해오는 삶의 끔찍함이다. 전문대 졸업 후 칠 년째 백수 노릇을 하고 있는 창식(「하루」), 고향을 떠나 서울에서 성공의 욕망을 실현하고자 하지만 서울의 강퍅한 현실 속에서 고단한 삶을 살고 있는 젊은이들(「서울의 달」), 신문배달부로서 어떻게 해서든지 억척스레 삶을 살고자 버둥거려보지만 결코 녹록치 않은 삶의 벽에 부딪치고 있는 '나'(「해 뜨는 풍경」)의 모습은 삶의 벼랑끝으로 내몰린 우리 시대 젊은이들의 비관적 자화상이다. 여기, 이들 젊은이의 목소리에 귀를 기울여보자.

선거 때나 돼야 자신이 대한민국 국민이거나 학산동 주민이라는 사실을 실감할 수 있는 창식은 점점 투명인간이 되어 가는 느낌이었다. 대낮에 집밖을 나가면 아무도 알아보는 사람이 없었다. 물론 벙거지 같은 모자를 눌러 쓴 채 잔뜩 웅크리고 다녀서일 테지만 딱히 그런 이유가 아니더라도 눈길을 주는 사람도 없었다. 창식은 살아있달 뿐 아무런 실체감이 없는 그저 허깨비에 불과했다. 지금 당장 아무런 흔적도 없이 사라져버린다 해도 세상에는 한 점 구멍도 남지 않을 것이었다.(「하루」)

"보라이 빤닥빤닥 하이 얼매나 휘황찬란하노 서울이라는 디가 이리 화려한 디다. 하- 하- 하- 내는 인자 두더지 굴을 통해가 수챗구멍 같은 내 방으로 기들 란다. 시궁쥐 한 마리 만나가 더럽은 꼴 봤다 생각고 고마 다 이자뿌라 내 너무 말이 많았다카이. 내려가거덩 홀홀 벗어뿌고 뒷물부터 하그라 니한테까장 시궁 창냄새가 배뿌리마 안 된다 아이가."

술집을 나온 민구는 활활 타는 듯 한 서울의 야경에 삿대질을 해댔다. 거리 한 복판에서 주절주절 지껄이며 휘청대는 민구를 아무도 신경 쓰지 않았다. 잠시 멈 춰 구경하는 이도, 많이 취했다며 부축하는 이도, 심지어 욕을 하는 이도 없는 서 울의 밤거리는 죽은 자들의 마을로 통하는 마지막 길목 같았다. 그래서일까, 근 원을 알 수 없는 시취가 자꾸만 속을 울렁이게 했다. 뱀의 아가리 같은 지하철 홈 이 민구를 빨아들이자 덩그마니 혼자 남은 나는 그만 미아가 돼버렸다.

사방천지 죄다 번쩍거리기만 하는 거울감옥에 갇혀버린 기분이었다. 내가 유 일하게 눈 둘 곳이라고는 훤히 드러난 하늘밖에 없었다. 모가지를 길게 빼고 하 늘을 올려다봤다. 거기, 곯은 달걀노른자 같은 서울의 달이 쏟아지기 직전으로 흐 물거리고 있었다. 아무런 희망도 품을 수 없는 그저 흐리멍덩한 달일 뿐이었다.

쳐든 모가지가 매가리 없이 꺾어졌다.(「서울의 달」)

「하루」의 창식은 자신을 '투명인간'과 '허깨비'에 불과한 존재로 간주한 다. 창식과 같은 백수 젊은이는 한국사회에서 "선거 때나 되야" 유용한 존 재, 즉 '국민'으로 호명된다. 위정자들이 정치 기득권을 점유하고 지탱하기 위해 법적 가치를 부여받는 '국민'의 자격을 가질 때, 비로소 젊은이들은 살 아 있는 실체로 부각된다. 한국사회에서 젊음의 특권은 기성 세대의 정치 권력의 보증을 위한 선거용에 불과할 뿐, 한국사회의 주체로서 정당한 사 회적 인식의 대상으로 자리하고 있지 못하다. 물론 작가 손병현은 「하루」를 통해 젊은 세대와 기성 세대의 정치적 갈등에 초점을 맞추고 있지는 않다. 하지만 쉽게 지나칠 수 없는 문제의식은, 창식처럼 백수로 불리는 젊은이 들이 '투명인간' 혹은 '허깨비'로 자기인식을 하면서 삶의 무기력감에 빠져 들고 있는 데에는, 젊은 세대의 생의 활력을 앗아가는 사회구조적 원인을 몰각할 수 없다는 점이다. 무엇 때문에, 젊은 세대가 창식과 같은 삶의 무력감에 급속도로 감염되는지를 근원적으로 성찰해보아야 한다. 왜냐하면 창식처럼 백수의 삶을 살고 있지 않는 젊은이들에게까지 이러한 삶의 무기력증은 팽배해져 있기 때문이다. 혹자는 이렇게 반문할 수도 있다. 삶의 무력감은 창식처럼 무능력한 젊은이에게나 국한된 것이지, 능력 있고 노력하는 젊은이들에게는 그러한 무기력증은 찾아볼 수 없다고. 하지만, 작가 손병현은 이와 같은 반문이 얼마나 비현실적인 발언이며, 사회의 기득권자로서 사회적 약소자의 삶과 현실에 대한 편견의 시각에 갇혀 있는지를, 「서울의 달」의 젊은이의 비관과 절망의 모습을 통해 여실히 보여준다.

「서울의 달」에 등장하는 젊은이들은 「하루」의 창식과 같은 백수가 아니다. 각자 청운의 꿈을 품고 서울 생활에 적응하면서 성공의 욕망을 실현하고 싶어하는 젊은이들이다. 그런데 그들은 견고한 벽에 맞닥뜨린다. 서울은 그들의 꿈을 실현시켜주는 데 호락호락한 곳이 아니다. 온갖 성공의 욕망으로 들끓는 서울은 시골 젊은이들에게 그들의 꿈이 좀처럼 실현될 수 없다는 삶의 비애와 절망을 안겨다 준다. 하여, 그들은 "곯은 달걀노른자 같은 서울의 달"을 바라보며, "근원을 알 수 없는 시취"에 괴로워한다. 그들을 에워싸고 있는 것은 삶의 활기와 재생의 에너지를 간직하고 있는 달이 아니라, 죽음의 기운이 배회하며 생기를 찾아볼 수 없는 "아무런 희망도 품을 수 없는 그저 흐리멍덩한 달일 뿐"이다.

여기서 더욱 안타까운 것은 지금, 이곳의 젊은이들이 이처럼 삶의 무력감에 빠져들어 있으면서도 자신만의 힘으로 이것을 극복하고자 하지만, 기성 세대의 그들을 향한 냉소와 배제의 시선은 그들을 더욱 깊은 삶의 수렁으로 밀어넣고 있다는 점이다. 이 같은 면은 「해 뜨는 풍경」의 종반 부분에서 압축적으로 드러난다.

「해 뜨는 풍경」의 작중인물 '나'는 신새벽 신문 배달부 일을 마감하면서 우유를 몰래 훔치다가 발각돼 붙들린다. 하필, "하늘에 맹세코 이번이 처음"으로 신문 배달부를 하면서 호기심으로 우유를 훔쳤는데, 그동안 없어진 우유의 책임을 몽땅 뒤집어쓰게 된 것이다. 별안간 '나'는 새벽에 우유를 상습적으로 도둑질하는 현행범으로 잡힌 채 사람들의 따가운 눈총을 받는다. 이른 아침, 도시의 사람들에게 '나'의 범법 행위는 그들의 알량한 윤리의식을 환기시켜줄 것이다. '나'를 보며, 그들은 그들의 삶을 더욱 안전한 법적 제도에 의해 보호받았으면 하는 욕망을 품을 것이다. 그리고 그들은 평소 자신은 사회의 윤리 기강을 범하지 않은 '착한 사람'이란 윤리적 감정에 흡족할 것이다. 그러면서 그들은 그들만의 사회적 범주를 간직한 채 그들의 삶의 범주를 더욱 공고화할 것이다. 수위가 '나'와 같은 범법자를 잡아내 그들의 안전한 삶을 지탱할 수 있도록 더욱 그들만의 삶의 울타리를 견고히 구축할 것이다. 때문에 '나'는 수위의 마지막 말이 귓전을 맴돈다.

> "저런 놈은 한번 잡아넣으면 내놓지를 말아야 한다니께. 저런 놈을 보고 유식헌 말로다가 사회의 암적인 존재라고 안 하더라고……."(「해 뜨는 풍경」)

어쩌다 호기심으로 실수한 짓을 놓고, 수위는 우유를 훔친 '나'를 "사회의 암적인 존재"로 낙인 찍는다. 영원히 제거되어야 할 존재. 함께 있어서는 안 될 존재. 그렇게 '나'는 기득권에 조금이라도 침해가 되기 때문에 당장 배제되어야 할 존재다. 다시 말해 삶의 무기력증을 벗어나기 위해 혼신의 힘을 다 쏟는 젊은이에게 가하는 현실은 좀처럼 감당할 수 없는 위압적인 삶의 무기력감이 아닐 수 없다.

바로 이 점이 작가 손병현의 소설이 지닌 서사의 미덕이다. 손병현의 서사는 잔재주를 부리지 않는다. 그가 탐구하고 있는 현실이 활력을 잃은 삶 투성이라면, 그는 이를 애써 미화하지 않는다. 생기와 활력을 잃은 현실을 정면으로 응시한다. 비록 그 현실을 살고 있는 사람들이 절망과 환멸의 사위로 에워싸여 있다고 하더라도, 그들에게 어설픈 희망을 안겨주지 않는다. 좋은 작가라면, 그 작가는 현실을 예각적 눈으로 꿰뚫고 있어야 한다. 손병현의 눈은 이 점에서 안광(眼光)을 뿜어낸다. 거짓 희망을 품지 않는 것, 우리 시대의 강퍅한 삶을 집요하게 추적하는 것, 손병현 서사의 문제의식이 돋보이는 이유다.

무기력한 현실에 맞장 뜨기

그렇다고 손병현의 인물이 삶의 무력감에서 허우적대고 있는 것만은 결코 아니다. 그의 인물은 냉철한 자기인식과 현실인식에 바탕을 두면서 악무한의 현실을 맞장 뜨고 있다. 「숭어」, 「득음」, 「소풍」은 억척스레 삶을 살아가는 인간의 숭고성을 성찰하도록 한다. 이들 세 작품은 다른 작품들과 달리 작중인물이 부딪치고 있는 현실에 대한 적극적 대응의 면모를 보인다.

가령, 「숭어」의 경우 다소 희화적으로 서사가 전개되고 있으나, 그 문제의식은 예사롭지 않다. "환경파괴 종합선물세트라고 할 수 있는 골프장"이 마을 공동체를 파괴하고 있는 현실에 대해 병철은 마을 이장의 조언을 듣고 이 문제를 해결하기 위해 동분서주한다. 병철의 이 같은 실천에 대해 마을 사람들은 골프장과 얽힌 이해관계로 무관심 혹은 소극적 태도를 보인다. 여기에는 병철의 소영웅적 태도 또한 한몫을 한다. 병철의 투철한 사회 문제의식과 환경의식 때문에 하는 실천이 아니라 마을에서 자신의 존재를 부각시키기 위한 것은 마을 사람들을 설득하기 어려운 원인이기 때문이다. 그런데 이러한 병철의 소영웅적 태도는 병철 아내의 목숨을 건 투쟁으로 마을 사람들의 적극적 지지를 받게 된다. 물론 이러한 일련의 사건의 전개를 두고 서사적 개연성이 결여된 문제점으로 꼬집을 수도 있다. 하지만 여기서 눈여겨보아야 할 것은 한국사회의 농촌을 급속도록 잠식해들어가고 있는 개발붐이 빚어내고 있는, 차마 백주 대낮에 웃지 못할 비현실적 일들이 곳곳에서 버젓이 일어나고 있음을 목도할 때, 막무가내식 개발과 연루된 욕망의 연쇄를 끊고 공동체의 파괴를 지켜내기 위해 시급한 일은 어떤 단계의 절차를 밟아가는 것보다 목숨을 걸고 투쟁하는 급진적 행동과 실천이다. 병철의 아내처럼 "경운기 바퀴 밑에 배를 들이밀고 누워있"는 비장한 각오야말로 병철의 소영웅적 태도를 넘어설 수 있다.

병철의 아내와 같은 결단은 사회적 약소자들이 자신의 존재가 갖는 위엄을 지켜낼 수 있는 삶의 숭고한 태도라 해도 과언이 아니다. 삶의 숭고성은 앞서 살펴본 삶의 무기력감을 극복할 수 있는 큰 힘이다. 이 같은 면은 판소리의 득음을 얻기 위한 과정을 밀도 있게 그려내고 있는 「득음」에서 읽을 수 있다. 그런데 「득음」을 판소리의 맥락에서만 읽을 게 아니라 판소리를 일반화한, 즉 예술의 차원으로도 이해의 지평을 확산시켜볼 수 있다. 그러면, 어떨 때 득음의 경지에 도달할 수 있는가. 판소리를 가르치고 있는 작중인물 노인의 몇 가지 전언은 다음과 같다.

"소리에는 본시 고고한 기품이 배어있어야 하느니라."

"상스럽게 부르지 마라. 풀잎에 이슬방울 구르듯, 봄바람에 꽃잎 날리듯 그렇게 불러보란 말이다."

"미련하게 소리를 허는 사람만이 소리꾼이 될 수 있는 것이여."

위 전언은 "뼈마디에 옹이가 박히고 가슴에 찬물이 고일 정도로 혹독한 수련을 견뎌낸 사람"이 갖는 속리의 특성이다. 다시 말해 명창 소리꾼이 터득한 득음의 요소들이다. 이 득음에 이르기 위해 노인은 제자인 처녀를 매우 혹독히 연습시킨다. 똥물을 먹이는 것, 폭포수 속에서 소리를 내는 것, 어느 것 하나 쉬운 일이 없다. 어쩌면 이 득음을 얻는 고된 수련이야말로 판소리를 포함한 뭇 예술의 수련 과정과 다를 바 없을지 모른다. 진정한 예술의 경지에 이르는 일이란, 기교에 능통해서도 안 되는 일이며, 억지로 애를 쓴다고 되는 일도 아니며, 예술의 비의성을 체득하기 위해 우직스럽게 자신을 절차탁마하는 일밖에 없다는 이 단순명쾌한 진리에 충실하는 것이다. 문득, 「득음」을 읽어가면서 혹시 작가 손병현이 이러한 득음의 경지에 이르기 위한 소설쓰기의 고된 수련의 과정을 거치고 있는 것은 아닐까, 하는 상념에 젖어보곤 한다. 돌이켜보면, 그가 작가로서 등단한 지 10여 년 동안 그는 묵묵히 자신만의 서사 세계를 구축시키고자 혼신의 힘을 쏟아오지 않았는가. 어설픈 작품을 발표하는 것보다 삭히고 삭힌 작품을 발표하기 위해 10여 년이란 시간을 흘려보냈는지 모를 일이다. 그만큼 작가는 첫 작품집에 대한 설레임과 두려움을 교차하고 있다.

우리는 「득음」을 읽으면서 작품의 마지막 장면에 이르러 삶의 숭고성이 이토록 아름다울 수 있는지 곰곰 성찰하게 된다.

처녀는 방문을 열어 젖혔다. 온통 흰 눈 위로 번한 하늘빛이 번지고 있었다. 누군가 죽기에는 그보다 좋은 날도 없을 듯싶은 풍광이었다. 처녀의 눈망울에, 젖은 달이 비쳤다. 축축한 달빛이 방안으로 흘러들었다. 노인은 반듯이 누운 모습으로 귀를 열어놓고 있었다. 처녀는 북통을 그러안고 소리를 하기 시작했다. 구슬프게 뽑아지는 처녀의 이별가는, 시김새가 깃들고 휘어져 감기는 것이 노인의 소리인 듯 처녀의 소리인 듯 척척 엉겨들었다. 평생 한번 만날까 말까 한다는 그 엉김을 맛보는 처녀는 넋이 나간 듯 신이 들린 듯 목이 뽑아져라 소리를 질러댔다. 눈 위를 미끄러지고 골짜기를 타넘는 처녀의 소리는 저 하늘 끝으로 이어지고 있었다. 처녀는 마지막 기운까지 쏟아내며 밤이 새도록 소리를 했다. 그 사이 노인은 흥에 겨운 듯 편안한 얼굴이 되었다. 한 번도 웃는 일이 없었던 노인의 얼굴에 화사하게 꽃물이 지고 있었다.(「득음」)

노인은 기력이 쇠하여 죽음의 문턱에 이른다. 처녀는 스승의 죽음을 눈앞에 두고 스승에게 마지막으로 그의 소리를 들려준다. 이승과 저승의 경계에 있는 스승은 "흥에 겨운 듯 편안한 얼굴이 되었다." 처녀는 마침내 소리꾼의 득음의 경지에 이른 것이다. 그토록 얻지 못하던 득음을, 스승의 죽음의 기로에서 그는 얻는다. 하여, "한 번도 웃는 일이 없었던 노인의 얼굴에 화사하게 꽃물이 지고 있었다." 이 마지막 장면에서 스승을 이별하는 제자의 이별가에는 스승과 함께 한 온갖 고된 수련의 과정, 소리꾼의 운명을 짊어져야 하는 자신의 고달픈 삶, 그 삶과 한데 어울려 살아야 할 소리들, 이 모든 것들이 휘어져 감기면서 득음의 비의성과 삶의 숭고성을 환기시킨다.

기대되는 손병현 서사의 매혹

끝으로 손병현의 소설에서 주목하고 싶은 것은 첫 소설집 이후 기대되는 서사 세계일 것이다. 지금까지 살펴보았듯, 첫 소설집에 실린 소설 대부분이 삶의 무기력감에 대한 정직한 응시와 그를 극복하기 위한 고투의 서사를 보이고 있다면, 이후 소설은 그의 소설이 갖는 어떤 폭발적 힘을 발산해도 좋을 것으로 기대해본다. 그것은 이번 소설집에서 징후적으로 드러나는 부분으로, 「소풍」의 도입 부분에서 읽을 수 있는 질주의 욕망이다.

오늘밤 나는 총알이 되고 싶다. 한번 총구를 떠나면 결코 멈추지 않고 어느 곳에선가 콱 박혀버리고 마는 그 강렬함이고 싶다. 숨구멍이 미어질 만큼 바람이 세차게 밀려든다. 한순간 훅- 숨을 빨아들이면 그대로 허파가 터져 버리고 말 것 같다. 모든 신경이 살아서 꿈틀거리는 전율이 느껴진다. 불꽃놀이처럼, 일순간 모든 신경들이 수많은 빛으로 하늘 높이 치솟는다. 몸이 떠오른다. 바람이 꽉 들어찬 허파는 팽팽한 긴장감으로 흥분한다. 어머니의 자궁 밖을 빠져나오면서 느꼈던 그 환희를 나는 아직도 생생히 기억하고 있다. 온 몸으로 확 끼쳐오던 다른 세상의 생경한 바람. 지금도 내 몸 속 어딘가를 떠돌고 있는 그 바람에게 나를 내맡기고 싶다. 가슴 저 밑바닥에서 작은 바람 한 점이 일렁이면 나는 한순간 바람의 노예로 변해버린다. 온 천지를 휘돌다가 결국 포도 씨만 한 작은 점이 되어 되돌아오는 바람을 키우며 나는 지금껏 살고 있다. 나는 그 바람의 끝자락에 몸을 맡긴 채 세상 어딘가로 빠르게 쏠려가고 있다.(「소풍」)

"오늘밤 나는 총알이 되고 싶다."는 간명한 문장은 '나'의 질주 욕망을 압축해서 드러난다. 택시운전자사인 '나'에게 세상은 질주의 현실이다. "멈추지 않고 달려나갈 수만 있다면" '나'는 거칠 것 없는 질주로 세상을 내달릴 것이다. 질주의 욕망은 '나'에게 쳇바퀴 같은 비루한 일상에서 벗어나 삶의 숭고성을 만끽할 수 있는 '소풍'과 같은 것이다. 총알과 같은 속도로 내달리며 팽팽한 긴장감으로 흥분하고, 그 흥분의 바람에 '나'를 송두리째 내맡기는 것, 이것은 삶의 무기력감을 무화시킬 수 있는 폭발적 힘 그 자체다. 그렇다고 손병현은 무작정 내달리지 않을 것이다. 총알과 같은 속도와 그 삶의 긴장감, 그 긴장감에서 자신을 해방시키는 것, 이것들은 손병현 특유의 삶에 대한 웅숭깊은 예각적 응시의 과정 속에서 더욱 미묘한 서사의 매혹으로 다가올 것이다.

김만덕 신화의 베일에 가려진
토착권력의 음험한 생태

조중연, 『탐라의 사생활』

1

'탐라의 사생활'?

조중연의 장편소설 『탐라의 사생활』(삶창, 2013)을 받아들고 가장 먼저 고개가 치켜든 물음이었다. 그동안 제주를 소재로 한 소설이 한국문학사에서 적지 않게 제출된 바 『탐라의 사생활』은 어떠한 흥미로운 서사를 펼칠 것인지에 대한 호기심으로 책장을 넘겼다.

『탐라의 사생활』은 요즘 문화계 안팎에서 유행하는 일종의 '혼종성'의 서사를 만끽하고 있다. 이 소설은 전체적으로 추리소설의 외양을 입고 있는 것처럼 보이지만, 이 추리소설의 세부를 촘촘히 이루고 있는 것은 제주의 중세와 현대를 씨줄과 날줄로 삼아 엮어내고 있는, 말하자면 제주에 관련한 역사적 상상력에 기반을 한 추리소설, 즉 팩션(faction)의 장르문학적 요소를 두루 갖고 있다. 그래서 『탐라의 사생활』은 대중적 서사를 골격으로 하면서 역사적 상상력과의 긴장을 통해 제주가 안고 있는 문제를 작가의 예리한 성찰로 파헤치고 있는 문제작이다. 여기에는 우리에게 잘 알려진 김만덕 관련 역사를 작가가 전복적 시선으로 해체하는데, 그의 해체적 시선은 지금, 이곳 제주의 첨예한 정치적 사안들을 에돌아가지 않고 단박에 꿰뚫고 있는 것과 무관하지 않다.

『탐라의 사생활』은 서로 무관한 것처럼 보이는 두 개의 서사가 간섭하면서 전개된다. 하나는 김만덕과 관련한 새롭고 충격적 서사의 진실을 추적하는 서사이고 다른 하나는 제주 도정(道政)을 이끌어나가는 지역 관료의 음습한 부정과 관련한 서사다. 이 두 개의 서사는 작가의 주도면밀한 서사 전략에 의해 유기적으로 배치되면서 『탐라의 사생활』의 가독성을 매우 효과적으로 높인다.

제주도의 기관지 『제주도지』의 특집 면을 기획하는 과정에서 김만덕과 관련한 새로운 역사적 진실의 베일이 서서히 드러나는데, 「조생전」에 실린 「만덕전」이 그동안 우리에게 널리 알려진 김만덕 관련 이야기와 다른 면을 들려준다. 그것의 핵심은 만덕이 중심이 된 '상찬계'의 존재인데, 이 '상찬계'가 만덕의 치부(致富)를 위해 제주 지역의 정치경제적 권력과 유착하는 핵심적 노릇을 다하였다는 사실이다. 그 구체적인 사례를 들자면, "특히 김만덕이 김시구 제주목사를 파직시킬 때 제주 향리와 한양의 관리를 돈으로 매수했다는 점이 충격"인바, "그로부터 10여 년 후 상찬계의 정신적 지주이자 금고를 관리하는 물주"(197쪽)의 역할을 김만덕이 수행한 것이다. 곧 김만덕은 상찬계의 수장으로서 제주의 실질적인 권력자였던 셈이다. 그러니까 정리하자면, 김만덕은 중앙으로부터 멀리 떨어진 제주의 지정학적 요건을 최대한 활용함으로써 제주 지역의 토호, 즉 제주의 토착 향리와 긴밀한 권력 관계를 유지함으로써 상찬계의 정치경제적 영향력을 높이면서 자신의 치부를 함께 도모한 인물이다. 이 과정에서 축적된 상찬계의 존재는 "상찬계의 힘으로 제주도 안에서 해결이 안 될 문제는 없"(278쪽)을 정도로 막강한 제주 지역의 막후권력으로 부상한다. 「조생전」에 실린 「만덕전」은 바로 이러한 김만덕 관련 새로운 서사가 기록돼 있는 것이다. 물론, 이 새로운 「만덕전」에는 김만덕이 자신이 중심이 돼 조직한 상찬계에 대한 문제점이 부각되면서 상찬계를 해체하고자 하는 뜻을 담고 있다. 하지만 오랫동안 견고히 뿌리내린 지역의 토착 권력은 그리 쉽게 해체될 수 없는 것이었다. 작가 조중연의 예각적 문제의식은 바로 여기에 와 닿아 있다.

이러한 상찬계의 존재를 새롭게 밝히는 「만덕전」이 『제주도지』에 실리는 것을 어떻게 해서든지 막으려는 사람들의 전모가 드러나는 것을 통해 우리는 작가가 무엇 때문에 집요하게 기존 김만덕 서사를 전복적으로 해체하여 재구성하려고 하는지 그 이유를 헤아릴 수 있다. 그것은 "김만덕이 만든 상찬계가 현재까지 이어져 제주도의 행정, 경제, 경찰 등 여러 분야에 암세포처럼 퍼져 있다는 사실"(366쪽)을 묵과할 수 없다는 비판적 성찰과 조응한다. 이 비판적 성찰은 제주의 강정 해군기지 건설과 관련하여 제주의 시민단체에 의해 주도된 도지사 주민소환운동을 무력화시키는 데 작동한 상찬계의 음험한 권력 작용을 겨냥한다. 어디 이뿐인가. 상찬계의 지역 권력은 제주 지역 곳곳에서 그들의 오랫동안 축적된 지역 권력의 공고함을 구축하고 있는바, 작가는 바로 이 지역 권력의 음습한 부정을 응시한다.

사실, 작가 조중연의 이 같은 예각적인 문제의식을 접하면서 우리가 숙고해보아야 할 것은 상찬계로 드러난 제주의 토착 권력의 부정이 자칫 지역주의의 폐단으로만 연결짓기 십상이다. 그래서 제주 지역의 유별난 배타성과 향토성의 특수성이 지닌 병폐로 이해되기 십상이다. 하지만 쉽게 간과할 수 없는 것은 이러한 지역주의는 애초 상찬계의 태동에서 근인(根因)으로 자리하고 있듯, 중앙권력으로부터 극심한 소외와 차별적 지배의 시선 또한 묵과할 수 없는 중요한 요인이라는 사실이다. 이후 상찬계는 제주 지역 나름대로의 정치경제적 특수성을 최대한 활용함으로써 때로는 중앙권력과 대치하고 때로는 중앙권력과 야합하는 등 특유의 생존 논리에 기반한 지역권력의 생태계를 유지해왔던 것이다. 다시 말해 상찬계의 존재와 그 기능은 중앙권력과의 밀접한 연관을 통해 이해하는 게 온당하다. 사실, 제주 지역의 상찬계 이외에 다른 지역 역시 상찬계와 유사한 지역 토착 권력의 존재 여부가 엄연한 사실이듯, 이를 보편화시키면, 예로부터 지역의 토착 권력은 중앙권력과의 긴밀한 관계를 통해 그 존립을 유지·발전시켜왔다 해도 과언이 아니다.

그런데, 문제는 『탐라의 사생활』에서 묘파되고 있듯, 제주의 도정(道政)을 책임지고 있는 지역 권력들이 역사의 흐름에 따라 그들의 권력을 지탱·유지·발전시키는 데 총력을 쏟는 과정에서 근대의 중앙권력과 그 운명을 함께 해왔던 것이다. 그것은 바로 근대의 국민국가의 질서를 유지하는 데 지역의 토착권력들이 기꺼이 공모해온 것이다. 하여, 지역의 토착권력은 어떻게 해서든지 중앙권력의 이해관계에 동참해야 하며, 그 과정에서 지역의 건강성은 휘발된 채 특히 근대 국민국가의 국가주의에 귀착될 수밖에 없는 운명으로 전락한다. 이러한 맥락에서 그동안 우리에게 익히 알려진 "만덕전은 모두 한양의 고위관료나 문장가가 쓴 만덕전뿐"(126쪽)으로, 「조생전」의 「만덕전」에서 보이는 것처럼 상찬계와 관련한 '김만덕의 사생활'은 전혀 부각되지 않은 것이다. 철저히 왕도정치가 지배적인 중세의 성리학적 질서에 의해 써진 '만덕전'을 통해 제주를 중세의 국가주의로 흡수했던 것이다.

이처럼 국가주의에 철저히 흡수된 기존 만덕전은 그 이면에 음험하게 똬리를 틀고 있는 제주의 토착권력의 비호 아래 점점 신화적 위상으로 부각된다. 중세로부터 현대로 명맥이 유지된 상찬계는 이 신화적 위상을 한층 공고히 구축함으로써 유무형의 토착권력을 마음껏 행사할 수 있기 때문이다. 다시 한 번 강조하건대, 이 과정에서 토착권력은 중앙권력의 지배력인 국가주의와 공모하면서 비밀스런 지역권력의 생태계를 더욱 촘촘히 다진다.

3

조중연의 『탐라의 사생활』은 "인간적인 갈등이 없는 초인적인 측면을 강조하여 그리고 있는"(128쪽) 김만덕 이야기의 또 다른 측면을 해당 시기의 사료에 기반한, 이른바 문헌학적 상상력을 자유자재로 구사하고 있는 팩션(faction)의 특장(特長)을 잘 보여준다. 비록 이 소설의 주요한 무대가 제주에 한정되지만 작가의 예각적 문제의식은 제주에만 한정되지 않는다. 제주를 비롯한 어느 지역에서나 그 지역 특유의 토착권력이 존재하는데, 중요한 것은 이들 토착권력이 자신의 지역 기반에서 그 권력을 구축하는 과정에서 중앙권력의 정치경제적 이해관계와 매우 밀착해 있다는 점이다. 그것은 국가주의와 긴밀히 연동되고, 지역의 토착권력은 지역의 건강성을 국가주의란 미명 아래 훼손시킨다.

이제 지역의 현안은 매우 중요하다. 특정 지역의 문제가 특수성을 갖는 것은 분명하되, 그 특수성은 해당 지역의 협소한 문제로만 그치는 게 아니라 좁게는 다른 지역, 넓게는 우리가 살고 있는 세계의 현안들과 밀접한 맥락이 닿는 것이다. 그래서 지역의 문제는 국가의 문제뿐만 아니라 세계의 문제와 포개진다는 사유가 절실하다.

『탐라의 사생활』에 뒤 이은 조중연의 후속작이 기대된다. 뚝심 있는 문장과 정치(精緻)한 문제의식, 무엇보다 전체 서사의 장악력은 신예 작가 조중연의 큰 미덕이 아닐 수 없다. 제주의 또 다른 문제를 통해 한국소설의 한계를 전복시킬 새로운 서사의 지평을 모색하는 작가의 원대한 꿈의 실현을 나는 기대해본다.

절멸의 땅에서 소생의 땅으로

조중연, 『사월꽃비』

산문정신의 치열성을 만나며

조중연의 장편소설 『사월꽃비』(각, 2016)를 통독하면서 한국소설이 잠시 망실하고 있던 산문정신의 치열성을 만날 수 있었다. 얼마만에 만나보는 산문정신의 치열함인가. 그것도 역사의 뒤안길로 가뭇없이 소멸해갔다고 간주되는 첨예한 문제들을 집요하게 붙들면서 결코 가볍게 소홀히 망각할 수 없는 것들의 복판을 가로지르는 저 도저한 문제의식은 서사의 매혹을 마음껏 발산하고 있다. 조중연의 이러한 산문정신의 치열성이 뒷받침되고 있는 서사의 매혹은 이미 또 다른 그의 장편소설 『탐라의 사생활』(삶이보이는창, 2013)에서 여실히 입증된바, 강조하건대 이러한 그의 서사적 특장(特長)은 돌발적인 게 결코 아니다.

이번 장편소설 『사월꽃비』에서 주목할 것은 4·3항쟁과 베트남전쟁을 동시에 마주하면서 이 양쪽 역사가 치러낸 지옥도(地獄圖)를 재조명하는 데 있다. 그런데 그동안 4·3항쟁과 베트남전쟁을 다룬 한국문학의 성취는 한국문학사의 부분을 이룬다고 해도 과언이 아닐 만큼 이들에 대한 역사적 문학적 진실을 향한 노력을 상기해볼 때 조중연의 『사월꽃비』가 새로운 것은 아니라고 성급히 판단할 수 있다. 하지만, 『사월꽃비』에서 우리가 관심을 기울여야 할 것은 작가가 4·3항쟁과 베트남전쟁을 데칼코마니와 같은 관계로 파악하고 있다는 점이며, 이 둘은 서로를 비춰주는 거울 역할을 함으로써 자칫 각자의 자기동일성의 세계로 함몰될 수 있는 위험을 극복하는, 즉 자신을 객관화할 수 있는 성찰의 계기로 작동하고 있다는 사실이다. 그러면서 동시에 이 둘은 서로 다른 지역에서 일어난 서로 무관한 역사의 참상을 부각시키는 데 초점을 맞추는 게 아니라, 이렇게 서로 다른 객관적 정황 속에서 일어난 일들이 어떤 유비적 관련성을 이룬다는 점을 발견하고, 더 나아가 이 관련성이 20세기 동아시아를 대상으로 정치경제적 헤게모니를 장악하고자 한 미국의 지배전략구도와 긴밀히 연동돼 있다는 것에 대한 통찰의 길로 우리를 안내한다. 말하자면, 『사월꽃비』는 4·3항쟁과 베트남전쟁을 상호침투적 시각 속에서 세계를 인식하는 서사의 매혹을 발산한다. 이를 위해 작가 조중연은 이 두 역사와 관련한 기존 문헌을 꼼꼼히 검토하는 성실성을 바탕으로, 이른바 문헌학적 상상력을 동원하여 기존 문헌을 재해석하고 그것을 재구성하는 허구의 진실에 기반한 문학적 진실을 새롭게 추구한다.

4·3항쟁과 베트남전쟁을 교차하는 증언사(證言事)

그렇다면, 『사월꽃비』에서 4·3항쟁과 베트남전쟁은 어떻게 조우하고 있을까. 『사월꽃비』에서 이 둘의 관계를 이해하기 위해서는 서로 다른 인물에 의해 써지고 있는 수기, 회고록, 비망록 등을 빼곡히 구성하는 일종의 증언사(證言事, testimoni affairs)를 찬찬히 음미해야 한다. 여기서 우리는 작중화자 '나'가 이들 증언사를 기록하거나 증언한 자의 시선으로 등장하든지 아니면 관찰자의 시선으로 이들 증언사를 관찰하는 것을 통해 4·3항쟁과 베트남전쟁이 어떻게 교차되는지를 파악할 수 있다. 작가는 이러한 개인의 사적 문서가 비록 역사의 거대한 흐름을 표현하고 있지 않아 자칫 4·3항쟁과 베트남전쟁과 같은 굵직한 역사의 진실을 파헤치는 데 장애물로 작용될 수 있음에도 불구하고 거대서사 중심 일변도로 파악되는 역사가 개인의 미시서사가 갖는 불편한 진실'들'을 외면함으로써 공식역사(official history)의 폭력이 역사적 진실을 억압하는 것에 대한 강한 문제의식을 제출한다. 바꿔 말해 작가는 공식역사의 틈새에서 숨 쉬고 있는 또 다른 역사적 진실을 문학적 상상력으로 발견하고 재구성한다. 『사월꽃비』의 서사적 매혹은 바로 여기에 있다.

특히, 다음과 같은 작중화자 '나'의 역사인식은 4·3항쟁과 베트남전쟁의 유비관계를 통해 발견하고 있는 역사적 통찰로서 주목된다.

나는 미군이 베트남 전쟁에 뛰어들 때 대의명분으로 내세웠던 도미노 이론이나 인도차이나반도의 공산화를 막겠다는 얘기 따위에는 애당초 관심이 없었네. 미국은 마약 같은 자본과 이념을 앞세워 아시아의 약소국가를 침탈하려는 계략을 세웠단 말이야. 한반도만 해도 그래. 해방 이후 우리는 우리의 자유의지에 의해서 새로운 국가를 건설하려고 했네. 설사 그것이 공산국가든 아니면 중립국이든, 미군들이 주장하는 자유민주주의국가든, 그런 것을 따질 계제가 아니었지. 한반도의 운명은 오직 한국 사람들에게 결정권이 있었지. 그것을 미군이 들어와서 흩어버린 거야. 그래서 결과가 어떻게 되었나. 동포의 가슴에 서로 총구를 겨누는 동족상잔밖에 더 일어나지 않았나.

한반도와 똑같은 상황이 베트남에서도 벌어지고 있었네. 미국은 호치민이 전 베트남 인민의 절대적인 지지를 받고 있다는 사실을 뻔히 알면서도, 남베트남에 어용 지엠 정권을 세웠지. 거기에는 언제나 조미료처럼 이념의 색깔이 첨가되었지. 호치민은 공산주의자고, 지엠은 자유민주주의자라고 색깔을 덧씌웠던 거야.

(중략)

나는 정말이지, 이번만큼은 미국이 베트남을 입맛에 맞게 주무를 수 없도록 만들고 싶었네. 저들은 싸우다가 안 되면 베트남의 절반, 남베트남만이라도 식민지로 만들겠다는 계획을 세우고 있었지. 그것이 무엇을 뜻하는가. 한반도와 똑같이 국토를 두 동강 내겠다는 뜻이 아니겠는가. 왜 자기에게 공격 한 번 가하지 않은 베트남에 와서 전쟁을 하고 있단 말인가. 그토록 전쟁을 원한다면 미국 한복판에서 자기들끼리 싸우라고 그래. 달러에 영혼이 팔려 전혀 상관도 없는 베트남에 들어온 한국군은 또 뭐란 말인가. 제 강토 하나 올곧게 지켜내지 못한 자들이 뭐 주워 먹겠다고 다른 나라에 파병을 하느냐 이 말이야. 이렇게 남세스럽고 명분 없는 행동이 세상 그 어디에 있단 말인가. 부끄러운 줄 알아야 하네, 부끄러운 줄을!(267쪽)

베트남전쟁에서 베트남민족해방전선의 포로로서 북베트남을 위해 활동했던 김요섭 상병은 자신의 선택과 행동에 대해 역사적 인식을 기반으로 한 반성적 성찰과 미국의 용병으로 참전한 한국군에 대한 예리한 비판의식을 보인다. 김요섭은 팍스아메리카나의 지배욕망 그 대상이 인도차이나반도와 한반도에서 다를 뿐이지 지배통치 전략과 전술은 매우 흡사하다고 인식한다. 가령, 미국이 베트남에 개입하기 전 20세기 전반기 베트남은 프랑스 식민지 아래 친불파(親佛派)가 득세하였는데, 프랑스로부터 독립한 베트남이 사회주의 성향의 민족주의자 호치민에 의해 통일될 것을 경계한 미국은 남베트남에 친미정권을 세움으로써 남베트남만이라도 미국의 영향력 아래 두고자 하였다. 이것은 한반도를 대상으로 일본의 식민지로부터 독립한 이후 미국의 정치적 이해관계와 부합하는 친일파를 등용함으로써 미국의 냉전체제를 고착화하고, 결국 한국전쟁을 거쳐 한반도를 남과 북으로 분극화시킨 데 책임을 져야 할 미국과 포개진다. 따라서 김요섭의 위와 같은 예리한 역사적 인식과 이에 토대를 둔 한국군에 대한 통렬한 반성적 성찰이 던지는 메시지는 가볍게 넘길 수 없는 사안이다.

물론, 이 같은 역사적 인식과 반성적 성찰은 작가 조중연의 그것과 분리될 수 없는 것으로, 『사월꽃비』에서 무엇보다 눈여겨보아야 할 대목은 현실적 패배로 종결되는 4·3항쟁에 대한 작가의 통찰이다. 이것은 베트남전쟁이 온갖 악조건 속에서 끝내 베트남민족해방전선의 승리를 통해 자주적 민족독립국가의 실체를 이룬 것과 맞대면시켰을 때 뚜렷이 부각되는 점이다. 『사월꽃비』에서 베트남민족해방전선의 현실을 실감할 수 있는 비망록과 일기가 소개되는데, "나는 지금 죽음이 한 끼 식사보다 더 쉽게 일어나는 전쟁터 한복판에 서 있지 않은가"(194쪽)란 극도의 죽음의 공포 한가운데 놓여 있으면서도, "사랑을 잃고 철없이 앙알대는 계집아이가 아니"고 "명예를 지킬 줄 알아야 한다."(201쪽)는 결연한 다짐을 하는 것이든지, 전쟁승리에 대한 희망을 저버리지 않는 낙관과 바로 그 승리를 위해 목숨을 아까워해서 안 되며, 특히 부끄러움과 두려움을 몰각해서는 안 된다는 북베트남 기성세대의 가르침은 베트남전쟁의 승리가 어느 쪽으로 예견되는지를 알 수 있는 대목이다.

'장두 정신'의 회복을 향한 문학적 상상력

이와 관련하여, 4·3은 어떠하였는가. 지금까지 4·3을 다룬 한국소설의 대부분이 민중수난사에 초점을 맞춰 대한민국 건국 과정에서 자행된 국가권력의 폭력 양상을 고발하고 비판하는 것이었다면, 조중연은 『사월꽃비』에서 4·3무장봉기가 현실적 패배로 귀결된 원인을 베트남민족해방전선의 승리와 교차하는 것을 통해 담대하게 보여준다. 그것은 제주 특유의 저항의 실체와 핵심을 이루는 장두 정신의 퇴행에서 발견한다. 결론부터 말하자면, 조중연은 "제주섬에서 전해지는 오랜 저항의 방식이자 민란의 전통"(289쪽)으로 이어지는 장두 정신이 4·3무장봉기에서 훼절되었거나 소멸된 것이야말로 4·3의 현실적 패배에서 간과해서 안 되는 것임을 상기시킨다. 그것은 소설 속에서 김달삼에 대한 매서운 비판에서 뚜렷이 드러난다. 무장봉기를 일으킨 사령관 김달삼이 해주인민위원회에 직접 참석하기 위해 제주를 떠나서는 안 되는 것이며, 그의 이 선택이 이후 4·3을 북한의 정치체제와 이념을 추종하는 것이라는 역사적 해석을 낳게 한 빌미로 제공되면서 4·3의 정명(正名)은 그 당시 역사적 진실에 위배되는 것으로 분식(粉飾)되고 있는 것이다. 때문에 소설 속에서 김달삼을 이어 받은 이덕구 사령관에 대한 작가의 신뢰는 4·3의 역사적 숨결로 면면히 이어지는 '장두 정신'의 회복을 향한 작가의 문학적 진실과 다를 바 없다.

사실, 이 점을 이해할 때 작중인물 부영학이 이덕구를 밀고할 수밖에 없는, 그래서 그 자신은 제주 공동체로부터 배반과 혐오의 대상으로 취급된 채 산 송장과 같은 삶을 기꺼이 감내해야 하는 저주받은 존재로 전락한 내적 필연을 헤아릴 수 있다. 이덕구의 죽음에 대한 작가의 문학적 상상력이 지닌 진실이 바로 여기에 있다.

작중인물 부영학은 이덕구 대장을 김달삼과 달리 '장두'로서 존중한다. 하지만 군경과 서북청년단 및 이를 뒷받침하는 미군정의 토벌로 점차 항쟁세력이 약화되자 부영학의 눈에 이덕구마저 섬을 떠날 조짐을 발견하고는 이덕구를 '장두의 반열'(292쪽)에 오르게 함으로써 "4·3항쟁은 결코 소수의 빨갱이에 의한 좌익 폭동이 아니라, 제주인민 전체의 정서와 전통이 스며든, 통일된 진정한 자치 정부를 꿈꾼 민란"(293쪽)으로 종결되기를 욕망한다. 그리하여 부영학은 경찰에게 이덕구의 은신처를 알리고 이덕구가 경찰에게 잡혀 제주 민중 앞에서 장렬히 희생됨으로써 비록 4·3항쟁에 깃든 숭고한 제주 민중의 저항의 염원은 소멸됐지만 그 저항의 정신의 불길은 쉽게 꺼지지 않은 채 제주의 곳곳으로 들불처럼 번져나가기를 욕망한 것이다. 하지만 부영학의 이 같은 염원은 4·3당시의 한계에 직면한다. 부영학의 밀고는 서북청년단 출신인 김경주의 출세 욕망에 부합하더니, 대한민국 건국 과정에서 반공주의의 혁혁한 공로로 인정된 김경주는 4·3을 진압한 건국영웅으로서 제주를 떠난다. 그리고 제주 민중은 이덕구의 시신을 보면서 그를 제주 전통의 '장두'로 인식하기는커녕 좌익 폭도의 우두머리 정도로 그의 희생을 격하한다. 부영학은 이덕구를 밀고한 죄책감으로 평생 살아간다. 뿐만 아니라 부영학의 아들에게 좌익 경력을 가진 아버지의 이력은 연좌제의 사회제도적 억압으로써 그의 아들은 이렇다 할 출사(出社)도 하지 못한 채 베트남전쟁에 참전하여 전쟁의 폭력에 노출된다. 이렇게 이덕구의 죽음과 관련한 4·3의 타락한 현실은 부영학의 회고에 의해 그 실체가 드러난다. 4·3의 공식역사의 틈새로 비집고 나온 또 다른 문학적 진실을 작가는 예리하게 포착하고 있다.

그리하여 부영학은 4·3의 가해자들을 향해 당당히 주문한다.

> 이 4·3항쟁의 또 다른 가해자들은 어디에 있는가. 제주인민에게 총질을 하고, 재산을 빼앗고, 아녀자를 겁탈하고, 심심풀이로 사람을 죽이던 인간 백정들 이름은 어디로 다 흩어졌단 말인가. 그들이 입을 열 때가 돌아왔다. 부디 양심선언으로 삶을 마감하길 바란다. 또 이덕구 대장을 잡은 김경주 경사, 북촌마을에서 동네 전체를 피바다로 만든 그 김경주 경사, 당신은 지금 어디에 있는가. 서둘러 나타날지어다.(241쪽)

부영학의 입을 빌린 작가의 4·3에 대한 역사인식은 명료하다. 역사에 대한 어설픈 화해와 어느 정도로 만족하자는 현실 타협에 기반한 미래를 함께 도모하자는 것은 진정한 평화 공존의 언어가 아니다. 타락과 공포를 조장하고 온갖 반인간적 억압을 자행해온 가해자들 스스로의 양심고백과 그것에 대한 진정한 책임의식에 기반한 사회적 합의가 보증될 때 역사의 상처를 치유하는 화해는 그 진정성을 갖는 것이다. 하지만 작금의 한국사회는 어떠한가. 국가의 안위를 절대지상의 테제로 삼으면서 과거 반인간적·반민주적·반민중적 폭력을 가한 자들을 국가와 민족에 헌신한 애국주의자로서 그 잘못에 대한 면책특권을 부여하고 있지 않은가.

여기서, 우리는 베트남전쟁에서 이와 같은 가해자의 모습을 미군의 용병으로 간주되는 한국군에게서 만난다.

> 따이한은 잔인하기 이를 데 없는 미군의 용병이다. 미국의 TV나 신문에서 반전운동이 득세해 미군들은 마치 죄인이라도 된 것처럼 잔뜩 기가 죽어 있는데, 따이한은 일말의 죄의식조차 느끼지 않는 것 같다. 온갖 무기에서 팬티에 이르기

까지 '메이드 인 USA' 보급품을 쓰는 이 가난한 나라에서 온 용병들은, 오직 사람을 죽이고 돈을 벌기 위해 우리 조국 베트남에 들어왔다. 그들은 냉혹한 살육기계처럼 우리의 오래된 마을을 부수고 비무장한 민간인들을 학살하고 있다. 그들은 미군이 꺼리는 피쟁이 앞잡이 역할을 도맡고, 미군들은 전면으로 모습을 드러내거나 자기 손에 피를 묻히는 일 없이 원하는 모든 것을 이루고 있다.(195쪽)

한국군은 "오직 사람을 죽이고 돈을 벌기 위해" '냉혹한 살육기계' 그 이상도 이하도 아닌 '미군의 용병'이다. "미군이 꺼리는 피쟁이 앞잡이 역할을 도맡"는 한국군의 모습은 그리 낯설지 않다. 4·3무장봉기를 일으킨 항쟁세력과 이에 동조하는 제주 민중을 무참히 압살해간 군경 및 서북청년단의 모습과 포개진다. 또한 그 뒤에서 음험한 눈으로 동태를 파악하고 있는 미군의 모습은 베트남전쟁에서 용맹하다고 명성을 떨친 한국군의 모습과 묘하게 포개진다. 우리는 알고 있다. 서북청년단은 이승만과 미군정에 의해 적극적으로 이용된 극우 반공주의 청년단체로서 경찰로 등용될 뿐만 아니라 군인으로도 등용돼 4·3항쟁 세력을 초토화시키는 데 악명을 떨쳐왔다. 베트남전쟁에서의 한국군과 4·3항쟁에서의 서북청년단이 겹쳐지는 것을 우연으로 볼 수 없는 것은 바로 미국의 개입 때문이다.

이처럼 『사월꽃비』는 제주의 4·3과 베트남전쟁과 연루된 작중인물의 각종 미시 증언사(證言事)를 교차하면서 무엇을 똑바로 응시해야 하는지, 그리고 무엇을 재조명해야 하는지를 성찰토록 한다. 이와 관련하여, 우리가 간과해서 안 되는 것은 '장두 정신'을 제주 전통의 그것으로 협소화시키지 않고 다른 지역의 저항 정신, 특히 한국민주주의 산실인 1980년 5월 광주 민주화운동의 맥락으로 자연스레 스며들었다고 하는 역사문화적 인식은 『사월꽃비』가 도달한 값진 문학적 성취가 아닐 수 없다.

이덕구 대장을 장두로 모신 내 입장에서 볼 때, 1980년 5월 광주에서 일어난

민주화운동은 여러모로 눈에 뜨이는 사건이었다. 자발적인 형태의 현대적 민란. 여남은 기간 동안 많은 인민들이 스러졌고, 항쟁 최후의 날, 전남도청에는 자신들의 죽음으로 도청을 지키겠다는 자들이 남아 있었다. 싸움에 질 수밖에 없다는 사실을 알고 있었지만, 자기들이 도청에서 마지막 죽음을 맞이해야 그들의 민란이 끝난다고 믿었던 몇몇 인물들. 자기들이 항쟁의 마지막 죽음이 되어야 마침표가 찍힌다고 확신했던 광주의 상징적 지도자들. 시대가 지나면 행해질 역사의 평가에 과감하게 운명을 맡기고 불쏘시개로 산화한 인물들.

그들의 고절(孤節)은 온몸에 전율을 일으킬 만한, 내가 마지막으로 목격한 장두 정신이었다. 나는 그들을 보면서 장두 정신이 이제는 내 고향 제주를 벗어나 한반도로 거슬러 올라가고 있음을 깨달았다. 내 고향 제주에 뿌리를 둔 장두의 전통은 또 어디에선가 올연히 계승되고 재해석될지 모른다. 다만 내 육신이 폐(閉)를 앞두고 있으므로 이 두 눈으로 확인할 수 없음이 안타까울 뿐이다.(294쪽)

아마도 작가는 이 '장두 정신'을 제주-광주-하노이-호치민에서 두루 발견하고 있는지 모른다. 동아시아의 섬과 한반도에 국한되지 않고, 인도차이나반도에서도 '장두 정신'을 발견하고 있는지도 모른다.

죽음의 대지를 생의 기운으로

그렇다. 돌이켜보면, 제주와 베트남의 숱한 혁명가들이 담금질하고 있는 혁명 정신은 자신을 희생하되 민중이 누리는 복락(福樂)의 세상을 향한 숭고한 그 무엇을 이루는 것이 아닌가. 이를 위해 작가 조중연은 거창한 것을 꿈꾸지 않는다. 삶이 절멸된 땅, 죽음이 엄습한 땅, 저주받은 땅에 새 생명을 싹 틔우고, 그 생명들의 생의 기운을 북돋우고, 그래서 삶의 희열로 충만시키는 땅을 만드는 일이다. 그래서 작가 조중연은 『사월꽃비』에서 작중 인물로 하여금 4·3 때 소개(疏開)되거나 화마(火魔)로 잃어버린 마을들 중 하나인 영남리를 찾아가 농토로 개간하는 임무를 맡기면서 4·3과 연루된 역사의 상처를 치유하고 그 화해의 길을 내도록 한다. 또한 그로 하여금 사랑하는 딸을 떠나 그 자신이 베트남전쟁에서 학살에 가담한 베트남의 연미마을로 돌아갈 결심을 하게 만든다. 그는 그곳에서 자신이 저지른 학살의 죄를 씻는 새로운 삶을 시작하리라.

『사월꽃비』의 마지막 장을 덮으면서 한라산과 호치민 루트를 잠시 떠올려본다. 한반도와 인도차이나반도의 해방공간에서 동아시아의 서로 다른 정치주체들은 그들 나름대로의 민족통일공동체를 꿈꿨고 이를 억압하는 서구 제국에 대해 저항을 하였다. 제2차 세계대전 종전 후 냉전체제의 공고화에 따라 한반도는 분단되었으며, 베트남은 통일을 이뤄냈다. 역사에 가정은 없을 뿐만 아니라 결과를 소급해서도 안 된다. 중요한 것은 그 시대를 온몸으로 살아냈던 사람들이 살았던 삶이다. 그들에게 가장 소중한 것은 인간을 억압한 일체의 폭력과 맞서 저항하는 인간해방의 아름다운 가치다. 따라서 그 가치를 모반하는 반인간적 야만과 폭력에 대한 역사의 심판은 중단되어서 안 된다. 여기서, 4·3문학의 성취로 볼 때 조중연의 『사월꽃비』는 한국소설의 중요한 계기를 가져다 준 것으로 보인다.

서사의 글로컬리티:
구술성과 연행성, 그리고 탈식민주의

김현자, 『슬이의 노래』

글로컬리즘의 가치를 생성하는 『슬이』

작가 김현자의 장편소설 『슬이의 노래』(청어, 2012)를 읽는 동안 비평의 감각이 스멀스멀 깨어나기 시작했다. 고백하건대, 비평가로서 빼어난 작품을 우연히 마주친 순간, 그 작품의 '서권기(書卷氣)'가 머리 끝에서 발 끝까지 관통하는 모종의 전율을 체감하는바, 『슬이의 노래』가 바로 여기에 해당한다. 최근 김형수의 장편소설 『조드』를 만난 이후 한국문학은 비로소 구미 중심의 세계문학을 극복함으로써 세계문학의 온전한 생태계를 모색할 수 있는 '또 다른 근대'의 서사 지평을 펼칠 수 있는 전환점에 서 있는데, 김현자의 『슬이의 노래』가 반갑고 더욱 유의미한 것은 이러한 성과가 지역에서 창출되고 있다는 사실이다. 말하자면, 『슬이의 노래』는 지역의 래디컬한 문제의식을 기반으로 한 지역문학이되, 결코 지역중심주의에 갇히지 않고 인류가 당면한 '지구적 보편주의'의 문제로 심화·확장하는 서사를 구현하고 있다.

무엇보다 우리가 눈여겨보아야 할 것은 김현자의 『슬이의 노래』가 제주의 지역문제를 '일국주의적 시계(一國主義的 視界)'에 의한 중앙정부에 예속된 것으로 파악하는, 바꿔 말해 제주를 대한민국을 이루는 부속도서의 하나로서 이해하는 지정학적 시각을 과감히 벗어나, 지구적 시계(視界)와 제주를 상호침투적으로 인식함으로써 '글로컬리즘(glocalism)'의 새로운 가치를 생성하고 있다는 점이다. 그리하여 김현자의 『슬이의 노래』는 "전지구적으로 생각하고(thinking globally), 국지적으로 행동하라(acting locally)"에 손색이 없는 문학적 상상력을 유감없이 개진하고 있다. 구미중심의 빼어난 장편소설이 부르주아적 계급기반을 갖고 있는 시민이 갖춰야 할 이상적 에토스와 이상세계에 이르는 과정에서 겪는 갈등의 양상에 초점을 맞춤으로써 이 과정에서 생성된 (탈)근대의 미의식을 '세계문학'으로 정전화하고 있다면, 김현자의 『슬이의 노래』는 이와 같은 구미중심의 세계문학으로부터 배제된 비서구의 서사의 문제의식과 미의식을 온전히 그리고 제대로 해명함으로써 훼손된 작금의 세계문학의 생태계를 복원할 가능성을 담지하고 있다. 이것은 그의 소설이 지닌 매우 중요한 서사적 가치다. 따라서 『슬이의 노래』를 기존 구미중심의 서사미학에 익숙한 독법으로 읽으면, 『슬이의 노래』가 지닌 서사의 매혹과 가치에 둔감할 수밖에 없을 것이다.

그래서일까. 『슬이의 노래』는 작가 김현자와 독자에게 모험이자 새로운 과제다. 『슬이의 노래』는 제주문학이란 지역문학과 한국문학이란 개별 국민문학의 구체성을 지니되, 더 이상 제주문학과 한국문학에 자족하는 게 아닌, 더 나아가 구미중심의 세계문학에 붙들리는 게 아닌, 제주의 문제와 지구적 문제가 긴밀히 연동되고 상호침투하는 '지구적 세계문학'의 가능성과 씨름하고 있다.

구술성과 연행성의 스며듦

김현자의 『슬이의 노래』는 서사구조 면에서 액자소설의 요건을 지니고 있으며, 서사의 양식 면에서 추리소설의 특질을 지니고 있다. 이렇게만 볼 때, 『슬이의 노래』는 그동안 우리에게 낯익은 소설 중 하나임에 틀림없다. 하지만 『슬이의 노래』를 이해하는 것은 그리 녹록한 일이 아니다. 왜냐하면 우리는 『슬이의 노래』 안에 있는 또 다른 소설 「슬이」를 적극적으로 이해해야 할 과제를 부여받기 때문이다. 말하자면, 우리는 작가가 액자소설의 구성을 취한 의도를 세밀히 추적해야 한다. 이것은 작가와 독자가 함께 수행할 서사의 지적 모험이다.

『슬이의 노래』의 중심 사건은 이렇다. 교육박물관의 기획전시실에서 두 가지 기증품이 도난을 당한다. 하나는 제주의 선사시대의 삶을 고증하는 데 긴요한 삼양동식 토기이고, 다른 하나는 일제 말에 써진 것으로 추정되는 제주 유일의 한글소설 「슬이」다. 두 도난 품 중 삼양동식 토기는 우여곡절 끝에 회수되었으나, 「슬이」는 끝내 행방이 묘연하다. 이 소설은 분실된 「슬이」의 행방을 추적하는 모양새를 취하면서, 작중 인물인 박물관 큐레이터이자 설치미술가 강세희가 「슬이」의 내용을 상세히 소개하는 것으로 이뤄져 있다.

이 소설에서 상당한 부분을 차지하고 있는 「슬이」는 우리가 각별히 주목해야 할 작가 김현자의 서사적 매혹을 발산한다. 「슬이」는 제주의 삼양동을 중심으로 전개되는 제주의 고대사가 구술성(口述性, orality)과 연행성(連行性, performance)의 절묘한 배합이 문자성(文字性, literacy)과 융합되면서 이뤄진다. 이것은 이 소설 전반을 이해하는 것뿐만 아니라 액자소설의 형태를 취하는 「슬이」를 이해하는 데 매우 중요하다. 비록 작가의 문학적 상상력에 힘을 입지만, 「슬이」가 일제 말에 써진 식민지 시기의 작품들과 뚜렷이 구분되는 문학사적 가치, 특히 한글소설이란 점, 게다가 일제의 국책문학이 절정에 이를 때 친일협력에 비껴나는 제주의 고대사를 소재로 취한 점을 유의한다면, 「슬이」가 동시대의 작품들에 비해 형식과 내용 모두에서 차이를 갖도록 한 작가 김현자의 노력을 주목하지 않을 수 없다.

특히, 「슬이」를 통한 작가의 소설적 전언을 간과할 수 없는데, 이것은 선사시대의 삶과 교응하는 구술성과 연행성의 스며듦에서 자연스레 드러난다.

"돌칼 위에 쇠칼까지……. 두 개나 올라가……. 우리 젊었을 때는 그러지 않았는데……. 모든 것을 마을 사람들이 꼭 같이 가졌지, 그해 수확한 콩도 보리도, 잡은 바닷고기며 말린 전복도……. 움집 가운데 있는 화롯가에 다모여 앉아 의논하면서 식구 수만큼, 혹 기운이 약해 일을 잘 못하는 사람이 있으면 좀 적게, 혹은 병자나 애기 갖은 이가 있을 때는 좀 더 많이 주기도 하고 그때그때 형편에 따라 의논하며 나누었는데 이제는 점점 그렇게 하지 않으려는가 보다. 갖은 자가 더 많이 갖게 되어 가고 있어."

라고 하시는 소리를 들었습니다.

대을라의 장례는 성대했습니다. 무덤 자리는 대을라가 누워서도 우리 가물개 마을을 바라볼 수 있는 윗드르 언덕 위에 잡았습니다.

(중략)

돌무덤을 다 세운 후엔 마을 사람들 모두 음식을 나눠먹고는 무덤가에 둥글게 손을 잡고 섰습니다. 결의의 금 연주에 맞춰 내가 노래를 했습니다.

"우~우 우 우우우 우~."

별리의 노래입니다. 별리의 노래는 가슴이 저며 옵니다. 커졌다가는 잦아들며 가라앉고, 작아진 소리가 다시 큰 태풍을 만난 듯 일어서곤 합니다. 가슴 가운데에 뼈마디가 조여들고 등에 박힌 뼈들이 떨립니다. 뱃속에 있는 모든 창자가 비틀어지면서 내 몸이 위 아래로 들썩입니다. 처음에는 몸이 뒤로 젖혀지며 내 키가 늘어나듯 하고 소리가 나오다가 어느 순간이 지나면 나도 모르게 내 몸은 오그라져 있고, 고개는 땅을 향하고 소철나무처럼 작게 말려 있습니다. 그리고 오그라진 가슴께가 들리면서 다시 말아지기를 반복하다 힘이 다해 옆으로 털썩 주저앉게 됩니다. 그럴 때 내 머릿속은 하얗게 풀려가고, 내 손은 내 생각과는 관계없이 마치 새의 날개인 양 살포시 들리어 앞과 뒤, 왼쪽과 오른쪽을 오갑니다. 가느다란 나의 다리는 그런 몸을 받치며 옆으로 살짝 움직였다가 천천히 제자리를 돌고는 합니다. 바람도 그런 내 주위에 멈추어 서고 다른 사람들의 숨소리도 '흡' 하고 멈추어 더 나아가지를 못합니다. 멀뚱멀뚱했던 아기들도, 바쁘게 이곳저곳을 다니던 아주머니도, 마구 자란 수염에 잘 씻지도 못한 아저씨들도 모두 눈물을 흘리며 할아버지 올라와의 이별을 슬퍼했습니다.

위 두 인용문은 구술성과 연행성의 스며듦이 주제의식을 어떻게 소화해내고 있는지를 잘 보여주는 대목이다. 가물개 바닷가 마을의 평화로운 공동체의 삶은 위기를 잉태한다. 이 마을에는 "돌을 잘 갈아서 만든 칼이 하나 있었"는데 그것은 '간돌검'으로 마을의 우두머리인 '을라'가 지닌다. '을라'는 '간돌검'으로써 마을 공동체의 평화를 유지하고 지탱하기 위한 권력을 행사한다. 그러던 '을라'는 다른 곳으로부터 유입된 쇠로 만든 칼을 지니게 된다. 이에 대해 마을의 무격(巫覡)인 심방할망은 경고한다. '간돌검'의 권력이 행사될 때는 마을 공동체의 구성원이 두루 행복을 나눠갖는데 반해, 쇠검의 권력이 행사되고부터는 누가 무엇을 더 많이 배타적으로 소유하려는 경향이 심해지면서 공동체 붕괴의 징후가 초래할 파경을 예지한다. 이때 간과해서 안 될 것은 앞으로 도래할 이 파경을 심방할망은 '말'로 전하고 있다는 점이다. 물론, 이 '말'은 신성의 언어다. 심방할망은 태곳적부터 구전돼온 신성의 언어를 가물개 바닷가 마을 사람들에게 다시 전달한다. '간돌검'으로부터 '쇠검'으로 전이되는 권력의 속성을 심방할망은 섬뜩할 정도로 간파하고 있다.

마침내 심방할망의 예지는 현실화되는바, 가물개 바닷가 마을 사람들과 다소 거리감을 두며 살아온 용담 마을 사람들은 급기야 북쪽 올레 사람들과 모종의 결탁을 맺은 채 '을라'와 가물개 바닷가 마을 사람들을 무참히 죽이더니 '대을라'마저 죽자, 가물개 바닷가 마을의 새로운 우두머리를 세우고 이 마을을 점령한다. 가물개 바닷가 마을에서 노래를 잘 하는 '슬이'는 그 친구 '결이'의 연주를 배경삼아 '별리의 노래'를 가슴 저미게 부른다. 작가는 '슬이'의 노래가 얼마나 애달픈 구슬픈지, 노래부르는 '슬이'의 내면풍경을 절묘히 묘사한다. 여기서, 우리가 각별히 예의주시할 것은 이 내면풍경이 지금까지 문자성에 투철한, 가령 음절과 음절, 단어와 단어, 문장과 문장 등의 유기적 짜임새로부터 얻어지는 어떤 '의미'에만 전적으로 기대지 않고, 음절-단어-문장이 서로 스며들어 맞물리면서 '슬이'의 노래로부터 자연스레 추어지는 춤사위와 한 덩어리가 된 비의적(秘儀的) 문체의 힘을 빌리고 있다는 점이다. 좀 더 부연하면, 이 비의적 문체의 힘은 '슬이'의 '노래-구술성'과 '춤-연행성'의 자연스러운 뒤섞임에 기인한다. 때문에 우리는 '슬이'의 노래와 춤을 듣고 보면서 가물개 바닷가 마을의 몰락에 배어든 깊은 슬픔을 함께할 수 있다. 이렇게 한 마을의 공동체는 '슬이'의 비장한 노래와 그 노래를 들으면서 억제할 수 없는 춤이 한데 어우러지는 가운데, 비록 문자로 기록되지 않는 역사이기 때문에 전근대적 비과학적인 것으로 폄하될지 모르나, 그곳에서 대대로 살아온 사람들에게 그 어떠한 공식 역사보다 생동감 있는 마을 공동체의 살아 있는 내력의 가치로 남는다.

액자소설로서 「슬이」의 진가는 바로 여기에 있다. 지금의 제주시 삼양동 지역에 살았던 선사시대의 내력을 작가 김현자는 각종 문헌에 기반을 둔 일종의 문헌학적 상상력을 적극화함으로써 좁게는 제주시 삼양동의 지역사를, 넓게는 바닷가 마을의 선사시대의 삶을 흥미롭게 재현한다. 이것은 무엇을 말하는 것일까. 「슬이」의 작가 김순지를 추적하는 과정에서 드러나듯, 김순지는 "언젠가 우리가 일제의 손아귀에서 풀려나는 날이 오면" "우리 고장 아이들 모두가 읽을 수 있게, 한글로 된 이야기가 하나는 있어야 한다는 생각에서 소설을 쓰기 시작"한 만큼, 일본 제국의 식민통치로부터 삭제된 지역의 고대사에 대한 발견을 통해 자주독립국가로서의 주체의식을 배양하기 위한 원대한 뜻이 있었던 것이다. 김순지의 이 원대한 뜻을 형상화한 게 「슬이」이고, 따라서 「슬이」는 기존 식민지 조선에서 횡행하던 제국의 문학과 뚜렷이 구별되는, 제국의 문자성을 위반하는 한글의 구술성과 그에 자연스레 수반되는 연행성을 배합한 서사를 시도한 것이다. 그렇기에 「슬이」는 동시대의 작품들보다 문학사적으로 뛰어난 작품으로 손색이 없다. 작가 김현자의 「슬이」에 대한 이러한 주제의식을 간과해서안 된다.

탈식민주의의 꽃 피우기

추리소설로 읽어도 무방한 이 소설은 「슬이」를 에워싼 베일이 서서히 벗겨지면서 그 진면목이 드러난다. 교육박물관에서 도난을 당한 기증품 중 끝내 회수되지 않는 「슬이」는 그럴만한 이유를 간직하고 있다. 그것은 「슬이」를 구성하는 13장의 삽화에 친일협력자들의 이름이 마치 숨은 그림처럼 숨겨 있어, 「슬이」의 전모가 백일하에 드러날 것을 두려워한 작중 인물 '옥이'의 사연과 긴밀히 연루돼 있다. '옥이'는 김순지의 첩 매월이가 데려온 애로서 김순지는 '옥이'를 무척 예뻐하였고, '옥이' 역시 김순지를 따랐다. 그러던 '옥이'는 성장하여 친일협력을 한 오상일과 부부의 인연을 맺었는데, 바로 그 오상일이 「슬이」의 삽화에 숨겨 있는 이름들 중 하나다. '옥이'는 오상일과 사별한 지 20여 년의 시간이 흘렀으나, 그 남편의 반민족적 친일행적이 세상에 드러날 것을 두려워한 나머지 그의 제자의 도움을 받아 마침내 「슬이」를 교육박물관으로부터 훔친 것이다.

작가 김현자는 우리에게 타전한다. 김순지의 「슬이」가 식민지 조선에서 떳떳하게 공개하지 못한 이유는 충분히 이해할 만하다. 일제의 국책문학에 협력하지 않은 순한글로 창작된 문학이 온전히 세상에 드러나는 일은 엄두도 못 낼 일이다. 그것도 일제의 식민지 지배에 순종하지 않는 지역의 고대사를 복원하는 데 초점이 맞춰진 서사라면 더욱이 말할 필요도 없다. 그런데 해방 이후 식민지의 정치적 폭압이 사라졌음에도 불구하고 「슬이」를 공개하지 못한 이유는 무엇일까. 「슬이」의 삽화에 숨겨 있는, "여간해서는 찾을 수 없는 글씨"로써 "다른 선보다 조금 굵은 동기선 가운데 파도무늬가 없는 빈 면에 써 넣었"던 친일 반민족주의자의 명단을 천명할 수 없는 이유는 무엇일까. 「슬이」의 문제성은 식민지 조선과 해방 이후 지금까지 지속되고 있다.

작가 김현자는 「슬이」의 행방을 찾는 치밀한 과정 속에서 그 이유들을 속속 밝혀낸다. "일제 때 친일한 사람으로 「슬이」의 그림에 적어 두었던 대부분의 사람들이 해방 후 오히려 이 제주사회에서 중요 직책에 앉아, 펜대를 굴리며 두 발을 꼬아 책상 위에 놓고 큰소리치고 있는 판에, 「슬이」를 세상에 내놓는 일은 점점 두려운 일이 되어 가고 있었"기 때문이다. 더욱이 대한민국 정부 수립을 에워싸고 제주에 휘몰아친 4·3의 광풍은 제주 민중으로 하여금 김순지와 같은 지식인을 다음과 같이 극도로 경계하도록 하였다.

"여기가 어디랜왔수과? 아무리 위의 명령이랜 해도, 여긴 올 데가 못 되우다. 저번에 있던 학교 선생들도 목숨 부지 못하고, 다 죽어 나가신디 어디라고 여길옵니까? 그 선생들 모두 객지에 왔다고 우리 집 밖 거리에 살단 죽어 신디……, 또 그 꼴을 보란 말이꽈. 난 마우다, 빨리 내려 갑서, 난 선생님 본 적 어신 걸로 허쿠다."

4·3에 대한 제주 민중의 트라우마가 단적으로 드러나 있다. 한라산 중산간에 위치한 봉개 마을은 4·3의 언어절(言語絶)의 참사를 겪은 대표적인 곳으로, 김순지를 향한 이 같은 말에는 단지 생목숨을 부지하기 위한 자기방어의 차원을 넘은, 무고한 민중들이 역사의 광풍 속에서 속절없이 무참히 희생당해야 하는 피해자의 정치적 입장이 생의 날감각으로 드러나 있다. 이러한 죽음의 사위 속에서 옴짝달싹할 수 없는 김순지에게 「슬이」의 존재 자체는 곧 예기치 않게 찾아올 자신의 죽음을 기다리는 것과 다를 바 없다. 무엇보다 김순지는 '옥이'가 유달리 「슬이」의 존재 여부에 관심을 쏟는 것을 극도로 예의주시하다가 김녕에 살고 있는 그의 막역한 친구에게 「슬이」를 맡긴다. 그리하여 꽤 오랫동안 「슬이」의 존재가 세상에서 망각되는가 싶더니, 「슬이」가 교육박물관에 기증되면서 마침내 역사의 비밀과 진실이 드러날 찰나에 놓인 셈이다. 결국 '옥이'에 의해 「슬이」는 세상에 공개되지 못했으나, 바로 그 점 때문에 「슬이」의 가치를 폄하할 수 없다.

여기서, 작가 김현자는 우리에게 또 다시 타전한다. 아직까지도 우리가

「슬이」의 역사적 진실이 해명되는 것을 두려워하는 이유는 무엇일까. 정녕, 우리는 일제로부터 식민지 조선의 해방을 맞이한 것일까. 해방 이후 강산이 일곱 번이나 변했는데도 불구하고 우리는 식민주의를 극복하는 탈식민주의의 값진 역사적 성과를 쟁취하고 있는 것일까. 작가 김현자는 「슬이」의 문제성을 통해 아직도 탈식민주의는 한국사회에서 미완의 역사적 과업이며, 현재 진행형으로 지속되고 있으며, 완전한 식민주의의 극복을 위해서는 이 역사적 과제를 조금이라도 소홀히 여겨서는 안 된다는 치열한 문제의식을 보인다.

나는 「슬이」에 있는 그림을 바닥에 차례대로 깔았다. 모두 열세 장. 「슬이」에 묶여 있던 차례대로 놓는 순간 그림에 꽃이 나왔다. 꽃의 선은 두 줄로 되어 있고 두 줄 사이에 연속된 파도가 물결무늬가 있고, 무늬 안쪽은 잉크로 다 채워져 있다. 그림마다 다른 위치에 이런 선이 그려져 있다. 그 선들만 이어본다. 무궁화 꽃이다. 꽃잎 다섯 장, 가운데 수술이 하나, 암술 네 개, 그 꽃을 받치는 잎사귀 두 장이었다. '휘리릭' 넘기면 꽃처럼 피어났다. 무궁화 꽃이…….

그리고 가만히 그 선을 보니 그 선속에는 아주 작은 글자들이 쓰여 있다.

'이게 뭐지?'

돋보기를 꺼내 들고 바짝 다가 앉았다.

(중략)

그러고 보니 본문 내용과 삽화로 쓰인 그림의 내용이 딱 일치하지 않았던 이유가 있었다. 하나하나 아주 독특하고 좋은 그림이, 삽화로서의 본래 목적인 본문을 설명하는 역할을 잘 못하고 겉돌았던 것은, 작가가 소설도 전달하고자 했지만 그림에도 따로 메시지가 있기 때문이었다. …… 책에 같이 매어져 있지만 삽화가 아니다.

「슬이」의 작가인 김순지 선생은 무궁화 꽃과 이 열세 명의 이름을 그림에 숨기고 있었던 것이다.

마침내 「슬이」를 구성하는 13장 삽화의 전모가 드러나는 인상적인 대목이다. 김순지는 삽화의 선속에 친일 반민족주의자들의 명단을 숨겨놓으면서 동시에 그토록 자랑스럽게 피워내고 싶었던 무궁화 꽃 한 송이를 몰래 감춰놓았다. 13장 삽화의 전모를 드러내는 일은 친일협력자들을 백일하에 공개하는 것이면서, 제국의 식민통치에서 해방됐음을 만끽하는 것이되, 여전히 내밀히 진행 중인 식민주의의 음험함을 묵과하지 말고 더욱 철저히 식민주의를 극복해야 한다는 탈식민주의의 표상으로서 무궁화 꽃을 피워내는 것과 무관하지 않다. 말하자면, 이 무궁화 꽃은 역사의 침통한 오욕을 간직한 꽃이자, 다시는 제국의 식민지배 속에서 생의 절멸에 넋을 놓을 게 아니라, 새로운 역사의 웅비를 향한 생의 꽃이다. 그렇다면, 김현자에 의해 「슬이」는 제국의 폭압적 식민통치뿐만 아니라 신식민지의 현실에 놓인 약소자들이 진정으로 식민주의를 극복하기 위한 탈식민주의의 원대한 소설적 전언과 그 맥락을 함께하고 있다 해도 과언이 아니다.

'지구적 세계문학'을 향한 첫 걸음

이 작품을 읽는 동안, 그리고 읽은 후 몇 차례씩 되뇌어보았다. 감히 자신 있게 말하고 싶다. 김현자의 『슬이의 노래』를 계기로, 제주문학은 제주와 지구적 문제가 상호침투하는 글로컬리즘의 서사적 가치의 새 지평을 모색하게 되었다. 여기에는 그동안 한국문학이 구미중심의 세계문학의 자장(磁場)으로부터 자유로울 수 없었던 그 한계를 벗어날 수 있는 매우 소중한 서사적 요소를 『슬이의 노래』가 갖고 있기에 그렇다. 구미중심의 문학이 문자성에 매몰돼 구술성의 온전한 가치를 애써 외면하거나 상대적으로 폄하해온 근대문학의 흐름을 고려해볼 때, 김현자의 『슬이의 노래』가 거둔 구술성과 연행성의 스며듦의 서사는, 비서구의 오랜 숙제인 식민주의를 극복하는 데 문학적 상상력이 적극적으로 수행해야 할 문학의 정치성을 숙고하도록 한다.

이제 '지역문학의 편협성을 극복해야 한다, 한국문학의 미적 갱신을 이룩해야 한다'는 구호를 더 이상 되풀이하는 것은 지극히 소모적이다. 작가는 빼어난 '물건'으로 보란 듯이 이 과제를 해결하는 데 제 몫을 다하고 있는 것이다. 김현자의 『슬이의 노래』는 '지구적 세계문학'이 비서구의 한갓 비평적 구호의 껍데기에 불과한 게 아니라, 매우 적실한 형식과 내용으로 이뤄진 문학으로 손색이 없다. 『슬이의 노래』에 이르러 제주 소설문학의 획기적 분수령을 맞이하는가 하면, 구미중심의 세계문학에 균열을 냄으로써 '지구적 세계문학'의 지평을 열 가능성이란 점에서, 김현자의 후속작에 거는 기대가 크다.

그의 문학은 "전지구적으로 생각하고, 국지적으로 행동하라"를 무색케 하지 않는다. 아, 그렇고 보니, 작중 인물 강세희가 'Wide-Plants'란 설치미술에 전념하는 이유를 어렴풋하나마 헤아려본다. 강세희는 "자연보다 더도 덜도 하지 않은 자연"을 욕망한다. 이러한 세계야말로 미의 궁극의 세계이며, 작가 김현자가 추구하는 '지구적 세계문학'의 하나가 아닐까. 이번 소설 『슬이의 노래』는 그 첫 걸음을 떼었다는 점에서 우리 모두 기뻐할 일이다.

비정한 삶을 살아내는 힘

정낙추, 『복자는 울지 않았다』

1

비평가로서 큰 기쁨 중 하나는 '좋은 작품'을 만나 그것이 지닌 소설적 전언과 감동을 독자에게 알려주는 전령사의 특권을 누린다는 점이다. 특히 그 작품이 아직 세상에 널리 소개되지 않았을 때 그것의 진가를 독자에게 어떻게 하면 제대로 전달할 수 있을 것인가와 관련한 비평적 긴장감이야말로 비평의 행복이다. 이것은 바꿔 말해 '좋은 작품'을 읽는 독자의 행복인 셈이다.

정낙추의 소설집 『복자는 울지 않았다』(삶창, 2014)가 바로 여기에 해당한다. 이번 소설집 『복자는 울지 않았다』의 출간을 계기로 정낙추는 시인이되 소설가로서 그 스스로 전문 글쓰기의 새로운 지평을 열었다. 『복자는 울지 않았다』의 경우 통상 소설집에 수록된 작품 편 수만 놓고 볼 때 상대적으로 다른 소설집에 비해 다소 적은 4편으로 묶여있는데, 각 소설이 지닌 전언과 감동은 예사롭지 않은 '문제성'을 품고 있다.

2

소설집의 표제작인 「복자는 울지 않았다」에서 정낙추는 우리 시대의 농촌과 농민의 삶이 훼손되고 있는 현실의 자화상을 그려낸다. 사건의 핵심은 "물 좋고 땅이 비옥하기로 소문난 수암골"(9쪽)이 개발업자들에게 땅이 팔려나가더니, 마침내 복자네 집도 복자네 모르게 팔려나간 것과 결부된, 즉 농촌의 삶을 비정하게 황폐화하고 있는 반(反)농촌과 관련한 각종 개발업자와 땅 투기자의 욕망과 관련돼 있다. 사실 복자네 집은 복자네 소유가 아니므로 복자네 의사와 상관 없이 집이 팔린 것 자체를 문제 삼을 수 없다. 하지만 복자네가 살고 있는 집은 오래전에 집주인이 버린 폐가와 다를 바 없는 것으로, 복자네가 "이십여 년 가까이 자기 집 손질하듯 정성껏 가꾸"(9쪽)어온 삶의 터전이다. 집주인 역시 복자네에게 별다른 불만은커녕 폐가와 다를 바 없는 것을 고쳐 가며 살고 있는 것에 대해 흡족하게 여기고 있었다. 그런데 수암골 이곳저곳의 땅이 개발업자와 땅 투기업자에게 팔려나가면서 결국 복자네집도 집주인에게 부동산 이득을 안겨주는 부동산 물건으로 전락하고 만다. 복자네 집주인이 복자네에게 한마디 의논도 없이 몰래 집을 처분해버린 것이다. 그런데 이 과정에서 복자네의 울분을 사게 한 것은 수암골의 이장이 적극적인 거간꾼 역할을 한 것이다.

여기서 작가 정낙추는 오늘날 농촌의 현실의 단면을 예리하게 포착한다. 농촌의 현실 안쪽에서 훼손되는 농촌의 삶을 그들의 목소리로 자기고 발하고 있다. 수암골로 대변되는 우리의 농촌은 정작 농사를 지어야 할 농민에게 삶의 터전을 보장해주고 그들로 하여금 농촌의 삶에 자긍심을 갖도록 하는 게 아니라 부동산 개발업자의 경제적 욕망을 충족시켜주는 투기용 대상에 불과하다. 수암골의 이장은 이러한 경제적 욕망에 나포된 개발업자에 기생하여 자신의 경제적 이득을 챙기기에 바쁜 말 그대로 거간꾼이다.

"세상이 살기 좋아졌다구 해두 농사꾼들에겐 옛날이나 지금이나 변헌 게 별루 지. 암, 구 말구. 경자유전(耕者有田)이라는 말이 있지만, 그 말두 사실은 농사꾼 홀리는 말이여. 땅은 농사짓는 사람이 소유해라. 말이야 좋지. 이런 문자를 누가 지어냈겠어? 가난해서 배우지 못허구 배우지 못해서 땅 파먹는 농사꾼들이 지어냈겠어? 아녀, 유식헌 부자들이 지어낸 말이여."

(중략)

"예전보다 요새는 농사꾼들이 땅 장만허기가 더 어려운 시상이여. 농사꾼들이 땅을 늘리려구 돈 모으는 걸음이 거북이라면 땅값은 토끼 뜀박질이니 땅은 자연히 돈 많은 사람 손으루 넘어가게 마련이지. 제 땅에서 농사짓기 싫은 농사꾼이 어디 있었어. 땅을 사구 싶어두 돈 어서 못 사지."

"이 수암골 땅두 절반 이상이 농사짓지 않는 것들이 사논 모냥이여."

(중략)

"그것들이 땅 살 때는 곡식 때문에 사는 게 아녀. 땅값 오르는 것 때문에 사는 것이지."(66~67쪽)

수암골 농민들은 자조(自嘲)한다. 농토가 식량을 길러내는 농토 구실을 담당하지 못하고, 농민이 농민으로서 당당히 농토를 소유하지 못하는 이 어처구니없는 현실 앞에서 속수무책일 수밖에 없는 자신들의 처지를 개탄한다. 이와 같은 농촌과 농민의 삶의 파탄은 병국의 자살로 극명하게 드러난다. 웃샘골 개발 여파로 병국네의 땅이 팔리면서 그 땅값을 둘러싼 가족들의 갈등이 초래한 병국의 자살이야말로 서서히 생명을 잃고 있는, 그래서 급기야 도래할 수 있는 우리 시대 농촌의 파국을 묵시록적으로 보여준다. 이러한 음울한 현실 아래 복자의 남편 태근은 "서울 김 사장네도 수암골로 이사를 오지 말고, 골프장도 생기지 말고, 개발도 하지 말고, 가난하지만 옛날처럼 이웃 노인들과 아침인사 저녁인사를 하며 살고 싶"(76쪽)지만, 이미 수암골 일상 깊숙이 틈입한 경제적 욕망의 틈새에서 농민으로서 소박한 삶의 욕망을 지닌 그가 자신의 삶의 터전에서 뿌리 뽑힐 어려움에 직면한다. 어쩌면 태근이 김 사장의 처와 몰래 통정(通情)하면서부터 그가 지닌 순박한 농민의 삶의 욕망은 개발업자의 욕망에 크게 훼손되었는지 모를 일이다. 작품의 말미에서 그려지고 있듯, 태근의 머릿속에 아직도 김 사장 처의 욕정어린 속닥거림이 쉽게 사그라지지 않는 것은, 그렇게 농촌과 농민의 순정한 삶이 급속도로 밀려드는 반(反)농촌의 개발 욕망에 그 본연의 자리를 빼앗기고 있는 것을 단적으로 보여준다.

3

정낙추의 이러한 농촌 현실에 대한 예리한 비판적 시선은 또 다른 작품 「죄인」에서는 분단의 문제를 파헤치는 데서 더욱 심화되고 있다. 「복자는 울지 않았다」가 농촌의 지나간 문제가 아닌 지금 심각히 진행 중인 농촌 파탄의 현재와 곧 이어 닥칠 농촌의 묵시록적 파국을 응시하고 있다면, 「죄인」에서 다루고 있는 분단의 상처는 그동안 분단서사에서 많이 다뤄진 것, 가령 한국전쟁 '이후' 깊게 패인 분단의 상처를 반복·재생산하는 데 있지 않고 분단의 상처와 싸우고 있는 '현재'를 지속되는 전쟁으로 인식하면서 이 전쟁의 진정한 종식을 염원하는 분단극복의 강렬한 문제의식을 표출한다. 「죄인」에서는 한국전쟁으로 기구한 팔자의 삶을 살게 된 어느 여인의 "육십여 년 동안 가슴에 묻어뒀던 이야기"(208쪽)가 펼쳐진다. 그녀는 "난쟁이, 곰보딱지, 서장환이 각시, 빨갱이 마누라, 개차반 염치술이 여편네라고 불렸던 어떤 여자"(221쪽)로서 외형적으로 추녀이고, 한국전쟁 전후의 좌우 이념 대결 상황에서 프롤레타리아 계급의 해방을 염원하는 서장환의 처로 죽음과 같은 삶을 겨우 연명했다. 그 후에 서장환을 죽게 신고한 개차반 염치술의 처로서 기구한 인생을 살아간다.

말하자면, 이 여자의 일생은 한국전쟁 '당시'뿐만 아니라 '이후' 그리고 '현재'까지 지속되고 있는 좀처럼 치유되지 않는 온갖 상처 그 자체다. 그녀는 "평등한 세상"(198쪽)을 이룩하고자 인공기가 펄럭이는 세상을 욕망한 첫 번째 남편 — 남수 아버지로 인한 이념적 상처를 숱한 죽음 속에서 모질게 감내했는가 하면, 이러한 남편을 죽음으로 몰게 한 그리하여 태극기의 세상 아래 벌레 같은 삶을 살고 있는 그녀를 폭압적으로 군림시킨 두 번째 남편 — 태수 아버지와 파란만장한 삶을 살았다. 그녀의 운명은 참으로 곡절많은 기구한 사연과 골수에 깊게 패인 상처투성이다. 그런데 그녀의 이러한 상처가 더욱 치명적인 것은 한국전쟁을 겪은 그녀 세대에게만 해당되지 않고 세대를 초월하여 그녀의 자식들 세대에까지 고통이 전가되고 있다는 사실이다. 이것은 그녀의 사후에 치러질 장례 절차를 두고 남수네와 태수네가 대립·갈등하는 양상으로 부각된다. 그녀의 시신을 남수 아버지 곁에 두느냐, 태수 아버지 곁에 두느냐에 따른 격렬한 대립이야말로 한국전쟁의 이념적 대립과 갈등으로 빚어진 상처의 치유가 얼마나 힘든 것인지를 단적으로 보여준다.

> 지난 세월을 돌아보니 참으로 아득하고 아득하네요. 한고비를 넘겼다 싶으면 또 한 고비가 가로막고……이제 마지막 고비인 것 같아요. 나는 죽지 않을 거예요. 이 전쟁이 끝나기 전에는 절대로 죽지 않을 거예요. 내가 지금 이대로 죽으면 자식들이 이 더러운 전쟁을 대물림할 테니까요. 난리가 끝난 줄 알았어요. 그런데 손자 민기 녀석이 그러대요. 전쟁은 끝난 게 아니고 잠시 쉬는 중이라고요. 내 몸에서 전쟁을 빼면 뭐가 남겠어요. 아무것도 없죠. 내 전쟁이 끝나야 자식들도 전쟁에서 벗어날 테니 전쟁이 끝날 때까지 백 년이고 천 년이고 악착같이 살아야겠어요. 그러니 당신들도 나를 기다리지 말고 자식들이나 달래줘요, 네 어미가 죽어도 곁에 묻지 말아 달라고 해주세요. 혼자 묻혀 있어도 외롭지 않다고 말해줘요. 나도 이제는 미움도 설움도 다 내려놓을 거예요. 남수 아버지, 태수 아버지, 당신들이 있는 곳이 지옥인지 극락인지 모르지만 당신들도 미움과 설움을 다 거둬들이고 편히 눈을 감으세요. 나는 전쟁이 완전히 끝나는 날 눈을 감을 거예요.(221~222쪽)

그녀의 독백에서 우리는 자칫 망각하고 있는 엄연한 현실을 상기하게 된다. 우리는 한국전쟁 이후 종전이 아닌 '휴전' 상태에 있으며, 냉정하게 얘기하면, 아직도 전쟁 중이다. 국제정치의 패러다임에서 냉전시대가 종식되었음에도 불구하고 아직도 한반도는 냉전시대가 지속 중이다. 전쟁체험 세대들이 겪은 전쟁의 고통과 상처는 여전히 치유되지 않은 채 이념적 대립과 갈등은 한반도의 남과 북에서 각자 자신의 체제를 견고히 유지하는 데 주도면밀히 활용되고 있을 따름이다. 여기서 주목해야 할 것은 한국전쟁으로 인해 남과 북의 갈등은 물론, 「죄인」에서 남수네와 태수네의 갈등에서 보여지듯, 남남(南南) 갈등이 여전히 진행 중임을 고려할 때 그녀의 전쟁이 끝나지 않았다는 인식은 우리가 망각하거나 애써 외면하고 있는 한국전쟁의 현재적 고통이 전쟁체험 세대에게만 국한된 게 결코 아니라는 것을 반증해준다.

4

그렇다면, 우리는 이러한 암울한 현실 아래 처절한 고통을 일상에서 늘 아파해야만 하는 것일까. 이에 대해 정낙추의 「오빠 생각」과 「끈」은 그 고통을 치유하기 위해서는 고통의 근원으로 다가갈 뿐만 아니라 고통과 연관된 삶의 편린들을 함부로 지나치지 말 것을 들려준다. 가령, 「오빠 생각」에서는 '오동나무 집 미친 순호'(84쪽)라고 불리운 오빠의 고통과 연루된 피난민집 딸 도화의 삶이 얘기되는데, 도화는 마을 사람들로부터 '화냥년'이란 낙인이 찍힌 터에 순호와 도화의 사랑은 마을에서 조롱거리 대상일 뿐이다. 매사 그렇듯이 사람들은 자신에게 낯익은 삶의 방식이 아닌 것을 비정상으로 몰아붙이고 놀림거리로 삼으면서 자신의 비루한 삶을 위안받고 싶어한다. 비정상으로 간주되는 대상 역시 비루한 삶의 고통 속에서 자신의 상처투성이 삶을 누군가로부터 위안받고 싶어하는 것은 마찬가지인데도 불구하고 사람들은 자신의 비루한 삶의 위안을 위해 타자의 비루함과 고통의 삶을 보듬지 않는다. 바로 이 부분에서 작가의 인간에 대한 깊은 통찰의 시선을 읽을 수 있다. 순호와 도화는 세계의 상처를 심하게 앓고 있다. "자손이 귀한 집"(85쪽)에서 태어나 유년 시절 아버지의 죽음 이후 또래 친구들이 받는 현대식 학교 교육 대신 고향에서 홀로 전통교육을 받으며 성장한 순호는 세계에 대한 고립감과 외로움이란 삶의 어떤 근원적 결핍의 상처로 신열을 앓고 있는가 하면, 도화는 피난민집 딸로서 "지긋지긋한 가난에서 도망치고 싶어"(107쪽) 하는 극한의 빈곤의 세계에 갇혀 있다. 이러한 세계의 고통으로부터 그들은 모두 벗어나고 싶다. 각자의 비루한 삶으로부터 멀리 떠나고 싶다. 하지만 "세상에 완벽하게 도망치는 사람은 없다."(85쪽) 순호는 도화를 향한 연정을 "아무도 몰래 가슴속에 품고"(111쪽) 사는 삶의 방식을 통해, 그리고 도화는 가난에서 벗어나기 위해 사랑의 형식을 빌어 순호에게 도망을 쳤을 수 있다. 물론, 그들이 지닌 세계의 고통이 이러한 사랑으로 깨끗이 치유되지는 않았다. 왜냐하면 "그들은 불행하게도 순정한 세월을 감당하지 못했"(111~112쪽)기 때문이다. 하지만 중요한 것은 이러한 사랑을 간직한 순호의 죽음이 그 여동생으로 하여금 순호가 감내해야 했던 세계의 고통을 비롯한 도화의 고통을 무엇과도 바꿀 수 없는 '삶의 순정성'의 차원에서 온전히 받아들이도록 하고 있다는 사실이다.

이것은 달리 말해 타자의 삶을 향한 연민의 윤리감이 작동하고 있음을 말해준다. 「끈」에서 연민의 윤리감은 "호된 시집살이"(119쪽) 속에서 "스물다섯에 홀로된 청상과부"(120쪽)의 고통을 인내하며 평생을 살아온 어머니의 삶의 내력을 이해하는 중요한 열쇠다. 어머니의 삶은 참으로 파란만장하다. 투전판에서 살인죄로 투옥된 남편의 옥사로 인한 남편의 부재, 이후 다른 남자와 새로운 삶을 시작할 수 있었음에도 불구하고 죽은 남편 사이에서 태어난 자식 때문에 자신의 새 인생을 포기할 수밖에 없는 삶, 하지만 그것은 가부장중심의 사회에서 그녀의 어쩔 수 없는 수동적 삶을 선택한 게 아니라 어디까지나 그녀의 삶을 향한 주체적 선택이다. 그런데 「끈」에서 각별히 눈여겨보아야 할 대목은 이러한 어머니의 고통을 아들이 비로소 연민의 시선을 통해 이해하게 되면서 그와 별거 중인 아내를 향한 연민의 윤리감에 기반한 삶에 대한 어떤 성찰의 지점에 이르는 것이다. 그리하여 그는 "사랑과 고통은 한 몸"(190쪽)이라는 삶의 진실을 깨닫는다. 어머니의 삶의 내력에서 어머니가 발견해낸 삶의 진실이 쌀독의 '비움과 채움'이란 은 유적 통찰에 있는바, "쌀독만 있다면 채울 때두 있구, 비울 때두 있는디, 나는 쌀독이 어서 채우지도, 비우지두 못허구 지금까지 살아왔다."(162쪽)는 어머니의 말로부터 그는 아내와의 불화로 인한 서로의 고통이 바로 인생의 과정이며 이 고통을 외면한 채 서로 영원한 타자로서 단절의 삶을 사는 것에 대한 모종의 근원적 성찰에 휩싸인다. 여기에는 서로에 대한 연민의 윤리감이 작동하고 있다는 것을 쉽게 간과할 수 없다.

5

이처럼 작가 정낙추가 각별히 주목하고 있는 것은 비정한 현대 사회에서 자신의 이해관계에만 몰두하는 가운데 생기는 삶의 고통과 그것을 치유하는 게 아니라 타자와의 격렬한 삶의 부딪침 속에서 서로 깊게 패인 삶의 상처와 그로 인한 고통을 연민의 윤리감에 기반하여 그 고통을 연대하는 계기를 모색하는 데 있다. 이러한 그의 소설에서 흥미로운 것은 구술성을 중심으로 한 민중적 카니발의 미의식이 이후 정낙추의 소설세계에서 지속적으로 갈고 다듬어야 할 서사적 매혹이라는 점이다.

「복자는 울지 않았다」와 「끈」의 문제의식이 주는 여운이 강렬하게 환기되는 데에는 민중의 삶의 애환과 분노, 이것을 민중의 삶의 저력으로 승화시키는 민중적 카니발의 미의식이 뒷받침되고 있기 때문이다. 우선, 병국네 문상(問喪) 치르는 내내 화제의 중심인 병국 아버지의 자살을 초래한 개발업자와 부동산 투기, 이를 노골적으로 부추긴 마을 이장의 행태, 그리고 팔린 땅 값의 이득을 둘러싼 병국네의 집안 갈등에 대한 마을 사람들의 신랄한 풍자·야유·개탄·허탈·분노의 뒤섞임은, 기실 마을 사람들에게만 해당되는 게 아니라 우리의 농촌 곳곳에서 자행되고 있는 부정한 것에 대한 민중의 저항이다(「복자는 울지 않았다」). 그런가 하면, 삶의 신산스러운 고통으로 점철된 어머니가 마을 사람들을 위한 질펀한 잔치마당을 마련한 가운데 동네 사람들의 덕담과 웃음소리, 유행가가 한데 어울려 말 그대로

술과 노래와 춤이 어우러진 잔치 분위기 속에서 자신의 삶의 내력을 한바탕 풀어내는 것은 이 땅의 험한 삶의 내력을 살아가는 민중의 삶의 저력이다(「끈」). 아울러 한국전쟁 무렵 동족상잔의 비극이 낳은 전쟁의 오욕과 상처를 억척스레 살아온 한 여인이 자신의 죽음을 목전에 두고 그 상처를 남긴 두 남편에게 건네는 원한 맺힌 말과 그 한을 풀어내는 말의 진정성은 우리에게 한국전쟁의 현재적 고통을 지속적으로 환기시킬 뿐만 아니라 전쟁의 고통을 치유하는 민중적 진언(眞言)의 몫을 수행하는 것이다(「죄인」).

이번 소설집 『복자는 울지 않았다』의 출간을 계기로 정낙추의 소설세계는 훨씬 그 품이 넓고 깊어질 것으로 기대한다. 고통받는 민중의 상처를 위무하고, 연민의 윤리감에 기반한 고통의 연대를 문제의식으로 삼은 정낙추의 서사는 민중적 카니발과 구술성의 서사가 자연스레 버무려진 한국소설의 또 다른 몫을 당당히 맡을 수 있을 것이다. 무엇이든지 첫 술에 배부를 수 없다. 기왕 정낙추 자신이 소설쓰기의 새 지평을 열었으니, 이후 후속작에서 『복자는 울지 않았다』의 서사적 특장(特長)보다 갱신된 서사적 상상력을 절실히 기대한다. 정낙추의 소설에는 비정한 삶을 살아내는 힘이 꿈틀거리고 있으므로.

우리 시대의 환부를 치유하는

한창훈, 임성순, 안학수, 박정애, 최진영

5·18광주와 담뱃불의 화인(火印)

– 한창훈, 『꽃의 나라』(문학동네, 2011)

역사란, 일상을 살고 있는 우리의 삶과 동떨어진 게 결코 아니다. 또한 특정한 세대만이 그 역사적 가치를 배타적으로 독점하는 것도 결코 아니다. 만약 그러하다면, 그 역사는 맹목화되고 박물지화(博物誌化)된 채 역사의 생기는 소멸해버린다. 살아 숨 쉬는 역사는 우리의 일상 속에서 기념화의 유혹을 과감히 뿌리쳐야 한다. 늘 새롭게 해석되고, 그리하여 반성적 성찰의 과정 속에서 그 역사적 가치에 생생력(生生力)을 불어넣어야 한다.

작가 한창훈의 장편 소설 『꽃의 나라』는 그동안 망각의 사위로 에워싸이거나 기념화되어가는 5·18광주의 그 뜨거운 역사를 주목한다. 잠시 그동안 이 문제를 다룬 소설에 대한 유형을 일별해보면 다음과 같다. 첫째, 한국 사회의 민주주의를 성취해야 하는 1980년대의 문학운동의 측면에서 5·18광주의 역사적 진실을 추구한 서사를 주목하지 않을 수 없다. 둘째, 1990년대 형식적 민주주의의 도래 이후 역사변혁을 위한 거대담론의 급격한 위축 속에서 이른바 후일담 서사로서 5·18광주와 연관된 운동권 세대의 정체성 혼란과 운동의 방향 상실감을 주목하였다. 셋째, 5·18광주에 내재된 집단과 개인의 폭력, 광기 그리고 욕망에 대한 미시적 문제들을 반성적으로 성찰하였다.

여기서 한창훈의 『꽃의 나라』가 지닌 서사적 특장(特長)을 강조하지 않을 수 없다. 한창훈의 이번 소설은 이 세 유형에 속하지 않는다. 한창훈은 5·18광주의 문제를 다루고 있되, 세 유형에서 추구된 서사적 과제를 또 다시 반복하고 있지 않다. 5·18광주는 한창훈 식으로 새롭게 다뤄지는데, 한창훈은 그 시기를 살았던 십대의 삶을 중심으로 5·18광주를 성찰한다. 『꽃의 나라』에서 등장하는 십대들은 항구에서 태어나 그들 또래의 평범한 삶보다 거친 삶에 익숙해 있다. 시쳇말로 문제아들인 셈이다. 그들은 거칠 게 없는 그들만의 사회적 일탈과 낭만이 뒤섞인 십대의 자유를 광주의 유학생활에서 만끽한다. 문제아들과의 집단 패싸움, 학교에 대한 부적응, 사창가 경험, 여자에 대한 극단의 성적 호기심, 성인과 다를 바 없는 담배와 술경험…….

그런데 이러한 그들의 일상이 "극도의 원한이 있는 사람처럼"(188쪽) 보이는 군인들에 의해 아수라장이 되고 만다. 그들은 혼란스럽다. 국가와 국민의 안녕을 수호하는 군인, 그것도 최정예 특수부대원이 아무 죄가 없는 시민들을 차마 눈 뜨고 볼 수 없는 잔인한 방식으로 죽이고 폭력을 행사하는 것이다. 때문에 십대들은 "우리 도시로 온 군인들은 적군입니까, 아군입니까."(194쪽)와 같은 어처구니없는 질문을 던진다. 아직 역사적 인식이 정립되지 않은 십대에게 이와 같은 혼란은 너무나 당연한 일이다. 그 대신 그들은 십대 특유의 섬세한 감성으로써 쓰나미처럼 엄습해오는 혼돈과 광기의 두려움을 온몸으로 감지한다. 그리하여 그들 역시 친구 영기의 죽음으로부터 역사적 비극의 제물로 전락한 자신들의 처지를 알게 된다.

한창훈의 이번 소설에서 각별히 눈여겨봐야 할 점이 바로 여기에 있다. 5·18광주는 민주화운동을 주도한 사람들(민주화를 열망하는 대학생, 재야 민주인사, 민주 시민)의 노력과 그 희생에 대한 '제도화된 기억'만 주목할 게 아니라, 문제아들처럼 사회의 하위계층에 깊게 패인 역사적 상처로 환기되는 '일상화된 기억'을 통해 역사의 맹목을 경계해야 한다. 그럴 때 우리는 작중 인물 진숙이 광주의 밤 사위로부터 들려오는 총소리를 들으면서 그의 손목에 담뱃불을 지진 행위에 깃든 '참의미'를 이해할 수 있다. 십대의 이른바 담배빵 행위를 진숙의 충동으로 보아서는 곤란하다. 자신의 살이 타들어간 채 살아 있는 한 손목에 흉한 흉터로 남아 있을 그 담배빵의 상처야말로 그 시대를 나름대로 괴로워하며 살아간 십대들의 숭고한 삶의 형식이다. 민주화를 향한 상처와 삶은 이렇게 한창훈에 의해 쉽게 가셔지지 않을 타는 살내음과 맨살에 지진 담뱃불의 자국으로 우리를 또 다시 아프게 한다.

자기풍자의 모럴에 정신이 아뜩하다

  - 임성순, 『문근영은 위험해』(은행나무, 2012)

풍자가 풍미를 하고 있는 시대다. 세상이 온통 풍자의 대상이기에 그럴 법도 하다. 그렇다고 아무나 풍자를 만끽할 수 있는 것은 결코 아니다. 풍자의 맛과 멋을 즐길 수 있으려면, 풍자의 대상을 에워싸고 있는 현실적 맥락을 아주 잘 이해해야 한다. 말하자면 풍자의 묘미인 비판적 웃음을 마음껏 체험하기 위해서는 무엇 때문에 어떤 대상이 웃음의 표적이 되는지, 게다가 그 웃음이 그 대상을 어떻게 탈권위화하는지, 그래서 웃는 자로 하여금 그를 억압해온 모종의 권력으로부터 해방되는 것에 대한 '앎'의 과정을 겪어야 한다.

신예 작가 임성순은 이 풍자의 미를 유감없이 발산하고 있다. 그는 2010년 장편소설 『컨설턴트』로 제6회 세계문학상을 수상하며 데뷔한 이후 이번에 발표한 장편 『문근영은 위험해』에서 그만의 독특한 풍자적 서사를 선보인다. 『문근영은 위험해』는 『컨설턴트』를 포함한 3부작 중의 하나인데(또 다른 장편 『전락』을 집필 중), 전 지구적 자본주의의 현실에 나포돼 살고 있는 사람들의 삶을 온갖 문화적 콘텐츠의 활용을 통해 풍자하고 있다.

『문근영은 위험해』의 풍자가 새로운 매혹으로 다가오는 것은 작가 임성순이 자유자재로 활용하고 있는 문화적 콘텐츠의 풍성함뿐만 아니라 그것들이 어떠한 현실적 맥락에서 의미를 지닌 것인가에 대한 그의 용의주도한 글쓰기와 무관하지 않다. 그것은 각주의 형식으로 표현되고 있다. 물론 이러한 글쓰기가 전적으로 새로운 것은 아니다. 창작을 하는 과정에서 도움을 받은 유무형의 자료를 각주의 형식으로써 밝히는 경우가 있다. 하지만 그 경우, 특히 소설인 경우 각주는 말 그대로 본문의 내용을 보완해주는 역할 그 이상도 이하도 아니다. 각주 자체가 서사의 주요 몫을 담당하지 않기 때문이다.

　그런데『문근영은 위험해』에 써진 209개의 각주는 이 소설을 관통하는 풍자의 미적 체험과 밀접한 연관을 맺고 있으므로, 다른 소설에서 등장하는 각주의 기능으로 파악해서는 곤란하다. 독자는『문근영은 위험해』를 읽어가면서 시시때때로 출몰하는 각종 콘텐츠의 부분을 만나게 된다. 그것들은 국내외의 만화, 영화, 드라마에서 화제가 되었던 장면, 대사뿐만 아니라 인터넷의 각종 사이트에서 네티즌의 열렬한 관심을 촉발한 것이 대부분이다. 그 활용 범위는 시공간적으로 결코 좁지 않다. 여기서 주목해야 할 것은 작가가 활용하고 있는 이 모든 콘텐츠들은 소비 자본주의의 문화적 산물이라는 점이다. 그렇다면『문근영은 위험해』란 장편소설은 소비 자본주의의 온갖 콘텐츠를 문화적 지반으로 삼고 있다. 바로 이 점이 문제적이다. 작가 임성순이 데뷔 이후 심문하고 있는 소설의 과제는 소비 자본주의 세상에 대한 '내파적(內破的) 글쓰기'를 어떻게 하면 효과적으로 수행할 수 있는가 하는 문제다. 자본주의를 치열히 살면서(여기에는 자본주의에 대한 맹목적 부정을 넘어선 변증적 지양의 삶을 살면서), 자본주의의 안쪽에서 부단히 균열을 내고 해체해버리는 글쓰기, 이러한 '내파적 글쓰기'를 수행하는 데 풍자의 미의식은 더없이 절친한 친구가 아닐 수 없다.

　작가는 국민여동생의 이미지를 지닌 배우 문근영을 납치한 것과 연루된 포복절도할 만한 사건을 통해 소비 자본주의를 지탱하고 유지하기 위한, 일반인들은 도저히 그 실체를 짐작할 수 없는 거대한 음모를 기획 · 실행하고 있는 초국적 권력의 실체를 풍자한다. 그 풍자의 도정에서 초국적 권력이 만들어낸 콘텐츠에 옴짝달싹할 수 없이 붙들려 있는 것을, 작가는 각주의 형식으로 환기한다. 그리하여 때로는 각주를 통해 지금, 이곳 위정자의 어처구니없는 언행을 통렬히 풍자하기도 하고, 때로는 각주가 쓰인 서사의 그 위치에서 등장 인물과 사건이 맺는 관계를 통해 그들의 삶과 현실이 얼마나 우스꽝스러울 정도로 비판을 받아도 마땅한지를 풍자하기도 하고, 때로는 이러한 풍자적 글쓰기를 하는 작가의 글쓰기 자체를 풍자하기도 한다. 그렇다면? 아차, 소설의 마지막 장을 덮은 후 엄습해오는, 이 풍자의 시대를 살고 있는 우리에 대한 씁쓸한 자기풍자의 모럴에 정신이 아뜩하다.

고통을 넘어선 아름다운 성장통과 성숙의 미

- 안학수, 『하늘까지 75센티미터』(아시아, 2011)

"엄마! 난 안 죽을 텨! 싫어, 엄마!"

(중략)

"엄마! 등 고쳐 내라구 안 헐껴! 죽구 싶다구 안 헐껴!"

어머니는 말뚝처럼 선다. 등 너머로 오열한다. 목에 선 핏대가 팔뚝에 느껴진다.

"어이구, 울 애기! 이 에미가 잘못했다. 에미가 미친년이여!"

수나는 생을 통해 첫 기억을 수없이 복기했다. 사람에게 첫 기억은 아무런 영향을 미치지 않는다. 삶이 평탄하였다면 그는 그날의 기억을 희미한 악몽쯤으로 치부했을지 모른다. 죽음은 늘 곁에 머물렀다. 한시도 죽음을 떼어놓은 적이 없어서 생의 기억이 시작되는 여섯 살 그날이 어제 일처럼 새롭고 생생하게 되살아났다.(15~16쪽)

시인 안학수가 첫 장편소설『하늘까지 75센티미터』를 세상에 내놓았다. 그는 동화를 써본 적이 있으나 소설을 쓰기는 이번이 처음이다. 소설 앞머리에서 작중 인물 수나와 그의 어머니가 강물 속으로 들어가는 장면이 쉽게 지워지지 않는다. 수나는 예기치 않은 사건에 의해 어린 시절부터 꼽추의 삶을 살게 된다. 가족과 동네 사람들 그리고 학교 친구로부터 비정상적 신체를 가졌다는 이유 때문에 수나의 삶은 힘겹다. 오죽하면 "다섯 살 자신에게 내린 천형을 의식할 때면 수나는 기억상실증에 빠져 버린 느낌"(17쪽)이겠는가. 수나의 육체적 정신적 고통을 옆에게 지켜보던 수나의 엄마는 수나를 등에 업고 마침내 동반 자살을 선택한다. 하지만 그들은 죽음을 수락하지 않는다. 엄마의 등에 업힌 수나는 자신의 천형, 즉 꼽추를 받아들인다. 자신의 꼽추 때문에 가족을 힘들게 하고 싶지 않다. 어린 수나는 더 이상 어리지 않다. 감당하기 벅찬 자신의 신체적 이상이 엄연한 현실이라는 것을 수락한 순간, 수나는 꼽추인 자신의 처지를 탓할 수 없다. 수나의 이 조숙함을 알아버린 엄마는 그저 목이 매일 뿐이다. 그 당시 의술로는 수나의 꼽추를 고칠 방도가 없다. 그렇기 때문에 최대한 가능한 현실적 방편은 꼽추의 삶을 인정하는 것이다.

『하늘까지 75센티미터』는 작가의 자전적 성장소설로 보아도 손색이 없을 만큼 꼽추인 저자 자신의 성장사를 다루고 있다. 이 소설을 읽는 동안 새삼 '성장'이란 문제를 숙고하지 않을 수 없다. 물리적 시간과 함께 모든 생명체는 자연스레 성장하기 마련이지만, 특히 인간인 경우 성장한다고 해서 모두 성숙해지는 것은 결코 아니다. 사람마다 성장의 과정이 다르고, 성장의 과정 속에서 겪게 되는 계기들이 천양지차이지만, 그 계기들에 대한 반응 정도에 따라 성숙의 넓이와 깊이가 획득되는가 하면, 전혀 획득되지 않기도 한다.

안학수의 이 소설은 경제 성장주의와 물질주의의 속도에 정신없이 휘말려드는 지금, 이곳의 삶에서 망실하고 있는 인간의 관계와 자기인식에 대한 본원적인 문제를 곰곰 성찰하도록 한다. 비록 수나네의 삶은 좀처럼 가난으로부터 벗어날 수 없었으나, 수나의 부모는 그들과 비슷한 처지에 있는 사람들과 함께 살아가는 삶의 낙천성과 의지를 포기한 적이 없다. 뿐만 아니라 다른 사람으로부터 사기를 당하는 불운한 삶을 살더라도 그들의 불운한 삶에 무릎을 꿇지 않는다. 말 그대로 가난은 그들에게 삶을 살아가는 데 불편을 끼치지만, 가난 자체가 그들로 하여금 타인의 손가락질을 받을 만큼 죄악은 아닌 것이다. 도리어 그들은 가난의 삶 속에서 가난을 견디는 삶의 낙천과 도저한 삶의 저력을 새롭게 발견한다.

여기서 수나가 꼽추인 자신의 삶과 가족의 빈곤을 견디는 삶에 대한 글쓰기를 통해 자기구원의 문제와 타인의 상처를 치유하는 '좋은 글'의 미덕을 발견한 것이야말로 성숙의 값진 선물이 아닐 수 없다. 오랜만에 고통을 넘어선 아름다운 성장통과 '성숙'의 미를 보이는 성장소설의 진미를 음미해본다.

여인들의 '화전 놀음' 한바탕, 삶의 숙명론을 넘어 삶의 저력과 마주하기

– 박정애, 『덴동어미전』(한겨레출판, 2012)

여인들의 화전 놀음은 어떤 것일까? 봄꽃 색색의 빛깔과 향기가 천지를 그득 채우고, 새와 나비, 벌 들이 봄꽃과 온통 어우러져 세상이 봄의 흥취로 흘러넘칠 때, 우리의 여인들은 화전 놀음을 한바탕 즐겼다고 한다. 평소 삶의 숱한 질곡 속에서 삭히고 삭혔으되 곰삭지 않은 삶의 회한들을 화전놀음 속에서 끄집어내 그것으로부터 놓여나는 해방감뿐만 아니라 궁극적으로는 자기구원의 카타르시스를 만끽한다. 박정애의 장편소설 『덴동어미전』을 읽는 동안 우리가 망각하고 있던, 아니 외면하고 있던 여인들의 화전 놀음에 깃든 삶에 대한 성찰적 유희의 진경(眞景)을 만날 수 있다.

박정애는 '덴동어미화전가'라고 불리는 작자미상의 옛 가사(歌辭)에 소설적 상상력을 입혀 작중인물 '덴동어미'를 중심으로 펼쳐지는 화전 놀음을 이야기한다. "온전히 여자들의 명절이라면 일 년에 단 하루, 봄바람 쐬고 꽃구경하고 갖은 풍류 즐기는 화전 놀음 하나뿐"(24쪽)인데, 『덴동어미전』은 시종일관 우리의 이목을 이 화전 놀음에 집중시킨다. 무엇보다 일상에서 놓여난 여인들이 해방감을 만끽하기 위한 노래와 춤, 그리고 질편하게 구사하는 농담을 통해 화전 놀음이 유희 이상의 성찰로서의 문화적 역할을 보여주고 있는 것은, 이 소설이 지닌 매력 중 하나다. 특히 '덴동어미'의 구구절절한 삶의 내력이 '덴동어미'의 입을 통해 화전 놀음에 참가한 여인들과 공유되는 장면은, 왜 그토록 여인들이 화전 놀음을 학수고대하는지, 그리고 화전 놀음이 그들의 유희에만 자족하는 게 아니라 유희를 넘어선 삶의 어떤 비의성을 스스로 발견하도록 함으로써 생의 질곡을 견디는 힘을 솟구치게 하는지 그 이유를 말해준다.

'덴동어미'의 인생은 참으로 박복하다. 이루 필설로 다 할 수 없다는 게 '덴동어미'를 두고 한 말일 정도로 그의 박복한 내력을 듣는 여인들은 각자의 또 다른 기구한 삶의 내력을 '덴동어미'의 그것으로부터 회상한다. 분명, '덴동어미'는 자신의 구구절절한 삶의 주름들을 펼쳐놓았을 뿐인데, 이 주름들을 보는 여인들은 평소 마주하고 싶지 않은 그들의 생의 처연한 사연을 기억의 저장소에서 끄집어낸다. 그리고는 그것들과 마주하면서, 그것들과 뒤엉킨 삶의 애환을 곱씹고 풀어낸다. '덴동어미'의 이야기가 이어지는 내내 그동안 이웃하며 살았던 여인들과 각자의 삶의 애환을 공유하면서 말이다. 그렇다면, '덴동어미'의 말은 이제 그만의 말이 아니다. '덴동어미'의 이야기는 그만의 이야기가 결코 아니다. 화전 놀음에 참가한 여인들은 '덴동어미'의 입을 빌려 그들의 삶의 상처를 밖으로 끄집어낸 것이고, 그 환부를 서로에게 보여줌으로써 오랫동안 치유되지 않은 상처를 치유할 수 있는, '말'의 처방전을 서로 나눠가진 셈이다. 그 처방전은 다음과 같은 '덴동어미'의 말 속에 갈무리돼 있다: "저거 보래이. 싸워도 안 되고 도망을 쳐도 안 되는 더럽은 넘의 팔자한테 걸리믄 저래 당하는 수밖에 없는 게래. 내 영감들이 다 그랬잖애. 저 나비매이로 옴짝달싹 못하고 당했잖나. 그네 타다 널찐 이는 널찌고 싶어 널겠나. 역병에 걸린 이는 걸리고 싶어 걸렸겠나, 폭우에 쓸리간 이는 쓸리고 싶어 쓸렸겠나. 불구뎅이에 빠진 이는 빠지고 싶어 빠졌겠나. 그 영감들이 그런 팔자를 고른기 아니래. 기양 살다 보이께네 저 호랑나비가 거미줄에 걸리듯이 탁 걸려뿌린 게래.//곱든지 더럽든지 어예 된 심판인지 우리는 그래도 안 죽고 살아 있잖애? 어예든지 살아 있으마 산 사람한테는 다 살 구무가 떨피더라꼬. 그래이께 살아 있는 우리는 저 거미줄 같은 더럽은 넘의 팔자한테 등신같이 웃어줘야 되는 게래. 더럽은 넘의 팔자야, 망할 넘의 팔자야, 날 봐라, 날 한번 보라꼬! 니가 암만 날 낚어채가 잡어먹을라 그래도 나는 이래 펄펄 날러갈 챔이래."(208~209쪽) '덴동어미'의 말은 숙명론을 강조하는 게 아니다. 비록 죽음이 언제 예기치 않게 엄습해올지 모르나, 매순간의 삶을 '삶의 저력'으로 살아가는 것, 그 생의 욕망을 저버리지 않는 것, 그것이 비루한 삶을 담대히 살아가는 삶의 가치임을 '덴동어미'는 말한다.

이데올로기를 감싸안는 엄마들의 아름답고 숭고한 희생

- 최진영, 『끝나지 않는 노래』(한겨레출판, 2011)

최진영의 장편 소설 『끝나지 않는 노래』는 삼대(三代)에 걸친 여성의 간난(艱難)한 삶의 파노라마가 펼쳐지는데, 크게 두 부분으로 이뤄져 있다. 여성 수난사를 극명하게 보이는 서사가 한 축을 이루고, 이른바 88만원 세대의 고통 속에서 불운한 죽음을 맞이하는 젊은 여성의 서사가 또 다른 한 축을 이룬다. 이렇듯이 두 서사의 중심 인물은 모두 여성이다. 그렇다고 작가가 이 소설을 페미니즘적 시선에 초점을 맞추고 있는 것은 아니다. 가령, 소설 속 여성들이 무엇 때문에 그토록 강퍅한 삶을 살 수밖에 없는지, 한국사회의 가부장의 억압적 구조 속에서 철저한 희생양으로 자처할 수밖에 없는지……. 이러한 해묵은 사회적 문제들에 에워싸인 여성의 현실을 증언하고 고발하며 더 나아가 여성 해방의 가능성을 힘차게 발견하는 데 소설의 초점을 맞추고 있지 않다. 그보다 작가 최진영이 골몰하고 있는 문제는 인간이 저 도저하게 흐르는 삶의 장강(長江)에 쉽사리 휩쓸리지 않은 채 어떻게 해서든지 삶을 지탱하고 살아가는 생의 비장함과 숭고함에 깃든 삶의 비의성이다.

작중 인물 두자는 1927년생으로 평생 박복한 삶의 사위에서 놓여난 적이 없다. 비록 두자는 "가난을 피해 달리고 달렸지만, 결국엔 가난이 만든 길을 따라 걸을 수밖에 없었"(150~151쪽)고, 혹독한 시집 생활에서 쫓겨나 쌍둥이를 낳고 후처로 들어가 모진 삶을 살았지만, 단 한 순간도 생의 끈을 놓아본 적이 없다. 두자가 살아낸 삶이 증명하듯, 두자는 혹독한 일제 식민지의 현실을 견뎠으며, 동족상쟁의 처참한 한국전쟁의 참화 속에서 살아남았고, 오랜 반민주주의 폭압과 이른바 관주도 민족주의의 국가발전의 역사적 희생양으로서 겨우 삶을 지탱해왔는가 싶더니, 문민정부 아래 그동안 관치 금융과 정경유착 및 부정부패로 인해 누적된 사회의 행태악(行態惡)과 구조악(構造惡)이 급기야 IMF체제를 맞이하는 경제주권이 상실된 심각한 사회적 아노미 상태를 맞이한다. 두자는 이 복잡한 현실에 쉽게 투항하지 않고 그가 낳은 쌍둥이 딸과, 쌍둥이 딸 중 하나가 낳은 두 외손자와 함께 힘든 현실을 견디며 살아낸다.

여기서 우리가 정작 주목해야 할 것은 작중 인물들이 힘든 현실을 억척스레 살아내고 있는가 하는 문제가 아니다. 악다구니치며 살고 있는 인물의 전형은 이미 다른 작가의 작품들을 통해 여실히 소개되었다. 우리가 촘촘히 보아야 할 것은 그들로 하여금 이토록 험난한 시대의 현실을 견디며 살아내도록 한 그 '무엇'이다. 그것은 너무나 단촐하고 소박한 것인데, 바로 "엄마들의 아름답고 숭고한 희생이었다."(298쪽) 엄마의 자식에 대한 희생은 맹목이기에, 세계의 숱한 이데올로그(ideologue)들은 이것을 최대한 이용하여 엄마의 희생이 갖는 숭고성을 말 그대로 특정 이데올로기의 희생으로 전락시키는 데 혈안이다. 하지만 작가 최진영은 엄마의 희생을 이렇게 전락시키지 않는다. 오히려 이데올로기를 엄마 특유의 모성으로 감싸안는다. 가령, 쌍둥이의 자식 중 하나인 동하가 시쳇말로 학교에서 왕따를 당하자 쌍둥이는 동하의 학교를 찾아가 이유 없이 왕따 시킨 학생의 잘못을 뉘우치도록 하기 위해 동하의 어릴 때 사진을 준다. 쌍둥이의 이 행위는 동하를 왕따 시키는 학생의 이데올로기를 꾸짖음으로써 질책하는 게 아니라 인간이 다른 인간을 배제한다는 것이 얼마나 반인간적인 수치스러움인가를 깨닫도록 하는 사랑의 가르침이다.

그렇다. 돌이켜보면, 두자와 두자의 딸 쌍둥이, 그리고 두자의 외손녀, 이 삼대의 여성들이 맞대면한 것은 한국 현대사를 이루는 숱한 이데올로기인바, 그들은 이 이데올로기와 쟁투한 게 아니다. 물론, 겉으로는 이것에 패배한 것처럼 보이지만, 이것을 감싸안기로써 언젠가 이데올로기로부터 벗어나는, 그리하여 뭇 존재들 사이의 사랑이 충일한 지복(至福)을 간절히 욕망한다. 이것을 이해할 때, 우리는 두자의 외손녀 은하가 고시원의 불길 속에서 죽어가면서 쌍둥이 엄마와 외할머니 두자를 향해 품은 웅숭깊은 사랑을 진심으로 헤아릴 수 있다.

4부

존재의 구원

'고독/그리움'을 휘감는
'동감(同感)–사랑'의 글쓰기

이경자, 『건너편 섬』

1

이경자의 이번 소설집 『건너편 섬』(자음과 모음, 2014)을 읽는 내내 정글과 같은 삶 속에서 망실하고 있었던, 아니 으레 그러리라고 간주해온, 심지어 사치스럽다고 소홀히 여긴, 인간 존재의 근원적 상처로부터 비롯한 고립과 외로움, 그리고 이것을 웅숭깊게 감싸안는 작가의 사랑의 혼신에 전율하였다. 항간 '안녕하십니까'라는 대자보가 사회적 관심을 끌었듯이 이 풍자적이고 반어적인 대자보의 밑자리에 공통적으로 자리하고 있는 것은 우리의 삶이 전방위적으로 '안녕하지 못하다'는 것에 대한 자기고백이다. 이 자기고백에는 우리의 삶이 온통 상처투성이고, 이 상처들의 뿌리는 너무나 깊고 넓게 뻗은 나머지 어디서부터 치유의 길을 모색해야 할지 좀처럼 그 방도를 알 수 없는, 그리하여 외적 고통과 심한 내상을 앓는 자들은 급기야 사회적 관계로부터 스스로 소외의 삶을 선택하는 '자기소외'의 또 다른 상처를 배태한다.

이경자의 이번 소설집을 관통하는 문제의식은 우리의 삶을 섬뜩하게 파고들고 있는 이 같은 '자기소외'와 연루된 인간 존재의 근원적 상처를 응시하되, 외부자의 분석적 시선으로 이것을 다루는 게 아니라 이 상처의 결들을 섬세히 매만지고 함께 아파하는 이경자 특유의 '동감(同感)–사랑'의 글쓰기로 이뤄지고 있다. 이러한 이경자의 글쓰기는 인간의 영육(靈肉)에 깊게 패이고 맺힌 상처의 울혈을 어루만지면서 자연스레 풀어내는 것을 수행하는 무격(巫覡)의 역할과 겹쳐진다고 할 수 있다. 바꿔 말해 이경자의 글쓰기는 타자의 상처를 치유하는 것임과 동시에 그 과정 속에서 절로 소설을 쓰는 자신의 상처를 치유하는, 즉 '자기치유'를 통한 '자기구원'의 길을 모색하는 것과 결코 무관하지 않다.

2

이번 소설집에서 「고독의 해자(垓字)」, 「이별은 나의 것」 등에서 슬쩍 엿볼 수 있는 것은 작가 이경자의 어떤 삶의 풍경이 삼투돼 있다는 점이다. 이두 작품에서 주목되는 인물은 모두 이혼한 여성으로서 딸 자식과 함께 살며 소설을 쓰는 작가다. 이들 작품에는 무엇보다 소설가이자 아내로서 그리고 엄마로서 이른바 삼중의 삶을 살고 있는 여성의 상처가 곳곳에 울혈져 있다. "소설가의 관심은 온통 사회와 다른 인생들에 있"으므로 "소설가는 가증스러운 직업"(「고독의 해자」, 194쪽)이라고, "당신의 집념 때문에 곁에 있는 사람들을 모두 망쳐버릴 거야. 소설을 잘 쓸진 몰라도!"(「고독의 해자」, 191쪽)라는 남편의 경멸과 저주, 게다가 소설 쓰기에 열중한 엄마를 향해 "소중한 자식을 어떻게 고아처럼 방치할 수 있었을까?"(「고독한 해자」, 196쪽)라는 딸의 냉담은 소설가로서의 삶에 충실한 여성이 도저히 감내할 수 없는 뼛 속 깊은 상처를 남긴다. 자신의 의사와는 상관 없이 가족의 존재는 온데간데 없이 오로지 소설 쓰기에만 매달린다는 증오를 받는 여성은 딸과 남편으로부터 "매정한 따돌림"(「고독의 해자」, 189쪽)에 직면한 채 자기소외의 삶의 형식으로서 자신의 삶의 둘레에 해자(垓字)를 친다. 그렇게 그녀가 "해자를 치고 해자 속에 홀로 아주 작게 존재한다는 걸"(「고독의 해자」, 188쪽) 아무도 모른다. 말하자면, 가족은 소설가로서 세계와 치열한 쟁투를 벌이며 지독한 삶의 맹독에 치명적 상처를 입고, 그것을 감내하면서 견디는 소설가로서의 삶을 살고 있는 그녀에 대한 온전한 이해를 할 수 없는 것이다.

가족이 바라는 것은 가족 구성원으로서, 달리 말해 사랑스런 아내이자 포근하고 자상한 엄마로서의 역할뿐, 세계의 고통을 짊어진 인물들의 상처를 응시하고 그것을 치유하는 길을 힘겹게 모색하는 소설가로서의 역할은 아니었기 때문이다. 하지만, 이러한 그들의 생각은 작품의 말미에서 그녀의 장례식을 치른 후 자기소외의 고통을 짊어진 그녀의 삶을 향한 용서의 계기를 모색한다는 점에서 의미심장하다.

> "엄마가 참 외로웠을 거란 생각이 든다. 누가 정이라도 붙일까봐 늘 긴장해서 사람을 밀어내고. 이해하기 힘든 직업인데……."
> 아빠가 독백처럼 말했다. 모두들 아빠의 얼굴을 쳐다보았다.
> 정화가 아빠의 한쪽 어깨에 몸을 기댔다.
> "엄마도 차마 힘들었을 거다. 사랑해야 할 피붙이를 두고……다른 삶을 생각하고 다른 사람들을 생각하고……하루 이틀도 아니고 평생을……불쌍한 인생을 살았다. 유명할진 몰라도 자신은 늘 춥고 불안하고 슬펐을 것이다."
>
> (「고독의 해자」, 207쪽)

그렇다. 그들의 대사의 행간과 말줄임표에 숨어 있듯, 우리는 「고독의 해자」를 통해 여성 소설가의 삶에 대해 성찰할 필요가 있다. 「고독의 해자」에서 정작 간과해서 안 될 것은 '여성소설가'에 대한 존재론적 탐색이다. 아내와 엄마의 역할을 수행하면서 소설가로서의 천형(天刑)을 살아야 하는 '여성소설가'의 존재론적 상처는 작품의 제목이 단적으로 웅변해주는, 고독으로 둘러친 '고독의 해자'인 셈이다. 과연, 당사자가 아닌 타자들은 이 절대고독을 얼마나 온전히 이해할 수 있으며, 함께 아파할 수 있을까.

이 절대고독으로부터 비롯한 여인의 상처는 이혼한 이후의 일상에서 좀처럼 추슬러지지 않는, 폭풍우로 몰아치는 내면세계의 풍랑으로 일렁인다. 이혼을 통해 "가부장제의 반생명적 폭력"(「이별은 나의 것」, 222쪽)으로부터 해방하여, "정서적으로 겪은 박탈감과 억울함"을 극복하고 마침내 남녀

"평등의 기쁨"(「이별은 나의 것」, 227쪽)을 만끽할 수 있음에도 불구하고 작중인물 '나'에게 밀려드는 알 수 없는 모종의 고독과 휑뎅그렁한 그 무엇은 치명적 독소로 '나'를 옴짝달싹 못하게 만든다. 법적 이별, 즉 이혼이 '나'의 심연 깊이 패인 상처를 온전히 치유해줄 수 없기 때문이다.

> 부부로 살다 헤어지는 건 서류로도 끝나지 않았고 결심으로도 해결되는 게 아니었다. 아마 살아온 세월만큼 혼자서 되새김질을 해야 끝나는 것일지 모른다. 슬픔으로 분노로 노여움으로 그리움으로 고통으로 아픔으로 기쁨으로. 거르고 건너고 넘고 헤치기를 거듭해서 마침내 인연을 지우는……그것은 후회나 아쉬움이나 사랑과는 아무 상관없는 일이다.(「이별은 나의 것」, 228쪽)

이제 이혼한 사람을 한국사회에서 사회생활의 결격 요건을 갖춘 부적격자이거나 사회에서 배제되어야 할 비정상적인 것으로 간주하지 않는다. 하물며 한국사회의 가부장 중심주의 풍토에서 온갖 성적 모멸과 희생을 감내해야 하는 사회적 약자로서 여성이 취할 수 있는 이혼의 정당성을 적극 이해하는 추세다. 그런데, 문제는 바로 여기에 있다. 지난 날 그 누구보다 한국소설사에서 래디컬한 여성주의 문제의식의 서사지평을 객토해온 작가 이경자에게 기존 여성주의 — 가부장으로서 남성이 소유해온 사회적 권력을 쟁취하려는 '투쟁적 여성주의' — 는 자족할 지상의 가치가 아니다. 이경자가 꿈꾸는 또 다른 여성주의는 이러한 '투쟁적 여성주의'를 넘어선 그래서 담대하고 포용적인 우주적 모성성으로 일체의 갈등과 대립 및 배제와 증오를 감싸안아 그것의 경계를 평화적으로 무화시켜버리는 힘을 지닌 것이다. 이 힘은 인간 존재의 근원에 자리한 고독과 외로움을 애오라지 회피하지 않고 켜켜이 쌓인 삶의 먼지들과 함께 삭히는 자기소외를 감내하는 도정에서 절로 생성된다. 따라서 그 누구도 이 처연한 이별의 슬픔과 상처를 대신 앓아줄 수 없다. 또한 이것은 그 어떠한 정치사회적 이데올로기와 제도적 장치로서도 보상해줄 수 없다. 이를 염두에 둘 때, 작중 인물 '나'의

"눈에서 눈물이 주르륵 흘러내렸다. 쉬지 않고 흘렀다. 이상했다. 슬프지 않은데, 쓸쓸하지 않은데, 외롭지 않은데, 왜!"(「이별은 나의 것」, 236~237쪽)를 에워싸고 있는 슬픔의 아우라를 온전히 감지할 수 있다.

3

사실, 이번 소설집 전체를 휘감고 있는 아우라는 이 같은 슬픔의 아우라에 젖줄을 대고 있다 해도 과언이 아니다. 「박제된 슬픔」과 「언니를 놓치다」에는 분단 이산의 상처가 내밀히 다뤄지고 있다. 그동안 한국소설사에서 숱하게 다뤄진 분단서사와 달리 이경자의 분단서사는 감상적 낭만주의로 포괄할 수 있는 통일추구의 서사와도 거리를 둘 뿐만 아니라 분단이데올로기의 이념적 질곡과 모순에 대한 사회과학적 상상력의 서사와도 거리를 두고, 그밖에 최근 붐을 일으키고 있는 디아스포라와 탈식민주의 서사와도 거리를 둔다. 이경자의 분단서사는 「박제된 슬픔」과 「언니를 놓치다」에서 공통적으로 읽을 수 있듯, 60여 년 넘게 분단의 고통을 앓고 있는 당사자들의 삶에 직핍함으로써 그들을 짓누르며 그들의 삶을 헤집어놓았던 정치사회적 이념의 대립과 갈등으로부터 비롯한 상처와 아픔의 저 심연의 속살을 매만지는 '동감(同感)의 글쓰기'가 갖는 진정성에 주목하도록 한다.

이경자가 무엇보다 분단 이산 가족에서 눈여겨보는 것은 레드콤플렉스와 반공주의로 지배되고 있는, 다시 말해 분단이데올로기의 폭압 아래 일상이 온통 지배당하는, 결국 "자신을 스스로 국가로부터 사회로부터 지역으로부터 가족으로부터 파문(破門)"(「박제된 슬픔」, 145쪽)할 수밖에 없는 극한의 자기소외를 넘어 자기파괴로 치달은 삶의 상처다. 그리고 낯선 곳에서 어린 자신을 홀로 남겨둔 채 사라진 언니에게 맺힌 분노와 그리움, 허탈감이 뒤섞인 채 뒤죽박죽 정리 안 된 분단의 상처들이 언제 치유될지 기약할 수 없는 고통으로 살아 남은 자에게 고스란히 남아 있는 분단의 현재적 고통이다(「언니를 놓치다」). 여기서, 우리는 분단 이산 가족의 내면에 흐르고 있는 "모든 것에 대한 증오와 저주가 사실은 참을 수 없는 그리움"(「박제된 슬픔」, 118쪽)에 뿌리를 둔 심경인데, 이것은 "애증의 심연"(「언니를 놓치다」, 82쪽)에서 솟구치는 그 어떠한 것보다 순결무구한 '그리움'의 심경이라는 점을 가볍게 보아 넘길 수 없다. 남쪽에서 잘 살고 있는 석이네가 갑자기 북쪽에서 간첩으로 남파된 외삼촌의 틈입으로 인해 모든 삶이 풍비박산이 나면서 "육지 속의 섬"(「박제된 슬픔」, 141쪽)으로 순식간에 전락하였고, 꿈에 그리던 이산 가족을 상봉하는 자리에서도 북쪽의 체제를 선전하는 데 여념이 없는 언니의 모습을 보며 분단의 현재적 고통은 결코 관념이 아닌 엄연한 현실이라는 것을 뼈저리도록 새기면서까지, 이러한 언니의 처지를 진심으로 이해하지 못한 채, 게다가 언니의 내면에 자리한 분단의 상처를 따뜻하게 어루만져주지 못한 채 일방적으로 자신의 넋두리를 늘어놓은 데 대한 동생의 자조(自嘲)의 심경이야말로 21세기 분단의 시대를 살고 있는 우리가 깊이 성찰해야 할 분단의 아픔이다. 이와 관련하여, 한국문학의 분단서사는 이경자의 소설을 통해 한층 성숙해지고 풍요로워졌다고 말할 수 있다. 여전히 현재진행중인 남과 북의 분단 현실 속에서 지금부터라도 분단의 상처를 치유하고 분단 이산 가족의 슬픔을 외면하지 않는 것은 긴요하다. 이 일은 상투적이고 관성화된 관심과 당위적 차원의 통일지상주의를 경계하면서 이산 가족들 사이에 난마처럼 맺히고 뒤엉킨 이른바 분단의 감성을 해원(解冤)하는 노력이 절실히 요구된다. 이 일을 작가 이경자는 그 특유의 분단서사로 실천하고 있다.

슬픔의 아우라를 감지하고 '동감의 글쓰기'를 통해 절해고도의 섬으로 자의 반 타의 반 스스로를 유폐시킨 자들의 상처를 어루만지는 것은 곧 '사랑의 글쓰기' 그 자체다. 이경자의 소설을 제대로 읽는 일은, 강조하건대, 사회적 약소자로서 여성의 정치사회적 입장에만 초점을 맞춰 읽음으로써 여성주의 문제의식을 얼마나 잘 형상화하고 있는가 하는 척도로 이해해서는 곤란하다. '투쟁적 여성주의'를 훌쩍 넘어선 '동감의 글쓰기'와 '사랑의 글쓰기'를 통해 이경자는 철저한 자기소외의 고통을 앓고 있는 존재들을 치유하는 데 혼신의 힘을 쏟고 있다. 이번 소설집에서 눈에 두드러진 이러한 글쓰기는 그동안 작가가 득의(得意)한 서사적 성취에 자족하지 않고 끊임없는 정진으로 자신의 소설세계를 쇄신하면서 보다 웅숭깊어진 서사의 진경을 향한 어떤 구도적 차원의 모습을 보인다.

「세상의 모든 순영 아빠」에서는 한 맺힌 순영 엄마의 죽음과 연루된 사연이 순영 엄마의 음울한 목소리로 배음(背音)을 이룬다. 순영 엄마는 동네 부녀자들을 마구잡이로 겁탈하는 전직 경찰 김순경에게 겁탈을 당했는데, 이 씻을 수 없는 치욕과 모멸이 뒤엉킨 순영 엄마의 상처는 그녀의 남편의 오해가 포개지면서 결국 스스로 목숨을 거두는 비극으로 점철된다. 아내가 정조를 잃은 것에 대한 남편의 근거 없는 의심은 아내의 한 맺힌 죽음을 초래하였고, 아내의 진실이 밝혀지자 남편은 용서를 빈다. 죽은 아내는 혼령이 된 채 남편의 잘못을 탓하지 않고 자기 자신의 극심한 자기모멸과 자기환멸이 죽음을 초래한 것이라며, 남편의 책망을 다독거리고, 남편 자신을 이해하고 용서하기를 빈다. 비록 죽은 혼령의 독백의 형식을 빌리고 있지만, 작가는 남편의 진실된 자기책망과 이를 진심으로 이해하고 수용하는 아내를 통해 "진실은 너무 크고 너무 깊고 너무 선명해서 사람은 어느 누구도 여느 수단으로도 표현할 수 없다는"(「세상의 모든 순영 아빠」, 162쪽) 모종의 깨우침을 얻는다. 사실, 이러한 깨우침은 이번 소설집에서 어떤 서사 전개의 치열한 고투를 통해 형상화되는 게 아니라 작가의 40여 년 동안 쉼 없는 소설쓰기의 도정에서 절차탁마된 삶의 진실의 사금파리들이 발산하는 빛이란 점에서 매우 소중하다. 말하자면, 소설의 문법과 소설의 언어를 넘어선 삶의 진실에 육박한 서사적 진실을 작가는 온몸으로 쓰고 있는 것이다.

이러한 이경자의 서사적 진실을 향한 글쓰기는 "제왕 같이 살았"(「미움 뒤에 숨다」, 51쪽)던 아버지의 존재 자체에 대한 혐오와 부정의 태도를 취하는 가족들로 하여금 아버지를 짓눌러온 사회적 모든 관계로부터 스스로를 유폐시킨 채 급기야 머나먼 타국에서 자살을 선택할 수밖에 없는 비극적 운명에 대한 성찰에 기반한 "아버지의 감추어진 존재감"(「미움 뒤에 숨다」, 58쪽)에 깃든 진실을 이해하도록 한다. 그리하여 한국에 있는 아버지의 방치된 산소를 우두망찰 보면서 작중 인물 '나'는 "엄마는 미움도 사랑이며 어떤 삶이든 한 덩어리의 사랑이라고……당신의 슬픔과 고독과 소외, 그리고 미움 뒤에 숨어서 부끄러움을 무릅쓰고 수줍게 알려주었던 게 아닐까."(「미움 뒤에 숨다」, 62쪽)라는, 미움과 부정을 승화시킨 사랑의 진실을 드러낸다. 한때 엄마는 "아버지의 자살을 무책임의 극단이라고" "자식을 조금이라도 생각한다면 그런 결말을 지어선 안 된다고, 그러니 끝까지 이기주의자라"고 주저 없이 증오하였으며, 자식인 '나'는 "아버지가 없기를" "차라리 아버지가 죽기를 바란"(「미움 뒤에 숨다」, 53쪽), 이른바 '아버지 살해의식[殺父意識]'을 지녔던 것을 상기해볼 때, 이 같은 아버지의 전존재에 대한 이해와 사랑은, 아수라 같은 삶의 지옥과 언제 가라앉을지 예측할 수 없는 삶의 풍랑을 견뎌낸 작가 이경자가 독자와 함께 '동감'하고 싶은 삶의 진실이 아닐까. 여기에는 냉철한 합리적 이성에 기대는 게 아니라 포근한 감성의 마력으로 쟁투의 삶을 넘어선 긍정과 평화의 가치로 충만된 삶의 비의성을 독자와 같이 '동감'하고 싶은 게 아닐까.

사실, 말이 쉽지, 이러한 삶의 비의성을 '동감'하는 일은 좀처럼 쉽지 않다. 「콩쥐 마리아」에서는 인생의 말년을 미국에서 보내고 있는 두 할머니가 험난한 이민 생활을 겪으면서 조국에 대한 애증이 두텁게 쌓인 채 서로의 이민 생활에 대해 미주알고주알 넋두리를 한다. 머지않아 '한인 미주 이민 백주년'으로 이민 사회가 떠들썩할 텐데 두 할머니에게 이러한 경축 행사는 어디까지나 미국사회에서 재현되는 남성중심의 사회적 권력 과시 행사 그 이상도 이하도 아니다. 백인 사회에서 힘들게 일상을 살아온 유색인종 여성의 고단한 일상사는 세계 초강국인 '미국 시민권'을 획득하는, 미국의 보은(報恩)을 입었다는 것으로 치장되기 일쑤다. 마치 행복이 보장된 것인 양 말이다. 그리하여 "한국 이민 백년사의 초석은 우리가 '양색시'라고 경멸해 부르기를 서슴지 않는 여성들의 '자기희생'을 토양으로 했다는"(「콩쥐 마리아」, 32~33쪽) 슬픈 이민사의 상처는 세척되고, 그 '양색시'가 누구인지를 찾으려는 천박한 이민 사회의 풍경이 도드라진다. 말하자면, '한인 미주 이민 백주년'의 표상에는 두 할머니를 비롯한 이민자들의 치열한 삶의 진실이 감춰져 있다. 이렇게 한국을 떠난 곳에서도 세계와 단절된, 아니 세계악(世界惡)으로부터 스스로를 유폐시킨 디아스포라의 고독의 상처가 존재한다.

4

작가 이경자의 이번 소설집을 읽는 내내 인간 존재의 근원적 외로움이 수반하는 고통과 아픔에 신열(身熱)을 앓았다는 것을 고백해야겠다. 주체와 타자를 나누고, 누구의 아픔이 더 아프고 덜 아픈지를 따지는 것처럼 우매한 일은 없을 터이다. 고통의 위상학은 존재하지 않는다. 인간 존재의 근원적 외로움을 우리가 질책하거나 애써 부정할 필요는 없다. 중요한 것은 이 고독과 외로움의 상처를 어떻게 애오라지 잘 아파하느냐, 잘 삭히느냐, 자신의 삶의 진실로 이것을 어떻게 해석하고 수용하느냐, 그 과정에서 "정(情)은, 서로의 마음을 흔들어 마음이 굳지 않게 해주는 것"(「건너 편 섬」, 257쪽), 달리 말해 '사랑의 묘약'이라는 것을 앙가슴에 깊이 새겨두자.

수행의 글쓰기:
삶의 심연에서 솟구치는 피투성이 싸움

송기원, 『별밭공원』

　　송기원 문학의 치명적 매혹이 또 다시 엄습한다. 나는 일전에 송기원의 소설세계 전반을 살펴보는 비평의 마무리를, "아차, 그렇다면, 작가 송기원의 문학은 그가 그토록 염원하던 문학에 구속되는 게 아니라, 문학으로부터 자유롭게 놓여나, 남도어가 생래적으로 지닌 유장한 가락의 흐름이 그렇듯, 뭇 사람들의 크고 작은 삶의 고통에 귀 기울이며, 맺혀 있되 풀려 있고, 풀려 있되 맺힌 관계 속에서 삶의 신산고초(辛酸苦楚)를 기꺼이 녹여내는 한국문학의 또 다른 서사적 매혹으로 우리를 흠뻑 취하게 할 터이다."고, 한 적이 있다. 최근 펴낸 송기원의 소설집 『별밭공원』(실천문학사, 2013)을 읽는 내내 예의 비평을 돌아보면서, 예전에 미처 가다듬지 못한 채 미뤄뒀던 비평의 숙제를 해결할 수 있는 모종의 실마리를 얻을 수 있었다.

　　『별밭공원』에 수록된 7편의 단편은 어느 것 하나 가릴 것 없이 송기원만의 독특한 문학세계를 보증할 뿐만 아니라 작금 한국소설이 넘어서야 할 어떤 경계와의 치열한 싸움을 전면적으로 수행하고 있는 값진 소설적 성취가 아닐 수 없다. 이와 관련하여, 『별밭공원』의 밑자리에 자연스레 흐르고 있는 송기원의 도저한 문제의식을 명석판명한 근대의 합리적 이성의 언어로 온전히 포착할 수 없다는 것을 강조해두고 싶다. 그렇다. 『별밭공원』은 우리의 삶과 현실을 자연스레 휘감고 있는 서구의 근대 자체와, 이러한 세계에 옴짝달싹할 수 없을 정도로 포박돼 있으면서 그 구속을 기꺼이 삶으로 내면화하는 유무형의 모든 것을 심문하고, 이러한 삶과 현실에서 '온전한 자아'와 '참진리'의 경계에 이를 수 있는지에 대한 근원적 성찰을 온몸으로 수행하는 글쓰기를 보인다. 하여, 『별밭공원』은 저잣거리의 소설이되, 근대의 심미적 이성을 통해서는 그 서사의 오묘한 맛과 멋을 제대로 체득할 수 없다. 여기에는 『별밭공원』이 서구의 근대소설이 함의하고 있는 맥락을 통째로 전복함으로써 종래 근대의 문학장에서 익힌 문학의 통념적 경계를 치열히 넘어선 어떤 경계와 마주하기, 그래서 관성화된 문학-소설과또 다른 문학-소설에 대한 통렬한 문제의식이 자리하고 있다. 이러한 점을숙고하지 않은 채 『별밭공원』을, 송기원의 개성적 인물인 '탕자(蕩子)'의 상처받은 자아를 구원하기 위한 낭만성이 과잉된 구도적(求道的) 소설로 읽는것은 번지수를 잘못 짚어도 여간 잘못 짚은 게 아니다. 『별밭공원』에서 주시할 것은 작중인물들의 삶 전체를 휩싸고 도는 혹독한 '자기부정'의 순례를 통해 근대의 삶과 현실을 구획짓는 모든 경계들을 허무는 수행이다. 말하자면, 『별밭공원』은 근대 자체를 심문하면서 근대의 숱한 상처투성이의구획과 경계들을 가차없이 부정하는 과정을 통해 새로운 경계로 접어드는'수행의 글쓰기'이면서 '글쓰기의 수행'을 실천한다.

이러한 면모는 불가의 진리를 터득하기 위한 석전과 석우의 구법(求法)을 보여주는 세 단편(「무문관」, 「탁발」, 「객사」)에서 밀도 있게 드러난다. "깨달아 한소식을 하기 위해 숫제 목숨까지 도외시한 스님들이 마지막으로 찾는용맹정진의 선방", "이름 그대로 한번 들어가면 정한 기한을 채우기 전에는 열리지 않는 문"(「무문관」, 86쪽), 곧 '무문관(無門關)'에서 3년 수행을 거친석전은 비로소 "자기 안에 있는 우주적 공간"을 조우함으로써 "삼라만상모든 것이 부처 아닌 것이 없"(「객사」, 153쪽)는 '참진리'의 궁극의 경계에 이른 것 같았으나, 얼마 안 가 그러한 자신의 깨우침이 가짜라는 것을 통절히뉘우친다. 무문관에서 도달했다고 여긴 궁극의 경계에는 비루할 대로 비루하고 보잘것없는 "업장(業障)의 결과물"(「탁발」, 115쪽)이 부재하다. 그래서 석전은 그를 따르는 석우와 함께 "고작해야 번뇌나 망상으로만 치부해버렸던 사람 냄새"를 "부처님의 피와 살로 여기는 법"(「탁발」, 121쪽)으로 전유하는 탁발 수행을 한다. 그런데 송기원은 이들의 탁발 수행을 통해 불가의 깨우침을 얻는 고된 득도의 수련 과정에 서사의 초점을 맞춘 게 아니다. 정작 우리가 주목해야 할 것은 탁발 수행에서 빈집의 유무형의 것들이 짊어지고 있는 '업장(業障)'을 감당하고자 하는 석전의 모습과, "혼신의 힘을 다해 걸인의 주검과 한 몸이 되어 무언가 석전만의 세계를 넘나들"(「객사」, 148쪽)고자 하는 데 투영된 송기원의 숨은 의도다. 이것은 그리 단순하지 않다. 이 숨은 의도에는 근대의 매트릭스에 갇힌 주체가 그의 동일자의 인식과 감각을 총동원하면서 기획하고 실천하여 도달하고 싶은 진리의 경계가 기실 폭력적 근대, 즉 식민주의에 불과할 따름이며, 이 과정에서 타자와의 관계를 복원하고자 하였으나 그것은 어디까지나 주체가 지배하기 용이한 타자와의 관계를 맺는 것일 뿐 결국 이 관계는 주체와 타자의 식민주의를 구조화하는 것이라는 데 대한 강한 부정이 자리한다.

송기원은 이렇게 구조화된 식민주의의 현실 속에서 "단 한 번이라도 허구가 아닌 생생한 삶의 목소리와 숨결"(「육식」, 170쪽)을 만나기를 갈구한다. 이것은 우리의 삶의 전방위 차원으로 밀고 들어온 예의 식민주의로 오도된 자아를 그 근원에서 치유하는 길을 모색하는 것이다. 이를 위해 송기원은 집요할 정도로, 그리고 섬뜩할 정도로 우리가 망실해왔고 외면해온 각자의 심연에 똬리를 틀고 있는 "가장 끔찍하고 추악한 야차"에게서 "도망치는 것이 아니라, 평생 저 야차를 보듬고 사는 일"(「별밭공원」, 30쪽)임을 힘주어 강조한다. 이 야차야말로 근대의 식민주의 맥락에서 주체가 억압(적으로 지배)해야 할 타자이고 아예 배제시켜야 할 대상이 아니었던가. 하지만 아이러니컬하게도, 식민주의 지배자인 주체의 합리적 이성으로 이해하기도 힘들어 제어하기 힘든, 그래서 이루 말 못할 삶의 상처투성이와 정한(情

恨)이 된 이 야차는 "명창이나 국창 같은 세속의 잣대와는 상관없이 이미 사람살이의 깊은 울림"(「노량목」, 70쪽)을 지니고, "흡사 세상의 어떤 때도 묻지 않은 어린아이의 것이 그러리라 싶게 맑게 빛나는 눈동자"(「육식」, 182쪽)로써 "혼신으로 맞서고 있는 삶의 어떤 피투성이 싸움"(「동백섬」, 207쪽)을 벌이고 있다.

송기원의 이러한 서사적 고투에 대한 진정한 이해가 없다면, 미주알고주알 삶의 비루함을 안주 삼아 술잔을 기울이는 남도 아녀자들과 얼떨결에 어울린 사내의 신명에 깃든 동백섬 특유의 붉은 색감, 곧 삶의 (정치문화적) 식민성과 힘겹게 맞장을 뜨고 있는 그의 해방에 대한 미의 실감('징허게 이쁜 동백'-「동백섬」, 193쪽)을 좀처럼 헤아리기 어려우리라.

삶의 고통을 응시하는 서사적 윤리의 망루

홍명진, 『터틀넥 스웨터』

요즘처럼 아주 식상한 질문들이 새롭게 다가온 적도 없다. 도대체 왜 사는 거지? 어떻게 살아야 할까? 대관절 삶이란 무엇인가? 이와 유사한 질문들이 꼬리를 물어도 무엇 하나 누구에게로부터 속 시원한 답을 좀처럼 들을 수 없다. 삶은 그렇게 그 비밀을 호락호락 털어놓지 않는다.

작가 홍명진이 이번 소설집 『터틀넥 스웨터』(삶창, 2011)에 묶고 있는 9편의 소설을 읽는 내내 나를 괴롭혔던 질문이다. 여기서 홍명진의 소설을 그림으로 비유하자면 수묵 담채화라고 할까. 홍명진의 소설은 작가가 대상을 압도한 가운데 다채로운 색을 자유자재로 부리면서 작가의 미를 한껏 드러내는 유채화가 아니라 물의 농도를 적절히 조절하면서 화폭의 빈 여백이 갖는 적요의 미의식을 자연스레 담아내는 과정에서 대상의 비의성이 절로 나타나는 수묵 담채화와 매우 흡사하다. 홍명진의 소설에서 탐구의 대상인 삶은 그렇게 절로 나타나는 것이지, 작가가 삶의 비의성을 애써 드러내기 위해 탐구되는 대상이 결코 아니다. 그래서인지, 홍명진의 소설에서 목도하는 삶은 요란스럽지 않다. 그렇다고 삶의 무게를 지나치게 과장하지도 않는다. 그에게 삶이란, 그가 감당할 수 있을 만큼의 무게와 비중을 지니고 있을 뿐 그 이상도 이하도 아니다. 그는 삶의 고통을 외면하지 않고 응시한다. 그러면서 아파한다. 그리고 그 아픔을 최대한 안으로 끌어안는다. 그래서 조금만 눈여겨보지 않는다면, 그 고통과 아픔을 쉽게 지나칠 수 있다. 홍명진 소설 속 인물들의 아픔은 삶의 표면으로 솟구치는 게 아니라 삶의 안쪽으로 조용히 스며들고 있기 때문이다.

이것과 관련하여, 홍명진의 소설에서 눈에 띄는 게 있다. 그의 소설에는 남편이 부재하다. 집안에서 남편의 자리는 텅 비어 있다. 무슨 이유 때문인지, 남편은 집에 정착하지 못하고 집을 떠나 있다. 「아홉 번째 집」의 작중 인물 윤희의 남편 태훈은 외국인 이주노동자를 채용한 가구공장을 힘겹게 운영하다가 결국 도산하면서 집을 떠난다. 집을 떠난 태훈을 윤희는 그저 기다릴 뿐이다. 윤희가 태훈을 위해 할 수 있는 일은 아무것도 없다. 정말, "흐르는 시간이 주는 한 가닥 은혜마저 없다면 무거운 생은 무엇을 버팀목으로 살아갈"지 막막하기만 하다. 작가 홍명진은 「아홉 번째 집」에서 윤희와 태훈을 에워싸는 삶의 고통을 집중적으로 탐구하고 있지는 않다. 가령, 태훈이 가출한 직접적 원인이 가구공장을 더 이상 경영할 수 없게 된 것인데, 작가는 이것을 밝히는 서사의 모험을 감행하지 않는다. 가구공장이 무엇 때문에 경영난을 겪게 되었는지, 그리하여 태훈이 피치 못할 사정으로 가구공장을 접을 수밖에 없는 사회경제적 원인은 어디에 있는 것인지, 이러한 태훈의 사업 실패를 곁에서 보고 있는 부인 윤희의 내적 고통은 얼마나 큰 것인지 등에 대한 연유를 작가는 묻지 않는다. 대신 이러한 현실의 복판에 놓인 윤희와 태훈 사이를 후벼파는 삶의 고통에 우리를 동참시킨다. 어떻게 보면 삶에 대한 안이한 태도일 수 있다. 한 집안뿐만 아니라 외국인 이주노동자 가족의 생계마저 책임을 지고 있는 사람의 가출을, 다소 연민의 시선으로 본다는 것은 감당할 수 없을 만큼 큰 삶의 무게에 짓눌려 있는 것을 순순히 받아들이는 것이기 때문이다.

하지만 바로 여기서 홍명진 소설의 진정성이 있다. 홍명진은 진솔하다. 그에게 삶은 고통과 아픔을 정직하게 앓는 과정에서 치유되는 것이지, 성급히 치유할 것을 미리 전제한 뒤 삶의 고통을 대하지 않는다. 우선 삶의 고

통을 정면에서 응시하고 그 아픔에 솔직해야 한다. 「즐거운 수선소」와 「삼
봉 여인숙」도 이 점에서는 크게 다르지 않다. 삶의 고통으로 끝내 자살한 남
편을 둔 작중 인물은 어떻게 해서든지 삶을 살기 위해 시장 안에 궁색하게
위치한 곳을 빌려 옷 수선소를 운영하고(「즐거운 수선소」), 틈만 나면 집을 떠
나 있는 남편의 빈 자리를 대신하여 억척스레 삶을 살아가는(「삼봉 여인숙」)
모습 속에서 작가는 삶의 고통스런 무게를 견딘다. 「즐거운 수선소」와 「삼
봉 여인숙」도 「아홉 번째 집」처럼 모두 남편의 자리가 비어 있다. 그렇다면
작중 인물인 아내는 남편의 부재로부터 삶의 고통과 아픔을 어떻게 견디고
있을까.

오후는 오전보다 시간이 훨씬 빠르게 지나간다. 바쁘게 쳐내야 하는 일감에
묻혀 그럭저럭 별 생각 없이 지나갈 때가 많다. 하루하루가 그렇게 흘러간다. 머
릿속에 든 생각이 복잡할수록 몸을 되게 놀리는 게 수다. 눈에 보이는 상처는 두
렵지 않다. 팔다리가 부러지거나 살갗이 찢어진 곳은 붙이고 꿰매면 언제든 아무
니까. 상처나 고통은 가슴속에 든 것이 가장 견디기 힘들고 무서운 것이다. 담보
잡힌 집을 날리고, 보증을 선 친구마저 남편을 배신하고 숨어 버렸을 때 남편의
칼날은 세상을 향해 있었다. 그러던 그의 분노는 어느 때부턴가는 자신을 향했고
그때부터 남편은 안으로 곪기 시작했다. 아니, 어쩌면 자신의 존재에 관심을 거
둬버린 나를 향해 있었던 건지도 모른다. 나는 독하게도 울지 않았다. 이를 악물
고 그가 내게 가한 최악의 폭력을 내 두 눈으로 똑똑히 바라보았다. 미쳐버릴 수
도 없었던 가슴속의 불, 어쩌면 남편은 그 불덩이를 삼키지 못해 스스로를 죽여
버렸는지도 모른다.(「즐거운 수선소」, 53쪽)

어머니는 그때 일이 희미하게 떠오를 듯 말듯 하는 모양이었다. 나를 왜 여덟
살이 되었는데도 학교에 넣지 않았냐고 묻자 이제 와서 웬 뚱딴지같은 소리냐는
눈빛이었다.
"그거야 니가 호적에 일 년 늦게 올라갔으니 그렇지. 입학통지서가 안 날아
왔다."

어머니는 나를 데리고 아버지를 찾아갔던 삼봉여인숙도 긴가민가했다. 그때 나는 글자를 제대로 읽을 줄 몰랐지만 우리가 묵은 여인숙 간판엔 분명 '삼봉여인숙'이라고 적혀 있었을 것이라고 생각했다. 어머니도 분명 삼봉여인숙이라고 했었으니까.

"느 아버지 젊어 목수질할 때야 어데 집에 붙어 있었나. 천지사방 안 돌아댕긴 데가 없었는데. 느 아버지가 묵었던 여인숙이며 함바집이며 절집이 어디 한두 군덴가. 아마 하룻저녁 엎어져 지낸 여자들도 숱할거로. 삼봉여인숙? 거게가 어딘지 내사 모린다, 삼봉인동 오봉인동."

돌아가신 아버지에게 물어볼 수는 없는 일이었다. 어머니의 기억에도 없고, 돌아가신 아버지가 대답해줄 수도 없는 삼봉여인숙이 왜 내 기억 속에선 나날이 새로워지는 것일까. 호적에서도 누락된 여덟 살을 두 번 살아낸 내 기억 속에는 분명히 존재하는 삼봉여인숙이.(「삼봉 여인숙」, 81~82쪽)

「즐거운 수선소」의 아내는 남편의 가슴 속을 태우고 있는 불을 "똑똑히 바라보았다." 비록 그 불이 남편을 죽음으로 몰아갔지만, 아내는 그 불을 두려워하지 않고 응시한다. 그래서 남편의 빈자리를 보란 듯이 대신한다. 남편이 갈갈이 찢겨놓은 삶의 상처를 최대한 원상태로 복원해내든지 아니면 새로운 상태로 만들어내든지 아내는 담대한 삶의 태도로써 손님의 옷을 수선한다. 그런가 하면, 「삼봉 여인숙」의 아내는 젊었을 때 삼봉 여인숙에 기거하던 남편을 찾아 자신의 박복한 인생을 한탄하면서 남편을 향한 원망의 한을 품고 있었다. 그러던 아내는 남편의 기일을 맞이하여 지난 시절을 회상하는 가운데 남편에게 품었던 한이 언제 그랬냐는 듯 기억에서 지워내고 있다. 아내는 너무나 잘 알고 있다. 남편이 그 당시 삼봉 여인숙에 왜 그렇게 자주 기거를 했는지. 그곳에서 남편은 자신에게서 좀처럼 느껴볼 수 없는 여인의 따뜻한 사랑과 집의 푸근함을 맛보았을 것이다. 아내는 이 모든 것을 알고 있다. 남편은 삼봉 여인숙에서 어엿한 남정네 구실을 하고 있었던 것이다.

이렇게 홍명진의 소설 속 아내들은 남편의 부재와 연관된 삶의 고통을 완강히 부정하고 회피하는 게 아니라 그것을 응시하면서 견디는 삶의 내공을 갖고 있다. 이제 우리는 그의 소설에서 이러한 삶의 고통을 견디는 인물에 더욱 관심을 기울여보자.

「엄마의 요강」, 「터틀넥 스웨터」, 「바닷가 찻집」, 「바퀴의 집」에서 주목되는 인물은 각자의 삶의 방식으로 삶의 고통을 견딘다. 집안에 남자 없이 온갖 설움을 감내하며 딸들을 억척스레 키워낸 엄마는 세월의 흐름을 이길 수 없어 노추의 몸으로 삶의 고통을 견디고(「엄마의 요강」), 구루병에 걸린 여자는 시장 구석에서 뜨개방을 운영하며 남 몰래 짝사랑의 연정을 품으면서 비루한 삶을 견디고(「터틀넥 스웨터」), 존재 자체의 지리멸렬한 삶의 고통을 막연하면서도 강렬한 그리움의 형식을 통해 견디고(「바닷가 찻집」), 이루 표현할 수 없는 어떤 근원적 슬픔을 간직한 삶을 견딘다(「바퀴의 집」).

그렇다. 홍명진의 소설 속 인물은 한결같이 삶의 고통에 진저리치며, 그 아픔을 조용히 감내하면서 고통을 견딘다. 그런데 여기서 간과할 수 없는 게 있다. 이 고통은 타자들과 좀처럼 공유할 수 없다는 점이다. 흔히들 말한다. 고통을 감당할 수 없을 때 타자와 나눠가질 것을. 그러다 보면 고통의 무게는 줄어들어 고통을 견딜 수 있다고. 하지만 홍명진은 고집스러울 정도로 이 고통을 타자와 나눠 갖지 않는다. 주체가 근원적으로 해결할 수 없는 고통을 타자와 애써 함께 나눠 갖지 않는다. 홍명진에게 고통은 주체가 감당할 수 없을지라도 감당할 수 없는 극단의 고통, 그 지경에 가는 것을 통해 견디는 힘이 있다. 그래서 그의 인물은 고통을 주체 스스로 감당하고 있다. 보는 견해에 따라서는 고통을 견디는 방식이 다소 단조롭게 비쳐질지 모르지만, 홍명진은 타자와 어설픈 관계를 통해 고통을 견디는 것보다 매우 엄혹한 방식으로 고통을 견디는 것을 선택한다.

"스웨터 하나 도톰하니 짤 수 있나?"

경망스러운 어린애 같던 주인남자의 목소리는 더없이 평범한 중년남자의 점잖은 목소리로 돌아와 있다. 이젠 스웨터를 벗고는 못 살겠네. 주인남자가 혼잣말로 중얼거린다. 양쪽 주머니가 축 늘어진 주인남자의 회색 스웨터는 벌써 몇 해나 입은 것처럼 후줄근해 보인다. 여자가 뭐라고 대꾸하려는데 전화벨이 울린다. 전화벨 소리에 주인남자의 눈이 여자의 도드라진 이마에 붙박인다. 그는 마치 눈으로 소리를 듣고 있는 귀머거리 같은 표정이다. 여자는 천천히 수화기를 든다. 안녕하세요, 전화번호가 찍혀 있어서 전화 드렸는데요. 잘못한 것이 있는 아이처럼 생수남자의 목소리엔 자신감이 없다. 물이 떨어져서요. 생수남자는 여자의 목소리를 알아채지 못한다. 아, 죄송합니다. 저는 생수 배달을 그만뒀습니다. 여자는 뜨개방인데요, 라는 말을 목젖까지 밀어 올렸다가 삼킨다. 대리점 전화번호를 가르쳐 드릴까요? 더듬거리는 생수남자의 목소리가 아득하게 들린다. 여자가 전화를 끊고 났을 때 주인남자는 가고 없다. 풍경이 흔들리는 소리도 듣지 못했는데 귀가 먹었던가. 유리문에 검은 콜타르가 엉긴 듯 밖은 농밀하게 들이찬 어둠뿐이다.(「터틀넥 스웨터」, 130~131쪽)

구루병에 걸린 뜨개방 여자는 외롭다. 우연히 뜨개방에 생수를 배달해주는 남자를 알고 그에 대한 연정을 품고 있으나 그녀의 마음을 그에게 풀어놓지 못한다. 생수남자보다 뜨개방을 빌려준 주인 남자가 그녀를 사랑하고 있는 것도 모른 채 그녀는 생수남자를 향한 연정을 품고 있을 뿐이다. 주인 남자의 사랑도 품지 못하고 자신의 사랑도 표현하지 못한 채 그녀는 홀로 지독한 외로움의 고통을 견딜 뿐이다. 어쩌면, 홍명진의 소설 속 인물들이 타자와 어설픈 관계 맺는 것 자체를 회피하고 주체의 극단적 고통의 지경에 서는 위험을 두려워하지 않는 것은 우리 시대가 요구하는 새로운 주체 정립의 욕망에 기인하는 것은 아닐까.

하여, 이와 같은 면에서 각별히 주목해야 할 작품은 「2009, 서울 피에타」이다. 이 작품은 2009년 벽두에 서울 한복판에서 저질러진 국가권력의 과잉 진압을 정면으로 다루고 있다. 용산 지역의 재개발 이익을 두고 국가권력이 개발이란 미명 아래 민주주의를 압살한 사건을 재현하고 있다. 작가는 뚜렷이 응시하고 있다. 용산 지역의 주민들이 무엇 때문에 자신의 삶의 터전을 빼앗기지 않으려고 죽을 힘을 다해 싸우고 있는지, 이들에 대한 개발업자와 국가권력의 배제와 폭력의 시선은 어떠한지, 그동안 난개발을 통해 지역 주민의 생계를 빼앗아간 국가의 정책이 얼마나 관변적 폭력이었는지를 작가는 다음과 같이 드러낸다.

> 재개발 조합에서 내놓은 보상금은 터무니없었다. 재개발 얘기가 나돌면서 주위의 땅값은 천정부지로 치솟았다. 조합에서 내놓은 가격으로는 겨우 노점상밖엔 못할 형편이었다. 그들이 무슨 근거로 보상금을 책정했는지 그 속사정은 아무도 몰랐다. 그들의 농간에 눈감아주는 배후가 있지 않고는 그렇게 터무니없이 나올 수가 없었다. 그런데 그들은 도리어 남은 사람들의 배후를 지목했다. 전국 철거민연합회 사람들은 사회 불순 세력에 빨갱이였다. 세월이 지나도 지긋지긋하게 발목을 잡고 따라다니는 죄목이 올가미처럼 씌워졌다. 남은 사람들의 요구는 소박했다. 내쫓지 말고 이제껏 살아온 이곳에서 살아갈 수 있는 최소한의 터전을 달라는 것이었다. 지숙은 수몰된 고향을 떠나올 때를 생각했다. 살면서 지숙은 뿌리가 뽑힌다는 게 무엇인지를 알았다. 지숙은 이곳을 떠나고 싶지 않았다. 이곳에서마저 뿌리가 뽑힌다면 난민처럼 다시는 뿌리를 내릴 수 없을 것 같았다.(「2009, 서울 피에타」, 250쪽)

오랫동안 생의 터전에서 삶을 살았던 지역 주민들은 재개발의 광풍이 불면서 삶의 뿌리가 뽑혀나갈 처지에 놓여 있다. 지역 주민들의 안정적 주택 공급과 복지 인프라를 구축한다는 미명 아래 재개발 이권을 둘러싼 이해관계 속에서 지역 주민들의 삶은 관심사 밖이다. 천정부지로 뛰는 부동산 가격과 지역 주민들의 오랜 삶의 터전에 부합하는 보상금에 미치지 못하는 탁상공론, 더욱이 지역 주민의 행복을 증진시켜주는 것과 상관 없이 그들을 타지로 내몰며 난민의 신세로 전락시키는 개발정책은 전국 곳곳에서 행해지는 재개발의 낯뜨거운 풍경이 아닐 수 없다. 여기에다 이러한 재개발의 부정적 모습에 정당한 문제제기를 냉전시대의 낡은 이념으로써 타

매하는 형국이란, 두 눈 뜨고 볼 수 없는 볼썽사나운 시대 퇴행의 적나라한
모습 그 자체이다.

우리는 또렷이 기억하고 있다. 용산의 주민들은 자신들의 정당한 권리
를 국가와 지자체에 요구를 하였음에도 불구하고 그들의 요구는 개발정책
의 포크레인의 굉음에 묻혀버리고 말았다. 그리하여 그들은 최후의 선택으
로 망루를 세운 것이다. 그 누구도 그들의 외롭고 고통스런 생존권을 되찾
는 소리를 외면할 때 그들은 서울 복판에 망루를 세워 그들의 정당한 요구
를 세상을 향해 타전했다. 홍명진은 「2009, 서울 피에타」에서 이 모든 과정
을 세밀히 재현한다. 홍명진은 기억하고 싶다. 그때, 그곳에서 무슨 일이 어
떻게 일어났는지, 작가의 순정한 언어를 통해 재현하고 싶다. 숱한 보도 매
체에서 용산 참사를 보도했지만, 그는 자신의 언어로 그때, 그곳을 기억하
려 한다.

정태는 놀라 잠에서 깬 아들의 허리를 꽉 껴안았다. 아직 동틀 기미도 없는 깊
디깊은 새벽녘이었다. 갑자기 물대포가 망루를 강타했다. 물대포는 오백 밀리 박
격포만 한 위력을 가졌다. 공중으로 무차별하게 뿜어진 물대포에 망루는 걸레처
럼 너덜거렸다. 더 이상 도망갈 데라곤 없었다. 지상으로 내려가는 길은 전경들
에 의해 봉쇄됐다. 기껏해야 망루에서 대처할 수 있는 건 화염병 몇 개를 던져 자
신들을 방어하는 방법밖엔 없었다. 누군가 온몸에 석유를 뿌리고 분신할 수밖에
없을지도 모를 극한 상황으로 치달았다. 정태는 제발, 그런 일이 일어나지 않기
만을 바랐다. 하루하루 피가 마르는 날들, 그 날들을 어떻게 살아왔나. 망루에 오
른 사람들은 버림받고 찢긴 삶들이었다. 도망칠 곳도 물러날 곳도 없었다. 살진
멧돼지들은 뼈만 남은 앙상한 인간들을 제물로 원했다. 그들은 영원히 살찌기를
원했다.

"은철아!"

정태는 물대포에 쓸려 사라져버린 아들의 이름을 부르며 절규했다. 함께 망루
를 지키며 버텼던 동료들이 사지에서 소리를 질렀다. 3층에서부터 위로 불길이
솟구치고 있었다. 특공대를 실은 컨테이너 박스가 공중으로 올라왔다. 고립된 망

루를 향해 컨테이너 특공대는 허공에서 치고 들어왔다. 누군가가 4층 옥상에서 지상으로 툭 떨어져 내렸다.

"아빠."

정태는 메아리처럼 귓전에 부딪쳤다 사라지는 아들의 목소리를 들은 것 같았다. 그의 두개골이 무언가에 얻어맞아 함몰되면서 몸이 바람 빠진 풍선처럼 꺼졌다. 악마의 혓바닥 같은 불길이 날름거리며 망루를 집어삼켰다. 자욱한 연기 속에서 정태는 눈꺼풀이 무겁게 닫히는 걸 느꼈다. 칠흑 같은 어둠이었다. 그 어둠은 영원히 걷힐 것 같지 않았다.(「2009, 서울 피에타」, 256~257쪽)

장밋빛 미래만을 강요하는 이들은 과거의 고통을 잊자고 한다. 과거의 고통은 미래의 문을 여는 데 골칫거리이기 때문에 좋은 것만을 기억하자고 한다. 행복한 것만을 기억할 것을 강요한다. 우리의 삶과 현실이 지독히 고통스러운데도, 견디기 힘든 만큼 아픈데도, 엄살 떨지 말고 미래로 나가자고 부추긴다. 그런데 우리는 이 모든 그럴듯한 수사적 언어들이 얼마나 우리의 삶과 현실을 황폐하게 만들고 있으며, 암울한 미래의 길로 우리를 안내하고 있는지를 적시하고 있다. 고통을 응시하지 않고, 고통과 연루된 현실에 대한 성찰의 태도를 저버린 채 기획되는 미래는 한갓 신기루에 불과할 뿐이다. 「2009, 서울 피에타」의 마지막 장면을 작가가 이와 같은 비극적 참상으로 끝내는 데에는 쉽게 그 고통을 잊어서는 안 된다는 작가의 서사적 진실이 담겨 있기 때문이다. 아무도 돌아보고 싶지 않은, 그래서 영원히 망각되었으면 하는 일일수록 곰곰 살펴, 다시는 그와 같은 고통이 아무렇지도 않게 일상 속에서 반복되어서는 안 될 일이다.

작가 홍명진의 9편의 소설을 읽는 것은 이처럼 고통을 정직하게 응시하고, 그 응시의 과정에서 삶에 대한 성찰의 넓이와 깊이를 다져나가는, 우리 시대의 서사적 윤리의 망루를 세우는 일이라 해도 손색이 없을 것이다.

상처불감증을 치유하는
구원의 글쓰기

김우남, 『굿바이, 굿바이』

한국사회의 불모성, 상처불감증의 사회적 병리

환부 깊숙이 파고드는 상처를 치유하고 싶지만, 정작 상처투성인 당사자는 상처를 아파하지 않는다. 어쩌면 '아픔'의 감각을 망실했는지 모른다. 어느 정도의 아픔이 정상적 활동에 장애를 초래하는지, 그 아픔의 정도를 알 수 없다. 통점이 없는 것은 아니되, 통점이 그 기능을 제대로 발휘하고 있지 못하다. 알 수 없는 이유들로 우리의 통점은 기능이 쇠퇴하고 있으며, 아픔의 감각에 점차 둔감해지고, 온갖 상처에 내성화되면서, 무엇이 상처인지 알 수 없는 현실을 살고 있다.

참으로 한국사회는 끔찍한 현실에 직면해 있다. 상처를 상처로 인식하지 못하는, 이 황폐한 불모성이 무서운 속도로 한국사회의 구석구석을 잠식해들어가고 있다. 생명을 앗아가는, 그리하여 생존 자체가 위협받는 폭압의 현실 아래 사회의 약소자들과 우주의 뭇 존재들이 절규를 하는데도 불구하고 한국사회는 그 절규에 배어든 숱한 상처를 외면하려 한다. 이미 크고 작은 상처에 내성화된 뭇 존재들은 타자의 상처와 아픔에 시큰둥하다. 조금이라도 함께 아파하고 싶지만, 슬픔과 아픔으로부터 연계된 어둠보다 기쁨으로 충만된 밝음의 세계에서 행복을 만끽하고 싶어한다. 그래서 사람들은 타자의 상처를 애써 외면하든지, 적절한 이유를 통해 그 상처의 아픔을 축소한다. 심지어 상처임에도 불구하고 상처가 아닌 것으로 치부한다.

이렇게 상처불감증은 우리도 모르는 새 사회 곳곳으로 번져나가고, 상처에 대해 내성적 인간들은 그들의 존재 자체가 또 다른 심각한 사회적 상처를 덧내는 일인지 모른다. 작가 김우남은 그의 첫 소설집 『엘리베이터 타는 여자』(실천문학사, 2006)에서 한국사회의 예의 부정적 풍경에 대한 문제의식을 뚜렷이 드러내었다. 이번에 김우남은 두 번째 소설집 『굿바이, 굿바이』(문예출판사, 2010)를 통해 그가 천착하고 있는 이 같은 문제들을 보다 심화시킨다.

작가 김우남에게 소설쓰기는 한국사회에 만연해 있는 상처불감증과 맞서 쟁투하는 사회적 실천으로서의 글쓰기이자, 이 상처불감증으로 인해 왜곡되고 뒤틀려 있는 사회적 관계를 정상적으로 복원하는 사회적 치유 행위로서의 글쓰기이다. 때문에 김우남은 도저히 외면할 수 없는 사람들의 상처를 응시한다. 『엘리베이터 타는 여자』에서 주목되는 인물들 대부분이 벼랑 끝에 몰려 있고, 한 치 앞도 내다볼 수 없는 어둠의 사위에 감금당해 있어, 다시는 좀처럼 회복할 수 없는 상처를 집요하게 보이는 데에는, 상처불감증의 사회적 병리를 앓고 있는 한국사회의 자화상을 우리로 하여금 정면으로 응시하도록 하기 위해서다. 하여, 작가는 관념의 차원에서가 아닌 실재의 차원에서 '성찰'의 글쓰기를 간절히 욕망한다. 그 누구도 온전히 이해할 수 없고, 이해하기를 거부하는 존재의 상처를 직접 '어루만지고 봄'으로써 '성찰'의 진정성을 보증하는 미적 실천을 실행하고자 한다.

이제 그는 『굿바이, 굿바이』에서 또 다른 '성찰'의 미적 실천을 향한 글쓰기를 보인다. 상처불감증을 몹시 앓고 있는, 그래서 상처에 내성화된 우리의 자화상을 똑바로 응시한 데 자족하지 않고, 상처불감증의 사회적 병리 자체를 치유하는 '구원의 글쓰기'를 수행한다.

상호주관적 관계로서의 구원의 글쓰기

그렇다. 이번 『굿바이, 굿바이』를 관통하고 있는 작가의 문제의식은 '구원의 글쓰기'를 수행하는 데 있다. 김우남은 '구원의 글쓰기'로서 첫 소설집에서 발견한 소설적 과제를 좀 더 치열히 궁리하며, 그 과제를 지속적으로 탐문하는 소설의 도정에서 상처와 연루된 뭇 존재들의 아픔을 치유해낸다. 소설이 지극히 비루할 대로 비루한 일상의 '작은 이야기[小說]'를 통해 인간의 삶과 현실이 지닌 비의성을 탐구하고, 그 과정에서 일상의 비루함을 넘어 세계의 진실에 육박하는 '큰 이야기[大說]'의 계기를 지닌다는 속성을 곰곰 숙고해볼 때, 『굿바이, 굿바이』에서 실행되는 작가의 '구원의 글쓰기'야말로 소설 본래의 이 같은 특장(特長)을 잘 보여준다 해도 손색이 없을 터이다.

여기서 흥미로운 게 있다. 김우남의 '구원의 글쓰기'에서 구원을 하는 자와 구원을 받는 자의 관계는 일방통행이 아니라 서로 구원을 주고받는, 즉 구원의 주체와 객체가 명확히 구별되지 않고 서로 구원을 해주는 상호주관적 관계의 성격을 갖는다. 이것은 『굿바이, 굿바이』를 제대로 읽어내는 열쇠이면서, 『굿바이, 굿바이』를 횡단하는 매우 중요한 문제의식이다.

가령, 유치원 하교 버스에서 교통사고로 비명횡사한 아들의 죽음에 대한 심한 죄책감으로 악몽에 시달리며 삶 자체에 대한 극도의 무기력증과 회의감에 빠진 인화는 세상과 스스로 단절된 자기소외의 상처를 안고 있는데, 인화의 이 상처는 카페 여주인과의 만남을 통해 치유의 길이 모색된다(「안개가 있는 풍경」). 카페 여주인은 여동생의 예기치 않은 죽음으로 인화 못지않은 상처를 품고 있어, 이들 두 여인은 서로의 상처를 어루만지고 응시하면서 서로를 위무하는 구원자의 역할을 맡는다.

『굿바이, 굿바이』에서 상처받은 자들의 상호주관적 관계를 통한 구원의 서사적 역할은 다음과 같이 정리할 수 있다.

체험학습장에서 불의의 사고로 죽은 어린 딸 은지를 대신하여 입양시킨 선재를 못마땅히 여긴 '나'는 선재가 입양 전 새엄마의 아동학대를 견디다 못해 파양당한 아픔을 알게 되면서, 은지의 죽음으로 상처 입은 '나'와 동병상련의 고통을 앓은 선재와 소통한다(「고슴도치 아이」).

갑작스레 유방암에 걸려 유방 절개수술을 받았으나 유방암이 재발될 가능성으로 삶의 절망으로 내몰린 미혜는 유방암 말기 환자인 안정신과의 만남, 그리고 무엇보다 수연스님이 지닌 고통(출가하기 전 미혼모였고 자식은 죽었음)을 접하면서 자신의 소멸에 대한 두려움을 극복한다(「굿바이, 굿바이」).

힘든 가족 사이에서 자신의 존재를 보살필 여력도 없었던 중년의 은수는 좀처럼 화해하기 어려운 그의 엄마의 삶을 이해하게 된다. 알콜 중독 환자인 은수의 엄마도 은수처럼 삶의 지독한 상처를 안고 있었고, 마침내 은수는 엄마와 서로의 상처를 보듬어 감싸안아줄 수 있는 관계로 거듭난다(「겨울수련회」).

간난신고(艱難辛苦)의 삶을 살며 억척스레 노력하여 신분상승을 욕망하는 네일 미용사 '나'는 사창가로 출장을 다니면서 삶의 온갖 상처를 지닌 직업 여성들을 만나게 되는데, 특히 리리의 소신공양(燒身供養)하는 모습을 목도하면서, 어떻게 살아가는 게 진정으로 아름다운 삶을 사는 것인지에 대해 성찰한다(「그 여자, 리리」).

이처럼 단적으로 알 수 있듯, 상처받은 자들 사이에는 경계가 없다. 물론, 각각의 상처는 그 상처들과 연루된 삶의 구체적 사건들이 다르기 때문에 상처가 지닌 개별적 특수성의 맥락은 엄연히 존재한다. 하지만 중요한 것은 개별자들이 경험한 상처의 특별함을 주목하여 누구의 상처가 더욱 크고 깊은지를 구별하는 게 아니라, 그 상처들이 개별자의 전존재를 고통스럽게 하는 한 예의 존재들은 바로 그러한 상처를 앓고 있는 자들과 서로의 아픔을 공명(共鳴)해낸다는 점이다. 아픈 것을 치유하는 일은 아픔을 공명하는 것과 유리되지 않는다는 게 작가 김우남이 획득한 소설적 진실이다. 따라서 『굿바이, 굿바이』에서 공들여 읽어야 할 부분은 상처 입은 존재들이 어떻게 서로에게 다가서는가 하는 점이다. 서로에게 다가서는 과정을 온전히 이해하는 것이야말로 김우남식 '구원의 글쓰기'의 실체를 제대로 읽는 중요한 일이다.

죽음을 넘어서는 소설적 진실

이 과정을 목도하면서 흔히 부딪치는 사건이 있는데, '죽음'이 바로 그것이다. 죽음처럼 두렵고 고통스러운 게 있을까. 생의 종언을 뜻하는 생의 마지막 형식이 죽음인바, 죽음에 직면하든지, 죽음을 목도하든지, 죽음과 직간접으로 연루되는 일은 고통이며 상처이다. 김우남은 이번 소설집에서 이 죽음에 대한 고전적 문제와 씨름한다.

이것과 관련하여 주목되는 작품은 「바니타스 바니타툼」과 「굿바이, 굿바이」인데, 이들 작품에서 작가는 죽음과 관련한 종교적 사유의 일단을 살며시 드러낸다.

우리에게 죽음은 불가피하고 삶은 집착하면 할수록 더 허망한 것 아닌가. 그럼에도 불구하고 사람들의 현세적 욕망은 하늘을 찌르고 있다. 종교들마다 자기네만이 모든 것을 해결해줄 것처럼 초월적 절대성을 과대 포장하고 제 쪽으로 신도를 끌어 모으기에 급급하다. 종교가 삶의 고통의 궁극적 원인을 제거하고 참다운 행복을 이루게 해줘야 하는데 오히려 현세적 욕망을 부추기는 데 앞장서고 있다. 나는 종교가 사람을 현명하게 만드는 게 아니라 점점 더 어리석게 만들고 있다고 생각했다.(「바니타스 바니타툼」, 28쪽)

죽음이란 누구에게나 찾아오는 것이므로 피할 수 없다는 것, 누구나 한 번은 겪어야 할 현실임을 깨달았다. 고통의 원인 또한 먼 데 있지 않다는 것, 고통은 스스로가 만든 집착과 욕망 덩어리에 불과하다는 사실을 깨우쳤다는 것이다.(「굿바이, 굿바이」, 166쪽)

두 소설에서 공통적으로 포착할 수 있는 종교적 사유는 현세적 집착과 욕망에 붙들려서는 안 된다는 것이다. 죽음을 두렵고 고통스러운 것으로 간주하며 생의 가장 큰 상처로 흔히들 인식하는 것은 죽음과 소멸은 존재하지 말아야 한다는, 언제까지나 삶이 연장된다는, 지극히 반생명적 인식을 하고 있기 때문이다. 죽음 또한 생의 한 형식이며, 삶 또한 죽음과 완전히 차단된 게 아니라 '죽음을 살고 있다'는 인식을 하지 못하기 때문이다. 비록 김우남은 이러한 종교적 사유에 깃든 삶과 죽음의 저 도저한 비의성 자체를 탐문하는 종교적 서사를 보이고 있지는 않으나, 「바니타스 바니타툼」의 주희 시어머니의 죽음을 목전에 둔 개종 행위와 「굿바이, 굿바이」에서 유방암 재발의 가능성을 두고 삶을 간절히 희구하는 불교신자 미혜의 염원에 대한 소설적 진실을, 이와 같은 종교적 사유를 빌어 드러낸다.

그런데, 여기서 분명히 해두고 싶은 것은 작가가 그렇다고 삶과 죽음에 대한 종교적 해탈을 막무가내로 말하는 것은 아니라는 사실이다. 앞서 강조했듯이, 김우남은 첫 소설집부터 상처받은 자들을 응시하는 소설을 지속적으로 쓰고 있다. 상처입은 자들의 상호주관적 관계야말로 상처를 치유해내는 '구원'의 역할을 보증할 수 있다. 자신의 상처도 아프지만, 타자의 상처를 함께 아파하는, 그리하여 '아픔의 공명(共鳴)'이 서로를 위무할 수 있을 때 '구원'의 빛은 밝게 빛난다. 이 힘든 과정 없이 종교적 깨우침만으로 '구원의 글쓰기'는 가능하지 않고, 적어도 소설쓰기인 한 현실의 고통을 초월한 종교적 깨우침만으로 '구원의 글쓰기'를 한다는 것은 반소설적 글쓰기에 불과할 따름이다. 소설은 종교의 경전이 아니다.

비루한 일상'들' 사이로 솟구치는 삶과 존재의 위엄

소설은 지극히 참을 수 없는 존재의 비루한 일상, 그 작은 이야기로 채워진다. 작은 이야기'들' 사이로 주체할 수 없는, 삶과 존재의 위엄이 자연스레 솟구친다. 그래서 우리는 그 위엄으로 전율한다. 지금까지 겪어보지 못한 생의 강렬한 충격을 경험한다. 낯설고도 새로운 미적 충격을. 「그 여자, 리리」는 이러한 면을 유감없이 보여주는 작품이다.

「그 여자, 리리」에서 단연 눈에 띄는 인물은 리리이다. 리리는 사창가에서 매춘을 하는 직업여성인데, 사창가 "골목 안에서도 또 다른 세계"(221쪽)에 스스로 유폐된 인물이다. 손톱과 발톱을 예쁘게 관리해주는 네일 미용사인 '나'와 해순은 조금이라도 돈을 더 많이 벌기 위해 사창가로 출장을 다닌다. 사창가 직업여성의 손발톱을 미용해주는 일로 억척스레 돈을 벌어들인다. 직업여성의 대부분이 네일 미용을 받는데도 불구하고 리리는 웬일인지 네일 미용을 애써 거부한다. 여성들이라면 미용을 위한 욕망을 품고 있는 게 자연스럽지만, 리리는 네일 미용을 외면한다. 그러던 리리가 네일 미용을 원한다. 리리가 네일 미용을 원한 데에는, 머지 않아 캐나다에서 유학 중인 남동생을 만나는데 이왕이면 예쁜 누이의 모습으로 보이기 위해서다. 네일 미용사인 '나'는 리리의 네일 미용 때문에 만나 리리의 고달픈 인생 역정을 알게 된다. 리리의 "손톱으로 보호받아야 할 여린 살들은 뜯어먹다 버린 갈비뼈에 너덜너덜 붙어 있는 살점처럼 지저분하고 흉측"(227쪽)한데, 리리의 삶을 말없이 웅변해준다. 리리의 삶은 손톱의 모양새에 적나라하게 반영돼 있는 것이다. "손톱 가장자리에 일어난 거스러미 하나 잘못 건드려도 퉁퉁 붓고 아린데 리리는 상처 위에 상처를 덧내고 있었다."(228쪽) 다시 말해, 리리의 삶 자체가 고통의 연속이다. 고통이 멈출만 하면, 고통은 언제 그랬냐는 듯, 또 다시 스멀스멀 아픔을 자아낸다. 리리의 삶이 얼마나 고통스러운지 '나'는 "리리의 손목에서 여러 개의 길고 깊은 주저흔을"(228쪽) 본다. 생의 종언을 향해 선택한 그 순간들의 흔적인 주저흔은 리리의 손톱만큼이나 '나'에게 충격적 아픔으로 다가온다.

리리가 이렇게 고통을 견디면서 살 수 있었던 것은 남동생 때문이다. 가족이라곤 남동생밖에 남아 있지 않는 리리에게 남동생의 존재는 리리의 모든 삶을 희생하면서까지 살 수 있도록 하는 생의 원천이다. 그러던 남동생의 죽음은 리리의 모든 것을 앗아간 것이다. 남동생 때문에 리리는 세상의 온갖 추함과 고통, 그리고 상처를 견딜 수 있었다. 심지어 매춘 여성도 거부하는 "장애인, 뇌성마비 환자들"(250쪽)의 성적 욕망을 채워주는 "전설 같은 이야기"(250쪽)의 주인공 역할을 맡으면서까지 남동생 뒷바라지에 헌신하였다. 하지만 이제 리리는 더 이상 이 같은 삶을 살아야 할 이유가 없다. 리리는 죽음을 준비한다. 그동안 매춘을 하며 번 돈을 네일 미용사인 '나'에게 맡기고, 결혼한다는 거짓말을 하여 신부용 네일 미용을 받은 것을 끝으로 리리는 목숨을 끊는다. 작중인물 '나'는 리리의 죽음으로부터 그동안 강퍅한 삶 속에서 망실하고 있던 삶과 존재의 위엄을 마주한다.

> 리리가 준 수첩 뒤에 가계부처럼 며칠 동안의 수입과 지출 명세서가 있었다. 얼마를 벌었고 담배값, 커피, 떡볶이 값으로 얼마가 나갔는지 꼼꼼하게 적혀 있었다. 나한테 건네주던 컵라면, 껌 하나에조차 그녀의 눈물과 아픔이 담긴 것이었음을 깨달았다. 더 이상 내줄 것이 없는 상태로 자기 온몸을 소신공양한 여인. 장애인, 정신질환자, 변태성욕자 그리고 마음이 가난한 자들의 애인이었던 여인. 우리들은 리리에게 뭔가를 주기보다 많이 받은 자리였다. 리리가 주는 대로 그걸 넙죽넙죽 받아먹은 우리들은 리리에게 아주 많이 빚진 자였다. 그러자 내가 이렇게 편하게 잘 먹고 잘사는 것이 다른 사람의 불행을 딛고 선 것처럼 그저 미안했다.(267쪽)

리리가 남긴 수첩에는 매춘 생활의 아픔과 고통이 비루한 일상의 자질구레한 수입과 지출 명세서로 빼꼭히 채워져 있다. 리리에게 매춘은 지극히 세속적인 일상이다. 하지만 동시에 세속을 넘어서는 성스러움 그 자체이기도 하다. 리리는 세상에서 가장 낮은 곳으로 내려가, 그곳으로 버림받은 존재들을 그만의 방식으로 그들을 위무하였다. 사창가 밖 사람들은 리리의 매춘을 반사회적 윤리라고 손가락질한다. 뿐만 아니라 사창가 동료들도 리리의 매춘을 지극히 반인간적 행위라고 매도한다. 세상의 그 누구도 리리의 매춘을 긍정하지 않는다. '나'는 리리의 죽음을 목도하면서 리리에 대한 이러한 세상의 판단이 얼마나 속물적인 것인가를 깨닫는다. 리리의 매춘은 속되지만, 세상의 버림받은 자들의 상처를 외면하지 않고 자신이 할 수 있는 삶의 형식을 통해 조금이라도 상처를 치유해줄 수 있다는 것이야말로 그 어떠한 성스러운 행위보다 낮게 평가할 수 없는 성스러움이 아니고 무엇일까. 말하자면, 리리는 "온몸을 소신공양한 여인"으로서 '성속일여(聖俗一如)'의 삶을 온몸으로 보여주었다 해도 과언이 아니다. 바로 이 '성속일여'의 삶이야말로 삶과 존재의 위엄이다. 작중인물 '나'가 리리의 삶과 죽음으로부터 생의 모종의 충격적 전율감을 느꼈듯이, 「그 여자, 리리」를 읽는 나 역시 동일한 충격에 노출됐음을 고백하지 않을 수 없다.

'구원의 글쓰기', 그 주술적 치유의 언술

날이갈수록 "생명을 살리기는커녕 바짝바짝 말려 죽이는 물"(「겨울수련회」, 184쪽)과 같은 '사해(死海)'가 점차 한국사회로 번져가고 있다. 리리와 같은 인물이 점점 들어설 여지가 없어지고 있다. 리리처럼 소신공양하는 것 자체를 외면하든지, 무심히 우두망찰 방관하든지, 극도의 냉소를 보이든지, 리리의 소신공양이 품고 있는 아름다운 삶의 진실이 내팽개쳐지고 있다. 「치매일기」의 결미에서 은봉 할아버지가 중증 치매로 오인되면서 중환자실로 옮겨지는 차마 웃지 못할 풍경은 우리 사회의 진실이 있는 그대로 드러나는 게 아니라, 그 진실을 헤아리려고도 하지 않은 채 어떤 일방의 입장에서 진실을 우격다짐으로 강요하고, 그 강요가 마치 자연스러운 것처럼 받아들이도록 하는 세태를 은연중 비꼬는 듯하다. 실제 은봉 할아버지는 의사표현을 정상인처럼 할 수 없을 뿐이지, 예전보다 치매가 호전돼 자신은 이 치매요양소의 풍경을 속속 관찰자의 시선으로 보고 분석을 하며 치매환자를 둘러싸고 벌어지는 온갖 이해관계를 모두 알고 있는 것이다. 물론 주위 사람들은 응봉 할아버지의 치매가 호전된 것을 모르고 있다. 어쩌면 관심이 아예 없는 것인지 모를 일이다. 그러니 젖은 기저귀를 빼내려고 애를 쓰는 그의 행위를 갑자기 치매증상이 심해진 것으로 모두들 인식하여 서둘러 중환자실로 옮기는 게 아닌가. 하여, 「치매일기」는 진실은 온데간데 없이 증발하고, 믿고 싶은 것만을 기정사실화하는 현실에 대한 세태풍자로 읽어도 무방하겠다는 생각이 든다.

김우남의 소설은 삶의 현안을 직접적으로 문제 삼지 않는다. 그렇다고 현실 자체를 외면하는 것은 결코 아니다. 김우남식 '구원의 글쓰기'가 한국 사회에 만연해 있는 상처불감증과 맞서 쟁투하는 사회적 실천으로서의 글쓰기이자, 이 상처불감증으로 인해 왜곡되고 뒤틀려 있는 사회적 관계를 정상적으로 복원하는 사회적 치유 행위로서의 글쓰기임을 다시 한 번 환기하고 싶다. 특히 치유 행위로서의 글쓰기임을 단적으로 보여주는 「안개가 있는 풍경」에서 들리는 다음과 같은 외마디,

그랬구나. 그랬었구나.(62쪽)

"그래, 이젠 괜찮아. 다 괜찮아질 거야."(62쪽)

에 응축돼 있는, 부정을 응시하며, 부정을 견디고, 부정을 넘어, 신생의 삶을 그리워하며, 신생의 삶을 희구하는 염원은 『굿바이, 굿바이』속 숱한 상처입은 존재들을 따뜻하게 감싸안는 주술적 치유의 언술이다. 과거의 부정을 무작정 덮어두고 용서하는, 심지어 체념하는 언어가 아니라, 부정과 연루된 고통과 상처들을 깊이 들여다보는 '성찰'의 언어이고, 그것들을 자연스레 치유해내는 언어이기에 무한 긍정의 에너지가 동반된 신생의 기운을 북돋운다.

그렇다면, 「바니타스 바니타툼」의 결미에 출현하는 '헛되고 헛되고 헛되다'(35쪽)의 전언을 특정 종교의 주술적 언어로 국한시켜 해석하는 것은 곤란하다. 그보다 신생의 기운을 북돋워내는 '성찰'의 행위를 적극화하기 위한 김우남식 '구원의 글쓰기'의 맥락으로 전도시켜, 부정과 연루된 모든 것들을 말끔히 비워내는, 그것들을 허무하게 하는, 무한 긍정의 에너지를 생성시키는 또 다른 치유의 언술로 해석하는 게 마땅하다.

두 번째 소설집 『굿바이, 굿바이』가 첫 소설집 『엘리베이터 타는 여자』의 세계에 머무르지 않고, 그동안 부단한 소설쓰기의 정진을 통해 한 걸음 진전된 세계인식과 미적 성취를 일궈내고 있는 것은 주목할 만하다. 이제 『굿바이, 굿바이』 이후의 세계를 기대해본다. 아니, 어쩌면 김우남은 『굿바이, 굿바이』 안에 벌써 '이후'의 세계를 어디엔가 감쪽같이 감춰두고 있는지 모른다. 눈 밝은 독자라면, 감춰둔 이것을 찾아내는 일 또한 『굿바이, 굿바이』를 읽는 재미이리라.

소설의 운명: 벼랑 끝에 서 있는 삶'들'

홍양순, 『나비 살랑거리다』

H 씨,

삶이란, 도통 알 수 없는 그 무엇일까요. 아무리 세상에서 자명한 것은 존재하지 않는다고 하더라도, 그래도 우리의 삶을 어디론가 끌고 가는 무엇이 있지 않을까요. 자고 일어나면 세상은 어찌나 변화무쌍한지 어제의 일은 금세 잊혀지고, 또 다른 새로운 일이 일상의 화제로 등극합니다. 그러다가 또 다시 잊혀지고, 또 다른 일이 버젓이 우리들 눈앞에 나타나죠. 아차, 누구는 이러한 것을 '반복(/차이) 속의 차이(/반복)'라고 하든지, '동일성(/비동일성) 속의 비동일성(/동일성)'이라고 하여, 이 변화무쌍한 삶의 속성을 이해하려고 안간힘을 쓴답니다. 사실, 제가 소설 읽기를 좋아하는 이유 중 가장 큰 것은, 말 그대로 소설은 '작은 이야기[小說]'를 하는 근대의 대표적 서사양식인바, 이 '작은 이야기' 안에서 말해지는 것들의 구체성이 보증하는 삶의 진실에 대한 '성찰'을 통해 복잡다단한 삶을 넓고 깊게 이해할 수 있기 때문입니다. 여기서 한 걸음 더 나아가 지금, 이곳의 삶에 대한 맹목을 경계하고, 보다 아름다운 삶의 가치가 실현될 수 있는 꿈을 꿀 수 있는 상상력을 품어볼 수 있다는 점입니다. 그래서 저는 소설에 관한 말을 할 때마다 입버릇처럼 하는 말이 있습니다. 좋은 소설은 '작은 이야기[小說]' 속에 '큰 이야기[大說]'를 자연스레 품는다고…….

저는 H의 이번 소설집 『나비, 살랑거리다』(실천문학사, 2011)에 실린 작품들 중 「나비, 살랑거리다」를 무엇보다 흥미롭게 읽었습니다. 「나비, 살랑거리다」에는 세상과 삶에 대한 H의 고뇌어린 모습이 투영돼 있습니다. 지방의 수원지(水源池)에서 유량계 설치를 하다가 단자를 잘못 연결하는 큰 실수를 저지른 '나'는 그 사건의 충격으로 사표를 내고 "일체의 사회활동을 포기"한 삶을 살고 있는데, 자신이 살고 있는 아파트 단지에서 벌어진 남자의 죽음과 관련한 소설을 쓰면서 삶에 대한 어떤 진실에 이릅니다. '나'는 아파트 단지 고층에서 떨어진 아령에 맞아 죽은 남자의 사인(死因)을 소설로 쓰면서 아령이 떨어지는 것과 연루된 온갖 사건들을 상상합니다. 그러면서 자신이 유량계를 설치하는 과정에서 실수한 원인들을 추적합니다. 이 서로 다른 두 사건에는 "분명 보편의 법칙이 있을 것"으로 '나'는 생각하기 때문이죠. 마침내 '나'는 우주를 이해하는 카오스 이론과 결부된, "우리의 삶은 본성과 우연이 서로 만나면서 스파크를 일으키고 어디론가 미친 듯 달려가게 되는 것은 아닌지." 하여, "인생이 이렇듯 허전하고, 그 허전함의 밑바닥을 꽉 채우고 있는 암울한 덩어리가 결국 어떤 조그마한 조건에서 비롯된다는 사실에 묵직한 통증"을 체감합니다.

　　'어떤 조그마한 조건'이라? 게다가 그것이 삶의 허방을 꽉 채우고 있는 '암울한 덩어리'의 원인으로 작용하고 있다면, 그것이 지닌 문제성은 예사롭지 않습니다. 그러고 보니, 우리의 삶은 생각만큼 거창한 것에 의해 좌지우지되는 것은 아닌가 봅니다. 우리가 미처 알지 못하는 작은 것들의 작용에 의해 삶의 생성·유지·소멸의 궤적을 그려보이니까요. 그래서 소설을 쓰는 작가들은 작은 것들에 대한 탐구를 소홀히 해서는 안 된다고 저는 생각합니다. 우주를 이루는 작은 것들의 존재가 어떤 관계를 이뤄내면서 인간에게는 삶의 상흔으로 곧잘 드러나거든요. 삶의 상처로 깊게 패인 상흔은 망각의 껍질을 벗겨내고 상처와 연루된 작은 것들의 '사이'로 우리를 초대합니다. 그래서 우리는 삶의 상처와 마주하고 아파합니다. 알 수 없는 통점들이 곳곳에서 아우성을 칩니다.

삶의 상처와 마주하는 것이야말로 어떻게 보면 소설의 운명이 아닐까요. 저는 H의 이번 소설집에 실린 작품들을 읽는 내내 이와 같은 소설의 운명을 곰곰 숙고해보았습니다. 가령, 「마라도」의 작중인물이 앓고 있는 삶의 내상을 헤아려봅니다. 여기, "음지식물처럼 그늘에 있어야만 편안함을 느끼는 남자"가 있습니다. 유소년 시절 부모로부터 버림받은 삶을 살면서 "밑둥 잘려나간 사람만이 지니는 두려움" 속에서 "세상을 살아가는 힘을 놓"쳐온 남자가 있습니다. 이제 그는 그의 부모가 그를 남겨두고 떠났듯이 그의 애와 여자를 떠났습니다. 얼마나 고통스럽고 아팠으면, 그는 자신의 상처를 고스란히 타자에게 전가시킬 수밖에 없을까요. 그렇습니다. "자기의 근원을 모른다는" 것은 그가 도저히 감당할 수 없는 삶의 상처였습니다. 이제 그가 떠난 후 남은 여인은 마라도에서 그의 삶의 고통을 조금이라도 이해해 보려고 애를 씁니다. 하지만 그녀를 위무해주든지, "미처 제 존재를 알릴 새도 없이 제 아비에게서 외면당한 아이"를 어떻게 해줄 수 있는 방편은 없습니다. 그와 마찬가지로 그녀(혹은 그들의 애) 역시 외톨이로서 삶의 상흔이 깊게 남을 뿐입니다. 그 상흔을 지닌 채 마치 마라도의 염소들이 "벼랑 끝에서 벌이는 곡예와 같은 놀음"을 하듯, 우리의 삶도 크게 다를 바 없을 터입니다.

순식간의 일이었다. 개가 염소를 낭떠러지 쪽으로 밀어붙였다. 염소는 여자가 숨을 멈춘 사이 절벽의 가장자리에서 절묘하고 아슬아슬하게 방향을 틀었다. 검둥개가 언제 그랬냐는 듯 유유히 걸어서 여자에게로 돌아왔다. 잠시 후 똑같은 일이 벌어졌다. 여자는 이번엔 많이 놀라지 않았다. 유심히 보니 염소는 개를 두려워하는 게 아니었다. 오히려 개에게 접근해 뒷발로 툭툭 장난을 걸기도 했다. 개에게도 적의라고 할 것은 손톱 끝만큼도 없어 보였다. 염소가 다가오면 주위를 경중경중 뛰며 도리어 상대를 즐기는 것 같았다. 삶이라는 것이 어쩌면 저렇듯 벼랑 끝에서 벌이는 곡예와 같은 놀음은 아닐까. 여자는 검둥개와 염소의 무심한 장난을 보며 왠지 그럴 거라 믿고 싶어졌다. 주위를 둘러보았다. 멀리서 여행객들의 떠도는 소리와 함께 경운기 소리가 털털털 들려왔다. 섬은 너무나 평화로웠다. 그의 말대로 아무 짓도 저지를 수 없는 섬이었다.(「마라도」, 126~127쪽)

이렇게 우리의 삶은 매순간 '벼랑 끝 곡예'를 환기시킨다 해도 과언이 아닙니다. 교편생활을 하다 사직을 했고 전자대리점 사업을 했으나 실패하여 낯선 시골에 있는 공장의 영어주임을 맡으면서 그곳 노동자의 임금 협상에 참여하면서 사측과 갈등의 관계에 있는 남편, 이러한 남편 곁에서 현실에 대한 무기력감으로 자신을 "황량한 사막"과 동일시하는 가운데 "서서히 소멸되고 있"다는 존재의 부재감으로 고통스러워하는 아내의 삶은 바로 '벼랑 끝 곡예'와 다를 바 없습니다(「미망의 집」). 그런가 하면, 전문대 졸업 후 백화점 관리부서에서 일하다가 아웃소싱하는 일이 많아지면서 정리해고된 여자는 아버지의 사업실패와 죽음으로 인해 급격히 가세가 기울어져 공무원 시험을 준비하고 있는데, 밀린 방 값 때문에 주인과 주변 사람들에게 눈총을 받고 있습니다(「미스터리 시간」). 이들 작중인물의 구체적 양상이 다를 뿐 H는 이들의 삶의 빈곤과 무기력, 그리고 허무의 모습 속에서도 결코 굴하지 않고 억척스레 이것들을 살아내는 '삶의 벼랑 끝 곡예'를 보여줍니다. 왜냐하면 그들은 서로에게 "어쨌거나 용기는 잃지 마세요."라고 묵시적 응원을 해주기 때문입니다.

H 씨,

그런데, 삶의 벼랑 끝으로 내몰린 자들에게 '용기'란 어떤 것일까요. 삶의 비루함에 굴복하지 않는 어떤 초월적 의지를 뜻하는 것일까요. 아니면, 현실에 대한 아집과 만용으로 똘똘 뭉친 채 제 멋대로의 방식으로 살아가는 삶의 무모함을 뜻하는 것일까요. 곤경에 처할수록 '용기'를 내자고 서로 힘을 북돋우되, 이것만큼 막연한 처방도 없지 않을까요. 삶의 난경(難境)을 벗어나기 위해 그토록 용기를 내 죽을힘을 다 쏟지만, 난경을 벗어나는 일은 좀처럼 쉽지 않습니다. 삶의 벼랑 끝으로 내몰린 자들은 차라리 삶을 포기하고 싶은 유혹에 젖어들 때가 한두 번이 아니기 때문입니다. 하지만 아이러니컬하게도 그들이 삶을 포기할 '용기'를 내는 것도 결코 녹록치 않습니다.

「필녀」의 작중인물 필녀를 친친 감고 있는 삶의 곤경과 난경은 필녀로 하여금 이승의 삶을 저승의 삶으로 전도시킵니다.

> 아빠 어떻게 된 거야.
>
> 그네는 급히 더운 숨을 몰아쉰다. 숨소리가 하르르 떨려 나온다. 절대로 제 아비의 말을 아이에게 털어놓지 못하리라. 가슴속이 후끈하다. 연주가 슬그머니 교복 주머니를 뒤적여 휴지에 똘똘 만 담배를 꺼낸다. 그네는 멍하니 연주가 하는 양을 지켜본다. 나무랄 마음도 들지 않는다. 아이가 천천히 담배에 불을 붙인 뒤 한 모금 깊이 빨아들인다. 그네는 문득 쫓기는 마음이 되어 조급해진다.
>
> 나도 한 대 줘 봐라.
>
> 연주가 생뚱한 눈으로 그네를 쳐다본다.
>
> 어여 헬미 것도 좀 줘 봐.
>
> 아이가 말없이 똘똘 만 담배 하나를 풀어 불을 붙여준다. 그네는 볼이 미어질 정도로 한 모금 가득 들이마셨다가 훅 뱉는다. 아이의 젖은 속을 휘젓고 그네의 물큰 가슴을 휘감은 연기가 허공으로 흩어진다. 그네 곁을 지나는 사람들이 저 세상인 듯 아득하다. 예가 바로 저승이지 싶다.(「필녀」, 264쪽)

지하철 2호선 순환선에서 무가지 신문 폐휴지를 모으는 것으로 겨우 생계를 꾸려가는 칠십을 눈앞에 둔 필녀는 중학생 손녀를 키우고 있습니다. 갑자기 집안이 풍비박산 나면서 가세가 기울어진 채 손녀만을 남겨둔 채 필녀의 딸은 죽고, 사위는 종적을 감췄으며, 세상과 벽을 쌓은 손녀는 정상적 학교생활을 거부하고 있습니다. 이러한 손녀의 삶을 보던 필녀는 사위를 찾아 손녀가 그의 아버지와 함께 새로운 삶을 살았으면 하는 바람을 갖고 있었지만 끝내 필녀의 바람은 가혹한 세상의 힘에 밀려 스러지고 맙니다. 필녀는 손녀와 함께 담배를 나눠 핍니다. 이 순간, 그들의 심정은 어떨까요. 비록 겉으로는 자신을 버리고 간 아빠를 증오하지만, 기실 그녀는 아빠와 함께 사는 것을 기대하고 있었을 겁니다. 그것이 할머니의 삶의 무게를 조금이라도 덜어준다는 것을 그녀는 알고 있으니까요. 게다가 필녀는 기력이 쇠할 대로 쇠한 채 더 이상 이렇다 할 경제적 노동을 할 수 없어 필녀는 물론 손녀의 행복을 보장할 수 없다는 것을 알고 있으므로 손녀를 사위에게 맡기고 싶었으나, 마음먹은 대로 일이 되지 않습니다. 정말, 그들은 어떻게 해서든지 '용기'를 내어 그들이 서 있는 삶의 벼랑 끝에서 벗어나고자 안간힘을 써보지만 도리어 벼랑에서 떨어지기 직전입니다. 아니, 이미 그들을 에워싸고 있는 삶의 곤경과 난경은 필녀로 하여금 이승 너머의 저승을 환시하도록 합니다.

H 씨,

이토록 삶이 절망적이고 환멸적일 수 있을까요. 정녕, 이 절망과 환멸을 극복할 '용기'는 필요한 것인지요. 저는 「밤을 달리는 자전거」에 등장하는 한 가족을 지켜보며, 이 '용기'에 대해 몸서리를 쳤습니다. 뭐랄까요. 그들이 당면한 문제를 돌파해내기 위해 용기를 내는 것자체를 탓하지는 않으렵니다. 그들은 「필녀」의 작중인물처럼 가족이 해체되었고 경제적 빈곤으로 허덕이고 있지 않지만, 그들은 한국사회에 대한 모종의 불안감과 환멸의 증후를 앓고 있습니다. 하여, 그들은 새로운 삶을 기획하는 '용기'를 내려 합니다. 여기서 문제는 "새로 그려질 가족의 그림에 아버지는 없"다는 점입니다.

어느 날 내가 물었다. 엄마는 아빠랑 별문제 없이 살았으면서 왜 이렇게 해야 하지? 어머니가 말했다. 둘이서 살 만큼 살았잖니. 아빠가 가족을 위해 돈을 벌 만큼 벌었다고, 이젠 당신 인생을 살겠다는 것과 똑같은 거야. 엄마 역시 죽자구나 하고 있는 돈, 없는 돈 아끼며 니들 과외 시켜 대학 보내봤자 다 꽝 되었잖니? 아빠는 그래도 우리나라 좋은 나라, 길이길이 충성하시겠다니 할 수 없고, 그렇지 않니? 새롭게 살아보는 것도 좋지 않겠어? 새롭잖아. 또 희망도 있구. 난 요즘 힘이 펄펄 솟는다. 갑자기 세상이 환해진 것 같아, 애! 나는 어머니의 새로운 모습을 물끄러미 바라보았다.(「밤을 달리는 자전거」, 59쪽)

'나'의 엄마는 아메리칸드림을 꾸고 있습니다. 그녀는 헤어디자인을 배우면서 미국에서 '나'와 함께 미용업을 창업할 꿈에 부풀어 있습니다. 이를 위해 그녀는 명예퇴직한 남편에게 재산분할청구를 요구하였고 자신의 꿈을 실현시킬 계획을 착실히 준비하고 있는 중입니다. 그녀의 욕망은 새로운 삶을 살고 싶은 것으로, 그동안 남편과 자식들에게 자신의 삶을 저당잡힌 것으로부터 과감히 벗어나 주체적인 삶을 향한 선택이기에 응당 존중받아 마땅합니다. 언제까지 마냥 한국사회를 지배하고 있는 가족이데올로기의 희생양으로서 개인의 삶이 아닌, 누구의 어머니, 누구의 아내로서 살 수 없는 일입니다. 하지만 그렇다고 그녀의 용기에 과연 문제가 없는 것일까요. 기존 가족의 범주에서 남편만을 제외한 채 타지에서 새로운 가족의 삶을 시작하는 것을 어떻게 이해해야 할까요. 그동안 남편이 세상과 부딪쳐 견뎌온 삶은 송두리째 부인과 자식들로부터 외면받을 만큼 부정되어야 하는 것일까요. 어떻게 보면, 아빠를 제외한 가족들이 꿈꾸는 아메리칸드림은 현실의 비루함에 적당히 타협하고 그것에 굴복한 가운데 도피처를 찾기 위한 가식적 '용기'는 아닐까요. 만일 그가 명예퇴직하지 않고 계속하여 경제활동을 한다면, 그의 가족들은 그를 제외한 새로운 삶을 향한 희망을 품을 수 있을까요. 모르긴 모르되 가족들은 그가 경제활동 능력을 잃었기 때문에 그를 가차없이 버리는 것은 아닐까요. 여기서 잠깐! 그가 명예퇴직한 후 자전거 타기를 좋아하는 이유를, 가족들이 헤아릴 수 있다면 그렇게 무모한 선택을 했을까요.

아빠가 왜 회살 그만뒀는 줄 아니? 그놈의 동넨 뭐든지 빨라. 당최 그 속도를 따라잡을 수가 있어야지. 그런 아빨 좋아할 턱이 있나. 난 내 힘만큼만 구르는 자전거가 참 좋다. 그게 아무리 느려 봬도 씽씽 달리면 시원한 바람이 제법 얼굴에 달라붙어. 너도 자전걸 배워 보면 참 좋은데 말이다.(「밤을 달리는 자전거」, 57쪽)

아빠가 '나'에게 하는 이 말 속에는 '나'의 가족들뿐만 아니라 우리에게 들려주고 싶은 삶의 지혜가 오롯이 행간에 스며있습니다. 그것은 속도지상주의에 휩쓸리며 살고 있는 우리를 반성적 성찰의 길로 인도합니다. 자신의 힘만큼만 동력을 내는 자전거는 정직합니다. 아무리 작은 힘을 내더라도 자전거는 달리는데, 그렇다고 자전거가 제 몫을 못하는 것은 아닙니다. 자전거 페달에 밟는 적당한 힘과 몸의 중심을 잘 잡아야만 자전거가 원하는 방향으로 순조롭게 달릴 수 있음을 감안해볼 때, 그동안 한국사회는 자전거에 담겨 있는 삶의 지혜를 애써 외면하든지 망각하고 있었던 겁니다. 근대화를 빨리 달성하기 위해 얼마나 많은 분야에서 자연스럽지 못한 작위(作爲)가 횡행했는지 모릅니다. 경쟁과잉의 사회적 분위기 속에서 행복을 추구하는 희망의 가치가 얼마나 심하게 경제 지상주의와 속도지상주의의 전횡 속에서 왜곡되었는지 모릅니다. 그래서일까요. H 씨, 저는 엄마와 가족들의 아메리칸드림을 위한 주체적 선택이 왠지 진정성이 결여된 것처럼 생각됩니다. 아빠를 제외한 그들은 그토록 혐오한 한국사회의 그것과 결별하지 않은 채 도리어 그 부정적인 것들(속도지상주의가 파생한 가족이데올로기)을 내면화한 욕망을 드러낸 것으로 보이기 때문입니다.

이와 관련하여, H 씨는 「막다른 집」과 「포푸리를 만드는 남자」를 통해 한국사회에 팽배한 타락한 욕망을 예각적으로 보여주고 있습니다. 먼저, 「막다른 집」을 볼까요. 이 소설에는 한국사회의 첨예한 사회적 문제로 부각되고 있는 재건축아파트 추진 사업과 관련한 사람들의 뒤틀린 욕망이 넘실댑니다. 재건축사업의 진행 과정에서 주민들과 시공사, 그리고 주민들 사이에는 온갖 이해관계가 난마처럼 얽힙니다. 시공사는 경제적 수익을 최대한 확보하는 데 혈안이 되어 있고, 주민들은 시공사와의 관계 속에서 자신의 경제적 기득권을 안정적으로 보장받고자 합니다. 그 과정에서 서로의 이해관계가 맞물려 아파트 평수를 늘리는 데 합의하는데 그러다 보면 추가비용이 들어가고 이 비용을 물 수 없는 세대에게는 큰 경제적 부담으로 다가옵니다. 결국 이 부담을 해결하지 못하는 세대는 자신의 경제적 기득권을 막대한 손해를 감수하고 포기할 수밖에 없습니다. 작중인물 혜순은 이러한 어려움에 봉착합니다. 바로 그때 민씨네가 혜순의 어려움을 이해하는 것처럼 다가와 결국 혜순을 시공사의 이해관계에 유리하도록 회유·포섭한 것을 모른 채 혜순은 자신의 경제적 기득권에 막대한 손해를 입게 됩니다. 혜순만 몰랐을 뿐이지, 혜순의 이웃 주민들과 시공사는 재건축사업의 이해관계에 서로 맞물린 채 결국 혜순네만 소외시킵니다. 이렇게 경제중심주의에 속수무책인 사람들에게 이웃의 어려움을 함께 할 연민과 연대의 파토스는 들어설 자리가 없습니다. 그저 조금이라도 자신의 경제적 이권을 더 잘 챙기고, 경제적 기득권을 공고히 구축하는 데 관심이 있을 뿐입니다. 경제적 이해관계 속에서 어제의 이웃은 오늘의 적이라는, 가치의 전도가 비일비재하게 일어납니다. 때문에 한국사회의 재건축사업의 속내를 들여다보면 「막다른 집」에서 보인 풍경과 크게 다를 바 없습니다.

흔히들 얘기합니다. '쩐(錢)'이 모든 가치보다 우선하는 사회에서는 복마전(伏魔殿)이 판을 친다고 말입니다. 그곳에서는 인간의 신의(信義)라고는 눈곱만큼도 찾아볼 수 없다고 합니다. 오직 '쩐'의 위력만이 모든 것을 지배한다고 하죠. 1990년대 후반부터 한국사회를 강타한 금융위기 속에서 시쳇말로 철가방으로 불리는 은행원도 피해갈 수 없는 구조조정을 다루고 있는 「포푸리를 만드는 남자」는 이러한 현실을 매우 냉소적으로 조명합니다. 만년 과장인 영훈은 "사방이 꽉 막힌 옴짝달싹 못할 철벽 안에 갇힌 기분"으로 살아가는 은행원입니다. 그는 은행합병의 구조조정 여파에서 용하게

살아남으면서 아로마테라피 향유요법으로 심한 정신적 스트레스를 근근이
견뎌내고 있습니다. 그래서 그는 허브 농원을 순례하면서 온갖 향기 나는
식물 재료를 모으더니, 결국 아로마테라피 향유요법 없이는 평소 직장생활
을 하는 데 어려움이 있을 정도로 향기에 중독되고 맙니다. 이 향기를 맡는
것은, 구조조정의 위기 속에서 언제 퇴출될지 알 수 없는 심적 불안감을 견
디기 위한 불가피한 방편입니다. 상태가 이쯤 되면, 영훈은 마치 마약에 중
독된 것과 다를 바 없다고 해도 과언이 아닐 터입니다. H는 영훈의 이러한
향기 중독에 걸릴 수밖에 없는 한 사건에 초점을 맞추는데, 그것은 관치금
융의 문제와 결부됩니다. 영훈의 스트레스를 받는 데에는, 부실기업을 상
대로 은행 거래를 지시하는 상관에 대한 불복종으로 인해 자신의 인사고과
에 피해를 본 것과 밀접한 연관이 있는데요. 부실기업과의 거래를 지시한
상관은 다른 외압, 즉 관치금융의 부패한 구조악(構造惡)으로부터 자유로울
수 없던 겁니다. 언제 퇴출당할지 알 수 없는 만년 과장의 소신으로 그 지시
를 거부했지만, 뿌리 깊은 관치금융의 문제를 그 혼자만의 힘으로는 제거
할 수 없습니다. 급기야 이 문제는 금융위기 속에서 구조조정의 대상이 되
는바, 작품의 말미에 여실히 드러나지만, 관치금융의 말단부에서 일을 한
은행원만 구조적 피해 당사자로 그려집니다.

> 구조 조정이 행원 숫자만 줄이면 다 되는 것처럼 생각하는 게 문제들이라니까
> 요. 선진 금융 시스템에 필요한 프로그램 같은 건 개발하지 않고……정부나 일부
> 경영진에서 잘못해 놓고 열심히 일한 죄밖에 없는 행원들에게 은행 정상화시켜
> 야 되니 합병시키겠다, 이젠 나가라, 그게 어디 말이 돼요? 그 많은 사람들이 길
> 바닥에 나앉아서 어떻게 하라구요?(「포푸리를 만드는 남자」, 193~194쪽)

일반 은행원의 이 같은 비판은 공염불이기 십상입니다. 관치금융, 낙후
된 금융시스템 등을 해결하려는 본질적 노력은 뒤로한 채 말단 직원들의
숫자를 줄이는 일이 구조조정의 전부인 것인 양 판단하는 것에 대한 H의

매서운 비판이 정신을 번쩍 들게 합니다.

H 씨,

이번 소설집에 실린 8편의 소설을 읽은 후 저는 곰곰 생각해보았습니다. 이 글의 앞머리에서도 말했듯이, H 씨의 소설이 '작은 이야기[小說]'에만 붙들려 있는 게 아니라, 그 속에 인간의 삶의 상처를 응시하면서, 삶의 불가해성과 맞서 싸우는 산문정신, 즉 '큰 이야기[大說]'의 풍요로운 계기들이 곳곳에 자리하고 있다는 점입니다. 이제, 좀 더 용기를 내어, 장편소설의 대하(大河)로 나갔으면 합니다. 대하를 헤쳐 나가는 모습을 기대합니다. 하여, 소설의 운명, 그 난바다 속에서 삶의 비의성이 지닌 진실과 만나길 기원합니다.

비정성시(非情城市)의 욕망을 응시하는

김정남, 『잘 가라, 미소』

비정성시(非情城市)의 욕망 속으로

정남 씨에게

저의 지극히 낭만적 인상일지 모르지만, 동해를 곁에 두고 사는 정남 씨가 부러운 적이 한두 번이 아니에요. 글쎄, 뭐랄까, 끝 간 데 없이 펼쳐진 바다 그 자체는 지상의 모든 것들을 아무런 편견 없이 포용하고, 생의 힘이 소진한 자들에게 '또 다른' 생의 기운을 충전시켜주는 뭇 생명의 근원인데, 이러한 바다를 앞마당처럼 자신의 삶의 영역으로 여기며 사는 데 대한 질투가 난다는 게 솔직한 심정입니다. 물론, 바다를 이렇게 낭만적으로만 생각할 수 없다는 것을 잘 알아요. 바다도 엄연히 생존의 치열한 사투가 벌어지는 삶터이죠.

그러고 보니, 정남 씨의 두 번째 소설집 『잘 가라, 미소』(삶창, 2012)에 실린 9편의 소설을 관류하고 있는 묵직한 문제의식을 제 나름대로는 이렇게 들려주고 싶어요. 머언 바다로부터 스멀스멀 피어오르며 점점 농도가 짙어가는 해무(海霧)는 소읍 도시의 사위를 순식간에 에워싼 채 그 실체를 정확히 식별할 수 없어, 바로 그 때문에 인간은 자신의 욕망을 은폐하든지, 굴절된 욕망을 드러내든지, 아니면 욕망의 맹목에 붙들려, 결국 자신을 비롯한 타자의 파국에 직면하는 황폐화된 풍경……. 사실, 이 황폐화된 풍경은 정남 씨가 곤곤히 부딪치고 있는 지금, 이곳의 현실에 대한 묵시록적 진실을 서사화한 것으로 보여요. 따라서 이번 소설집에 실린 9편의 소설은 정남 씨의 서사의 미학을 다채롭게 보여주기보다 이와 같은 묵시록적 진실에 대한 작가로서 정남 씨의 치열한 산문 정신에 초점을 맞추고 있습니다.

우선, 「비정성시」로부터 말문을 열어볼까요. "희뿌연 안개 속에 갇혀 있"(60쪽)는 도시에서 퇴폐 이발소의 안마사로서 힘겨운 생활을 근근이 지탱하고 있는 여인에게 삶의 기쁨과 희망이 있을까요. 혹자는 얼굴을 붉히며 이러한 퇴폐 이발소에서 일하는 여인을 가혹할 정도로 몰아세울 테죠. 이 여인은 할 일이 없어, 어쩔 수 없이 윤락을 하는 직업 여성으로 전락했냐구요. 천박한 자본주의의 노예를 자처한 마당에 그 여인에게 도대체 이 악무한의 현실을 부정할 수 있는, 아니 견뎌나갈 수 있는 항체로서의 윤리와 정치의식을 발견할 수 있느냐구요. 맞습니다. 이러한 그녀를 향한 잇따른 비판 자체가 무엇을 내포하고 있는지 모르는 바 아닙니다. 그런데, 정말 그런데 말이죠. 매우 단순 소박한 물음을 간과해선 곤란한 게, 그녀가 하필 왜 이러한 삶을 선택할 수밖에 없었는가 하는 문제를 우리는 생각해보아야 하지 않을까요.

정남 씨, 제가 소설가인 당신을 대신해서 이 문제와 관련하여 일반 독자들에게 간곡히 들려주고 싶은 말이 있어요. 비단, 이것은 「비정성시」를 제대로 이해하기 위한 것만이 아니라 이번 소설집에 실린 다른 작품들을 이해하는 것과도 관련이 있습니다. 단도직입적으로 물어, 우리는 왜 소설을 읽을까요. 다양한 이유들이 있겠죠. 저는 정남 씨의 소설을 읽으면서, 이것만큼은 힘주어 강조하고 싶어요. 작중의 문제적 인물들이 파국으로 치달은 결과가 중요한 게 아니라 그 과정에서 그들이 삶의 넓이와 깊이를 어떻게 성찰하고 있느냐 하는 게 중요한 문제입니다. 그런데 여기서 우리는 착한 콤플렉스로부터 자유로워야 합니다. 이 성찰의 과정뿐만 아니라 성찰로부터 획득될 어떤 것이 고상하거나 아름답거나 깨우쳐야 할 것들로만 이뤄지는 게 결코 아니거든요. 도리어 이것들과 상반되는, 즉 역겹거나 추하거나 무지몽매한 것들 투성이로 이뤄진 게 우리의 삶과 현실이라는 점이 드러나거든요. 저는 이번 소설집에 실린 소설들을 읽으면서, 독자들이 이 후자의 측면에 초점을 맞춰 읽는다면, 정남 씨의 소설을 제대로 이해할 수 있는 열쇠를 소유할 수 있을 것으로 생각합니다.

그렇다면 다시 「비정성시」로 돌아가볼까요. 퇴폐 안마사로 전락한 그녀에게는 지울 수 없는 삶의 상처가 남아 있는데, 광부와 혼인하여 행복을 누리던 그녀는 그녀의 남편이 "조합원들을 이간질시키는 프락치로 몰려 조합원들에게 집단폭행을 당했고 그들에 의해서 암매장"(76쪽)당하는 고통을 겪었습니다. 동료들의 오해로부터 죽음을 당하고 이웃으로부터 극심한 소외를 당한 그녀는 어린 딸과 함께 정글과 같은 삶의 전장으로 내몰린 것이죠. 우리는 그녀의 이러한 삶의 고통과 상처의 후경(後景)에 자리하고 있는 한국사회의 갈등을 쉽게 간과하기 십상인데, 이 점에 대한 이해 없는 그녀 개인의 삶의 상처는 지극히 우연적이고 개인적 비극으로 간주될 여지가 다분해요. 그래서 그녀의 광부 이웃들은 누구 하나 그녀의 상처치유를 도와주지 않았습니다. 약소자들 사이의 연민과 애도는 찾아볼 수 없고, 그들 사이의 이해관계로부터 비롯된 오해를 바로잡는 그 어떠한 노력도 없는 채 그녀는 비정하게 그 약소자들로부터 축출당했습니다. 그러자 그녀에게 도움의 손길을 내민 곳은, 아니 도리어 그녀의 상처치유를 더욱 왜곡시키도록 부추긴 곳이 바로 퇴폐 이발소였어요. 그곳에서 그녀의 상처는 덧날 뿐이었습니다. 하물며 그녀의 상처치유의 길이 더욱 요원한 것은 작품의 결미에서 드러나듯, 퇴폐 이발소류와 같은 신생업소 대딸방이 뜨고 있는데, 그곳에서 윤락 서비스를 하고 있는 윤락녀가 바로 그녀의 딸이기 때문입니다. 이쯤 되면, 독자들은 정남 씨가 이 단편의 제목을 '비정성시(非情城市)'로 지은 이유에 대해 전광석화처럼 알게 됩니다.

안개에 가리워진 것을 응시하는

정남 씨, 이렇게 우리가 살고 있는 현실은 말 그대로 추하고 역겹고 비정하기만 합니다. 이러한 암울한 현실을 당신은 '안개'의 아우라로써 매우 적절한 미장센을 취하고 있습니다. 「는개」, 「안개주의보」, 「봉인된 시간」 등에서 직간접으로 마주할 수 있는 '안개'는 추하고 역겹고 비정한 인간의 욕망을 구체적으로 실감하도록 하니까요.

> 그는 점점 멀어져 갔다. 이윽고 그는 유족들과 함께 건물 안으로 들어갔다. 나는 바닥에 주저앉아, 어리석은 삶의 날로부터 떠나가는 영혼을 바라보고 있었다. 그의 영혼은 어떻게 될까. 아마도 하늘로 오르지 않고, 절절히 뼛속에 남아 부서지고 쪼개지고 갈려서는, 마침내 는개와 같은 흰가루가 되어 그의 바다에 뿌려지리라. 백시복은 또 한권의 유고시집을 낼 것이고, 추모행사를 기획할 것이다. 살아 있는 자들은 이를 통해 그를 기억하게 될 것이다. 피어오르는 그의 영혼을 바라보며, 나는 는개처럼 뿌연 세상을 바라보고 있었다.(「는개」, 173~174쪽)

지방 도시의 도서관에서 일을 하고 있는 '나'는 친구 시충의 죽음에 대해 늘 죄책감을 갖고 있습니다. 시충은 시인 지망생으로서 술을 마셨다 하면 폭음을 하기 일쑤였고, 자신의 지역 태생의 시인 박해조의 시와 그의 죽음을 동경하고 있었습니다. 마침내 시충은 심장마비로 죽습니다. 그런데 「는개」에서 흥미로운 것은 시충과 박해조를 에워싸고 있는 죽음에 대한 그 무엇이 아니라, 이들 죽음의 언저리에서 이들 죽음에 기생하며 살고 있는 백시복과 같은 사람들의 욕망의 향연입니다. 모르긴 모르되, 백시복은 박해조의 문학을 해마다 추모하는 행사를 기획할 것이고, 박해조의 문학을 동경했던 한 시인 지망생의 죽음을 낭만적으로 박제화함으로써 박해조 문학의 추모행사가 갖는 권위를 축적시키고, 그것이 곧 "백시복이라는 지방의 무명 시인을 알리는 계기"(170쪽)는 물론, 추모 시집의 대중성 확보로 상업적 이익도 획득하는 일석이조의 이득을 얻을 것입니다. 이 모든 게 '나'에게는 "늪개처럼 뿌연 세상"으로 보일 뿐이죠.

그렇습니다. 정남 씨의 작중 인물은 「비정성시」의 '그녀'와 「늪개」의 '나'처럼 말할 수 없이 황량한 세상을 똑바로 바라볼 뿐 세상의 부정을 부정하기 위한 적극적 언행을 보이지 않아요. 가령, 「안개주의보」의 '나'의 경우 성폭력을 당한 딸의 아버지로서 비정상적 성욕의 표출이 성에 대한 사회적 일탈과 심지어 폭력으로 연결된다는 것을 윤리의식으로 인식하고 있음에도 불구하고 직장 동료들과 함께 딸보다 조금 나이가 많은 직업 여성과 매춘의 관계를 갖습니다. 딸의 성폭력 때문에 남성의 성욕을 혐오하는 아내와 부부의 성관계가 단절된 '나'는 매춘을 통해 자신의 성욕을 충족시킵니다. 그런데 우리는 이 소설을 부르주아적 개인의 성욕을 탐문하는 것으로 이해해서는 곤란합니다. 다시 말해 딸의 성폭력에 직면한 아비가 자신의 성욕을 해소하기 위해 매춘의 형식을 빈 것과의 관계를 탐문한, 부르주아적 개인의 성욕에 대한 정신분석학적 서사로 파악하는 것은 번지수를 잘못 짚은 읽기라고 저는 생각합니다. 정남 씨, 저는 이것보다 성욕의 비정상적 표출(성폭력과 매춘)에 노출된 우리의 음험한 현실을, 문제적 인물을 통해 가감없이 드러낸 것으로 보입니다. 정남 씨의 작중 인물은 이 뒤틀린 세상에 저항하는 정치적 실천을 모색하지는 않습니다. 다만, 우리로 하여금 끈적끈적한 점성의 안개에 갇힌 추악한 현실을 외면하지 말고 똑바로 볼 것을 강조합니다. 그래야만, '나'가 매춘을 하고 모텔 밖을 나온 짙은 해무가 깔린 거리에서 성폭력을 당한 이웃집 여학생의 죽음과 '나'의 딸이 극심히 앓고 있는 성폭력의 상처를 동일시할 수 있습니다. 이것은 곧 우리가 살고 있는 현실에 대한 정직한 '응시'로부터 훼손된 관계를 치유할 수 있기 때문입니다.

논쟁적 서술효과의 서사적 힘

저는 정남 씨의 현실에 대한 '응시' 자체가 갖는 서사적 힘에 주목해봅니다. 이것은 현실에 대한 날것을 그대로 재현해내는 자연주의와도 다르고, 현실의 모순을 기계적으로 반영하는 반영론과도 다르고, 타락한 현실을 조급히 타개하고 교조주의적으로 변혁하고자 하는 속류리얼리즘론과 확연히 다르다는 것을 분명히 해두고 싶어요. 저는 현재 한국소설에는 삶의 절실성이 현저히 결핍돼 있다고 생각하는데, 정남 씨의 소설은 이 절실성의 문제에 천착해 있습니다. 「봉인된 시간」과 「하수도」의 경우, 이것은 대학 시간강사의 고달픈 삶으로 드러납니다. 물론, 이 문제를 다룬 다른 작가의 작품이 없는 것은 아니죠. 그런데, 제가 이 두 작품에 각별히 주목하는 데에는 시간강사의 문제를 에워싼 다층적 사안들이 겹겹으로 포개져 있는 것을 드러내면서, 정남 씨의 방식으로 이 문제에 대해 부딪치고 있는 절실성의 서사적 행위 때문입니다. 저는 다음과 같은 대목을 읽으면서 소설에서 절실성의 문제는 서사적 형상화의 차원으로만 가둬둘 게 아니라, 어떻게 보면, 그동안 한국의 근대소설이 서구의 근대소설의 미학의 매트릭스 안에서 금과옥조로 간주했던 바로 그 서구의 서사 미학을 이루는 언어의 물질성에 갇힐 게 아니라, 그 매트릭스 '밖'에서 '또 다른' 서사 미학을 기획해야 한다고 생각합니다. 그것은 부정한 현실에 대해 작중 인물의 입을 빈, 작가의 서술자적 비평의 개입을 효과적으로 배치하는 일입니다.

농촌 총각과 결혼한 외국인 여성처럼 살아가는 아내의 외로움과, 귓구멍이 막힌 귀 병신 아들의 숨 막히는 답답함과, 무능한 대학 강사인 남편의 절망이 만들어내는 끔찍한 하모니는 그 자체로 상처의 지도이다. 이 작은 가정의 풍경에는 요즘 유행하는 디아스포라도, 장애아의 사회적 소외도, 비정규직 노동자의 제도적 불평등까지도 고스란히 담겨 있다. 이산의 고통을 찾아 탈북자나 외국인 노동자들을 생각할 필요가 없다. 우리 가족 안에 디아스포라가 있고, 처절한 인권의 사각지대가 있고, 우리 사회 지식 노동자의 현실이 있다. 사회학 전공자의 관점에서 보면 나의 가정은 그 자체로 부조리한 대한민국의 축도이다.(「봉인된 시간」, 197쪽)

　대학의 시간강사의 현실적 처지를 이처럼 예각적으로 짚어낸 소설은 없지 않을까요. 소설 속 시간강사를 특수한 입장으로 볼 수 없는 게, 개별적 입장은 서로 다르지만, 비정규직 지식 노동자로서 그들은 늘 고용불안에 짓눌리며, 그 때문에 가정은 안정되지 않고, 더욱이 지식 노동자의 처지는 육체 노동자와 현저히 다른, 심지어 노동자로서 인식될 수 없다는 사회적 통념의 볼모로 잡혀 속수무책인 점을 감안할 때, 디아스포라의 현실을 살고 있으며, 인권의 사각지대에 놓여 있다는 통렬한 지적은 결코 과장이 아닙니다. 혹자는 이 부분에 대해 정남 씨의 서사 미학의 흠결을 지적할 수 있어요. 우선, 시간강사의 문제를 너무 포괄적으로 생각하고 있는 것은 아닌가, 그리고 디아스포라와 약소자의 문제를 너무 추상적으로 인식하고 있는 것은 아닌가, 때문에 시간강사와 이러한 문제를 형상적 사유로 그려내고 있지 못한 것은 아닌가, 하고 말이죠. 저는 다시 강조하고 싶습니다. 정남 씨가 이 같은 문제를 회피하거나 단순하게 인식하고 있는 게 아니라, 시간강사가 직면한 사회적 문제와 그 절실성의 문제를 형상적 사유에 얽매이지 않고 작가의 서술자적 비평의 시각을 과감히 개입함으로써 이 문제에 대한 논쟁적 서술효과를 기대했던 것은 아닐까요.

　정남 씨, 저는 이 대목을 읽으면서 작가 현기영의 장편소설 『누란』이 겹쳐졌다는 것을 고백하지 않을 수 없습니다. 『누란』에서 제가 주목했던 것은 방금 제가 강조한 논쟁적 서술효과였습니다. 현기영은 『누란』에서 1990년대 이후 날로 왜소해지고 현실추수적인 우리 시대의 젊은이들을 향한 비판적 입장을 서슴지 않았습니다. 근대소설의 서사 미학을 보란 듯이 위반한 작가의 서술자적 비평의 시각을 드러낸 수작(秀作)으로 저는 평가합니다.

제가 이렇게 이 점에 대해 힘주어 얘기하는 것은 정남 씨의 소설에서 서구의 근대소설의 미학을 넘어서는, 아니 다른 방식으로 서사 미학을 모색할 수 있는 가능성을 발견하였기 때문입니다. 여기에는 아마도 정남 씨가 문학평론가로서 논쟁적 서술효과를 자신도 모르는 새 구현하고 있는 것과 무관하지 않을 터입니다.

카타르시스의 미적 체험으로

여기서 짚고 넘어갈 게 있어요. 「봉인된 시간」에서 징후적으로 보이는 논쟁적 서술효과가 유의미를 갖는 것은 예의 문제들에 씨름하는 작중 인물들의 욕설을 통한 카타르시스를 동반하고 있다는 점입니다.

"이제 어디로 가는 거야?"
비명을 지르던 아내는 이제 다시 가라앉은 목소리로 말한다.
"보면 몰라. 집으로 가는 거지. 이제 단 3일 뿐인 우리 집으로."
"제발 이죽거리지마. 이 개새끼야."
아내가 욕을 한다. 그 욕이 이상한 청량감을 던져준다.
"알았어. 씨팔년아."
아내가 웃는다. 부조리극의 인물들 같이 시시덕거린다.
"이제 어떻게 할 거야? 이 좆같은 새끼야."
아내가 더 큰 소리로 욕을 하고 나서 배가 아파 죽겠다는 듯이 웃는다.
"몰라. 이 보지야."
아내가 숨이 멎을 듯이 웃는다. 아이는 이에 아랑곳하지 않고 수평선 위에 점점이 터져 오른 환한 불빛에 눈길을 주고 있다.
"야, 씹새끼야. 우리 확 죽어버릴까?"
"그래? 확 핸들을 돌려버려!"
내가 더 큰 소리로 고함을 지르며 깔깔거리고 웃는다.

고속도로 위를 달리는 차는 핸들이 돌아가는 대로 미친 듯이 흔들렸고, 차 안에는 더 할 나위 없이 질펀한 욕이 계속 터져 나오고 있다. 어느덧 서로의 눈에는 눈물이 끈적끈적하게 비어져 나온다. 아마도 울음과 뒤범벅된 우리의 웃음은 집으로 돌아오는 길 내내 계속될 모양이다.(「봉인된 시간」, 198~199쪽)

　지방 소읍 도시에서 싼 셋집을 구하다가 집으로 돌아가는 고속도로 위에서 시간강사 부부는 서로를 향해 신랄한 욕설을 내뱉습니다. 마치 지금까지 서로에게 억눌린 원한을 한꺼번에 풀어놓듯이 말이죠. 그런데, 정남 씨, 눈치 빠른 독자라면 굳이 설명을 하지 않더라도 알아챌 것입니다. 그들의 욕설이 표면상으로는 상대방을 향한 것이되, 궁극적으로 그 욕설들이 사회를 향한 것이라는 사실을. 독자들이 바로 이 사실을 알아챈다는 것은 정남 씨의 논쟁적 서술효과가 제대로 작동했다는 방증이에요. 시간강사의 문제들을 해결하는 일이 이들 부부만의 노력으로는 이뤄질 수 없다는 것을 독자들은 이제 알게 되고, 독자들은 자연스레 이 사안에 논쟁적으로 개입하게 되는 것이죠. 그래서 사회를 향한 부부의 욕설을 접하면서 독자들은 한편에서는 쾌감을 맛볼 것이고, 또 다른 한편에서는 결국 그 욕설이 독자들이 속한 사회를 향한 것이기에 불쾌감을 느낄 수도 있을 것입니다. 이렇게 부부의 욕설은 쾌감과 불쾌감의 사회적 맥락을 동시에 인지하는 카타르시스의 미적 체험의 길로 독자들을 인도합니다.
　물론, 카타르시스의 미적 체험이 이처럼 논쟁적 서술효과에 의해서만 이뤄지는 것은 아닙니다. 정남 씨의 이번 소설집에 실린 소설들에서 카타르시스의 미적 체험은 다양하게 구현되고 있어요. 「하수도」에서는 예의 사회적 문제들에 노출된 시간강사가 급기야 여자 친구가 경영하는 술집에서 학생들과 막말을 하며 싸움을 벌이기도 합니다. 비록 그는 시간강사로서 대학에서 학생들을 가르치고 전문 분야의 연구를 하는 지식인이되, 그 같은 사회적 신분과 체면을 뒤로 한 채 술에 취한 학생들과 싸움을 하고 난장판이 된 술집의 바닥을 청소하면서 그동안 막혔던 것을 토해냅니다. 그리고 「에움길」에서는 대학 시절 이념서클로 함께 수배를 당하며 연정을 품었던 여대생이 룸쌀롱 마담의 처지가 된 채 자신처럼 부박한 신세로 전락한 남자 친구로부터 대리운전 서비스를 받은 후 멀어지는 그를 향해 그녀는 "시퍼렇게 멍든 소리" "절규에 가까운 소리"(「에움길」, 35쪽)를 내지릅니다. 그녀의 절규는 그들의 "서글픈 인연의 무게"(「에움길」, 35쪽)를 도저히 감당할 수 없는 극한에서 쏟아지는 피맺힘이라 해도 과언이 아닐 터입니다. 한때 운동권으로서 세계를 변혁시키고자 한 그들의 아름다운 전망의 신념은, 그들이 그토록 부정하고 환멸해마지 않던 자본주의에 무릎을 꿇은 철저한 현실 패배주의자의 모습으로 전락해 있음을 그들은 서로에게 비쳐진 모습 속에서 뚜렷이 봅니다. 하지만 그들은 서로를 끝내 외면하지 않아요. 그녀의 그를 향한 절규, 그 절규를 듣고 그녀를 당당히 만나기 위해 에움길을 오르는 그의 숨 가쁜 발걸음 역시 모종의 카타르시스의 미적 체험을 안겨주기에 충분합니다.

어찌 이뿐일까요. 동성애를 감출 수 없는 작중 인물들과 이들의 관계를 모두 알고 있는 여성, 이렇게 셋은 "오후 4시의 절망", 즉 "높게 뜬 태양도 아니고, 붉게 물드는 노을도 아니고, 시름시름 앓듯 쇠락해 가는 빛."(「유리집」, 129쪽)에 노출된 채 단자적 고립감과 외로움 속에서 살아갑니다. 마침내 여성은 가족을 떠난 남편이 돌아올 수 있는 길은, 그리하여 사랑하는 남편과 자신이 외로움에서 벗어나는 길은 남편의 동성애자이자 그녀의 이성 친구이기도 한 그와 함께 살아야 한다는 결심을 하게 됩니다. 저는 「유리집」을 읽으면서 순간, 멈칫하였습니다. 아니, 그렇다면, 동성애자와 함께 새로운 가족을 이룸으로써 그들은 개별자의 외로움을 극복할 수 있을까. 정남 씨의 소설을 기존 사회윤리학으로 읽어내는 게 소모적이라는 것은 지금까지의 읽기를 통해 구태어 다시 해명할 필요는 없어요. 제가 주목하고 싶은 것은 정남 씨의 문학적 상상력을 통해 이들 개별자의 외로움을 어떻게 해서든지 해소하려고 하는 진정성입니다. 그럴 때 그녀의 결심을 듣고 그녀의 남편을 귀환시키기 위해 보내는 편지에 함께 동봉할 사진을 찍는 대목에서 저는 숨죽여 흐느꼈다는 것을 고백해야겠어요.

> 여기 사진이 있다. 몹시 일그러진 표정으로 담배 연기를 뿜으며, 엉거주춤하게 서 있는 나신. 몸뚱이에 초라하게 매달려 있는 성기는 아무런 생기도 느껴지지 않는다. 너에게 이 편지와 사진을 보내려 한다. 미지의 생명체를 찾아가는 우주선 속 인류의 나체 사진처럼, 너에게 보내는 외로운 한 줄기 타전.
> 몰, 은히, 나, 그리고 영민. 이렇게 우린 함께 살 수 있을까. 나는 영민이의 아빠이기도 하고, 삼촌이기도 하고, 너는 나의 애인이기도 하고, 은희의 남편이기도 한, 모든 관계를 넘어선 관계를 만들 수 있을까. 네가 몹시 보고 싶다.(「유리집」, 150쪽)

기존 완고한 사회적 관계를 넘어선 관계를 만들 수 있을까요. 이 새로운 관계를 향한 절실하고 진실한 욕망의 진정성이 지닌 아름다움에 잠시 정신을 놓고 말았습니다. 아, 그렇고 보니, 정남 씨의 소설 읽기에서 누락시키지 말아야 할 게 있네요. 비루한 현실에서는 상처받고 훼손될 수밖에 없는 관계이되, 정남 씨의 소설 속 인물들은 문학적 상상력의 힘을 통해 그 관계를 비월(飛越)하는 '사랑의 묘약'을 만들고 있네요. 그래야, 작중 인물 미소와 헤어지는 것이 찌질한 상투적 이별이 아니라, 미소와의 담대한 헤어짐이 '과거'의 관계에 구속되는 게 아닌 다른 관계를 모색할 수 있는 비월일 수 있는 것이니까요.(「잘 가라, 미소」).

정남 씨의 또 다른 서사 미학을 기대하며 이만 줄입니다.

2012년 4월 15일
당신의 소설에 흠뻑 취한 비평가가

실종, 존재의 불온성에 대한 내면들

송은일, 『남녀실종지사』

1

작가 송은일이 두 번째 소설집 『남녀실종지사』(문이당, 2009)를 선보인다. 그의 첫 번째 소설집 『딸국질』(문이당, 2006)에 대한 문학평론가 장일구의 매우 적확한 평가에서 알 수 있듯, "송은일은 인간 정신의 심연과 중층을 추적하여 기술함으로써 심리 소설의 긍정적 가능성을 개시(開示)"하는 특장(特長)을 지니고 있다. 기왕 말이 나왔으니 말인데, 최근 소설을 읽다 보면, 무언가 결락되어 있다는 느낌을 지울 수 없다. 문학적 상상력의 스펙트럼이 종래 낯익은 서사보다 훨씬 다채로운 것은 사실이되, 소설을 읽는 특유의 예술적 감흥이 쉽게 일어나지 않는다. 그 어느 때보다 다양한 사건이 등장하고, 사건과 연루된 이야기들이 흥미롭게 진행되지만, 독자들의 심미적 세계에 충격을 가함으로써 지루한 일상의 틈새에서 솟구치는 예술적 감동을 안겨다주지 않는다. 여기에는 여러 이유가 있으나, 소설 속 인물들의 복잡다단한 내면세계에 대한 집요한 추적이 간소화됨으로써 인물의 구체성과 생동감이 사라진, 그리하여 앙상한 허구의 뼈대만 남은 것과 무관하지 않다. 일상의 영토 밖에 존재하는 허구의 세계, 아니 일상과 팽팽한 긴장 관계를 유지하는 허구의 세계에 사는 인물의 내면을 섬세히 들여다보며, 인물들 사이의 복잡하게 뒤엉킨 갈등의 양상을 촘촘히 그려냄으로써 우리 삶에 대한 반성적 성찰의 계기를 스스로 만나는 것이야말로 소설을 통한 예술적 감동을 만끽하는 일이다.

이러한 면에서 송은일 소설의 두드러진 매혹 중 하나는 인물의 내면 풍경을 차분히 그려내는 가운데 인간의 삶을 이루는 비의성의 문양을 섬세히 새기고 있다는 점이다. 한국소설의 외화내빈(外華內貧)을 걱정하는 현실에서 송은일의 소설이 한국소설의 내적 자질을 튼실하게 다져주는 역할을 다하고 있다는 것을 이번 두 번째 소설집에서 확인할 수 있다.

2

이번 소설집을 읽으면서 9편의 소설을 관통하며 흐르는 핵심어를 떠올려본다. 9편의 소설은 나름의 서사적 매력을 발산하되, 마치 무언의 약속이나 한 것인 양 '실종'과 관련한 서사들로 이루어져 있다.

실종.

무엇이 혹은 누군가가 감쪽같이 사라졌다는 것이야말로 충격이 아닐 수 없다. 특히 우리에게 익숙한 존재가 어느 날 갑자기 사라졌다는 것은, 그 존재의 사라짐 자체로 인해 주변의 익숙한 모든 것들은 순간 낯선 것으로 형질 변화를 일으킨다. 타자의 사라짐은, 타자 자체가 없어졌으되, 타자의 흔적을 남기는데, 남은 자들은 그 흔적과 연루된 모든 것들과의 관계 속에서 사라진 타자를 새롭게 인식한다. 물론 그 과정에서 타자를 인식하는 주체 역시 새로운 인식에 동참하게 되는 낯선 경험을 통해 낯익은 주체에 대한 거리 두기를 하게 된다. 결국 타자의 사라짐은 타자와 연루된 모든 것들과의 질서에 균열을 내고, 균열의 틈새에서 새로운 관계가 형성되고, 그 관계 속에서 타자와 주체는 새로운 인식의 과정을 밟는다. 따라서 실종은 안일한 일상을 송두리째 뒤흔든다는 점에서 불온한 성격을 띤다. 실종은 충격이며 두려움을 가져다주고, 어떤 새로움을 동반한다.

「여우비거나 여우볕이거나」는 실종과 관련하여 송은일 소설의 독특한 서사의 윤리를 읽을 수 있다. 이 소설은 죽은 이의 한을 풀어주는, 이른바 영혼결혼식에 얽힌 이야기로 이루어져 있다. 몽금댁 딸 주령을 어렸을 때부터 흠모하던 경산댁 아들 필우는 주령과의 사랑을 이루지 못한 채 죽는다. 필우에게 "보이는 것이라곤 한주령뿐이라 주령에게 다가가고 싶은데 다가갈 수 없으니, 혼자 미쳐 산"(「여우비거나 여우별이거나」, 112쪽), 말하자면 주령을 향한 지극한 짝사랑을 품은 채 죽는다. 이렇게 죽은 필우의 영혼을 달래기 위해 경산댁은 영혼결혼식을 준비하는데 어찌된 일인지 영혼결혼식은 순탄히 진행되지 않는다. 바로 필우의 주령을 향한 짝사랑의 한이 맺혔기 때문이다. 사실, 주령은 필우에 대해 매우 불쾌한 기억을 간직하고 있는데, 필우는 주령을 겁탈한 씻을 수 없는 죄를 졌다. 주령은 어렸을 때 필우로부터 입었던 육체적·정신적 상처로 인해 아직도 필우를 용서하고 있지 않다. 그런데 필우의 영혼결혼식이 잘 진행되지 않자, 필우의 가족들은 주령에게 필우의 맺힌 한을 주령이 풀어줌으로써 필우가 편히 저승에 가기를 원한다.

　주령에게 필우는 없는 존재이다. 아니, 주령에게 아무런 의미가 없는 존재이다. 하지만 필우의 흔적은 여전히 주령의 삶을 에워싸고 있다. 필우의 사라짐은 영원한 것처럼 보일 뿐, 주령의 삶과 연계되어 있다. 주령은 잠시 필우의 존재를 망각하고 있을 뿐, 필우의 흔적 자체를 인위적으로 지워낼 수 없다. 바로 그것이 우리의 삶이다. 어떤 존재의 실종과 소멸은 영원한 것처럼 보일 뿐, 그 존재와 연루했던 관계들 자체를 깨끗이 청산할 수는 없다. 때문에 주령과 그의 외삼촌은 다음과 같이 말한다.

　"오늘은 이 외삼촌이 네 아버지 대신으로 앉은 셈이니 몇 마디 해야겠다. 오늘 지켜보자니 너나 네 엄마나 좀 전에 다녀간 그분네와 좋지 못한 전사가 있었던 건 분명하다만 내 생각으로는 그 일을 풀 때가 되지 않았나 싶다. 그분네가 여기까지 찾아올 정도이면 그쪽에서도 말로 다 못할 묵은 속내가 있었다는 뜻인데, 그걸 다 무시하고는 네 맘이 편치 않을 것이다. 그쪽 청을 들어줄 수 없다고 길

길이 날뛰는 네 엄마도 마찬가지다. 청을 들어줄 수 없다고 큰소리칠 수 있는 한, 청원하는 쪽보다는 형편이 낫기 마련. 형편이 나은 쪽에서 일을 풀어야 하는 법이다. 그게 사람살이 이치야. 외삼촌은 그렇게 생각한다. 어쨌든 주령아, 네 엄마는 결정 못한다. 네가 결정해야 해."

(중략)

"엄마, 가볼게요. 가보는 게 편할 것 같잖아요. 이제 와서 그게 무슨 대수겠어요? 응, 엄마?"

몽금댁이 반응하기 전에 이모와 외숙모들이 아이고오, 한숨을 터뜨렸다. 몽금댁이 곁에 있는 이모 어깨에다 얼굴을 묻으며 아이구우, 신음을 흘렸다. 잠깐 적막이 지나간 뒤에 외삼촌이 큰기침을 했다.

"되었다 그럼. 주령이, 당장 그 절로 가그라. 그라고 주령 에미!"

"예? 예, 오라버니."

"자네도 애 따라가서 그 혼령들 잘 떠나라고 빌어줘. 내 자식 잘 살리는 맘으로 남의 자식 길도 빌어주고 오라는 말이네. 그라고 자제 그 맘보 좀 키우고. 낫살이나 묵어갖고 대체 은제까지 막둥이 노릇을 할라나?"(「여우비거나 여우볕이거나」, 136~138쪽)

주령의 외삼촌은 주령과 그 엄마에게 필우의 영혼결혼식이 원활히 진행되도록 협조해줄 것을 당부하며 사라진 자의 맺힌 한을 자연스레 풀어주는 게 살아 있는 자의 아름다운 역할임을 역설한다. 비록 필우가 살아 있을 때는 도저히 용서할 수 없는 죄를 범했지만, 그 죄를 용서할 수 있는 특권을 지닌 것 또한 살아 있는 자의 몫이다. '사람살이의 이치'가 바로 그것이다.

나는 이것이야말로 송은일의 소설이 견지하는 서사적 윤리라고 생각한다. 죽은 자의 한을 위무하는 것 자체가 아니라, 죽은 자의 흔적을 애써 지워내는 게 아니라, 죽은 자의 한에 서린 삶의 순정에 착목하는 것이야말로 쉽게 간과할 수 없는 송은일의 서사적 윤리인 셈이다. 그렇다. 우리가 주목해야 할 것은 어떤 존재의 사라짐, 그 실종이 가져다주는 사건의 새로움이 아니다. 강간범으로서 파렴치한 필우의 행태악(行態惡)과 그것의 잘못을 응징하고 살아 있는 자들과 화해하는 성격을 띤 서사적 윤리가 아니라, 필우와 주령과의 세속적 관계를 훌쩍 넘어선, 그 어떠한 사회적 이해관계를 넘어선, 존재들 사이를 이어주는 '삶의 순정'을 새롭게 발견하는 것이다.

이와 같은 '삶의 순정'을 발견하고자 하는 서사적 욕망은 「구토」에서도 읽을 수 있다. 현실에 제대로 적응하지 못한 채 실직자로 사는 남편을 둔 명주는 학습지 교사 생활을 하며 힘든 삶을 살고 있다. 어느 날 명주는 느닷없이 20대의 추억을 간직하고 있는 장소를 방문한다. 그곳은 남편이 장밋빛 미래를 꿈꾸며 고시 공부를 하던 곳으로, 명주는 젊은 시절의 열정의 흔적이 남아 있는 그곳을 무작정 방문한다. 그곳에서 명주는 낯선 글쟁이와 하룻밤 정을 나눈다. 명주는 악다구니치는 현실의 삶에서 잠시 벗어나고 싶었으리라. 24평형 집에서 13평형 집으로 축소된 자신의 현재 삶에서 도망가고 싶었을 터이다. 믿었던 남편은 경쟁의 틈바구니에서 도태된 삶을 살고 있으며, 젊었을 적 그 아름다운 미래의 꿈은 현실의 삶 속에서 사라진 지 오래다. 남편과 꿈꿔 왔던 미래는 더 이상 꿈꿀 수 없다. 명주는 위안을 받고 싶다. 지긋지긋한 현실의 삶으로부터 벗어날 출구를 찾고 싶은 것이다. 하지만 현실을 벗어날 출구는 그 어디에도 존재하지 않는다. 명주가 찾은 젊은 시절의 낭만과 꿈이 서린 그곳 역시 현실의 스산한 삶의 풍경으로부터 벗어나 있지 않다. 다만 그곳에서 명주는 자신의 젊은 시절처럼 무언가를 꿈꾸는 글쟁이의 순정을 발견할 뿐이다. 그리고 그 숱한 순정을 지켜보아 온 그곳 주인아주머니의 존재가 지닌 삶의 위엄을 목도할 뿐이다.

어떻게 보면 송은일 소설은 서사 자체가 단조롭다. 앞서 말했듯 그의 소설에서는 사건이 요란스럽지 않다. 사건 자체가 별스럽지 않다. 때문에 자칫 소설의 재미가 반감될 수 있다. 하지만 송은일의 소설에서 개별 인물들이 간직한, 어떤 존재의 사라짐으로 인한 새로운 인식의 실마리는 소중한 서사적 진실이다. 가령, 「매직글라스」에서는 두 여자의 이야기가 교차되는데, 서로 다른 시선으로 타자를 관찰하며 진행되는 이야기는 마치 동전의 앞뒷면처럼 동일한 대상을 어떠한 관점으로 포착하느냐에 따라 그 대상이 지닌 면모의 실체가 입체적으로 드러날 수 있다는 전언을 들려준다.

남편과 딸을 산행에서 모두 잃어버린 홍연은 그 충격으로 '팅팅 불어난 몸통에 긴 머리를 뒤집어쓰고 자리옷 차림새로 유령처럼 서성이는 여자'(「매직글라스」, 206쪽)의 외양을 보인다. 홍연은 우연히 죽은 남편의 핸드폰에 남아 있는 여성 산악회 회원의 번호를 추적하여 그 여인의 일거수일투족을 관찰할 수 있는 곳에다 집을 구한다. 홍연은 그 여인 때문에 자신의 남편과 딸을 잃었다는 망상증에 사로잡힌 것이다. 그 여인은 미용실을 운영하는데, 그녀 역시 사랑하는 사람을 잃은 상처를 안고 있다. 그런데 공교롭게도 그녀 역시 홍연의 남편처럼 산행을 즐긴 적이 있다. 이렇게 홍연과 은심이란 여인은 서로 다른 관점으로 서로의 입장을 생각하며 이웃처럼 지낸다. 그러나 결국 홍연의 남편과 은심은 내연의 관계를 가진 게 아닌 것으로 드러난다. 이 얼마나 아이러니한 순간인가. 홍연은 오직 자신의 남편과 은심이 모종의 연인 사이일 것이라는 관계 망상증에 사로잡혀 있었던 것이다. 홍연은 자신이 생각한 대로 은심을 의심하고 있었고, 자신이 생각한 대로 은심을 불륜의 대상으로만 간주했다. 철저히 주체가 망상하는 틀 안에 타자를 옭아맨 채 홍연이란 주체는 서서히 자기 자신을 망실하는 과정을 밟고 있었던 것이다. 관계 망상증에 사로잡힌 채 타자만을 일방향으로 관찰할 수 있는 매직글라스를 통해 홍연은 타자와 일그러진 관계를 맺고 있었다. 매직글라스는 타자와 진정한 소통을 위한 게 아닌, 자신의 실체를 숨기면서 오직 자신이 보고 싶은 것만을 보려고 하는 관계의 협애성과 편집증을 보여주는 상징적 장치로 활용되고 있는 것이다. 어쩌면 우리 자신도 홍연처럼 매직글라스를 통해 타자를 염탐하고 있는지 모를 일이다.

여기서 관계 망상증을 쉽게 간과하면 곤란하다. 일종의 편집증과 같은 정신적 증후로, 관계를 맺는 것 자체를 혐오한다기보다 주체가 작위적으로 맺는 관계에 편집증적 광기를 보인다는 게 특이하다. 따라서 관계 망상증에 사로잡힌 사람들은 자신이 타자와 소통을 하는데, 그 소통이 얼마나 끔찍한지를 전혀 모른다. 도리어 그 관계야말로 지극히 정상적인 것으로 생각하기 십상이다. 여기에는 어떤 존재와의 관계에 대한 상처를 외면할 수 없다. 누군가로부터 치명적 상처를 입은 존재는 그 관계의 훼손으로 인해 또 다른 누군가를 대상으로 자신이 입은 상처가 치유되기를 욕망한다. 그 과정에서 특정 존재에 대한 병적일 정도의 과도한 편집증적 증후인 관계 망상증에 사로잡히는 것이다.

「단풍나무와 배추」에 등장하는 한 여인은 이러한 관계 망상증의 한 사례를 보여준다. 남편의 온전한 사랑을 받지 못한 여인은 "한 사람만을 겨냥한 음식 만들기를 즐겼다."(「단풍나무와 배추」, 144쪽) 여인은 딸만을 위한 온갖 맛있는 음식을 만든다. 사랑이 결핍된 여인에게 요리는 특정인의 사랑을 갈구하게 한다. 비록 그 사랑이 채워지지 않더라도, 요리를 통해 잃어버린 사랑을 충족시킬 수 있다는 기대감을 갖는 관계 망상증에 사로잡힌다. 요리는 그녀와 존재들의 관계를 맺게 하는 매개물인 셈이다. 그런데 이러한 관계 망상증 속에서 요리는 존재의 고통과 상처가 스며들었기에 독을 지닌다. 사랑이 부재한 게 아니라 사랑이 결핍됐기에 그 독은 맹독성을 지닌다. 마음껏 충족되지 않는, 좀처럼 채워지지 않는 사랑이기에 사랑의 충일을 위한 음식은 치명적이다. 그리하여 그 음식을 장만하기 위해 다른 생명체의 생명을 앗아가는 행위는 너무나 자연스러울 수밖에 없다. "끓는 물을 부어 나무를 데쳐 죽이"(161쪽)고, 그 행위를 통해 맛있는 요리를 준비할 공간을 확보하는 게 절실할 뿐이다. 그만큼 사랑이 결핍된 여인의 "심연에 뜨거운 살기가 도사리고 있"(163쪽)는바, 그것은 여인의 딸에게 고스란히 스며든 채 "토하고 또 토하고 난 다음엔 창자가 꼬일 때까지 굶어야 할 나날이 예비되는 과정", "또 먹고 싶은 식욕의 지옥"(166쪽)을 위해 생을 소모한다. 요리를 하는 여인과 여인의 딸 모두는 정상적인 식생활의 기쁨을 누릴 수 없는 위악(僞惡)적 삶을 살고 있다.

여기서 잠깐, 송은일의 소설 속 인물에 대해 다시 한 번 살펴볼 게 있다. 그의 소설 속 인물들은 한결같이 어떤 인물의 실종과 관련을 맺는다. 그런데 그 인물의 실종을 탐구하는 추리 소설과 달리 실종 자체가 중요한 것은 아니다. 사라진 것과 관계를 맺은 남은 자들의 삶이 중요하다. 물론 사라진 자들의 흔적을 중심으로 해서 말이다. 그런데 나는 「눈 내리는 날의 숨바꼭질」과 같은 작품에서는 작가가 의도한 것은 아니지만, 사라진 자들의 흔적이 어떻게 하여 남은 자들의 삶 깊숙이 자리하고 있는지를 상상하게 된다.

이 작품의 대강은 이렇다. 연호는 금속 공예 작가로서 대장장이 딸이다. 그는 남편 승수와 결혼 생활을 하다가 어느 날 승수가 실종된다. 승수의 애인 소미는 연호를 찾아와 승수의 실종을 염려하며 승수의 실종과 연관된 얘기를 나눈다. 사실 연호는 승수의 실종에 흥미가 없다. 오직 자신의 금속 공예 작업에만 주목할 따름이다. 이렇게만 본다면, 이 소설은 대중 통속 소설에서 흔히 취급되는 한 사람을 중심으로 전개되는 애정 삼각 구도나 다름이 없다. 하지만 이 소설에서 다음과 같은 부분을 읽어보자.

"작년 선생님 전시회 끝냈을 즈음 첫눈이, 폭설이 내렸잖아요? 당시 경주 여행 중이셨던 선생님은 여행을 가지 않고 폐교에 계셨던 거지요. (중략) 그런데 박승수가 술에 취해 택시 타고 이리로 왔어요. 이유는 아무래도 상관없고요. 와서 여차여차하다 술기운을 이기지 못해 잠이 들어요. 혹은 아내가 없는 빈 공간에서 술기운을 못 이겨 잠이 들어요. 그런데 그 아내는 여행을 가지 않고 있던 참이라 그가 찾아왔을 때 그를 만나기 싫어 숨었어요. 숨었다가 남편이 잠든 뒤 들어와요. 그러고는 그를 세상으로부터 증발시키는 거지요."

"어떻게?"

"그러게요, 어떻게 할까요? 거기서 막혀 친구의 시놉은 미완성으로 끝나고 말았어요."

"숨바꼭질하다 술래가 숨은 사람을 찾지 않고 사라지는 격이네. 시시해."

"시놉은 그랬지만 친구는 거기서부터 본격적인 이야기를 만들 수 있겠다고 하더군요. 사람을 어떻게 증발시킬 수 있을까요?"

(중략)

"그래서 가령이라고 했잖아요. 설마 제가 제 파트너를 가지고야 그런 장난을 할 수 있겠어요? 그냥 예를 들어 그렇다 한 거지요. 어쨌든요, 선생님. 그런 경우 어떻게 증발시킬 수 있을까요? 선생님이시라면요?"

(중략)

"나는 그대나 그대 친구 같은 상상력이 없어 이야길 잇지 못하겠어. 그러는 그대라면 어떻게 증발을 시키겠어? 가령 말이야."(「눈 내리는 날의 숨바꼭질」, 74~76쪽)

연호의 제자 소미와 승수의 실종과 관련한 얘기를 나누는 부분이다. 이 부분은 이 작품뿐만 아니라 송은일의 소설을 이해하는 데 흥미로운 부분으로 생각된다. 소미의 대담한 추리에 따르면, 승수는 증발된 것이다. 실종과 증발은 어감이 다른 만큼 그 의미 맥락도 전혀 다르다. 실종이 주체적 의지가 담겨 있다면, 증발은 타율적 강제로 인한 사라짐의 의미가 다분하다. 소미의 말에 따르면 승수는 실종된 게 아니라 증발된 것이다. 즉 승수 개인의 주체적 의지와 상관없이 누군가가 승수의 자취를 없앤 것이다. 그렇다면 그는 누구일까? 어떤 방법으로 승수를 증발시켰을까? 이에 대해 연호는 이렇다 할 답을 내놓지 못한다. 아마도 작가 송은일은 알고 있을 터이다. 설령, 승수가 증발되지 않더라도, 송은일은 승수의 사라짐에 대한 어떤 상상의 세계를 펼치고 있다. 작가 혼자만이 아니라 독자도 이 상상의 길에 동참하기를 원한다. 숨바꼭질과 같은 서사의 놀이를 즐겼으면 하는 욕망을 송은일은 품는다. 여기서 나는 소미의 추리를 이어받아, 승수의 증발은 연호에 의한 게 아닐까 하는 상상을 해본다. 연호는 아버지에게서 물려받은 용광로와 같은 무쇠 솥이 있는데, 그 무쇠 솥을 이용하여 자신의 금속 공예품인 종을 완성한다. 승수의 흔적은 그 어디서도 찾을 수 없는바, 대담한 상상의 나래를 펼쳐보건대, 혹시 승수를 그 무쇠 솥에 넣어 펄펄 끓여낸 쇳물로 금속 공예품들을 만들지는 않았을까. 그리하여 연호는 승수와 소미의 사랑에 대한 질투를 복수의 예술로 녹여낸 것은 아닐까. 또한 승수에 대한 연호의 사랑을 샛물과 같은 순정한 대상으로 다시 복원하고 싶은 것은 아닐까.

물론, 이것은 어디까지나 독자로서 승수의 실종에 대한 상상의 나래를 펼쳐본 데 불과하다. 작가의 상상력은 승수의 실종에 대해서는 딱히 무엇이라 보여주지 않는다. 흔히들 실종과 관련된 서사적 문제를 해결하는 방법으로 추리 소설의 기법을 통해 실종의 여러 맥락을 탐구하지만, 송은일의 소설은 근대적 이성에 기반한 이와 같은 추리 소설의 기법을 차용하고 있지는 않다. 다만 「눈 내리는 날의 숨바꼭질」의 윗부분에서 읽을 수 있듯, 어떤 결락된 부분의 이야기를 독자와 함께 궁리하며 채워넣고자 하는 작가의 서사적 욕망을 눈여겨보아야 할 필요가 있다.

3

끝으로 이번 소설집에 실린 작품들을 읽으면서, 당부하고 싶은 말이 있다. 한국소설의 미적 가치가 예전만 같지 않다는 소식이 심심찮게 들려온다. 구차한 변명을 하지 말자. 이 같은 진단은 한국소설의 상상력이 빈곤하다는 것을 말해준다. 다양한 읽을거리 중 하나에 지나지 않는 것으로 자족해서는 곤란하다. 두 번째 소설집에서 들려주고자 하는 소설적 전언이 그렇듯, 주체와 타자들의 이유 없는 실종은 존재하지 않는다. 아니, 어쩌면 이유 없는 실종의 유혹에 젖어 있는지 모른다. 실종은 한국사회의 이상 증후군으로 자리 잡고 있는지도 모를 일이다. 지금보다 더욱 열정적이면서 밀도 있는 현실에 대해 탐구하고, 이후 좀 더 넓고 깊은 서사적 사유를 통해 한국사회의 또 다른 이상 증후군을 예각적으로 탐색했으면 하는 마음 간절하다. 송은일의 세 번째 소설집을 기대하는 이유다.

생의 환멸을 치유하는 '힐링 서사'

박정선, 『청춘예찬 시대는 끝났다』

　　여기, 지방대에서 경영학을 공부한 후 서울에서 취업준비생의 나날을 보내는 가운데 복잡하게 얽힌 지하철 노선도를 익히면서 출근 연습을 하고 있는 한 젊은이의 모습을 떠올려보자. 딱히 언제 취업할지도 모를 불투명한 나날 속에서 대기업 임원의 도움으로 취업하기를 학수고대하며 날마다 서울 지하철 타기를 연습하고 있는 지방대 취업준비생의 일상은 그리 낯설지 않다. 이것은 작가 박정선이 이번에 상재하는 소설집의 표제작 「청춘예찬 시대는 끝났다」를 배회하고 있는 장면이다. 표제작의 제명에서 뚜렷이 드러나듯 작중 화자인 '나'로 표상되고 있는 우리 시대의 청춘은 미래를 향한 희망에 부풀어 있기는커녕 암울한 현실의 늪 속에서 허우적대고 있을 뿐이다. 무엇보다 지방대생으로서 취업의 난관에 부딪치는 자신의 초라한 자화상에 대한 자기연민에 머무르지 않고 자신의 허상을 만들어냄으로써 자기위안에 사로잡히는 것은 우리 시대의 청춘이 심한 자기환멸의 상처를 지니고 있음을 말해준다. '나'가 매일 아침 출근 지하철 안에서 노트북을 펼치고 "쉬지 않고 무언가를 해야 하는 회사원으로"(17쪽) 인식하기를 바라는 것은 "생각할수록 가슴 쓰라리고 공허하기 짝이 없는 허상이지만 그래도 이 순간만은" "어떤 회사 신입 사원이 된 착각에 빠져들어 우쭐해지기까지 한 것이다."(17쪽) 사실, '나'에게 가장 큰 고민은 취업을 하지 못함으로써 '실패한 인간의 모델'(15쪽), 즉 '발바닥 인생'으로 '나'의 손아래 사람들에게 각인되는 것이다.

그렇다면, 이러한 '나'의 우려는 기우(杞憂)에 불과한 것으로 소설 속에서 과장된 것일까. 우리는 「청춘예찬 시대는 끝났다」를 읽는 내내 '나'의 이야기들이 지방대 취업준비생에게만 국한되는 게 결코 아니라 우리 시대의 젊은이에게 두루 통용되는 이야기임을 쉽게 알 수 있다. 항간에서는 '아프니까 청춘이다'와 같은 기성세대의 낭만적 수사가 젊은이를 어둡게 에워싸고 있는 현실을 한층 암담하게 하고 있다는 비판이 제기되는바, 우리 시대 청춘의 아픔과 상처에 진정으로 공명하는, 그래서 '함께' 이것들을 나눠 갖는 일이 절실히 요구된다. 그럴 때 이 소설에서 '나'가 신입사원인 척 시늉내는 모습을 통해 우리는 지방대생에 가해지는 사회적 차별의 문제점이 부각되는 적나라한 양상을 알게 될 뿐만 아니라 이러한 차별 속에서 자기연민과 자기위안의 내적 고통을 견디며 미래를 향한 꿈을 차마 포기할 수 없는 우리 시대의 청춘의 자화상을 마주한다. 말 그대로 청춘을 '예찬'하는 시대는 끝났고, 청춘을 '위협'하는 시대를 숱한 상처 속에서 견뎌내야 한다.

그런데, 시대의 상처는 한국사회의 청춘에게만 국한되는 것은 아니다. 「예타니아」에는 베트남전쟁의 상흔을 간직하고 있는 베트남 태생 며느리와 한국전쟁의 충격으로 평상시 정상 생활을 할 수 없을 정도로 상처를 앓고 있는 한국의 시어머니의 삶이 그려지고 있다. 이 소설에서 주목해야 할 것은 민족, 국가, 세대를 초월하여 전쟁이 인간에게 가한 극심한 고통과 상처가 얼마나 잔인한 것인지, 그리고 이러한 고통과 상처를 짊어진 인간들 사이의 연민과 애도가 얼마나 소중한 것인지를 성찰하도록 한다는 점이다. 이 작품에서 이러한 연민과 애도가 그리 쉬운 문제가 아니라는 것은 시어머니와 며느리의 친밀한 관계를 올곧게 이해하지 못하는 시대 식구들의 편협한 모습에서 단적으로 드러난다. 시어머니는 병상에서 자신이 애지중지하던 금팔찌를 시댁 식구 몰래 베트남 며느리에게 주는데, 그것은 자신을 어머니처럼 대해주는 살가운 그의 모습으로부터 한국전쟁 당시 폭격으로 시체도 못 찾은 채 잃어버린 자신의 딸과 동일시하기 때문인바, 시댁 가족들은 이러한 그들의 특별한 관계를 전혀 알지 못할 뿐만 아니라 진심으로 이해하려고 하지 않는다. 시댁 식구들의 유별난 관심은 어떻게 해서든지 곧 세상을 떠날 어머니의 재산을 더 많이 챙기는 일이다. 그들에게는 어머니와 며느리가 함께 전쟁의 상처를 치유하는 노력들이 보이지 않는다.

> 엄마 말대로 우리는 전생에 친구였는지도 모른다는 생각이 들었다. 엄마는 꼭꼭 탁주를 드시는데 그때마다 나에게도 사발 가득 따라주시는 바람에 술친구까지 되고 말았다. 엄마는 곧잘 술을 취하도록 마시면서 나에게도 취하도록 마시게 해놓고 귀옥아, 너와 나는 아무래도 전생에 친구였던 것 같구나, 그러니 니 설움 내 설움을 몽땅 털어내어 이 땅속에다 꼭꼭 묻어버리자, 라고 하시면서 아리랑을 불렀다. 베트남 아리랑 까이릉도 슬프지만 한국의 아리랑이 더 슬펐다.(「예타니아」, 76쪽)

어머니가 경험한 한국전쟁의 상처와 며느리에게 남겨진 베트남전쟁의 흔적은 한국의 아리랑과 베트남 아리랑 까이릉이 함께 불려지면서 그 가락과 노랫말 사이에 퍼져 있는 삶의 설움과 그리움, 그리고 삶의 흥겨움 속에서 치유의 길이 모색되고 있다. 최근 외국인 이주민을 다룬 소설들 대부분이 한국사회에서 그들이 한국인과 대립 갈등하는 데 초점을 맞추는, 그래서 외국인 이주노동의 실태를 비롯한 경제 문제를 다루든지, 한국사회에서 좀처럼 이해할 수 없는 타자의 존재와 관련한 정치철학적 문제를 다루는 것을 고려해볼 때, 박정선의 「예타니아」는 그러한 갈등을 표면적으로 다루되, 그보다 전쟁이 인간에게 가한 공포의 충격과 극심한 상처를 민족, 국가, 세대의 장벽을 넘어 함께 애도하면서 치유하고 있다는 것은 주목하지 않을 수 없다.

이러한 치유는 비록 구체적 양상은 다르지만, 「연화」에서 시대의 간극을 훌쩍 넘고 있다는 점에서 매우 흥미롭다. 작중인물 오연화는 지질학연구원으로서 '연화(蓮花)'라는 이름이 놀림의 대상인데다가 "옛 아라가야 땅에서 연꽃이 필지도 모른다고 했"으므로, "그 연꽃이 필 때까지 연화라는 이름이 끊어져서는 안 된다는"(96쪽), '전설 같은 이야기' 속에서 마치 그 이야기가 현실화될 수 있다는 어떤 주술에 걸린 양 자신의 이름을 운명처럼 받아들인다. 그러면서 그는 자신의 대(代)에서 이 주술이 단절되기를 바라면서 결혼을 포기한다. 그런데 그의 결단을 조롱하듯, 옛 아라가야 땅인 함안에서 700년 전 것으로 추정되는 고려의 연씨가 발견되더니 기적처럼 그곳에서 700년의 시간의 간극을 초월하여 연꽃을 피워내고 있는 것이다. 700년 전 고려의 어수선한 역사의 소용돌이를 피해 지금의 함안 땅으로 전해진 고려 왕족의 표상인 연꽃이 피어난 것은 고려 조정에서 일어난 끔찍한 역사의 상처를 상기시켜줄 뿐만 아니라 그 상처를 치유하는 일이 얼마나 오랜 시간과 견딤을 요구하는지를 보여준다. 그렇다. 상처를 치유하기 위해서는 외로움의 시간을 견뎌야 한다. 외로움의 적막에 갇혀보지 않고서는 자신의 상처의 근원을 발견하기 힘들다.

우리는 「암홍어」와 「향기를 품다」에서 외로움을 견디며 살고 있는 인물을 만나게 된다. 대학을 졸업하고 뭍에서 직장생활을 한 이력도 있고 홍어잡이인 아버지의 대를 이어 홀어머니를 모시면서 홍도에서 홍어잡이를 하고 있는 한 선장(「암홍어」), 미국에서 유학하여 소식이 단절되었으나 간혹 소식을 전해오는 외아들을 기다리며 조카의 봉양을 억지춘향으로 받고 있는 김 노인(「향기를 품다」)이 바로 그들이다. 그들이 외로움을 견디는 방식에는 어떤 공통점이 있다. 그렇다고 별다른 것은 아니다. 그것은 아이러니컬하지만, 외로움을 잉태하는 시간과 정직하게 마주하는 것이다. 언뜻 이해하기 힘들겠지만, 외로움을 자아내는 시간을 회피하고 그것을 부정하는 게 아니라 도리어 그 고통스런 시간을 남보다 한층 가깝게 접하고 삭힘으로써 외로움과 더불어 삶을 살게 된다. 말하자면, 외로움을 발효시킨다고 할까. 그래서 이렇게 발효된 외로움은 애초 외로움의 형질과 전혀 다른, 삶을 황폐화시키는 소외의 상처를 앓게 하는 외로움이 아니라 보다 완숙한 삶을 추구하도록 하는 촉매제로서 외로움의 몫을 수행한다.

가령, 인생의 벼랑 끝으로 내몰린 홍어잡이 선원들에게 암홍어든지 숫홍어든지 구분 없이 홍어잡이를 통해 경제적 궁핍을 벗어나면 되는데도 불구하고 한 선장은 암홍어 잡이에 집착하는데, 여기에는 암홍어가 숫홍어보다 잡기 어려워 숫홍어보다 경제적 가치가 클 뿐만 아니라 암홍어 잡이를 위해서는 숱한 시행착오를 거치면서 암홍어를 잡았을 때 무엇과 바꿀 수 없는 성취감을 만끽하는바, 그것이 바로 외로움을 대면하고 견디고 삭히는 과정에서 얻는 발효된 외로움의 매혹이다. 하물며 이렇게 어렵게 잡은 암홍어의 살을 잘 삭혀 먹는 식감과 맛이 "살아온 지금까지의 모든 것에 대한 눈물어린 생각"(139쪽)과 버무려질 때의 그 오묘함은 삶의 비의에 순간 전율하도록 한다. 그래서일까. 예전에 홍도를 찾아온 낯선 서울 여자와 정을 나눈 한 선장은 그녀와의 관계를 잊지 않으면서 그 희부윰한 기억을 안고 있는 터에 혹시 그녀가 홍도를 다시 찾아왔다면 이제는 그녀가 떠나는 것을 그냥 지켜보지 않겠다는 의지를 작품의 결미에서 암시하는 것은, 암홍어 잡이처럼 오랜 외로움의 시간을 견디며 그 외로움을 치유하듯 한 선장을 감싸는 외로움을 스스로 치유하는 모습으로 읽어도 무방하다.

이것은 「향기를 품다」의 김 노인에게서도 마찬가지다. 김 노인이 자신의 집에서 살면서도 조카 며느리인 명순으로부터 험한 말을 듣고 봉양 아닌 봉양을 받으며 살고 있는 것은 언젠가 그의 외아들 영남이 돌아와 자신을 봉양해주기를 바라는 기대감이 있기 때문이 아니다. 자칫 이 소설을, 김 노인이 아들을 향한 집착으로 읽은 나머지 한국사회에 똬리를 틀고 있는 가부장제의 남성중심주의의 현실을 드러내는 것으로 이해해서는 곤란하다. 그보다 우리가 찬찬히 들여다보아야 할 대목은 김 노인이 미국에 있는 아들로부터 배달된 사과 상자를 방에서 썩게 하는 숨은 의도가 무엇인가

하는 점이다. 명순의 말대로 김 노인의 욕심 때문에 빚어진 것인가. 여기서, 김 노인이 사과 상자에 집착하는 것 또한 「암홍어」에서 한 선장이 암홍어 잡이에 집착하는 것과 자연스레 공명(共鳴)한다. 김 노인은 너무나 잘 알고 있다. 그의 외아들이 쉽게 고향으로 돌아올 수 없음은 물론, 먼 타지에서도 안정적으로 정착해서 사는 일이 그리 녹록치 않다는 것을. 어쩌면 김 노인이 살아 생전 외아들을 볼 수 없을지도 모를 일이다. 그렇기 때문에 김 노인은 아들이 보내준 사과 상자가 더 없이 소중하다. 그래서 그는 예전에 사과 농사를 짓다가 썩어가는 사과가 상품 가치는 없지만 그것을 항아리에 담아 제대로 썩혀 "신비로운 향기"(178쪽)를 자아내는, 그래서 말 그대로 신생의 사과로 거듭났듯이 아들이 보내준 사과의 형질을 변화시키고 싶다. 그리하여 "아들이 보내온 사과는 겨울 내내 곁에 둘 수 있을 뿐만 아니라 내년 봄까지도 그 향기를 꼭 붙잡아둘 수 있을 것"(176쪽)이므로, 이렇게 썩혀가는 시간 속에서 김 노인을 엄습해왔던 외로움의 시간은 점차 발효되고, 이후 김 노인이 감당해야 할 외로움의 상처는 서서히 치유될 것이다. 비록 아들과 함께 여생을 누릴 수는 없더라도 썩혀지는 사과에서 오묘하게 풍기는 '신비로운 향기'를 맡으면서 김 노인은 텅 빈 외로움이 아니라 충만된 외로움의 삶을 살 것이다. 때문에 김 노인이 사과 상자에 집착하는 것은 발효된 외로움을 통해 자신의 상처를 치유하려는 자기구원의 적극화된 욕망의 발현이 아닐까.

사실, 자기를 스스로 구원한다는 것은 말처럼 쉽지 않다. 자기구원을 위해서는 지금까지 작품들을 읽어보았듯이, 자신의 상처를 정면으로 마주해야 하고, 그 과정에서 깊게 패인 상처의 근원을 찬찬히 들여다보아야 하는, 이른바 기억의 쟁투를 치열히 벌여야 한다. 이 과정이 바로 자기탐구이며, 이 과정을 통과하지 않는 자기구원은 거짓이며, 그 길에 이르는 것은 요원하다. 물론, 이 과정에서 부딪치는 난경은 엄연한 현실이다. 우리는 「커피타임」에서 현대의 모던한 생활감각이 우리의 삶의 불편함을 해결하는 것

처럼 보이지만, 우리의 삶이 점차 모던한 현실로 인도되고 그러한 생활감
각을 구성해주는 모종의 시스템에 의해 종속되고 있는 서글픈 초상을 보게
된다. "살아 있는 사람의 몸과 마음을 죽은 사물에 비유하여 인간이 사물화
가 되어가는 시대"(197쪽)로 속절없이 급변하고 있는 것이다. 아무리 서울의
강남에 위치한 최첨단 설비로 이뤄진 주거공간이라고 하지만 「커피타임」
에서 보여지는 각종 주거 시스템은 주체로서 인간을 사물화시키고 모든 인
간의 관계가 단절된 채 주거 시스템의 한 부분으로 전락하고 있음을 극명
히 입증해줄 따름이다. 이 사물화의 삶과 현실은 작중인물 민교장의 시선
에 의해 적나라하게 부조된다. 그곳에서 그의 손자들은 마치 공부하는 로
봇처럼 시간에 맞춰 공부하고, 그의 아들은 바쁜 회사 업무에 쫓긴 채 하숙
생이나 다를 바 없는 생활을 하고 있고, 며느리는 여유 시간을 집 밖에서 나
름대로 향유하는 등 민 교장의 눈에 비친 아들네의 삶은 각자의 역할이 철
저히 분화된 채 그 영역을 감히 침범해서는 안 될 시스템으로 분화돼 있다
해도 과언이 아니다. 이것은 현대의 모던한 생활감각의 실태 속 엄연한 현
실이다. 과연, 이러한 삶의 현실에서 자기탐구의 치열성은 가능할까. 그리
하여 자기구원의 길에 이를 수 있을까. 작품의 말미에서 민 교장이 자신이
집으로 돌아와 홀로 커피타임을 만끽하는 모습이야말로 시스템에 구속되
지 않는 현대의 또 다른 모던한 생활감각 속에서 자기를 성찰하는 행복이
어떤 것인지 암시해준다.

　　그런가 하면, 「자화상·스펙트럼」과 「위대한 출항」은 힘겨운 자기구
원의 실제를 수행하고 있다. 어린 시절 엄마에 의해 아버지로부터 격리된
'나'는 전업 화가로서 엄마의 삶에 짙게 드리운 죽음의 그림자로부터 벗어
나 '나'의 충만된 행복의 삶을 꿈꾼다(「자화상·스펙트럼」). 하지만 '나'는 "얼
굴 없는 나의 자화상"(42쪽)을 온전히 그릴 수 없어 고뇌한다. '나'는 누구인
지, '나'를 향한 존재론적 물음과 어떻게 살아야 하는지에 대한 실존적 물
음은 '나'를 떠나간 세 명의 여인과 한강에서 투신한 '나'의 엄마를 함께 휩

싸는 삶의 난제다. 이것은 「위대한 출항」에서 자폐아 명이를 낳은 '나'의 체념과 환멸, 그리고 죽음 충동에 사로잡힐 때마다 본능적으로 죽음을 거부하는 명이의 생을 향한 강렬한 삶의 충동 속에서 '나'와 명이에게 부과된 삶의 난제다. 어느 것 하나 쉬운 삶의 해법이 없다. 그런데 중요한 것은 이 삶의 난제에 대한 해법은 자기구원과 결부돼 있으며, 이것은 어떤 근원의 자리에서 해결의 실마리를 찾게 된다는 점이다. 엄마에 의해 격리된 고향 경주의 채석장을 방문한 '나'는 어느 석공으로부터 미완성된 불상이 있는데 그 불상이 미완성인 이유를 짐작하게 되고, 그 "불상을 제자리로 보내주어야 할 의무가 나에게 있다는 것을"(61쪽) 알게 된다. 고향에서 미완성 상태로 있던 불상은 바로 '나'의 존재와 결부된 것이며, '나'가 그 불상에 화룡점정의 마지막 작업을 함으로써 불상을 완성하여 제자리로 돌려놓는 것은 '나'의 존재를 위한 자기구원이고, 동시에 '나'를 에워싼 타자(혹은 부모)의 존재를 구원하는 것인 셈이다. 여기서 간과해서 곤란한 것은 이 모든 구원의 길이 바로 '나'의 생의 근원인 고향에서 시작되고 있다.

이처럼 자기구원은 생의 근원에서 자연스레 그 원동력을 얻는다. 「위대한 출항」에서 자폐아 명이의 신생을 향한 치유의 길이 "원시의 섬에서 아이의 원성(原性)을 깨우라는 것"(232쪽)과 직결되는 것은 겉으로는 자폐아를 치유하는 것이면서 심층으로는 인간 본성이 억압되는 모든 비정상을 치유하는 것이 인간과 만유존재의 터전인 자연으로부터 유리될 수 없음을 보여준다. 그리하여,

나는 속으로 명이는 지금 연평 바다로 조기를 잡으러 가는 것이 아니라 세상이란 바다로 출항하고 있는 것이라고 외친다. 나는 끝없이 외치고 배는 점점 내 시야에서 멀어져간다. 까만 점으로 보인 배가 아예 사라지고 말았다. 나는 정 씨의 말을 곱씹으며 무릎을 꿇고 앉아 눈을 감았다. 지난 겨울 봄이 새처럼 날아오기를 기도했듯이 이제 막 종긋종긋 속대를 올리기 시작한 청보리가 어서자라 누

렇게 익기를 빈다.(「위대한 출항」, 239쪽)

라는 마지막 장면의 진술은 명이로 표상되는 우리 시대의 자폐아들이 일상 속에서 상처를 지닌 채 움츠러들어 자기부정과 자기체념 및 자기환멸 속에서 생을 연명하는 게 아니라 이 모든 상처를 말끔히 치유해줄 인간의 근원인 자연으로부터 생의 원동력을 얻는 모습을 보여준다. 이렇게 자기구원은 생의 비의를 온축한 생의 근원으로부터 그 신비한 힘을 얻는 것이다.

　고백하건대, 박정선의 소설집 『청춘예찬 시대는 끝났다』(푸른사상, 2015)에 수록된 8편의 단편을 읽으면서 우리 시대의 숱한 상처들과 마주하되, 고된 우리의 삶을 치유하는 길을 모색하게 되었다는 것은 이들 작품의 존재 이유로서 아무리 강조해도 지나치지 않다. 말하자면 '힐링 서사'로서 손색이 없다. 본격문학으로서 소설이 우리 시대의 환부를 외면할 수 없으나 그 환부를 선정적으로 드러내는 데 초점을 맞추기보다 아픈 곳을 위무하고 치유해줄 수 있는 '힐링 서사'의 몫을 수행하고 있다는 점에서 박정선의 다음 작품들이 기대된다.

자기세계의 정립을 향한 소름끼치는 매혹

김설원, 『은빛 지렁이』

1

김설원의 첫 소설집 『은빛 지렁이』(푸른사상, 2015)에 수록된 9편의 소설을 읽는 동안 지금, 이곳에서 망실하고 있었던 근원적인 문제와 맞대면한다. 9편의 소설에서 곧잘 마주치는 것은 깊은 상처를 지닌 채 해체의 위기에 봉착한 가족으로서 힘든 삶을 견디고 있는 여성의 자화상이다. 여기서, 김설원이 주목하고 있는 소설 속 여성을 페미니즘적 시선으로 볼 수는 있되, 이것은 어디까지나 부분적 이해에만 도움을 줄 수 있다. 김설원의 여성들은 매우 힘든 삶의 한복판에 서 있으면서, 여성을 에워싸고 있는 삶의 불가사의함을 응시한다. 그리하여 우리는 상처받는 여성뿐만 아니라 종국에는 여성의 경계에 국한되지 않는, 우리 시대의 불모화된 현실의 사위에 갇혀 소중히 되돌아보지 않았던 '자기'를 성찰하는 김설원 소설의 매혹에 사로잡힌다.

2

이번 소설집의 표제작 「은빛 지렁이」는 이러한 김설원 소설의 매혹을 발산하고 있는 문제작이다. 「은빛 지렁이」에서 각별히 눈여겨봐야 할 인물은 재순과 그의 할머니, 그리고 재순의 친구 도화다. "뱀 구멍 속처럼 어둥한 지하 방"(49쪽)에서 재순과 그의 할머니는 살고 있다. 그들은 할머니와 손녀 사이지만, 할머니는 재순을 친손녀로서 인정하지 않는다. 재순은 할머니의 아들과 며느리 사이에 태어난 손녀가 아니라 며느리의 전(前)남편이 낳은 자식으로서 말하자면 아들의 피가 섞이지 않는, 때문에 할머니와 재순은 언제 끊어질지 모르는 형식적 가족 관계를 아슬아슬하게 유지하고 있다. 그런데다가 할머니는 그의 아들의 죽음을 며느리 탓으로 돌린 채 며느리의 삶을 억압하는 만큼 며느리는 마침내 그의 딸 재순을 남겨둔 채 집을 나가고, 할머니에게 재순은 '악귀의 자식'(66쪽) 그 이상도 이하도 아니다. 할머니에게 재순은 오직 그의 무병장수를 유지시켜줄 건강 보양식(지렁이탕)을 공급해줄 경제적 수단일 뿐이다. 이처럼 철저히 부서지고 황폐화된 가정 환경 아래 재순이 절실히 욕망하는 것은 '따뜻한 집'으로 상징되는 그리운 것들이 충족된, 즉 관계의 복원이다. 그래서인지 재순은 여공 생활을 하는 동안 재순의 삶 속에서 결핍된 '엄마의 살결'(59쪽)로 상기되는 엄마의 체취로부터 그의 텅 빈 외로움을 견디기 위해 낯선 남자들과 밤을 보낸다. 그리하여 "살이 그리워 파고든 남자들은 자궁 속에 씨를 떨어뜨린 채 떠나갔고 지우면 다시 돋아나는 양송이버섯을 산소 벌초하듯 태연하게 없애버렸다."(60쪽) 이렇게 재순에게 타자와의 관계는 인간 존재의 근원의 결핍감과 공허함을 충족시켜주는 게 아니라 또 다시 더욱 깊어지고 휑뎅그렁한 텅 비어 있음을 상기시켜주는 억압 그 자체다. 재순에게 삶이란 칠흑 같은 어둠 속을 헤집고 다니며 가까스로 생존을 연명해가는 지렁이와 다를 바 없다.

그런데 재순의 이러한 삶은 그의 친구 도화를 만나면서 성찰의 계기를 갖는다. 도화 역시 재순 못지않게 힘든 삶의 내력을 지니고 있는데, 그는 여공생활을 접고 가정주부를 하던 도중 주인 남자의 애를 임신하더니 누구에게도 환영받지 못할 것을 뻔히 알면서도 애를 낳아 키우고 싶어한다. 도화는 가족을 만들고 싶은 간절한 욕망을 지니고 있었던 것이다. 도화의 이 욕망이 드러나는 대목에서 재순은 그의 할머니의 삶을 포갠다. 사실, 「은빛 지렁이」에서 우리가 세밀히 읽어야 할 대목이 바로 이 대목이다. 재순은 무엇 때문에 도화의 '가족되기 욕망'에 할머니의 삶을 포개었을까. 도화가 가족을 꾸리고 싶은 욕망에서 간과해서 안 될 것은 흔히들 상투적으로 떠올리는 행복이 넘치는 가족 이미지와 그의 욕망을 연관시켜서는 곤란하다. 이러한 가족 이미지는 사회가 조작하는 환상에 불과하다. 작품에서 단적으로 읽을 수 있듯 재순과 도화는 가족 구성원들의 사랑으로 충족되는 '따뜻한 집'과 거리가 멀다. 그럼에도 불구하고 도화는 가족을 만들고 싶어하는데, 그것은 우리 사회에서 통용되는 가족 만들기(가령, 결혼을 통해 애를 낳아 가족을 형성하는 것)가 아니더라도 어떠한 형식으로든지 꾸려진 가족을 통해 바로 그 타자와의 관계 속에서 '자기'의 뿌리를 삶의 대지에 착근시키려는 욕망에 기인한다. 그것은 "새끼가 지 에미 밟겠나."(66쪽)는 도화의 직설에서 드러난다. 도화와 그의 애가 장차 어떠한 관계에 놓일지 아무도 알 수 없으나, 적어도 현재의 도화는 뱃속의 애의 존재를 통해 그의 존재를 지켜내고 있는 셈이다. 이와 관련하여, 재순의 할머니가 그의 곁에 있는 재순을 '악귀의 자식'으로 간주하면서 혹시 그를 버리고 떠나버릴지 모르는 두려움을 안고 사는 것도 재순과 이 악연의 관계를 통해 그의 존재를 애오라지 지켜내고 있는 것이다. 따라서 도화와 재순의 할머니는 표면상 가족 욕망을 소유하고 있는 것처럼 보이지만 그들의 현실적 삶 자체가 화목한 가족을 꾸리는 것과 무관하듯 그들에게 가족은 아직까지 가족의 형식 속에서 구성된 타자를 통해 훼손된 '자기'를 더 이상 포기하지 않으려는 마지막 안간힘으로 보인다. 그렇다면 재순은 어떤가. 그들을 지켜보는 재순에게 이러한 역할을 하는 가족으로서 타자는 존재하는가.

3

작가 김설원에게 중요한 것은 상처받고 훼손된 자기를 어떻게 추슬러야 하는가의 문제의식이다. 사실, 이 문제의식은 근대소설이 씨름해야 할 소설의 운명 그 자체다. 근대의 복잡한 현실 속에서 자기세계를 정립하는 것은 지난한 일이 아닐 수 없다. 숱한 타자들과의 관계 속에서 형성되는 문제적 현실의 사위에 갇힌 채 '자기'는 온데간데 없이 앙상하고 남루한 형해(形骸) 투성이로 곧 소멸할지 모르는 존재의 절박한 위기감이 엄습한다. 이번 소설집에서 보이는 김설원의 문제의식은 바로 이러한 존재의 소멸의 위기에 대응하는 서사에 초점을 맞추고 있다 해도 과언이 아니다. 가령, 남편과 사별한 후 외동딸을 헌신적으로 키운 윤씨는 9급 공무원 시험의 관문을 어렵게 통과한 딸이 대견스러우면서도 딸과의 관계가 소원해지고 딸이 윤씨의 고단한 삶에 무관심하다는 것을 이따금 느낄 때마다 "빈틈없이 새하얀 설산과 맞닥뜨린 듯한, 어디로 발을 내디뎌야 할지 도무지 알 수 없는 섬뜩한 공백"(166쪽)으로 괴로워한다(「딸매기야, 딸매기야」). 그리고 외삼촌의 필리핀 사업 출장으로 치매에 걸린 외할머니가 잠시 '나'에게 맡겨졌는데 기실 외삼촌은 외할머니를 두고 떠나버린 것으로, '나'는 외할머니의 이러한 처지를 알게 되면서 혹시 '나'로부터도 버려질 것을 두려워한 외할머니가 '나'를 그의 곁에 오래도록 붙들어두기 위해 치매에 걸린 연기를 하고 있을지 모른다는 의구심을 갖는다(「메리씨는 오늘도 망자를 부르네」). 그런가 하면, 대학졸업 후 중병을 앓고 있는 가난뱅이와 가출하여 동거와 임신을 한 채 한국에서 살지 못해 중국으로 떠난 유파와, 미혼녀로서 자기 애를 낳아 키우고 싶어하는 욕망을 지닌 언니는 그들의 입장을 전혀 이해하지 못하는 가족들과 불화의 갈등을 안고 있다(「언니의 안개」).

이들 세 작품에서는 한결같이 가족 구성원들 사이에서 언제 쓰나미처럼 엄습할지 예측할 수 없는 존재의 소멸의 위기감이 짙게 그늘을 드리우고 있다. 「딸매기야, 딸매기야」에서 윤씨는 외동딸과 소원한 관계에 놓이면서 자신의 유년시절의 아름다운 삶의 편린을 편지의 형식으로 담담히 성찰한다. 흥미로운 것은 이 편지 속 주인공인 딸매기가 바로 윤씨 자신이라는 사실로, 윤씨는 자신과 아무런 관련이 없는 타자의 이야기인 양 그것을 그의 외동딸과 공유하고 싶다. 하지만 외동딸은 딸매기의 사연이 적힌 편지에 무심할 따름이다. 외동딸에게 그 편지는 그들의 일상을 무례하게 비집고 들어오는 '정신병자의 편지'로 치부된다. 이럴수록 윤씨의 자화상이 투사된 딸매기의 그 비루하고 하찮은 사연은 윤씨 안에 자리하고 있던 윤씨의 객관화된 타자, 즉 주체로서의 타자를 마주하도록 한다. 그래서 윤씨는 "하루의 끝자락에서 별 수 없이 깨닫는 건 아찔한 공백을 메워줄 사람은 결국 '나'라는 자각이다."(167쪽)는 귀중한 자기성찰에 이른다.

'나'라는 자각. 바꿔 말해 '자기인식'이며, '자기세계'의 정립을 향한 욕망의 발현이다. 작가는 이것을 「메리씨는 오늘도 망자를 부르네」에서 매우 흥미롭게 그리고 있다. 그것은 메리씨라고 희화적으로 불리는 외할머니에 대한 형상화에 초점이 맞춰져 있다. 작중인물 '나'의 날카로운 관찰에서 드러나듯 외할머니는 겉으로 볼 때 치매에 걸려 있되 정작 치매에 걸려 있는 것처럼 감쪽같이 '나'를 속이고 있는 것으로 보인다. 그렇다면 이 치매의 성격은 전혀 다르게 파악되어야 마땅하다. 외할머니가 일부러 자신을 정신질환자로서 인식하도록 하는 이유는 무엇일까. 치매의 형식에 담긴 외할머니의 진실은 무엇일까.

그래서 외할머니의 치매는 문제적이다. 여기서, 외할머니의 치매에서 간과할 수 없는 대목이 있다. 그의 딸 장례를 치른 후 딸의 남편 식구와 잠시 살고 있었는데, 그에게 먹을 것을 조금이라도 안 주기 위해 부엌에 음식을 남겨주지 않았으며, 심지어 그에게 살의(殺意)가 깃든 과도를 외할머니는 던졌다고 하면서 그 잘못을 자책한다. 외할머니에게 맏딸의 죽음은 온통 그가 반대하고 미워했던 맏딸의 남편 때문이었는데, 이 맏사위에게 행한 잘못을 반성한다. 그러면, 치매로 오락가락하는 도중 '나'에게 슬쩍 비추는 '나'의 아버지에 대한 사죄를 어떻게 이해해야 할까. 이것은 외할머니가 치매를 보일 때 죽은 망자를 호출하면서 평소 그들이 살아 있을 적 그와 맺었던 숱한 사연들 속에서 자신의 존재를 증명해보이는 것과 밀접한 연관이 있다. 말하자면, 외할머니는 '나'의 짐작대로 치매의 형식을 통해 치매에 대응하기 위해 부른 역할 도우미를 대상으로 리얼한 연기를 재현함으로써 아직도 자신은 이따금 건재하다는 것을 '나'에게 보란듯이 입증하는 것이다. 따라서 치매는 그에게 그 자신을 인식하는 수단이면서, 그동안 외면하고 있던, 아니 소홀히 간주했던 자신의 둘레에 존재한 타자들과의 형식적 관계를 통해 궁극적으로 자기세계를 정립하는 과정에서 유용한 자기위장술인 것이다. 이 자기위장술은 노회하다. 이를 통해 그동안 조변석개처럼 스쳐간 자신의 세월을 돌아보고, 점차 고립돼가면서 극단의 외로움으로 떠밀려가는 자신을 보호하는 방어막을 견고히 구축시키고 있다.

사실, 「메리씨는 오늘도 망자를 부르네」에서 외할머니의 경우 물리적 실재 면에서 현실적 힘을 행사할 수 없는 약자이므로 치매의 형식이 그에게 매우 요긴한 자기성찰과 자기보호의 기능을 수행할 수 있다. 이에 반해 「언니의 안개」에서 두 문제적 인물인 유파와 언니는 그들의 삶의 방식 대로 그들에게 던져진 삶의 난제를 정면으로 돌파한다. 그들은 누구에게 자신이 처한 삶의 곤경을 해결해달라고 매달리지 않는다. 한국사회에서 그들의 선택은 현실의 실정을 전혀 모르는 여성의 자의식에 친친 얽매인 모험주의자 또는 이상주의자로서 간주되기 십상이다. 결혼이라는 제도가 안고 있는 위선과 위악을 온갖 미사여구로 포장한 가족주의 이데올로기를 매섭게 비판하고, 미혼여성으로서 애를 임신하여 어머니로서 주체적 여성의 삶을 살고 싶어하는 언니의 삶은 한국사회에서 비현실적인 것으로 치부된다. 하지만 유파와 언니는 그들의 삶을 뒤덮고 있는 "안개 속의 실체가 또렷이 보이는 날이 올"(189쪽) 것을 믿는다. 아무리 현실의 삶의 논리가 자기 주체적 삶의 선택을 보장하지 않는 억압을 가한다고 하더라도 투철한 자기인식에 토대를 둔 자기세계의 정립을 향한 욕망은 도리어 그 억압에 맞서는 삶의 투쟁으로써 그러한 억압에 대한 해방의 서사를 향한 욕망을 한층 강화시킨다. 따라서 "언니가 선택한 삶이 내겐 여전히 어리석게 보이는데도, 언니가 줄을 놓지 말고 끝까지 버텼으면 하는 심리는 또 뭔지 모르겠다."(194쪽)는 데서, 우리는 작가 김설원의 자기세계 정립에 따른 자기해방의 서사 욕망을 읽을 수 있다.

4

그렇다. 근대적 주체로서 자기를 새롭게 인식하는 자기탐구를 향한 소설쓰기의 여정은 궁극적으로 자기해방의 서사를 모색하는 일환이다. 이 자기해방은 달리 말해 자기구원으로, 이것은 또한 자기결단을 요구한다. 김설원의 소설 속 인물의 이 같은 면은 주목해야 한다. 「아이 버리기 실습」에서 작중인물 '나'는 레인보우라는 아이디를 가진 메일의 편지를 받고 그의 아이를 사흘간 돌봐달라는 딱한 사정을 들어주는데 알고 보니 레인보우가 '나'에게 한 말은 모두 거짓이었다. '나'는 생각 끝에 레인보우로부터 떠맡은 아이를 유기할 것을 결심하고 행동으로 옮긴다. 여기서, 우리는 아이의 유기 여부의 결과에 비중을 둔 '나'의 윤리학에 관심을 가질 필요는 없다. 그보다 아이를 유기해야만 하는 '나'의 주체적 선택에 따른 자기해방을 향한 내적 고투에 주목해야 할 것이다. 말하자면 이 주체적 선택은 멀쩡한 직장을 그만두고 안정된 공무원이 되고 싶은 지극히 속물적 근성에 사로잡힌 '나'로부터 벗어나려는 내적 투쟁이다. "레인보우의 간교한 꾐"(95쪽)은 이러한 속물근성에 찌든 '나'의 적나라한 모습을 대면하도록 한 것이나 다를 바 없고, 이 모습은 '나'의 아버지의 잦은 결혼으로부터 상기되는 아버지의 혐오스러운 속물근성과 겹쳐진다. 때문에 '나'는 결단을 실행하고자 한다. '나'를 뒤덮고 있는 속물근성으로부터 '나'가 놓여나기 위해서는, 이것으로부터 '나'가 벗어나기 위해서는, '나'와 아버지를 매개해주는 레인보우로부터 떠맡은 아이를 과단성 있게 버려야 한다. 그 아이로부터 '나'가 벗어나야 한다. 그 아이와 '나'는 다시 단절되어야 한다. 여기에는 양심의 자책감이 고통스레 뒤따르지만 '나'의 속물근성과 절연되는 '나'의 자기해방이며 자기구원을 위해서는 실행되어야 한다.

이 같은 자기해방의 도정에서 값비싸게 치러야 할 고통은 자기구원과 결부되는 것이기에 매우 고통스럽다. 여기, 또 다른 고통을 겪는 작중인물이 있다. 젊은 나이에 과부가 된 난이는 시댁과의 관계를 말끔히 청산하지 못한 채 고령의 시아버지를 모시고 있다. 난이는 남편의 죽음으로 시댁과의 관계를 절연할 수 있으나, 묘한 인연으로 시아버지와 함께 살고 있다. 시댁 식구들 그 누구도 자신의 병든 고령의 아버지를 떠맡고 싶지 않은데도 불구하고 난이는 이러한 시아버지의 현실에 연민을 가진 채 힘들게 병 수발을 하면서 함께 살고 있다. 물론, 이 과정에서 난이가 무작정 이러한 삶을 수용하는 것은 아니다. 난이는 시아버지에게 자신의 현실을 분명히 얘기하고, 시아버지가 이러한 현실을 또렷이 적시해야 하는 것을 강조한다. 그러면서 난이는 "난 이제 지긋지긋해요. 구린내가 풍기는 이 집에서 그만 벗어날 거라고요."(121쪽)라는 자기해방을 향한 결단을 스스로 촉구한다. 난이의 이 자기결단은 한국사회의 오랜 남성중심주의 습속으로 윤색된 가부장 문화의 억압에 대한 문제적 저항의 표현으로 손색이 없다. 비록 이 작품의 말미에서 이러한 남성중심주의의 가부장 문화의 상징이라고 할 수 있는 "은색 바늘 하나가 시아버지의 비명처럼 날카롭게 솟아 있"(124쪽)는 위력을 지니지만, 이미 난이의 자기해방을 향해 엄중히 촉구한 자기결단의 욕망을 거둘 수는 없다.

여기서, 다시 강조해두건대, 이렇게 촉구한 자기결단이 힘든 과정을 동반한 만큼 무엇보다 자신을 충족시켜줄 수 있어야 한다. 예전의 자기의 삶이 아닌, 갱신된 삶의 지평에서 신생의 욕망을 자기 삶의 구체성으로 치열히 보증해야 한다. 그래서인지, 이와 관련하여, "현장을 도외시한 채 타성에 젖어 그려낸 도면"(220쪽)을 보면서 창의성이 결여되고 있는 자신의 삶을 래디컬하게 성찰하고 있는 것은 시사하는 바 크다(「나귀를 타고」). 자기해방을 향한 자기결단은 현실과 무관한 공허한 추상과 관념의 세계에 기반을 두는 게 아니라 어디까지나 치열한 삶의 현실에 뿌리를 둔, 그래서 삶의 생동감에 토대를 둔 자기결단이 뒷받침되어야 한다. 이것은 달리 말해 날로 부박해가는 지금, 이곳의 현실에 삶의 뿌리를 착근하여 삶을 버티며 살아내야 한다는 것을 말한다. 그래서 삶은 엄숙하며 숭고하다. 외모가 초라한 출판사의 여직원으로서 입사한 자영이 열악한 근무 환경 아래 당장이라도 뛰쳐나오고 싶지만 마치 뱃속의 '불쾌한 무게감'(127쪽)을 지닌 변비를 달고 살 수밖에 없는 것처럼 살아내야 한다(「글로리아의 독」). 가뜩이나 짜증나는 출판 업무를 견디고 있는 터에 시도 때도 없이 걸려오는 인신모욕적 전화를 받으면서도 자영은 그 일상을 버텨야 한다. 물론, 버티는 인생이 그뿐인가. 일수계가 물거품이 되면서 단란한 가족이 해체되고 도망자의 신세로 전락한 작중인물 '나'는 외딴 도시에서 '나'보다 열악한 삶을 버티며 살고 있는 춘미로부터 세상 살아가는 삶의 명료한 진실을 얻는다. 춘미와 나눈 많은 말들 중 "끝까지 버텨."(41쪽)에 녹아 있는 간결하면서도 지엄한 삶의 진실은, 「꽃밭에 쥐가 산다」의 처음과 마지막 부분에서 월셋방을 찾는 이들에게 주인 아줌마가 무심결에 내뱉는, "월세가 싼 대신 쥐가 좀 많아."(41쪽)에 수반되는 소설적 전언이 함의하는 것과 묘하게 공명(共鳴)한다. 월셋방이 싼 외딴 도시를 찾아든 사람들의 곡절많은 사연의 시시비비를 뒤로한 채 중요한 것은 쥐들이 많아 다소 불편한 주거공간일지라도 이곳에서 어떻게든지 삶을 포기하지 않고 '끝까지 버티는 것'이다.

이 버티는 삶의 도정 속에서 자기인식은 더욱 냉철해지고, 혼돈과 동요하는 자기세계는 정립되고, 마침내 자기해방과 자기구원을 위한 자기결단이 실행되는 것이다. 김설원의 첫 소설집에서 이러한 주체적 삶을 치열히 사는 여성을 마주하는 것은 소름끼치는 매혹이다.

지상의 세계와 천상의 세계 사이에서

최인석, 신장현, 김형수, 오수연

욕망의 도가니를 흘러 넘치는 욕망'들'

- 최인석, 『연애, 하는 날』(문예중앙, 2011)

　욕망의 도가니란 이런 것을 두고 한 말일까. 최인석의 장편소설 『연애, 하는 날』에는 멈출 줄 모르고 내달리는, 도대체 어떻게 해야 직성이 풀릴지 알 수 없는, 얼마나 깊은 상처를 내야만 상처 내기를 포기할지 알 수 없는, 욕망'들'이 부딪치고 흘러넘친다.

　『연애, 하는 날』은 자칫 통속드라마의 그렇고 그런 불륜의 멜로를 다룬 것처럼 보이기 십상이다. 인물들 사이에 복잡하게 얽힌 이해관계는 시쳇말로 막장 드라마를 연상하도록 한다. 이를테면, 자본가 장우는 아들 승주가 죽자 급격한 가족 해체의 과정 속에서 아내 서영과 부부 관계가 냉각되면서 다른 여인들 — 여기에는 유부녀 수진, 백화점 매장 직원 연숙과 내연의 관계를 통해 자신이 채우고 싶은 욕망을 충족시키는 데 안간힘을 쏟는다. 장우에게 남은 것은 "슬픔, 그리고 외로움을, 기껏해야 위로를, 때로는 의구심을, 경우에 따라서는 쓰디쓴 배신감과 원한과 분노를, 원망을, 벽돌처럼 참혹한 이런 침묵을 주고받을 수 있을 뿐"(70쪽)이다. 장우는 자본가로서 돈의 힘을 최대한 이용하여 장우에게 결여된 사랑의 결핍을 애써 보상받으려 한다. 이 과정에서 장우의 돈을 탐내는 사람들이 그의 결핍 욕망을 채워주기 위해 그와 맺는 예속적 관계는 가히 욕망의 복마전을 무색케 한다. 장우의 처가댁 식구들과 연숙이 장우를 대하는 태도는 그 단적인 사례다. 특히 장우의 매제인 두영은 장우와 수진의 불륜의 관계를 이용함으로써 자신의 경제적 이득을 최대한 확보하려는 데 혈안이다. 심지어 두영은 수진과 결별한 장우에게 다른 여인 연숙을 소개해줌으로써 장우의 불륜을 더욱 부채질한다. 두영에게 오직 중요한 것은 장우의 부도덕을 이용하여 그 자신의 경제적 부의 욕망을 충족시키면 되는 것이다. 돈의 탐욕에 눈이 먼 두영에게 애초 누이의 결혼 생활과 관련한 문제는 관심사 밖이다.

이처럼 『연애, 하는 날』에서는 연숙과 연인 사이인 영화감독 대일, 수진과 부부싸움으로 별거 중인 노동자 상곤 등의 인물이 서로 다른 일상의 불화 때문에 서로의 사랑을 의심하고 마침내 헤어질 수밖에 없는, 욕망의 어긋남들이 실타래처럼 뒤엉켜 있다. 이 소설을 읽고 있노라면, 이들 인물이 엮어내는 사건과 사건들 사이에 미끌어져 때로는 흘러넘치고 때로는 아교처럼 딱 들러붙어 있는 욕망'들'을 통해 "진실은 존재하지 않는다. 구성되고 제작된다."(155쪽)는 어느 서사이론이 문득 떠오른다. 도대체 그들이 불륜이든, 그렇지 않든, 사랑의 형식을 통해 만나고 싶은 진실은 무엇일까. 작가 최인석이 구성하고 제작하는 이 작품에서 작가가 힘을 기울이는 소설적 전언은 무엇일까.

여기서 장우 외에 주목해야 할 인물이 있다. 수진의 남편 상곤이다. 상곤은 두 아이의 아빠이고 남편인데 수진과 별거하면서 몹시 심한 심적 고통을 앓는다. 가족의 해체와 파업에 직면한 직장의 동요는 상곤을 삶의 진창으로 밀어넣는다. 그러던 상곤은 마침내 그를 짓눌렀던 삶의 무력감을 떨쳐낼 계기를 만난다. 그를 떠났던 수진이 행복한 삶을 살기는커녕 수렁으로 떨어진 모습을 보면서, 그리고 그의 동료들이 악덕 고용주에 대해 맞서 싸우는 데 함께 참여하면서, 상곤은 참을 수 없는 분노를 터뜨린다. 이 분노는 단란한 상곤 가족의 행복을 앗아간 자본가 장우에 대한 분노이고,

장우와 함께 또 다른 행복을 쟁취하지 못한 수진에 대한 분노이고, 부당한 노동조건 속에서 희생을 강요한 고용주에 대한 분노이고, 노동자의 인권과 행복은 아랑곳없이 고용주의 이득만 축적한 반노동에 대한 분노이고, 무엇보다 이 모든 부정과 모순을 미처 간파하지 못한 상곤의 어리석음에 대한 분노이다. 그래서인가. 작품의 말미에서 노동쟁의를 하는 도중 동료와 함께 공장 지붕에서 날아오른 행위는 비록 이카루스처럼 땅에 떨어질 운명이되, 더는 자본과 연루된 반인간적 이해관계의 사슬에 옥죄일 수 없다는 인간해방의 숭고한 날갯짓으로 보인다. 이 날갯짓의 숭고성을 이해할 때 우리는 비로소 "산다는 짓이 매일의 추락이었다."(395쪽)란, 역설의 참뜻을 성찰할 수 있으리라.

지옥도의 현실에 대한 비관적 풍자
　- 신장현, 『돼지감자들』(삶이보이는창, 2011)

여기, 지옥도(地獄圖)와 같은 현실을 살고 있는 사람들이 있다. 신장현의 장편소설 『돼지감자들』에 나오는 네 명의 직업은 지금, 이곳의 현실을 가감 없이 보여준다. 그들 각자는 채무 추심업자, 장기 밀거래자, 다단계 사업자, 퇴폐 마사지사로서 천민자본주의의 심장부인 강남을 근거로 하여 난마처럼 뒤엉킨 생존을 위한 삶을 살아간다.

사실 이와 같은 서사는 그리 새로운 것은 결코 아니다. 영화와 TV드라마에서 엇비슷한 모양새로 대중성을 손쉽게 확보하는 서사의 대부분이 사회의 음지에서만 통용(?)되는 생존의 논리로 삶을 지탱하는 사람들의 이야기다. 대중은 일상 속에서 좀처럼 접하기 어려운 그들의 삶을 지켜보며, 반윤리적 혹은 일탈적 삶에 대한 그들의 욕망과 동일시하는 가운데 모종의 해방의 감각을 느낀다. 문제는 그 해방의 감각이 상업적 대중문화와 비판적 거리를 상실한 채 대중은 자신도 모르는 새 이른바 B급 문화를 상업적으로 소비하는 데 만족하는 신세로 전락한다는 점이다. 그리하여 대중은 예전보다 더 자극적이고 더 현란한 상업적 서사를 요구하게 되고, 마침내 그 서사는 실재를 넘어섬으로써 대중은 탈현실의 윤리적 감각에 붙잡힌다. 급기야 대중에게 중요한 것은 대중의 이러한 해방의 감각을 충족시켜줄 수 있는 서사의 존재 여부일 뿐이다. 대중은 현실에 놓여 있으면서도, 현실의 바깥으로 애써 탈주하려 하고, B급 문화를 문화의 전부인 것으로 인식한다.

신장현의 『돼지감자들』은 대중에게 친근한 이와 같은 서사적 요소를 갖고 있다. 분명, 소재적 차원에서는 그렇다. 하지만 『돼지감자들』에서 눈여겨보아야 할 것은 한국사회의 타락한 음지의 세태 속에서 비루한 삶을 살아가는 네 명의 비관주의적 세계인식의 양상이다. 가령, 채무 추심업자인 두섭이 "어째서 인간은 과감한 진화를 못하고 동물과 같은 수준에서 허덕거리는가?"(17쪽)와 같은 자문은 다른 세 명에게도 공통적으로 해당된다. 결국 작가가 『돼지감자들』을 통해 전하고 싶은 서사적 전언은 우리가 살고 있는 세상이 인간의 삶이어야 하는데도 불구하고, 무엇 때문에 동물과 다를 바 없는 정글의 삶을 살아야 하는지, 그 지옥도의 실상을 낱낱이 고백하는 것이다.

여기서 작가의 이와 같은 고백이 다른 B급 문화의 서사에서 보이는 지옥도와 구별되는 점이 있다. 『돼지감자들』에서 인물들은 한국사회의 역사와 연루되어 있는데, 장기 밀거래자인 잉걸의 경우 1980년 광주민주화항쟁의 대열에 참여했다가 도피한 나머지 "왜 그 시대의 참다운 부름을 받지 못했던가. 결국 지금까지 그 대가를 치르며 삶에 대한 어떤 전망도 갖지 못하고 있는 것이 아닐까."(67쪽)하는, 자책감에 빠져 있다. 한때 군사독재타도와 민주회복을 위해 길거리에서 화염병을 들고 민주화운동에 참여한 잉걸이 장기를 밀거래하는 범법자의 삶을 살고 있다는 것을 어떻게 이해해야 할까. 작가는 이 난감한 질문을 주저없이 우리에게 던진다. 무엇이, 어떠한 사연이, 민주화 인사를 이처럼 사회의 음지에서 살도록 하였을까. 그런가 하면 퇴폐 마사지사인 울프는 지리산 파르티잔의 아들로서 운동권 학생을 숨겨주었다가 고문을 당한 적이 있고, 야학에서 공부를 가르친 이유로 삼청교육대를 다녀와 공안기관의 관리 대상으로 등재돼 있다. 울프의 이러한 불온한 내력은 한국사회를 오랫동안 짓눌러온 반공주의로부터 자유롭지 않다. 강남 지역에서 연쇄살인사건이 일어나, 그 유력한 혐의자로 울프가 붙잡혔는데, 어이 없는 것은 "강남을 타깃으로 한 무차별적인 증오 심리가 자칫 집권당이며 정부를 겨냥하는 쪽으로 번질지 모른다는 분석"(179쪽) 때문에 울프는 국정공안원의 수사를 받는다.

결국 작가는 한국사회의 비관적 풍자의 하나로, 퇴폐 마사지사의 현실에 대한 고독한 싸움을, 반시장과 반세계화를 명분으로 하는 방화범으로 조명받게 한다. 한국사회가 국가의 위엄이 훼손되지 않는 한, 지옥도의 현실로 바뀌어가는 것은 지극히 당연한 일인가.

'지엄한 대지'가 일궈내는 '또 다른 세계'
  - 김형수, 『조드-가난한 성자들』(자음과모음, 2012)

조드? 이것은 인명이나 지역 혹은 사물의 명칭이 아닌, 유라시아 내륙 대평원의 겨울철에 유목민을 엄습해오는 극심한 한파(寒波) 속에서 유목민뿐만 아니라 가축에게 찾아오는 죽음의 대재앙을 지칭한다. 작가 김형수는 이 조드와 관련한 서사를 마침내 탈고하였다. 김형수는 장편소설『조드』를 집필하기 위해 광활한 초원이 펼쳐진 몽골을 10여 년 동안 탐문하면서, 그의 문학세계를 이루는 모든 것을 환골탈태하기 위해 분투해왔다. 그렇다면 그가 환골탈태하고자 한 것은 무엇일까. 고백하건대,『조드』를 읽어가면서, 『조드』의 곳곳에 흩어져 있는 초원의 뭇 존재들과 연루된 그 숱한 내력들에 적극적으로 동참하는 과정이야말로 이 물음을 해결할 수 있는 길로 우리를 안내한다.

그렇다. 『조드』는 우리를 어떤 길로 인도한다. 우리가 지금까지 아예 외면했거나, 아니면 대단히 오해했거나, 지극히 일면적인 것을 과장한 것 등이 뒤엉키면서 우리가 제대로 인식하지 못한 '또 다른 세계'를 만날 수 있는 길로 우리를 인도한다. 그렇다면, 환골탈태의 과정이란, 바로 이 '또 다른 세계'를 만나는 과정인 셈이다.

김형수는 『조드』에서 중세의 몽골 대제국을 일으킨 칭기즈 칸에 대한 서사를 구현하고 있다. 그런데 이 소설을 읽으면서 유의해야 할 점이 있다. 자칫 이 소설을 칭기즈 칸이란 영웅에 초점을 맞춘 서구식 영웅서사의 관점에서 읽을 수 있는데, 이러한 독법은 번지수를 잘못 짚은 것이다. 물론, 서구식 영웅서사의 측면이 없는 것은 아니다. 하지만 분명히 해두어야 할 것은 우리에게 낯익은 그것과 『조드』의 서사적 특질은 전혀 다르다는 사실이다. 몇 가지 이유가 있다. 우선, 『조드』에서 주목하고 있는 인물은 얼핏 보았을 때 칭기즈 칸인 듯 보이지만, 이 소설의 부제목이 가리키듯 칭기즈 칸을 비롯한 몽골의 초원 곳곳에서 '조드'를 견디면서 고단한 유목생활을 하는 유목민을 '가난한 성자들'의 측면에서 조명하고 있다. 말하자면 『조드』는 칭기즈 칸이란 영웅만을 오직 숭고의 대상으로 삼는 게 아니라 유목민들 심지어 칭기즈 칸마저 그들과 다를 바 없는 '가난한 성자들', 즉 민중적 삶의 부분으로 구현하고 있다. 다시 말해 숭고하지 않은 민중은 『조드』에서 없다.

바로 이 점이 『조드』에서 특히 눈여겨보아야 할 부분이다. 김형수는 유목민의 민중적 삶을 "지엄한 대지"(1권 183쪽)의 순리에 교응하는 그들의 삶의 지혜에서 찾고 있다. 그리하여 작가는 초원의 절대지존인 늑대의 생존본능으로부터 강퍅한 초원에서 생존하는 유목의 생득적 원리에 주목하고, 역사의 이전시기부터 대대손손 전해오는 유목민의 내력에 대한 구술사를 유목의 영혼이 담긴 마두금의 연주 사이에 자연스레 얹혀 부르는 노래의 비의성에 귀를 기울이고, 유목민들의 운명과 그들과 같은 삶을 살고 있는 여러 부족들끼리 나누는 신성의 말에 교감한다.

이러한 유목민의 민중적 삶에 깃든 서사를 통해 작가는 우리도 모르는 새 망실했던 혹은 애써 지워내려 했던 '대지의 서사'를 복원하고자 한다. 대지를 떠난 인간들만의 이해관계로 이뤄진 서구의 통념적 서사가 아니라 대지와 함께 살아가는 서사를 작가는 욕망한다. 때문에 『조드』에서 우리가 적극적으로 읽어야 할 것은 초원의 유목민들이 어떻게 '지엄한 대지'와 함께 삶을 살아내고 있느냐 하는 문제다. 대지의 품 안에서 길러진 인간들이 어떻게 사람들 및 자연과 관계를 맺는지, 그 관계 속에서 정녕 새롭게 발견되어야 할 '오래된 새로움'의 가치가 무엇인지, 아울러 이 모든 관계들을 어떠한 방식으로 서사화하는지 등에 초점을 맞춘다면, 『조드』를 한층 더 흥미롭게 읽을 수 있는 감상 포인트가 될 것이다. 그러다 보면, "자연의 낯빛이 바뀌는 것을 자연의 최고 자식인 인간만 못 알아들은"(2권 48쪽) 어리석음과, "넓게 흩어져서 배고프거나 그리우면 또 어딘가로 찾아가야지"(2권 280쪽)에 내포된 '월경(越境) 및 탈영토의 상상력', 그 참뜻을 성찰하게 되리라.

세계의 신성을 구현하는 언어

‐ 오수연, 『돌의 말』(문학동네, 2012)

작가 오수연이 장편소설 『돌의 말』을 세상에 내놓았다. 한동안 그를 따라다닌 '팔레스타인의 전령사'라는 막중한 역할을 상기해볼 때, 이번 소설은 작가 스스로 어떻게 해서든지 팔레스타인 문제 갇혀있지 않으려는 갱신의 노력으로 보인다. 그렇다고 오해를 해서는 곤란하다. 이라크 전쟁의 실상을 기록한 보고문집 『아부 알리, 죽지마』뿐만 아니라 팔레스타인의 산문선집 『팔레스타인의 눈물』을 통해 그는 팔레스타인과 관련한 문제를 한국 사회와 긴밀히 연동시키는 지속적인 글쓰기를 실천하고 있다. 사실, 어떻게 보면, 이번 『돌의 말』도 팔레스타인 문제와 전혀 무관한 것은 결코 아니다.

작가 오수연의 글쓰기에 낯익은 독자에게 『돌의 말』은 난감하게 다가올 수 있다. 이 소설에 대해 그 자신의 말을 빌리자면, "말의 무화, 말의 진공"(308쪽)에서 촉발하여, "신의 말과 인간의 말 사이의 간극"(310쪽)을 포착하고자 한바, 문제는 인간의 "고장 난 말로 제 말을 찾아가는 과정"(310쪽)을 그리는 딜레마에 그가 붙들려 있다는 점이다. 바로 이것이 『돌의 말』이 태생적으로 지닌 비극적 운명이다. 애써 바벨탑과 얽힌 이야기를 강조할 필요가 없듯, 천상계의 신에 근접하고자 한 인간의 주체할 수 없는 욕망은 비루한 삶의 현실에 발을 디딜 수밖에 없는 지상계의 저주 받은 인간임을, 세상 곳곳으로 흩뿌려진 언어의 장벽에 갇히거나 그것을 힘겹게 넘어야 할 비극적 운명으로 환기할 뿐이다. 달리 말하자면, 신의 성스러운 언어 세계를 욕망한 인간은 바로 그 욕망 때문에 비속한 언어'들'의 미궁에 갇혀 영원히 그곳을 빠져나올 수 없는 신의 저주를 감내하고 있는 셈이다.

오수연의 『돌의 말』이 지닌 심층적 문제의식을 이해하기 위해서는 이와 같은 점을 쉽게 지나칠 수 없다. 작중 인물 정숙은 남동생 화실에서 말굽 모양의 돌을 본 이후 고대 신라인 복순에 빙의(憑依)된다. 정숙이 본 돌은 흔한 돌이 아니라 고대의 용 사상과 매우 밀접한 관계를 맺고 있는 신성의 돌이다. 이 돌의 신성에 붙들린 정숙은 복순에 빙의된 채 정상적으로 알아들을 수 없는 말을 스스럼없이 내뱉곤 한다. 이전까지 용 사상에 관심도 없었고, 심지어 돌과 관련한 고대 문화(가령, 암각화와 마애불 등)에도 전혀 무심했던 정숙은 그 신비스런 돌을 목격한 이후 게다가 복순에 빙의된 이후 이러한 고대의 신성한 돌 문화에 집중적 관심을 쏟는다. 물론 정숙의 이러한 느닷없는 언행에 놀란 주변 인물들은 망연자실한 채 정숙을 지켜본다. 혹, 정숙이 내림굿을 받는 것은 아닌지 하는 호기심을 갖거나 제 정신이 아닌 정숙을 안타깝게 여길 뿐이다.

『돌의 말』의 주요 서사는 이렇다. 그런데 『돌의 말』을 이렇게만 읽는다면, 이 소설은 독자의 기대를 크게 저버리기 십상이다. 이 소설은 내림굿의 과정을 추적하는 이른바 굿의 서사가 아니다. 굿과 무(巫)에 관한 본격적 소설은 어느 정도 한국소설사에 축적돼 있다. 다시 강조하건대, 『돌의 말』의 초점은 굿에 있지 않다. 때문에 이 소설은 그동은 우리에게 낯익은 장편소설의 플롯을 갖추고 있지 않다. 어떤 소설적 문제를 해결하기 위해 이러저러한 복선들을 곳곳에 유기적으로 배치해놓고 인물과 사건의 유기적 짜임새를 통해 장편소설의 미학을 완상(玩賞)하는 데 있지 않다. 대신, 작가는 근대의 과학적·합리적 사유의 바깥으로 밀려난, "현상 세계 너머에 이치의 세계"(42쪽), 즉 "저쪽의 이치를 이쪽의 현실에서 무리 없이 구현하는 조화로운 삶"(43쪽)을 향한 '생명의 말'을 경청하고자 한다. 그리고 작가는 그동안 "하늘은 상(象)을 드리워 그 뜻을 인간에게 알리고 인간은 제 뜻을 하늘에 고하니, 이른바 천인감응(天人感應)"(44쪽)을 일부러 외면한 인간의 숱한 오만과 타락에 경종을 울리고자 한다. 시공간을 달리했을 뿐이지, 오직 인간의 알량한 이해관계로만 세계를 이해하지 말고, '돌의 말'이 메타포하고 있는 세계의 신성을 구현하는 언어에 인간은 겸허해야 한다. 그렇다면, 이 소설은 근대를 넘어서기 위한 작가의 문명적 감각의 빼어난 서사이리라.

고전의 패러디와 구술성의 진면목

– 박상률, 『방자왈왈』(사계절, 2011)

고전의 힘이란 이런 것일까. 분명, 언젠가 읽은 작품이고, 그것도 한 번이 아니라 기회가 있을 때마다 여러 번 읽은 작품이기 때문에 너무나 낯익어 식상할 만도 하지만, 또 다시 그 작품이 지닌 신비한 마력에 푹 빠져든다. 나는 원작 「춘향전」을 패러디한 박상률의 장편 「방자왈왈」의 매혹에 푹 빠져들었다.

「방자왈왈」이란 작품의 제목에서 알 수 있듯, 이 작품은 종래 춘향과 몽룡의 중심으로 전개된 고전 서사의 골격을 방자 중심으로 그 서사를 과감히 전복시키고 있다. 이 점이 「방자왈왈」에서는 주목해야 할 대목이다. 작가는 원작을 구성하는 서사의 핵, 즉 춘향과 몽룡의 사랑을 훼손하지 않되, 방자의 시각으로 이들의 사랑을 들려준다. 「방자왈왈」에서 방자는 몽룡의 몸종으로서 몽룡을 보필해야 할 신분이되, 방자는 몽룡과의 관계에서 몸종의 신분으로 전락하는 게 아니라 때에 따라서는 몽룡과 대등한 입장이면서, 심지어 어떤 때에는 몽룡을 훈계하는 입장에 서 있다. 방자는 사대부인 몽룡에게 거침없이 자신의 주장을 내세우는가 하면, 몽룡을 노골적으로 비웃는다. 방자는 몽룡을 자신의 손바닥 안에 놓는다. 춘향에 대한 몽룡의 애간장 끓는 사랑을 지켜보면서, 몽룡의 철없는 사랑이 성숙해지도록 곁에서 조언자 역할을 맡는다.

이 대목에서 최근 절찬리에 상영됐던 영화 「방자전」과 비교하지 않을 수 없다. 「방자전」 역시 방자의 시선으로 원작을 패러디하였다. 그런데 영화 「방자전」에서는 상업영화의 속성상 에로스에 너무 치중한 가운데 춘향과 몽룡의 사랑을 곁에서 지켜본 방자의 또 다른 이야기가 새로운 볼거리였다. 그래서 이들의 삼각 관계에 대한 에로스적 파토스를 새롭게 만끽하는 것 이상도 이하도 아니었다. 말하자면 영화 「방자전」은 원작의 중심 서사인 춘향과 몽룡의 사랑 사이에 방자와 춘향의 이루어질 수 없는 비극적 사랑을 개입함으로써 춘향과 몽룡의 사랑을 더욱 숭고하게 그려내는 데 초점을 맞췄다. 따라서 방자는 영화에서도 여전히 몽룡의 철저한 몸종일 뿐이다.

하지만 박상률의 「방자왈왈」에서는 방자의 신분이 몸종이면서 몸종으로서 몽룡에게 굴신하는 게 아니라 도리어 세상의 이치를 잘 모르는 철없는 사대부 자제로 하여금 복잡한 세상의 이치에 눈을 뜨도록 하는 계몽자의 역할을 부여하고 있다. 여기에는 「방자왈왈」의 근간을 이루는 구술성의 가치를 소홀히 간주할 수 없다. 「방자왈왈」을 읽는 동안 귓가에서는 낯익은 이명(耳鳴)이 떠나지를 않았다. 마치 누군가 「방자왈왈」을 내게 들려주는 듯하였다. 분명, 내가 작품을 묵독하고 있는데도 불구하고, 오래전부터 누군가가 매우 친근한 목소리를 통해 「방자왈왈」을 어떤 가락과 리듬에 맞춰 들려주고 있는 듯한 환청을 체험한다. 가령, "사랑이란 애초에 시작헐 때 이미 끝이 난 것이여. 세상만사 처음 시작에 끝도 같이 깃들여 있제. 특히 사랑은 시작허는 그 순간 완성되는 것이여! 그란께 되령이 춘향이를 좋아하여 사랑을 시작한 근 순간 이미 사랑은 완성했제."(202쪽)에서 단적으로 체감할 수 있듯, 「방자왈왈」이 다른 소설과 뚜렷이 구별되는 특장(特長)이다. 「방자왈왈」은 남도 특유의 해학과 풍자의 언어의 맛을 절묘히 살려내는 지역어로 쓰여져 있고, 판소리의 흥취가 자연스레 녹아든 문체를 적극적으로 구사한다. '~것다', '~왈', '~잉' 등과 같은 남도어의 맛깔은 표준어로는 도저히 감당할 수 없는 인물의 내면 심리와 사건의 긴박감을 비롯하여, 방자의 세상을 향한 도저한 비판적 인식을 드러낸다. 이와 같은 구술성의 가치야말로 우리가 망각해온 이야기 전통에서 창조적으로 재해석해야 할 값진 보물이다.

날이 갈수록 소설의 위기라고 말한다. 이것은 우리에게 낯익은 서구의 근대소설이 위기에 처해 있다고 말해도 좋을 것이다. 우리는 작가 박상률의 「방자왈왈」에서 서구의 근대소설이 감당할 수 없는 구술성의 가치의 진면목을 만끽하는 것을 통해 어쩌면 근대소설의 위기를 정면으로 돌파할 수 있는 지혜를 얻을 수 있을지 모른다.

5부

난경의 시대에 응전하는

제주의 '출가해녀'를 통한
일제 말의 비협력 글쓰기

요산 김정한의 단편 「월광한」

요산 문학에서 단편 「월광한」은 예외적 작품인가?

'요산 김정한 문학과 동아시아'란 주제로 열린 심포지엄에서 주최측으로부터 부여받은 과제는 '요산 문학과 제주'다. 이 과제와 관련하여 요산의 생애(1908~1996)를 두루 살펴보면서 제주와 직간접 연관을 맺고 있는 것들을 탐색해보았다. 필자의 과문일지 모르지만, 부산을 거점으로 문학 활동을 전개해온 요산에게 제주와 관련한 문학적 사안으로 논의할 수 있는 대표적인 것은 일제 말에 발표된 수필 「섬 색시」(『문장』, 1939년 9월)과 단편 「월광한(月光恨)」(『문장』, 1940년 1월), 그리고 산문집 『낙동강의 파수꾼』(한길사, 1978)에 실린 수필 「8월의 바다와 해녀」뿐이다.[1] 이들 중 「월광한」은 경남 남해로 뱃물질을 나온 제주의 '출가해녀(出嫁海女)'를 중심 소재로 삼은 단편으로, '요산 문학과 제주'의 과제를 탐구할 수 있는 흥미로운 작품이다.

그런데 요산 문학에 대해 그동안 축적된 논의들을 살펴보면, 「월광한」

---

[1] 김동윤은 이 세 작품 사이의 관계를 치밀하게 논의하여, 기존 「섬 색시」를 소설화한 것이 「월광한」이 아니라, 「월광한」은 별도로 요산이 경남 남해 남면 선구리로 직접 가서 취재한 것을 토대로 작품을 쓴 것이고, 그로부터 30여년이 지난 1967년에 수필 「8월의 바다와 해녀」를 쓰면서 「월광한」 집필 관련한 것을 회고한 것으로 논증한다. 김동윤, 「김정한의 「월광한」 연구」, 『제주문학론』, 제주대출판부, 2008, 264~270쪽.

에 대한 평가가 인색할 뿐만 아니라 심지어 오독하고 있는 것은 아닌지 문제를 제기해본다. 이것을 대략적으로 정리해보면 다음과 같다.

① 「월광한」이 낭만적 색채가 지배적이고, 특히 남성의 성적 욕망과 낭만적 감정의 대상으로 해녀가 대상화되고 있다.[2] 그래서 이러한 모습은 요산이 일제에 협력하는 전(前) 단계의 현실인식을 보여주는 작품으로 볼 수 있다.[3]

② 제주도에서 근무하는 한 지방관료 지식인의 내면심리를 다루는데, 심리주의 소설이 지니기 쉬운 윤리적 파행성을 보이고 있다.[4]

③ 당시의 사회적 현실에 대한 비판적 인식이 결여된 평면적 작품으로 일제 말에 처한 요산의 시대적 한계를 드러낸다.[5]

위 ①, ②, ③의 논의는 「월광한」이 쓰인 시기의 글쓰기, 즉 일제 말의 글쓰기 양상에 대한 섬세한 접근이 결여됨으로써 일제의 식민지 지배에 대한 요산의 글쓰기의 서술책략을 잘못 파악하고 있다.[6] 일제강점기의 요산 문학을 항일민족주의로 무작정 수렴시키는 것은 요산 문학의 실체를 공부하는 데 마땅히 경계해야 할 일이다. 하지만 말 그대로 그 실체를 온전히 이해

---

2 송명희, 「해녀의 체험공간으로서의 바다」, 『현대소설연구』 8집, 1998.

3 김동윤, 위의 글, 270~277쪽.

4 조정래, 「현실을 보는 눈과 역사를 보는 눈」, 『김정한』(강진호 편), 새미, 2002, 190쪽. 조정래는 「월광한」에서 등장하는 지식인을 제주도에서 근무하는 지방관료로 파악하는데, 이것은 명백한 오독이다. 「월광한」 어디에도 이와 같은 사실을 찾을 수 없다. 「월광한」에서 제주와 연관되는 것은 출가한 제주 해녀뿐이다.

5 김종철, 「저항과 인간해방의 리얼리즘」, 앞의 책, 98쪽, 112쪽.

6 일제 말에 쓰인 요산의 희곡 「인가지」를 일제에 협력한 국책문학으로 보기도 하지만(박태일, 「김정한 희곡 「인가지」 연구」, 『경남·부산 지역문학 연구 1』, 청동거울, 2004), 「인가지」를 꼼꼼히 읽어보면 국책문학으로만 볼 수 없는 면이 있다. 오히려 「인가지」는 일제 말 요산의 치밀한 서술책략을 통해 그 당시 요산의 고뇌를 이해하는 게 온당한 게 아닐까. 이에 대해서는 하정일, 「일제말기 김정한 문학과 탈식민 저항의 세 유형」, 『탈식민의 문학』, 소명, 2008, 388~389쪽 및 구모룡, 「21세기에 던지는 김정한 문학의 의미」, 『감성과 윤리』, 산지니, 2009, 200~201쪽 참조.

하기 위해 「월광한」을 꼼꼼히 읽어보는 것 또한 매우 긴요하다.[7]

이를 위해 그동안 간과했던 문제의식을 환기해볼 필요가 있다. 우선, 일제 말에 쓰인 단편 중 「월광한」은 그 무렵까지 요산의 주된 문학 관심사로부터 비껴난 제주의 출가해녀를 대상으로 하고 있는데, 다소 독특한 대상을 주목함으로써 요산의 정작 의도한 주제의식은 무엇일까. 요산은 단순히 작가의 호기심으로 제주의 출가해녀를 단편적으로 그린 것일까. 그래서 육지 남성의 성적 욕망과 낭만적 대상으로 출가한 제주의 해녀를 대상화하고, 현실로부터 도피하는 소설적 알리바이를 통해 친일협력으로 가는 전(前) 단계를 밟은, 말하자면 「월광한」은 일제강점기의 요산 문학 중 예외적 작품일까.

「월광한」에서 주목해야 할 제주의 '출가해녀'

요산의 「8월의 바다와 해녀」에서는 「월광한」의 여주인공과 연관된 것을 회고하는 다음과 같은 대목이 있다.

> 나는 우선 어떤 주막집에 풀고, 그 집 주인으로부터 해녀들에 대한 여러 가지 얘기를 들었다. 그들은 우뭇가사리가 날 철이면 그곳 사람들에게 머슴처럼 팔려온다는 것이었다. 육십이 넘은 늙은 해녀도 있고, 아직 시집도 안 간 해녀들도 있다는 것이었다.[8]

위에서 언급되고 있는 해녀들은 '출가해녀(出嫁海女)'로서 19세기 말부터

7　구모룡의 다음과 같은 언급은 「월광한」을 꼼꼼히 읽음으로써 요산의 일제 말의 글쓰기의 양상을 살펴봐야 한다는 문제제기다. "가령 「월광한」(1940)은 현실의 피로에서 벗어나려는 낭만적 경향이 뚜렷하다. 그러나 이 소설이 도피와 망각을 칭송하고 있다고 보는 것은 단견이다. 오히려 식민지하 무기력한 일상에 젖어든 남성인물과 대비되는 여성인물인 해녀의 건강한 삶을 통하여 식민지 현실과 거리를 만들고 있다."(구모룡, 앞의 글, 200쪽)

8　김정한, 「8월의 바다와 해녀」, 『낙동강의 파수꾼』, 한길사, 1985, 134~135쪽.

제주를 떠나 한반도의 서남해안과 동해안은 물론 일본 열도와 중국의 대련
(大蓮)과 청도(青島), 그리고 러시아의 블라디보스톡까지 생업전선을 확장시
키면서 물질을 다닌다.[9] 주로 이른 봄부터 추석 때까지 약 6개월 동안 출가
해녀 생활을 한 후 제주로 돌아온다. 그러니까 요산이 「월광한」을 쓰기 위
해 취재한 해녀들은 이렇게 생업을 위해 한시적으로 다른 지역의 바다로
생업터전을 옮겨온, 말하자면 이동 노동의 현실을 감내하고 있는 '출가해
녀'라는 사실을 직시해야 한다. 따라서 「월광한」에 녹아 있는 요산의 주제
의식을 오독하지 않고 제대로 이해하기 위해서는 제주의 '출가해녀'의 속
성을 심드렁히 파악해서는 곤란하다.

"떡 좀 사오그려."

하고 박군을 건너다보았다.

"떡은 뭘허게. 인제 술이나 먹지."

박군이 떠름하니까, 노파는 이내 시무룩하며 나를 보더니,

"그럼, 당신이 좀 사슈."

하고 정떨어지게 넘성거렸다. 나는 물론 흐지부지 웃고만 말았다. 그러나 무
안할까 싶어서 술은 한 잔 권해 보았더니 꽤 기다렸다는 듯이 넙죽넙죽 두 잔이
나 연거푸 받아 넘기고는 웬걸 되려 더 발끈거리며 다시 떡을 졸랐다. 하는 수 없
이 그럼 사오라 했더니 또 돈을 내라고 야단이다.

"돈은 술값과 같이 낼 테니 우선 사오기나 하슈."

박군이 좋게 타일러도 불청이다.

"돈이 내기 싫거든 그럼 다들 가요. 남 잠도 못 자게 제 기……."

하고 점점 역정을 낸다.

"뭐 그렇게까지 화를 낼 건 뭐요?"

나도 술김에 그만 뭉클했다. 박군은 부리나케 내 무릎을 꼬집으며,

"마, 훗도께요. 모도까라 안나 몬다까라네[머, 내버려 두게. 원래부터 저런 게

9   제주의 출가해녀에 대해서는 제주 해녀 연구의 토대를 이룬 김영돈, 『한국의 해녀』(민속원, 1999)
의 '제6장 바깥물질'을 참조.

니까.]"

"나니가 안나 문까? 고도바 와가란도 우무우노까이? 고레데모 우우사까 도오
끼오 마데모 잇데 기다죠[뭐가 저런 건데? 말을 모른다고 생각하는 거유? 이래봬
도 오오사까 도쿄까지도 갔다 왔다구]!"

하고 덤빈다.[10] (강조-인용)

작중화자 '나'와 친구인 박군이 해녀들과 술자리를 가지다가 술과 안주
가 떨어지자 해녀들이 떡이 먹고 싶다고 하여 졸라대는 장면에서 설마 해
녀들이 일본어를 알아들을 수 없을 것이라고 생각하여 일본어로 그녀들을
무시하는 말을 내뱉었는데, 그중 한 해녀가 일본어로 대꾸하면서 자신들은
일본까지 출가하는 해녀들이기 때문에 일본어를 못 알아들을 것이라고 지
레 짐작해서는 안 된다고 도리어 '나'와 박군을 되받아친다.[11] 사실, 이 대목
에서 행간의 숨은 의미를 놓치기 쉽다. 그저 단순히 육지의 남성들과 출가
한 제주의 해녀들이 수작(酬酌)하는 장면으로 치부하기 십상이기 때문이다.
뿐만 아니라 술자리 분위기가 점차 익어가면서 육지 남성들의 낭만적 감성
이 고조되다 보니 제주의 해녀들을 대상으로 그들의 성적 욕망을 드러낸
것으로도 볼 수 있다.

여기서, '출가해녀'의 속성을 염두에 두지 않는다면, 그래서 위 인용문
에서 밑줄 부분의 대화 사이에 놓인 정치사회적 맥락을 전혀 헤아릴 수 없
다면, 그들의 수작은 단순히 술자리에 걸맞은 그 이상도 이하도 아닌 것에
불과하다. 하지만, 위 장면은 「월광한」에서 대수롭게 지나칠 수 없는 중요
한 부분이다. '나'와 박군과 제주 해녀들의 술자리는 우리에게 낯익은 남성

---

10 김정한, 「월광한」, 『김정한 전집 2』, 작가마을, 2008, 44~45쪽. 이후 본문에서 「월광한」의 부분을
인용할 때 별도의 각주 없이 본문에서 이 책의 쪽수만을 표기한다.

11 제주 해녀의 일본으로 출가는 1903년 미야케지마(三宅島)로 나간 이후 해방 전까지 자유롭다가
해방 이후 밀항의 형식을 통해 일본으로 출가했고, 그중 일부는 일본에 불법체류하면서 해녀의 삶을
살고 있다. 일본으로 출가했다가 그곳에 정착한 제주 해녀에 대해서는 김영 · 양징자, 『바다를 건넌
조선의 해녀들』(정광중 · 좌혜경 공역), 각, 2004.

과 여성 사이의 술자리 장면에서 정형화돼 있는, 남성이 술자리를 주도하고 여성은 남성의 술자리 분위기를 맞춰주는 남성 우월주의 입장에 의해 여성을 술자리의 낭만화된 성적 대상으로 간주하는 그런 것과 거리가 멀다. 위 술자리 분위기에서도 단적으로 읽을 수 있듯, 제주의 출가해녀들은 육지 남성과 대등한 입장에서 술잔을 주고받으며 심지어 술자리 분위기마저 주도하려고 한다. 게다가 식민지 지식인의 전유물인 제국의 언어 일본어마저 출가해녀가 구사하면서 이들은 식민지 남성 지식인이 간주하는 식민지 여성 민중에 대한 통념과도 거리를 둔다. 제주의 출가해녀들은 식민지 남성 지식인에게 당당히 자신의 삶을 대면하고 있는 것이다. 그들은 식민지 남성 지식인의 성적 대상으로 결코 전락되고 있지 않다. 제주의 출가해녀는 해방 전까지 사실상 제주 경제 전반뿐만 아니라 제주의 수산업에서 중추적 몫을 맡아왔다 해도 과언이 아닌바,[12] 약 6개월 동안 고향을 떠나 한반도를 비롯한 동북아 바다에서 힘든 물질(대부분 裸潛業)을 감내해야 하는 그 인고의 생활경험은 「월광한」에서 출가해녀의 외양을 서술하는 부분적 표현에서 짐작할 수 있다. 제주의 출가해녀는 머나먼 타지의 바닷속에서 힘든 잠수 노동을 하면서 삶을 억척스레 꾸려왔으므로 생래적으로 강인한 삶의 의지를 지니고 있다. 그러면서 잠수 노동 속에서 만나는 삶과 죽음의 찰나는 해녀의 독특한 삶철학을 생성하는 가운데 해녀로서 자기세계를 굳건히 정립시킨다. 뒤에서 좀 더 상세히 논의하겠지만, 작중화자 '나'가 식민지 하급관료의 신분으로서 S포구까지 출장 도중 우연히 마주한 해녀의 물질 장면을 보고 출장일을 감히 어긴채 "상관의 명령을 복종하지 않은"(36쪽) 것은 출가해녀들과 가진 위 술자리의 독특한 분위기에서 발산되는 매력과 함께 불리워진 제주 해녀의 노래(소설 속에서 불리는 '이어도'와 '뱃노래')가 자아내는 비의적 힘 때문이다. 따라서 이 술자리가 지닌 서사적 의미는 그리

---

12 고유봉, 『제주도 해양수산사』, 각, 2011, 400~409쪽 참조.

단순하지 않으며, 이러한 술자리에 적극적으로 동참하고 있는 제주의 출가해녀는 「월광한」에서 각별히 주목해야 할 대상이다.

이와 관련하여, 「월광한」에서 생각해야 할 것은 소설 속 제주의 출가해녀들이 지닌 항일투쟁의 맥락이다. 1930년대에 일어난 항일투쟁 중 제주해녀의 항일투쟁(1931~1932)은 일제의 식민지배에 대한 여성 민중의 집단화된 조직투쟁으로서 연인원 1만 7천여 명이 참여한 것으로, "해방 후 3·1사건과 4·3항쟁을 거치는 과정에서 제주도민의 저항성을 보여준 대표적 사례로 대중투쟁"[13]의 역사적 성격을 띤다. 이른바 제주해녀투쟁은 비록 제주에 국한된 것이지만 당시 이 투쟁 관련 기사는 주요 신문(조선일보, 동아일보)에 소개된 것을 고려해볼 때 요산 김정한이 항일 지식인으로서 이와 같은 소식에 무관심했을 가능성은 극히 미약하지 않을까. 무엇보다 일제가 제주해녀항일투쟁의 성격을 조선공산당재건을 위한 제주도 세포조직의 활동으로 초점을 맞추면서 그 성격을 항일투쟁으로부터 애써 전환시키려는 내용이 언론에 집중된 것을 고려해본다면, 그 무렵 마르크스주의자였던 이찬, 안막, 이원조 등과 함께 『학지광』 편집에 가담한 적이 있는 요산이 이와 같은 일제의 보도에 전혀 무지하지는 않았을 터이다.

여기서, 우리는 분명한 실증적 근거를 제시할 수는 없으나, 항일 지식인으로서 요산이 제주의 출가해녀에 관심을 가져 그들을 소재로 한 작품을 구상하는 도정에서 제주해녀투쟁을 전혀 몰랐을 리 없다. 따라서 제주해녀투쟁이 일어난 지 오랜 시간이 흐르지 않은 시기에 「월광한」이 쓰여졌다는 사실을 주목해야 한다. 일제 말 혹독한 식민지 폭압 속에서 친일협력의 글쓰기가 강요되고 팽배해지는 현실을 감안해볼 때 요산이 제주해녀투쟁의 역사적 경험과 무관할 수 없는 제주의 출가해녀를 「월광한」의 주요 인물로 그리고 있다는 것은 가볍게 지나칠 수 없는 사안이다. 비록 작품 속에서

---

13 박찬식, 「제주해녀투쟁의 역사적 기억」, 『해녀연구총서 3』(이성훈 편), 학고방, 2014, 485쪽.

직접적 형상화로 제주해녀투쟁이 환기되지는 않았으나 이 투쟁 이후 제주의 해녀들이 (물론 출가해녀를 포함하여) 고된 물질과 어업 노동 속에서 자신들이 격정적으로 수행했던 항일투쟁의 역사적 경험을 기억하고 있는 주체임을 환기될 수 있는 것 자체만으로도 「월광한」은 친일협력의 글쓰기로 수렴되지 않는다. 이것은 다음 장에서 일제의 하급관료 지식인 '나'와 출가해녀 은순의 관계 속에서 '나'에게 밀려든 자기성찰을 분석하는 데서 좀 더 생각할 수 있다.

일제 말 비협력의 글쓰기로 실현된 출가해녀의 '구술적 연행'

「월광한」에서 독자의 주의를 끄는 부분은 일제의 하급관료 신분인 '나'가 상관의 명령을 어기면서까지 S포구에 며칠 더 머물게 된 이유가 출가한 제주의 해녀에게 매혹되었기 때문이다. 그것은 표면상 "여태껏 보아온 여성 중에서 가장 예뻤다는 것밖에 끌어 댈 핑계가 없을 것"(36쪽)인데, 정작 독자가 주목해야 할 것은 '나'에게 가장 예쁘게 비쳐진 출가해녀 은순이 지닌 바로 그 '아름다움[美]'의 실체다. 대체 은순이 지닌 아름다움이 어떤 아름다움이기에 '나'는 상관의 명령을 어긴 것일까. 이것은 「월광한」에 대한 기존의 해석과 평가에서 세밀히 다루어지지 않은 채 출가해녀에 대한 남성 화자의 낭만화된 성적 욕망의 시선으로 이해됨으로써 일제 말 요산의 문제의식이 현격히 퇴화된 것으로 간주되었다.

여기서, '나'의 은순을 향한 매혹에 사로잡힌 대목을 꼼꼼히 읽어볼 필요가 있다. 비록 '나'가 출장길에서 해녀들이 물질하는 이색적 장면을 찬찬히 관찰하면서 "그들의 살팍진 아랫동이에는 단단한 가운데도 부드러운 선이 숨쉬고 있"(38쪽)는, 즉 해녀의 육체를 훔쳐보는 관음증적 시선이 없는 것은 아니지만, '나'의 이러한 시선에 아랑곳없이 해녀들은 자신의 일에 열심일 뿐만 아니라 '나'의 빈말을 태연히 받아넘기면서 타향에서 물질하며 억척스레 살아가는 출가해녀의 본모습을 보일 따름이다. 그래서 "어떠한 오입쟁이의 아리수에도 짓밟히지 않을 듯한 굳센 의지와 감정을 발견하게 된 나는 그럴수록 더욱더 그 남국의 여인에게 은근히 혼을 잃기 시작"(40쪽) 한다. 그러다가 S포구에서 함께 한 술자리에서 은순과 동료 해녀들이 춤을 추면서 부른 제주의 민요 '이어도'를 듣고 황홀경에 사로잡힌다.

> 이여도 하라 홍
> 이여도 하라 홍
> 양식 싸라 섬에 가세
> 총각 차라 물에 들게
> 이여도 하라 홍
> 이여도 하라 홍…….
>
> (중략)
>
> **〈이여도〉를 부르는 여인의 눈에는 어느덧 눈물이 그렁그렁 고여 있었다.**
> "고기잡이 갔다 그만 못 돌아왔죠. 그리고 십 년이 지나가도록…….”
> 금니쟁이의 해설조차 중동이 나게 늙정이는 미친 듯이 목청을 높였다.
> 가만히 듣고만 있던 은순이도 불현듯이 일어서더니 노랑치마 자락이 흩날리 도록 노래 따라 아기자기 춤을 추어 댔다. 옥은 깎은 듯이 푼더분한 얼굴에는 붉은 빛이 저절로 더해 오고 매부시 좋은 흰 저고리 밑의 동그란 허구리며, 여리여 리한 몸짓이 그야말로 〈이여도〉가 영혼을 부추기기나 하는 듯이 흥겹고도 예쁘 다. **나는 꿈속같이 횡한 정신으로 정열에 사모친 그들의 노래와 춤에 싫도록 취해 버렸다.**(47~48쪽; 밑줄-강조)

요산은 작품 속에서 해녀들이 부른 노래를 '이어도'로 명명하는데, 정확하게 말하자면, 제주의 해녀들이 부르는 '해녀노래'로 통칭된다. 그런데 "본격적인 〈해녀노래〉는 힘차게 노를 저으면서 노 젓는 동작에 맞추어 부를 때다. 따라서 〈해녀노래〉는 〈노 젓는 뱃노래〉 일종이므로 〈해녀 노 젓는 뱃노래〉 또는 〈해녀 노 젓는 노래〉라 할 수도 있다. 〈해녀노래〉라면 이미 해녀들이 〈노 젓는 뱃노래〉임이 알려진 이상, 그냥 〈해녀노래〉라 해도 무방하다.”[14] 다시 말해 작중 해녀들이 부르는 '이어도'는 그들이 배 위에서 직접 노를 저으면서 부르는 '해녀노래'다.

우리는 바로 '해녀노래'의 이 같은 속성을 각별히 주시해야 한다. 제주를 떠나 타지인 S포구로 물질을 나온 출가해녀는 오랫동안 그들에게 내려와 절로 몸으로 체득된, 노를 직접 저으면서 타지의 바다로 나가 그곳에서 억척스레 생업활동을 하면서 그들의 간난신고(艱難辛苦)를 스스로 위무하면서 강인한 생의 욕망을 북돋우는 노래를 불러온 것이다.[15] 이러한 노래를 부르면서 절로 동반되는 춤사위를 보며 작중화자 '나'는 황홀경에 빠진다. 바꿔 말해 '나'는 제주의 출가해녀들에게 전승된 춤과 노래가 자연스레 행해지는 '구술적 연행(口述的 演行, oral performance)'을 목격하면서 한층 은순에게 매혹되며, 사실상 출가해녀를 향한 '나'의 애초 관음증적 시선은 이러한 구술적 연행을 대하는 순간 소멸된다. '나'가 접한 은순의 구술적 연행은 머나먼 타향의 바다 물질을 하면서 부르는 노동요인 '해녀노래'이고, 이 노래를 부르면서 자연스레 동반되는 춤사위는 어떤 인위적 몸동작이 아니라 이렇게 고된 물질을 하러 가면서 힘겹게 노를 젓는 동작이므로, 이 구술적 연행을 목도하는 '나'에게 순간 엄습한 아름다움은 생의 저 심연으로부터 솟구치는 비의적 숭고미와 무관하지 않을 것이다. 따라서 이 비의적 숭고미에 전율한 '나'에게 은순을 비롯한 출가해녀의 몸으로부터 마주하는 아름다움은 애초 관음증적 시선으로 촉발된 관능적 미와 거리를 둔다. 뿐만 아니라 출가해녀의 삶과 직접 연관된 이 구술적 연행을 구현하는 해녀의 신체는 일제 말 군국주의가 점점 공고해지고 식민체제를 굳건히 유지

---

14 김영돈, 위의 책, 161쪽.

15 “〈해녀노래〉의 가락에는 독특한 세계가 있고, 그 사설 속에는 제주 해녀의 유다른 삶과 오달진 기개가 담겨졌기 때문이며, 제주 해녀다운 유별난 삶의 방법과 어떠한 고난에도 까무러지지 않는 굳건한 의지를 터득할 수 있기 때문이다 〈해녀노래〉에 담긴 유다른 삶의 태도와 탄탄한 의기는 우리의 삶을 더욱 살찌게 한다.”(김영돈, 위의 책, 163쪽)

하기 위해 일본제국의 국민으로서 갖춰야 할 신체, 즉 제국의 파시즘으로 훈육된 신체와 본질적으로 속성을 달리한다. 앞 장에서 우리는 「월광한」이 제주해녀투쟁을 직간접으로 다루지는 않았으나, 제주해녀투쟁의 여진은 제주의 해녀 공동체와 쉽게 절연될 수 없는 것이므로 제주의 출가해녀를 작품 속에서 등장시킨 것 자체만으로 「월광한」을 접한 독자에게 항일투쟁의 주체로서 제주의 해녀를 상기하는 것은 너무나 자연스러운 일이다. 그렇다면, 「월광한」의 제주 출가해녀의 신체는 일본제국의 국민으로서 훈육·강제되는 식민 지배권력에 굴종하는 것을 부정하고 넘어서는 반식민주의 주체성을 지닌 건강한 신체를 표상한다고 볼 수 있다. 따라서 작품 속에서 제주 출가해녀의 '해녀노래'에 깃든 구술적 연행을 주목하고, 이러한 맥락을 염두에 두고 작품을 찬찬히 읽을 때 「월광한」을 일제 말 친일협력의 글쓰기의 전(前) 단계로 보는 것은 경계해야 하지 않을까.

이처럼 「월광한」에서 지금까지 무관심했거나 소홀히 생각한 출가해녀의 구술적 연행을 주목해보면 식민지 하급관료 '나'가 상관의 명령을 어기면서까지 출장지에 더 머무르면서 은순과 함께 밤에 배를 탄 채 먼 바다로 나가자고 은순을 보채는 이유를 이해할 수 있다.

> 은순이는 노를 약간 늦추면서, 그들의 독특한 뱃노래를 시작했다.
>
> 이야사 이야사
> 이야사 소리 배가 올라간다.
> 석탄 백탄 타는 데
> 연기만 나 가
> 요네 가슴 타는 데
> 연기도 김도 없이
> 자 리 탄다.

구슬같이 맑은 목청으로 짤막짤막 떼어 가며 청승스럽게 엮어 나가는 노래에, 장단 겸 굽어졌다 재어졌다 휘청거리는 그의 몸짓——나는 별안간 그만 우두망찰해졌다. 그리고 그러한 상태는 이상스럽게도 나를 어떤 적막의 황홀경 속으로 이끌고 말았다.

(중략)

배가 뒤집어질까 저어하던 바로 일순 전의 내 자신이 새삼스레 우습게 생각되었다. 물론 바로 내 앞에서 옷자락을 휘날리며 노를 젓는 은순이에게 대해서도 아무런 생각도 남아 있지 않았다. **삶도 죽음도 사랑도 그밖에 어떠한 것도 벌써 내 가슴에 두근거리게 할 수는 없었다. 오직 영원한 달과 바다와 내 고독한 영혼만이 엄숙한 적막의 황홀경 속에서 이글이글 타오를 뿐이었다.** (중략)

"배를 좀더 빨리 저으시오!"

그러나 은순이는 나의 그러한 태도가 짜장 우스운 듯이,

"왜 그리세요? 아까는 뻐꾸기섬에까진 가지 말자고 하잖았어요?"

하며 싱그레 웃기만 하고, 노를 되려 더 늦게 저었다.

"아냐, 아냐! 뻐꾸기섬이 아냐! 저 — 멀리, 훨씬 더 멀리……!"

나는 덮어놓고 중얼거렸다.(53~54쪽; 밑줄-강조)

이 소설의 마지막 장면은 '나'와 은순의 낭만적 연애로 보이지만, 예의 주시해야 할 것은 은순의 구술적 연행이 자아낸 "엄숙한 적막의 황홀경"에 '나'가 사로잡힌 채 알 수 없는 먼 곳으로 가고 싶어한다는 점이다. 은순이 부르는 '뱃노래'는 '해녀노래'의 일종으로, 은순은 노를 직접 저으며 부르는 구술적 연행을 실현한다. S포구의 술자리에서 '나'가 목도한 구술적 연행이 직접 배 위에서 실현되는 장면은 '나'로 하여금 현실세계를 벗어나게 하는 충동에 휩싸이도록 한다. 분명, 이것은 '나'에게 현실도피의 충동이자 현실망각의 충동인바, 제국의 식민지 하급관료의 현실을 벗어나고 싶은 욕망을 드러낸 것으로 읽을 수 있다. '나'는 제주의 출가해녀들이 춤추며 부르는 '해녀노래'를 접하면서, 그 '해녀노래'의 구슬프고 애닮은 그러면서 모진 현실에 쉽게 체념하거나 굴복하지 않는 노랫말과 이 모든 것들이 싱

그러운 그들 몸의 움직임과 한데 어울리는 경이로움을 대하는 순간 식민지 하급관료의 신세로 전락해가는 자신의 비루한 삶으로부터 벗어나고 싶은 것이다.

이와 관련하여, 「월광한」이 발표된 시기가 1940년 벽두임을 생각해볼 때, 일제 말 더욱 가혹해지는 식민지의 검열과 노골화되는 제국의 국민문학으로의 회유와 압박의 현실 속에서, 작가 요산의 퍼스나인 '나'가 그 현실적 고뇌를 은순의 구술적 연행을 계기로, 비록 모호한 관념적 언행으로 작품의 대미를 이루고 있으나 '나'를 에워싼 제국의 현실세계로부터 벗어나고자 하는 강렬한 욕망이 함의한 요산의 일제 말 글쓰기의 진정성을 단순히 치부할 수만은 없다. 그렇다면, 작품의 말미에서 보이는 낭만적 연애는 일제 말 친일협력의 글쓰기로 쉽게 투항하지 않으려는 요산의 일제 말 비협력 글쓰기로 볼 수 있으리라.

일제 말을 견딘 요산의 문학과 「월광한」

이 글은 요산의 문학과 제주와의 연관성에 초점을 맞춰 궁리한 것이다. 요산의 문학에서 제주가 전경화(前景化)된 작품은 없다. 다만 「월광한」에서 제주의 출가해녀들이 등장함으로써 출가해녀의 속성을 염두에 두고 작품을 꼼꼼히 읽어보면, 일제 말에 쓰인 「월광한」이 그 이전 시기에 쓰인 요산의 작품보다 문제의식이 뚜렷하지는 않지만 일제 말의 엄혹한 시기의 글쓰기의 현실을 고려해볼 때 요산 나름대로 친일협력의 글쓰기에 길항할 뿐만 아니라 반식민주의를 저버리지 않은 독특한 글쓰기를 하고 있음을 주목해야 한다.

특히, 「월광한」에서 간과해서 안 되는 제주 출가해녀들의 구술적 연행은 작중화자 '나'의 관성화된 의식을 동요시키고 마침내 자신의 상관의 명령을 어기는 결심을 한 끝에 자신을 에워싼 제국의 현실세계로부터 벗어나고 싶은 강렬한 충동에 이끌린다. 일제 말의 현실에서 제국의 식민 지배권력으로부터 해방되는 것이 쉽지 않음을 상기해볼 때 「월광한」에서 보이는 '나'의 이 같은 급작스러운 충동은 역설적으로 그만큼 일제 말의 식민지 현실이 암담하다는 것을 반증해준다고 볼 수 있다.

요컨대 요산 문학에서 「월광한」은 제주 출가해녀의 독특성이 지닌 정치사회적 속성과 문화적 속성('해녀노래'의 구술적 연행)이 용해됨으로써 일제 말의 현실에 쉽게 투항하지 않는 제국에 대한 비협력 글쓰기를 보이고 있다. 「월광한」을 새롭게 주목해야 하는 이유는 바로 여기에 있다.

김만선의 만주서사:
해방 직후, 재만조선인, 만주의 중층적 현실

「이중국적」, 「한글강습회」, 「압록강」, 「귀국자」를 중심으로

해방 직후 만주서사의 문제성

'민족협화(民族協和)', '왕도낙토(王道樂土)', '대동(大同)'이란 건국이념을 기반으로 일제에 의해 중국 동북지역을 중심으로 수립된 만주국(1932~1945) 은 일본에게 서구의 근대를 초극하는 일본 중심의 근대 문명을 실험하는 식민지 경영의 대상이었다. 특히 만주의 지정학적 특성은 일제로 하여금 아시아의 다른 지역을 대상으로 한 식민 지배와 다른 방식의 식민 통치(혼종과 융합)를 수행하도록 하였는데,[1] 일본의 패전은 만주국의 붕괴를 초래함으로써 이후 만주를 대상으로 펼쳐진 전후의 현실은 복잡한 정치적 이해관계의 소용돌이에 휩싸인다.

만주국의 붕괴는 일제의 식민통치로부터 해방된 것으로, 해방 이후 만주의 현실에 대한 탐구는 해방 이전 만주의 식민 지배 질서를 이해하는 또다른 통로를 열어줄 뿐만 아니라 식민주의를 극복할 수 있는 계기를 모색할 수 있도록 한다는 점에서 요긴한 일이 아닐 수 없다. 그런데 여기서 주의를 기울여야 할 것은 해방 이후의 만주를 이해하는 데 '해방'에 비중을 지나치게 둠으로써 식민주의를 성급히 청산하고자 한다든지 식민주의와 단

---

1   "주권국의 형식을 통한 영향력 행사는 분명 새로운 유형의 제국주의적 통제 방식이다."(한석정 · 노기석 편, 『만주, 동아시아 융합의 공간』, 소명출판, 2008, 9쪽)

절 짓고자 하는 강박에 은연중 사로잡힌 채 정작 치밀히 탐구하고 성찰해야 할 만주국의 식민주의에 대한 문제의식은 옅어진다. 뿐만 아니라 '해방'의 역사적 성취마저 온전히 이해할 수 없게 된다.

우리는 이 같은 점을 염두에 둘 때 해방 이후 난마처럼 뒤엉킨 만주의 현실을 살아낸 재만조선인을 다룬 작품에 주목할 필요가 있다. 작가 김만선(1915~?)²의 작품집 『압록강』(1949)에 수록된 네 단편 「이중국적」, 「한글강습회」, 「압록강」, 「귀국자」가 바로 여기에 해당한다. 김만선의 이 네 작품에 특별히 주목하는 데에는, 이 작품들이 무엇보다 해방 '직후' 만주의 중층적 현실을 재만조선인을 중심으로 면밀히 형상화하고 있기 때문이다. 여기서 강조해두고 싶은 것은 김만선의 네 작품이 세 가지, 즉 ①해방 '직후'의 만주라는 시공간, ②만주의 중층적 현실, ③재만조선인의 실존을 서로 밀접히 연관지음으로써 해방 이후의 만주에 대한 보다 심층적인 문학 탐구의 길로 우리를 안내한다는 점이다. 그런데 김만선의 이들 작품에 대한 기존 논의들은 바로 이와 같은 세 가지를 적극 고려하지 못한 문제점을 낳는다.

우선, 대부분 김만선의 재만조선인의 귀환에 초점을 맞추다 보니 귀환 도정에서 재만조선인이 겪는 온갖 고초와 내면의 상처가 주목된다.³ 분명,

---

2   작가 김만선은 해방 전 『조선일보』의 마지막 신춘문예에 단편 「홍수」(1940)가 1등 없는 2등으로 당선되었다. 그는 해방 전까지 『만선일보』 기자로 근무한 경험이 있으며, 해방 후 귀국하여 안회남과 함께 출판사 육문사(育文社)를 경영하였고, 조선문학가동맹에 가입하여 "8·15 뒤 당시의 정치적 이념을 가장 선명하고 예술적으로 형상화한 제일급의 작가"(임헌영, 해설 「김만선 작품세계」, 『압록강』, 깊은샘, 1989, 13쪽)로서 사상 문제로 투옥되기도 하였다. 한국전쟁 동안 인민군과 함께 월북 후 종군작가로 활동하였으며 1958년에 작품집 『홍수』를 발간한 이후 행적은 알려져 있지 않다.

3   최병우, 「해방 직후 한국소설에 나타난 귀환과 정주의 선택과 그 의미」/「귀환소설에 나타난 만주체험과 그 의미」, 『이산과 이주 그리고 한국현대소설』, 푸른사상, 2013; 이양숙, 「에스니시티와 민족의 거리」, 서울시립대 『인문과학연구』 38집, 2013; 오태영, 「민족적 제의로서의 '귀환'」, 『한국문학연구』 32집, 2007; 정원채, 「해방 직후 만주 공간의 형상화와 민족의식」, 『국제한인문학연구』 4호, 2007; 정종현, 「해방기 소설에 나타난 '귀환'의 민족서사」, 『비교문학』 40집, 2006; 정원채, 「김만선 문학세계의 변모 양상 연구」, 『현대소설연구』 30집, 2006; 이정숙, 「귀국자-작품 해설」, 계용묵 외, 『별을 헨다』, 푸른사상사, 2006; 정종현, 「근대문학에 나타난 '만주' 표상」, 『한국문학연구』 28집, 2005; 강진호, 「지식인의 자괴감과 문학적 고뇌」, 이근영 외, 『한국소설문학대계』 25, 동아출판사, 1995; 전홍남, 「해방기 '귀환형소설' 연구」, 『한국언어문학』 32집, 1994; 김윤식, 「우리문학의 만주 탈출 체험의 세 가지 유

재만조선인의 귀환은 문학이 탐구해야 할 중요한 내용이다. 제국의 식민 지배로부터 벗어난 해방의 환희를 만끽한 채 그토록 그리워한 조국으로 돌아가는 서사 그 자체는 식민주의와 관련한 유무형의 것들에 대한 성찰의 과정을 밟는다. 그러면서 도래할 새로운 세상을 향한 벅찬 꿈을 꾸기도 한다. 때문에 귀환 서사의 중요성을 아무리 강조해도 지나치지 않고, 이러한 문제의식에 초점을 맞춘 기존 논의들 역시 주목하지 않을 수 없다.

그런데 이러한 재만조선인의 귀환을 이른바 귀환 서사로 유형화하여 논의하는 과정에서 일국주의(一國主義)에 기반한 국민국가의 결락된 서사를 충족시키는 데 자족하는 것은 아닐까. 바꿔 말해 해방공간의 한국문학사에서 결핍된 이산(離散) 관련의 내용을 보완시킴으로써 자칫 한국문학사의 여백으로 남거나 부족한 부분으로 남을 수 있는 결여를 메꿔 결국 온전한 한국문학사를 복원하기 위한 민족주의가 작동하는 것은 아닐까. 가뜩이나 만주를 분단 이데올로기에 의해 대한민국과 조선민주주의인민공화국으로 서로 다르게 전유해온 엄연한 현실을 직시할 때 김만선의 재만조선인의 귀환 서사에 초점을 맞춘 연구는 이를 비판적으로 경계해야 한다.

그렇다면, 중요한 것은 김만선의 만주 귀환 서사에서 그려지고 있는 귀환의 '도정'에 천착하는 문학적 진실이다. 이것은 앞서 필자가 강조한 ①② ③을 면밀히 염두에 두어야 한다. 김만선이 직접 언급했듯이 이 네 작품은 모두 "〈노래기〉 이전 소위 만주에서 취재한 제작품"[4]으로, "〈노래기〉를 쓴 1946년 10월"[5] 이전, 곧 해방 '직후'의 재만조선인의 현실을 다룬다. 이것은 김만선의 네 작품을 살펴보는 데 매우 중요하다. 해방 이후 재만조선인의 귀환에 대한 역사학 탐구에서도 "이중국적 부여나 토지개혁이 전면적으로

형」, 『80년대 우리 문학의 이해』, 서울대출판부, 1989.

4   김만선, 「후기」, 『압록강』, 깊은샘, 1989, 269쪽. 이후 이 작품집에 수록된 작품의 부분을 인용할 때는 별도의 각주 없이 본문에서 (쪽수)로 표기한다.

5   임헌영, 위의 글, 20쪽.

실시되기 이전인 45년 8월~46년 전반기 사이 동북지방 조선인의 귀환상황"[6]에 대해 각별히 주목해야 함을 환기하듯, 김만선의 네 작품은 바로 해방 직후 재만조선인에게 펼쳐진 만주의 중층적 현실을 다룬다. 김만선에게 목도된 만주국의 해방은 결코 관념과 추상이 아닌 엄연한 구체적 현실이었다. 그 자신이 한때『만선일보』의 기자로 근무하면서[7] 목도한 만주국의 식민경험과 만주국의 급작스런 붕괴로 엄습한 해방의 충격은 그동안 일제에 의해 주도면밀히 실행된 만주식 근대에 대한 냉철한 성찰의 계기를 가져왔고, 아직 완전히 벗어나지 못한 만주국의 유산과 해방의 틈새에서 겪는 극심한 혼돈의 현실이 작품에 용해돼 있다.

따라서 이러한 면들을 세밀히 고려하지 않을 경우 김만선의 네 작품에 대한 피상적 읽기와 부분에 대한 오독을 피해갈 수 없다. 「이중국적」에서 주요한 인물인 재만조선인 박노인의 생존을 위한 처신을 식민 지배자와 식민지의 공모 관계로 파악하는 것,[8] 박노인이 직면한 절체절명의 곤경은 에스닉적, 법적 정체성이 생명의 위협을 초래하는 기원이 되는 사태로 파악하는 것,[9] 박노인과 같은 재만조선인의 불안이 식민 체제의 붕괴로 초래한 혼돈이 야기한 피식민인의 집단적 히스테리와 결부시키는 것[10] 등의 논의

---

6   이연식, 「해방 직후 조선인 귀환연구에 대한 회고와 전망」, 『한일민족문제연구』, 2004, 138쪽.

7   지금까지 통용되는 김만선의 연보에 의하면 정확한 입사와 퇴사 시기는 알 수 없으나 1941년부터 해방 전까지 만주에서 『만선일보』의 기자로 근무하였다는 것을 추정할 수 있다. 안수길은 만주에서 장편 『북향보』를 『만선일보』에 연재할 무렵을 회상하면서 "본사에 불려 가니 편집국에는 (생략) 김만선(金萬善) 씨(조선일보 해방 전 마지막 당선 작가)의 새 얼굴도 보였다."(안수길, 「용정·신경 시대」, 강진호 편, 『한국문단이면사』, 깊은샘, 1999, 281쪽)고 술회한다.

8   정원채, 「해방 직후 만주 공간의 형상화와 민족의식」, 『국제한인문학연구』 4호, 2007, 216~224쪽.

9   김예림, 「'배반'으로서의 국가 혹은 '난민'으로서의 인민:해방기 귀환의 지정학과 귀환자의 정치성」, 『상허학보』 29집, 2010, 352~353쪽.

10 김종욱, 「'거간'과 '통역'으로서의 만주 체험」, 『한국현대문학연구』 24집, 2008, 24쪽. 이 같은 해석이 의미가 없는 것은 아니되, 여기에는 좀 더 자세한 분석이 뒤따라야 할 것이다. 박노인처럼 만주에 잔류를 희망하는 재만조선인이 지닌 만주국의 식민경영의 이해관계로부터 자유롭지 않은 불안은 다른 부류의 재만조선인을 엄습하는 불안의 성격과 다르다. 그런데 문제는 자칫 이러한 해석이 연구자의 의도와 무관하게 만주국의 식민체제를 옹호함으로써 작가의 창작 의도를 거스르는 만주국의 식민

들은 「이중국적」의 해당부분과 이 작품에 용해된 해방 '직후'의 만주의 중층적 현실을 피상적(혹은 정태적)으로 이해한 데서 낳은 문제다. 이 같은 문제점은 「압록강」에서 귀환하는 재만조선인이 조선족 2세인 소련군 병사와 만나는 장면을 두고, 작가의 좌익적인 성향과 연결된 것[11]으로 보는가 하면, 작품의 표면상 줄거리와 관련하여 피상적 해석에 그친다.[12] 이것은 「한글강습회」에서도 고스란히 해당되는데, 이 작품에서 한글강습회가 실패한 이유는 쉽게 간과할 수 없는 해석의 지점인데도 불구하고 작품의 표면상 줄거리로 이해할 수 있는 것 이상의 심층적 해석을 결여하고 있다.[13]

김만선의 재만조선인 만주 서사가 지닌 문학적 진실을 온전히 이해하기 위해서는, 거듭 강조하건대 ①해방 '직후'의 만주라는 시공간, ②만주의 중층적 현실, ③재만조선인의 실존을 서로 밀접히 연관지으면서 작품의 실상을 꼼꼼히 읽어야 한다. 그럴 때 김만선의 재만조선인 만주 서사의 문제의식을 뚜렷이 파악할 수 있는바, 이것은 동시에 해방 직후 혼돈의 현실에 놓인 만주를 이해할 수 있는 것이기도 하다.

해방 직후 재만조선인이 직면한 만주의 중층적 현실

재만조선인이 마주한 해방 직후의 만주의 현실은 어떠했을까. 김만선의 「이중국적」, 「압록강」은 일본의 패전과 함께 만주국의 붕괴로 엄습한 혼

근대를 용인할 수도 있다는 점이다.

11 정원채, 위의 글, 230쪽.

12 강진호, 위의 글, 492쪽; 전흥남, 위의 글, 307쪽. 두 논의의 핵심은 조국으로 귀환하는 재만조선인에게 소련병사는 민족적 동질감을 자아내는 낭만적 대상으로 비쳐지고 있다.

13 김종욱은 만주국 시절 제국에 협력한 친일적 인사들이 언어 문제에 관심을 갖지 않은 게 한글강습회의 실패 원인임을 주목함으로써 "김만선은 '언어=민족'이라는 관점을 통해서 민족/반민족에 대한 인식을 심화시켜 나간다."(김종욱, 위의 글, 318쪽)는 것을 밝히지만, 이것은 해당 부분에 대한 연구자의 지엽적 해석일 뿐 작품 전체의 맥락에서 한글강습회가 실패한 것과 관련한 김만선의 문제의식을 비껴간다. 이에 대해서는 이 글의 다음 장에서 본격적으로 논의하기로 한다.

돈의 현실을 재만조선인의 시선에서 보여준다. 우선, 주목해야 할 것은 해방 직후 재만조선인의 생존을 위협하는 만주의 현실이다. 여기에는 재만조선인이 만주국의 식민지배 권력에 협력한 "일본인인 '반도인'으로서였던 까닭"(117쪽)에 기인한다. 그리하여 중국인은 일본이 패전한 직후 재만조선인을 향한 민족적 분노를 폭발한다.[14]

그런데 김만선의 작품을 이해할 때는 앞서 ①②③을 밀접히 연관지으면서 작품의 실상을 꼼꼼히 읽어야 한다는 것을 강조한바, 재만조선인이 직면한 위협적 현실에 대한 세밀한 검토가 요구된다. 그렇지 않을 경우 해방 직후의 만주의 현실을 정태적으로 이해할 수 있다. 여기서, 다음과 같은 일련의 물음을 제기할 수 있다. 해방 직후 재만조선인을 향한 분노를 터뜨린 중국인은 구체적으로 어떠한 사람들인가. 아무리 만주국 시절 친일협력한 조선인들이 있었다고 하여 그에 대한 민족적 분노를 터뜨릴 수 있다고 하지만 오랫동안 중국의 동북지역에서 중국인과 함께 생활해온 재만조선인의 삶을 중국인이 송두리째 부정할 수 있는가. 특히 이 지역에는 만주국에 협력한 조선인만 있는 게 아니라 중국과 협력하여 항일운동을 펼친 재만조선인도 살고 있기 때문에 이들 모두를 구별하지 않고 친일협력한 재만조선인으로 단죄할 수 있는가. 더욱이 이 지역은 만주국 붕괴 직전 소련의 개입으로 인한 동아시아의 민감한 국제정세의 각축장이었고, 모택동의 공

---

14 염상섭의 회고에 따르면, 해방 직후 재만조선인은 해방의 기쁨을 만끽하기보다 중국인으로부터 목숨의 위협을 받는 매우 위험한 현실에 놓인다. "광복의 첫날을 맞이한 것은 압록강 대안(對岸), 만주땅 안동(安東)에서 있었다. 이날 일본 동경으로부터 '중대방송'이 있다는 예고에 (중략) 방송은 목메인 소리가 흘러나오는 일제의 침통한 항복선언이었다. (중략) 바로 그날 저녁이 공교롭게도 내가 야경(夜警)을 도는 차례이었다는 것이다. (중략) 나는 당일로 밤을 도와 가며 조직하여야 할 우리 거류민회(居留民會)에 참석하기 위하여 순번을 바꾸어 달라고 청하여 인근의 국민학교의 일본인 선생이 대체하게 되었던 것이다. 그리하여 회(會)를 마치고 야반(夜半)에 집에 돌아와 앉았자니, 마침 내집의 옆골목에서 딱딱이 소리가 나자마자, 뒤미처 '켁' 하고 비명이 희미하게 들리고는 잠잠히 밤은 깊어 갔다.//이튿날 회에 나가서, 간밤에 내 집 옆골목에서 D보통학교 **일인(日人) 교원이 흉한(兇漢)의 백인(白刃) 아래 자살(刺殺)되었다는 소식**을 듣고 나는 내심(內心)으로 '어크머니나!' 하고 몸서리가 쳐졌으나, (생략)." 염상섭, 「만주에서」(『동아일보』, 1962. 8. 15), 한기형·이혜령 편, 『염상섭 문장전집 Ⅲ』, 소명출판, 2014, 587~588쪽; 밑줄 강조-인용)

산당과 장개석의 국민당 사이의 치열한 내전이 전개되었다는 점을 고려할 때[15] 이처럼 만주의 복잡한 중층적 현실 속에서 재만조선인의 삶을 과연 정태적으로 이해할 수 있는가.

이 같은 물음들을 숙고하지 않은 채 김만선의 작품 속 재만조선인이 직면한 절박한 생존의 위협을 이해하는 것은 김만선의 작품에 대한 피상적 읽기에 그칠 따름이다. 그래서 각별히 주목해야 할 부분은 김만선의 작품에 등장하는 시공간으로, 해방 직후와 만주국의 수도 신경(부근)에 초점을 맞추고 있다는 사실이다. 「이중국적」에서 간과하기 쉬운 부분이 바로 이것이다. 일본의 패전 소식을 들은 후 재만조선인 박노인의 아들 명환은 중국인 장씨를 만나 해방의 기쁨을 서로 나누는데 명환에게 장씨는 정치 방면에까지 박식한 것으로 보이는 그를 "응당 국민당원일 게라고"(113쪽) 확신한다. 이 부분과 다음의 대목을 겹쳐서 읽어보고, 해방 직후 신경(부근)의 정세를 참조하면, 재만조선인을 위협하는 현실에 대한 김만선의 문제의식을 징후적으로 포착할 수 있다.

    "조선으루 가서 사실 수 있건 **어서 속히 서둘러 돌아갈 준빌 하십쇼**. 세상 인심은 점점 소란해질 것이니 - "
    옆방에다 잠자리를 봐주고 물러나며 왕씨는 급기야 이런 충고까지 하였다.

---

15 1927년에 만주로 이주하여 현재 흑룡강성에 살고 있는 재중조선인 황해수 씨는 소련의 태평양전쟁 종전 직전 만주에 개입한 당시의 정황을 생생히 다음과 같이 증언하고 있다. "각자 살아온 문화가 달라서 그런지 마우재(소련군)들 하는 짓을 보면 난장판도 그런 난장판이 없었네. 글쎄 중국인과 조선인도 식별 못하는 자신들의 잘못은 뒤로한 채 총부리로 겁부터 주지 않겠나. 그 바람에 나도 왼쪽 가슴팍에 붉은 천 조각을 꽤 오래 달고 지냈는데, 그게 바로 중국의 홍기(紅旗)를 상징하는 일종의 살아남는 방법 중 하나였었네."//길거리에서 수시로 만주치는 소련군에게 헬레바리(빵)를 얻어먹어 가며 까레이스끼(조선인), 아진 뜨바 뜨리(하나 둘 셋), 이그라시(같이 놀자), 빠빠예시?(아버지는 계시냐?), 마마예시(어머니는 계시냐?) 등 간단한 일상의 노어를 배우는 중이었다. 소련군이 종적을 감추자 장춘은 또 한 번 혼란에 빠져들었다.//"중앙군과 팔로군. 장개석과 모택동. 7·7사변으로 중단됐던 중국의 내전이 다시 전개되자 우리로서는 둘 중 하나를 선택하는 일이 결코 간단치가 않았네. 보다시피 우리는 만주 땅에 외롭게 남은 이방인들이 아닌가."(박영희, 『만주 그리고 조선족 이야기-해외에 계신 동포 여러분』, 삶창, 2014, 22~23쪽)

489

"글쎄요 - "

일인들이 만주서 물러갈 것이니 이제부터는 마음놓고 그러니까 중국 사람으로서 행세하는 편이 유리하다면 중국인으로서 또 조선인들을 외국인으로서 우대해 준다면 그대로 조선인으로서 살아보겠다고 마음 먹었던 박노인은 왕씨의 충고를 어떻게 해석할 줄 몰랐다. 문득 생각나는 것은 **만인들 사이에 조선인에 대한 무슨 흉계라도 있기에** 친한 사이니까 내통을 해 주는 것이나 아닌가 싶었다.

그렇다면 좀 고려해야 할 문제였다. 그래서 박노인은 좀처럼 잠을 이루지 못했다.(밑줄 강조-인용, 119~120쪽)

중국인 유력자 왕씨의 충고를 듣고 박노인은 중국인들 사이에 '무슨 흉계'가 있을 것으로 의심한다. 해방 직전 소련은 '얄타밀약'(1945. 2)을 통해 국민당을 지지하면서 만주에 전격적으로 개입하고 국민당과의 '중·소우호동맹'(1945. 8. 14)을 체결하여 국민당에게 심양, 장춘 등 동북지역의 대도시와 이 지역의 철도를 이양한다. 이렇게 해방 직후 옛 만주국의 대도시 일대는 국민당의 영향권에 놓이는데, 국민당은 재만조선인을 '한교(韓僑)'로 간주하여 국민당이 점령한 수복구(收復區)에 살고 있는 재만조선인을 모두 송환한다는 기본방침을 제정하였고[16] "이들의 산업과 재산을 '日僞遺産'으로 간주하고 몰수, 차압하여 한인들의 생활기반을 빼앗아 갔다."[17] 김만선의 「이중국적」에서 보이는 중국인의 재만조선인을 향한 폭동의 정치사회적 배경에는 해방 직후 옛 만주국의 대도시 일대를 점령한 국민당의 이 같은 통치를 간과해서 곤란하다. 작품 속 중국인 장씨와 왕씨는 국민당의 수복구 안에서 전개될 재만조선인을 향한 국민당의 통치를 징후적 맥락으로 간파할

---

16 국민당은 1945년 8월 동북부흥위원회를 설치한 후 「동북복원계획강요초안」을 작성한바, 제9조 「농업」에서는 "日僞政府에서 설립한 農·林·木·漁 및 기타 기관을 접수하고, 日韓移民의 농장을 접수, 관리한다"고 하였는가 하면, 제16조 「日韓移民」에서는 "일본적 이민은 일률로 경외로 축출하며 일본이 동북 점령시 이주한 한인들에 대해서는 귀환을 명하고 재산은 조례에 따라 처리한다"고 규정하였다. 김춘선, 「광복후 중국 동북지역 한인들의 정착과 국내귀환」, 『한국근현대사연구』 28집, 2004, 194쪽.

17 김춘선, 앞의 글, 182쪽.

수 있도록 한다.[18] 따라서 이러한 국민당의 통치는 해방 직후 만주의 대도시를 중심으로 자행된 재만조선인을 향한 중국인의 폭동을 국민당의 내셔널리즘에 기반한 것이라는 알리바이를 제공해주었다 해도 과언이 아니다.

이처럼 해방 직후의 만주의 정세를 고려할 경우 만주에 잔류하고 싶어하는 박노인의 생존을 위한 처세는 일제의 식민 지배권력(만주국)과 또 다른 탈식민 지배권력(국민당)과 공모하는 차원이 아니라 해방전후 무렵 복잡하게 전개되는 만주의 정세 속에서 어떻게 해서든지 삶의 기반을 잡으려는 재만조선인의 치열한 삶의 욕망으로 읽어야 한다. 그럴 때 박노인이 해방 직후 중국인의 폭동 속에서 "만주국군(滿洲國軍)과 똑같은 후줄근한 군복을 걸친 군인"(126쪽)에게 중국인임을 증명해주는 '민적(民籍)'을 보임으로써 위기를 모면하려고 하지만, 결국 해체되는 만주국 군인에게 폭행을 당하는 곤경이야말로 해방 직후 대도시 일대의 정세를 시사한다. 작품의 말미에서 보이는 만주국군의 폭행에 속수무책일 수밖에 없는 박노인의 모습 속에서 파악해야 할 것은 해방 직후에 "생명을 보존하려고 자취를 감추어야 할"(127쪽) 만주국군이 박노인을 폭행했다는 점이다. 사실 일제는 만주국에 관동군과 만주국군을 군대로 편제하면서 만주국군을 만주의 토착민들로 구성한바, 비적 출신 군벌장군들과 그 휘하의 군인들이 만주국군의 근간을 이룬다.[19] 문제는 "조선인들은 만주국에 저항하는 비적들의 사냥감이었"[20]는데, 국민당은 "태평양전쟁 종전 직후부터 한인을 주요 공격목표로 삼아

---

18 국민당이 그의 수복구에서 재만조선인을 향한 위압적 통치와 달리 공산당은 그의 해방구에서 재만조선인의 중국 국적을 인정하고 토지개혁을 통해 토지를 무상으로 분배하여 그들을 만주에 정착하도록 하였을 뿐만 아니라 재만조선인의 문화풍속을 존중하는 등 중국공산당에 적극 협조할 경우 재만조선인의 만주 정착을 적극 지원하였다. 곽승지, 『조선족, 그들은 누구인가』, 인간사랑, 2013, 95~102쪽; 손춘일, 「해방 전후 재만조선인사회의 동향」, 『만주연구』 제8집, 2008, 182~186쪽 및 김춘선, 앞의 글, 204~217쪽.

19 한석정, 『만주국 건국의 재해석』, 동아대학교 출판부, 2007 개정판, 80쪽.

20 한석정, 앞의 책, 184쪽.

괴롭혔던 비적들과 협조적인 관계를 유지"[21]하면서 재만조선인을 통치했다는 사실이다. 만주국군과 관련한 이 관계를 고려할 때 해방 직후 신경 변두리에서 박노인이 만주국군에게 폭행을 당할 수밖에 없는 이유가 더욱 분명히 드러난다. 따라서 만주국군에게 폭행당한 박노인을 통해 우리가 심층적으로 읽어야 할 것은 만주와 만주국에서 오랫동안 토비(土匪)들에게 생존을 위협 당한 재만조선인은 만주국 붕괴 이후 특히 해방 직후 대도시 일대를 점령한 국민당과 결탁한 비적에게 여전히 생존을 위협받는 절박한 현실에 놓여 있다는 점이다. 「이중국적」은 이렇게 해방 직후 대도시-신경 일대에 살고 있는 재만조선인이 직면한 만주의 정세와 현실을 담아내고 있다.

이렇게 국민당의 수복구에서 생존의 위협에 직면한 재만조선인의 상당수는 만주에 잔류하지 않고 조국으로 귀환한다. 「압록강」은 귀환하는 재만조선인의 지난한 여정을 생동감 있게 보여준다. 이 여정에서 매우 흥미로운 부분이 있다. 재만조선인이 젊은 재소고려인 소련병사를 만나면서 지루하고 험한 귀환 여정 틈새에서 잠시 생기를 찾는다. 일제의 식민지 지배를 받는 제국의 신민(臣民)과 피식민지 국민, 그리고 타방을 떠도는 난민으로서의 자격이 아니라 독립국의 국민으로서 귀환하는 재만조선인에게 재소고려인 병사와의 만남은 조국의 낯익은 풍경을 떠올리며 귀환의 의지를 더욱 북돋운다. 그러면서 쉽게 간과할 수 없는 것은 이들을 횡단하는 정치적 감각이다. 이것은 단순히 조국을 공유하고 있는, 그래서 민족적 동질성을 발견하였다는 데 기인하는 것과 다른 성격의 문제의식을 제기한다. 그래서 우리는 김만선의 만주 서사를 일국주의 내셔널리즘의 시계(視界)로만 국한

---

21 강인철, 「미군정기의 인구이동과 정치변동」, 『한신논문집』 15집 2권, 1998, 12쪽. 사실 "해방이 되어 일본군이 철수하고 만주국이 해체되자 무정부상태에서 국민당군과 중공군이 양립했지만, 조선족에게 무서운 것은 토비였다. 토비는 군벌부대의 도망병, 위만군대 해산병, 만주국의 경찰 · 헌병 · 특무대원이었던 사람, 그리고 살인자 · 강도 등이 합세한 것으로 그 수가 20여만 명에 달했다. 이들 토비는 일본 패잔병, 위만 패잔병들의 무기를 압수해 무장을 했고 때로는 국민당군이 이들을 이용하기도 했다."(전병철, 『20세기 중국조선족 10대사건』, 환경공업출판사, 1999, 132쪽)

시키지 말고 동아시아의 지평 속에서 살펴볼 필요가 있다. 김만선이 등장시킨 소련병사가 재소고려인이라는 사실은 예사롭지 않다. 스탈린은 중앙아시아로 연해주의 조선인을 강제이주(1937)시킨바, 제2차 세계대전에 참전한 소련은 재소고려인을 일본의 첩자나 적성국(敵性國)의 국민, 즉 소련에 대한 적성민족으로 간주한 채 전방이 아닌 후방으로 징집하는 소수민족 차별 정책을 펼쳐왔다.[22] 말하자면 재소고려인 역시 재만조선인 못지않은 제국의 파시즘적 민족차별을 감내하였던 것이다. 여기에 덧보태, 우리는 세계냉전체제의 한 분극을 구성하는 소련 병사로서 재소고려인이 바로 그 냉전체제의 동아시아판 서막을 개시하는 해방 직후 만주에서 조국으로 귀환하는 재만조선인과의 만남-헤어짐을 통해 이 지역이 갖는 복잡한 국제정세의 역학관계[23]를 새삼 음미해본다. 그리하여 「압록강」에서 재소고려인 병사와 만난 작중인물 재만조선인 원식이 귀환할 곳이 바로 38도선 이남[24]이라는 사실은 해방 직후의 만주가 국제 냉전질서를 잉태하는 문제적 시공간이라는 점, 그리고 바로 이곳에서 만난 그들을 횡단하는 것은 해방공간 내

---

22 재소고려인은 소련의 그들에 대한 소수민족 차별 정책을 감내해왔는데, 이러한 그들의 슬픔의 역사는 문자로 기록한 문학이 아니라 재소고려인 사이에 노래로 구술전승되고 있다. 고명철, 「재소고려인의 구전가요(노랫말)의 존재양상」, 『문학, 전위적 저항의 정치성』, 케포이북스, 2010, 513~518쪽.

23 만주는 미·소의 냉전체제와 결코 무관하지 않다. 미국은 태평양전쟁 이후 동아시아 지역에 대한 밑그림을 그리고 있었다. 미국은 "중국 동북지역(만주)을 중국에 귀속시키고, 한국은 국제적 보호와 감독에 두는 방향으로 선회하였다. 이때 미국은 중국 대륙은 물론 동북지역·대만 등지를 중국에 귀속시키고, 그 가운데 동북지역은 소련을 견제할 수 있는 전략적 요충지로 주목하였다. 그리고 한국은 미국 주도하에 안보체계를 마련하는 것이 필요하다는 입장을 지니고 있었다."(장석흥, 「해방 후 중국지역 한인의 귀환과 성격」, 중국해양대학교 해외한국학 중핵대학 사업단 편, 『귀환과 전쟁, 그리고 근대 동아시아인의 삶』, 도서출판 경진, 2011, 51쪽) 이와 함께 미국은 자신의 안보전략 차원에서 국제사회의 문호개방의 명분을 삼은 '먼로독트린(1823)'을 계기로 유럽식 세계개조론에 맞서 미국식 세계개조론이 투사된 국경으로 만주를 인식하였다고 한다. 이에 대해서는 최정수, 「미국의 세계안보전략과 만주 개방정책의 실체」, 『아시아의 발칸, 만주와 서구 열강의 제국주의 정책』, 동북아역사재단, 2007 참조.

24 "원식의 피로는 한결 풀린 것 같았다. 신경서 서울을 생각하면 언뜻 머리에 떠오르는 게 경성역 앞 광장에서 남대문통, 광화문통, 그리고 고작 종로 네거리 밖 그 거리의 이름과 함께 아롱거리질 않았는데, 기차가 움직이기 시작한 때부터는 조그마한 샛골목까지도 눈에 선—하게 전개되었고(생략)"(「압록강」, 149쪽)

내 길항하고 경합을 벌여야 할 냉전 이데올로기의 소여(所與)다.

만주국 붕괴로부터 비쳐진 만주국 근대 문명의 허상

김만선의 만주 서사에서 자칫 간과하기 쉬운 것은 일제의 만주국 경영에서 침전된 만주식 근대의 허상에 대한 그의 비판적 문제의식이다. 김만선의 만주 서사를 해방공간의 결락된 한국문학사의 결핍을 충족시켜주는데 자족해서는 이러한 그의 문제의식을 간과하기 십상이다. 김만선이 겨냥하고 있는 만주 서사의 또 다른 문제의식은 바로 만주국을 지탱하고 있는 일제의 식민통치에 대한 비판이다. 따라서 우리는 김만선의 만주 서사를 동아시아의 시계(視界)로 심화·확장시킬 필요가 있다.

만주를 다룬 그의 작품 곳곳에는 만주국 붕괴에 따른 테러와 약탈이 빈번하며 심지어 타민족의 목숨을 빼앗고 생존의 절박한 상황 속에서 목숨을 잃는 지옥도(地獄圖)가 그려져 있다. 우리는 「이중국적」과 「압록강」에서 이러한 지옥도를 쉽게 대한다. 「이중국적」에서는 만주국이 붕괴되면서 해방 직후 "신경(新京) 변두리"(113쪽)에서 전횡하는 폭동의 살벌한 풍경을 가감없이 만날 수 있다. 만주국 붕괴에 따라 "일인들이 경영하던 공장을 쳐부수고 주택을 습격해서 인명을 닥치는 대로 살해하면서 물품을 약탈하기 시작했다는 소식과 아울러 조선사람들도 걸리기만 하면 한몽둥이에 개죽음을 당한다는 것"(114쪽)의 적나라한 현실을 우리는 마주한다. 이렇게 해방 직후의 만주는 무질서와 혼돈 자체인바, 서구의 문명을 초극하기 위해 그토록 심혈을 쏟은 일본의 새로운 제국의 통치를 모색하여 실험한 만주국의 근대 문명은 언제 그랬던 적이 있냐는 듯 순식간에 몰락하였다. 여기서 김만선은 만주국 근대의 붕괴와 몰락의 풍경 속에서 그동안 만주국을 지탱하고 있는 문명을 가장한 일제의 반(反)문명의 가증스러운 모습을 묘파한다. 그것은 중국인의 폭동 양상이 일본인과 조선인을 향한, 달리 말해 만주국의 식민 지배권력(일본인)과 그에 협력한 자(조선인)에 대한 역사적 보복과 응징의 차원을 벗어나 "이제는 누가 폭도인지 약탈꾼인지 분간할 수 없이" (122쪽) "민족적인 감정이 저들 폭도들의 눈에서 사라졌고 이제는 물욕에 완전히 사로잡힌" 양상을 보이는 데서 드러난다. 사실 '민족협화', '왕도낙토', '대동'이란 만주국의 건국이념은 공존할 수 없이 상충하는바,[25] 일본은 만주국 건립을 통해 동아시아 식민주의 지배 욕망을 현실화시키는 데 주력함으로써 만주를 일본이 제국으로서 성장할 군사적 요충지로, 그리고 이를 실현시키기 위한 정치경제적 자원을 새롭게 제공해줄 수 있는 신천지로서 주목했다. 따라서 일제에 의해 추진된 만주국의 근대의 근간을 이루고 있는 것은 식민주의 경영을 위한 물욕(物慾)에 초점을 맞췄다 해도 과언이 아니다. 그리하여 일제의 만주국 식민통치에 수반된 물욕은 만주국 붕괴 직후 적나라하게 드러난 것이다. 「이중국적」에서 확연히 읽을 수 있듯, 이 물욕에는 민족, 계급, 젠더, 연령을 망라한 오직 물신(物神)의 노예가 된 인간의 탐욕스런 광기만이 난무할 따름이다. 가난한 중국의 민중이든, 중국의 유력자 왕씨이든, 심지어 폭동의 위협에 내몰린 재만조선인 박노인이든지 모두 만주국이 붕괴하면서 미처 처분하지 못한 채 남겨진 일본인의 유무형의 재화를 더 많이 소유하기 위한 데 정신이 없다. 만주국의 태생 자체가 그렇듯이 만주국의 식민 경영으로 분식(粉飾)된 물욕은 만주국 붕괴에 따른 무질서와 혼돈으로 얼룩진 맨얼굴의 탐욕스런 물욕으로 드러난바, 김만선은 만주국의 근대를 이처럼 예리한 비판적 시선으로 포착한다.

김만선의 이 비판적 문제의식은 일제가 그토록 힘주어 강조한 만주국의 근대 문명에는 문명의 온전한 윤리감각이 부재했음을 방증해준다. 「압

---

25 김재용, 「혈통주의적 '내선일체'를 통해서 본 만주와 만주국」, 『만주, 경계에서 읽는 한국문학』(김재용 · 이해영 편), 소명출판, 2014, 13~17쪽. 김재용은 일제 말 지배 이데올로기인 내선일체, 오족협화, 대동아공영이 지닌 연속성과 불연속성을 세밀히 천착할 때 일제 말 조선인 작가의 내적 지향을 제대로 읽어낼 수 있다는 것을 강조한다. 이것은 만주국 붕괴 이후 재만조선인의 현실을 다룬 작품을 읽을 때도 중요하게 고려해야 할 대목이다.

록강」에서는 이와 관련한 흥미로운 대목이 그려지고 있다.

8·15 이후 원식이 그가 본 일본인은 마음으로나 생활로나 하루 아침에 더러워진 일본인이었다. **나라만 망한 게 아니라 민족으로서도 망한 성싶어 일본인을 경멸해온 터**인데, 산중에다 이천여명의 조선 사람 피난민들을 내동댕이치고 도주한 기관사와 같은 그런 종류의 왜종을 가끔 발견할 때는 원식은 치를 떨었다. 피난민은 조선 사람만이 피난민인 게 아니요, 일본인들도 적지 않아, 산동(山東) 쿠리(苦力)보다도 더 걸뱅이 같은 거적때기 한 잎씩을 끼고 다니는 그런 피난민들의 수용소의 넓은 마당에는 의례껏 조그마한 애총들이 날마다 늘어가 그 수를 헤아릴 수 없게끔 즐비한 광경을 보고 또 이른 아침에 젊은 여자들이 자식의 무덤 앞에 꽃을 꽂아 놓고 합장하는 꼴을 발견할 때면 가슴이 찌르르했던 원식이었으나 여전히 치를 떨었다.(밑줄 강조-인용, 152쪽)

재만조선인들이 타고 있는 기차는 신경을 떠나 봉천을 거쳐 신의주로 가는 철로를 이용한, 만주국의 근대를 표상하는 만철(滿鐵)로 짐작할 수 있다. 그렇다면 이 대목이 예사롭지 않다. 비록 그들이 타고 있는 기차가 만주국이 세계에서 자랑스러워한 대륙 특급 열차 '아시아'[26]란 뚜렷한 단서는 없지만, 만주국의 식민 경영을 위해 일제가 첨단의 과학기술을 동원해 구축한 기차의 교통이 갖는 중요성을 환기해볼 때 만철의 교통 체계가 급속도로 붕괴되었다는 것과 함께 만철을 보증하는 교양[27]의 기반마저 소멸되

---

26 일본이 1933년 7월에 제조를 시작하여 1934년 11월부터 운행을 시작한 대륙 특급 '아시아'는 기관차에 유선형의 덮개를 씌우고 에어컨을 장착하고 시속 100킬로 이상을 질주하였다. 일본의 최첨단 철도기술을 세계에 과시한 '아시아'는 만주국이 서구의 근대를 넘어서고자 한 욕망의 산물이며 만주국의 근대 문명을 표상한다고 해도 과언이 아니다. 대륙 특급 '아시아'에 대해서는 고바야시 히데오, 『만철』(임성모 역), 산처럼, 2004, 22~25쪽 참조.

27 '만철'은 단순히 일본이 만주국의 식민 경영의 효율을 높이기 위해 만주를 대상으로 연결한, 즉 운송 목적의 협소한 철도 교통에만 국한되지 않는다. '만철'은 근대의 운동 목적을 위한 철도 교통이되, 철도 교통이 표상하고 함의하는 근대의 유무형의 체계와 관련된다. 그리하여 '만철'은 일제의 만주국 식민 경영에서 추진된 공업화는 물론, 철도 교통에 수반되는 관료 조직, 그리고 교통으로 매개되는 문화 등을 아우른다. 이와 관련해서는 고바야시 히데오, 앞의 책 참조.

었다는 것을 알 수 있다. 신의주로 가는 만철에는 재만조선인뿐만 아니라 일본인 피난민도 타고 있는데도 불구하고 일본인 기관수는 "처음부터 달아날 계획"(151쪽)을 품고 있었던 것이다. 패전국 일본인 기관수에게 만철의 기관수로서 자긍심을 가질만한 만주국 근대 문명의 엘리트로서 윤리감각은 존재하지 않는다. 그러다 보니 타자를 향한 연민의 윤리감각마저 찾을 수 없다. 이 기차에 재만조선인뿐만 아니라 일본인도 타고 있음에도 불구하고 일본인 기관수에게 오직 관심 있는 것은 지극히 사적인 목적을 이루기 위한 것일 뿐이다. 이것을 이 기관수에게만 일어난 특별한 사건으로 이해해서는 곤란하다. 김만선이 이 삽화를 그리게 된 데에는 만철로 표상되는 만주국 근대 문명의 윤리감각이 얼마나 식민지배 권력의 이해관계에 투철한 것인지에 대한 비판적 문제의식이 자리하고 있다.

사실 만철은 어디까지나 일제의 동아시아 식민주의 경영을 위한 정치경제적 이해관계 아래 구축된 교통인바, 여기에는 언제든지 만철의 다양한 정치경제적 이해관계의 구성에 따라 재편되는, 그러면서 식민 경영의 지배 권력을 피식민에게 관철시키는 윤리감각의 실재가 존재할 따름이다. 말하자면 이러한 윤리감각은 지배와 피지배의 상하 주종의 관계를 고착화하는 윤리감각으로 상호주관적 관계를 구성하는 윤리감각이 아니다. 따라서 김만선에게 약소자를 향한 연민의 윤리감각이 부재한 "일본인은 마음으로나 생활로나 하루아침에 더러워진 일본인"(152쪽)이다. 김만선은 도주한 일본인 기관사의 삽화로부터 이러한 비판적 문제의식을 보인다.

이처럼 만철로 표상되는 근대 문명의 윤리감각에서 쉽게 간과할 수 없는 것은 만주국을 지탱하고 있는 식민지배 권력이며 그 유산이 해방 직후에도 여전히 잔존하고 있다는 점이다. 「한글강습회」에서 주목되는 것은 해방 직후 신경에서 재만조선인을 위한 한글강습회가 실패하는데 그 원인을 성찰하는 과정에서 등장인물 원식은 해방 직후 재만조선인을 보호하기 위해 꾸려진 민단이 재만조선인의 구체적 현실에 밀착하지 않은 채 만주국 시절 친일협력 관계 아래 식민지배 권력에 기생하는 삶을 되풀이하고 있다고 비판적으로 성찰한다. 그래서 김만선은 만주국이 붕괴되었는데도 해방 직후의 신경에서는 아직도 식민지배 권력의 유산의 매혹에 젖어 있는 민단의 사람들, 즉 "협화회나 만주국 관리질들을 해온 사람들"(141~142쪽)이 여전히 영향력을 행사하고 있다고 지적한다. 물론 김만선은 여기에 그치지 않는다.

> 해만 사라지면 이내 어두워지는 만주의 하늘, 그래서 이제는 아주 캄캄해진 거리를 조심조심 건너며 원식은 내일은 민단 간부들을 찾아보리라 작정한다. 그들이 그의 충고를 들을지는 측량할 수 없으나 한바탕 비난을 해야만 속이 풀릴 것같이 생각된다.(142쪽)

김만선의 비판이 직접 행동으로 이어질 징후가 작품의 말미에서 결연히 보인다. 만주국을 전횡하는 식민지배 권력을 향한 김만선의 매서운 비판이 나타나 있다. 김만선에게 협화회[28]와 여타의 친일협력 지배권력은 그들의 정치사회적 이해관계에만 충실한 재만조선인의 진정한 해방과 거리가 먼, 그리하여 비판과 부정, 그리고 청산의 대상이다.

만주국의 식민지배 권력의 협력에 대한 비판과 자기성찰

그렇다면, 재만조선인의 친일협력에 대한 김만선의 구체적 비판을 살펴보자. 김만선의 「귀국자」에서는 이러한 면을 여실히 읽을 수 있다. 그런

---

28 협화회는 5개년 계획에 의한 만주국의 총동원체제에서 민중동원을 담당한다. 관동군사령관 우에다 젠키치는 「만주제국 협화회의 근본정신」(1936. 9)이란 성명을 통해 협화회는 "건국정신을 무궁하게 호지(護持)하여 국민을 훈련하고, 그 이상을 실현해야 하는 유일한 사상적, 교화적, 정치적 실천단체"로서 "건국정신의 정치적 발동 현현은 만주국정부에 의하고, 사상적, 교화적, 정치적 실천은 협화회에 의해야 하며—협화회는—정부의 정신적 모체가 되고—관리는 협화회 정신의 최고 열렬한 체득자가 되어야 한다"고 강조한다. 오카베 마키오, 『만주국의 탄생과 유산』(최혜주 역), 어문학사, 2009, 168~188쪽 참조.

데 김만선의 친일협력에 대한 비판에서 주의를 기울여야 할 것은 비판의 주체가 그 타자를 대상으로 날카로운 비판적 문제의식을 제기함과 동시에 비판의 주체 당사자도 그 비판적 성찰의 대상으로 삼는다는 점이다. 말하자면 타자를 향한 비판은 주체의 자기성찰을 향한 비판을 동시에 아우른다. 이것은 매우 적실한 비판적 태도로, 이들 작품에서 비판의식을 지닌 작중인물 지식인은 그 자신을 포함하여 만주국 시절의 친일협력자-재만조선인을 비판적으로 성찰한다.

8·15 이전 신경(新京) 조선인 사회에서는 혁의 존재보다 그의 아내의 존재가 뚜렷했었다. 그러나 그건 결코 좋은 뜻에서 추앙받았던 것이 아니었던 그 반면 일인들—그 중에서도 극히 일부분인 상층부 고관들의 부인들 사이와 일부 군인들에게는 늘 호감을 준 모양이었다.

내선일체가 아닌 민족협화(民族協和)가 만주에서의 왜정의 구호였을 때 만주국의 한개 구성민족이라고 겉으로나마 대접을 받았고 그래서 영애는 도모노가이(友之會)란 일종 귀족적인 부인회를 조직해 이민족과의 친선을 부르짖게 되었다. 딴 민족과의 친선이라고 하나 피동체였으며 조선사람들은 만주국에서의 조선사람들 지위가 정말 한개 민족으로서의 대접을 받는 것인지 일인 취급인지 도무지 분간키 어려웠듯이 조선부인네들만의 분회(分會)를 가졌으면서도 일인들의 예속적 혹은 보조적 기능밖에 발휘를 못했었다.

(중략) 이 회에 가입할 자격은 상당한 교양이 있어야 한다는 것이 첫째 조목이었던 만큼 일인들 회원은 만주국의 고관들 부인이거나 특수회사 사장급의 아내인 사람들이어서 그들의 비위에 맞게 한다는 건 곧 어떤 이익을 상상할 수 있게끔 되었었다.

영애는 그중에서도 이채를 띠었다. 많이 배운 것은 없었으나 일어에 능숙했고 그것을 미끼로 또 일녀들의 마음까지도 나꾸었기 때문에 그는 출세나 한 듯 혼자서도 만족이었다. 그래서 그는 더욱 일어와 왜식 생활에 재미가 나게 되었다.(163~164쪽)

작중인물 혁의 아내 영애는 만주국의 식민지배 권력과 적극적으로 협력한다. 영애는 만주국 건국 이념인 민족협화에 매우 충실히 적응하였고, 자발적 친일협력의 노력 속에서 만주국의 또 다른 식민지배 권력을 소유하였다. 물론 영애의 그 권력은 어디까지나 일제의 하수인으로서 만주국 식민주의 경영을 위한 수단 그 이상도 이하도 아니다.[29] 혁은 이러한 아내의 도움으로 처우와 복지가 좋은 친일언론계로 일터를 옮겨 말 그대로 일제의 만주국을 지탱하는 이데올로기적 국가장치로 전락하였다. 김만선은 「귀국자」에서 혁과 영애, 그리고 그들의 딸이 얼마나 견고히 만주국의 식민지배 권력과 유착되었으며, 친일협력에 적극 동참하였는지, 그래서 식민주의에 얼마나 철저히 내면화되었는지를 잘 보여준다. 한때 재만조선인으로서 만주국의 기자 생활을 한 적이 있는 김만선에게 작중인물과 같은 친일협력의 전형을 고스란히 재현하는 것 자체가 곧 작가의 비판적 실천이다. 친일협력의 양상을 지배 이데올로기의 시선으로 미화하지 않고 그것의 경험을 왜곡되지 않게 재현함으로써 해방 직후에 실천해야 할 식민주의 청산과 극복의 작업에 박차를 가할 수 있는 것이다. 해방 직후에 재현해낸 이러한 친일협력의 모습을 응시하는 과정 속에서 비로소 식민지배 권력에 직간접에 동참한 자기성찰의 진정성을 보증할 수 있다. 따라서 김만선의 만주 서사에서 이러한 자기성찰은 섬세한 읽기가 요구된다.

조선 안이라고 인재가 없을 건 아닌데 만주에 있던 지식인들 혹은 협화회나 만주국 관리로 앉아 있는 게 무슨 정치운동에나 참가한 것처럼 믿고 정치가연 하던 대부분의 사람들은 조선은 땅이 좁으니까 그리고 정치운동을 할 수가 없었으니 정치적 수완을 가진 인재가 있을 수 없다는 그런 망령된 인식에 사로잡혔던 것처럼 혁 자신도 그렇기 때문에 돌아만 오면 무슨 자리든 높직한 의자를 차

---

29 만주국의 통치를 위해 일제는 여성을 관동군 군부 아래 조직화함으로써 무조건적 충성을 통해 전쟁을 후원하는 일에 복무하도록 하였다. 그리하여 만주국에서 여성은 가족과 함께 식민통치의 틀 속에 결합되었다. 프래신짓트 두아라, 『주권과 순수성: 만주국과 동아시아적 근대』(한석정 역), 나남, 2008, 282~291쪽.

지하게 되리라 믿었었다. 그러나 정작 서울에 발을 붙여본 그는 고국의 독립은 즉시로 실현되는 게 아닌 데다 만주서 왔다는 이유만으로도 그는 처세하기에 곤란한 것을 알았다. 그것은 만주서 살았었다면 아편을 팔았었든지 계집장사였겠지 하는 항용 국내 동포들이 갖는 이것 또한 잘못된 선입관이 걸친 데다 몇몇 만주서도 선배라기보다는 사기꾼으로 지목받던 자들이 서울에 나타나 새로 조직되는 정당에 그것도 중요한 자리에 앉아보려다 전신이 폭로되어 일조에 매장을 당하고 만 넌센스사건도 얽혀 더욱 큰 일에는 참례하기가 힘들 것같이 혁은 느꼈다.(168~169쪽)

김만선은 만주국 붕괴 이후 귀환한 엘리트 재만조선인이 조국의 구체적 현실을 몰각한 채 만주국 식민지배 권력의 유산에 여전히 젖어 있는 것을 직시한다. 식민지 유산을 말끔히 청산하지 않는 한 "고국의 독립은 즉시로 실현되는 게 아닌"(168쪽) 것이다. 뿐만 아니라 고국에서도 재만조선인을 에워싼 왜곡된 시선이 존속하고, 고국에서 해방의 어수선한 틈을 이용하여 반윤리적 재만조선인이 고국의 정치사회적 기득권을 유지하려는 일이 빈번히 일어나는 한 식민주의의 완전한 극복은 요원하다는 것을 작가는 등장인물 혁의 생각을 통해 드러낸다.

이러한 혁의 비판적 성찰에는 "만주생활 십 년 동안 누구보다도 시야가 넓어졌다고 자부해 왔었고 체험도 풍부하다고 믿어 왔었다. 그러나 그가 만주에서 **이리저리 줏대없이 뒹굴어 다니는 동안** 그는 도리어 조선 안 사정에 어두워졌던 것을 이제야 깨닫게 되었다."(밑줄 강조-인용, 170쪽)는 소중한 깨달음이 뒷받침되고 있다. 또한 이것은 식민주의에 대한 뚜렷한 문제의식 없이 만주국의 재만조선인으로서 식민지배 권력에 협력하면서 안일하게 삶을 살아온 피식민지 지식인이 해방된 고국의 지식인으로서 무엇을 어떻게 살아야 하는지 갈팡질팡하는 부끄러운 자화상에 대한 자기고백이기도 하다. 때문에 혁은 "해방의 덕택을 보려는 기분으로 높직한 자리만을 연상하며 귀국했던 양심의 부끄러움"(170쪽)과 마주한다. 마침내 혁의 이 자기고

백은 다음처럼 자신을 매섭게 비판하는 반성적 성찰에 이른다.

〈**부끄러운 짓이다!**……〉

하고 학교로 향하는 도중에나 교단에서 강의를 하면서까지 이렇게 속으로 뇌까리었었다. 남을 가르칠 실력이 있다 해도 우선 먼저 그는 진정한 의미의 조선사람이 되어야 한다는 것을 깨달았으면서도 무한히 바쁘고 피가 끓어야 할 순간에 가르친다는 것에까지 정열을 못 내니

〈넌 사람이 아니다. 조선 사람이 아니다! 어디로든지 가 버려라!〉

그는 이따금씩 만주로나 어디로나 좌우간 멀리 도망할 일을 꿈꾸기도 했다.

그는 그러면서 제 자신에 대한 노염을 폭발시키고 싶었다. 노(怒)한다는 것은 때로는 유치한 감정의 표현에 그칠 수도 있으나 혁이 그가 지금 생각하기에는 노는 건전한 정신의 소행이므로 정열의 표현일 수도 있다는 것을 우선 그 자신에게 주장하려 든다. 아내 하나 마음대로 휘어내지 못하고 자식 하나 올바로 건사 못하는 주제, 마음대로 지도할 수 있는 학생들을 맡았으면서도 그 자신의 성의 문제로 싫증을 일으키는 **혁은 딴 일을 제쳐놓고라도 먼저 제 자신을 채찍질할 수 있는 '노'를 터뜨리고 싶었다.**(170~171쪽)

"부끄러운 짓이다!……"의 한 문장 안에, 혁으로 재현되는 식민주의 지배권력의 유산을 청산하지 못한 재만조선인의 삶과 연루한 그 모든 부정한 것들이 함의돼 있다. 말줄임표가 단적으로 보여주듯, 이 말줄임표에는 만주국의 식민주의 유산에 젖어 있는 것들에 대해 이루 말로 표현할 수 없는 자괴감과 매서운 비판이 응축돼 있다. 혁의 이 자괴감과 자기비판이 동반되는 자기성찰의 의미를 숙고할 때 작품 말미에서 보이는 혁의 고뇌를 온전히 이해할 수 있다.

여기서, 작품의 말미에서 '모스크바 삼상회의(1945.12.16~25)'의 신탁통치 결정에 대한 집회의 거리행렬 풍경을 본 혁이 역사현실에 대한 거리두기와 사회윤리 의식에 대한 극심한 혼돈을 보이는 것을 두고, "현실적으로 분명한 세력을 형성하고 있는 이념과 집단, 그 어떤 것에도 가치를 두지 않았다

는 점에서 그는 허무주의자로 불리울 수밖에 없다."[30]고 파악하는 것은 작품의 표면적 의미만을 염두에 둔 논의다. 더욱이 「귀국자」의 혁은 김만선의 분신이라고 해도 과언이 아닌바, 아무리 이 작품이 해방 직후의 시기를 다루는데다가, 해방공간 자체가 정파(政派)의 잦은 부침과 정치사회적 이데올로기의 갈등이 심각한 시기라고 하지만, 혁을 회의주의자로 단정짓는 것은 이 시기의 김만선마저 자칫 회의주의자로서 잘못 파악할 수 있다. 이것은 명백한 오류가 아닐 수 없다. 김만선은 작품집 『압록강』의 후기에서 "새로운 민주주의 민족문학"(269쪽)에 정진할 것을 표방하듯, 뚜렷한 정치적 이념을 지닌 조선문학가동맹에 투철한 문학 활동을 하였다. 따라서 작품 말미에서 보이는 혁의 번민은 회의주의자로서의 그것보다 만주국의 식민지배 권력과 협력 관계에 있던 재만조선인으로서 체화된 식민주의 유산을 말끔히 청산하지 못한 데 대한 자괴감과 자기성찰이 동반된 현실에 대한 거리두기로 읽어야 한다. 이것은 「귀국자」 이후 뚜렷한 정치적 이념을 견지한 김만선의 여타의 작품이 써지고 있음을 고려할 때 식민주의 유산을 청산하여 자주적 독립국의 새로운 주체로 갱신하기 위한 자기윤리의 정립 과정에서 보이는 고뇌로 읽는 게 온당하다.[31]

해방으로서 문학적 실천의 시공간

2015년은 일본이 태평양전쟁의 패전으로 아시아가 해방을 맞이한 지 70주년이 되는 해다. 식민지 조선이 독립을 하였을 뿐만 아니라 만주국이

---

30 조남현, 「해방 직후 소설에 나타난 선택적 행위」, 『해방공간의 문학연구(Ⅱ)』(이우용 편), 태학사, 1990, 50~51쪽.

31 필자의 이러한 견해는 "〈귀국자〉는 식민지제국과 만주국의 이중 국적과 조선인이라는 민족 정체성이 애매하게 혼종되어 있었던 식민지 조선인의 모호한 정체성이 해방 이후 민족 국가 건설의 과정에서 정리되어 가는 과정을 '혁' 일가의 어제와 오늘을 통해 보여주는 소설이라고 할 수 있다."(정종현, 「해방기 소설에 나타난 '귀환'의 민족서사」, 146~147쪽)의 문제의식과 포개진다.

붕괴되면서 중국의 동북지역도 중국으로 회복되었다. 그런데 중요한 것은 해방의 기쁨을 만끽함과 아울러 온전한 민족독립국가를 수립하기 위한 정치사회적 혼돈을 겪게 된다. 특히 해방된 조선은 일제의 식민지배로 인해 중국 동북지역으로 이산한 재만조선인의 현실과 마주한다. 무엇보다 만주국의 시절을 살아낸 재만조선인은 그대로 만주에 잔류하든지 아니면 조국으로 귀환하든지 그 과정에서 숱한 역사적 질곡을 감내할 수밖에 없었다.

이 글에서는 김만선의 작품들 중 만주 서사에 주목함으로써 해방 직후 펼쳐진 만주의 복잡한 중층적 현실에 직면한 재만조선인의 삶으로부터 세 가지 문제의식을 중심으로 살펴보았다. 첫째, 해방 직후의 혼돈의 만주의 현실을 주목해보았다. 재만조선인에게 가하는 중국인의 폭동 양상을 정태적으로 살펴보아서는 곤란하다는 것을 확인할 수 있었다. 여기에는 해방 무렵 소련군의 전격적인 만주 개입과 그에 힘을 얻어 옛 만주국의 대도시 일대를 점령한 국민당의 재만조선인 통치 아래 벌어진 중국인의 폭동양상을 이해할 때 김만선의 작품은 보다 심층적으로 읽을 수 있다. 둘째, 이러한 해방 직후의 혼돈 속에서 보이는 만주국 근대 문명의 반문명적 모습을 살펴보았다. 제국의 새로운 통치 방식을 실험했던 만주국의 근대는 기실 근대 문명의 교양과 거리가 먼, 그래서 만주국의 식민 경영으로 분식(粉飾)된 물욕(物慾)은 만주국 붕괴에 따른 무질서와 혼돈으로 얼룩진 맨얼굴의 탐욕스런 물욕으로 드러났을 따름이다. 이것은 만주국을 지탱하고 있는 식민지배 권력의 물신(物神)에 예속당하고 있는 데 대한 작가의 비판적 문제의식을 보여준다. 셋째, 김만선의 식민지배 권력에 대한 비판적 문제의식은 그러한 권력에 협력한 재만조선인의 자기비판과 자기성찰로 이어진다. 무엇보다 만주국의 식민 경영에 협력한 재만조선인의 적나라한 실상을 재현하고, 해방 직후 어수선한 조국의 현실 속에서 아직도 식민지배 권력의 유산을 이용하여 독립국의 기득권을 행사하고자 하는 재만조선인에 대한 비판은 진정한 독립을 위해 새로운 주체로 갱신되어야 할 자기윤리의 모색이 결코 간단하지 않음을 보여준다.

앞으로 해방 직후를 다룬 한국문학뿐만 아니라 개별 아시아 문학과의 비교를 통해 해방 직후 혼돈의 현실을 넘는 탈식민의 문학적 진실을 탐구해야 한다. 그럼으로써 식민주의를 극복하는 문학적 연대의 길을 통해 튼실히 다져나갈 수 있을 것이다. 만주와 만주국은 그래서 일제의 새로운 식민 경영의 파시즘적 실험장소로부터 이러한 식민주의를 온전히 극복할 수 있고 극복해야 하는 해방으로서 문학적 실천의 시공간으로 전도되어야 한다.

제국의 국책문학(國策文學)에
균열을 내는 계용묵 문학

일제 말 문학에 대한 온당한 평가를 위해

일본은 중일전쟁(1937)과 태평양전쟁(1941)을 일으키면서 한반도와 중국
은 물론 아시아 태평양 지역을 두루 포괄하는 제국의 식민통치를 강화해
간다. 무엇보다 일본은 이 시기 '동아신질서(東亞新秩序)'로부터 '대동아공영
권(大東亞共榮圈)'의 구상을 국책[1]으로 내세우면서 이른바 전시체제에 적합
한 제국의 식민지 지배권력을 행사한다.[2] 말하자면 이 시기 일본의 식민통
치는 제국의 전쟁에 제국의 국민들을 총동원함으로써 대동아공영권을 실
현하는 데 목적을 둔다. 그리하여 '전시체제-일제 말'의 조선은 전쟁의 병
참기지로서 유무형의 전쟁 물자를 공급해야 하는 식민지의 역할을 맡는다.[3]
일제는 주도면밀한 각종 지배정책을 통해 전쟁에 식민지 자원을 총동원하
는 국가주의를 전면화한 것이다. 전시체제 이전부터 조선의 농민을 대상으

---

1   '국책'이란, "국가가 국민생활을 보호하여 가면서 국가 자체의 이상을 실현시키는 지도정신"이
다.(「국책과 문학」, 『인문평론』, 1940. 4, 3쪽)

2   임성모, 「동아협동체에서 대동아공영권으로」, 『전쟁과 동북아의 국제질서』(역사학회 편), 일조
각, 2006.

3   일제는 전시체제 물자를 총동원하여 군수생산력을 증강하기 위해 1938년부터 조선총독부에
서 피식민지의 노동력을 조사하는데, 주로 농촌의 과잉노동력 소재를 파악하여 노동력을 효율적으
로 동원하기 위한 것이었다. 이에 대해서는 곽건홍, 『일제의 노동정책과 조선노동자』, 신서원, 2001,
82~87쪽.

로 제국의 권력이 조직적으로 관리·간섭·규제한 '농촌진흥운동(1932, 이하 '농진운동'으로 약칭)',[4] 개인보다 전체와 국가의 사유를 중시 여기는 특히 천황 숭배에 초점이 맞춰진 '심전개발운동(心田開發運動, 1935)', 식민지의 일체의 자원에 대한 분배·관리·동원을 위한 '국가총동원법(1938)', 천황제 이데올로기 강화를 통해 식민지 국민의 정신을 통제하여 국가에 대한 전체주의를 확산함으로써 전쟁 동원의 토대를 마련하기 위한 '국민정신총동원운동(1938)', 전시체제에 전쟁을 효과적으로 수행하기 위한 '국민총력운동(1940)'[5] 등에서 알 수 있듯, 전시체제에 해당하는 일제 말의 조선은 일본제국을 위한 멸사봉공(滅私奉公)·진충보국(盡忠報國)·생업보국(生業報國)을 맹목적으로 수행해야 하는 피식민지 국민의 삶으로부터 자유롭지 못하다. 강조하건대, 일제 말의 조선은 제국의 국책을 충실히 수행해야 하는, 즉 제국의 국책에 협력해야 하는 현실에 놓여 있다.

이러한 일제 말의 현실 속에서 문학 역시 예외가 아니다. 조선 문단은 이른바 '국민문학'의 이념으로 수렴되는, 그리하여 전시체제에 적극 협력함으로써 국책에 종속돼 있다. 국책문학을 표방하는 문예지 『국민문학』[6]

---

4   우가키(宇桓) 총독은 1932년 도지사회의에서 '농진운동'의 취지와 방침을 밝히고 전국의 농민을 대상으로 관의 강력한 관리 및 지도, 조직력을 총동원한다. '농진운동'은 점차 농업생산의 증산은 물론 농민의 일상(관혼상제)까지 간섭하고 규제하더니, 전시체제에 들어서면서 시국 관련 증산과 결합한, 즉 국책에 전적으로 복무하는 생산의 역할로 그 성격이 바뀐다. 김영희, 『일제시대 농촌정책 연구』, 경인문화사, 2003.

5   일제는 '국민총력운동'을 실천하기 위해 '국민총련조선연맹(1940. 10. 16)'을 발족하고 '국민총력조선연맹실천요강'을 발표한바, 세 가지 실천대강을 제시하였다. 첫째, 사상통일의 달성(내선일체 완성, 군국지상주의, 국가지상주의) 둘째, 직역봉공(職役奉公)의 철저와 생활 신체제 확립(극단적 천황숭배) 셋째, 생산력 확충(집단 증산주의, 계획 생산주의). 김영희, 위의 책, 259~262쪽 참조.

6   "『국민문학』은 편집인으로 최재서(崔載瑞)를 내세웠지만, 각 방면의 전문가들로 구성된 위원회가 공동 편집하는 체제를 취하였다. 총 7개의 항목으로 구성된 편집요강 내용은 ①국체관념의 명징, ②국민의식의 앙양, ③국민사기의 진흥, ④국책에의 협력, ⑤지도적 문화이론의 수립, ⑥내선(內鮮) 문화의 종합, ⑦국민문화의 건설 등으로 이루어졌다."(『좌담회로 읽는 『국민문학』』, 문경연 외 공편, 소명출판, 2010, 10쪽) 여기서 분명히 해두어야 할 것은 『국민문학』은 일본어로 이뤄져 있는데, 『좌담회로 읽는 『국민문학』』을 펴낸 세미나 팀들이 2007년부터 2년 동안 강독하고 한글로 번역한 노작(勞作)에 힘입어 『국민문학』 전호에 걸친 '좌담회'를 한글로 볼 수 있어 일제 말 문학을 연구하는 데 도

창간호의 좌담에서 백철의 발언은 이 같은 문학의 현실을 단적으로 드러 낸다.

　　새로운 국민문학의 목표는 개인주의적인 입장을 부정하고, 전체적인 입장에 서 국책에 부응하는 문학을 수립하는 것입니다. 그러므로 국책을 민중에게 선전 하고 그것을 계몽해 가는 것이 국민문학의 과제이자 또 새로운 가치이기도 합니 다. (중략) 깊은 의미의 시대적 흐름을 파악해서 대동아공영권의 확립을 영원한 목표로 삼고, 그것을 자신의 문학관으로 수립해서 그 거대한 주제 하에서 시국의 단편을 포착해 나간다면, 비로소 진정한 국책문학이 생겨날 것이라 봅니다.[7]

따라서 일제 말의 문학을 연구할 때 각별히 유념해야 할 것은 이 같은 전시체체 아래 전횡화되고 있는 국책의 현실을 간과해서 안 된다. 이것은 이 시기 문학을 제대로 해석하고 온당히 평가하는 데 아무리 강조해도 지 나치지 않다. 그런데 여기서 일제 말의 엄혹한 현실을 염두에 둔다고 하면 서, 이 시기의 모든 글쓰기를 국책에 협력하는 것으로 선험적으로 규정짓 고 해석하는 것은 이 시기의 문학 연구가 쉽게 빠질 수 있는 함정이다. 그래 서 "일제 말기(1937~1945) 소설을 문제시할 때 가장 중심 되는 문제는 일제 의 강요된 국책에 대하여 작가는 어떠한 반응을 보였는가 하는 점",[8] 그리 고 특히 '국민문학'의 시대라고 하지만 "한국어로 쓰여진 당대 소설들이 어 떠한 서술전략을 통해 당대 파시즘에 대한 인식을 표출하는가를 살펴보는 것"[9]이, 이 시기의 문학을 연구하는 데 소중한 문제의식이 아닐 수 없다. 이 것은 일제 말의 문학을 온당히 평가하기 위한 것이지, 민족주의의 맹목에 붙들린 채 반제국주의 · 반식민주의를 강박적으로 증명해보여야 하는 속류

움을 제공하고 있다.

7 「조선문단의 재출발을 말한다」(『국민문학』, 1941. 11), 『좌담회로 읽는 『국민문학』』, 26쪽.

8 조진기, 「일제말의 국책의 문학적 수용」, 『한민족어문학』 43집, 2003, 198쪽.

9 장성규, 「1940년대 전반기 한국어 소설 연구」, 『국제어문』 47집, 2009, 71쪽.

민족주의와 무관하다.

여기서 계용묵의 일제 말의 글쓰기에 관심을 두어야 하는 이유가 있다. 그동안 축적된 계용묵의 문학 전반에 대한 연구 성과의 대부분은 부정적 평가들이다.[10] 그 핵심은 "산문정신의 빈곤"[11]에 있는바, 계용묵은 현실인식이 철저하지 못해 "문학적 나르시시즘의 한 전형적인 국면"[12]을 지닌 작가로서 문학사적 가치가 폄하되고 있다. 하지만 이러한 평가는 그의 문학 전반에 대한 정당한 평가로 볼 수 없다. 여기에는 부정적 평가의 한 근거로 제시되고 있는 일제 말 그의 문학에 대한 면밀한 검토가 결여돼 있기 때문이다. 계용묵의 문학을 비롯한 일제 말 여타의 문학을 살펴보는 데에는 앞서 강조했듯, 전시체제 제국의 국책의 현실에 대한 문학적 상상력의 맥락을 꼼꼼히 살펴야한다. 그 어느 시기보다 이 시기의 문학을 연구하는 데 중요한 것은 현실에 대한 문학적 상상력의 맥락을 이뤄내는 언어들이며, 이 언어들로부터 생성되는 미적 정치성이다. 국가주의가 노골적으로 전면화된 현실일수록 이 미적 정치성은, 일제 말의 경우 국책에 협력·순응하거나 협력을 가장한 비협력(또는 저항)의 문학적 전언으로 해석된다. 계용묵의 경우 기존 연구에서는 일제 말에 쓰여진, 특히 「묘예」, 「불로초」, 「시골노파」 등 세 단편을 일제의 국책에 부응하는 것으로 손쉽게 재단지음으로써 그의 문학 전반에 대한 부정적 평가를 더욱 논리화하고 있다.[13]

---

10 이러한 입장을 견지하고 있는 논의는 다음과 같다. 김영화, 「소설의 수필화」, 『현대문학』(1975. 9); 이동하, 「계용묵론」, 『관악어문연구』, 1982; 김경수, 「식민지 시대 소설의 아마추어리즘」, 『어두운 시대의 빛과 꽃』(김대행 외), 민음사, 2004; 이주형, 「계용묵 소설 연구」, 『어문학』 87집, 2005.

11 김영화, 위의 글, 274쪽.

12 김경수, 앞의 글, 592쪽.

13 각주 9)의 논의들은 물론, 이 세 작품에 대해 "현실의 긍정, 나아가 순응을 강요한 일제 강점기에 돌발적으로 출현한 작품이다."(김근호, 「계용묵」, 『약전으로 읽는 문학사 1』, 소명출판, 2008, 253쪽), "'농본주의'에 입각한 작품 이상의 별다른 의미를 찾기는 어렵다."(조남철, 「귀농과 이농의 역설적 의미」, 『현대문학의 연구』 1집, 1989, 235쪽)와 같은 평가가 여기에 해당한다. 특히 「불로초」를 일제 말 국책문학의 하나인 생산소설로 파악하는 견해는 계용묵의 일제 말 문학에 대한 부정적 평가를 공고히 한다. 이에 대해서는 장성규, 앞의 글 및 조진기, 「일제말기 생산소설 연구」, 『우리말글』 42집, 2008.

필자는 이 같은 계용묵에 대한 기존 연구가 일제 말의 현실과 그에 대응한 미적 정치성을 면밀히 검토하지 않았다는 데 문제를 제기하면서, 일제 말에 쓰여진 계용묵의 전반적 글쓰기를 중심으로 그의 미적 정치성을 해명하고, 그동안 소홀히 간주해온 일제 말의 문학이 제국의 지배권력 내부에서 식민주의에 균열을 내는 고투에 주목해본다.

일제 말의 현실을 견디는 '양심'의 미적 정치성

제국의 전시체제에서 계용묵 문학의 근간은 무엇일까. 이것을 해명하는 일은 매우 중요하다. "식민지적 특수상황이나 당대 민족·사회 문제는 외면하고 여러 보편적 장벽으로 인해 비극의 장에서 헤어나지 못하는 인간상"[14]을 그리는 데 머물렀다는 한계를, 일제 말의 계용묵의 문학에 곧바로 해당하는 것으로 볼 수 있을까. 거듭 강조하건대, 전시체제 아래 더욱 노골화하기 시작한 제국의 파쇼적 군국주의 식민통치에 예속된 문학이 당대의 현실을 치열히 인식하고 대응하는 문학적 상상력을 어디까지 보증할 수 있을까. 무엇보다 식민지 전 시기에 걸쳐 실행된 각종 검열제도는 제국의 식민통치에 조금이라도 걸림돌이 되는 것을 철저히 간섭·관리·감독·규제해온 만큼[15] 일제 말의 현실에 대한 치열한 문학적 대응의 여부를 놓고 문학의 한계를 지적하는 것은 문학과 현실에 대한 깊이 있는 성찰이 결여된 논리이다.

일제 말의 계용묵의 문학을 온전히 이해하기 위해서는 도리어 그 한계로 지적했던 사항에 대해 물음을 던져야 한다. 일제 말의 닫힌 세계에서 계용묵의 인물들이 "저마다 처한 현실에서 '생존'의 문제며 '고독'이라는 문

---

14 이주형, 앞의 글, 657쪽.

15 식민지 시기 전반에 걸친 문학검열 제도에 대해서는 한만수, 「근대적 문학 검열제도에 대하여」, 『한국어문학연구』 39집, 2002 참조.

제, 혹은 '생활'이라고 하는 일련의 관념에 사로잡혀 풀어내는 상념의 흐름은 전혀 논리적이지 않고 비약적이며 그 인식의 내용 또한 피상적인 차원에 머물러 있"[16]는 이유는 무엇일까.

계용묵의 단편 「심원(心猿)」(『비판』, 1938. 5), 「유앵기(流鶯記)」(『조광』, 1939. 2), 「캉가루의 조상(祖上)이」(『조광』, 1939. 5), 「준광인전(準狂人傳)」(『신세기』, 1939. 9)에는 일제 말의 현실에 대한 계용묵 특유의 서사적 대응이 용해돼 있다. 이들 작품을 관류하고 있는 주요한 문제의식은 일제 말의 폭압적 현실을 어떻게 해서든지 견뎌야 하는 생활인으로서 윤리이자 국책문학과 거리를 두고 있는 작가로서 미적 윤리와 미적 정치성을 함께 가다듬는 것이다. 그 핵심은 소설 속 인물이 자신에게 닥친 어려운 상황 속에서도 '양심'을 지켜내는 일이다.[17] 가세가 기울어져 술 장사를 하면서 가짜 술을 팔아서까지 생계를 유지하고 행복한 삶을 살아서 안 된다는 그래서 양심을 저버릴 수 없다는 것을 깨우치고(「심원」), 식민지의 문화사업을 하면서 양심에 어긋나는 지식인으로서 삶에 대한 반성적 성찰을 하고(「유앵기」), 애꾸눈의 장애 때문에 염세적 현실관에 사로잡힌 예술가는 자신의 '마음의 불구'를 치유하기 위한 비장한 각오를 다지고(「캉가루의 조상이」), 친구들과 가족으로부터 믿음을 얻지 못한 채 극심한 마음의 상처를 이기지 못해 자신을 미쳤다고 인정할 수밖에 없는 현실에 직면한 것(「준광인전」) 등에서 읽을 수 있듯, 일제 말의 현실에서 계용묵이 주목하고 있는 서사의 문제의식은 암울한 현실을 견뎌나갈 수 있는 '양심', 즉 윤리감을 확보하는 것이다. 따라서 계용묵이 일제 말의 자신의 문학을 관통하고 있는 핵심 사안으로 '양심'에 주목하고 있

---

16 김경수, 앞의 글, 591쪽.

17 이 같은 문제의식은 전시체제에 갑자기 불거진 게 결코 아니다. 가령, 계용묵의 단편 「고절(苦節)」(『백광』, 1935)은 그의 자전적 색채가 짙은 작품으로, 식민지의 악무한의 현실에서 소설가-지식인으로서 삶에 대한 극도의 무기력증을 지닌 채 생계 벌이를 위해 만주를 떠돌며 아편 밀매를 비롯한 색시장사를 하는 주인공이 끝내 악무한의 현실에 타협하지 않으려는 '양심'을 지키는 모습을 비장하게 보인다. 계용묵에게 '양심'은 암울한 세계를 견디게 할 수 있는 최선이자 최후의 미적 윤리이면서 미적 정치성을 내장한 것이다.

는 것은 그 나름대로 일제 말의 식민통치에 균열을 내는 노력이다.

일제는 1935년 4月부터 '심전개발운동'을 통해 피식민지인의 개별적 사유와 행동보다 국가 전체를 위한 사유와 행동을 위한 사상적 기반을 공고히 해간다. 즉 "일본 국내 정치가 국체명징운동으로 급속히 군국주의적 파쇼체제로 전화되어, 전체주의 사조를 조성하고 있었듯이, 심전개발운동도 조선민중의 사상적 기반을 획일화시키고 있었다."[18] 말하자면 '심전개발운동'은 전시체제 이후 피식민지인의 일상을 전일적(全一的)으로 지배하면서 국가주의에 적극 협력하는 '국민정신총동원운동'을 뒷받침해주는 역할을 맡는다. 따라서 일제 말의 현실에서 개별적 사유를 갖는다는 것 자체는 제국의 식민통치에 반하는 것일 수밖에 없다. 바로 여기서 "식민주의는 견고함과 나약함의 항상적인 긴장 속에서 동요하면서 끊임없이 모순과 균열을 산출"[19]하는바, '심전개발운동'을 수행하기 위해서는 어떻게 해서든지 피식민지인의 개별적 마음을 주목하지 않을 수 없다. 개별적 사유를 효과적으로 통제하기 위해서라도 어떠한 마음들을 갖고 있는지, 그리고 어떠한 생각들을 하고 있는지를 구체적으로 잘 파악을 하고 있어야만 그 개별적 마음(혹은 사유)들을 국가 전체주의의 전일적 사유로 효과적으로 지배할 수 있다. 일제 말 계용묵의 문학에서 주의 깊게 살펴보아야 할 대목은 이 부분이다.

누구 때문에? 자기는 누구 때문에 사는 것인가? (중략) 그리고 그 무엇에든지 지성으로 사랑을 베풀고 싶고 또 마음을 다하고 싶음이 못 견디게 가슴속에서 용솟음치고 있음을 느끼기도 한다. 그러나 그 사랑과 정성을 베풀 길이 없이 그저 그날그날을 밥을 위하여 비위에도 맞지 않는 일을 하고 있다. **문화사업이란 미명 아래서 사람을 속이고 돈을 빼앗고 하는 회사의 정책에 따라가야 한다.** (중략) 먹어야 사는 것이 사람이니 역시 범속한 한낱 사회의 일원임에 틀림없고 또

---

18 김영희, 앞의 글, 161쪽.

19 하정일, 『탈식민의 미학』, 소명출판, 2008, 25쪽.

그러한 존재의 사람의 벗임에 언제나 충실하게 된다. 그러니 그 어떤 공허감에 생활의 정력은 자꾸만 식어간다. 도무지 마음 가는 데가 없고 손이 붙는 데가 없다. 그러나 **식어 가는 정력 속에 도리어 자기의 존재가 있는 듯싶게 그것[退社]은 아깝지 않다.**[20] (「유앵기」, 이하 밑줄 강조-인용)

생각하면 거리 사람들이 오히려 사람으로서의 일면을 갖추지 못한 것 같다. 불구한 거리에 삶을 찾는 이 불구한 무리들 - 자기가 육체의 불구자라면 그들은 확실히 맘의 불구자다. 이 맘의 불구자들은 죽음이라는 것은 생각지도 않는다는 듯이 생기에 충만하다. 맘의 불구자는 삶을 찾고 육체의 불구자는 죽음을 찾는다! 자기가 이미 자살을 도모하였을진댄 맘의 불구자들은 벌써 이 세상 사람이 아니었어야 옳을 것이 아닌가. 그리고도 그들이 살기를 원할진댄, **제 책임을 다하지 못하는 시계는 그 불충분한 기계를 드러내고 완전한 것으로 갈아 넣어야 되듯이 그 맘의 불구한 부분을 갈아 넣어 주고 싶다.** 그리하여 그들에게 영원히 값 있는 생명을 부어 넣어 캉가루의 조상이 되기 전에 인류 문화의 축적에 빛이 되는 거룩한 인류의 조상을 만들어 주고 싶다.(「캉가루의 조상이」, 240~241쪽)

여기서 흥미로운 것은 식민지 지식인의 내면을 들여다볼 수 있다는 점이다. "자기 자신 무능한 한 개 생활의 패배자"(「유앵기」, 212쪽)로서 식민지의 무기력한 지식인의 자기고백에서 귀 기울여야 할 소설적 전언은 '맘의 불구자들'이 "죽음이라는 것은 생각지도 않는다는 듯이 생기에 충만하"여 거리를 활보하고 있는 아이러니컬한 현실이다. '맘의 불구자들'이 지닌 생기는 교체되어야 할 죽어가는 것이다. 왜냐하면 그들은 '불구한 거리'에서 거짓 생기를 지니고 있기 때문이다. 이 '불구한 거리'란, 작품의 표면에 드러나 있지는 않으나 제국의 엄혹한 식민통치가 주도면밀히 수행되는 식민지의 현실을 메타포한 것으로, 계용묵은 작품의 행간에 일제 말 파쇼적 국가주의로 치닫고 있는 현실에 대한 비판적 의식을 감추고 있다. 그래서 계용묵은

---

20 계용묵, 「캉가루의 조상이」, 『계용묵 전집 1』, 민음사, 2004, 202~203쪽. 이후 본문에서 계용묵의 작품을 인용할 경우 별도의 각주 없이 본문에서 (쪽수)만을 표기.

지식인의 관념적 사유를 빌어 "맘의 불구한 부분을 갈아 넣어 주고 싶다"고 하는데, 이것은 제국의 지배권력 아래 '양심'에 어긋나면서까지 생계를 유지해온 지식인으로서 삶 자체에 대한 반성적 성찰을 내포한다. 계용묵의 이러한 소설적 전언은 자칫 치기어린 지식인의 관념적 사유에 불과한, 일제 말의 엄혹한 현실을 구체적으로 드러내지 못한 현실인식의 미성숙에 기인한 것으로 볼 수 있다. 하지만 일제의 '심전개발운동'이 일체의 개별적 사유를 금지하고 국가의 전시총동원체제를 위한 전체주의적 사유를 확립하고자 하는 것을 염두에 둘 때, 계용묵의 이 같은 개별적 지식인의 관념적 사유는 그 자체만으로도 제국의 식민통치에 균열을 내는 미적 정치성을 지닌다고 볼 수 있다. 다시 말해 계용묵이 지키고 싶고 복원하고 싶은 '양심-마음'은 일제 말의 현실에 서사적으로 대응한 미적 정치성과 다를 바 없다. 일제 말 국가총동원체제로 수렴되는 '심전개발운동'이 "증산을 통한 '전쟁동원'을 더 강조하는 운동"[21]의 성격도 지닌 것을 볼 때, 제국의 생산력 증강을 위한 문화사업에 양심적 환멸을 느끼고 그것도 모자라 아예 그 문화사업을 그만둔 게 "아깝지 않다"고 하는 냉소적 발언이야말로 계용묵의 일제 말의 문학이 견지하고 있는 미적 정치성을 제대로 파악해야 할 과제를 제기한다.[22]

파쇼적 국가주의에 구속되지 않는 예술

계용묵이 안간 힘을 쏟으며 지키고 복원하고 싶은 '양심'은 그가 견지하고 있는 예술과도 무관하지 않다. 그가 일제 말 횡행하던 제국의 국책 예

---

21 지수걸, 「일제의 군국주의 파시즘과 '조선농촌진흥운동'」, 『역사비평』, 1999. 여름호, 21쪽.

22 이러한 미적 정치성은 소설 이외에 수필에서 곧잘 보인다. 대표적으로 「이성을 보는 눈」(『여성』, 1940. 12), 「말」(『건강생활』, 1941. 1), 「노인과 닭」(『사진순보』, 1943), 「계란」(『사진순보』, 1943. 12), 「효양방 애화」(『조광』, 1944. 2) 등 일제 말의 수필에서는 마치 약속이나 한 것인 양 그 주제의 핵심에는 비양심적 행동에 대한 비판적 시선을 동반함으로써 '양심'의 소중함을 은연중 드러낸다. 일제 말 일련의 수필에서 주목하고 있는 '양심' 역시 제국의 '심전개발운동'에서 역점을 두고 있는 국가총동원체제를 위한 국민운동의 성격과 거리를 둔다.

술과 긴장 관계를 가졌다는 것은 단편 「청춘도」(『조광』, 1938. 12), 「붕우(朋友)」(『비판』, 1939. 2), 「시(詩)」(『조광』, 1942. 4)를 통해 읽을 수 있다. 계용묵은 이 일련의 예술 관련 작품에서 식민주의 정치에 예속되고 더 나아가 파쇼적 국가주의에 전적으로 복무하는 예술에 문제를 제기한다. 물론 그의 이러한 문제의식이 작품의 표면에 간단없이 드러나는 것은 결코 아니다. 반(反)파시즘적 예술관을 드러내는 것 자체가 전시총동원체제에 역행하는 것인 만큼 계용묵은 이것을 식민지 예술가의 예술적 완성도에 미치지 못한 예술가 개인의 번뇌로 표현하든지, 전시체제의 현실에 직접적으로 공헌하지 못하는 예술 자체에 대한 부정적 의식으로 표현하고 있다. 그러면서 정작 그가 초점을 맞추고 있는 소설적 전언은 제국의 국책에 종속되지 않고 긴장관계를 형성하는 '예술적 양심'의 진정성이다.

> "그런 책을 보아선 안 돼."
> "왜요?"
> "넌 그런 문학류의 책에서 일체 손을 떼어야 한다. 그리구 학교에서 배우는 것만 열심히 공부할 차비를 해야 한다. 혹 과외로 무슨 책이 보구 싶건 과학 잡지나 그런 걸 사 보도록 해라."
> "시는 왜 못 쓰세요?"
> "글쎄 시를 배워선 안 된다."
> "아버진 시인이 시는 왜 그리 벽색이세요?"
> 기가 막히는 질문이다. 대답할 말 없어 담배를 한 대 꺼내 물음으로 부자연한 표정을 감추려 했다.
> "아버진 그럼 인제 시 안 쓰세요?"
> "아니, 그건 내가 시인이니까 하는 말이다. 그 이유는 말해야 너는 아직 그것까지는 모른다. **덮어놓구 과학 방면으로 전공을 하도록 미리부터 마음을 꽉 정하는 것이 너의 장래를 위해서 차라리 행복일 것만은 지금이라도 장담이 될 줄 안다.** 그러니깐 시에선 뿌리가 백히기 전에 아여 결심하고 손을 떼야 한다. 알아들었지?"(「시」, 277쪽)

시인인 아버지는 대시인의 자질을 갖고 있는 아들에게 문학류의 책보다 과학류의 책을 읽어 과학 방면에서 성공하여 행복할 것을 요구한다. 아버지에게 시는 더 이상 매력이 없는 폐기처분해야 할 대상에 불과하다. 아버지는 시보다 과학이야말로 일제 말의 현실에 절실히 필요하고 환호받는 것임을 누구보다도 잘 알고 있다. 국가 전시총동원체제에서 절실한 것은 전쟁을 수행하는 지배권력에 조건 없이 협력하는 것이며, 여기에는 국가가 수행하는 국책에 대한 맹목과 그 실천이면 만족한 것이지, 시(예술)처럼 뭇 존재의 비의성을 탐구하는 과정에서 삶의 이면을 들여다보고 삶의 고통에 아파하며 그 상처를 치유해줌으로써 무엇보다 개별적 존재들의 차이를 존중하고 그 생명의 아름다움을 경외하는 것은 일제 말 국책예술에 크게 위반하는 일이다. 차라리 전쟁 동원을 위한 물자를 시급히 공급할 수 있는 전문 기술 분야를 포괄한 과학이야말로 이 시기에 적합한 일이 아닐 수 없다. 그래서 아버지는 시인으로서 자기환멸을 갖고 있어 시를 더 이상 쓸 수 없을 뿐만 아니라 시를 향한 욕망 자체를 거둬버린 것이다. 왜냐하면 아버지는 국책에 협력한 국책문학으로서 시를 쓸 수 없기 때문이다.[23] 여기서 아버지와 아들의 이 같은 대화는 표면상 일제 말 전시총동원체제에서 절실한 것은 시가 아니라 전쟁을 승리로 이끌 수 있는 근대 과학이라는 점을 강조하는 듯하지만, 기실 작가가 겨냥한 소설적 전언은 파쇼적 국가주의에 예속된 예술의 참담함에 대한 명민한 인식을 은연중 드러내고 있다는 점이다.

　　이제 이러한 현실 속에서 계용묵은 '예술적 양심'을 지키고자 한다. 바

23　비록 해방 이후 써진 글이지만, 계용묵은 「기교 즉 내용」(『경향신문』, 1948. 10. 10)에서 "일제시대에 그렇게도 강요하던 그 소위 「국민 문학」을 우리가 못 쓴 것도 민족적 감정에서뿐만이 아니라 소설이 예술이기 때문이었다."(계용묵, 『계용묵 전집 2』, 민음사, 2004, 332쪽)에서 언급했듯, 일제 말 국책문학에 협력하는 글쓰기를 보이지 않는 것으로 필자는 판단한다. 본문에서 집중적으로 논의하겠으나, 계용묵에게 유의미한 예술은 현실과 무관한 예술이 아니라 특정 정치적 목적을 달성하기 위한 정치에 구속된 예술은 결코 아니다. 계용묵의 국책문학에 대한 비협력적 면모는 다음 장에서 「묘예」, 「불노초」, 「시골노파」에 대한 상세한 논의를 참조.

로 이 참담한 예술의 현실, 제국의 국책에 종속된 예술의 죽음이 극명할수록 계용묵에게 소중한 것은 이렇게 죽어가는 식민주의 예술의 현실을 냉소적으로 응시하는 일이다. 그러면서 그는 예술 자체의 생명에 주목한다. 일제 말의 예술을 에워싸고 있는 현실은 정치의 노예로서 예술을 원하는, 그래서 예술의 죽음이 지극히 당연시되는 현실이되, 계용묵은 침묵과 절필을 하지 않고 그 나름의 방식대로 제국의 정치에 속박되지 않는 예술의 미적 정치성을 확보한다.[24] 그것은 예술이 지닌 생의 숭고한 가치를 새롭게 발견하는 데 있다. 「청춘도」는 계용묵의 이러한 소설적 진실을 내포하고 있는 작품이지, "작가 자신이 소설을 위시한 예술 일반에 대해 지나친 가치를 부여하고 그 안에서 그들이 겪는 정신적 고뇌를 실제 삶의 가치보다 고차원적인 것으로 이해"[25]하려는 작품이 아니다. 「청춘도」에서 주목해야 할 것은 파쇼적 국가주의로 치달아가는 일제 말의 현실에서 국가주의를 위한 죽음의 미학이 횡행하고 그것은 곧 전체주의에 예속된 예술로서 이는 예술의 죽음과 무관하지 않은바, 이 예술의 죽음을 회피하지 않고 예술 본래가 지닌 생의 숭고한 가치를 발견하는 작가의 '예술적 양심'이다.

예술은 곧 자기(소설 속 인물 상하─인용)의 생명이 아니였던가. 십여 년 동안 예술을 위하여 닦은 공부는 그대로 자기의 생명이었다. 만일 자기에게 예술이란 세계가 제어되어 있었던들 자기는 스스로 목숨을 끊고 영원한 예술 속에 깊이 잠

---

24 김재용은 그의 『협력과 저항』(소명출판, 2004)에서 일제 말의 저항적 글쓰기의 유형을 '침묵(또는 절필)/우회적 글쓰기/망명' 등 세 가지 유형으로 나누고 있다. 그런데 계용묵의 문학은 필자의 지금까지의 논의에서 볼 수 있듯, 제국에 협력한 것으로 볼 수 없다. 그렇다고 김재용 식 저항적 글쓰기의 세 가지 유형에도 딱히 부합되지도 않는다. 굳이 선택한다면 '우회적 글쓰기'에 가깝지만 마뜩지 않다. 여기에는 계용묵의 일제 말의 소설들이 무엇을 말하려고 하는지 그 요체를 정확히 간파하지 못하도록 하는 서술 전략 때문이 아닐까. 때문에 기존 논자들 대부분은 형상화의 미숙함으로 부정적 평가를 내린다. 하지만 계용묵의 일제 말의 소설은 소설적 전언을 명확히 파악할 수 없도록 한, 심지어 소설적 전언으로서 가치를 띠지 않는 정도로 의장한 그의 독특한 서술 전략을 간파했을 때 비로소 온당한 평가를 내릴 수 있을 것이다.

25 김경수, 앞의 글, 591쪽.

들고 있었을는지도 모른다. 오직 예술 그 속에서만 참 삶을 살 수 있었던 것이다.

(중략)

예술을 희생하고 뜻 아닌 곳에서 밥을 빌 수는 없었다. 그것은 곧 자기라는 생명을 희생하는 것과도 같았던 것이다. 그리고 지금도 결코 그것을 후회하는 것이 아니다. **한 개의 예술을 창조할 때 그 속에서 생을 찾고, 생의 가치를 느낌으로 자기라는 존재를 내다본다.** 어떠한 예술적 소재를 머릿속에 두고 캔버스와 마주앉을 때, 그리하여 새로운 세계가 붓끝에서 창조될 때 역시 자기의 생은 그 속에서 빛났다.(「청춘도」, 192쪽)

자칫 예술지상주의로 읽힐 수 있는 부분이다. 하지만 소설 속 인물 상하는 현실과 절연된 예술지상주의를 설파하기보다 "모두 생을 위한 싸움임에는 틀림없으나 그 아름다운 자연의 경개임에도 흥취를 잃고 허덕이는 고달픈 인간"(「청춘도」, 185쪽)의 존재로 괴로워하는, 예술과 현실의 관계에 대해 고뇌하는 청춘이다. 상하에게 예술은 생명의 소멸에 이르는 아픔을 치유하여 생의 환희를 만끽하게 할 수 있는 "청춘의 힘"(「청춘도」, 195쪽)인데, 그렇기 때문에 예술과 생명은 서로 분리해서 별개로 인식될 수 없는 것이다. 예술을 통해 생명의 가치가 새롭게 발견되고, 숱한 생의 개별적 가치들은 그 나름대로 경이적인 예술 세계를 보인다. 국가 전체주의에서 개별적 존재의 가치들이 지닌 아름다움이 무화되고, 오직 획일적 전체의 미의식만이 아름다움의 가치로 인정받고 있는 일제 말의 현실에서 계용묵의 '예술적 양심'은 국책예술에 협력함으로써 제국의 동일자적 미의식을 일방적으로 승인하는 게 아니라, 뭇 존재마다 지닌 생의 숭고한 가치들의 미의식을 새롭게 발견하는 데 있다. 그리하여 계용묵은 '예술의 죽음'을 살려내고 점차 팽배해지는 '죽음의 미'를 '살림의 미'로 전환시키고자 하는 욕망을 품는다. 이것을 그는 소설 속 폐병환자인 금주를 상하의 "예술의 힘으로 영원히 살리고 싶"(「청춘도」, 188쪽)은 욕망으로 나타내며, 소설의 결미에서 금주와 헤어지며 예술을 매개로 금주와 나눴던 사랑이 지닌 생의 비의성을 상

하로 하여금 숙고하도록 한다.[26]

국책문학에 균열을 내는 미적 정치성

전시체제의 파쇼적 현실에 무기력하게 투항하지 않은, 즉 제국의 국책문학에 적극 협력하지 않았다는 것은 일련의 세 단편 「묘예(苗裔)」(『매신사진순보』, 1941), 「불로초(不老草)」(『춘추』, 1942. 6), 「시골 노파」(『야담』, 1941. 11)를 통해서도 알 수 있다. 그런데 앞서 기존 논의에서 살펴보았듯,[27] 도리어 이 세 작품을 일제 말 생산소설의 범주로 파악하여 계용묵 역시 국책문학에 협력하였다고 평가한다. 과연, 이 세 작품이 제국의 국책문학에 협력한 작품인가. 다시 강조하건대, 계용묵에 대한 이 같은 부정적 평가는 일제 말의 계용묵 문학의 전반에 대한 맥락을 꼼꼼히 검토하지 않은 채 이들 세 작품에 대한 표피적 분석으로 일관했기 때문이다. 표면적으로는 이들 세 작품이 국책에 협력한 듯 보이지만, 오히려 이 세 작품에는 전시총동원체제로 흡수되지 않는 '농민의 양심'과 대지의 본원적 '생명을 향한 욕망', 그리고 식민지의 도시개발이 초래한 문제성을 은연중 꼬집고 있는 문제의식이 행간에 숨어 있다. 다시 말해 이 세 작품을 국책문학에 협력한 것과 바로 연결짓는 것은 너무나 안이한 작품 해석의 결과이다.

여기서 이 세 작품에 대한 계용묵 자신의 흥미로운 언급에 귀를 기울일

---

26 「청춘도」에서 폐병환자인 금주는 다의적 의미를 함축하고 있다 해도 과언이 아니다. 다소 비약적 해석일지 모르나, 식민시 시기의 문학에서 '폐병환자=죽음'의 관계를 나타내는바, 금주란 인물은 일제 말의 '죽음'과 친밀성을 갖는다. 그렇다면 상하가 예술로서 금주를 살리겠다는 욕망은 젊은 예술가의 치기로만 파악해서는 곤란하다. 금주를 살리고 싶은 상하의 욕망은 일제 말 죽음이 팽배해진 현실 가운데 생의 가치를 새롭게 찾아내고자 하는 예술 본래의 욕망을 드러내는 것과 밀접한 관련을 맺는다. 그런데 이러한 상하의 욕망은 쉽게 이뤄지지 않는다. 점점 극으로 치닫고 있는 일제의 국가 전시총동원체제는 국책예술이란 미명 아래 예술의 죽음을 조장하고, 따라서 예술을 매개로 한 상하와 금주의 사랑은 끝내 파국을 맞이할 수밖에 없는 가운데 상하의 '예술적 양심'은 생의 비의성에 대해 더욱 숙고하도록 한다.

27 각주 13)을 참조할 것.

필요가 있다.

이 시기에 있어서 근로정신을 고취한 농민물 같은 것이, 전연 이 방면에는 붓을 대지 않던 몇몇 작가에게서 제작이 되었다. 내 자신 것으로 말하더라도 「시골 노파」, 「묘예」, 「불로초」 같은 것이 그것으로, 글을 아니 쓰게는 못 되고, 그렇다고 뜻에 없는 붓대는 노릴 수가 없고해서 **근로정신으로 협력을 가장**하자는 데서 이런 작품을 썼다.[28]

연달아 일어나는 태평양전쟁은 검열 제도를 일변시키고 말았다. 모두 붓을 놓았다. 나도 놓았다. 그러나 붓을 놓고는 배기는 수가 없었다. 위협의 채찍이 전쟁에 붓으로 협력을 하라고 등어리를 후려졌던 것이다. 모두 재주껏 붓을 들었다. 나도 들었다. 나는 **근로정신의 고취를 빙자**했다. 「시골 노파」, 「불로초(不老草)」, 「묘예(苗裔)」 이 세 편이 이때의 소산이다. 그러나 **이런 취재로서는 협력으로 인정해주지 않았다.** 그 이상 나는 붓을 놀리는 수는 없었다. 붓대를 집어 던지고 농촌으로 피신을 하였다.[29]

물론, 해방 이후 작가가 직접 쓴 이 글은 자신의 일제 말 국책문학에 협력한 것을 모면하기 위한 자기 변론일 수 있다. 하지만 계용묵의 이 언급 자체를 전면 무시할 수는 없다.[30] 밑줄 친 부분에 주목해보면, 일제 말 계용묵

---

28 계용묵, 「암흑기의 우리 문단」(『현대문학』, 1957. 2), 『계용묵 전집 2』, 292쪽.

29 계용묵, 「문학적 자서전」(『신문예』, 1958. 8), 같은 책, 320쪽.

30 계용묵은 「표제 한담」(발표지면 미상)이란 수필에서 농촌의 몰락 과정을 그린 작품 「마을은 자동차 타고」가 일제의 검열로 발표되지 못했다는 것을 짤막하게 언급하는가 하면(『계용묵 전집 2』, 245쪽), 「권력과 아부」(『심우』, 1956. 8)란 수필에서는 파리와 싸우는 이야기를 쓴 수필 「전승지(戰繩志)」(『매일신보』, 1942. 5)가 "어떤 문예 좌담회 석상에서 파리 이야기를 쓰는 것 같은 비국민적인 정신의 소유자는 응당 징용감밖에 안 된다는 논의가 있음을 보았"(『계용묵 전집 2』, 180쪽)다고 술회한 바, 일제 말 국책문학에 협력하지 않으려고 노력했다는 것 자체를 가볍게 치부할 수는 없다. 그래서 김재영은 총력전 시기 제국의 사상 관리에 대한 계용묵의 문서 회고를 검토한 결과 "문제의 세 편의 작품(「묘예」, 「불로초」, 「시골 노파」 - 인용자)은 시대상황에 상당한 주의를 기울이지 않는다면, 식민지시기의 국책협력 작품임을 인식하기가 쉽지 않다. 자신의 말 대로 '협력을 가장'한 성격이 강한 것으로 보인다."(김재영, 「회고를 통해 보는 총력전 시기 일제의 사상관리」, 『한국문학연구』 33집, 2007, 318~319쪽)와 같은 잠정적 결론을 내린다.

의 글쓰기가 어떠한 서술 전략을 취하고 있는가를 짐작할 수 있다. "협력을 가장", "근로정신의 고취를 빙자"하여 그는 정작 자신이 말하고 싶은 소설적 전언을 행간에 숨겨 놓았던 것이다. 그랬기 때문에 그의 세 작품은 국책문학에 협력한 작품으로 인식되지 않았다.

우선, 「묘예」와 「불로초」를 살펴보자. 이 두 작품은 연작의 성격이 짙은 것으로, 농촌에서 농사를 짓는 모습을 담아내고 있다. 흔히들 일제 말의 농민소설을 국책문학에 부응하는 생산소설의 하위 범주로 인식하는데, 여기에는 일제 말 전시총동원체제로 진행된 '농진운동'이 전쟁 동원을 위한 식량 증산에 총력을 기울이는 가운데 "농업적인 생산과정의 취급"[31]을 중시하는 것을 간과해서 안 된다. 그래서 생산소설로서 농민소설은 흙에 대한 농민의 애착을 강조하고 명랑한 농촌을 그리면서 시국과 시대의 관련을 중요한 과제로 간주한다.[32]

그런데 「묘예」와 「불로초」는 생산소설로서 농민소설의 제 요건들을 충실히 형상화하고 있지 않다. 계용묵이 두 작품을 통해 역점을 두고 있는 것은 농사짓는 기쁨과 대를 이어 농사를 지을 수 있기를 염원하는 농민의 순정한 마음이지, 전시체제 아래 전쟁 물자의 총동원을 위한 농업 생산력 증산 차원에서 농사짓기를 권장하는 것이 아니다.

"서마 공둥! 서마 공둥!"
부르짖다 할아버지는 저도 모르게 어깨를 으쓱 추며 무릎을 탁 쳤다. 손자는 필경 일어서고야 만 것이다.
그러 일어선 것도 아니요 호미를 들고 일어선 손자, 할아버지는 어떻게도 만족한지 몰랐다.
아이가 처음으로 일어설 때에 가지고 일어서는 그 물건으로 장래 그 아이의 운명이 결정된다는 것을 할아버지는 그대로 믿어 온다. 호미를 들고 일어섰다는

---

31 채만식, 「사이비 농민소설」, 『조광』, 1939. 7, 274쪽.
32 「모던 문예 사전」, 『인문평론』, 1939. 10.

것은 필시 농사를 상징한 것이 아닐 수 없다. **그가 성장함을 보지 못하고 죽는다 하더라도 이제 그것은 틀림없이 자기의 뒤를 이음으로 집안의 대를 농사로 이어 갈 것임이 마음에 놓였다.**(「묘예」, 345쪽)

할아버지는 손자의 그 착한 맘씨에 놀랐다. 아직 엄마 아빠 소리밖에 말도 할 줄 모르는 인제 겨우 두돌잡이에게 벌써 그런 착한 마음씨가 깃들었다니! **악할 줄 모르고 선을 위하여 정성을 베푸는 마음! 그것이 예로부터 농가의 마음이었 다.** 그 마음이 자기의 집에서도 대를 이어 내려왔음을 안다. 자기 아들도 그런 마 음을 받았다. 이제 거기, 억센 힘, 굳은 의지가 배양만 된다면, 그리하여 천여 두 레의 물을 단숨에 쾅쾅 퍼낼 수 있는 장정이 되어 주기만 한다면 자기는 게서는 더 손자에게 바랄 것이 없었다.(「불로초」, 379~380쪽)

평생 농사를 천직으로 살아온 할아버지는 손자에게 집착한다. 손자도 자신의 대를 이은 아들처럼 농사를 지었으면 하고 할아버지는 욕망한다. 할아버지는 "악할 줄 모르고 선을 위하여 베푸는 마음", 이 '농가의 마음' 이 대를 이어 내려오길 원한다. 계용묵이 이 두 편을 통해 부각하고 싶은 것은 바로 이 '농가의 마음'에 깃든, 일제 말 국가주의에 길항할 수 있는 대 지의 싱그러운 생명력이다. 이 대목에서 주의 깊게 읽어야 할 것은 계용묵 이 하필 할아버지와 손자의 관계에 집중하는 이유이다. 아직 손자는 농사 짓기는커녕 겨우 홀로 호미를 들고 일어서기를 시작했을 뿐이다. 할아버지 의 손자를 향한 농사짓기의 욕망이 실현될지 여부는 아무도 알 수 없다. 중 요한 것은 할아버지가 '농가의 마음'을 손자에게서 발견한다는 점이며, 이 '농가의 마음'을 지닌 손자가 그의 바람대로 건장한 농사꾼으로 자라기를 욕망한다는 것이다. 만약, 이들 소설에서 할아버지와 손자의 관계가 아닌, 할아버지와 성장한 아들의 관계에 초점을 맞췄다면, 이 두 소설은 농업 생 산력을 증산해야 하는 생산소설의 성격으로부터 자유롭기 힘들 것이다. 왜 냐하면 "볕에 그을고 들바람에 씻긴 그 적동색 살갗, 다리를 드놓을 때마 다 떡 벌어진 어깻죽지와 울근거리는 근육, 불근거리는 종아리, 그 건강, 그 힘"(「묘예」, 340쪽)을 지닌 아들은 제국이 그토록 원하는 농업 생산력을 증산시킬 수 있는 농업노동력의 표상으로 자연스레 읽힐 수 있기 때문이다. 신체 건강한 농민이 농사짓는 기쁨을 갖고 농사에 매진한다는 것은 그 본의야 어떻든 일제 말 국책문학으로서 생산소설의 주제와 밀접한 연관을 맺는다. 하지만 계용묵의 두 작품에서 확연히 읽을 수 있듯, 초점에 맞춰진 인물은 할아버지와 손자이다. 작가는 자연의 순리에 따라 생명을 잘 키워내고 그 수확물을 독점적으로 착취하는 게 아니라 자연과 인간에게 나눠갖는 아름다운 마음이야말로 '농가의 마음'이라는 것이고, 이 '농가의 마음'이 손자 대로 이어져 가는 농사짓기를 원한다. 작가의 이 주제의식은 「불로초」에서 할아버지와 손자 사이에 농요의 후렴구를 자연스레 주고받으며 흥을 돋우는 장면에서 잘 드러난다.

다음으로 「시골 노파」를 살펴보자. 「시골 노파」가 매우 흥미로운 것은 작가가 근로정신을 고취하는 것을 방패막이 삼아 경성에서 이뤄지고 있는 식민지 도시의 근대적 기획의 허실을 예각적으로 짚어내고 있다는 점이다. 작품의 표면상 시골 노파는 도시 생활을 하고 있는 여인의 게으름을 타매하고 있는 것 같지만, 기실 계용묵이 겨냥하고 있는 것은 식민주의 정책의 허실이다. 시골 노파는 경성의 시민들에게 공급되는 채소가 넉넉하지 않고 싱싱하지 않을 뿐만 아니라 가격이 높다는 점, 그리고 우물이 없어 물장사에게 물을 사 배달시켜야 하는데 고지대에 살고 있는 시민들은 불편을 감수해야 한다는 점을 소설 속에서 보여주고 있는바, 시골 노파의 눈에 보인 이러한 문제점들은 경성의 근대적 풍경(대표적으로 백화점의 신문물과 도시의 활기)들 사이에서 희석되는 게 아니라 생뚱맞게 부각된다. 일제 말에 이를수록 농업 생산력을 독려하지만 정작 농업 생산력은 그 실효를 보지 못한 채 조선의 농업경제에 심각한 파탄을 초래하게 되는데,[33] 시골 노파에게 보인

---

33 식민지 농촌과 농민에 대한 일제의 각종 농업정책은 일본인 지주의 성장, 즉 제국의 경제적 이해관계에 철저한 것이지, 피식민지 농촌경제를 붕괴시켰다. 조선인 소작농이 증대하고 미곡증산은 일

채소와 관련한 문제는 이를 단적으로 짚어내고 있는 사례인 셈이다. 더욱이 심각한 것은 물 관련 사안인데, 일제는 식민지 초기부터 경성을 제국의 근대 도시로 탈바꿈시키기 위해 위생 담론을 동원하여 상하수도 시설에 관심을 갖기 시작한다. 그리하여 일제는 조선의 우물 문화를 비위생적인 것으로 치부하여 상하수도 시설을 설치하는데, 재정상의 문제를 이유로 경성에서도 일본인 거주 지역 중심으로 한정된 곳에 상하수도 시설을 하는 등 상하수도의 공공재·필수재로서 그 역할을 충분히 담당하지 못하게 된다.[34] 일제는 상하수도 건설에서도 일본인과 조선인에 대한 차별적 논리를 관철시켰던 것이다. 말하자면 일제는 도시의 근대적 기획을 통해 교묘하고도 철저히 식민지의 지배권력을 행사한다. 「시골 노파」의 결미에서 시골 노파가 경성을 떠나기 전 자신이 직접 지게로 물을 힘겹게 고지대로 길어 나르는 장면은 일제의 도시 근대적 기획이 갖는 맹점을 간파한 작가의 비판적 시선의 산물이다.

이렇듯 「묘예」, 「불로초」, 「시골 노파」는 국책문학에 협력을 가장한 듯하지만, 계용묵 특유의 서술 전략에 의해 도리어 일제 말의 현실에서 농업 생산력 증산에 대한 허위와 일제의 도시 근대적 기획이 갖는 허실을 비판적 시선으로 통찰한 작품으로 보아야 한다.

일제 말 계용묵의 미적 정치성

일제 말의 문학을 제대로 살펴보기 위해 아무리 강조해도 지나치지 않

본인이 소유하는 등 일제의 농업정책은 그 실효를 거두지 못하였다. 이에 대해서는 허수열, 「2장 농업개발」, 『개발 없는 개발』, 은행나무, 2005 및 김도형, 『일제의 한국 농업정책사 연구』, (재)한국연구원, 2009 참조.

34 일제의 식민통치에서 경성의 근대적 기획 중 상하수도 건설이 갖는 식민주의에 대해서는 김백영, 「제8장 '청결'의 제국(帝國), '불결'의 고도(古都): 식민지 위생 담론과 상하수도의 공간 정치」, 『지배와 공간』, 문학과지성사, 2009 참조.

을 것은 두 가지다. 하나는 일제 말의 현실을 가볍게 인식해서는 안 된다. 국가 전시총동원체제에 의해 일체의 개별적 사유와 행동이 불허되고 오직 제국의 전일적 지배권력에 순응해야 하는 현실은 이 시기의 모든 것을 최종심급에서 결정한다. 문학의 경우 국책문학을 위한 검열 제도의 존재는 이 시기의 문학을 살펴보는 데 충분히 고려되어야 할 사항이다. 다른 하나는 이러한 엄혹한 현실일수록 문학적 상상력이 갖는 미적 정치성이다. 파쇼적 국가주의가 전횡하고 제국에 협력하지 않을 수 없는 '협력의 윤리적 공간'³⁵에 갇혀 있다고 하더라도 이 시기의 모든 문학을 제국의 시선에 포획된 문학으로 성급히 간주해서는 곤란하다. 작가에 따라서는 슬기롭게 제국의 시선에 포획되지 않고 국책문학에 협력하지 않으면서 심지어 제국의 식민주의를 비판적 시선으로 균열을 내는 미적 정치성을 자연스레 획득한다. 이때 염두에 두어야 할 것은 일제 말에 써진 특정 작품만을 놓고 이것을 판단해서는 곤란하다. 그 시기에 써진 작품들의 맥락을 충분히 고려하는 가운데 각 작품에 대한 해석학적 논의를 시도해야 한다.

이처럼 이 두 가지를 각별히 염두에 두지 않은 채 일제 말의 문학을 연구하는 것은 자칫 결과가 뻔한 성과에 이를 수 있다. 계용묵에 대한 기존 부정적 평가가 주류를 이룬 것은 바로 이러한 이유들과 무관하지 않다.

지금까지 논의했듯, 이 두 가지를 염두에 둔 과정에서 계용묵의 일제 말의 문학의 근간은 중일전쟁과 태평양전쟁에 이어지는 국가총동원체제가 낳은 현실의 구조악(構造惡)과 행태악(行態惡)의 사위에서 훼손된 '양심'을 복원하고, 남아 있는 '양심'을 지키고 싶은 윤리적 태도에 있음을 살펴보았다. 계용묵은 이 '양심-마음'을 통해 일제 말의 현실에 서사적으로 대

---

35 "'협력의 윤리적 공간'은 노예적인 삶을 요구한다. 마르크스가 말하는 '필연의 왕국'만을 유일한 현실로 간주하는 삶, 즉 생명의 직접적인 요구 ─ 삶의 유지 ─ 만을 충실히 따르는 삶을 강요하는 것이다. 이 윤리적 공간에서 배제되는 것은 '타자에의 윤리'이며, 따라서 엄밀히 말하자면 '협력'은 '행위'일 수 없다."(차승기, 「사실의 세기', 우연성, 협력의 윤리」, 『전쟁하는 신민, 식민지의 국민문화』, 김응교 외 공편, 소명출판, 2010, 59~60쪽)

응할 수 있는 그만의 미적 정치성을 확보한다. 이러한 미적 정치성은 국가주의에 예속되지 않는 문학이 견지해야 할 것으로, 계용묵은 현실 정치에 예속되지 않는 문학(관)을 힘겹게 고수한다. 일제 말의 현실이 제국을 위한 죽음을 미화하고 그것을 위한 예술에 강제되었을 때 계용묵은 예술 자체가 지닌 생명의 힘에 주목하고, 국가 전체주의와 길항하는 문학에 대한 욕망을 저버린 적이 없다. 그래서 계용묵은 국책문학의 매혹과 강압을 슬기롭게 견딜 수 있던 것이다. 제국에 협력했다는 혐의를 받는 「묘예」, 「불로초」, 「시골 노파」의 작품 분석에서 알 수 있듯, 계용묵 또한 제국의 지배권력으로부터 자유로운 것은 아니지만, 협력을 가장하여 그만의 독특한 서술 전략으로 일제 말의 생산소설을 비껴났고, 식민지 도시 근대적 기획의 허실에 대한 절묘한 비판적 시선을 보여준다. 이것이야말로 계용묵의 일제 말의 문학이 소중히 거둔 미적 정치성이다.

이제 계용묵의 일제 말의 문학에 대한 이 같은 접근과 연구 성과에 착안하여 일제 말에 활동한 작가의 작품들에 대한 보다 면밀한 연구가 뒤따라야 할 것이다.

1970년대의 조정래 문학,
그 세 꼭짓점

조정래의 1970년대의 중단편을 읽는 이유

아무리 문학이 홀대받는 세상이라고들 하지만, '조정래'라는 작가의 이름을 한 번도 들어본 적이 없다고 하는 사람을 만나기는 어렵다. 작가 조정래와 좀처럼 분리할 수 없는 『태백산맥』(1983~1989), 『아리랑』(1990~1995), 『한강』(1998~2002) 등 세 편의 대하소설이 한국문학의 경계를 훌쩍 넘어 한국문화의 영역을 넓고 깊게 하는 주요한 역할을 맡고 있다는 것 자체를 전적으로 부정할 수 없을 터이다. 가뜩이나 단편 소설이 주류를 차지하는 작단의 풍토 속에서 본격문학의 품격을 유지하는 조정래의 대하소설의 잇따른 출현은 한국소설계에 적지 않은 충격을 던졌다. 여기에는 무엇보다 그의 대하소설이 우리 사회 전반에 횡행하고 있는 이념적 억압과 그 모순을 회피하지 않고 그것들과 대결을 벌이는 과정 속에서 망각하고 있던 우리들 삶의 순정성을 발견하게 할 뿐만 아니라 역사의 진전을 향한 욕망을 품게 한 것과 무관하지 않다. 조정래의 대하소설을 읽는다는 것만으로도 소시민은 역사로부터 비껴나 있지 않고, 역사의 현장에서 고동치는, 소시민의 내면 한켠에 자리하고 있는 시민적 양심과 만난다. 반공주의를 전가의 보도처럼 휘두른 국가권력의 전횡에도 불구하고 반공주의에 억압되지 않는 이념적 활달함으로써 역사와 삶의 진실을 추구하는 조정래의 서사적 웅전은 자칫 영원히 불구화될 뻔했던 우리의 역사와 삶의 건강성을 회복시키는 데 큰 몫을 담당해왔다.

그런데 조정래의 소설세계에서 이처럼 대하소설이 차지하는 위상으로 인해 그의 소설세계를 세 편의 대하소설로만 국한시킴으로써, 그의 다른 작품에 대한 해석의 지평이 외면받고 있다는 문제점을 들 수 있다. 사실, 조정래의 대하소설이 어느날 갑자기 쓰여진 것은 결코 아니다. 그는 1970년 월간『현대문학』에 단편「선생님 기행」이 추천 완료되면서 소설을 쓰기 시작한 이후 대하소설『태백산맥』의 집필을 시작하기 전까지 단편을 비롯한 중편 및 장편 소설을 지속적으로 발표해왔다. 말하자면, 대하소설을 쓸 수 있는 밑바탕에는 조정래의 또 다른 소설쓰기의 역량이 보증되고 있었기 때문이라는 사실을 직시해야 할 것이다. 그럼에도 불구하고 조정래의 소설세계에 대한 언급은 대하소설에 모든 초점이 으레 맞추어져 있다. 마치 약속이나 한 것인 양 조정래의 문학은 대하소설을 위해 존재하며, 대하소설만을 높이 평가하는 게 조정래의 문학 전부인 것으로 쉽게 인식한다. 물론 앞서 간략히 지적했듯, 조정래의 대하소설이 거둔 성과를 축소하거나 왜곡해서는 안 될 것이다. 하지만 한 작가의 문학을 목적론적 관점 혹은 환원주의적 관점으로 오직 그 작품의 출현과 가치를 위해서만 수렴시키는 것은, 해당 작가의 문학뿐만 아니라 그 작가가 활동한 시기의 문학을 온당히 이해하는 데 바람직하지 않다. 특히 조정래와 같은 경우 더욱 그렇다.

나는 이 글에서 조정래의 문학의 밑거름이 되고 있는 1970년대의 중단편을 검토해보기로 한다. 이것은 그의 문학을 대하소설로만 수렴시키는 데 대한 문제제기로, 한 작가의 문학에 대한 편중된 시각이 아니라 입체적 시각으로써 그 작가의 문학적 토양을 제대로 이해하기 위한 것이다. 하여 그 작가에 대한 신화적 해석의 지평에 갇힐 게 아니라 작가의 면모를 다각도로 해석할 수 있는 새로운 인식의 지평을 확보했으면 한다. 아울러 덧보태고 싶은 게 있다면, 1970년대의 문학에 대한 사적 이해를 튼실히 하기 위해 조정래의 1970년대의 중단편을 읽는 의의를 둘 수 있다. 아직도 현재 진행 중인 조정래의 문학을 1970년대의 영토로 가두어놓을 수는 결코 없다. 다만, 한 세대의 물리적 거리를 확보하고 있는 1970년대의 문학에 대한 연구의 본격화를 위해서도 그 시기에 활발한 작품 활동을 보인 조정래를 통해서 우리 문학사에 대한 좀 더 풍요로운 사적 이해가 축적될 수 있을 것으로 나는 생각한다.

꼭짓점 하나: 도시빈민과 근대적 일상의 구조적 폭력

조정래의 1970년대의 중단편을 이루는 한 꼭짓점은 서울에서 도시빈민으로 전락한 민중의 간난신고(艱難辛苦)한 삶의 현실을 다루고 있는 것이다. 조정래는 고향을 떠나 서울로 이주한 민중의 고달픈 삶을 다룬다. 생존을 위해 고향을 떠났으나, 그들은 서울에서 절대빈곤의 굴레를 좀처럼 벗어날 수 없다. 삶의 새로운 희망을 안고 서울 생활을 시작했으나, 그들이 품었던 희망은 온데간데 없이 휘발되고 그들의 힘으로 어쩔 수 없는 서울의 근대적 일상의 구조적 폭력에 속수무책으로 휘둘릴 따름이다. 근대적 삶의 생리에 익숙하지 않은 그들이기에 서울은 알 수 없는 두려움으로 다가오며, 그나마 파악하고 있는 서울의 일상마저 무엇 하나 그들의 삶의 안녕에 보탬이 되지 못하는 불안함 그 자체에 불과하다. 도시빈민으로서 사는 그들에게 "서울은 헤어날 수 없는 시궁창"[1]이며, "구더기가 득실거리는 똥통"(「동맥」, 『20년을』, 58쪽)처럼 온통 부정적인 것으로 파악된다. 서울은 그들에게 오직 절대빈곤의 나락에서 벗어날 수 있는 돈을 벌어들이는 곳에 불과하다.

---

1 조정래, 「동맥」, 『20년을 비가 내리는 땅』(범우사, 1977), 58쪽. 이하 이 작품집에 실린 소설의 부분을 인용할 때는 별도의 각주 없이 본문에서 (「작품명」, 『20년을』, 쪽수)만을 표기하기로 한다. 아울러 이 글에서 다룰 조정래의 1970년대의 중단편은 『20년을 비가 내리는 땅』과 『황토』(동아, 1989)에 실린 작품임을 밝힌다. 따라서 『황토』에 실린 작품의 부분을 인용할 때도 (「작품명」, 『황토』, 쪽수)만을 표기하기로 한다.

돈, 돈, 돈……. 돈을 벌어야 한다. 이렇게 춥고 배가 고픈 것을 면하려면 돈을 벌어야 한다. 엄마와 두 동생과 함께 살려면 어서 돈을 벌어야 한다. 돈이 없어서 엄마와 헤어졌고 돈을 벌려고 이 고생이다. 돈이 최고다. 꼰대의 입버릇처럼 돈은 뛰는 호랑이 눈썹도 뽑고, 아무리 죄많이 진 놈이라도 천당엘 보내주는 것임에 틀림없다. 돈이면 안되는 것이 없으니 말이다.(「빙하기」, 『20년을』, 21쪽)

"돈이 최고다"라는 발언에 집약돼 있듯, 서울에서 사는 하층민에게 돈은 절대적인 그 무엇이다. 아무리 서울이 부정적인 것투성이로 이루어져 있으며, 삶의 정상성을 파괴하는 지옥과 같은 현실이 지배적이지만, 모든 물산(物産)이 집중화되어 있는 서울은 돈을 벌어야 하는 생존의 전쟁터다. 이 전쟁터에서 살아남는 길은 돈을 악착같이 버는 수밖에 없다. 근대적 자본주의의 생리를 거부할 수 없다. 그 생리 중에서 간과할 수 없는 것은 이 땅에 존재하는 모든 대상을 자본의 교환가치로 환치시키는 일이다. 세상에 존재하는 그 어떠한 대상도 자본의 교환가치에서 자유로운 것은 없다. 물론 그 대상은 자본주의 세계에서 이윤 창출의 대상이어야 한다. 작가 조정래에게 이러한 자본주의의 냉엄한 생리는 도시빈민의 서울의 하찮고 자질구레한 생계에서 예리하게 포착된다.

구두 한 켤레를 닦으면 4원을 먹는다. 나머지 26원에서 운전수들이 10원을 먹고 16원은 꼰대의 차지다. 그런데 하루의 책임량이 70켤레. 일요일도 없이 뛰니까 한 달이면 대략 2천 백 켤레 정도가 된다. 그럼 줄잡아 한 달 수입이 8천 4백 원이 되는 셈이다. 그러나 그것이 그대로 수중에 들어오는 것이 아니다. 하숙비와 밥값을 떼야 한다. 4천 원이다. 그럼 수입은 4천 4백 원이 된다. 이것은 매일 70켤레씩을 닦았을 경우의 계산이다. 〈正〉자 12개에서 단 한 획만 빠지는 날에는 16원씩이 날아간다. 매일 한 획씩을 채우지 못하면 한 달에 4백 80원이 없어진다. 매일 〈正〉자를 12개밖에 못 올리면 도로아미타불, 한달 내내 뛴 것이 말짱 헛것이 되고 만다. 〈正〉자가 12개에서 한 획만 빠지면……생각만으로도 소름이 끼치는 일이다. 그때부터는 한끼의 밥을 굶어야 한다. 싹 깎아 버린 한 공기의 밥 그것마저 굶는다는 것은 곧 죽는 것이다. 4천 원 중 나머지 2천 원은 방값이기 때문이다. 그러니까 낚시꾼인 자신들이 책임량 70마리씩을 낚지 못해도 꼰대는 아무런 손해가 없었다. 그런데 책임량 이상을 낚았을 때는 한 마리당 4원씩의 이익이 4천 4백 원에 더해질 뿐이다. 물론 뜨내기 손님은 아무리 많아도 소용이 없었다. 두 운전수 아랑드롱과 개똥이 4원까지 합쳐서 개구리 파리 감추듯 해버리는 것이다.(「빙하기」, 『20년을』, 21~22쪽)

구두닦이 생활의 단면을 보여주고 있다. 구두닦이의 일상이 철저히 하루에 할당된 구두 수량과 닦인 구두의 비용과 수입으로 계량화되고 있다. 구두닦이의 일상은 구두 켤레와 비용으로 환치된다. 할당된 구두 수량을 소화하지 못할 경우 자연스레 하루의 수입도 줄어들며, 그에 따라 서울에서 목적한 바의 돈을 버는 기일 또한 지연된다. 그 기일이 지연된다는 것은 도시빈민으로서의 생활이 연장된다는 것을 뜻하며, 그것은 곧 서울에서 헤어날 수 없는 도시빈민의 수렁 깊숙이 빠져드는 셈이다. 11세에 상경한 길수가 구두닦이를 통해 빨리 돈을 모아 고급기술자가 되고 싶어하는 욕망이 그만큼 멀어지는 것이다(「빙하기」).

이렇게 구두닦이 생활의 단면에서 알 수 있듯, 서울은 근대적 자본주의의 계량화된 일상으로 도시빈민의 삶을 구조적으로 감금시킨다. 이러한 구조적 감금은 「동맥」에서 뚜렷이 그려진다. 비록 여공들의 삶은 길거리의 구두닦이의 삶보다 안정적인 것처럼 보이는 게 사실이지만, 여공들 또한 구두닦이들이 계량화된 일상의 구조로부터 자유롭지 못한 것처럼 공장의 제도화된 일상의 구조에 꼼짝없이 붙들려 있다. 「동맥」의 작중인물 분옥, 봉자, 길순은 모두 비슷한 처지에 있는 여공으로서 각기 이유들은 다르지만 고향을 떠나 서울의 공장 생활을 통해 착실히 저축을 하면서 나름대로 서울에서 성공할 꿈을 꾸고 있다. 그들은 공장을 믿고 자신들의 번 돈의 일부를 공장에 빌려주고 있었다. 그들뿐만 아니라 대부분의 노동자들이 그렇게 공장에 돈을 빌려주고 있었다. 그런데 정부의 '사채동결(私債凍結)' 조치 이후 공장 측은 지금까지 노동자들이 공장에 빌려준 돈을 당장 갚을 수 없다고 하는가 하면, 그나마 갚을 수 있는 이자마저 공장 측 중간 관리자들의 결탁으로 인해 사채로 변용되어 이자마저 변제받을 수 없다는 어처구니없는 소식을 접한다. 말하자면 노동자들은 공장에 빌려준 그들의 돈을 한 푼도 당장 변제받을 수 없고, 지금까지 빌려준 돈으로 공장측은 공장을 운영하고, 중간 관리자들과 사용자의 이윤을 창출시키는 데 전용되었을 따름이다. 작가 조정래는 공장 운영에 따른 금융의 구조를 전혀 알지 못하는 순진한 노동자를 철저히 이용한 공장 측의 가증스러움을 「동맥」에 전경화시킨다. 이 모든 게 돈을 벌어야 한다는 도시빈민인 노동자의 욕망을 자본주의의 구조적 일상으로 억압하고 훼손하는 서울의 부정성이다.

그런데 더욱 끔찍한 억압은 이 구조적 일상의 폭력의 실체를 뚜렷이 목도하면서도 그 구조적 폭력에 속수무책으로 당할 수밖에 없는 노동자의 현실이다. 경제적 어려움을 이기지 못한 길순은 자신의 몸을 뭇 남성에게 팔게 되어 급기야 임신중절 수술을 받는데 그 수술의 후유증으로 입원을 하게 된다. 설상가상으로 입원비 마련을 위해 길순의 친구들은 어찌할 바를 모르던 터에 분옥은 길순이 몸을 팔도록 중개해준 곳을 찾아가 자신의 몸을 판다. 길순과 분옥 모두 선택해서는 안 될 일인지 뚜렷이 알면서도 눈앞에 놓인 극한의 어려움을 벗어날 다른 방편이 보이지 않기에, 그들은 매춘을 통한 급전을 마련할 결단을 내린다. 돈의 마력은 그들의 최소한의 윤리적 감각마저 산산이 해체시켜 놓는다. 절대빈곤의 수렁은 이렇게 순진무구한 여성을 매춘녀의 처지로 내몬다. 공장 측의 금융적 구조의 부조리, 이 부조리의 상처로 인해 매춘녀로 전락할 수밖에 없는 일상의 가증스러운 현실, 그로 인해 영육에 깊게 패인 상처, 이 모든 게 도시빈민의 일상을 더욱 피폐하도록 만드는 서울의 근대적 자본주의의 구조악(構造惡)과 행태악(行態惡) 때문이다.

하지만 이러한 민중의 피폐한 삶과 현실 속에서도 작가 조정래가 포기하지 않는 게 있다. 분옥으로 하여금 "이런 꼴을 면할 때까지 난 악착같이 살아야겠다"(「동맥」, 『20년을』, 66쪽)라는 삶의 의지를 다지도록 한다. 비록 극한 상황에 내몰려 윤리적 감각마저 해체되는 현실에 놓였으되, 그들은 어떻게 해서든지 이 지옥과 같은 서울에서 당당히 한 개체로서 삶의 위엄을 지닌 존재로서 살겠다는 의지를 결연히 다진다.

이러한 삶은 중편 「비탈진 음지」에서 작중인물 복천영감을 중심으로 여러 각도에서 구체화되고 있다. 복천영감 역시 조정래의 다른 작품에서 곧잘 마주칠 수 있는 민중이며, 고향을 떠나 서울에서 삶을 살려고 한다. 앞서 읽어본 「빙하기」, 「동맥」의 인물들처럼 복천영감도 서울에서 적응하는 게 쉽지 않다. "지옥이 따로 없을 이런 세상"(「비탈진 음지」, 『황토』, 298쪽)인 터에, 시골 공동체에 익숙한 복천영감에게 근대적 자본주의의 숨가쁜 일상이란 도저히 이해할 수 없는 세상이다. 서울에서의 도시빈민들은 오직 자신의 생존을 위한 삶의 형식만이 존재할 뿐, 이웃을 위하거나 심지어 죽은 자의 영혼을 위무하는 형식에는 도통 관심이 없다. 가령, 죽은 자의 시신을 염(殮)도 하지 않고 이렇다 할 최소한의 장례식도 생략해버리는 서울 도시빈민의 삶에 대해 복천영감은 분노를 떠나 알 수 없는 서글픔으로 괴로워한다. 살아 있는 자들끼리의 생존 경쟁을 위해 어쩔 수 없이 속고 속이는 삶의 형식을 취한다고 하지만, 죽은 자에게까지 가혹한 삶의 형식을 강제하는 현실이 서글프다. 서울은 도시빈민에게 삶의 악다구니치는 형식만이 절대선이라는 사실을 맹목화 하는 것으로 파악된다.

이러한 서울의 온갖 일상의 구조적 억압과 폭력 속에서 복천영감은 마침내 자신의 직업을 찾는다. 공사판 잡역부, 길거리 노점상, 시장의 지게꾼 노릇 그 어느 것도 여의치 않다. 그가 해본 거의 모든 도시빈민의 일은 이미 그 일을 맡고 있는 또 다른 도시빈민의 기득권으로 인해 소외된다. 도시빈민이 다 같은 처지가 아니라, 도시빈민 내부에서도 엄연한 위계 질서와 권력의 수직 관계가 존재하기에, 이러한 질서에 익숙하지도 않고 이 질서를 받아들일 수 없는 복천영감은 여느 도시빈민과 같은 일을 할 수 없다. 그래서 선택한 게 칼갈이 일이다. 누구의 눈치도 볼 필요 없이 혼자 칼을 갈 수 있다는 것 자체가 복천영감이 서울에서 생존해나가는 삶의 방식이다.

하지만 정작 복천영감이 칼갈이를 선택하게 된 데에는 예의 혼탁한 서울에서 자존(自尊)을 지키며, 그동안 자신을 소외시켰던 존재들에 대한 복수의 형식을 발견하였다는 차원에서 파악해야 할 것이다. 그는 "단 한 번을 갈고 마는 한이 있더라도 뱃가죽에 기름기 절은 놈들에게 솟는 울분이 가실 만큼 칼을 멋대로 갈아주려는 심산이었다."(「비탈진 음지」, 『황혼』, 315쪽) 즉, 복천영감의 칼갈이는 근대적 자본주의의 구조적 일상의 억압과 폭력에 대한 민중의 저항적 행위와 다를 바 없다. 그는 "온갖 사나운 냄새를 다 기억해봐도 딱히 어울려드는 게 없는 야릇하고도 해괴망칙한 냄새", "서울만이 지니는 서울의 냄새"(「비탈진 음지」, 『황혼』, 307쪽)를 육자배기를 부르던 목청에 얹힌 칼갈이 칼로 베어내고 싶은 것이다. 때문에 그의 칼갈이 소리는 서울로 표상되는 근대적 도시의 전횡과 맞서는 소리이자 그 근대적 도시의 파행적 삶을 견디는 소리다.

꼭짓점 둘: 근대의 압축 성장과 사회구조의 병리적 증후

이렇듯 조정래의 1970년대의 소설에서 예리하게 포착되는 문제의식은 서울로 표상되는 근대적 일상의 구조적 억압과 폭력이다. 이것에 대한 가장 직접적 피해자가 도시빈민이라는 사실은 한국전쟁을 거치면서 전후의 참상을 복구하는 과정에서 파행적으로 추진된 도시화와 5·16군사쿠데타 및 10월 유신을 통한 개발독재의 산업화(혹은 근대화)에 연유한다. 여기서 간과할 수 없는 것은 일련의 강도 높은 근대화 추진으로 인해 우리의 삶이 구조적 병폐를 외면할 수 없게 되었다는 점이다. 조정래는 근대의 압축 성장이 야기한 사회구조적 병폐를 예각적으로 통찰해낸다.

우선, 조정래가 눈여겨본 것은 한국전쟁 이후 사회 전 분야에 걸쳐 팽배해 있는 레드콤플렉스 증후다. 어느 정도 레드콤플렉스로부터 자유롭다고 여기는 21세기에도 여전히 우리 사회를 짓누르고 있는 이 병리적 증후는 1970년대의 현실에서는 사회구성원을 관리하고 통제하는 효과적 통치술이었음은 새삼 강조할 필요도 없다. 우리의 근대화가 반공주의 이념과 공서(共棲)해왔음을 환기시켜볼 때, 사회적 근대화 추구에 따라 반공주의는 더욱 강화되었던 게 사실이다. 사회적 근대화와 반공주의는 동전의 앞뒷면과 같은 것으로, 한국전쟁 이후 사회적 근대화에 박차를 가한 우리 사회는 연좌제와 같은 제도를 통해 개인의 능력을 사회적으로 봉쇄하였다. 조정래는 우리 사회의 뿌리 깊은, 이와 같은 제도적 병폐를 응시하고, 그 문제점을 고발한다.

두 단편 「어떤 전설」과 「20년을 비가 내리는 땅」은 바로 예의 문제시각이 드러나 있는 작품이다. 「어떤 전설」의 작중 인물 준표는 학사장교로서 소위 임관을 앞두고 있는데 단장으로부터 청천벽력 같은 말을 듣는다. 한국전쟁 당시 납치 당한 줄로만 알고 있던 준표의 아버지가 자진 월북하였기에, 그는 연좌제에 의해 학사장교로 임관할 수 없다는 것이다. 준표는 집안의 경제적 어려움을 해결하기 위해서라도 학사장교로 군복무를 하는 게 절실하다. 그런데 그의 이러한 꿈은 연좌제에 의해 좌절되고 만 것이다. 이 소설에서 준표의 좌절이 문제적인 것은 준표 개인의 희망이 스러진 데 있지 않고, 한 개별자의 삶 자체가 철저히 사회구조적 제도에 의해 압살당하고 있다는 데 있다. 이것은 준표가 심한 존재의 박탈감을 이기지 못해 정관수술을 단행하기로 한 것과 밀접한 연관이 있다. 준표의 정관수술은 더 이상 이땅에서 연좌제와 같은 제도의 금기에 의해 자신의 아들이 사회적 희생양이 될 수 없다는, 준표 나름대로의 사회적 울분의 표출이다. 연좌제와 사회적 근대화는 이렇게 매우 견고히 고착되어 있었던 것이다.

이러한 연좌제로 인한 고통이 예사롭지 않은 것은 사회구조적 억압과 폭력으로 고스란히 전이되기 때문이다. 여기 웃지 못할 사건의 피해자가 있다. 「20년을 비가 내리는 땅」에서 작중 인물 이중현은 지하공작단 간첩 사건에 연루된 R월간 잡지사 편집장 혐의로 옥살이를 하고 있다. R월간 잡지는 불온 잡지인데 그가 이 잡지의 편집장이므로 그는 투옥되어 있다. 그도 그럴 것이 그는 '여수·순천 사건'에 연루된 이른바 빨갱이 가족으로서 연좌제의 시대적 고통을 견디고 있는데, 지하공작단 간첩사건과 관계 있는 잡지사 편집장으로 그의 이름을 올리고 있어, 그를 간첩으로 간주하는 것은 너무나 손쉬운 일이다. 그렇지 않아도 '여수·순천 사건' 이후 그의 집안의 내력을 조금이라도 알고 있는 사람들로부터 사회적 소외를 받고 있는데, 지하공작단 간첩사건과 연관 있는 불온 잡지의 편집장으로 그의 이름이 소개되고 있는 것은 연좌제의 억압을 더욱 강화시킬 뿐이다. 사실, 그는 그 잡지가 구체적으로 어떠한 색채의 잡지인지 전혀 모른다. 다만, 우연히 그는 집안의 당장의 경제적 어려움을 해결해야 하는데, 마침 어떤 잡지사 편집장을 맡아달라고 한 부탁을 받았을 뿐이다. 그것이 그만 그의 내력을 들추어내면서 그는 옥살이를 하게 된다. 그에 대한 혐의는 어떠한 구체적 확증도 없이 그의 집안의 내력을 향한 편향된 시각으로 인해 그 역시 간첩이 된 셈이다. 개별자의 진실은 철저히 묵살되고, 사회구조적 억압만이 정당성을 보증받는다.

개인의 진실을 철저히 외면한 채 사회구조의 폭압을 전횡하는 것은 우리의 사회적 근대화가 그만큼 불구화되고 있다는 점을 반증한다. 사회적 근대화의 불구하는 조정래가 지나칠 수 없는 비판의 대상이었다. 가령, 학교를 매개로 한 이러한 비판은 한국전쟁 이후 압축 성장을 가속화한 우리의 근대화가 야기한 병리적 증후를 겨냥하고 있다는 점에서 주목할 만하다.

「선생님 기행」은 우리 사회의 구조적 병폐를 신랄히 비판하고 있는 대표작이다. 주야 산업학교 신임교사 생활을 시작한 영걸은 이력서를 위조했다는 이유로 교사 생활을 시작한지 며칠이 되지 않아 해고된다. 이력서를 위조한 것은 사실이다. 그런데 그렇게 된 연유를 헤아려보면, 우리 사회가 얼마나 합리적인 것으로 가장한 비합리적 사회인지를 작가는 비판한다. 영걸의 군 제대는 무장공비 출현으로 인해 무려 6개월간 보류된바, 국가는 국가안위라는 미명 아래 군복무 기간을 합법적으로 다 마친 병사를 초법적 권력으로 복무 기간을 연장시켰다. 연장된 복무 기간의 날짜를 취직용 이력서에 적을 경우 영걸은 학교에 취직할 수가 없다. 그래서 그는 할 수 없이 복무 기간 중 며칠을 앞당겨 이미 서류상 복무를 다 마친 것으로 하였던 것이다. 이 사실이 발각되어 그는 공문서 위조죄로 해고당한 것이다. 그가 해고 당한 이유는 명백하다. 하지만 여기서 정작 작가가 비판하고 있는 것은 원래 정상적으로 군 복무 기간을 마친 개인에게 초법적 권력을 행사한 국가의 구조적 폭압으로 인해 결국 한 개인의 행복이 치명적 상처를 입었다는 사실에 있다. 영걸이 학교에 결근한 것은 바로 이와 같은 초법적 권력으로 인해 아직 수령하지 못한 제대증을 받기 위한 것이었는데, 학교는 이 사실을 용납하지 않는다. 학교는 학교 나름대로의 구조의 논리가 있는 것이다. 한 개인을 놓고 국가와 학교의 서로 다른 근대적 제도의 적용은 이렇게 개인의 행복에는 아랑곳 하지 않는다. 국가와 학교의 제도는 국가와 학교를 효율적으로 유지하고 관리하는 데만 혈안이 되어 있을 뿐이지, 그 제도 안에 있는 개별자의 삶과 진실에는 관심이 없다. 오직 제도 자체의 논리와 제도의 구조적 안정만이 중요할 따름이다.

이렇게 제도와 개별자의 관계는 어그러져 있다. 조정래는 이런 관계를 초등 학생의 반장 선거를 준비하는 과정에서 직시한다. 「이런 식이더이다」에서 보이는 초등 학생의 반장 선거 준비 과정은 성인의 정치 선거 과정과 매우 흡사하다. 온갖 수단을 써 선거에서 승리를 하기 위한 게 그동안 우리 사회의 얼룩진 선거 풍경이다. 관권 선거, 금권 선거, 흑색비방, 공약 남발 등 민주화를 향한 도정에서 자행되었던 갖가지 타락한 선거 풍경들의 압축판이 초등 학생의 반장 선거를 통해 반영되고 있다. 이러한 비판은 1970년대까지 지속되었던 우리 사회의 타락한 선거 풍토를 우회적으로 문제 삼은 것이다. 여기서 간과할 수 없는 것은 성인의 타락한 선거 풍토 자체에 대한 비판은 물론, 이러한 풍토를 조성하도록 팽배해진 사회 분위기와, 윤리 감각이 부재한 도덕 불감증이 큰 문제가 아닐 수 없다. 성인뿐만 아니라 초등학생까지 자연스레 그러한 사회 분위기와 도덕 불감증에 익숙해 있고, 이것은 근대의 압축 성장만을 위해 내달려온 우리 사회의 구조적 병리 증후를 드러내는 셈이다. 사회의 모든 분야에 타락이 만연해 있고, 우승열패(優勝劣敗)의 정글의 법칙만이 자연스러운 것으로 통용되는 사회구조적 병폐가 그 원인이다. 그나마 이러한 사회구조 속에서 윤리적 감각을 지탱하려는 소시민이 숨죽여 살아야 하는 게 1970년대의 쓸쓸한 현실의 한 풍경이다.

"엄마, 엄마 빨랑 문열어." 철대문이 곧 부서져나가는 소리가 났다.

"누구니, 누구?"

"나야, 나. 엄마, 나 반장됐어, 반장."

"어머! 기다려, 나간다, 나가."

그는 다후다이불을 머리까지 뒤집어 썼다.

"엄마, 자그마치 열 두표 차이로 이긴 거야, 열 두표."

"잘했다, 잘했어. 근데, 경식이 너 저금통 손댔지?"

"엄마 미안 쏘리. 그대신 반장됐잖어."

"그렇지만 아빠가 화나셨다."

"치이, 아빠 괜히 그래. 외삼촌 말대로 아빠 스케일이 좁은가 봐. 그치 엄마? 그러니까 과장밖에 못하지."

(중략)

"아야야…, 엄마 내 일을 봐준 애들한테 한턱 내야겠는데 차려줄 꺼야 안차려 줄꺼야."

"우리 엄마 최고!"

그는 몸을 부들부들 떨며 이빨까지 뿌득뿌득 갈고 있었다. 그건 몸살로 인한 오한 때문인지 그렇지 않은 다른 일 때문인지 그 자신 외에는 아무도 알 사람이

없었다.(「이런 식이더이다」, 『20년을』, 91~92쪽)

저금통을 깨 그 돈으로 반장 선거를 치른 아들 경식은 반장에 당선된 것을 매우 자랑스러워한다. 그 어머니도 마찬가지다. 어머니는 아들이 어른 선거 못지 않은 선거전략으로 당선된 것을 축하한다. 그러면서 그들은 윤리적 감각을 지닌 채 사회적 승진을 하지 못하는 아버지이자 남편의 흉을 본다. 남편은 그들의 자축 소리를 들으며 무서워한다. 그렇게 반장이 된 아들이나 그 아들을 부추기는 아내나 모두 타락한 사회 분위기에 무섭도록 잘 적응된 인물이며, 그들에 의해 우리 사회는 도덕불감증이 팽배해지고, 악화가 양화를 구축하듯이, 권모술수와 온갖 부정한 것들이 태연한 척 사회 곳곳에 스며들어 사회구조로 정착될 것은 불을 보듯 뻔한 일이기 때문이다.

부정한 것들이 부정한 것임에도 불구하고 사회구조와 공모한 관계 속에서 더욱 사회를 그렇게 방치하고, 그러한 사회 속에서 철저히 짓밟힐 수밖에 없는 것은 바로 개인의 진실이다. 「폭력교사」는 이러한 면에 초점을 맞춘 작품이다. 한 수학교사는 수업 시간에 잘못을 저지른 석호라는 학생을 때린다. 이 사건은 곧 신문에 보도되면서, 수학교사는 폭력교사의 혐의를 받고, 그의 진실은 은폐된 채 그는 학교에 사표를 제출한다. 평소 매를 들지 않던 수학선생이었기에 교장 선생은 그 연유를 밝히려고 하지만, 수학교사는 구체적 이유를 밝힐 수 없다. 그가 석호를 때린 이유의 밑바닥에는 석호가 그의 집에서 기숙하며 공부하던 시절, 그의 딸을 겁탈했는데, 그때 석호를 향한 분노가 석호를 향한 매에 실린 것 또한 사실이다. 하지만 그렇다 하더라도 아무 이유없이 석호에게 매질을 한 것은 아니었으며, 석호의 몸에 심한 손상을 입을 정도의 매질을 한 것 또한 결코 아니다. 이 모든 것은 신문사와 결탁한 석호네의 모략에 기인한다. 하여 수학선생의 진실은 여론의 호도 속에서 묻힌다. 개인의 진실은 부정한 것들이 결탁한 사회구조와 공모한 관계 속에서 철저히 왜곡되고 은폐될 수밖에 없는 것이다.

사실, 이러한 면은 작가 조정래가 1970년대의 암울한 사회구조적 현실을 우회적으로 겨냥한 것이라 해도 손색이 없다. 학교라는 공간 자체가 근대적 규율체제를 내면화시키는 공간이듯, 우리 사회의 근대화 과정에서 야기된 온갖 문제들은 학교의 근대적 규율체제와 매우 흡사한 작동 방식을 통해 지탱되고 있다. 말하자면 1970년대 근대화의 온갖 규율체제를 강요, 동의, 협력의 방식으로 사회구성원들을 향해 내면화시키는 과정에서 사회구조적 억압은 개인의 진실을 압살한다. 이 점을 조정래는 침묵하지 않고, 우회적으로 비판하고 있는 것이다.

꼭짓점 셋: 민족사의 상처 치유와 제3세계적 지성

1970년대의 조정래의 소설세계를 이루는 주요한 꼭짓점 중 하나는 민족사의 상처를 치유하는 소설쓰기다. 우리는 익히 알고 있다. 1970년대는 사회의 전 분야에서 민족민주운동의 불길이 거세게 타올랐으며, 박정희 정권의 '관주도 민족주의' 담론에 저항하는 '저항적 민족주의'에 의한 민족문학론이 정립되어갔다. 1960년대의 참여문학을 발전적으로 해체시켜 1970년대의 암울한 현실에 능동적으로 대응하는 진보적 문학운동이 민족문학으로 갱신되었다. 다시 말해 1970년대의 진보적 운동의 일환인 민족문학은 '관주도 민족주의'에 의한 어용적 색채의 관변 민족문학이 아니라, 일체의 부정한 권력에 저항하며 민족의 객관현실을 외면하지 않고, 민족적 위기를 타개해나가기 위한 민족민주운동의 거시적 맥락과 긴밀히 연동되어 있다. 조정래를 비롯한 그 당시 양심적 작가들은 이와 같은 민족문학의 문제의식을 공유하였다. 조정래가 1970년대에 발표한 중편 「황토」와 단편 「청산댁」, 그리고 꽁트 모음인 「잡음팔경」 등은 그의 민족문학의 성과를 유감없이 보여주는 작품들이다. (기왕 말이 나왔으니 하는 얘기지만, 그의 『태백산맥』, 『아리랑』, 『한강』 등의 대하소설에서 보이는 민족문학의 성과는 1970년대의 중단편에서 갈고 다듬은 문학적 성취가 밑받침되고 있다는 것을 간과할 수 있다.)

조정래는 중편 「황토」와 단편 「청산댁」을 통해 우리 민족의 아픈 상처를 어루만진다. 일제강점기와 해방공간, 한국전쟁 그리고 베트남전쟁을 거치는 역사의 굴곡 속에서 가장 큰 피해를 입은 여성의 고통스러운 삶에 주목한다. 그는 여성의 수난사에 귀를 기울이며 여성의 수난사가 곧 민족의 수난사임을 지속적으로 환기한다. 하여 「황토」의 점례와 「청산댁」의 청산댁이 감당해낸 수난이야말로 바로 민족의 수난과 다를 바 없다. 무엇보다 그들의 영육에 각인된 여성으로서의 모멸적 고통은 여성의 그것을 넘어 그 시대를 살아간 민족 구성원 전체의 그것으로 확산된다는 차원에서 문제적이다.

우선, 점례의 기구한 삶을 보자. 점례는 사춘기 시절 일제의 만행에 의해 죽게 될 처지에 있는 부모를 살리기 위해 주재소의 일본 주임에게 몸을 허락하여 일본 주임의 첩이 된다. 점례는 일본 주임으로부터 온갖 민족적 차별과 성적 놀잇감으로 학대를 받으면서 아들 태순을 낳는다. 이후 해방을 맞이하자 점례는 독립운동 투사의 아들과 정식 혼례를 치르고 세연이란 딸을 낳는다. 그리고 한국전쟁의 와중에 남편은 인민위원회 부위원장으로 점례의 눈앞에 나타나고, 남편의 이러한 활동 때문에 점례는 국군의 취조를 당한다. 이때 점례는 미군 장교의 신원보증으로 풀려났는데, 그 미군 장교 사이에서 아들 동익을 낳는다. 미군 장교는 점례와 동익을 남겨둔 채 미국으로 떠나고 없다. 점례의 이 기구한 삶의 편린에서 엿볼 수 있듯, 그녀는 일제강점기-해방공간-한국전쟁의 상처를 온몸으로 앓고 있다. 아버지가 서로 다른 자식들을 키워낸다는 것만으로도 점례의 순탄치 않은 삶의 내력을 헤아려볼 수 있다. 말 그대로 점례는 "등을 기댈 만한 바람벽 하나 없는 허허벌판"(「황토」, 『황토』, 102쪽)에서 생존해왔다.

내일모레가 쉰 고개다. 험악하게 살아온 세월이었다. 남은 것이라곤 세 자식

뿐이었다. 뒷바라지를 하느라고 뼈가 녹아내리도록 한시를 편안하게 쉬지 못하고 살아왔다. 그 자식들이 잘되는 것만이 소원이었고, 잘 되는 것으로 온갖 고생, 쓰라린 기억들도 다 보람으로 바뀔 수 있었다. 그런데 바램같지가 않았다. 하나로 돌돌 뭉쳐져서 의지가 되고 힘이 되어 살기를 바랬다. 그런데 자꾸만 흩어지고 있었다. 버그러지고 있었다. 각기 다른 세 자식. 그런 자식을 거느린 에미로서의 아픔을 씻기 위해서라도 그네는 뒷바라지에 모든 생활을 바칠 수밖에 없었다.

생각할수록 자신의 신세가 한스러웠다. 그네의 옆볼을 타고 내린 눈물은 베갯잇을 적셨다.

돌이켜보면 50평생 동안 사람답게 살아본 기억이라곤 세연이와 세진이를 낳아 기르던 3년 남짓한 세월뿐이었다. 아무려나 야속하고 원망스러운 사람은 남편이었다. 열 자식이 무슨 소용이 있는가. 여자에겐 남편이 하늘이고 법이고 길인 것이다. 자식들도 그 하늘의 빛을 닮아 사람이 되고, 그 법을 지키며 성인이 되고, 그 길을 따라 또 하나 남편이나 아내가 되는 것이 아니던가. 자신은 하늘도 법도 길도 잃어버린 채 20년을 넘게 살아오며 힘이 닿는 데까지 하늘을 열고, 법을 만들고, 길을 닦으려 고심하지 않았던가. 그러나 한갓 물거품에 지나지 않는 결과가 되고 만 것이다.(「황토」, 『황토』, 117~118쪽)

점례에게 남편은 부재하다. 남편의 부재는 곧 점례 자신이 남편의 역할을 맡아야 한다는 것을 말한다. 이것은 점례가 역사와 맞부딪치며 싸워야 한다는 것을 말한다. 싸움을 통해 자식들을 지켜내야 하는 것이다. 비록 우리 민족을 지배하여 제국의 소명을 다 한 아버지이고, 그 제국의 전횡적 지배의 흔적이 바로 그 자식들인바, 그 흔적마저 말끔히 씻어내고 싶지만, 점례는 자신의 영육에 새겨진 역사의 깊은 상처를 간직한다. 그 상처가 아물 때까지 상처에 아파한다. 그것이 점례의 피할 수 없는 숙명이다. 이 숙명을 점례는 감내한다. 작가 조정래가 점례의 상처를 섬세히 보듬어 안듯, 점례는 역사의 이 기구한 숙명을 응시한다. 자신의 과거를 정직하게 기록하는 행위를 통해 역사의 상처를 치유하려고 한다.

그네(점례-인용자)는 그 다음 줄부터는 자신이 살아온 평생의 이야기를 차근 차근 쓰기로 했다. 하루에 한 줄이건 두 줄이건 써서 다 쓰도록까지 5년이 걸리든 10년이 걸리든 계속 써나가리라 했다. 쓰다가 다 끝내지 못하고 죽어도 상관 없었다. 쓰는 데까지 써서 자신이 살아온 내력을 자신이 죽은 다음에 딸에게만 알리려는 것이었다. 행여 그때 통일이 되어 남편이 딸 세연이를 찾아 자신이 쓴 글을 읽게 된다면 그 이상 더 바랄 것이 없을 것 같았다.(「황토」, 『황토』, 120~121쪽)

「황토」의 대미를 장식하는 점례의 이 기록 행위는 여러 가지 의미를 내포한다. 흔히들 가부장중심의 역사관에 의해 여성의 수난사가 기록되곤 한다. 그럴 때 여성의 수난사는 거대사의 일부를 이루는 데 불과한 것으로 치부되며, 여성의 수난사에 깃든 또 다른 역사적 진실의 가치를 폄하할 수 있다. 조정래의 「황토」는 이러한 가부장중심의 역사관으로부터 벗어나 있다. 점례가 그의 과거를 기록하겠다는 것은, 지금까지 역사의 하위주체로서만 간주되어온 여성의 목소리를 통해 역사적 진실을 새롭게 추구하려는 작가의 욕망으로 읽어야 한다고 나는 생각한다. 여성의 목소리를 통해 역사를 기록하는 것, 그렇게 작성된 기록을 아들에게 물려주는 게 아니라 딸에게 물려주는 것이야말로 조정래의 「황토」에서 적극적으로 읽어야 할 대목이다. 여기서 딸 세연에게 점례의 파란만장한 삶의 내력이 기록된 것을 물려주는 것은 분단시대로 인해 당장 자유롭게 만날 수 없는 점례의 남편을 그의 딸 세연이가 만난다는 것이며, 이것은 달리 말해 분단시대를 넘어 통일시대를 갈망하는 작가의 민족적 염원이 투영된 것이라 해도 과언이 아니다. '일제강점기-해방공간-한국전쟁'을 거치는 동안 겪어야 했던 외세의 침탈과 민족 내부의 대립 갈등은 점례의 기록 행위를 통해 성찰되며 치유의 길 또한 모색되고 있는 셈이다.

「청산댁」의 청산댁 역시 점례와 대동소이한 민족사의 상처를 감내하고 있는 인물이다. 무엇보다 청산댁의 운명이 기구한 것은 베트남전쟁에 참전한 그의 아들이 주검으로 돌아온 것이다. 청산댁이 남편을 한국전쟁에 잃고 과부가 되었다면, 이제 청산댁은 베트남전쟁에서 아들마저 잃었다. 하여 아들의 아내는 청산댁처럼 전쟁에 남편을 잃은 과부가 되었다. 청산댁의 수난사는 청산댁에게만 국한된 게 아니라 청산댁의 며느리에게도 해당된다. 이렇게 우리의 민족사는 여성들의 수난사와 포개진다. 따라서 아들이 낳은 손자에게도 역사의 아픈 상처는 깊게 남을 것이다. 분단의 시대적 고통과 미국의 세계지배전략에 이용당한 약소 국가의 아픔은 청산댁의 손자에게 옮아갈 것이기 때문이다.

이러한 예각적 문제의식은 조정래의 1970년대의 소설세계에서 주목할 만하다. 무엇보다 그의 작품에서 미국에 예속당하는, 즉 신식민지의 현실에 놓인 우리의 자화상을 날카롭게 꿰뚫어보는 시각을 만날 수 있다. 물론 이러한 시각은 1960년대의 남정현에 의해 쓰여진 단편들에서 뚜렷이 드러나 있다. 하지만 남정현의 소설들이 시대적 폭압을 우회적으로 피하기 위해 알레고리적 서사를 통했다면, 조정래는 그 현실을 조롱하거나 풍자하는 방식을 통해 미국에 예속당하는 현실을 비판한다. 조정래의 이와 같은 문제의식은 1970년대 후반부터 비평계에 제출되기 시작한 제3세계문학에 대한 인식을 선취(先取)하고 있는 것으로 나는 생각한다. 8편의 꽁트를 묶은 「잡음팔경」은 조정래의 제3세계적 시각을 살펴볼 수 있다. 「잡음팔경」에서 겨냥하고 있는 것은 미군의 만행인데, 미군의 어처구니없는 행동을 신랄히 비꿈으로써 우리 민족의 현실을 주체적으로 인식하려는 태도를 발견할 수 있다. 이것은 제국의 오만함을 비판하는 제3세계적 지성의 건강성을 말하는 것이다. 하여 조정래는 한국여성을 편리할 대로 이용하여 마치 점령군의 군수물자로 전락하는 미군의 작태를 꼬집는가 하면(「잡음팔경-결혼」), 미군 클럽에서 스트립 쇼를 구성하는 춤사위로 악용당하는 우리의 아리랑을 제국의 소비문화로 쉽게 간주하는 데 대해 비판하는가 하면(「잡음팔경-아리랑·폴카」), 한국의 여대생을 매춘녀 취급하는 미군의 저속한 속물 근성에 대한 부정적 시각을 견지하는가 하면(「잡음팔경-40달러」), 미군 기지촌

중심으로 통용되는 미군을 위한 속어로 한국어가 심히 왜곡되는 현실을 적시한다(「잡음팔경-한국어」).

　　그런데 「잡음팔경」에서 특히 주목해야 할 것은 제국의 예속화되는 문제를 중층적으로 인식하고 있다는 점이다. 「잡음팔경-US ARMY BUS」가 그 대표적 작품이다. 조정래가 이 작품에서 크게 문제 삼고 있는 것은 민족차별과 인종차별이 서로 포개져 있다는 사실이다. 미군 흑인 병사와 카투사는 버스의 자리를 놓고 대립한다. 흑인 병사는 카투사가 한국인이라는 점을 주목하여, 미국이 한국보다 우위에 있다는 의식을 노골적으로 보인다. 주한미군에게 팽배해 있는 미국우월주의의 한 사례에 불과하다. 전 세계에 배치된 미군들이 팍스아메리카니즘의 구현물에 불과할 뿐이라는 점을 고려한다면, 흑인 병사의 이와 같은 의식은 유별난 게 아니다. 그런데 문제는 한국군에게도 있다. 한국군에게 흑인 병사는 미군이 아니라 흑인에 불과하다. 즉 한국군에게는 자신도 모르는 새 인종차별의 논리가 작동되고 있다. 만약 백인 병사였다면 한국군의 반응은 어땠을까. 이처럼 이 작품은 '한국/미국, 백인/흑인'이라는 민족차별과 인종차별의 문제시각을 극명하게 부각시키고 있다. 가령,

　　"너의 나라는 도둑놈, 거지, 양갈보 뿐이야. 갓뎀 코리아, 코리아 갓뎀."
　　정병장은 벌떡 일어나 앉았다.
　　"너 방금 뭐랬니?"
　　모리스 녀석은 옷을 벗어 팽개치며 외쳤다.
　　"한국엔 도둑놈, 거지, 양갈보 뿐이란 말야."
　　"새끼야, 조용히 해."
　　녀석은 놀란 표정으로 정병장을 멍하니 쳐다보고 있었다.
　　"야, 모리스 일등병님, 너의 나라에는 도둑놈이 없는 줄 알어? 야 임마 내 형이 미국엘 갔을 때 샌프란시스코에서 돈을 뺏겼어. 넌 밤에나 당했지만 우리 형은 대낮에 털렸단 말야. 해가 떠 있는 대낮이었다니까."

"흑인이겠지 뭐."

녀석은 멋적게 대꾸했다.

"흑인? 뻔뻔스럽게 틀림없는 백인이었다는 거야. 야 임마 시카고의 갱이나 라스베가스의 창녀들은 너의 나라 것이 아니라 영국 거냐? 아니 쏘련꺼로구나."

"그러나 한국보다는 많지 않아."

"그래? 네가 한국을 얼마나 많이 아니? 미안하지만 미군부대 주변에만 그런게 몰리는 거야. 너희들이 초대한 특별 손님이거든."

"어쨌든 한국은 흉악한 나라야."(「잡음팔경-병신 지랄하네」, 『20년을』, 351~352쪽)

와 같은 대화에서 민족차별과 인종차별의 심리는 노골적으로 드러난다. 백인 병사에 의해 한국은 철저히 '흉악한 나라'로 치부되고, 한국군에 의해 미국에서 범죄를 저지르는 사람의 대부분은 흑인이라고 단정 짓는다. 조정래는 이 두 가지 차별을 문제 삼는다. 이것은 다시 말해 조정래가 1970년대의 소설세계에서 선취한 제3세계적 문제의식이다. 백인 우월주의와 팍스아메리카니즘은 지구상에 그 어떠한 차이를 존중히 여기지 않는다. 「잡음팔경」에서 포착된 미군의 야만성은 백인 우월주의와 팍스아메리카니즘을 견고히 지탱시켜주는, 편협한 가치를 낳을 뿐이기 때문이다.

1970년대의 문학사를 풍요롭게 구성한 조정래

이 글의 서두에서도 언급했듯, 조정래는 1970년대의 문학사에서 중단편을 통해 한 시대의 삶을 정직하게 성찰하였다. 서슬 퍼런 유신체제 아래 그의 문학은 세 꼭짓점을 구축한다. 첫째, 도시빈민으로서 뿌리 뽑힌 자들의 삶을 외면하지 않고, 서울의 근대적 일상의 구조적 폭력 아래 살아가는 자들의 현실을 그린다. 둘째, 한국전쟁 이후 팽배해진 도덕적 불감증과 근대의 압축 성장에 의한 사회구조적 병폐를 해부한다. 근대화의 제도적 병리 증후를 예각적으로 포착해내고 있다. 셋째, 일제강점기-해방공간-한국전쟁-베트남전쟁에 이르는 동안 겪은 민족사의 고통을 외면하지 않는다. 특히 역사의 하위주체로서 소외된 여성의 수난사에 귀를 기울이고, 그 아픈 역사를 치유하는 노력을 다한다. 그러면서 제3세계적 인식을 갖고 백인 우월주의와 팍스아메리카니즘에 대한 비판적 성찰의 태도를 견지한다.

조정래의 1970년대의 중단편을 통해 읽은 예의 서사들은 1970년대의 문학사를 풍요롭게 구성해내는 데 큰 도움이 될 것이다. 무엇보다 민족민주운동의 맥락과 함께 그 서사들이 갖는 생명성은 빛을 발산할 것이다. 조정래의 1970년대의 중단편이 1970년대 민족문학사에서 그동안 혹시 소홀히 간주해온 부분을 깁고 보태는 데 생산적 역할을 했으면 하는 마음 간절하다.

폐허의 세계를 견디는
윤후명의 실크로드 여행서사

중앙아시아를 만나는 한국문학

한국문학은 중앙아시아와 실크로드를 어떻게 이해하고 있을까. 지정학적으로 극동 아시아에 기반하고 있는 한국문학이 중앙아시아와 실크로드에 대해 어떠한 연관을 맺고 있을까. 이것에 대한 탐구는, 좁게는 한국문학에 대한 심층적 연구의 새 지평을 모색하는 것이며, 넓게는 아시아의 문화에 대한 이해에 적극 동참하는 것이기도 하다. 이를 위해 기원 후 500년에서부터 1500년에 이르는 약 1000년 동안 아시아가 지구 문명의 흐름이 교차하며 인류 문화의 아름다운 가치를 활짝 꽃 피워냈다는 문명적 인식을 쉽게 간과해서 곤란하다.[1] 바로 여기서 중앙아시아와 실크로드가 맡았던 문명적 역할을 아무리 강조해도 지나치지 않다. 새삼 강조할 필요도 없듯 실크로드를 따라 광활하게 펼쳐지고 있는 아시아의 문화들이 있다. 실크로드는 단순히 비단을 거래하는 무역로의 역할로 한정지을 수 없는, 아시아와 유럽을 잇는 대륙 북방의 초원지대를 동서로 횡단하는 초원의 길, 남쪽의 아라비아해와 동남아시아의 인도양을 우회하여 동아시아로 이어지는 바닷길 모두를 포함한 데서 짐작할 수 있듯, 아시아와 유럽을 소통시켜주

---

1 스튜어트 고든, 『아시아가 세계였을 때』(구하원 역), 까치글방, 2010.

는 문명 교류의 숨길이기 때문이다.[2]

한국문화는 일찍이 중앙아시아와 실크로드에 대해 무관하지 않았다. 특히 최근 한국문학 연구에서 디아스포라에 대한 관심이 급증하면서 중앙아시아의 재소고려인의 문학이 본격적으로 연구되고 있는 것은 고무적인 일이다.[3] 스탈린의 강제이주(1937)로 척박한 중앙아시아로 삶의 터전을 옮긴 재소고려인의 삶과 현실에 대한 문학은 일국적 국민문학의 경계 안에 갇혀 있는 한국문학의 협소함을 반성적으로 성찰할 수 있는 계기를 제공해주고 있다.[4] 뿐만 아니라 재소고려인의 문학에 대한 연구를 통해 중앙아시아의 정치경제적 근대의 과제들에 대한 심층적 이해의 지평을 모색하게 됐다는 것은, 한국문학과 중앙아시아의 상호침투적 관계를 통해 아시아에 대한 심도 있는 이해의 길을 열었다는 점에서 매우 의미가 깊다.

이제 필자는 중앙아시아와 실크로드에 대한 한국문학의 성과에 주목하고자 한다. 특히 작가 윤후명(1946~)의 이른바 '실크로드 여행서사'에 집중하고자 한다. 재소고려인의 문학을 제외하고는 한국문학이 중앙아시아를

---

2 정수일,『씰크로드학』, 창비, 2001. 이 길을 따라 통일신라시대의 승려 혜초는 인도로 구법(求法) 기행을 시작하여 4년에 걸친 약 2만km의 대장정을 마친 후 당나라로 돌아와 인도와 중앙아시아의 서역 지방에 관한 사람들의 일상과 문화, 자연환경 등 모든 것을 〈왕오천축국전〉으로 기록하였다. 이 〈왕오천축국전〉은 8세기 인도와 중앙아시아에 관한 역사문화서로 그 중요성을 아무리 강조해도 지나치지 않다.

3 재소고려인 문학에 대한 주요 연구 성과는 다음과 같다. 김종회 편,『중앙아시아 고려인 디아스포라 문학』, 국학자료원, 2010; 고명철, 「재소고려인의 구전가요(노랫말)의 존재양상」,『문학, 전위적 저항의 정치성』, 케포이북스, 2010; 최강민, 「중앙아시아 고려인의 시에 나타난 조국과 고향」,『탈식민과 디아스포라 문학』, 제이앤씨, 2009; 김필영,『소비에트 중앙아시아 고려인 문학사』, 강남대출판부, 2004; 이명재 외 공저,『억압과 망각, 그리고 디아스포라』, 한국문화사, 2004; 이정선, 「구소련 지역의 고려인문학의 형성과 시문학 양상」,『한민족문화권의 문학』(김종회 편), 국학자료원, 2003.

4 특히, 재소고려인들 사이에 전해내려오는 구전가요의 경우 기록문학과 달리 옛 소련의 철저한 검열을 피해 재소고려인이 겪은 강제이주와 소수민족 차별의 참담한 현실을 한민족(韓民族)의 모국어로 부름으로써 그들은 이산의 고통을 견딜 수 있었다. 그들의 구전가요는 활자로 기록된 국민문학의 틀에 구속되지 않는 특유의 문학적 가치를 지닌 소중한 문학적 자산이 아닐 수 없다. 재소고려인의 구전가요에 대한 유일한 연구로는 고명철, 앞의 글을 들 수 있다.

문학적 상상력의 대상으로 삼는 경우는 드물다.[5] 필자가 윤후명의 '실크로
드 여행서사'에 집중하는 데에는 그의 소설이 한국문학의 길에 대한 상상
력의 지평을 중앙아시아와 접속하는 가운데 여행서사의 풍요로운 미의식
을 보이고, 그 과정에서 작가 특유의 1인칭 고백체 서사의 매혹을 발산하고
있는데, 이러한 작가의 여행서사가 한국의 역사현실에 대해 나름대로 서사
적 응전을 펼치고 있다는 점이다. 기존 윤후명에 대한 평가의 대부분은 사
회학적 상상력과 무관한, 지극히 개인적이고 유미적인 존재를 탐구하는 것
으로 보고 있는데, 필자는 이 같은 기존의 논의들을 비판적으로 성찰해본
다. 그리하여 윤후명의 '실크로드 여행서사'에 대한 기존의 주류적 논의로
포착하지 못한, 또 다른 쟁점을 부각하고자 한다.

윤후명의 소설에 대한 주류 해석의 문제

윤후명의 소설에 대한 논의의 대부분은 그 세부적 편차에도 불구하고
유사하다. 그것은 그가 1967년 '경향신문 신춘문예'를 통해 시인으로서 글
쓰기를 시작한 것과 긴밀한 관련을 맺는바, 그는 1979년 '한국일보 신춘문
예'를 통해 소설가로 등단한 이후 1인칭 시점을 줄곧 유지하면서 '서정소
설'[6]의 서사적 특장(特長)을 통해 탈사회학적 상상력에 기반한 개인의 내밀
한 세계를 천착하는 것으로 수렴된다.[7]

윤후명의 소설에 대한 이와 같은 주류적 논의는 윤후명의 소설을 이해
하는 데 적실하다. 하지만 쉽게 간과할 수 없는 것은 윤후명 소설의 미적 특

---

5   널리 알 듯이 이태준은 월북 직후 옛 소련을 방문하여 돌아와 『소련기행』(1947. 5)을 펴낸바, 그
는 『소련기행』에서 스탈린의 강제이주 당시 행방이 묘연한 조명희의 소식을 수소문하는가 하면, 재
소고려인의 삶에 대해 기록하였다. 한국문학사에서 중앙아시아는 이태준에 의해 이렇게 처음 문학
지평으로 떠오른다.

6   한용환, 『소설학 사전』, 고려원, 1992, 237쪽.

7   윤후명의 소설세계 전반에 대해서는 『작가세계』(1995년 겨울호)에서 집중적으로 조명되고 있다.

질을 해명하는 과정에서 논자들은 마치 약속이나 한 것인 양 그의 소설을 탈사회학적 상상력의 맥락으로만 읽어내고 있다는 점이다. 아무리 그가 작품 안에서 "거대한 역사의 수레바퀴가 어떻느니 저떻느니 하는 투의, 이른바 큰 이야기는 내 몫이 아니었다."[8]고 하든지, "저의 문학은 바깥으로 나아가 외치는 문학이 아니라 안으로, 안으로 파고들어 물음을 던지는 문학이라고 (중략) 이 작업을 저는 '자아의 탐구'라고 부르고 (중략) 우리 문학의 역사에서 개인의 자아의 탐구에 대한 문제야말로 가장 소홀히 취급되어 왔던 게 아닌가 하여, 저는 매우 갈급한 마음을 가지고 있습니다."[9]고 직접 발언을 한다 하더라도, 우리는 작가와 작품에 깊숙이 삼투되어 있는 사회학적 (혹은 정치적) 무의식을 쉽게 삭제할 수 없다. 이때 중요한 문제는 작가에 따라 사회학적 상상력에 대한 형상화의 심급에서 차이를 갖는 것이지, 사회학적 상상력 자체의 부재를 기정사실화하는 것은 문학과 현실이 맺는 일체의 관계를 부정하는 도그마에 사로잡히기 십상이다. 이것은 윤후명의 소설을 다각적으로 온전히 이해하는 데 그동안 심각한 장애로 작용해온 문제점이다.

우선, 무엇보다 주목해야 할 것은 윤후명의 소설에 대한 탈사회학적 상상력의 담론이 지닌 해석학적 타당성 여부이다. 이러한 해석학은 윤후명의 첫 소설집『돈황의 사랑』(1983) 이후 지속적으로 제출되고 있다. 그 핵심적 논의를 소개하면 다음과 같다.

① "윤후명의 소설은 거의 언제나 일정한 품격을 유지하고 있다. 그 품격은 대개의 경우 그의 감정이 진하게 배어 있는 문장과 삶에 대해 그가 갖고 있는 막막함, 삶이란 한 철학자의 표현을 빌면 무용한 정렬이라는 것을 아는 데서 생겨나

---

8   윤후명,「하얀 배」,『1995 이상문학상 수상작품집』, 문학사상사, 1995, 32쪽. 이하「하얀 배」의 부분을 인용할 때는 별도의 각주 없이 본문에서 (쪽수)만을 표기한다.

9   윤후명,「수상소감: 그렇습니다, '문학'입니다」, 앞의 책, 422쪽.

는 쓸쓸함에서 나오는 품격이다."[10]

② "윤후명의 소설은 자아인식을 획득하려는 한 인간의 어둡고 험난한 탐색을 다루고 있다."[11]

③ "자아의 실체를 확인하는 존재탐구의 과정을 환상적인 기행이라는 문법을 통해 추구"[12]

④ "사회적인 존재로서의 〈나〉를 포기하고, 사회적인 가치로서는 결코 환산될 수 없는 진정한 〈나〉를 찾기 위한 방법적인 결단"[13]

⑤ "그의 시적인 소설쓰기는 자아와 대상간의 동일성의 획득을 바탕으로 한 자기 동일적 정체성 탐색을 위해 채택한 형상화 방식이라고 할 수 있다."[14]

위 ①~⑤를 두루 포괄하는 문제의식은 지금까지 윤후명의 소설세계 안팎을 에워싸고 있는 주류 해석학이라 해도 과언이 아니다. 모두 한결같이 윤후명의 소설을 사회학적 상상력과 절연된 것으로 인식하고 있다. 심지어 예의 해석 외에는 온당한 읽기가 될 수 없다는 편견을 서슴없이 드러내기도 한다.[15]

그런데 이 같은 주류 논의에서 정작 문제 삼아야 할 것은 윤후명의 소설에서 지배적인 탈사회학적 상상력에 대한 형상화의 정교함과 그 미적 특질 또한 윤후명 특유의 사회학적(혹은 정치적) 무의식과 무관하지 않다는 사실이다. 뿐만 아니라 윤후명이 본격적으로 소설을 쓰기 시작한 1980년대의

---

10 김현, 「암울한 40대의 방황하는 삶」, 『두꺼운 삶과 얇은 삶』, 나남, 1986, 46쪽.

11 남진우, 「폐허, 그리고 미궁」, 『언어의 세계』 4집, 1985, 253쪽.

12 이광호, 「반문명적 리얼리즘을 향하여」, 『작가세계』, 가을호, 1990, 317쪽.

13 김만수, 「사소설의 한국적 변용과 그 의미」, 『작가세계』, 겨울호, 1995.

14 최현주, 「윤후명 소설의 '정체성' 탐색 양상」, 『한국문학이론과 비평』 8집, 2000, 311쪽.

15 강상희는 이상문학상을 수상한 윤후명의 작품세계를 논의하는 글의 첫 단락에서 "윤후명의 소설은 대체로 일상적인 삶에 대해 부정(否定)의 자세로 서 있다. 그 부정의 자세는 시대적 공분(公憤)을 요구하거나 당위적인 삶의 방식을 세우기 위해 의도된 것은 물론 아니다. **어떤 평자들도 윤후명의 소설에 그러한 독법을 들이댄 적이 없거니와**"(밑줄 강조-인용)라고 하여, 윤후명의 소설에 대한 탈사회학적 상상력의 독법을 마치 유일한 것인 양 대단히 편향적으로 인식하고 있다. 강상희, 「사랑과 환상의 빛」, 『1995 이상문학상 수상작품집』, 1995, 444쪽.

시대 현실과 전혀 무관하지 않는 점 또한 쉽게 간과해서는 곤란하다. 말하자면 윤후명 개인의 성장체험과 그가 시가 아닌 소설로써 험난한 시대 현실을 견뎌낸 점들을 대수롭게 보아서는 안 된다. 위 ①~⑤를 변주한 윤후명의 소설에 대한 주류 해석들에서 소홀히 간주한 것은 바로 이와 같은 점들을 눈여겨보지 않았기 때문이다. 가령, 윤후명의 초기 소설에서, 특히 그의 관념의 힘에 전적으로 기댄 중앙아시아의 서역과 관련된 문물(돈황 석굴, 누란, 미이라, 사막, 벽화, 사자춤, 공후 등)에 대한 서사적 집착을 '환상'과 관련하여 논의하고 있는 게 그 대표적 해석이다. 물론, 윤후명의 소설에서 몽환성의 서사적 가치를 부각하는 것은 중요하며,[16] 그러한 형상화를 통해 자기세계의 정립을 향한 서사적 진실을 밝혀내는 것은 한국문학사에서 아무리 강조해도 지나치지 않다. 하지만 이와 함께 규명되어야 할 것은 윤후명 소설에서 몽환성의 서사적 가치가 현실과 맺는 서사적 긴장이다.

그런데 이에 대한 논의가 전혀 없는 것은 결코 아니다. 문제는 이것을 본격적으로 다루지 않고 간헐적으로 언급하고 있을 뿐이다. 장석주,[17] 권명아,[18] 양진오[19]는 윤후명의 실크로드 서사에서 서사적 주체인 '나'의 내면 탐구가 현실에서 도피하기 위한, 즉 현실과 단절지은 채 고립된 자아에 자족하는 게 아니라는 점을 묘파하고 있다. 사실, 필자의 문제의식은 바로 여기에 있다. 윤후명의 철저한 '나'의 탐구는 작가를 에워싼 현실에 대한 서사적 긴장의 산물이다. 그렇다면 윤후명에 대한 새롭고 다각적인 해석은 여기에서부터 시작되어야 한다. 그럼에도 불구하고 이 점을 묘파한 논의들은

---

16 김주연, 「소리와 새, 먼 곳을 오가다」, 『문학과 사회』, 여름호, 2008, 491~498쪽.

17 "윤후명의 작품들을 보게 될 때 그의 소설들은 현실에서 비껴나 있는 것이 아니라 전면적인 현실의 수용—물론 문학적 차원으로의 전이를 바탕으로 한 것이다—을 통해서, 인간의 삶에 대한 새로운 전망을 제시하려는 의지의 산물이라는 점을 이해할 수 있다."(장석주, 「서역으로의 항해」, 『한 완전주의자의 책읽기』, 청하, 1986, 200쪽)

18 권명아, 「세계로 향한 구석, 무한으로 향한 내밀」, 『작가세계』, 1995, 겨울호.

19 양진오, 「여행하는 영혼과 여행의 소설」, 『작가세계』, 1995, 겨울호.

말 그대로 '묘파'에 그칠 뿐, 이에 대한 적극적 해석을 하고 있지 않다.

필자는 이에 대한 적극적 해석을 통해 윤후명의 소설에서 보이는 중앙아시아의 실크로드 여행서사에 삼투된 윤후명의 사회학적(혹은 정치적) 상상력을 살펴보기로 한다.

몽환의 비의성, 죽음의 시대에 대한 서사적 응전

윤후명의 실크로드 서사에서 우선 주목할 것은 실크로드를 실재로서가 아니라 관념의 여행의 형식을 통한 심상지리(心象地理)로서 포착하고 있다는 점이다. 그의 소설집 『돈황의 사랑』(1983)에 실린 세 편의 단편 - 「둔황의 사랑」, 「누란의 사랑」, 「사랑의 돌사자」에서 그는 실크로드와 관련한 이야기들을 매우 서정적 문체로 형상화하고 있다.[20]

여기서 그의 이 같은 소설을 온전히 이해하기 위해 다음과 같은 물음을 던질 필요가 있다. 작가 윤후명은 이 세편의 소설을 순전히 작가 개인의 문학적 상상력에 기반하여 쓰고 있는데, 그가 하필 중앙아시아의 서역에 서사적 관심을 가진 이유는 무엇일까. 이 세 작품은 기실 연작 소설이라 해도 과언이 아닌바, 이 세 작품을 통해 작가가 드러내고 싶은 소설적 전언은 무엇일까. 특히 이들 작품은 한국사회의 엄혹한 시대인 1980년대에 써진 것으로, 작가는 이들 작품을 통해 한국사회에 어떻게 서사적으로 응전하려고 했

---

20 여기서 짚고 넘어갈 게 있다. 윤후명은 소설집 『돈황의 사랑』(문학과지성사, 1983)을 발간하였다가, 여기에 실린 세 편의 소설 「돈황의 사랑」, 「누란의 사랑」, 「사랑의 돌사자」를 "다시 정리하면서 작가는 원발음에 가까운 표기를 위해서 [돈황(敦皇)]을 [둔황]으로, [누란(樓蘭)]을 [로울란]으로 고쳐 썼다. 뿐만 아니라 『돈황의 사랑』에서 『둔황의 사랑』으로 제목을 고치면서 적지 않은 분량을 잘라냈다. 작가적 차원의 묘사나 설명에 의존했던 부분들이 상당수 제거되"었다(최성실, 「자유로운 에로스, 사랑을 탐구하다」, 『둔황의 사랑』 개정판, 2005, 279쪽). 그렇다고 1983년 판과 2005년 개정판이 현저히 다른 것은 결코 아니다. 무엇보다 작가가 자신만의 실크로드 서사에서 형상화하고자 한 주제의식 면에서는 달라진 바가 없다. 필자의 연구가 원전비평이나 작가론에 있지 않고, 엄밀히 말해 주제론에 초점을 맞추고 있어, 작가의 주제의식 면에서 본질적 변화가 없으므로 2005년 개정판을 대상으로 연구가 진행되었다는 것을 밝혀둔다.

을까. 이 같은 일련의 물음에 대해 작가는 의미심장한 발언을 한 바 있다.

> (전략) 나는 비단길과 이어지는 우리의 정체성을 어떻게든 되살려놓고 싶어서 안달이 났었다. **나라 안에서는 독재 정권이 살벌하게 짓누르고 있었고, 나라 밖으로의 길은 족쇄에 채워져 있었다.**
> 그곳이 어디인가. 둔황은 중국 서역의 오아시스 도시로서, 실크로드에서 가장 융성했던 곳이다. 그리고 그곳에서 천불동으로 대표되는 유적이 발견된 것은 비교적 근래의 일이었다. (중략) 나는 그 사실에서 우리가 실크로드를 오가는 고리, 나아가 세계로 이어지는 고리를 보았다. 실로 만만찮은 '꼬투리'였다. 그러니까 **이 소설은 우리와 세계를 필연으로 이으려는 노력 아래서 쓰기 시작한 것이었다. 그것은 내가 세계를 받아들이는 한편, 나타내는 통로였다.**[21] (밑줄 강조-인용)

「둔황의 사랑」, 「로울란(樓蘭)의 사랑」, 「사랑의 돌사자」는 서역과 실크로드의 이야기들이 작가의 치밀한 서사적 배치로 이뤄져 있다. 그런데 여기서 간과할 수 없는 것은 위 작가의 말에서 알 수 있듯, 이들 작품이 한국 사회의 1980년대 독재 정권 시기에 써졌다는 게 작가를 짓누르고 있는 억압적 정치의식이었다는 사실이다. 군부 독재 정권은 민주화를 향한 시민의 염원을 억압하였고, 닫히고 감금당한 정치의식은 작가로 하여금 문학의 형식을 통해 이 엄혹한 시대의 폐쇄성을 도리어 넘어서도록 추동한다. 말하자면 작가를 에워싼 한국사회의 현실 국면은 민주주의를 질식시키는 죽음과 소멸의 시대이지만, 그럴수록 작가는 문학적 상상력을 통해 이 닫힌 시대의 죽음과 소멸에 굴복하지 않고, 살림과 생성을 향한 꿈꾸기를 포기하지 않는다. 윤후명은 이 꿈꾸기의 여정을, 지금은 사라지고 없어진 폐허의 유적 속에서 시도하고 있다.

달밤이다. 먼 달빛의 사막으로 사자 한 마리가 가고 있다. 무거운 몸뚱어리를

---

21 윤후명, 「작가의 말」, 『둔황의 사랑』, 문학과지성사, 개정판 2005, 271~272쪽.

이끌고 사구(沙丘)를 소리 없이 오르내린다. 매우 느린 걸음이다. 쉬르르쉬르르. 둔황 명사산의 모래가 미끄러지는 소리인가. 사자는 아랑곳없이 네 발만 차례차례 떼어놓는다. 발자국도 모래에 묻힌다. 달이 더 화안히 밝자, 달빛이 아교에 이긴 은니(銀泥)처럼 온몸에 끈끈하게 입힌다. 막막한 지평선 끝까지 불빛 한 점 반짝이지 않는다. 사막의 한복판에 사자의 그림자만 느릿느릿 느릿느릿 움직이고 있다. 세상은 정밀(精謐)하게 정체되어 있다. 움직이는 그림자도 정체되어 있는 것만 같다. 그래도 사자는 쉬지 않고 걷고 있다. 달빛의 은니가 낡은 시계의 온도금처럼 벗겨지고 있었다. 아득한 시간이 사막처럼 드러나고 그 가운데서도 사자는 하염없이 걷고 있다. 시간의 사막 역시 끝 간 데가 없다. 사자는 발밑만 내려다보면 걸음을 옮겨놓을 뿐이다.

로울란[樓蘭]을 지났는가.

둔황[敦皇]을 지났는가.

가도 가도 끝없는 허공을 사자는 묵묵히 걷고 있다. 발을 옮길 때마다 모래 소리가 들린다. 달빛에 쓸리는 모래 소리인가, 시간에 쓸리는 모래 소리인가. 아니면 서역 삼만 리를 아득히 울어온 공후 소리인가.[22]

작중 인물 '나'가 서역에 대한 관심을 갖기 시작하면서 집착하게 된, 둔황의 막고굴과 직간접 관계를 맺는 사자(춤), 로울란, 공후 등의 실체는 현재 흔적으로만 남아 있다. '나'는 관념의 힘을 빌려 이 흔적들의 관계를 사유한다. 이것들은 어떤 것을 공유한다. 그것은 세계에 대한 비관적 정감이다. "둔황의 벽화에도 그려져 있"(41쪽)는 사자는, 극동아시아의 "봉산, 강령(康翎), 기린(麒麟) 같은 황해도 땅에서 추는 해서(海西)탈춤 말고도 경상도의 수영(水營) 들놀음, 통영(統營) 오광대(伍廣大)에도 등장하고"(41~42쪽), "북청(北青) 사자놀이"(42쪽)로 널리 알려져 있는데, '나'는 이 사자(춤)과 연관하여 "일찍 세상을 떠난 아버지를 대신하여 나를 거둔 작은아버지"(42쪽)의 "실향민으로서의 향수"(42쪽)를 떠올린다. 즉 사자(춤)은 '나'에게 민중연희의

22 윤후명, 「둔황의 사랑」, 앞의 책, 118쪽. 이후 본문에서 소설집 『둔황의 사랑』의 부분을 인용할 때는 각주 없이 본문에서 (쪽수)만을 표기한다.

하나로 해학과 풍자의 정감이 지배적인 것으로 다가오는 게 아니라 아버지가 부재한 '나'의 슬픔과 실향민의 향수에 젖어 있는 작은아버지를 기억하도록 하는 촉매제 역할로 부각된다. 더욱이 '나'는 사자춤으로부터 탈춤 형성의 기원과 관련하여 전해내려오는 애환을 알게 되고, 중앙시아 서역을 향해 구법(求法)을 위해 험난한 여정을 떠난 "혜초가 서역 땅을 헤매며 사자춤을 접했으리라는 추리"(64쪽)를 한다. 말하자면 '나'에게 사자(춤)은 "백수(百獸)의 왕인 사자가 너훌너훌 춤을 추면서도 그 가죽 속에 고독한 진짜 얼굴을 감추고 있는 모습"(63쪽)으로, 사자의 탈 안에 가려져 있는 개별자의 서로 다른 처지를 감싸고 있는 것은 세계에 대한 슬픔이며, 그것은 곧 비관적 정감이다.

이러한 사자가 "매우 느린 걸음으로" 끝 간데 없는 "시간의 사막"을 "쉬지 않고 걷고 있다." 몽환적 사위에 에워싸인 채 서역의 사막 위를 걷는 사자는 '나'의 상상력 안에서 힘든 구법의 여정을 인내하는 혜초, 실향민의 향수에 젖어 있던 작은아버지, 탈춤 형성 과정과 연루된 애환이 깊은 민중, 애닯은 이별을 노래한 '공후인'의 연주자, 화려한 영광은 소멸하고 폐허의 유적지만 남은 고대왕국 로울란의 슬픔을 견딘다.

여기서 중요한 것은 흔적으로 남아 있는 것들은 세계에 대한 비관적 정감이 지배적인 것으로, 작가는 이 흔적의 연원을 찾아 관념의 여행을 떠난 것이고, 이 실크로드 여행서사를 통해 작가가 처한 1980년대 현실의 고통을 그 나름대로의 형상화로써 견디고 있다는 점이다. 지금까지 한국문학사는 윤후명의 소설을 1980년대의 현실에 대한 서사적 응전으로 온당히 이해하는 데 매우 인색하다. 민족민중문학 진영 리얼리즘 계열의 소설이 담당한 서사적 응전의 노력에 비해 윤후명의 소설이 지닌 서사적 응전의 진면목을 눈여겨보지 않았기 때문이다. 물론 그의 「사랑의 돌사자」에서 "광주민주화 운동이 일어나자 나는 극심한 위기의식으로 피가 끓기도 하고 싸늘하게 식기도 하여 그만 견딜 수 없이 매일 술만 퍼마시다가 도망치다시피 나라를 빠져나"(196쪽)왔다는 것으로부터 1980년대의 현실과 정면으로 맞서지 못한 소시민적 지식인의 허무주의적 나약성을 문제 삼을 수 있다. 하지만 윤후명의 소설에서 정작 새롭게 보아야 할 것은 모순된 현실에 대한 총체적 인식과 세계고(世界苦)를 해결하기 위한 전망을 향한 서사적 의지의 투철성 여부가 아니라 현실의 폭력으로부터 치유하기 힘든 상처를 입은 사람들의 일상 깊숙이 파고든 슬픔과 구조화된 폭력이 배태하는 소멸과 죽음의 두려움을 윤후명 특유의 '몽환적 서사'로 응전하고 있다는 사실이다.[23] 윤후명은 이 서사적 응전을 통해 1980년대 파시즘적 정권의 죽음과 맞서는 '영원한 생명'의 가치를 천착한다.

> 우리는 터미널 앞길에서 헤어졌다. 그들이 어두워오는 서울의 저녁 거리를 걸어가는 것을 잠시 바라보던 나는 어디선가 돌사자들이 살아 움직인다는 생각을 하였다. 사자빈신사의 네 마리 사자는 살아 움직이고 있다. 서역의 사자, 신라의 사자, 나아가 탑들, 조각들의 모든 사자는 살아 움직이고 있다. 일찍이 서역땅을 거쳐 우리나라 탈춤, 사자가 나오는 그 탈춤의 본고장인 봉산, 강령, 기린에 이른 사자, 그리고 모든 탑들의 돌사자.
> 둔황[敦皇]을 지났는가.
> 로울란[樓蘭]을 지났는가.
> 돌사자의 생명은 영원한 생명이었다. 저 고대의 나라를 다 지나 지금 우리들에게로 와서 살아 숨 쉬고 있는 것이었다. 그렇지 않고서야 우리가 공교롭게도 이 시간, 이 공간 속에서 만나고 또 헤어지고, 나름대로의 의미를 가슴에 아로새겨 달뜨고 아파하는 것도 허구가 아닐까 하는 생각이었다. 그런 가운데 사랑들은 그 영원한 생명을 노래하고 있었다.(「사랑의 돌사자」, 237쪽)

23　윤후명은 1980년대의 현실에 대한 서사적 응전에 대해 한 대담의 자리에서 다음과 같은 비판적 견해를 보인다. 이 비판의 핵심은 직접적 언급은 하고 있지 않으나, 민족민중문학 리얼리즘 계열의 서사적 응전을 겨냥한 것이다: "문학은 다의적이고 심층적이어야 합니다. 그동안 우리 문학은 너무 피상적이고 일시적인 사건들에 매달려 왔습니다. 언젠가 80년대의 문제작을 모아 놓은 책을 본 적이 있습니다. 그들 거의가 현안의 시국문제를 똑같이 다루고 있음을 보았을 때, 그것은 차라리 공포였습니다."(문흥술, 「한 고독한 구도자의 글쓰기」, 『작가세계』, 1995, 겨울호, 44쪽)

윤후명의 소설은 이처럼 '몽환적 서사'를 통해 흔적으로 남은 것들이 무엇 때문에 중요한 가치를 지닌 것인지 드러낸다. 그것은 '영원한 생명'이다. 특히, "돌사자들은 서울의 거리에도 살아 숨 쉬고 있다. 이 사실을 모르는 한 우리의 사랑도 헛된 장난에 지나지 않는다. 진실한 사랑에는 무엇보다도 생명이 중요한 것이며, 그것은 사자의 저 움직임, 나아가서는 몇 십억 년을 기다려야 한다는 빛나는 미륵 세상까지도 연결되는 것이다. 그렇지 않고서야 사랑은 완성되지 않는다."(237~238쪽)의 행간에서 읽을 수 있듯, 작가는 1980년대의 광기의 현실과 그 공포의 실체에 대한 저항의 육성을 작품의 전면에 드러내지는 못하지만, 사자빈신사(獅子頻迅寺)에 있는 한갓 돌로 이뤄진 네 마리의 사자가 조각된 탑으로부터 시공을 초월한 '영원한 생명'과 '진실한 사랑'의 가치를 발견한다. 이것이야말로 작가에게는 1980년 대 폭압의 시대를 견뎌낼 수 있는, 그리하여 광기의 현실을 극복할 수 있는 '몽환의 비의성'이다.[24] 윤후명이 중앙아시아의 서역을 향한 관념의 여행에서 발견한 이 '몽환의 비의성'은 한국문학사에서 특기할 만하다.

요컨대 윤후명의 서사가 1980년대의 민족민중문학 진영의 리얼리즘 계열의 문학과 같은 저항의 문학과는 미학적 거리두기를 하고 있지만, 그의 서사는 폐색된 한국사회를 넘어서기 위한 미적 고투를 벌이고 있다는 점에서 리얼리즘 계열의 문학과 또 다른 지점에서 미적 저항을 펼치고 있다. 그것은 그의 소설이 실크로드와 서역을 향한 세계를 통해 독재 정권 시기

---

24 이처럼 윤후명의 소설에서 주요한 서사적 역할을 맡는 '몽환의 비의성'에 대해 "환상은 치욕의 삶을 사는 인간의 자의식이 스스로를 구원하기 위해 만들어낸 숨구멍이다. (중략) 속악하고 폭력적 인 현실질서에 대한 거부와 분노, 치욕의 삶을 사는 스스로에 대한 자기모욕과 이와 등을 맞댄 자부, 그것들로부터 벗어난 자유의 삶에 대한 치열한 꿈꾸기 등이 뒤섞여 이루어진 아름다움이다."(정호웅, 「중앙아시아와 한국문학」, 『중앙아시아 고려인 디아스포라 문학』, 김종회 편, 국학자료원, 2010, 124 쪽)와, "그의 소설의 중요한 특징으로 '환상'을 언급할 수 있는데, 이 역시 현실과 동떨어진 허구나 몽상이라기보다, 현실의 구속에서 탈출할 수 있는 상상력이자 동경하는 것에 가까이 다가갈 수 있는 통로입니다."(김미정, 「척박한 시대를 건너는 고행과 구도로서의 소설」, 『20세기 한국소설』 34, 창비, 2005, 311쪽)라는 언급은 예각적이다.

의 죽음과 소멸에 맞서는, 즉 살림과 생성의 메타포를 향한 새로운 발견의 서사적 노력과 밀접한 관련을 맺는다. 둔황의 벽화에 그려져 있는 사자, 서역에서 전래하는 사자놀이, 그리고 한반도에서 북청사자놀음과 탈춤, 서역에서 전하는 공후인, 신라의 석탑에 온존히 남아 있는 사자탑, 고대 국가 로울란의 존재 등 이 모든 것들은 그 흔적과 자취만 있는 것이되, 작가는 과거의 이 화려하고 찬란한 실크로드의 문명의 생동감을 되살리면서 '영원한 생명'과 '진실한 사랑'이 지닌 정치감각을 메타포화한 것이다. 이렇게 중앙아시아의 서역은 윤후명에 의해 실크로드를 향한 관념의 여행의 형식을 빌어 심상지리로서 발견되고 있으며, 이러한 서사를 통해 1980년대 파시즘적 현실에 대한 서사적 응전을 나름대로 펼치고 있다는 점을 간과해서는 곤란하다.

폐허의 세계와 마주한 자기존재의 정립

작가 윤후명이 중앙아시아를 다룬 작품 중에는 관념의 여행이 아니라 작가의 직접적 체험을 다룬 작품이 있다. 두 단편 「사막의 여자」와 「하얀 배」가 바로 그것이다. 이 작품에서 작가는 지금까지 심상지리로서 형상화한 실크로드와 달리 직접 실크로드를 여행하는[25] 과정에서 목도한 것들에 대한 문화적 충격, 그리고 타국의 정치사회적 현실 속에서 자아를 성찰하는 모습을 보여준다.

「사막의 여자」에서는 기존 둔황에 대한 관념적 사유로부터 벗어나 작중 인물이 둔황의 막고굴을 직접 보고, 특히 그 지역의 여성과 뜻하지 않은 아

---

25 윤후명은 1991년 생애 처음으로 실크로드에 대한 여행이 아닌 실제 체험을 하게 된다. 그는 한국 문인협회의 주관으로 중국을 방문하여 북경, 상해, 서안을 비롯, 백두산, 돈황 등지를 여행하고, 1994년까지 4차례에 걸쳐 옛 소련 지역을 여행하였다. 이수형, 「윤후명」, 『약전으로 읽는 문학사 2』(근대문학100년 연구총서 편찬위원회 편), 소명출판, 2010, 735~739쪽.

름다운 사랑의 체험을 통해 둔황의 명사산 등성이에서 '사막의 생명'을 인지하는 경이적 체험은, 무엇 때문에 작가가 서역의 실크로드를 향한 서사적 욕망에 사로잡혔는가에 대한 이해를 돕는다.

> 비단길이 어디인가.
> 내가 있는 곳이 어디인가.
>
> (중략)
>
> 서울은 사막 저쪽에 저물어 있는 것이다. **그때 내게는 서울 땅도 역시 폐허에 다름 아니었다.** 그리고 나는 오랜 세월 헤매어온 내 삶을 절감했다. 진정한 사랑의 흔적을 남겨놓지 않으면 안 된다는 생각이 현기증처럼 내 머리를 스쳤다. 그리하여, **나는 문득 깨달은 것이었다. 폐허가 기도를 올리고 있는 한 그것은 폐허가 아니었다.** 숭고하지만 뜻 모를 그 무엇이란 바로 기도를 통해서만이 밝혀지는 진리이리라. 그것이 사랑의 완성이리라.
>
> 그러므로, **사랑한다는 것은 자기 자신의 존재를 확인하는 일에서부터 출발한다. 엄청난 침묵, 위대한 고독, 끝없는 절대 속에서 태어나는 기도가 그 길을 열 수 있을 것이었다.** 그리하여, 나는 이 세상의 모든 둔황, 모든 로울란을 거쳐, 그 찬란한 폐허를 거쳐, 하나의 탑을 내 존재 위에 세울 것이었다.
>
> 어두운 사막으로 별빛이 내려와 알알이 박히고 있었다.[26](밑줄 강조-인용)

작가 윤후명의 소설에서 특기할 만한 것은 "'에세이 소설' 즉, 작가-주체의 직접적 해소양식"[27]이란 적확한 언급에서 알 수 있듯, 그의 실크로드 여행서사는 "자아를 찾기 위한 모험이자 내면세계를 향한 여행"[28]이라 해도 과언이 아니다. 그런데 여기서 간과할 수 없는 물음은 자기존재의 탐구를 향한 여정을 추동하고 있는 작가의 사회적(혹은 정치적) 무의식이다. 필자

---

26 윤후명, 위의 책, 269~270쪽.

27 한기, 「모더니즘적, 나르시소스적, 소설정신의 원형질」, 『'94현대문학상수상 소설집』, 현대문학사, 1994, 508쪽.

28 김명석, 「한국 현대소설속의 돈황」, 『현대소설연구』 25집, 2005, 104~105쪽.

는 이 글의 2장에서 윤후명에 대한 주류 해석이 갖는 문제점을 비판적으로 언급한바, 윤후명에 의해 천착되고 있는 자기존재의 탐구는 세계와 단절된 상태의 자기세계로 침잠하는 것을 지양한다. 그의 자기존재의 탐구는 세계에 대한 서사적 긴장과 전혀 무관하지 않기 때문이다.[29]

위 인용은 「사막의 여자」의 마지막 부분으로서 작가의 실크로드 여행서사의 주제의식을 읽어낼 수 있는 부분이다. 생애 처음으로 서역의 둔황을 찾은 작중 인물 '나'는 동행인들로부터 외톨이로 남겨졌지만 혼자가 아니다. '나'는 낯선 서역의 여인을 만나고 사막의 언덕 위에서 서역의 연인들을 에워싸고 있는 "엄청난 침묵, 위대한 고독, 끝없는 절대"가 지닌 '사랑의 완성'을 마주한다. 그러면서 '나'는 "자기 자신의 존재를 확인"하게 된다. 실크로드를 통해 동서양 문물을 교류하는 무역상들이 중간 기착지의 역할을 담당했던 문화와 교통의 요충지였던 둔황의 그 생동감이 소멸한, 그리하여 현재 침묵의 유적과 황량하기 이를 데 없는 사구(砂丘)에서 자기존재를 근원적으로 성찰하며 재정립하려는 욕망을 드러낸다. 그것은 유적만 남은 서역의 둔황도 폐허이지만, '나'가 그동안 살고 있는 "서울 땅도 역시 폐허에 다름 아니었다." 윤후명의 소설에서 눈여겨보아야 할 것은 바로 이와 같은 진술이다. 이 문장에 깃든 의미를 온전히 이해하기 위해서는 윤후명 특유의 이른바 '시적 소설쓰기'의 특장(特長)에 대한 세밀한 고려가 필요하다. 윤후명의 소설을 이루고 있는 문장은 3인칭 시점 위주의 객관세계를 대상으로 써지지 않고 1인칭 시점의 서술 효과를 극대화한다. 특히 세계의 자아화를 통한 서정의 진술을 산문과 융합시키면서 윤후명 고유의 '시적 소설쓰기'의 매혹을 생성해낸다. 따라서 윤후명의 소설을 읽을 때 세밀히 고

---

29 이에 대해 양진오의 "윤후명 소설에서의 〈나〉는 여행을 통하여 생의 새로운 체험영역을 넓혀 나가면서 한편으로는 타자들과의 단절을 극복하려는 노력을 전개하고 세상 속에서의 예지를 체득하려는 힘겨운 정신적 고투를 전개하는 〈나〉이다. 그리고 〈나〉는 타자들을 〈나〉 안으로, 〈나〉를 타자 안으로 삼투시키어 새로운 〈나〉로 상승하는 발전적 교류지향의 〈나〉이다."란 언급은 경청할 만하다(양진오, 위의 글, 83~84쪽).

려해야 할 것은 시와 산문의 융합으로써 진술되는 문장들이다. 가령, "서울 땅도 역시 폐허에 다름 아니었다."와 같은 문장이 그것이다. 둔황을 여행하다가 뜬금없이 '나'가 떠나온 곳에 대한 주관적 상념이 개입한다. 주도면밀한 합리적 인식을 기반으로 한 문장의 논리 관계에 익숙한 독자에게 윤후명의 이러한 주관적 상념이 개입하는 문장은 자연스러운 독해에 걸림돌로 작용하기 십상이다. 그런데 윤후명 소설의 매혹은 이 주관적 상념을 지탱하고 있는 시적 인식으로, 여기에는 '나'와 관련한 숱한 사연들이 시적 진술로 용해돼 있다. 말하자면 '서울'이란 기표가 의미하는 것과, 서역의 '둔황'을 에워싸고 있는 것은 '폐허'와 관련한 그 무엇을 공유하고 있는바, 이 동일성의 관계 속에서 '나'는 그동안 망실하고 있던 자기존재를 성찰하고 훼손된 내면세계를 치유하고 있다.

이것을 해명하기 위해서는 윤후명 소설에서 4·19와 관련한 대목에 주시할 필요가 있다. 4·19는 1946년생인 윤후명에게 매우 중요한 서사적 원체험(原體驗)으로 자리한다. 아직 이렇다 할 사회역사적 인식이 정립되지 않은 십대 시절 작가에게 한국사회의 거대한 파고(波高)를 일으킨 4·19는 혼돈 그 자체였다 해도 과언이 아니다. 작가는 이것을 부산의 광안리 바다에서 해수욕을 하다가 목이 잘린 채 몹시 부패한 시체와 함께 헤엄을 친 '나'의 체험과 연관시키는데, 주목할 것은 하필 그 해수욕을 한 날과 4·19가 일어난 날이 우연히 같기 때문에 '나'의 감성의 맥락에서는 그 시체가 4·19와 밀접한 관계를 맺은 것으로 형상화한다(「로울란의 사랑」). 그런가 하면, 4·19 시위대열에 따라가던 '나'는 시간이 갈수록 시위대가 뿔뿔이 흩어진지도 모른 채 결국 외톨이로 남아 있는 자신을 문득 발견하게 되면서 순간 엄습해들어온 세계의 고립감으로 인해 "철저한 개인의 발견"[30]에 문학적 소명의식을 깨닫는다(「모든 별들은 음악 소리를 낸다」). 말하자면, 작가의 분신인 작

---

30 윤후명, 「모든 별들은 음악 소리를 낸다」, 『협궤열차(외)』, 동아출판사, 1995, 329쪽.

중 인물 '나'에게 4·19는 한국민주주의의 초석을 다진 역사의 혁명으로 인식된 게 아니라 심하게 부패한 목이 잘린 시체와 함께 헤엄을 쳤고, 민주주의를 향한 뜨거운 연대의 열정은 온데간데 없이 홀로 남겨진 고립자의 처량한 신세로 전락한 것으로 기억될 뿐이다. 4·19는 이렇게 '나'에게 '죽음'과 '폐허'를 연상시키는 음습하고 우울한 실체로서 '나'의 내면세계에 큰 상처를 남긴 것이다. 그러면서 '나'는 성찰한다. '나'의 자기존재를 세계로부터 소외시키는 이 폐허와 같은 세계에서 '나'는 누구인가. 역사의 격변과 연루된 그 알 수 없는 시체의 죽음의 진실을 무화시키는 이 폐허와 같은 세계에서 개별자의 진실은 도대체 무엇인가. 그렇다고 윤후명을 역사에 대한 부정과 허무주의에 치우친 작가로 인식하는 것은 곤란하다. 그에게 '나'의 자기존재의 탐구는 4·19와 관련한 서사적 원체험에서 알 수 있듯, 역사적 현실과 무관한 개별자의 존재론적 인식만으로 이뤄져 있는 게 아니라 개별자의 진실을 훼손시키는 세계와의 긴장 속에서 내밀히 탐구되고 있다.

이와 같은 자기존재 정립에 관한 서사적 욕망은 「하얀 배」의 중앙아시아를 통한 실크로드 여행서사에 주목하도록 한다. 특히 「하얀 배」에서는 옛 소련 붕괴 이후 중앙아시아의 소수민족으로서 힘든 삶을 살고 있는 재소고려인의 현실이 포개지고, 작중 인물 '나'의 과거 유신체제의 공포 현실에서 쫓기던 시절이 겹쳐지면서, 실크로드 여행서사를 통한 작가의 정치적 무의식이 그려지고 있다. 다시 말해 '나'가 한국을 떠난 중앙아시아에서도 세계의 억압과 공포로부터 고립되어 있는 것을 반복적으로 보임으로써 작가는 폐허와 다를 바 없는 폐색된 한국의 현실에서 주체를 억압하고 강제하는 정치로부터 온전히 벗어나지 못했음을 드러내고 있는 것이다.[31] 이렇듯이

---

31 가령, 「하얀 배」에서 '나'의 다음과 같은 진술을 보자: "어디론가 도망치기로 했다면 참으로 오지게 도망쳐 온 셈이었다. 방을 찾아왔다고 해도 그랬다. 이제야말로 아무도 모르는 곳으로 온 것이었다. 한국의 공권력이 기를 쓰고 미치지 않을 곳이라는 터무니 없는 생각을 왜 내가 하고 있는지 모를 일이었다. 나는 이제 당당한 한국의 공민이었다. 경찰이 핸드폰으로 조회해도 아무 염려 없는 확고한 주민등록증이 있었다. **내가 도망치던 시절은 아득한 유신 시절이었다. 그러나 나는 여전히 그 망령에**

억압과 감금의 세계로부터 벗어나지 못한 작중 인물은 중앙아시아의 카자흐스탄으로부터 키르기스스탄으로 나 있는 초원의 실크로드를 따라 이식쿨 호스를 보러 간다.

　"안녕하십니까."

　맑은 눈동자가 나를 바라보았다. 순간, 나는 너무나 또렷한 우리말에 놀라지 않을 수 없었다. 중앙 아시아에서 처음 들어 보는 또렷한 우리말이었다. 그리고 그 말 뒤에 '이 말은 우리 민족 말입니다'하는 말이 소리 없이 뒤따르고 있음도 또렷이 느낄 수 있었다.

　"아, 안녕하십니까."

　나는 엉겁결에 똑같이 따라 하고 말았다. 그와 함께 나는 그 단순한 인사말이 왜 그렇게 깊은 울림으로 온몸을 떨리게 하는지 형언할 수 없는 감동에 휩싸였다. 개양귀비 꽃밭이 수런거리고, 숲 속의 들고양이들이 귀를 쫑긋거리고, 커다란 까마귀들이 전나무 가지를 치고 날았으며, 사막쥐들이 이리 뛰고 저리 뛰고, 돌소금이 하얗게 깔린 사막으로 큰바람이 이는 광경이 눈에 어른거렸다. 천산에서 빙하가 우르르르 무너지는 소리가 들린다고도 생각되었다.

　나는 호수 건너 눈덮인 천산을 바라보았다. '그러나'라고 미진했던 마음이 그녀의 "안녕하십니까"에 눈 녹듯 스러지는 듯싶었다. 건너편 천산이 내게 "안녕하십니까"의 새로운 의미를 배워 주고 있다고 받아들여졌다. 멀리 동방의 조상 나라를 동경하며 하얀 배를 그리는 모습이 거기 있음을 알 수 있었다.(「하얀 배」, 63쪽)

　'나'는 초원의 실크로드를 따라 중앙아시아의 카자흐스탄에서 키르기스스탄으로 재소고려인 문류다를 만나기 위한 여정에서 '나'의 내면세계를 동시에 성찰한다. 여기서 온갖 어려움 끝에 도달한 이식쿨 호스에서 '나'는 마침내 재소고려인 여자로부터 "안녕하십니까"란 우리말을 듣게 된다. 중

쫓기고 있는 것이었다. 나는 놓여 났다는 자유와, 끈이 끊어져 버렸다는 허탈감을 동시에 맛보며, 옷을 입은 채로 꾀죄죄한 침대에 몸을 눕혔다. 잠이 들면서 나는 하얀 새와 하얀 배를 볼 수 있다면 다소 위안이라도 되리라 스스로를 다독거렸던 것도 같다."(「하얀 배」, 56쪽; 밑줄 강조-인용)

앙아시아의 재소고려인 사회에서 소멸하도록 강제받았으며 현재 좀처럼 들을 수 없는 우리말을 작중 인물 '나'는 이식쿨 호수에 와서야 직접 들은 것이다. 작가는 이를 통해 언어민족주의를 환기하는 게 결코 아니다. 강조하건대, 작가에게 중앙아시아의 실크로드 여행서사는 억압과 감금 그리고 혼돈의 현실 속에서 자기의 존재를 정립하지 못하다가, 이식쿨 호수와 같은 시원(始原)의 세계와 중앙아시아의 온갖 정치적 탄압 속에서 아직도 소멸하지 않은 우리말 본래의 생명력을 마주하면서 자기존재를 정립하는 계기를 제공해주는 역할을 한다. 여기서 쉽게 간과할 수 없는 것은 "안녕하십니까"의 우리말이 이식쿨 호수의 뭇 생명들과 한데 어우러지고 있는 "광경이 눈에 어른거"리고 있으며 "천산에서 빙하가 우르르르 무너지는 소리"와 조응하여 들리고 있다는 감각의 비의성이다. 이 과정에서 '나'의 내밀한 자기존재의 탐구가 이뤄지고 있다는 점이 중요하다. 필자는 이것을 윤후명 특유의 '응시'의 글쓰기로 생각한다.[32] 이 '응시'는 "중층적으로 존재하는 다른 차원의 시간성과 역사성을 함축한 직관"[33]의 능력인데, 이것은 존재를 분석 가능한 대상으로 나눠 인식의 유무에 따라 진리를 탐구하는 분별지(分別智)와 구분된다. 특히 합리적으로 인식할 수 있는 것과 없는 것의 명확한 구별을 통해 진리를 탐구하는 태도와 구분된다. 위 인용에서도 확연히 읽을 수 있듯, 윤후명의 자기존재의 탐구는 합리적 인식론에 기반한 근대적 주체를 탐구하는 데 몰두해 있는 게 아니라 과거의 시간과 현재의 시간을 겹겹으로 포개놓고, 주체와 주체를 에워싸고 있는 것들과의 비의적 관계를

---

32 '응시(gaze)'의 글쓰기에 대해 부연하자면, 필자는 이것을 구미중심주의의 세계문학과 구별되는 비서구 문학의 독특한 글쓰기이자 미학이라고 생각한다. 이 '응시'는 구미중심주의의 합리적 인식론의 토대를 이루고 있는, 즉 합리적 이성의 주체의 '시선(see)'과 구별된다. 주체와 타자를 명확히 구분하고 주체중심주의에 입각하여 뭇 존재를 명석판명하게 인식해야 하는 '시선'과 달리 '응시'는 비서구의 문화와 일상에 자연스레 녹아든 존이구동(存異求同)과 화이부동(和而不同)의 진리탐구의 태도 및 미학과 매우 친연성이 깊다. 이에 대해서는 고명철, 「'응시', 지구적 보편주의를 향한」, 『2011 만해축전 자료집(중)』, 백담사 만해마을, 2011을 참조.

33 누르딘 파라, 『지도』(이석호 역), 인천문화재단, 2010, 12쪽.

통해 자기존재의 세계에 천착하는 것이다. 때문에 윤후명의 '나'는 세계와 절연된 자아가 결코 아니다. 비록 폐허와 같은 세계로부터 상처를 받아 세계로부터 소외를 당하지만, '나'와 세계의 서사적 긴장은 '나'로 하여금 폐허 속의 '나'의 존재를 근원적으로 성찰하도록 하고, 그 과정에서 '나'는 역설적이지만 폐허가 지닌 생성의 힘을 새롭게 발견한다.[34] 즉 폐허의 세계는 '나'에게 부정과 환멸로 억압하는 것만이 아니라 세계의 폐허성과 그 폐허에 놓인 '나'의 존재를 성찰하는 여정의 길을 떠나도록 한다.

폐허의 시대를 견딘 윤후명의 문학

윤후명의 소설은 다른 작가의 소설과 크게 구별되는 점이 있다. 무엇보다 그의 소설은 산문정신과 달리 시적 요소가 지배적이다. 여기에는 작가가 본래 시인으로서 창작 활동을 출발했다는 점을 간과해서 안 된다. 그의 소설이 지닌 시적 매혹은 바로 여기에 있다. 그래서 기존 연구에서는 그의 소설을 산문정신이 결핍된, 그리하여 사회학적 상상력이 부재한 것으로 파악한다. 하지만 지금까지 읽어보았듯, 1980년대부터 작가가 각별히 서사적 관심을 둔 중앙아시아와 실크로드의 여행서사는 1980년대 한국사회의 엄혹한 정치 현실을 작가 나름대로 벗어나기 위한 문제의식의 일환이라 해도 손색이 없다. 실크로드 여행서사를 통해 작가는 한국사회에 팽배한 소멸과 죽음을 미적으로 전복시키기 위해 지금, 이곳에서 폐허로 남아 있는 서역의 둔황을 향한 여행길에 오른다. 둔황에 대한 관념의 여행과 실제 여행으

---

34 작가 윤후명은 이에 대한 한 대담에서 다음과 같이 언급한 적이 있다: "폐허는 단순하게 아무 것도 없는 것이 아니라, 인류 문명의 자취가 스쳐간 자리입니다. 그리고 완전히 죽은 폐허는 존재하지 않습니다. 생성과 소멸, 즉 폐허는 인류 문명의 두 가지 기본 축이지요. 결국 생성과 소멸의 순환과정이 바로 인류사의 전개과정이라고 생각되기에 저는 폐허를 통하여 삶의 본질을 파악하고 있습니다. 제가 돈황이나 누란에 깊은 관심을 나타내고 있는 것도 바로 이러한 측면과 연계지어 생각할 수 있을 것입니다."(권성우 · 우찬제, 「대담: 산업화시대의 낭만적 예술가의 초상」, 『문학정신』 1999. 7. 16~17쪽)

로부터 작가는 폐허의 현실 속에서 길을 잃고 방황한 '나'의 자기존재를 탐구하는 데 천착한다. 그리하여 서역과 실크로드는 작가로 하여금 한국사회의 폐색 속에서 망실해가고 있는 자기존재의 정립에 대한 뚜렷한 문제의식을 발견하도록 하고, 소멸과 죽음이 아닌 생성과 살림을 향한 사랑의 힘을 회복하도록 한다.

이와 같은 윤후명의 실크로드 여행서사는 작중 인물인 '나'가 10대에 체험한 4·19의 격변 속에 휩쓸린 채 개별적 존재에 대한 인식의 결여를 반성적으로 성찰할 뿐만 아니라 1980년대 광주민주화운동 속에서 도피하는 가운데 정립하지 못한 자기존재에 대한 문제의식과 무관하지 않다. 다시 말해 윤후명의 실크로드 여행서사를, 자기존재에 대한 탐구의 여정을 한다고 하여, 탈사회적(혹은 탈정치적) 맥락으로만 이해하는 것은 이제 지양되어야 할 것이다. 윤후명의 독특한 소설쓰기, 곧 몽환의 비의성과 '응시'의 소설쓰기는 폐허의 세계를 견디는, 민족민중문학 리얼리즘 계열의 소설쓰기와 또 다른 서사적 응전을 펼쳤다는 것을 간과해서 곤란하다.

소설을 쓰되 좀스럽게 쓰지말고
똑 이렇게 쓰랏다!

강준용의 소설 세계

강준용의 서사로부터 한국소설의 진경(眞景)을

문득, 김지하의 담시 「오적(伍賊)」의 첫 시구가 떠오른다. "시를 쓰되 좀
스럽게 쓰지 말고 똑 이렇게 쓰랏다." 하필, 작가 강준용의 소설 세계를 언
급하려는 터에 「오적」의 이 거칠 것 없고 호탕하며 자유분방하고 똑 부러
지게 세상의 이치를 일갈하는 절창이 자연스레 겹쳐지는 것은 무슨 이유일
까. 소리꾼 임진택의 질펀하고 맛깔난 판소리 가락과 한 몸이 돼 쩌렁쩌렁
울리는 「오적」의 이 첫 시구는 세계와 결코 간단히 타협하지 않으려는 예
술인의 결연한 미적 저항을 드러낸다. 고백하건대, 나는 이번 작품집에 실
린 강준용의 8편의 소설을 읽는 동안 "소설을 쓰되 좀스럽게 쓰지말고 똑
이렇게 쓰랏다."로 바꿔 압축할 수 있는 비평적 전언과 만난다.

강준용은 1986년 단편 「철석골의 막장」과 1988년 단편 「하얀궁전」이
『월간문학』에 당선된 이후 작가로서 묵묵히 외곬을 가고 있다. 그는 주류
문단과 거리를 두면서, 강준용만의 독특한 소설 세계를 정립하였다 해도
과언이 아니다. 나는 이번 8편의 소설을 읽으면서, 그로부터 방외인(方外人)
의 치열성과 핍진성에 대해 성찰해본다. 소름 끼칠 정도로 냉철히 파헤치
는 그의 서사적 문제의식은 어떤 것도 그의 도저한 부정의 정신과 비판의
식을 가로막을 수 없도록 한다. 세계와 존재의 비의성을 에돌아가지 않고,

단숨에 파고드는 그의 소설은 '서사의 마성' 혹은 '마성의 서사'를 유감없이 드러낸다. 하여, 그의 소설은 비루한 세상을 이야기하되, 비루한 세상에 굴복하는 게 아니라 비루한 세상을 향해 두 눈을 부릅뜨고 응시하며 보란 듯이 이 세상을 넘어서는, 김지하의 「오적」과 또 다른 미적 저항의 매혹을 발산한다.

한국소설의 양적 팽창은 어제 오늘의 얘기가 아님에도 불구하고 산문정신의 가치를 벼리는 한국소설의 진경(眞景)을 마주하기 힘들다고 한다. 하지만 한국소설이 아직 낙담하기는 이르다. 지금까지 우리가 간과해온, 아니 외면해온 강준용의 서사로부터 한국소설의 진경을 기대할 수 있기 때문이다.

'경계'에서 자기구원의 서사적 고투

강준용의 이번 작품들 중 「숭선에서」와 「나를 찾는 술래」는 존재의 본래성을 회복하기 위한 서사적 고투가 돋보이는 수작(秀作)이다. 날이 갈수록 부박한 사회를 살고 있는 우리는 정작 우리들 본연의 주체성을 몰각하고 있다. 한때 우리는 탈근대주의의 도래와 함께 도구적 이성중심주의를 비판한다는 미명 아래 이성적 사유를 하고 몸소 삶을 살아내는 '나', 즉 주체를 비판하는 데 안간힘을 쏟은 적 있다. 한국사회의 특수성을 살고 있는 '나'의 주체에 대한 탐구를 철저히 하지 못한 채 서구의 탈근대주의 광풍에 휩쓸리는 가운데 '나'에 대한 탐구의 넓이와 깊이를 획득하기는커녕 '나'를 몰각한 타자에 대한 관심으로 급격히 이동하였다. 늘 그렇듯이 한국의 지식사회가 새것 콤플렉스의 미망에서 허우적대고 있는 것은 예나 오늘이나 달라진 게 없다.

그런데 강준용은 이와 같은 새것 콤플렉스를 가차 없이 부정한다. 그에게 절실한 서사적 탐구 과제 중 하나는 이 악무한의 현실을 살고 있는 '나'

의 훼손된 본래성을 복원하는 일이다. 이를 위해 그는 '경계'를 찾아나선다. '경계'는 그의 서사의 심층을 이해하는 매우 중요한 서사적 특질이다. 그에게 이것은 망실하고 있는 자신의 본래성을 성찰하고 회복하기 위한 어떤 치유의 몫으로 기능을 하고 있다. 삶의 복판에서 횡뎅그렁히 내팽개쳐진 '나'를 온전히 치유해줄 수 있는 곳은 삶의 변방 끝인 '경계'다. 가령, 「숭선에서」의 경우 북한과 국경을 마주하고 있는 "두만강의 최상류 마을 중 마지막 마을"인 중국의 숭선이 바로 그러한 곳인바, '나'는 숭선에서 서울의 화려한 근대문명 속에서 입은 자기의 상처를 정화시키고 있는 셈이다. 한때 '나'는 서울에서 '붉은여우'의 삶의 경계 저편에서 '나'의 상처를 추스르고자 하였으나, '나'의 상처는 크게 덧나기만 할 뿐이었다. 이제 '나'는 숭선에서 강 건너 저편의 경계를 꿈꾼다.

> 강 건너에 무엇이 있는지를 알지 못한다. 눈발 속에 든 나직한 집들과 여유롭게 구부러져 있는 고샅이 살갑게 보일 뿐이다. 집 앞의 텃밭과 집을 둘러 쳐놓은 판자 담장에는 그 어떤 단절의 기미가 없다. 집 앞을 흐르는 개울이 화려한 유람선이 지나가는 한강이 아니라도 참 아름답다. 비허구성으로 드러난 외경에서 경계선에 대한 해답이 없을까. 포플러 우듬지를 날아오른 까마귀 두 마리가 두만강을 건넌다. 까마귀는 강 저쪽에 대한 정보를 알 것이 분명하다. 기류에 따라 비행하는 그 까마귀의 유연한 날갯짓과 이동의 속도 그리고 눈발과 대조된 검록색의 조화로움 같은 것들로부터 답을 찾을 수 있을지 모른다. 그때쯤 나는 경계선 저쪽에 대한 사정을 거짓말로 들려줄 줄 아는 지혜도 가지리라.(「숭선에서」)

비록 숭선과 마주하고 있는 두만강 건너는 '나'가 속한 국민국가와 적대 관계를 이루고 있는 곳이어서 함부로 방문할 수 없는 곳이지만, 그래서 강 건너의 세계를 잘 알 수 없지만, 숭선에서 보이는 강 건너의 풍경은 근대의 국민국가가 인위적으로 만들어놓은 국경이 얼마나 허구적인 것에 불과한지를 실감하도록 한다. 정치적 이념을 비웃기나 하듯 강을 자유롭게 건너는 까마귀의 유영(遊泳)으로부터 '나'는 근대문명이 입힌 온갖 상처를 치유할 수 있는 지혜를 향한 욕망을 품는다. 이렇게 숭선이란 '경계'는 '나'의 자기구원을 위한 성소(聖所)나 다름이 없는 곳이다.

'나'의 자기구원. 이 문제는 강준용의 소설 세계의 밑자리에 똬리를 틀고 있는 '서사의 윤리'라 해도 손색이 없다고 나는 생각한다. 「나를 찾는 술래」에서 이 문제는 매우 밀도 있게 탐구되고 있다. 작중인물 '나'는 "실존하면서도 존재 무의한 낮달처럼 그 자신 또한 허구의 인물이 되어 세상이란 틀 속을 떠돌고 있다"는 데 대해 괴로워한다. 여기에는 '나'의 유소년 시절 동네의 대장 노릇을 한 '우봉'이란 여자로부터 '나'가 그녀의 성적 유희의 대상으로 전락함으로써 씻을 수 없는 수치스러움을 극복하고자 하는 것과 직접 관련이 있다. 하여, '나'는 '우봉'을 만나 복수하고 싶다. '나'는 "그녀가 시키는 대로 수수밭과 감자밭 그리고 그녀의 집 근처의 개울가에 누워 낮달을 바라보"면서, 그녀의 성적 유희의 대상이 되었던 유소년 시절에 대한 복수를 하려 한다. 자신만 태양을 소유할 수 있고, '나'에게 낮달만 소유하도록 한 그녀에게 낮달을 되돌려주고 싶다. '나'는 잃어버린 태양을 그녀로부터 되찾고 싶다. 그래서 '나'는 수소문을 한 끝에 고향의 술집에서 작부 생활로 생계를 꾸리고 있는 '우봉'을, 손님의 신분으로서 그녀를 성적 유희의 대상으로 삼는다. 하지만, 왠지 '나'의 "인생보다 더 밑바닥에서 자신을 분실하고 살아가고 있는 우봉이에게 도리어 태양 하나를 더 갖다 주고 싶었다." 유소년 시절 어지간한 남자보다 드세 보인 '우봉'이 우리에게 태양을 소유한 것처럼 보인 것은 그녀 역시 간난한 삶으로부터 자신을 지켜내기 위한, 그렇게 해서라도 억척스레 자기의 삶을 자기 스스로 구원하려는 처절한 몸부림이었던 것이다. '우봉'도 사정이 다를 뿐, '나'와 다를 바 없는 낮달을 평생 지니고 살아온 가엾은 인생이란 것을 '나'는 진심으로 이해한다.

한낮의 태양과 달, 하나는 눈이 부셔 쳐다보지를 못하고 다른 쪽은 눈을 씻고 찾아야 한다. 같은 장소에 존재하면서도 전혀 다른 습성을 지닌 태양과 낮달처럼, 그도 뭇 사람들과 상존하면서도 실존의 의미를 부여받지 못하는 불화음스러운 존재였다.(「나를 찾는 술래」)

그렇다. 바로 여기서 작가 강준용 특유의 '경계'에 대한 또 다른 사유의 힘을 읽을 수 있다. 한낮 동안 태양과 달은 상존한다. 다만 우리는 태양의 강렬한 빛에 가려 낮달의 실체를 보지 못하거나, 그것을 본다고 하더라도 태양보다 열등한 것으로 간주하곤 한다. '나'가 '우봉'에게 상처를 입은 것처럼, 또한 '우봉'이 그 나름대로 강퍅하고 곡절 많은 삶 속에서 숱한 타자에게 상처를 받은 것처럼, 기실 우리의 삶은 태양과 낮달이 상존하되, 늘 불협화음을 이루고 있는 것이다. '경계'의 삶이란 이처럼 불협화음을 이루며 사는 것이다. 어느 쪽에서도 뿌리내리지 못한 채 삶의 복판을 가로질러 벼랑 끝에 서기를 주저하지 않는, 이 불협화음의 삶 속에서 '나'의 주체성은 늘 깨어있다. 바꿔 말해 작가 강준용은 깨어있음으로써 자기구원이란 서사의 윤리 문제와 정면으로 맞장을 뜨고 있다.

암연(黯然)의 사위에서 피어난 삶의 충일감

'경계'에서 자기구원을 위한 강준용의 서사적 고투를 보며 우리를 멈칫하도록 하는 게 있다. 그것은 어둠을 응시하면서 어둠을 넘어서는 데서 생성되는 강준용의 미학이다. 그의 소설을 관류하고 있는 이 어둠에 대한 독특한 형상화를 간과해서는 그의 소설의 미학이 발산하는 아름다움의 가치를 소홀히 여길 수 있다는 점에서 이것은 문제적이다.

이를 여실히 읽을 수 있는 작품은 「문장 없는 귀족」이다. 이 작품은 일종의 하드보일드류의 서사를 떠올리는 바, 예컨대 고딕픽션(gothic fiction)의 서사와 밀접한 연관을 맺고 있다. 널리 알 듯이 18세기 이래 예술 전반에 나타난 고딕 예술에 대한 부흥은 계몽주의적 이성으로부터 추방시키고자 했던 광기, 야수에 대한 새로운 발견을 통해 인간을 도리어 억압했던 계몽주의적 이성에 대한 미적 전복을 시도하였다. 하여, 이성의 경계 안쪽에서 도저히 포착할 수 없는 인간의 또 다른 측면, 즉 인간의 야수성에 대한 미적 성찰의 지평을 확보한다. 「문장 없는 귀족」에서 주목해야 할 것은 "세상에 가장 필요한 것은 돈이다. 돈만 있으면 모든 것이 해결된다. 돈이 바로 목숨이다."에서 단적으로 알 수 있듯, 돈을 절대적으로 물신화하는 아버지의 철저한 가르침을 받은 사채업자가 전과 5범의 납치자에게 납치를 당해 목숨이 위협받고 있는 극한 상황을 어떻게 해서든지 모면하려고 하는 모습 속에서 복잡한 인간의 내면 세계를 작가가 추적하고 있다는 점이다.

여기서 매우 흥미로운 것은 사채업자가 납치를 당한 이유와 삶을 포기한 채 죽음을 기꺼이 수용하는 내면의 풍경이다. 납치범은 사채업자의 많은 돈을 노리고 의도적으로 납치한 게 아니라 사채업자가 타인을 비하하는 일상적 습관으로 인해 우연히 마주친 자신을 마치 사채업자의 하인인 것처럼 막 대하는 것에 대한 분노로 그를 납치했다. 그래서 사채업자를 감금한 후 그의 목숨을 위협한다. 이 일련의 납치에 대한 인과 관계는 합리적 이성으로 이해할 수 없는 것이다. 더욱이 사채업자는 자신의 목숨에 대한 대가로 많은 돈을 납치범에게 주려고 하는데도 불구하고 납치범은 돈에 연연해하지 않는다. 그렇다면 이 납치와 감금 그리고 목숨에 대한 위협을 어떻게 이해해야 할까. 납치범은 사채업자에게 돈의 물신화에 대한 심판자로서 군림하고 있는가. 납치범은 이 세상에 생명보다 귀중한 게 없다는 것을 깨우치고 있는가. 아니면 작가는 어떻게 해서든지 목숨을 구원받으려고 안간힘을 쓰는 사채업자의 내면 세계를 적나라하게 보여줌으로써 돈의 위력과 무상함의 양가성을 드러내려는 것인가. 어떻게 보면, 작가는 이 모든 것을 두루 포괄하고 싶은 것일 수도 있다. 그러면서 작가가 간과하고 있지 않은 것은 죽음에 대한 도저한 문제의식이다. 영원한 어둠으로 인식되는 죽음을 그는 삶의 충일감과 공존시키고 있다.

피할 수 없는 죽음이다. 신은 내 편이 아니며 내 운명이 끝난 것이다. 내가 할 일은 삶에 대한 애착이 아니라 죽음을 맞는 내 투지를 보여주는 것이다. 겁내지 말자. 나는 유에스 달러로 된 문장을 가진 귀족이다. 그는 대담해지려는 그 자신에 놀랐다. 놈이 없는 그 곳에 안개꽃 여자가 기다릴 것 같았다.(「문장 없는 귀족」)

사채업자는 죽음을 담대히 맞이한다. 죽음을 두려워하지 않는다. 도리어 "죽음을 맞는 내 투지를 보여주"려고 한다. 이것은 돈의 물신화의 집착을 드러내는 게 결코 아니다. 죽음을 앞둔 그에게 돈은 무기력한 한갓 종이에 불과하다. 죽음의 어둠 속에서 돈의 권능은 무화된다. 바로 여기서 "안개꽃 여자"를 향한 그리움의 욕망이 피어난다. 사채업자가 아버지 밑에서 사채업을 배우는 시절에 만난 적 있는 "안개꽃을 든 여자"는 그 어느 여인보다 생기를 강렬하게 품고 있어 돈의 질서로 이뤄진 비정한 죽음의 세계에서 그에게 삶의 충일감을 안긴 존재다. 그의 일상은 온통 채무와 변제로 이뤄진 돈의 교환가치를 중심으로 한 이성의 질서가 지배적인데, 이 이성으로부터 밀려난 낭만적 삶의 열정이 죽음의 경계에서 그 빛을 뿜어낸다. 그것은 아버지의 폭압적 돈의 이성으로부터 추방당한 어머니를 향한 사랑이며, 이 사랑의 또 다른 화신인 "안개꽃 여자"로 현현된다.

이렇게 강준용의 소설은 한치 앞도 내다볼 수 없는 칠흑 같은 암연(黯然)의 사위에서 우리가 망실했던 삶의 충일감을 새롭게 발견하도록 한다. 가령, 악덕 사채업자의 터무니 없는 높은 이자율이 누적되면서 이자와 원금을 도저히 변제할 수 없게 되자 결국 신체의 부분을 밀매할 수밖에 없는 과정에서 사기를 당하는 지옥도(地獄圖)의 세태 속에서도 자유를 갈망하는 인간의 위엄을 누구도 훼손할 수 없다(「선그라스를 낀 동지」). 또한 그렇게도 떠나고 싶었던 빈민촌 판잣집의 시절을 떠나, 이제는 남부러울 것 없이 시쳇말로 성공한 인생을 살고 있는 '나'이지만, '나'의 그 유년 시절을 지워내기는커녕 '나'의 아버지로부터 쫓겨난 어머니의 존재와 연루된 시절들을 기억해낸다(「그을음 유리 속의 시간」).

요컨대 강준용의 소설의 미학은 이렇게 어둠과 상관성을 맺고 있는 그 지점으로부터 생성된다. 그에게 어둠은 근대의 밝음을 지배하는 합리적 이성의 질서로 추방되는 게 아니라, 도리어 그 이성의 실체를 뚜렷이 응시하도록 하는, 그래서 세계의 비의성을 성찰하도록 한다. 그럴 때 다음과 같은 문장이 내포하고 있는 소설적 전언을 곰곰 숙고하게 되리라.

> 잉태의 근원도 어두운 자궁이고 절명의 안식도 어둠속에서 치러지는 것이 아니던가. 아내를 현혹한 밝은 빛과 산 357번지를 감싼 어두운 빛도 그을음 유리로만 봐야 실체를 볼 수 있다는 것은 더 이상 비밀이 아니었다.(「그을음 유리 속의 시간」)

기실, '그을음 유리'란 강준용의 서사적 특질인 '경계'의 메타포인 셈이다. '그을음 유리'로써만 밝은 태양의 실체를 볼 수 있고, 어둠의 실체 또한 별다른 억지 없이 만날 수 있다. '그을음 유리'란 밝음과 어둠의 두 세계의 경계적 속성을 갖고 있는바, 작가는 이 메타포를 통해 우리를 에워싸고 있는 암연의 사위에서 삶의 충일감을 피워내고 싶은 것이다.

부박한 사회현실에 대한 예각적 비판

이와 같은 강준용의 소설 세계에서 눈여겨보아야 할 문제의식은 지금, 이곳의 현실에 대한 예각적 비판의식이다. 비록 그는 한국소설사에서 1980년대 민족민중문학 계열에서 활동하지는 않았으나, 그의 소설이 지닌 암울한 사회현실에 대한 첨예한 비판은 한국소설사에서 면면히 그 흐름을 창발적으로 계승하고 있는 리얼리즘의 소중한 자산과 동떨어져 있지 않다. 이번 작품집에 실린 작품 중 다음과 같은 부분을 통해 부박한 사회현실에 대한 작가의 매서운 비판을 읽을 수 있다.

"합의금을 마련해야지요."

"뭣 하러?"

"합의해야 나가지요." "나가? 여기서 내가 나가야 한다구?"

장씨가 이상한 듯이 그를 쳐다봤다. 장씨 집에 돈이 없는 걸 느꼈다. 돈 마련을 위해 집으로 가려는데 장씨가 그를 붙잡았다.

"동생, 나는 나가기 위해 여기있네. 합의를 하면 나는 나가지 못하는 걸세. 사람은 자기가 편한 곳을 찾아가고 그리워하는 게 아닌가. 나는 내가 어디에 있어야 하는지를 알았네. 자네가 사는 사회는 내가 살 곳이 아닐세. 지켜야할 것과 규제될 일이 많아 미칠 것 같았네. 나는 내 반평생 이상을 보낸 그곳이 내가 존재할 곳이란 걸 느꼈네. 그 속에서는 편안했네. 누구나 동등했고 인간의 기본 질서가 있는 곳일세. 나는 그곳으로 돌아가고 싶네."(「점령된 사회」)

"뭘 하는 거에요?"

그녀는 고개를 쳐들고 한번도 보지 못한 성깔 있는 얼굴을 만들었다. 오만방자하고 도도한 미소가 흘렸던 그녀의 입술이 거친 이끼로 덮인 조가비가 되었다. 그는 얼굴을 그녀의 코앞에 갖다 대고 미소를 지어 보였다. 그녀는 소스라 질 듯 의자를 박차고 일어났다. 그는 그녀의 얼굴에 가깝게 얼굴을 붙이며 속삭였다.

"네 어미는 오징어처럼 압사당했지만 우리 아버지는 아직도 들매뜰을 긴다."

여자는 몸을 떨었다. 그녀의 얼굴에는 온갖 형상이 만들어졌다. 그것은 그가 지금까지 증오한 모든 것들로 일련되어 있었다. 그녀의 얼굴 형상은 꼼지락거리며 한 마리의 애벌레를 돌출시켰다. 애벌레는 하얀 고치 집을 뚫고 나와 나비로 부화됐다. 그는 토실산 기슭을 날아 다니는 나비를 보았다. 봄이 오면 나비는 들매골 터 밭에 안착하여 하얀 고치를 지을 것이다. 그는 가볍게 떠오르는 몸의 균형을 맞추기 위해 소리 내어 웃었다. 우르르 나비 떼들이 날았다. 하얀궁전 하나가 신기루처럼 떠올랐다.(「하얀궁전」)

「점령된 사회」에서, 폭력전과 6범인 장씨는 동네 포장마차에서 술을 마시던 중 불량청소년들이 그에게 담배를 달라고 하는 데 대해 거부하면서 그들과 주먹질을 하게 돼 파출소로 연행된다. 장씨의 동료는 그에게 어떻게 해서든지 합의금을 마련하여 다시는 감옥에 갇히지 않아야 한다고 그를 설득하지만, 그의 반응은 자포자기에 가깝다. 그는 오히려 감옥에 갇히길 원한다. 사회로부터 추방당하길 갈구한다. 심지어 사회로부터 격리된 감옥 안에서 평화와 안락감을 만끽한다고 고백한다. 그럴 수밖에 없는 게 법과 온갖 제도로 지탱되고 있는 사회는 이미 일상의 규율을 위반한 적 있는 장씨와 같은 전과범에 대한 편견을 갖기 십상인바, 장씨를 에워싸고 있는 일상인들은 이미 장씨를 사회로부터 추방시켜야 한다는 모종의 사회적 담합에 묵시적 동의를 하고 있다. 이것이야말로 장씨가 사회로부터 자발적으로 소외되고 싶은 억압의 실체다. 이미 우리 사회는 조금이라도 우리의 일상을 위반한 적 있는 존재를 잠정적 범법자와 일탈자로 취급한 나머지 그들의 삶을 옥죄고 있다. 그래서 작가는 이처럼 장씨가 살고 있는 사회를 이른바 '점령된 사회'로 비판한다.

그런데 구체적 양상이 다를 뿐이지, 「하얀궁전」의 배면(背面)에 깔려 있는 사회 역시 '점령된 사회'라는 점에서는 크게 다르지 않다. 들매뜰의 소작인 아들 명정은 소작인 신분에서 벗어나고 싶은 출세욕망에 의해 마침내 자신의 욕망이 실현되는 듯했다. 명정은 서울에서 가구회사 사장 딸과 교제하면서 결혼에 대해 숙고 중인 터에, 사장의 딸은 명정에게 농부의 처지를 비웃기라도 하는 듯 농부의 아내가 되기 싫다는 강력한 뜻을 보인다. 이 태도에 대해 명정은 참을 수 없는 분노를 드러낸다. 그에게 지금 이 순간 중요한 것은 그녀와의 결혼 여부 문제가 아니라 그동안 그의 아버지와 연루된 모든 삶들, 가령 소작인의 노동력을 착취한 지주의 부도덕, 농사를 업신여기는 도시인의 속물근성, 경제적 신분으로만 사회를 이해하려는 자본주의의 천박성, 소작인의 아들로 자라난 것을 부끄러워한 자신에 대한 환멸 등에 대한 준열한 증오와 비판을 분명히 해두는 것이다.

이러한 비판적 문제의식은 「핸드폰 핸드폰」에 이르러 더욱 섬뜩하게 드러난다. 고등학교 입학 선물로 딸에게 사준 핸드폰을 사주자마자 딸은 신형의 핸드폰으로 바꿨다. 우연히 딸에게 걸려온 핸드폰을 받은 아버지는 낯선 남자의 목소리를 떠올리는데, 그 목소리의 정체는 다름 아니라 딸과 원조 교제를 하고 있는 사람의 그것이었다. '점령된 사회' 속에서 지칠 대로 지친 삶을 살고 있는 아버지의 딸이 새 핸드폰을 얻기 위해 그 아리따운 육체와 영혼의 순결을 매매하고 있었던 것이다. 작가는 서슴없이 꼬집는다. 어찌하여 우리 사회는 이토록 섬뜩할 만큼 사회적 일탈 상태에 직면했는가. 도대체 신형 핸드폰이 뭐기에, 꽃다운 나이의 청소년들이 아무렇지도 않게 몸과 영혼을 상품시장에 저당잡히고 있는가. 또한 청소년들의 이 소유 욕망을 아무런 부끄러움 없이 자신의 노회한 성욕을 충족시키는 데 혈안이 된 어른의 자화상은 얼마나 일그러져 있는가. 다시 한 번 사회적 일탈 상태에 대한 작가의 분노와 날 선 비판적 문제의식으로부터 모골이 송연해진다. 우리 모두의 사회적 책임이다.

이후, 강준용이 열어제낄 서사의 지평을 기대하며

지금까지 강준용의 이번 소설집에 실린 소설을 통해 그의 소설 세계를 살펴보았다. 거칠 것 없는 도저한 산문정신이란 어떤 것인지, 강준용의 소설을 통해 생각하게 되는 소중한 계기였다. 나는 이 글의 앞머리에서 김지하의 「오적」의 첫 시구를 강준용의 소설과 겹쳐보았다. 흔히들 얘기한다. 한국소설의 왜소성에 다들 지쳤다고……. 김지하의 시구를 패러디한 "소설을 쓰되 좀스럽게 쓰지 말고 똑 이렇게 쓰렷다."에 담긴 강준용의 소설 쓰기에 대해 한국문단이 더는 외면해서 곤란하다. 그 스스로 방외인으로서의 소설 쓰기를 고집한 이상 우리는 조급해하지 말고, 그의 소설 쓰기의 고투를 담대히 지켜보아야 할 것이다.

이후, 강준용이 열어제낄 서사의 지평을 기대해보는 것도 내 비평의 복

㉿일 것이다. 자기만의 서사의 진경(眞景)을 다듬고 있는 작가의 혼신의 노력에 비평적 경의를 표한다.

최용탁의 민중적 서사:
풍자, 분단체제, 그리고 민중의 폭력

민중적 서사의 새 지평, '저잣거리'로 하방(下放)하는

여기, 민중적 서사의 새로운 지평을 옹골차게 객토하는 한 리얼리스트가 있다. 이제는 낡고 쇠락하여 더 이상 현실적으로 유효성을 상실한 채 천덕꾸러기에 불과하다고 생각하는 민중적 서사에 새로운 활력을 불어넣고 있는 작가가 있다. 작가 최용탁은 민중적 서사를 악마화하는 저간의 경향에 대해 단호히 부정한다. 2006년 전태일문학상을 수상하면서 본격적인 글쓰기를 시작한 최용탁에게 민중은 비루한 일상의 삶을 악다구니치며 살아가는 존재이되, 그 비루함에 함몰되는 게 아니라 비루함 사이로 솟구치는 민중적 존재의 위엄을 새롭게 발견한다. 작가 안재성은 그의 첫 소설집 『미궁의 눈』(삶이보이는 창, 2007)을 두고, "나는 그의 글 속에서 무서운 세상과 마주친, 혹은 그 무서운 세상의 한복판에서 아득바득 살아가려는 하찮은 인간들의 고독을 읽는다."와 같이 통찰했듯, 최용탁이 주목하고 있는 민중은 한국문학사에서 낯익은 기층민중으로, 온갖 문제적 현실을 부딪치며 강인한 생의 의지를 불태운다. 뿐만 아니라 그러한 현실의 복판에 놓인 개별자로서 겪는 상처, 그로 인해 엄습해들어오는 고독을 견디는 민중이다. 말하자면, 최용탁에 의해 새롭게 부각되는 민중은 생산 현장에서 힘든 노동을 통해 노동의 가치가 지닌 삶의 아름다움을 삶의 원동력으로 삼는 집단적 주체의 위상을 지니되, 그 집단적 주체의 위상에 의해 개별자로서 민중의 삶이 자칫 억압될 수 있는 것을 경계하는, 그리하여 개별적 주체로서 민중을 보다 풍요롭게 이해하는 길을 모색한다. 때문에 우리는 민중적 서사의 새로운 지평을 모색하는 최용탁의 글쓰기에 동행하면서 생기는 기대와 설레임의 감정을 감출 수 없다.

> 생각하면 이 세상이 아귀다툼으로 살아가는 저잣거리가 아니고 무엇이랴. 그 저자는 천한 셈과 부박한 인심으로 어지러우나 달통함을 구하지 않는 바에 새삼 쌍심지를 켤 일도 아니다. 쇠털처럼 많은 인총들이 살아가는 즐거움과 괴로움의 속내를 들여다보는 일은 몹시도 괴롭겠지만.(최용탁, 「저자에 사는 즐거움과 괴로움」 중에서)

그렇다. 우리는 어쩌면 지극히 상식적인, 너무도 낯익은, 서사의 보고(寶庫)를 외면하고 있었는지 모를 일이다. '저잣거리'야말로 좌충우돌하는, 온갖 삶과 현실의 풍경들을 목도할 수 있는 곳인데, 바로 그 '저잣거리'를 애써 외면해오지 않았는가. 최용탁과의 동행은 어떤 신비하고 낯선 미지의 세계로 모험을 감행하는 게 결코 아니다. 우리 곁에서 늘 그렇게 제 몫을 하고 있던 '저잣거리'로 '하방(下放)'하는 일이다. 바로 그곳에서 민중의 새로운 서사의 진경이 펼쳐지고 있는, 이 새로움에 주목해야 하기 때문이다.

풍자의 미적 윤리를 통한 민중의 새 발견

최용탁의 소설에서 우선 주목해야 할 것은 농민의 객관현실이다. 최용탁 자신이 직접 농사를 짓는 농민으로서 지금, 이곳의 농촌에서 일어나고 있는 온갖 문제적 현실을 뚜렷이 응시하고 있다. 그가 응시하고 있는 농촌은 도시 못지않은 정치경제적 이해관계로 뒤엉켜 있는 살벌한 정글의 모습을 보여준다. 농촌을 더 이상 목가적 전원 풍경으로 인식하든지, 자연의 순리에 맞춰 삶을 살아가는, 그래서 자연과 조화를 이루는 삶의 터전으로 인식하든지, 아니면 도시와 전혀 다른 이질적 속성을 지닌 영혼의 안식처로 인식하는 등의 피상적 이해는 농촌의 객관현실과 동떨어진 한갓 몽상에 지나지 않는다. 한국사회의 농촌은 이미 1970년대 박정희 정권의 '관 주도 민족주의(official nationalism)'의 맹목적 산업화에 의해 전일적으로 시행된 근대화 기획에 따라 도시 못지 않은 근대화의 욕망이 광풍처럼 농민을 집어삼켰다. 이후 국토의 균형발전이란 미명 아래 무계획적 관광산업이 전국 곳곳을 들썩이게 하면서 한국의 농촌은 그 본래의 대지가 갖는 생산적 가치의 위엄을 크게 훼손하게 된다.

최용탁은 이 같은 농촌의 객관현실을 세밀히 들여다보면서, 농촌과 농민을 이야기하되, 그것에 국한되는 게 아니라, 한국사회의 민중이 새롭게 인식해야 할 과제를 성찰한다.

『미궁의 눈』에 실린 단편 「최덕근 행장」은 예의 서사적 과제를 민중 특유의 풍자의 미적 태도로 풀어내고 있는 수작(秀作)이다. "보기 드문 영광과 비참, 비상과 몰락의 삶을 산 그의 행장"(「최덕근 행장」, 61쪽)에서 단적으로 알 수 있듯, 이 소설은 최덕근이란, 범상한 인물의 주요 일대기를 들려주듯이 서사를 전개하고 있다. 작가는 최덕근을 통해 민중 자신을 향해 신랄한 풍자를 보인다. 그동안 민중민족문학 계열의 작품 속에서 민중은 풍자의 대상이기보다 민중의 온전한 삶을 폭압적으로 강제하는 반민중적 대상을 풍자의 대상으로 삼아, 반민중성을 가차 없이 폭로하고 그것을 조롱함으로써 이른바 풍자적 저항을 미적 전략으로 적극화하였다. 다시 말해 민중은 풍자의 주체이지, 풍자의 대상일 수 없었다. 혹, 각성하지 못한 민중을 '각성된 민중'으로 거듭나기 위해 사회변혁을 이루기 위한 미적 계몽의 대상으로 설정한 경우는 있으나, 그 경우에도 각성하지 못한 민중은 사회변혁의 역사를 추동해갈 역사적 존재인 만큼 민중을 함부로 폄하하거나 풍자할 수 있는 대상으로 생각해본 적은 없다. 민중은 곧 타락한 역사를 객토해갈 변혁의 성스러운 주체이지, 조롱과 비웃음, 그리고 풍자의 대상은 결코 아니다.

바로 여기서 최용탁의 민중에 대한 새로운 서사적 발견을 주목해야 한다. 「최덕근 행장」에서 문제적 인물 최덕근은 마을 연못에 익사한 부잣집 아들의 시체를 목숨을 걸고 건져낸 대가로 농토를 늘렸고, 박정희 정권의 열렬한 추종자로서 "새마을운동계의 샛별"(70쪽)이자 "도내 최연소 새마을 지도자"(70쪽)로 급부상하더니 마침내 국회의원 선거 후보로 출마하는 등 승승가도를 달린다. 최덕근의 인생사를 통틀어 이렇게 성공하게 된 직접적 원인으로는, 박정희 정권의 국가파시즘에 전적으로 동일시된 면을 결코 간과할 수 없다는 게 작가의 예각적 문제의식이다. 박정희 정권의 온갖 국가파시즘의 행정을 위한 과잉 충성으로부터 비롯된 최덕근의 우스꽝스러운 언행은 이 소설의 미학을 유감없이 드러내는 부분이다. 작가 최용탁은 최덕근을 국가파시즘에 자발적으로 동원된 민중의 부정성으로 응시한다. 즉, 최덕근은 '민중 독재'를 자연스레 착근시킨 전형적 인물로 풍자되고 있는 것이다. 국가파시즘에 전일적으로 동원된 민중, 그 순간 국가파시즘의 달콤한 은총(?)을 받은 것 같지만, 국가파시즘은 자신의 음험한 목적을 성취하기 위해 또 다른 포섭 대상을 찾고, 이미 효용이 다 한 대상은 내팽개쳐버린다. 최덕근의 말년 인생이 삶의 절망과 환멸로 가득 차 있으며 끝내 중풍에 걸려 죽게 되는 비참한 생의 종언이야말로 국가파시즘의 철저한 희생양으로 전락한 비극성을 단적으로 보여준다.

물론 최덕근과 같은 어리석은 민중이 사회변혁 주체로서 민중의 역량을 상쇄시킬 수는 없다. 하지만, 앞서 간략히 문제를 제기했듯, 민중이 어떤 신성불가침의 영토에서 길이 보전해야 할 절대적 가치로 숭배의 대상이 되는 것은, 민중을 가장한 반민중적 윤리임을 쉽게 간과해서 안 된다. 작가 최용탁은 힘들고 어렵지만, 혹 민중을 에워싸고 있는 예의 반민중성의 껍데기를 풍자의 미를 통해 벗겨내고 있는 것이다.

이러한 풍자의 미의식은 「단풍 열 끗」, 「꽃피는 봄날엔」과 같은 작품에서도 읽을 수 있다. 농협조합장 선거를 앞두고 벌어지는 일을 다루고 있는 「단풍 열 끗」은 표면적으로는 조합장 선거와 관련한 농촌의 희극적 세태풍경을 보여주고 있는 듯하지만, 작가가 정작 염두에 두고 있는 것은 선거 입후보를 둘러싼 양씨 가문의 두 인물들이 서로의 삶에 대한 연민의 시선을 갖게 되는 훈훈한 인간풍정(人間風情)의 미를 발견하는 데 있다. 자신의 마을의 농가 소득 향상을 위해 조합장 출마를 고집하는 경쟁 관계에 있는 두 인물은, 뜨거운 선거 열기를 잠시 식히기 위해 단풍 구경에 동행하는데, 서로 아픈 과거의 삶의 상처를 나눠갖는 과정 속에서, 무엇 때문에 그토록 조합장 선거에 목을 매달았는지에 대한 성찰의 계기를 갖는다. 농민으로서 소박한 삶을 사는데 만족했던 두 인물은 잠시나마 조합장으로 표상되는 상징권력에 미혹된 자신을 풍자한다. 말하자면 「단풍 열 끗」은 민중의 '자기풍자'를 보여준다. 이 '자기풍자' 또한 최용탁이 거둔 민중에 대한 새로운 발견이며, 민중적 서사의 독특한 풍자의 미의식으로 주목할 만하다.

여기서 짚고 넘어갈 것은 민중의 '자기풍자'는 민중 스스로를 조롱하고 야유하는 데 있지 않고, 민중을 에워싸고 있는 객관현실에 대한 명민한 문제의식을 명철히 갖도록 하는 데 있다. 「꽃피는 봄날엔」에서 조선족 여성과 재혼을 하여 행복한 생활을 꿈꾸지만 그 여성이 도망을 하는 바람에 행복이 물거품이 된 동만, 부농으로 홀어머니를 부양하며 노총각 신세를 좀처럼 면할 수 없다가 시쳇말로 꽃뱀을 만나 값비싼 차 비용을 사기당한 광수. 이 두 명의 농민은 모두 간교한 여성들에게 속임을 당하는 불운한 신세로 전락한다. 작가 최용탁은 이 같은 부정한 행위가 순박한 농민에게 비극적 상처를 안겨주고 있는데, 작가 특유의 풍자의 미의식을 통해 그 비극성과 미적 거리를 확보하게 함으로써 무엇 때문에 농민들이 이 같은 상처를 입게 되었는지 인식의 계기를 제공한다. 동만과 광수의 어처구니없는 선택에 대한 풍자는 곧 민중의 '자기풍자'와 맥락을 함께 한다. 이 '자기풍자'의 끝에서 민중의 존재는 갱신되는 것이다. 그럴 때 「꽃피는 봄날엔」의 마지막 부분에서 광수는 머지 않아 자신과 결혼할 은정의 존재를 객관화시키려는 몸짓을 보인다. 은정의 존재를 확인하고자 택시를 잡기 위해 "광수는 두 손을 번쩍 들었다. 만세를 부르는 자세 같기도 했다."(「꽃피는 봄날엔」, 107쪽) '자기풍자'의 터널을 통과한 광수는 비로소 민중이 직면한 객관현실을 온몸으로 응시하기 시작한 터이다.

'민주회복'과 '분단극복'에 대한 민중의 역사인식

이처럼 최용탁은 그동안 민중민족문학에서 축적한 민중적 서사의 성과에 무임승차하지 않는다. 민중을 성역에 가둬놓지 않는다. 민중에 대한 새로운 발견을 통해 민중을 화석화시키는 게 아니라 생생히 살아 있는 역사적 존재로 갱신시키는 숨결을 불어넣는다.

하여, 「세 노인」은 각별히 주목해야 할 작품이다. 한국 현대사를 압축해 놓은 성격으로, 언뜻 르포적 색채를 띠고 있는 것처럼 보인다. 작가는 세 노인의 인생 역정을 통해 한국 현대사의 주요 국면을 새롭게 부각시킨다. 세 노인은 모두 머나먼 타향에서 자살하였는데, 서로 다른 각자의 삶이 노트에 영어로 기록돼 있는 것을 화자는 번역하면서 그 기록의 실체에 대해 접근한다. 심성보 노인의 기록을 통해서는 그가 1950년대 반공법 위반으로 복역하였으며 사회주의자로서 미국의 공산당원으로 쿠바혁명에까지 가담한 사실을, 박태성 노인의 기록을 통해서는 그 역시 사회주의자로서 공장 노동자 생활을 하며 대한민국에 남파된 간첩이라는 사실을, 김유 노인의 기록을 통해서는 그가 한국의 사회학 교수인데 이른바 통혁당 사건에 연루돼 미국으로 건너가게 된 사실 등을 소상히 알게 된다. 이상의 핵심적 기록을 통해서 알 수 있듯, 세 노인의 인생은 파란만장한 삶 그 자체였다 해도 과언이 아니다. 분단시대를 살고 있는 역사적 고통이 세 노인의 기록과 기록되지 않은 또 다른 기록으로 번진다. 소설 속 화자는 세 노인의 기록을 읽고, 남과 북 UN대표부로 그것을 보낸다. 화자의 이 같은 결단은 작가 최용탁이 지금, 이곳의 분단에 대한 진솔한 인식임과 아울러 분단을 극복하려는 욕망을 드러낸다.

> 그러나 노트를 다 읽은 나는, 그것이 무엇인지는 모르겠지만, 이전에는 한 번도 느껴보지 못한 무언가가 가슴 속에서 무지근하게 얹혀 있음을 알았다. 무엇일까? 노트와 나의 발췌본은 캐비닛으로 들어갔고 나는 곰곰이 생각하기 시작했다.(「세 노인」, 157~158쪽)

최용탁의 심정도 소설 속 화자와 크게 다르지 않다. 세 노인의 기록을 다 검토한 후 "이전에는 한 번도 느껴보지 못한 무언가가 가슴 속에서 무지근하게 얹혀 있"는 것이다. 민중은 사회변혁의 역사적 주체이지만, 세 노인으로 전형화됐듯, 분단체제를 살고 있는 삶의 비극성은 좀처럼 치유될 길이 보이지 않는다.

하지만 작가는 주저앉지 않는다. 젊은이들의 기록과 행위가 아닌, 비록 자살이란 극단적 형식으로 생의 종언을 고했지만, 세 노인들 각자가 표상하는 민중의 역사적 존재태를 쉽게 부정하거나 망실할 수 없다. 세 노인은 서로 다른 생의 조건과 형식 속에서 고국의 '민주회복'과 '분단극복'의 과제를 해결하고자 혼신의 힘을 쏟았다. 부당하게 펼쳐진 분단의 역사에 맞서 그들은 생의 전존재를 걸고 진보의 가치를 향한 삶을 살았다. 만일, 누군가가 한국사회에서 민중은 어떠한 가치를 향해 살았는가요, 하고 묻는다면, 최용탁의 세 노인의 기록을 빌려 '민주회복'과 '분단극복'이라고 당당히 답할 수 있으리라.

때문에 세 노인의 자살은 민중적 존재의 위엄을 갖는다. 그들의 죽음은 '민주회복'과 '분단극복'을 앞당기기 위한 제의적 죽음이라 해도 손색이 없다. 하여, 화자가 세 노인의 기록을 남과 북의 UN대표부로 보낸 것은 타향에서도 분단을 극복하고 민주주의 가치가 활짝 핀 세상이 와야 한다는 간절한 염원을 드러낸 민중의 정치적 행위인 셈이다.

　돌이켜보면, 어느새 우리는 '민주회복'과 '분단극복'이란 이중의 과제를 망각하고 있는 것은 아닌지 곰곰 숙고해보아야 하지 않을까. 마치 세 노인이 시간의 흐름 속에서 생의 종언에 이르듯, 이 이중의 과제를 아예 우리들의 인식 범위에서 자연스레 지워낸 것은 아닐까. 하지만 세 노인이 '기록'이란 실천을 통해 이중의 과제를 새롭게 드러낸 것처럼 이중의 과제를 급변한 현실에 기민하게 대응할 수 있도록 하는 문학의 정치적 실천을 모색해야 하지 않을까. 왜냐하면 분단체제를 살아가는 민중적 존재의 위엄은 과거의 시간 속으로 스러지지 않기 때문이다.

　작가 최용탁의 분단체제에 대한 역사적 인식은 「바하무트라는 이름의 물고기」에서 더욱 구체화된다. 소설 속 화자는 프랑스 파리 뤽상부르 공원에서 세계 여러 나라의 좌파적 반체제 단체들이 함께 모여 문화선전활동을 했던 때를 떠올린다. 그곳에서 화자는 북한의 '로동신문'과 관련한 사람을 만나고 동포애와 민족애를 실감한다. 그리고 뉴욕의 UN본부 앞에서 UN에 동시가입한 남과 북의 국기가 게양되는 모습을 지켜보며 분단체제의 현실을 뼈저리게 통각한다.

　　유엔 본부 앞 광장에는 현지 한인회 등이 주최하는 남북동시 가입 축하공연과 남북 분리 가입을 반대하는 일부 동포들의 시위가 함께 벌어지고 있었다. 마침내 인공기와 태극기가 동시에 올라가는 순간, 우리는 절규하듯 '조국은 하나다'라고 울부짖으며 서로를 부둥켜안았다. 지난 한 달간의 문화선전대 활동을 마감하는 마지막 눈물이었다. 게양되는 두 개의 국기는 내 젊음과 열정을 마감하는 조기(弔旗)였다.(「바하무트라는 이름의 물고기」, 128쪽)

　이 풍경은 지금, 이곳의 분단체제의 현실을 가감없이 보여주고 있다. UN에 동시가입한 남과 북의 현실이 항변하듯, 분단의 문제는 남과 북만의 문제가 아닌, 국제사회의 이해관계가 첨예히 얽혀있는 주요 쟁점이다. 이

제 민중은 적확히 인식한다. 더는 감상적 차원의 통일관도 아닌, 그렇다고 급진적 통일관도 아닌, 혹 대한민국에 의한 흡수통일관도 아닌, 남과 북 그리고 국제사회의 다층적 관계를 면밀히 과학적으로 인식하면서 남과 북의 신뢰가 쌓이고, 남과 북의 통일이 국제사회의 평화에 현저히 기여한다는 확신을 줄 때, 민중이 역사의 주체가 되는 통일의 삶을 살 수 있다는 것을 민중은 인식하고 있다.

무력(force)을 무력화시키는 민중의 폭력(violence)

최근 한국소설에서 민중적 서사를 만나기 어렵다. 그렇다고 민중적 서사가 쓰여지지 않는 것은 결코 아니다. 문제는 소재주의 차원을 넘어선, 민중적 서사의 새로운 지평을 모색하고 있는 좋은 소설을 만나기 어렵다. 낯익은 민중적 서사를 재생산하지 않고, 민중의 활달하고 도저한 생명력과 자기긍정을 발견하는 서사를 새롭게 모색하는 일이 녹록하지 않기 때문이다.

작가 최용탁을 주목해야 하는 것은 민중을 성역화시키지 않으면서, 민중적 존재를 다각적으로 탐구하고 있다는 점이다. 그의 최근작 「그 여자, 봄밤을 걷다」에서는 '복수(復讐)하는 민중'이 등장하여 자신에게 치명적 해를 입혔던 무력(force)을 행사한 인물을 찾아가 그를 죽음으로써 응징한다. 용접공이었던 정순은 유령노조 무효와 민주노조 인정을 요구하는 파업에 참가했다가 용역 깡패인 김상수로부터 무자비한 무력을 당한바, 그때 정순은 임신을 한 상태였다. 김상수의 무력으로 정순은 배속의 아이를 잃고 그를 향한 복수의 칼날을 갈고 있던 터에 김상수를 우연히 찾고, 그를 죽이는 결단을 실행한다. 그리고 마침내 정순은 정태의 도움을 받아 김상수를 죽임으로써 복수를 완수한다.

과거의 무자비한 무력 행사자를 찾아 정순은 폭력(violence)의 형식을 통해 과거 무력과 맞서 싸운 것이다. 여기서 우리가 명확히 분별해야 할 것은,

김상수의 무력과 정순의 폭력이 지닌 속성이다. 『폭력에 대한 성찰』을 저술한 조르주 소렐에 따르면, 무력의 목적이 소수가 통치하는 어떤 사회질서의 수립을 부과하는 것, 즉 사용자 측의 이해관계만을 대변하는 유령노조의 질서를 착근시키고자 하는 게 바로 용역 깡패를 동원한 무자비한 무력이라면, 폭력은 이렇게 구축된 사회질서의 파괴를 지향하는 것, 바꿔 말해 유령노조가 전일적으로 군림하는 노동현장의 질서를 부정하는 속성을 띤다. 하여, 조르주 소렐은 근대 초 이후 부르주아지는 무력을 사용한 반면, 프롤레타리아는 부르주아 계급과 국가에 폭력으로 맞서고 있음에 주목한다.

여기서 확연히 알 수 있듯, 김상수의 죽음을 초래케 한 정순(과 정태)의 폭력은 단순히 개인적 원한으로 이해할 게 아니라, 용역 깡패로 수렴된 사용자 측-부르주아 계급의 무력으로 구축된 노동질서에 의해 사지로 내몰린 민중의 저항적 폭력을 행사한 것으로 인식해야 한다. 비록 과거에는 그 음험한 무력에 대해 속수무책이었으나, 민중은 과거를 망각하지 않고, 다시는 그와 같은 무력이 재현되어서 안 되고, 그 무력으로 구축된 사회질서를 더는 용납해서 안 되는, 민중의 복수를 폭력으로써 단행한다. 따라서 이 '민중의 복수-폭력'을 무력과 착종시켜서는 곤란하다. 말 그대로 무력을 무력화시키는 폭력이야말로 민중이 지닌 무한한 자기긍정의 생산적 힘이 아닌가.

그래서 이 폭력을 행사한 정순과 정태는 지금까지 짓눌려온 무력으로부터 자유로운 해방감을 만끽하며, 뭇 존재의 아름다운 가치를 새롭게 주목한다.

저것 봐. 저 꽃들 좀 봐. 곱기도 하다.
복숭아꽃이 과수원을 온통 뒤덮고 있었다. 정순은 왠지 자꾸 춤을 추고 싶은 기분이 들었다. 몸이 나비처럼 가볍다고 느꼈다. 발을 구르면 훌쩍 샛강 건너까지라도 날아갈 것만 같았다. 방죽 너머 마을을 지나고 점점이 박힌 먼 데 불빛까지 오래오래 정태와 걷고 싶었다. 정태는 정순의 뒤를 따라 걸을 뿐 좀체 말이 없었다.

　달빛이 오래 두 사람을 따라왔다.(「그 여자, 봄밤을 걷다」 중에서)

　이제 우리는 작가 최용탁이 거둔 민중적 서사의 새로운 지평을 통해 '민중의 폭력'이 맹목적 타도의 대상이 아닌, 민중의 온전한 삶의 질서를 유린하여 반민중적·반평화적·반인류적 질서를 고착시키고자 하는 온갖 무력에 맞서는, 미적 윤리를 생성시켜주는 힘이라는 진실을 새롭게 발견한다.

찾아보기